TOMMIE GOERZ

LEERGUT

Kriminalroman

ars vivendi

Originalausgabe

1. Auflage November 2011
© 2011 by ars vivendi verlag
GmbH & Co. KG, Cadolzburg
Alle Rechte vorbehalten
www.arsvivendi.com

Lektorat: Dr. Hanna Stegbauer
Umschlaggestaltung: ars vivendi verlag, unter
Verwendung eines Fotos von Annina Himpel
Druck: Beltz, Bad Langensalza
Printed in Germany

ISBN 978-3-86913-100-9

»Ich bin reich!«
»Und, reicht's dir?«

Es gibt im Bewußtsein großzügige Prozesse der Vereinfachung.
Arnold Gehlen, *Urmensch und Spätkultur*

1. Kapitel

Der Nürnberger Kommissar Friedo Behütuns war richtig gut drauf. Bombig sozusagen, und zwar kurz vor der Detonation. Hier der Fall von Professor Altenfurth, bei dem er seit Wochen nicht einen Schritt weiterkam, draußen der viele Schnee, die zwei Anrufe – und dann auch noch ... nein, das passte jetzt überhaupt nicht. Gerade jetzt! Dass aber auch immer alles auf einmal kommen musste! Er war nur noch genervt. Restlos. Da musste jetzt auch noch dieser Typ zur Türe reinkommen!

»Machen Sie die Tür zu«, bellte er unter seiner Lampe hervor. Gereizt. Es war düster im Büro, beinahe trostlos, trotz des Vormittags. Das Deckenlicht hatte Behütuns nicht eingeschaltet, weil er Neonlicht hasste, und das Schneetreiben draußen schluckte das Tageslicht. Grau stand es vorm Fenster, und vom Gang zog es kalt herein, sobald die Tür offen stand. Das Gebäude war, klar, schlecht isoliert. Und hässlich von innen und außen. Typischer Sechzigerjahrebau. Man musste sich Tag für Tag dagegen wehren, dass das Grau dieses fürchterlichen Gebäudes nicht auf einen abfärbte, nach innen wanderte und tief im Innersten in Grauen umschlug.

Eigentlich hatte er überhaupt keine Zeit, im Grunde müsste er gleich los. Sofort. Musste sich nur noch entscheiden wohin, und wo er die Kollegen hinschicken sollte. P. A. und Dick. Erlenstegen oder Kornburg. In beiden Vororten lagen Leichen.

Das mit der Gereiztheit ging schon seit einer Woche so, und zwar ständig – seit er versuchte, einmal eine Rauch- und Trinkpause einzulegen. Trinken nicht, also kein gutes fränkisches Bier, und zwar kein einziges Dunkles, weil er so langsam immer fetter wurde, weil die Hosen zwickten und er sich nicht mehr wohl fühlte in seiner Haut. Selbst das tägliche

Schuhebinden wurde schon zum Problem, denn es spannte, und er trug sich schon mit dem Gedanken, sich nur noch Slippers zuzulegen. Eigentlich eine völlig unmögliche Vorstellung. Als Nächstes käme dann wahrscheinlich Beige, die Non-plus-ultra-Non-Farbe des Alterns. Nein, Slippers kamen auf keinen Fall in Frage. Also nicht trinken wegen dem Fett. Und auch, weil er ständig schwitzte, was ja wahrscheinlich mit dem Fett zu tun hatte, irgendwie. Ja, und dann nicht rauchen, weil Rauchen blöd war. Schön zwar, aber blöd. Schön blöd. Außerdem stinkt es, wenn man raucht, und selber stinkt man auch. Kriegt gelbe Zähne und komische Haut. Ja, es war Zeit, das alles endlich einmal zu überwinden. Und trinken auch deshalb nicht, weil sonst wahrscheinlich die Lust auf eine Zigarette zu groß wurde. Zumindest hatte er die Befürchtung, dass er nach dem ersten Bier gleich wieder schwach würde. Aber das mit dem Rauchen wurde Zeit, außerdem durfte man inzwischen ja ohnehin fast nirgends mehr rauchen – außer in der Hersbrucker Bücherwerkstatt! Bei denen, da ganz hinten im Sozialraum, war Rauchen nicht nur erlaubt, sondern sogar ausdrücklich erwünscht! Da standen noch die Aschenbecher herum so wie früher, auf dem Tischchen und am Fensterbrett, selbstverständlich voll, und irgendeiner rauchte immer. So waren die eben. Immer und in allem dagegen. Immer schräg stellen gegen die herrschende Wirklichkeit. Oder wirkende Herrlichkeit? Wahrscheinlich war es eher Zweites.

Behütuns aber versuchte trotzdem, mit dem Rauchen aufzuhören. Zudem hatte er auch schon einmal probiert, einen kleinen Dauerlauf zu machen. Waldlauf hatte das früher geheißen, heute hieß es Joggen. Das gehörte mit zu dem selbst auferlegten Programm. Sport sollte ja gut sein. Unten am alten Kanal entlang war er gelaufen, gleich am ersten Tag. Eine Woche war das jetzt schon her, da hatte es noch nicht geschneit. War aber nicht weit gekommen. Immerhin, der Nürnberger Ober war ihm entgegengekommen, der Bürgermeister, und hatte ihn gegrüßt – ihn, Friedo Behütuns. Das ist doch etwas – aber wahrscheinlich grüßte der jeden. Jeden so Dahergelaufenen, wie er einer war. Das musste er ja, als Bürgermeister. Denn grüßte er einen nicht, war der als Wähler weg. Trotzdem: Unglaublich, wie leichtfüßig der lief! Neidisch konnte man werden, bis zur Wutgrenze. Behütuns aber tat nach diesem ersten Laufversuch nur alles weh. War Sport wirklich gesund? Sein Befinden sprach eindeutig dagegen.

Also: Schlechte Laune, Unausgeglichenheit, Muskelkater. Gereiztheit, Entzugserscheinungen, Schwitzen. Draußen die Stadt voller Schnee, richtige Berge, die kamen mit dem Räumen gar nicht mehr nach, und es sollte sich erst gegen Abend beruhigen. Zwei Tage hatte es geschneit, dann einen Tag nicht, dann wieder drei am Stück. Jetzt reichte es aber auch, so viel Schnee hatte es schon lange nicht mehr gegeben – und in diese Farblosigkeit hinein war noch ein Anruf gekommen. Als wenn nicht schon einer genügt hätte. Sie hätten eine Leiche gefunden, in einer Miete. Miete? Was sollte das denn sein? Wollten die ihn verarschen? Nein, die hatten keine Ahnung, wie sich dann herausstellte. Meinten ein Fahrsilo für Maissilage. Keine Ahnung haben, aber mit irgendwelchen Begriffen klugscheißen. Es war immer das Gleiche, man hatte es nur mit Idioten zu tun. Blödes Pack. Auf jeden Fall: Er wollte gerade zu dieser erfrorenen Frau, dem ersten Anruf. Die hatten sie gefunden und die musste er sich anschauen, weil das irgendwie unstimmig erschien, eine nackte Frau mitten im Winter auf einer Bank in ihrem Garten erfroren, da kam dieser Anruf mit dem Silo, mein Gott – und dann auch noch dieser Typ, der jetzt hier herumstand. Einer von der Streife, so wie er aussah. Klein, dick, die Mütze schief nach hinten. Die war dem doch viel zu klein! Sah ja unmöglich aus! Und *so* ließen die einen Beamten unter die Leute! Und warum schwitzte der denn nicht, wenn er doch so dick war? Der müsste doch viel mehr schwitzen als ich, das gibt es doch gar nicht ...

Wahnsinn, über was man sich alles aufregen konnte. Behütuns fühlte, wie es in seinem Innersten wühlte, wie es brodelte, wie der Druck wuchs. Und das setzte dem Ganzen noch die Krone auf: Wo er den Kommissar Friedemann Behütuns finden könnte, hatte der gefragt. Kam einfach so rein, ohne anzuklopfen, stellte sich frech hier hin mit seiner viel zu kleinen Mütze und sagte Friedemann! *Frie-de-mann*!!! Wo hatte der denn den Namen her? Und wie er den betont hatte – da war doch Spott dabei, das hatte er ganz deutlich herausgehört! Mit voller Absicht hatte der das so gesagt. Arschgesicht! Und dazu noch dieses Grinsen. Was wollte der hier?! Sollte ruhig noch ein wenig warten! Behütuns schaute vor sich hin, sah den Dicken nicht an und ließ seine Gedanken laufen. Und der Dicke? Stand einfach nur da, dem schien das alles nichts auszumachen.

Also. Was sollte er jetzt tun? Zu dieser Frau fahren oder zu der »Miete«? Aber egal was – es würde ohnehin schwierig genug werden. Man kam doch gar nicht vorwärts draußen, bei diesem vielen Schnee. Seit geschlagenen drei Tagen schneite es, und da draußen lagen jetzt bestimmt schon 40 Zentimeter, selbst mitten in der Stadt, und der bayerische Umweltgesundheitsminister Markus Söder, selbst Nürnberger und sich immer wieder sodbrennig in die Stadtangelegenheiten einmischend, war, wie es so seine Art war, schon wieder wadenbeißen beim SÖR, beim Servicebetrieb Öffentlicher Raum. Die hätten das nicht im Griff, hätten wohl nicht gewusst, dass der Winter kommt. Immer dieses Pinschergekläff. Aber einem Pinscher gibst du 'nen Tritt, dann quietscht er kurz auf und kläfft nicht mehr, jedoch dem Söder? Dabei schaufelten die doch, was sie schaufeln konnten. Vierzehn, sechzehn Stunden am Stück, in Sonderschichten, Tag und Nacht. Aber der Söder sagte nur, was alle dachten, nämlich dass immer alles flutschen müsse, dass überhaupt das Flutschen an sich der ganz normale Zustand sei. Die lebten doch nur in ihren Köpfen und im luftleeren Raum, nicht in der Welt. Nichts in der Welt flutscht! Nur in den Köpfen sind die Straßen frei, na klar, da ist ja auch nur Vakuum. In der Welt aber schneit es, da regnet es auch mal, da gibt es auch mal Sturm und Hochwasser. Die Welt besteht aus Masse und aus Fleisch, du brauchst nur mich anschauen, dachte Behütuns. Das hast du nicht im Griff, die Welt macht, was sie will. Das darf nicht sein!, schrien die dann, der Schnee muss hier weg! Immer dieses Rumgesöder. Der viele Schnee, der stört! Den wollen wir vielleicht auf der Piste, auch gern im Fernsehen, aber doch nicht auf der Straße und schon gar nicht in der Stadt! Wer ist dafür verantwortlich?! Dass das aber die Welt war, das begriffen die nicht und würden das auch nie begreifen können. Weil die das gar nicht denken konnten. Die dachten wissenschaftsverseucht und ahnungsfrei von der Natur in Idealzuständen, Ausnahmen kamen da nicht vor, allenfalls innerhalb der Regeln. Doch dass das alles Chaos ist, von früh bis spät, jahraus, jahrein, mit Ruhephasen zwischendrin, die dir was vorgaukeln, das hatten die nicht begriffen. So wie der Söder: nichts begriffen. Aber immer druff! Wadenbeißen, wo es geht. Pinschercharaktere. Fakt war: Da draußen lag jetzt jede Menge Schnee, und folglich lief die Welt nicht rund, sie eierte – was eigentlich normal war, alles andere war nur Illusion. Ich merke es doch schon an mir, dass alles unrund läuft, dachte sich Behütuns und war wieder bei seinem Unwohlsein und seiner schlechten Laune. Schönwetterwelt, das war das, was die Leute wollten und von der aus sie auch dachten. Bei fast 10 Regentagen pro Monat im Schnitt! Und nur vier Sonnenstunden täglich, aufs Jahr gerechnet. Das ist keine Schönwetterwelt, das ist fast nur beschissen. Der Typ stand immer noch vor ihm, stoisch oder wie selbstzufrieden, die Uhr zeigte auf kurz vor elf.

Einen Moment konnte er den Dicken noch warten lassen. Man schlief auch ganz anders, dachte er, wenn man nicht geraucht und nichts getrunken hat. Viel fester und viel tiefer – und wurde überhaupt nicht mehr wach. Eine Katastrophe war das seither jeden Morgen. Er war immer völlig zermatscht, fühlte sich wie erschlagen. Und dann noch diese vielen Träume! Albtraumgewitter. Ach, das trifft es ja gar nicht.

Unsinnsgewitter schon eher. Er hatte immer so schön traumlos geschlafen nach zwei, drei, manchmal auch vier Dunklen oder Weizen, und jetzt? Dieser unsägliche Schmarrn, den einem das Hirn da zumutete! Unglaublich wirre Geschichten – aber die dann mit einer Intensität, die erschreckend war. Das Gehirn kotzte sich so richtig aus, so kam es ihm vor, kramte auch noch aus den hinterletzten Windungen heraus, was dort so herumlag. Aus verklebten und verkniesteten Falten, wo schon seit Jahrzehnten niemand mehr vorbeigekommen war und wo es Gerümpel hatte, das weiß Gott kein Mensch mehr gebrauchen konnte. Schauderhaft. Aber die Träume kratzten alles heraus – und servierten einem das dann auch noch alles. Dreckwäsche, stinkige Matratzen, schimmeliges Leergut. Kein Mensch will doch dieses alte Zeug haben, soll es doch bleiben, wo es ist und dort verrotten, vergammeln, vermodern! Und das Schlimmste ist ja: Du kannst dich nicht wehren. Das kommt, das spuckt dich von innen an, und du hast keine Chance. Außer nicht schlafen vielleicht. Es war einfach nicht zu ertragen, und um so mehr man darüber nachdachte, desto weniger.

Der Druck in Behütuns nahm spürbar zu. Friedemann! Das traute sich der zu sagen, einfach so! Kommt daher und nennt mich Friedemann! Rotzlöffel, wanstiger. Wer hatte ihm denn das gesteckt? Und dann auch noch dieses Grinsen im Gesicht. Behütuns spielte an der Innenseite seines Hinterkopfes einen Moment lang durch, wie es jetzt wäre, voll mit der flachen Hand auf den Tisch zu hauen, am besten gleich mit beiden, und »Raus!!!« zu brüllen, »Raaauuuusss!!!!!«. Wow, würde das jetzt guttun! Aber er knetete nur seine Finger, sonst keine Reaktion.

Die Frage nach dem Friedemann stand noch im Raum.

Der Dicke war immer noch da. Deutete jetzt auf ihn, nahm den Kopf leicht herunter, sah ihn von unten fragend an. Und wartete.

Behütuns schloss die Augen und dachte: »Nein! Nein! Nein! Nein! Nein!«

Und sagte tonlos: »Ja.«

»Haben Sie einen kurzen Moment Zeit?«

Herr im Himmel, nein! Nein! Nein! Nein! Nein!

Aber er antwortete nur tonlos: »Ja.«

»Kugler. Dagobert Kugler, Polizei Nürnberger Land«, stellte sich der Dicke vor, »darf ich mich setzen?«, und nahm sich auch schon einen Stuhl.

Kugler, dachte Behütuns, das trifft's schon ganz gut – aber Kugel wäre noch viel besser, so voluminös wie du bist. Und Dagobert ist auch nicht der Hit ... Doch dachte er das schon gar nicht mehr böse, beobachtete er an sich, sondern ohne jeden gehässigen Unterton. Wo war nur die schöne Wut? Er hatte doch gerade so herrlich gekocht? Das tobte doch gerade so wunderbar durch ihn hindurch? Stampede durch die innere Wüste. Bis zu den Ellenbogen ganz tief im Abfall und so richtig darin rühren. Dass der ganze Dreck einmal ans Licht kam. Aber: weg. Der Anfall war völlig verflogen.

Wow.

Behütuns atmete durch.

»Was gibt's?«

Der Dicke wirkte angenehm, hatte eine gute Ausstrahlung. War das vielleicht ein Anfall gewesen gerade, eine Entzugserscheinung? Gehörte das mit zum Programm? Dann würde er nie mehr rauchen, nie mehr ein Bier trinken! Den Schwur würde er noch auf der Stelle leisten. Würde das wiederkommen? Wann? Ließ sich das vielleicht steuern? Verlängern? Oder abrufen, wenn man es wollte? Vielleicht zwischendurch einmal wieder einen draufhauen, ein paar Bier, ein paar Zigaretten, um den Entzug wieder zu reaktivieren, sollte er aussetzen? Wie positiv doch Negatives sein konnte, wie aufbauend Zerstörerisches, wie erquickend geistige Jauche. Jauchze, frohlocke! Ich werde nie wieder rauchen, nie wieder ein Bier ... Wut kann so schön sein! Das pfleg ich mir, das bewahr ich mir!

Die Kugel Dagobert hatte es sich inzwischen bequem gemacht auf dem Stuhl gegenüber und ihre Mütze noch weiter nach hinten geschoben. Die musste ja schon fast auf dem Kragen aufstehen. Das konnte Kommissar Behütuns aber schon nicht mehr so richtig sehen. Die Augen. Auch das war so etwas, wo man sich trefflich drüber aufregen konnte. Auch diese Augen machten immer mehr, was sie wollten. Wurden von Tag zu Tag schlechter. Faulenzten, bummelstreikten, verweigerten einfach immer mehr ihren Dienst. Sendeten nicht mehr das, was sie sollten. Du machst sie auf, und was liefern sie dir? Verwaschenes und verschwommenes Zeug! Keinen Bock mehr, sich zu fixieren, sich zu konzentrieren auf den entscheidenden Punkt. Bist *du* hier der Herr oder *die*? Das ist Revolution, schleichend, das hast du nicht mehr im Griff. Es entgleitet dir einfach. Oder ist das vielleicht Demokratie? Dass da jetzt jeder mitreden darf? Und machen darf, was er will? Mit Demokratie hat das nichts zu tun, das ist Anarchie pur – die Anarchie des Alterns. Der Magen stößt auf und schickt dir öfter mal Saures, die Knochen tun weh, wenn du sie bewegst, die Haare gehen aus – wo gehen die eigentlich hin? –, die Luft fehlt dir immer öfter, und sehen tust du auch nichts mehr. Zumindest immer weniger. Liegst abends im Bett und willst lesen – aber die Buchstaben sind weg, lassen sich ums Verrecken nicht mehr fixieren. Tanzen, verschwimmen, machen sich fleckig – ah, herrlich, es geht wieder los! Wo waren wir stehen geblieben? Ach ja, bei den Augen, beim Lesen. Geliebte Wut, geheiligter Wutanfall! Liegst du im Bett abends, schlägst das Buch auf und siehst? Nichts. Die Buchstaben wie nach fünf oder sechs Bier. Tanzen, verschwimmen, machen, was sie wollen. Dabei hattest du nur zwei Dunkle. Das kann doch nicht sein, verträgst wohl nichts mehr? Ist es die Leber, ist's das Gehirn, ist irgendetwas in dir schon kaputt gesoffen? Nein, es sind nur die Augen. Die Sicht wird schlecht auf die Idealwelt – die nie eine war. Aber bis du da drauf kommst, dass es die Augen sind, nicht das Bier ... Dass die es sind, die dir die Welt vernebeln ... Was wollte der Dicke? Auf diese Frage hatte der noch nicht geantwortet. Saß nur so abwartend da.

Behütuns sah ihn jetzt fragend an.

»Ja?«

Irgendetwas schien für den lustig zu sein.

»Darf ich was fragen?«

»?«

»Der Name ist ja schon toll.«

Toll. Das war doch keine Frage.

»Und die Frage?«, fragte Behütuns.

Der Dicke unterdrückte ein Glucksen. Irgendwie schien er ziemlich belustigt. Blödmann. Wie hieß der noch gleich? Kugel? Nein: Kugler! Und Dagobert, ha!

»Dagobert ist auch nicht besser«, konterte Behütuns, »und Kugler«, setzte er nach, »bei dieser Statur.« Dann lehnte er sich herausfordernd zurück.

Der Dicke aber wurde nicht pampig, ganz im Gegenteil. Jetzt ließ er seiner Belustigung freien Lauf.

»Meine Freunde nennen mich Kugel. Auch Kubik. Oder Raumschiff manchmal.«

»Okay, Raumschiff, haben Sie Zeit? Ich muss raus ins Gelände.«

»Ich hab keinen Dienst mehr.«

Der Kommissar schaute aus dem Fenster. Und was er da draußen sah, war mit Schneefall nicht richtig beschrieben. Es schüttete Schnee. Dann schaltete er sein Schreibtischlicht aus und stand auf.

»Wir werden eine Zeit lang brauchen.«

> **Die gesellschaftlich objektivierten Sinnstrukturen korrespondieren in hohem Maße
> mit den subjektiven Relevanzstrukturen
> der persönlichen Biographie.**
> Jürgen Habermas, *Theorie des kommunikativen Handelns*

2. Kapitel

Kommissar Behütuns hatte sich, bis die beiden Anrufe und schließlich auch noch der Dicke hereingekommen waren, auch an diesem Morgen wieder in die Reihe dicker Ordner und Unterlagen vertieft. Zum wer weiß wievielten Mal. Missmutig. Hatte geblättert, gesucht, überlegt. Und war frustriert. Sie kamen in dem Fall einfach nicht weiter.

Dieser Professor Altenfurth war ein cleverer Unternehmer. Unternehmensberater, besser gesagt. Also einer, der lieber die anderen etwas unternehmen lässt, dann von deren Profiten profitiert und dabei keine Verantwortung übernimmt. Aber der sich immerhin die Zeit nimmt, einmal über die Unternehmen der Unternehmer nachzudenken, denn diese Zeit hat ein Unternehmer vor lauter Unternehmen im normalen Tagesablauf nicht. Der hat in der Regel irgendwann einmal eine Geschäftsidee gehabt und setzt sie seither um, ist damit erfolgreich – das erst macht ihn ja zum Unternehmer, sonst wäre er längst pleite, also weg vom Fenster – und hat dann jahraus, jahrein den lieben langen Tag genug damit zu tun, sein Unternehmen im Markt zu halten. »Sein Zeug zu verkaufen«, könnte man einfach sagen. Also seine Produkte zu optimieren, günstiger einzukaufen, günstiger zu produzieren, sich die Konkurrenz vom Leib zu halten, die Kunden zu pampern, bessere Preise zu erzielen, neue Kunden zu finden – und über all dem vergisst er in der Regel die Zeit. Wobei »Zeit« in diesem Zusammenhang ganz einfach bedeutet, dass alles immer weitergeht, irgendwie. Man älter wird, Kinder kriegt, einem die Frau wegläuft oder Geld haben will, es schon wieder Weihnachten ist, sich die Technik verändert, die Moden, die Welt, das ganze Außenrum. Nichts bleibt ja so wie es ist, alles verändert sich ständig. Das eine verfällt, und daneben wächst etwas Neues. So ist nun mal die Welt. Stillstand gibt es nirgendwo, der ist nur ein Produkt unseres Denkens. Das alles und noch viel mehr hatten Behütuns und sein Team erfahren und aus verschiedenen Aussagen zusammengetragen, als sie in einem Fall aus dem Spätsommer ermittelt hatten. Klienten von Professor Altenfurth, die sie befragen mussten, hatten das erzählt, der eine dies, der andere das, sie hatten sich das alles sehr interessiert angehört und zusammengefügt. Es war nicht ihre Welt, aber sie schien spannend. Irgendwie ging es die ganze Zeit um Geld, das in bestimmten Kreisen reichlich da war, das zirkulierte und das man investierte, damit man es behalten konnte. So war die Logik, wie sie sich ihnen darstellte: Hast du kein Geld, dann kannst du auch keines halten – und kannst auch keines investieren, um Geld zu machen. Das kannst du nur, wenn du Geld hast. So bleibt das Geld beim Geld, es dreht sich fast ausschließlich in bestimmten Kreisen und anderen den Rücken zu. Dort reicht's dann oftmals gerade für das Nötigste.

Das stand jetzt alles in den Akten: Professor Altenfurth wurde als clever angesehen, weil er Professor war. Kein richtiger, sondern Honorarprofessor. Das sagte er zwar nie dazu, war aber so. Ein Honorarprofessor bekommt diesen Titel dafür, dass er zwei Stunden pro Woche an einer Hochschule umsonst irgendetwas tut. Eine Vorlesung hält zum Beispiel. Das ist keine große Investition, das macht man so nebenbei, vielleicht 20 Mal im Jahr, den Rest lässt man dann ausfallen. Wichtige Termine. Die Zeiten setzt du von der Steuer ab, die Fahrtkosten auch. Mit dem Titel aber kannst du dick auftrumpfen – und vor allem hohe Honorare verlangen. Weil ein Professor per definitionem klug ist – klüger als alle anderen. Das ist ganz einfach so. Also kostet er auch mehr. Und der Rat, den man als Unternehmer von einem Professor bekommt, ist immer sehr viel wertvoller als der eines normalen, einfachen Beraters ohne Titel. Selbst der Rat von einem »Dr.« ist weniger wert – obwohl ein »Dr.« für seinen Titel richtig was tun muss. Eine dicke Arbeit schreiben bei richtigen Professoren, sich prüfen lassen, ausfragen lassen und so. Der Honorarprofessor muss das nicht, der kann sich das alles sparen. Er muss noch nicht einmal einen Doktortitel haben. »Professor« klingt einfach gut. Da schwingt immer Ehrfurcht mit und Achtung – genauso wie eine Spur Unterwürfigkeit. Jemanden mit »Herr Professor« anzusprechen ist wie eine tiefe Verbeugung. Außerdem denken die Leute bei einem Professor den »Dr.« gleich immer mit, wie wenn das selbstverständlich wäre. Dabei reicht es für den Titel schon, wenn man einfach clever ist. Und die richtigen Leute kennt, sonst kommt man an den Titel nicht ran.

Auch das macht den »Professor« übrigens wertvoll: Die Leute wollen einen Professor kennen, sie wollen mit ihm gesehen werden oder wollen zumindest, dass die anderen wissen, dass sie einen kennen und der sie auch. Das wertet sie auf. Auch deshalb ist es clever, einen »Professor« vor dem Namen zu haben. Als Professor wird man wie auf einem Schild durch die Welt getragen.

Professor Altenfurth aber war auch sonst recht clever, beruflich. Er hatte ganz speziell für sich den ABC entwickelt, den »Altenfurth Business Check«. Und dazu auch ein Buch geschrieben. Denn wenn man Professor ist *und* ein Buch geschrieben hat, dann ist das kaum mehr zu toppen. Dann fressen dir die Leute aus der Hand, laden dich ein und hofieren dich, dann kommen die Aufträge von selbst – und zwar von *erfolgreichen* Unternehmern, also von Unternehmern ohne Geldsorgen. Die sich von Professor Altenfurth bestätigen lassen wollten, wie erfolgreich sie waren, und sich mit seinem Namen schmückten. Der Vorteil für Professor Altenfurth: In solchen Unternehmen konnte er nichts kaputt machen, denen schadete seine Beratung nicht. So hatte letztlich jeder etwas davon, und die Welt war in bester Ordnung.

Doch nochmal zum ABC. Er nannte diesen Check auch »System Altenfurth«. Es war sein System. Die Logik zentraler Unternehmensgesetze, unwiderlegbar, zu denen jeder nur »Ja« sagen konnte. Es waren die berühmten »Altenfurth'schen GEKUEs« die »General-Kräfte des unternehmerischen Erfolgs«. Er sprach das »Geküss« aus, und die Unternehmen, die er beraten hatte, bezeichnete er als »vom ABC geküsst«, und dafür bekamen sie ein Zertifikat. Ein Stück Papier für die Wand, das adelte, am besten im Chefzimmer oder im Eingangsbereich. Damit es alle sehen. Das wirkte. Und »Geküss« konnte man sich auch gut merken, es wurde Professor Altenfurths Markenzeichen. Immer mehr Unternehmen wollten dieses Zertifikat. »Von Professor Altenfurth geküsst«. In Gold geprägt, mit Siegel, gerahmt und hinter Glas. Spötter sagten zwar immer »vom alten Furz geküsst«, also von Altenfurth, das wollte aber niemand hören. Es war auch nicht sehr anständig.

Die Theorie des ABC war einfach und logisch aufgebaut. Satz eins: »Es kann immer nur einer gewinnen.« Woraus zwingend folgte, dass man als Unternehmen gewinnen muss. Logisch danach auch Satz zwei: »Es gewinnt immer nur der Beste.« Was nichts anderes hieß als: Man muss der Beste sein, wenn man gewinnen will. Der Folgesatz ging dann richtig tief an die Substanz: »Wer nicht überleben kann, stirbt.« Das war schon fast philosophisch und ein Naturgesetz, aus dem für die Unternehmen gefolgert wurde: »Auf Dauer überleben nur die Besten.« Das ging dann so weiter mit Sätzen wie »Alles verändert sich ständig« und »Wer sich nicht verändert, steht still«, »Wer stillsteht, wird überholt«, »Jede Krise ist eine Chance«, »Wer nicht anders ist, wird schnell verwechselt«, »Man kann nur Eines auf einmal«, »Man muss auch Dinge lassen können« oder »Wer sich nicht konzentriert, verliert.« Wer in diese Gedankenwelt einmal eintauchte, kam so schnell nicht wieder heraus. Diese Logik war einfach fesselnd.

Und clever war Professor Altenfurth auch hier: Er beriet nur Unternehmen, die im Familienbesitz waren und von den Familienmitgliedern geführt wurden. Darauf hatte er sich spezialisiert. Und das war ganz klares Kalkül: Ein Angestellter hat immer Freizeit, ein angestellter Manager auch. Der kann auch einmal denken. Nicht gesagt, dass er es dann auch tut, aber er könnte es. Ein Unternehmer aber, der sein eigenes Unternehmen führt und dessen Familie davon leben muss, für den ist das Unternehmen sein Lebenswerk, und deshalb hat der nie Zeit. Er muss immer etwas unternehmen. Also kommt er auch nie zum Denken – nie mal so richtig grundsätzlich. So ein Unternehmer macht entweder etwas falsch – dann geht er Pleite und hat kein Geld mehr für einen Professor. Und bald auch kein Unternehmen mehr. Dann ist es für ihn zu spät und mit irgendeinem seiner Sätze hat der Professor dann recht gehabt. Oder er macht alles richtig, hat aber immer ein schlechtes Gefühl, weil er nicht zum Denken kommt. Und immer ein schlechtes Gewissen, weil er Angst hat, er mache etwas falsch – was dann sein Unternehmen, also sein Lebenswerk, gefährden könnte. Weil er aber bisher alles richtig gemacht hat, hat er auch die nötigen Mittel – und kann sich Professor Altenfurth leisten. Der kuckt dann in das Unternehmen, unterzieht es seinem ABC und stellt eine dicke Rechnung.

Weil alles so gut lief, hatte Professor Altenfurth sich gerade dazu entschieden, noch weniger zu tun. Die Arbeit auf zwei Schultern zu verteilen. Besser: die Arbeit machen zu lassen. Er hatte sich für sein »Office«, wie er das nannte, einen Partner gesucht. Mit Titel. Der sollte die Arbeit machen, er würde dafür mehr repräsentieren. Und er hatte auch den Richtigen gefunden: Dr. Schwartz. Seit vier Wochen nun arbeitete er mit Dr. Schwartz zusammen, und er konnte für sich nur sagen: Es lief gut.

Professor Altenfurth war auch ein kleiner Stenz. Trug Anzüge nach Maß, fuhr einen dicken Porsche – und niemand fand das obszön, Erfolg muss man doch schließlich zeigen dürfen, man hat ihn sich doch verdient! –, besaß inzwischen mehrere Häuser, und er hatte vor allem eines: Einblick in viele Unternehmen. Bis unter den Teppich, in die Unterwäsche oder hinters Sofa. Er kannte dort jeden weißen und jeden Dreckfleck, er wusste, was sich in den Unternehmen tat und auch, was sich da in der nächsten Zeit tun würde. Das war ein riesiges Kapital. Denn während ein Unternehmer das nur von seinem eigenen Unternehmen wusste – und meistens wusste er nicht einmal das –, waren Professor Altenfurth die Innereien von vielen Unternehmen bekannt. Dieses Wissen war unbezahlbar.

Bei Licht besehen sind ja Unternehmensberater eigentlich nichts viel anderes als Schnüffler, hatte sich Behütuns irgendwann später einmal gedacht. Sie durchforsten dir, wenn du Unternehmer bist, deine Bücher und unternehmerischen Hinterzimmer, graben sich durch dein gesamtes Fundament, drehen jeden Teppich um und schauen hinter jedes Bild, schnüffeln in jedem Kellerloch herum und unter jedem Bett – und kein Mensch garantiert dir, dass sie dir alles sagen und zeigen, was sie gefunden haben. Am Schluss wissen sie viel mehr über dein Unternehmen als du, und du kannst ihnen nur vertrauen – und dafür lassen sie sich gut bezahlen. Die Logik dahinter lautet doch ungefähr so: Bitte lass mich dich fürstlich entlohnen, damit ich dir vertrauen darf. Also: Lass dir was schenken, und ich schenk dir was dafür. Ziemlich clever gestrickt.

Wie kommt man nur dazu, so quer zu denken, hatte sich Behütuns gefragt – und war auf eine genauso verquere Logik gestoßen. Was ihm das ganze System schon wieder sympathisch gemacht hatte. Denn der Unternehmer, der um Vertrauen bittet und den Berater dafür fürstlich zu entlohnen verspricht, beruft sich dabei auf wieder andere Unternehmer: Die hätten das ja ganz genauso gemacht – also den Berater gebeten, ihm ihr Vertrauen schenken zu dürfen und ihm versprochen, ihn dafür zu bezahlen. Und was die dürfen, darf ich ja auch. Ich bezahle auch mehr. So konnte Professor Altenfurth seine Tarife ständig erhöhen.

Vielleicht zweieinhalb Stunden bevor man ihn fand, fuhr Professor Altenfurth an einem frühen Morgen mit seinem Neunhundertelf die schmale Straße zum Golfplatz hinauf – einem riesigen Park weit vor der Stadt, abseits und ruhig gelegen, hineingelegt ins fränkische Land. Hügeliges Gelände mit alten, knorrigen Kirsch- und Apfelbäumen und weiten Blicken von den Höhen in das Umland und die Fränkische Schweiz. Bis Nürnberg konnte man sehen. Fernsehturm, Businesstower, Burg – das alles lag einem im Dunst am südlichen Horizont wie zu Füßen. Und auf der anderen Seite im Rund die ersten Berge der Fränkischen Schweiz, der Hetzles und der Lindelberg, das Städtchen Gräfenberg am Hang des Kasbergs, drüben der Hienberg und der Rothenberg und in den Tälern rundherum die Dörfer. Traumhafte Fairways fand man auf dem Golfterrain, oftmals durch Waldstreifen und Schlehenhecken, dann wieder durch Obstbaumreihen oder Bacheinschnitte getrennt.

Schon die Zufahrt stimmte einen richtig ein. Kaum bog man von der Landstraße ab auf einen einspurig geteerten Weg, umfing einen ganz tiefe Ruhe. Beinahe als Hohlweg führte diese Zufahrt, sich in leichten Kurven schlängelnd, durch den Grund eines schmalen Taleinschnittes leicht bergan, links gleich der steile Böschungshang hinauf, rechts kopfweidengesäumt ein Bach, dahinter ein schmaler Wiesenstreifen, dann Büsche, Wald den Gegenhang hinauf. Die Kopfweiden pflegte der Verein. So gelangte man, immer unter überhängenden Bäumen, schließlich zu einem Parkplatz. Hier öffnete sich das Tal. Altenfurth fuhr diese Zufahrt langsam, denn seinen Porsche hatte er tieferlegen lassen, und der Weg war stellenweise gewölbt. Schon einmal hatte er, nur wenig zu schnell unterwegs, mit dem Chassis aufgesetzt. Ein unangenehmes Geräusch, das verdammt nach Werkstattbesuch klang. War dann aber nichts gewesen, er hatte Glück gehabt. Ob er der Erste war an diesem Tag? Deshalb war er hinausgefahren. Er liebte es, als Erster noch im Tau zu spielen, vor allem auf den Greens. Wenn man im nassen, kurz geschnittenen Gras auch später noch verfolgen konnte, wie der Ball beim Putten auf dem Weg zum Loch seine kurvige Spur hinterließ.

Er hatte das Dach seines Neunhundertelfers noch geschlossen. Turbo S Cabrio, schlappe 190.000 Kröten. Was ist schon Geld, wenn man es hat. Dann kann man es auch zeigen, und so ein Porsche macht ja Spaß. Die Leute schauen, und das ist es schon wert. Wer dreht sich denn heute noch nach einem BMW um, nach einem Volvo oder einem Benz? Kein Mensch, denn das sind alles Firmenwägen. Professor Altenfurth lauschte dem Sound. Er klang nach Kraft, nach Aufdemsprungsein eines Panthers, nach Ichtippegleichanundfahrdiekrallenaus. Nur geiler Sound. Bewusst verhaltenes Röhren, Blubbern, tief, das jederzeit zum Brüllen werden kann, wenn man es will, zu Aufschrei und Gedröhn. Mit offenem Wagen klang das besser, sicher, da hat man dann auch mehr davon – aber um offen zu fahren war es noch zu kühl, es war gerade Morgengrauen, früh, kurz nach halb sechs. Erst auf der Heimfahrt würde er das Dach öffnen, am Vormittag, dann wäre es warm genug.

Doch Altenfurth wurde enttäuscht: Er war nicht der Erste am Golfplatz, ein Wagen stand schon dort, er kannte ihn. Der Benz des Kollegen Brädl. »Doc« Brädl, Unternehmensberatung Dr. Leo Brädl aus Nürnberg, der Berufsbezeichnung nach ein Konkurrent, doch Chef eines viel größeren Ladens mit über 20 Spezialisten und den Schwerpunkten Finanzierungen und internationale Steuer- und Rechtsberatung. Auch Brädl spielte gern am frühen Morgen, und manchmal zogen sie auch gemeinsam über den Platz. Brädl hatte sein Geld schon gemacht, sich in der letzten Zeit mehr und mehr aus dem Tagesgeschäft zurückgezogen und verbrachte seine Tage lieber mit seiner jungen Frau. Oder, überlegte Altenfurth, hatte Brädl seinen Wagen stehen gelassen gestern Abend? Nein, sicher nicht. Der Golfplatz lag viel zu weit abseits, und es waren hier auch schon Autos gestohlen worden, erst letzthin zwei, und das am helllichten Tag. Der Professor war sich sicher: Kollege Brädl war schon »on the flight«.

Er parkte seinen Porsche gleich neben Brädls Benz, stieg aus und sah sich um. Die Morgenluft war frisch, überall glänzte Tau. Der Benz knackte ganz leise unter seiner Haube, er stand also erst kurz geparkt. Neben dem Parkplatz plätscherte leise ein Bach, ansonsten hörte man nur die Vögel bei ihrem Morgengesang. Hätte er sie gekannt, so hätte er die klaren Rufe der Pirole aus den Baumwipfeln und auch die Nachtigallen drüben aus dem Unterholz vernommen, doch für ihn waren es nur Vögel, laut und schön.

Professor Altenfurth packte sein Bag aus und seinen Caddie und sah hinauf zum Clubhaus, das am Hang dort oben stand, inmitten von Obstbäumen und Wiesen. Dahinter der Himmel im Osten leuchtend hellblau. Bis Sonnenaufgang würde es noch dauern, eine halbe Stunde vielleicht, knapp, schätzte Altenfurth. Um sechs Uhr dreizehn sollte er sein, so hatte er es im Internet gelesen, gestern auf dem Flug.

Das Clubhaus war ein altes Bauernhaus. Damals hatten die Menschen noch ein Gespür für das, was wo und wie in die Landschaft passt, dachte sich Altenfurth gerade und sog ganz tief die kühle, klare Luft ein. Das Sandsteinhaus stand wie gemalt. An ihm war einfach alles stimmig. Da kam von oben dieses »Pling«, dieses metallische des Drivers, wenn er den Ball voll trifft. Brädl schlug wohl gerade ab, dachte sich Altenfurth, und hatte den Ball ganz gut getroffen. Er war also erst an Loch eins. Ein Fasan krächzte von drüben aus dem tiefen Gras und über das Fairway oben hoppelten zwei Hasen, kein bisschen scheu. Professor Altenfurth konnte Dr. Brädl nicht sehen, der Abschlag war von Bäumen verdeckt. Jetzt hörte er auch die Schafe blöken aus dem Stall, der dort oben auf der Höhe stand. Oder standen die Schafe auf der Weide? Sollte er hinauf zu Brädl und mit ihm über den Platz? Einen kurzen

Moment nur hatte er diesen Gedanken, dann schüttelte er wie für sich den Kopf. Er wollte lieber alleine spielen, in den Sonnenaufgang hinein. Den Tag für sich genießen. Und wollte jungfräuliche Greens, noch mit dem frischen Tau. Also nahm er seinen Caddie und schob den Weg hinauf, jedoch nicht den zum Clubhaus, sondern den auf die andere Seite des Areals. Auch wenn das nicht erlaubt, zumindest nicht gerne gesehen war: Er begänne heute an Loch sieben. Es war ja auch sonst niemand da.

Auf seinem Weg hinauf sah er dann drüben Dr. Leo Brädl, auf der anderen Seite des Tals. Er nannte ihn immer »Doc«, der nannte ihn »Prof«, das war so in diesen Kreisen. Der Doc lochte gerade ein. Sie winkten sich noch aus der Ferne zu, dann verloren sie sich aus dem Blick. Sie spielten in verschiedene Richtungen.

Professor Altenfurth hielt sein Spiel zügig, nur selten blieb er stehen, hielt für Momente inne. Dann ließ er seinen Blick auch einmal schweifen und genoss die Welt. Tief sog er den Duft von nassem Gras ein. Dunst lag noch in den Tälern, die Dörfer drunten noch in Schattenfeldern wie verkrochen, einzelne Rauchfahnen, gleich aber würde die Sonne kommen. Ganz weich war jetzt die Welt, ganz weit. Die Gräfenbergbahn tutete dort drüben, weit entfernt, durchs Tal, der erste Zug wohl in die Stadt. Ein Motorrad fuhr irgendwo, dann war es wieder still. Die ersten Flieger schwenkten oben nach Nürnberg ein, die Triebwerke im Sinkflug leise. Die Vögel machten ihm Musik. Man könnte ihnen, dachte er gerade, ewig lauschen – da kam die Sonne über Horizont, der neue Tag brach an. Gleißendes Licht sofort und lange Schatten. Gold flutete die Wiesen und brachte das Grün zum Leuchten, unbeschreiblich satt. Professor Altenfurth teete den Ball auf und schlug ab.

Kaum eine Stunde später schob er den Caddie durch den Wald. Es roch nach Moos und Holz, Spinnfäden schwebten in den Sonnenstrahlen, die durch die Bäume brachen. Er kam jetzt zu Loch dreizehn. Der Abschlag lag im Wald eng zwischen Büschen und führte erst durch eine lange, schmale Schneise, dann hinaus aufs Fairway und schließlich einen leichten Hang weit bis hinunter. Das Green lag, noch nicht sichtbar, ganz unten, hinter einem Teich. Er teete seinen Ball auf und zog sein Cap weit über seine Augen. Die Sonne kam direkt von vorn und stand sehr niedrig. Es würde schwierig werden, den Flug des Balles zu verfolgen. Er musste ihn ja direkt in die Sonne schlagen. Professor Altenfurth stellte sich zum Ball, nahm Maß und machte einen Probeschwung – da schlug etwas in seinen Rücken, knapp unterhalb des Schulterblatts. Klein, hart, mit ungeheurer Kraft. Er torkelte. Es war doch niemand da! War das ein Stein? Ein Golfball? Der Professor rang nach Luft, die Atmung wie gelähmt. Er drehte sich nach hinten, sah sich um – und sah den Golfball kommen. Er schlug ihm mitten ins Gesicht.

Das war Professor Altenfurth gewesen. Um kurz nach sieben Uhr war er tot, lag dort im schönsten Morgenlicht. Die Fliegen hatten ihn auch gleich gefunden, krabbelten auf seinem offenen Kopf. Der Prof lag auf dem Bauch, Gesicht im Gras, der Körper leicht verkrümmt. Ein Bein war angezogen, die Arme längs zum Körper. Zum Hinterkopf quoll Hirn aus, auch vorn zum Auge, das Hirn verklebte, hing im Gras – das Hirn, das ABC erfunden hatte. Man sah ihm das nicht an. Es war nur grau und blutig. Kein schönes Bild.

Um acht fand ihn Dr. Brädl. Vom Waldweg aus schon hatte er Altenfurths Caddie stehen sehen und sich gewundert. Nicht, dass der Caddie dort stand, wo er stand. Das war ja durchaus üblich. Man nahm ihn nicht mit bis hinauf zum Abschlag, man ließ ihn hier und nahm ihn dann erst auf dem Weg zum Fairway wieder mit, nach seinem Abschlag. Er wunderte sich jedoch, dass der Caddie *noch* dort stand. Professor Altenfurth hatte doch mindestens acht Löcher Vorsprung, also eine Stunde. Und der spielte schnell. Was machte denn der noch hier? Wartete er? Auf ihn, auf Dr. Brädl? Wollte er ihm vielleicht etwas sagen? Ein Auftrag gar, vielleicht Kooperation? Sie hatten schon einmal, vor nicht allzu langer Zeit, das Thema angesprochen. Doch Brädl hielt nichts von dem ABC, er dachte und beriet anders, mehr juristisch und auch andere Unternehmen. Auch machte er Beteiligungen und Fusionen, Übernahmen.

Brädl trat aus dem Wald und sah nach links in die Richtung, wo der Abschlag war – und sah ihn auch schon liegen. So wie der lag, war klar: Der Mann war tot. Das sah man schon aus vierzig Metern. Ein Herzinfarkt vielleicht? Das durfte nicht wahr sein, der Mann war doch im besten Alter!

Doc Brädl ließ den Caddie stehen und hastete hinüber. Vielleicht war doch alles nicht so schlimm, nur ein Schwächeanfall, oder ein Scherz? Ein frommer Wunsch. Der Mann war tot, da gab es nichts zu deuten. Im Hinterkopf ein golfballgroßes Loch, aus dem das Hirn quoll. Und Fliegen überall, schon früh am Morgen. Doc Brädl tastete mit langem Arm den Hals des Profs und spürte. Es würgte ihn, er suchte, hoffte.

Doch da war nichts. Kein Pulsschlag mehr. Er nahm sein Handy, rief die Polizei.

Das passte ihm jetzt gar nicht in den Kram. Das gibt jetzt richtig Scherereien, kostet mich Zeit und Nerven, dachte er. Doc Brädl sah für sich den kompletten Film ablaufen. Mit Polizei, Befragungen, Verdächtigungen gar, wenn es ganz dumm lief. Und das Gerede hier im Club! Das konnte er gerade noch gebrauchen! Dabei hatte der Tag doch so schön angefangen.

Es dauerte fast eine Stunde, bis die Polizei da war.

> Denn ohne Zweifel folgten die Eingeborenen,
> mit denen ich hier zusammen lebte,
> einem bestimmten Plan.
> Claude Lévy-Strauss, *Traurige Tropen*

3. Kapitel

Der Fall war rätselhaft und blieb es auch. Und ungelöst bis heute. Fest schien zu stehen: Professor Altenfurth war nicht nur ganz gezielt ermordet, sondern hingerichtet worden. Das schloss man aus dem »dritten Schuss«: Ein erster Golfball hatte ihn am Rücken, knapp neben der Wirbelsäule und unterhalb des Schulterblatts getroffen. Er hatte Knochen von der Wirbelsäule abgesplittert, Stücke der Querfortsätze der Brustwirbel Th4 und 5. Hier fand sich auch ein großes Hämatom. Ein zweiter Golfball traf ihn mitten ins Gesicht, knapp unterhalb des rechten Auges. Schon dieser Ball war durch die Augenhöhle bis tief in den Kopf des Opfers eingedrungen. Der Augapfel war dabei regelrecht zerplatzt. Ein dritter Golfball schließlich war dem Mann, da lag er schon auf dem Bauch am Boden, aus allernächster Nähe in den Hinterkopf geschossen worden. Eiskalt, ein Todesschuss, final geplant und durchgeführt zur Sicherheit. Da war der Mann schon nicht mehr lebensfähig, hatte wohl nur noch geröchelt. Der letzte Schuss hatte die Schädeldecke glatt durchschlagen, das zeugte von seiner Kraft.

Als Mordwerkzeug vermutete man so etwas wie eine Schleuder. Wie eine Zwille, mit der Kinder gern auf Vögel schießen – oder schossen, früher –, nur sehr viel größer. Stärker. Es musste ein Eigenbau gewesen sein, war die Vermutung, denn Steinschleudern in dieser Größe und auch Stärke bekam man nicht im Handel, auf jeden Fall nicht hier, also in Deutschland und im engeren Europa. In den Randbezirken waren sie vielleicht zu haben, etwa in Albanien, Kroatien, Russland oder der Ukraine. Hieraus aber einen Hinweis auf den Täter abzuleiten, ginge zu weit, das reichte, ohne wenigstens ein einziges weiteres – und sei es ein noch so mageres – Indiz, nicht einmal für Vermutungen. Hier kam man mit den Überlegungen und Recherchen nicht weiter, brach ab. Doch dass es eine solche Schleuder war, schien sicher: Man hatte an den Golfbällen, und zwar an allen dreien, molekulare Spuren von Leder nachweisen können. Minimal zwar, aber da. Und das schien ganz eindeutig Zwille zu bedeuten. Die Franken sagen Zwieserla.

Man hatte Kommissar Friedo Behütuns und seinem Team im Rahmen einer neuen Einheit »Metropolregion«, aber auch im Sinne einer Amtshilfe für das kleine Nachbarstädtchen Erlangen, die Ermittlungen übertragen. Die Begründungen waren wie immer fadenscheinig, aber das sind Begründungen für den, dem man Arbeit aufhalst, immer; für den, der sie verteilt, sind sie das nie. Weil der, der oben sitzt, eine andere Logik hat. Es hieß ganz einfach, die Erlanger Kollegen seien übervoll, der Golfplatz läge ohnehin gleich vor den Toren Nürnbergs, das Opfer sei ein Nürnberger, und, wie sich dann auch noch herausstellte, zunächst aber »oben« nur gemutmaßt worden war, sei auch das Gros der Mitglieder des Golfclubs in der Frankenmetropole angesiedelt. Vier schwache Argumente, die auch nicht stärker wurden, wenn man sie zusammenzählte. Denn jedes Argument für sich war schwach. Doch der, der oben sitzt und ansagt, hat eine völlig andere Logik als der, der unten sitzt und arbeitet. Es ist der Unterschied zwischen Einbrocken und Auslöffeln. Wer einbrockt, der summiert, schon einfach, weil er etwas hergibt. Da wird aus schwach plus schwach plus schwach dann plötzlich etwas Starkes. Fünf Bröckchen sind da wie ein großer Brocken, um im Bild zu bleiben. Von unten sieht das anders aus, beim Auslöffeln. Denn da schmeckt jedes noch so kleine Bröckchen ekelhaft. Und das summiert sich nicht banal, das potenziert sich, und zwar absolut, exponentiell. Da wird aus schwach mal schwach mal schwach nicht stark, aus wenig mal wenig mal wenig auch nicht mehr, sondern nach den ganz einfachen Gesetzen der Mathematik mit jedem Bröckchen rasant weniger. Und das geht immer weiter und rapide gegen Null, je mehr man schwache Argumente bringt. Doch sag das einmal einem, der oben sitzt und anschafft. So kamen Behütuns und sein Team an diesen Fall.

Der Kommissar und auch sein Team hatten zwar und sowieso nichts Besseres zu tun, saßen nur rum und kratzten sich am Hintern oder sahen zum Fenster hinaus und popelten und hatten keinen Plan, wie sie die lange Zeit verkürzen könnten, doch sie ermittelten. Als Rumpfteam, muss man korrekterweise sagen. Nur Kommissar Friedo Behütuns und die Kollegen Peter Abend, Peter Dick. Denn Peter Jaczek hatte sich verabschiedet: Vaterschaftsurlaub. Für die volle Zeit.

»Der macht sich jetzt 'nen Lenz«, lästerte P. A., »und wir baden das aus.«

»Ich will nicht mit ihm tauschen«, winkte Dick ab, der diese Zeit mit den kleinen, meist kotzenden und schreienden Fratzen gerade abgeschlossen hatte. »Dass man da Zeit hat, wenn man zu Hause ist, das denkt man nur. Die fordern dich von früh bis spät, da hast du keine Ruhe.«

»Dann hast du etwas falsch gemacht«, konterte P. A. »Die Wänste schlafen doch die ganze Zeit.«

Dick hatte darauf nichts erwidert, sondern nur still in sich hineingelächelt. Mit einem, der das nicht erlebt und nicht gemacht hat, brauchst du gar nicht reden, bedeutete das Lächeln, und ich warte nur, bis du den ersten Hosenscheißer hast. Dann sprechen wir uns wieder. Ein gnadenloses Beispiel für den Unterschied von Vorstellung und Wirklichkeit.

Man hatte ihnen zwar Ersatz versprochen für den Ausfall Jaczeks, doch das zog sich hin. So wie das immer ist, man kennt das. Und die Befürchtung wuchs bei Kommissar

Behütuns und dem Team, dass die »da oben« zu dem Schluss kommen könnten, dass drei ja auch den Arbeits- und Ermittlungsaufwand von bisher vier Personen schafften – und vielleicht sogar noch mehr. Auch dass der Ruf nach Unterstützung und Verstärkung nur ein Ruf gespeist aus Faulheit sei, aus Schlendrian, Bequemlichkeit, Gemütlichkeit. Entsprechend konsequent und engagiert gestaltete sich dann auch die Planung für die Untersuchungen. Und lustvoll auch – doch für das Team eher geprägt von destruktiver Lust, nicht konstruktiver.

Golfplatz! Was ist denn das Perverses! Dick tobte richtig los. Das hatte ihm in seiner Laune gleich richtig gut geschmeckt. Da bei den Schnöseln und Reichen, dem »Gschwerdl«, wie er trocken und auch wütend kommentierte, mal so richtig reinzuleuchten. Ist das nicht so ein schweineteurer Sport? Wo die fetten Ärsche ihre fetten Ärsche in ihren fetten Autos hinfahren, weil sie sonst nichts zu tun haben? Sind das nicht alles die, die selbst nichts arbeiten und nur für sich arbeiten lassen? Die überall nur den Rahm abschöpfen und ihre Kohle dann in die Schweiz, auf die Kaymans, nach Liechtenstein oder sonstwohin schaufeln?

»Ja, da hab ich richtig Lust drauf!« Dick hatte geschimpft wie ein Rohrspatz, als sie im Auto saßen und hinausfuhren. Behütuns erkannte ihn gar nicht wieder. Wo kam dieser Zorn nur her, so ungebremst? Es konnte nur die Arbeitsüberlastung sein. Behütuns und P. A. hatten sich angesehen, als Dick so schimpfte, und beide insgeheim gegrinst. Weil es schön ist, wenn sich einer ärgert – denn dann muss man es nicht selber tun.

»Naja, ist doch ein bisschen sehr pauschal, oder?«, hatte Behütuns ihn eingebremst.

»Allein was dem seine Kiste gekostet hat, überleg doch mal«, hatte Dick gesagt. »Das verdiene ich doch in drei Jahren nicht – vor Abzug der Steuern. Da läuft doch etwas schief, oder?«

Obszön fand Behütuns es auch, aber das half ja nichts. Seine Devise war immer: Lern erst einmal die Leute kennen, die Menschen. Mit Vorurteilen kommt man nicht sehr weit, es sei denn weit ins Abseits. Im Grunde war das ja das Gleiche wie mit seinen Fällen. Oder wie mit den kleinen Kindern vorher. Am Schreibtisch oder in der Theorie, da löst du überhaupt nichts. Das Wissen aus der reinen Vorstellung, das ist nichts wert. Das kannst du in der Pfeife rauchen. Zum Leben und zum Verstehen musst immer raus, direkt in die Wirklichkeit, musst immer die Umstände kennenlernen und die Leute. Erst dann ergibt sich eine Lösung. Das Denken spielt dir manchen Streich, vor allem über das, was du nicht kennst.

Obwohl er manchmal auch so dachte wie Dick. Ein Lehrgang war ihm eingefallen, als sie darüber diskutiert hatten, auf dem er einmal war. Im letzten – oder war das schon vorletzten? – Jahr. Zum Thema Wirtschaftskriminalität. Die großen Unternehmen hatten dazu eingeladen, Areva, Siemens, Puma, adidas und so, in die Franconian International School. Kriminalbeamte aus der ganzen Region. Wie blöd schon das »Franconian« klang. Und »Franconian« und »International« zusammen, das passte irgendwie gleich gar nicht. Und erst »Frängouniän Indernäschenäl«, satt englischfränkisch. Egal. Bevor es bei dem Lehrgang in die Inhalte gegangen war, hatten sie ihnen auch die Schule vorgestellt und sie hindurchgeführt, ein lichter und moderner Neubau in der kleinen Nachbarstadt. Und das Modell klang gut, es war erdacht für die Schüler. Denn deren Eltern, alle bei den großen Unternehmen, waren nie für lange Zeit an einem Ort. Sie wechselten berufs- und karrierebedingt oft quer über die ganze Welt. Mal Deutschland, dann mal Argentinien, ein Jahr Shanghai oder Dubai, ein halbes Jahr New York, Moskau, Ohio, nach Montreal, Rio und Ouagadougou, im Grunde war das egal. Nur für die Kinder war das Wechseln schwer. Mal hier zur Schule, dann mal da, dann wieder irgendwo. Das zerstört die Seele, wenn du keine Heimat hast. Hier trat das Modell der internationalen

Schule auf den Plan, dadurch fiel der Wechsel leichter. Denn diese Schulen gab es überall, und dort war für die Schüler wenigstens der Lehrplan weltweit gleich. Es war egal, von wo nach wo du wechseltest bzw. deine Eltern, der Stoff ging einfach nahtlos weiter. Auf Englisch, sowieso. Dass du dann zwar immer noch deine Freunde verlierst, und damit deine Basis, deine Seelenheimat, das war egal, Hauptsache, du kommst weiter. Was wird denn hier gezüchtet, hatte sich Friedo Behütuns gedacht, was sind denn das für Menschen, die da hinten rauskommen? Sicher nur Heimatlose und sozial Entwurzelte, das kann doch gar nicht anders sein. Gut nur: Die richten hier keinen Schaden an, hatte er sich im ersten Moment gedacht, denn Aussage der Schulleitung bei der Führung war gewesen: Keiner der Schüler bliebe hier vor Ort, kein einziger hätte zum Beispiel bisher hier in Erlangen, also vor Ort, studiert. Die gingen alle in die weite Welt, nach Oxford, Cambridge, Massachusetts und machten danach Karriere. Dann sind die weg, ist gut, dachte Behütuns.

Und dann saß er im Lehrgang, geschlagene drei Tage. Ein schöner, heller Raum, gedeckte Farben mit Akzenten, das roch stark nach Konzept. Und eine breite Glasfront bis hinunter auf den ausgesuchten Holzfußboden. Hier war alles Design. Und unter ihnen, ihrem Lehrgangsraum, war der Haupteingang der Schule, man sah, wer alles kam und ging von früh bis spät. Große und Kleine, Männlein und Weiblein, Braune, Gelbe, Rote, Weiße, ein herrliches Gemisch, die ganze Welt in einer Schule, unter einem Dach und ohne Schranken. War das nicht genial? Im Grunde ja, nur gab ihm das zu denken: Das ist die reine Welt des Geldes, das sah man jeden Tag. Nicht nur, dass diese Schule bis zu tausend Euro kostete, für jeden Schüler, jeden Monat neu, was niemand, der normal verdiente, auch nur annähernd berappen konnte. Was sich ihm aufdrängte, war das: Hier blieb man unter sich, und ganz gezielt. Das war das erste, was ihn störte. Und während dann die Referenten irgendetwas faselten von Spionage in der Industrie und auch den Schäden, die das alles anrichtete und wie man sich dagegen wehrte, sah er hinaus zum Fenster. Da fuhren Frauen vor im Maybach, vier Mal am Tag. Brachten das Gör um acht, holten es mittags ab, brachten es am Nachmittag und warteten dann abends wieder. Und nicht nur eine dieser Frauen, sondern fünf, nein sechs, und jede mit einem Maybach. Doch das war nur ein Beispiel. Was er hier sah und was da unten täglich vorfuhr, war die größte Dichte fetter Autos – und auch die größte Dichte kleiner, blonder, hübscher, schlanker Frauen –, die ganz Franken bieten konnte. Doch das war immer noch nicht der Punkt. *Das* war es, was er dachte: Was ist denn das für eine Wirklichkeit, in die die Kinder wachsen? Was die als Wirklichkeit erfahren, Tag für Tag als ungebrochene Selbstverständlichkeit und international, hat mit der Welt doch nichts zu tun. Gehen die denn auch mal auf die Straße, ganz normal wie 99,999 Prozent der ganzen Welt? Mitnichten. Die Welt, in der die leben und die sie als Welt erfahren, als Wirklichkeit, also als das, was wirkt, hat mit der Welt, so wie sie ist, doch nichts gemein. Das ist gemein gedacht, vielleicht, doch richtig. Und diese Kinder sind dann morgen die Elite in der Industrie, in Unternehmen, in Regierungen. Die stellen dann die Weichen für die Welt – für ihre Welt, für die der Reichen. Und das wird ihnen dann auch schwerlich zu verdenken sein, man kann es ihnen auch nicht vorwerfen, sie kennen es ja gar nicht anders. Sie halten ihre Welt für *die* Welt. Welch ein Irrtum! Sozial Heimatlose, die aus einem vakuumgefüllten Wirklichkeitsnirvana heraus dann etwas steuerten, das sie gar nicht kannten. Da konnte es einem schon grausen.

Von der Schulung war bei ihm nicht sehr viel hängen geblieben, wenn er so zurückdachte. Da fuhren sie gerade durch das Industriegebiet von Eckental und suchten ihren Weg.

»Also, Leute«, hatte er gesagt, »ohne Wut dahin, ohne Ressentiments, ohne Vorurteile, verstanden?« Im Grund hätte er sich das sparen können, das wusste er, denn er kannte Dick sehr gut. Auch konnte er sehr wohl unterscheiden zwischen dem, was man als Dampfablassen bezeichnen musste und dem, was man tatsächlich dachte und auch lebte. Behütuns hatte viel Verständnis für den Druck, der durch die viele Arbeit auf seinem Rumpfteam lastete, und war entsprechend nachsichtig. Mit Jaczek wäre das Gespräch ohnehin so nicht verlaufen, dachte er für sich, und zwar gleich zweifach nicht: Der hätte einmal sehr viel früher und egalisierend eingegriffen und gemosert – und dann wäre es wahrscheinlich gar nicht erst zu so einem Gespräch gekommen, weil die Arbeit ja auf vier und nicht auf drei Schultern gelastet hätte. Was ist eigentlich aus dem versprochenen »Ersatz« für Jaczek geworden, fragte sich Behütuns. Ich muss da einmal nachhaken.

Auch P. A. war dann noch beschwichtigend auf den Wutausbruch von Dick eingegangen. Beim Golf sei es so, wie es beim Tennis in den 1970er Jahren gewesen sei, hatte er vorsichtig eingewendet, der Sport sei gerade dabei, sich zu demokratisieren. Er wandere von den reichen Schichten in die Mittelschicht.

»Das Bild in deinem Kopf ist schätzungsweise 20 Jahre alt und für jetzt falsch. Heute spielen doch viel mehr Menschen Golf als früher«, hatte er gesagt.

»Dann fahr mal in den Reichswald«, hatte Dick zurückgekläfft.

»Der Reichswald ist ein Sonderfall«, gab Peter Abend zu, »ein Club vom alten Schlag. Die sehen sich als Eliteclub, da spielt der Geldadel von Nürnberg. Die pflegen das und lassen auch nicht jeden rein.«

»Ha! Sag ich doch!«, triumphierte Dick. Er hatte sich auf seine Position versteift und spielte sie jetzt konsequent weiter. Im Grunde aber nahm die Diskussion schon länger keiner mehr so richtig ernst, sie ließ sich nur nicht so einfach abbrechen.

»Der Reichswald ist aber heute die Ausnahme und Clubs wie der, wo wir hin müssen, sind eher die Regel. Da ist das wirklich anders«, hatte P. A. noch nachgeschoben, was Peter Dick zum letzten Angriff blasen ließ:

»Und wo weißt du das her?! Herr Abend spielen wohl selber Golf? Am Ende heimlich, hinter unserem Rücken?«

So war schließlich herausgekommen, dass Peter Abend ein paar Freunde hatte, die dort Mitglied waren, und er dort nicht nur schon einmal einen Schnupperkurs gemacht hatte, sondern mit seinen Freunden auch schon über diesen Platz gezogen war ...

Dann kamen sie auf dem Golfplatz an – auf dem Peter Abend recht bekam, nicht Peter Dick.

Das begann schon auf dem Parkplatz.

»Das sind ja ganz normale Autos hier«, stellte Dick maulend fest, als sie auf den Parkplatz fuhren, ausstiegen und er sich umsah. »Ich dachte, wir sehen hier einmal etwas Gescheites!« Er dachte wohl an Porsches, Maybachs, Maseratis, Lamborghinis. Und was standen da? Skodas, Renaults, Hondas, Kias, Fiats. Ja, natürlich auch die obligaten Benze und BMWs, doch kaum anders sah es in jeder Vorstadtsiedlung oder auf dem Aldiparkplatz aus.

»Das ist doch alles Understatement und nur Tarnung«, unkte Dick. »Die dicken Schlitten haben sie daheim in der Garage.«

»Doppelgarage«, foppte P. A.

»Dreifachgarage«, toppte das Dick, »und videoüberwacht.«

Behütuns sagte nichts. Er dachte nur an die Garagen, die sich manche Leute bauten. Häuser, so groß wie die Wohnhäuser, die daneben standen. »Ich glaube, wir müssen da hoch«, sagte er dann und zeigte den steilen Weg hinauf, wo oben zwischen Obstbäumen das Clubhaus stand.

Überall auf den Wiesen und Hängen waren kleine Gruppen Menschen unterwegs, die kleine Bälle suchten, mit langen Schlägern kleine Bälle schlugen und große Wägen schoben oder zogen, aus denen Schläger ragten. Und die die Arme hoben, auch von Weitem, und sie grüßten. Der Weg hinauf zum Clubhaus war steil.

»Wo sind jetzt deine Bekannten?«, provozierte Dick P. A.

Da löste sich aus einer Gruppe rechts am Hang ein Spieler und kam auf sie zu, von Weitem schon ein breites Grinsen im

Gesicht. P. A. blieb stehen, grinste genauso breit zurück und sagte nur: »Da!«

Dick war baff.

»Mensch, Sternhausen! Du hast wohl nichts zu tun, oder?«

P. A. schüttelte den Kopf in Richtung zu den anderen. »Da spielt der hier am helllichten Wochentag Golf! Urlaub, oder was?«

Was darauf folgte, war nur mit männlich-herzlicher Begrüßung halbwegs passend zu beschreiben. Die beiden kannten sich, gar keine Frage. Und ziemlich gut sogar, so wie es schien, bei so robustem Einsatz ihrer Körper.

»Darf ich vorstellen?«, klärte Abend dann die anderen auf. »Mister Neunfinger Hans Sternhausen, der Schrecken der Handballmannschaft und der Schreck der Liga.«

Sternhausen war ein Teamkollege von P. A., sie spielten beide in derselben Handballmannschaft. P. A. war ja noch aktiv, trotz seines Alters. Denkolympics nannte sich die Mannschaft, Bezirksoberliga. Lauter altgediente Cracks, die meisten schon jenseits der vierzig. Spielten aus Spaß und mischten Jahr für Jahr die Liga auf. Zeigten den Youngsters, wo der Barthel den Most holt, so sagte man in Franken. Also wo die Trauben hängen. Sternhausen hatte sogar Bundesliga gespielt in seiner großen Zeit.

»Ihr kommt wegen Prof Altenfurth?«

»Können Sie sich denken. Und jetzt sorgen wir hier mal für Wirbel«, rieb sich Dick provokativ die Hände, »unter dem ganzen neureichen Gesindel hier.«

»Da bin ich auch einer davon«, lachte Sternhausen, »und nicht im Urlaub, wie Sie vielleicht denken, sondern bei der Arbeit!« Dazu zückte er einen Handheld oder Organizer und deutete darauf. »Bereitschaft, wenn Sie verstehen.«

Er sei, informierte er sie, im Service tätig und auf Abruf.

»Den Job möchte ich auch haben«, stöhnte Peter Abend, »am Golfplatz rumtreiben während der Arbeit.«

»Du hast ihn ja«, lachte Sternhausen.

»Was hab ich?«

»Den Job, von dem du träumst. Du bist doch hier am Golfplatz – und du bist auf Arbeit.«

Was stimmte, ohne Frage.

»Okay, wenn ihr mir täglich einen Toten liefert, komm ich öfters«, gab P. A. zurück.

So ging das hin und her, während sie zu viert hinauf zum Clubhaus stiegen.

»Hier wohnt unsere grüne Fee, die müsst ihr fragen«, verabschiedete sich Hans Sternhausen, am Clubhaus oben angekommen. »Die weiß auch, wo der Vorstand ist. Mich findet ihr dann drüben, wenn noch etwas ist«, und dabei zeigte er hinüber auf ein zweites Haus und dort auf die Terrasse. Das Clubcafé, so wie es aussah. Dort saßen Menschen bei Getränken in der Sonne, plauderten und rauchten und überall am Weg dorthin parkten die Caddies. »Ich lade euch ein und zeig euch, wie man Golf spielt«, rief er noch. »Ihr kommt?«

Am Clubhaus, wo die Polizisten standen, hing an der Wand ein Hinweispfeil, darauf stand »Greenfee« und »Büro«. Dort ging es zu der grünen Fee. Die Leute von der Terrasse schauten. Als ob man ihnen ansähe, dass sie Polizisten waren. Sie sprachen über sie und über Altenfurth, das war deutlich zu sehen.

Im Büro war nur die Sekretärin. Groß, schlank und blond, wie sonst. Und hübsch, gar keine Frage. Und nett und sehr zuvorkommend. Die Polizisten hatten eine Liste dabei, von der Gerichtsmedizin, die legten sie dem Fräulein vor. Es waren Angaben zu den Golfbällen, mit denen Professor Altenfurth getötet worden war. Marken und Signaturen.

»Wir müssen jede Spur verfolgen«, entschuldigte sich Kommissar Behütuns, der am Tresen stand. »Das heißt noch lange nicht, dass wir jemanden verdächtigen. Wir müssen nur das alles hier erst einmal annähernd verstehen.«

Dick probierte währenddessen Handschuhe an, die neben Schlägern, Caps, T-Shirts und anderem hier zum Kauf geboten wurden.

»Gibt es denn die bloß einzeln?«, fragte er und hielt so einen Handschuh hoch.

»Man braucht zum Golfspielen nur einen«, erklärte ihm die blonde grüne Fee. Und lächelte.

»Das sieht ja blöd aus«, konterte Peter Dick. »Ich würde nur mit zwei Handschuhen spielen.«

»*Das* sieht dann blöd aus«, lächelte die Fee zurück und wandte sich wieder Behütuns zu.

»Das hier sind Golfball-Marken«, erklärte sie und deutete auf das Papier, das ihr Behütuns vorgelegt hatte, »und nicht die billigsten.«

Yamato HX stand auf dem Zettel, Bridgestone und Callaway HX.

»HX, das sind die richtig Teuren«, erklärte sie. »Die fliegen auch ganz anders. Weil ihre Oberfläche ...«

»Und diese handgeschriebenen Kennungen, das sind die Signaturen von den Spielern, stimmt's?«, unterbrach Friedo Behütuns die Erklärungen.

»Jetzt lass sie doch mal ausreden!«, sprang P. A. der Sekretärin bei. Wie komisch doch immer wieder Männer werden in Gegenwart von langen Beinen, blonden Haaren.

»Also, ganz kurz«, lachte die Blonde an Behütuns vorbei und schüttelte die Haare kokett nach hinten. »HX steht für Hex-Aerodynamik. Von Hexagon, also Sechseck.« Sie holte ein paar Golfbälle aus ihrer Schublade, hielt sie ihm hin.

»Sehen Sie, das hier ist ein normaler Ball, da sind die Dimples rund.«

»Dimples?«

»Die Dullacken, die Dellen, Chef«, mischte sich jetzt auch Dick von drüben wieder ein. Er hatte eine Packung Golfbälle in der Hand und deutete darauf. »Das stimmt doch, oder, Fräulein?«

Das Fräulein lächelte und zeigte weiße Zähne, aus denen der Zahnarzt sprach. So wachsen Zähne nicht, dachte Behütuns, so weiß und so in Reihe. Die haben sie ganz passend ausgesucht für hier. Wenn bei der Dame schon meine Leute gleich so komisch werden, wie geht es denn dann erst bei den vielen Alten und den sportlichen Rentnern hier, die ich gesehen hab? Diesen Dynamischen? Damischen, schallte sein Hirnecho, die Phonetik ganz bewusst verfälschend, hinterher.

»Richtig, die Dullacken«, lobte das Fräulein brav. Und wieder zu Behütuns, wieder sachlich: »Und wenn Sie einmal das hier anschauen«, und hielt ihm einen Golfball vor die Nase, »da sind die Dimples sechseckig. Dann fliegt der Ball ganz anders.«

»Aha«, sagte Behütuns und sah nicht viel. Die Augen. Diese Dullacken waren viel zu klein, das sah er, weil er nichts Genaues sah. »Das also ist HX.« Und nickte mit dem Kopf, Verständnis und Erkenntnis vortäuschend.

»Genau.«

»Sehr interessant!«, stellte Behütuns anerkennend fest. Behütuns, sachlich bleiben!, funkte die Kontrollinstanz. Danke, kam es zurück. »Und diese Kennungen sind die Besitzer, denn die waren mit Filzstift aufgemalt.« So hatte es ihm der Typ von der Gerichtsmedizin erläutert, auch ein Golfspieler. Es stand auch irgendwo auf dem Papier. Warum hab ich nur meine Brille nicht dabei! Er zog die Fotos aus der Tasche und legte sie dem blonden Mädel mit den langen Beinen und den weißen Zähnen vor.

Auf dem Yamato HX stand »DRHG«, fast über den gesamten Ball geschmiert in fettem Schwarz, auf dem Bridgestone war ein Zeichen wie drei Vs übereinander mit senkrechtem Mittelstrich, und auf dem Callaway HX war auch ein Zeichen. Es erinnerte entfernt an einen Fisch.

»Werden die Bälle wohl geklaut?«, fragte Behütuns, der das befremdlich fand, so teure Bälle so unförmig zu bemalen.

»Nein, nein, das ist zum Wiederfinden. Und zum Identifizieren. Wissen Sie, die Bälle fliegen ja beim Spielen nicht immer dahin, wo man will. Die fliegen mal ins Rough, das ist das hohe Gras, die fliegen mal in einen der Weiher oder in den Wald und ins Gebüsch, ins Unterholz. Oder beim Flight spielen zwei oder drei der Spieler mit der gleichen Ballmarke. Das muss man auseinanderhalten können, damit man nicht den Ball vom anderen schlägt.«

Behütuns tat, als würde er verstehen, nickte verständnisvoll. »Und diese Signaturen oder Zeichen sind von wem?«

Schon wieder schüttelte sie das Haar zurück und bleckte ihre Zähne, doch nicht für ihn, nur für P. A. und Dick, wer das nicht sah, war blind.

Ich bin schon draußen, dachte sich Behütuns, Gott sei's gedankt. Das Spiel ist doch nur für die Jüngeren.

»Die zwei hier mit den Zeichen kenne ich«, sagte die Fee und legte die Fotos auf die Seite. »Der mit den Buchstaben sagt mir nichts, das krieg ich aber raus.«

P. A. und Dick standen am Tresen, sahen nur blondes Haar und weiße Zähne. Hübsch anzusehen, keine Frage. Doch jetzt waren die drei Polizisten wieder auf Linie und neugierig. Das Spiel der langen Beine und des Lächelns war vorbei.

»Und?«, kam es fast unisono.

»Der Ball hier mit dem Fisch ist von Hans Sternhausen, der hat sich dieses Zeichen ausgedacht. Denn Sternhausen ist eine Störart, also ein Fisch, wie Sie vielleicht wissen.«

Natürlich wusste das keiner.

»Und der hier mit dem Tannenzweig«, fuhr sie fort, »der ist von Dr. Kiefer, einem Orthopäden. Die Praxis kennen Sie vielleicht, die ist ziemlich bekannt: Dr. Zelt und Dr. Kiefer drüben aus Forth.«

Sie schüttelten die Köpfe.

»Herr Sternhausen ist hier, der hat sie ja gerade hoch gebracht. Und Dr. Kiefer, warten Sie ...«, sie sah auf den Bildschirm ihres PCs und drückte ein paar Tasten, »der hat sich um 16:10 Uhr für einen Flight eingetragen.« Sie sah auf ihre Uhr. »Er wird wohl in der nächsten Stunde kommen. Ich mache Sie gern bekannt.«

> Sagen wir es handfest:
> In den Köpfen der Menschen
> arbeiten historisch geformte
> Denk- und Wahrnehmungsprogramme,
> die alles, was von außen nach innen
> und von innen nach außen geht, »vermitteln«.
>
> Peter Sloterdijk, *Kritik der zynischen Vernunft I*

4. Kapitel

Wo war denn eigentlich die ganze Show von Dick geblieben? Er hatte doch so laut getönt, vorher. Hier rauszufahren und das Geldvolk einmal ein wenig auflaufen zu lassen, herumzurüpeln so ein bisschen, die Leute zu ärgern und vielleicht zu piesacken. Hatte er das nicht gewollt? Doch jetzt war alles anders, alles ganz stinknormal hier. Ein bisschen kam sich Dick vor wie ertappt. Die Klappe ganz groß aufgerissen, angegeben und sich aufgeblasen auf der Fahrt hierher – und nichts dahinter. Nur heiße Luft. Warum? Er hatte nichts von alldem vorgefunden, was ihm sein Kopf geflüstert hatte. Oder fast nichts. So ist das oft mit Bildern aus dem Kopf.

Die drei verließen das Büro der blonden Schönen und traten hinaus in die Sonne. Sie wollten jetzt den Tatort sehen und schlugen den Weg ein hinüber zur Café-Terrasse, wo Hans Sternhausen sie schon erwartete.

»Und, alles klar?«, begrüßte er die drei.

»Das wird sich gleich herausstellen«, antwortete P. A. und hielt Behütuns die offene Hand hin. »Gib mir doch bitte mal das Foto.«

Behütuns kramte es hervor, P. A. hielt es Sternhausen hin.

»Sagt dir das was?«

Sternhausen blickte auf das Bild.

»Ein Ball von mir, wieso?«

»Einer von denen, mit denen man Professor Altenfurth ...

ja wie sagt man da ... erschossen? ... ergolft? ... zur Strecke gebracht hat.«

»Mit einem Ball von mir?«

P. A. nickte bedeutungsvoll. »Das musst du uns erklären.«

Sternhausen wirkte nicht die Spur verunsichert, eher belustigt.

»Waren denn alle drei Bälle von mir?«, fragte er.

Das hatte sich wohl schon herumgesprochen, dass es drei Bälle gewesen waren.

»Einer von Dr. Kiefer, wie uns eure grüne Fee gesagt hat, einer von dir und einer mit Initialen, die sie nicht kannte.«

Behütuns hielt ihm das Foto hin. Sternhausen sah es sich an.

»Sieht aus wie DRHG ... hmm ... irgendein Doktor, würde ich sagen.«

Er sah die anderen an.

»Es gibt hier so ein paar mit Standesdünkel«, sagte er, »die schreiben ihren Dr. überall hin, sogar auf ihre Mitgliedstafeln hier am Caddie.« Er zeigte den Polizisten so ein kleines weißes Plastiktäfelchen, wie sie an allen Caddies hingen.

»Das ist dazu da, dass man sieht, wer Mitglied ist. Die anderen, also Nichtmitglieder, müssen Greenfee zahlen, wenn sie spielen wollen.«

»Greenfee?«

»Gebühr halt für die Platzbenutzung.«

»Und was kostet so was?«

»Fünfzig Euro, glaube ich.«

»Für eine Woche?«

»Für einmal spielen, also eine Platzrunde. 18 Löcher.«

Peter Dick sah Peter Abend an. Ganz schön teurer Spaß!, bedeutete der Blick. Und: Also doch.

»Also Doktor HG?«, kam Behütuns auf das Thema zurück. Die anderen Gäste auf der Terrasse schauten schon. Etliche hatten das Gespräch wohl mitgehört.

»HG, das kriegen wir schon raus«, sagte Sternhausen.

Versuchte er von seinem Ball abzulenken? Oder machte er sich gar keine Gedanken? Behütuns würde darauf zurückkommen, ließ das Gespräch aber erst einmal laufen. Sternhausen hatte sich inzwischen zur Terrasse gedreht und rief mit lauter Stimme:

»Leute, hört mal her! Kennt von euch jemand die Initialen DRHG? Wer kennzeichnet seine Bälle so?«

Schweigen und allgemeines Kopfgeschüttel. Dann stand im hinteren Bereich eine sehr durchtrainierte, schlanke Dame auf und ging zu Sternhausen. Es war ihr offensichtlich peinlich.

»DRHG? Habt ihr wohl einen gefunden?«

»'nen Mörderball«, sagte Sternhausen ungerührt. »Mit dem Ball wurde Professor Altenfurth ermordet.«

»Und mit einem von dir«, warf P. A. ein. Das wollte er nicht so stehen lassen.

Die Durchtrainierte schien verunsichert, so coram publico.

»Der könnte von meinem ...« fast wäre ihr ein »Mann« herausgerutscht, das war ihr deutlich anzusehen. Dann aber sagte sie: »... Lebensgefährten sein. DRHG für Dr. Hartung. Das macht er manchmal so.« Sie schien etwas verunsichert. »Was ist denn mit dem Ball?«

Sternhausen zeigte ihr das Bild, sie nickte.

»Vom Harty?«, sagte Sternhausen und lachte. Und zu Behütuns gewandt: »Da haben wir ihn schon: Dr. Hartung, Leitender Psychologe am Fürther Klinikum und blutiger Anfänger. Von dem finden Sie wahrscheinlich noch etliche Bälle hier im Gelände, wenn Sie ein wenig suchen.«

Der drahtigen Frau schien das alles nur noch peinlicher zu werden.

»Völlig normal«, erklärte Sternhausen. »Je weniger die Leute auf der Range üben und je mehr sie ins Gelände gehen, desto mehr Bälle verschlagen sie. Und die meisten sind dann weg, die findest du nie wieder.«

Und nach kurzem Schweigen fügte er an:

»Ich habe letzten Monat einmal früh über 50 Bälle eingesammelt, eine ganze Plastiktüte voll. Aus den Brennnesseln, aus dem See, unten aus dem Bach – die Bälle liegen überall. Die kriegt dann unsere Jugend zum Trainieren.«

»Was?«

»Die Tüte mit den Bällen.«

Sie würden das jetzt nicht klären können, nicht hier, nicht an diesem Ort, schloss Behütuns für sich die Situation erst einmal ab. Fest schien zu stehen: Im Gelände lagen wohl überall Golfbälle herum, die von den Spielern aus Versehen oder Unvermögen irgendwo in die Botanik geschlagen worden waren. Und es stand fest: Sie hatten die Besitzer aller drei Golfbälle gefunden. Dr. Kiefer, Sternhausen und Dr. Hartung.

Große Doktorendichte, dachte sich Behütuns. Also doch eine Welt der Besseren. Und wie klein die Welt doch ist: Dr. Hartung! Den kannte er ganz gut. Nur – dass *der* seinen Doktor auf den Golfball malte, hatte andere Gründe, das war Behütuns klar. Das war bei dem nicht Standesdünkel, sondern das Gegenteil – der verzichtete nicht auf seinen Titel, um damit Understatement zu zeigen oder Größe, nein: Der konterkarierte damit den Standesdünkel derer, die ihren Dr. ernsthaft und aus Geltungssucht überall draufschmierten, damit ihn jeder sähe. *Das* ist schräger Humor, dachte Behütuns. So kenn ich Dr. Hartung. Und so mag ich ihn!

Er sah seine Kollegen an, bedeutend: Wollen wir? P. A. begriff.

»Wir würden uns ganz gern einmal den Tatort ansehen«, übernahm P. A., »Loch 13. Kannst du uns zeigen, wo das ist? Wie kommen wir dahin?«

»Zu Fuß? Das ist zu weit für euch.« Sternhausen sah sie an, lachte und zeigte weit hinüber auf den Wald, hinter die nächste Anhöhe, ganz auf die andere Seite des Tals. »Loch 13 liegt ganz weit da hinten. Es ist am weitesten von hier entfernt, von allen Löchern.« Er bedeutete mit einer Handbewegung zu warten, sprach kurz mit einem Herrn, kam dann zurück und zeigte den erhobenen Daumen. Jetzt sah Behütuns auch, warum P. A. ihn vorher »Neunfinger« genannt hatte: Ihm fehlte an der rechten Hand ein Teil des Daumens. Ein großer Teil. Schräg sah das aus, dieser erhobene Daumenstummel. Er kokettierte offenbar damit, machte das absichtlich, wollte ihn nicht verbergen. Kann man denn damit überhaupt beim Handballspielen noch den Ball halten?, dachte Behütuns und deutete auf die Hand. Der Kerl schien ja robust.

»Holz gesägt?«

Sternhausen schüttelte den Kopf.

»Gespaltet. Automatisch.«

»Autsch.«

Das Thema war geklärt.

Zwei Minuten später saßen sie, je zwei Personen, auf zwei unförmigen Elektrocaddies. Sternhausen fuhr mit Behütuns voraus, gab Gas. P. A. und Dick folgten, die steile Zufahrt erst hinunter zum Parkplatz, dann drüben einen steilen Weg hinauf, dann über eine Höhe zwischen Fairways durch und schließlich in den Wald. Sternhausen grüßte ständig und in alle Richtungen, wo Zweier-, Dreier-, Vierergruppen standen und versuchten, mit ihren Schlägern kleine Bälle zu treffen, oder kleine Bälle suchten, irgendwo im hohen Gras. Die Gruppen grüßten alle zurück. Freundliches Völkchen, dachte sich Behütuns. Oder Etikette, Vorschrift.

Schließlich kamen sie auf eine Lichtung, und Sternhausen bremste ab. P. A. und Dick parkten daneben.

»Hier war es, das hier ist der Abschlag von Loch 13.«

Sie mussten noch einen Moment warten und hinter Bäumen Deckung suchen, denn ein Flight mit vier Personen schlug gerade ab. Es schien nicht einfach zu sein, diesen kleinen Ball hier durch die schmale Schneise bis hinunter auf das Fairway zu schlagen, auf die gemähte Wiese. Immerhin versenkten die Vier des Flights sechs Bälle im Gestrüpp des Unterholzes und im Wald. Klack – klackklack machten die Bälle hart, wenn sie auf Bäume trafen, das klang sehr massiv. Und auch, wenn sie ins Unterholz einschlugen oder ins Gestrüpp, hörte sich das nicht sonderlich gastlich an. Die Kugeln fuhren durch die Äste und durchs Laub wie Geschosse. Allein der Ton, wenn der Schläger auf den Ball traf, klang schon nach Kraft.

»Was hat denn so ein Golfball drauf, wenn er abgeschlagen wird?«, fragte Behütuns kopfschüttelnd, als wieder einer eine dieser Kugeln waagerecht durchs Gestrüpp holzte.

»Das ist nicht ganz so einfach«, antwortete Sternhausen. »Es gibt dafür sogar eine Regelung: Ein Golfball darf bei 23 Grad Celsius nicht schneller werden können als etwas über 270 Stundenkilometer. Das sind immerhin über 75 Meter pro Sekunde.«

»So schnell sind die Geschosse hier?«

»Die nicht. Das sind Geschwindigkeiten, die die Pros erreichen. Also die Golfspieler, die man im Fernsehen sieht.«

Die Golfertruppe war jetzt fertig mit dem Abschlagen und schlug sich seitlich in die Büsche, die Streuverluste einzusammeln.

»Die höchste Geschwindigkeit, die einmal bei einem Golfball gemessen worden ist – und zwar unter Laborbedingungen –, soll fast 330 Stundenkilometer betragen haben. Hab ich zumindest einmal irgendwo gelesen.«

»Das pfeift ordentlich«, nickte Behütuns anerkennend.

»Das ist noch gar nichts«, gab Dick an und mischte sich mit ein. »Wisst ihr, was noch schneller ist?«

Er schaute triumphierend in die Runde.

Achselzucken kam als Antwort.

»Wetten, ihr kommt nicht drauf?«

»Na, spuck's schon aus!«

»Badminton-Bälle.«

»Das Federzeug soll schneller sein?« Sternhausen schüttelte den Kopf. »Das glaub ich nicht.«

»Ich kann es nicht beweisen, aber ich hab es mal gelesen. Und ich glaube, ich hab es sogar aufgehoben, irgendwo bei mir daheim: Über 400 Sachen hat der draufgehabt, das haben die gemessen.«

Was für ein Käse doch in manchen Köpfen ist, dachte Behütuns. Und wer so etwas misst! Er holte den Bericht der Spurensicherung hervor und schlug ihn auf. Sah sich die Fotos an und die Skizzen, verglich sie mit dem Terrain. Die Golfspieler waren inzwischen unten auf der Wiese, der nachfolgende Flight kam mit seinen Caddies schon aus dem Wald.

»Die werden jetzt ein wenig warten müssen«, deutete P. A. hinüber.

Sternhausen nickte. »Die müssen ohnehin noch warten, bis die anderen dort unten fertig sind. Sonst fliegen denen ja die Bälle um die Ohren.«

»Kommt das denn manchmal vor, dass ein Golfspieler getroffen wird?« Dick machte mit der Handkante eine Bewegung Richtung Hinterkopf.

»Es gibt schon manchmal Querschläger, das habt ihr ja gesehen«, deutete Sternhausen hinüber ins Gebüsch. »Das liegt aber meistens daran, dass die Leute etwas falsch verstehen: Die gehen auf den Platz zum Üben. Dafür aber sollten sie eigentlich auf die Driving Range. Dort wird geübt, hier, auf dem Platz, sollte gespielt werden.«

Behütuns nickte, Sternhausen fuhr fort: »Trotzdem, also trotz allen Übens – auch mir schießt hin und wieder einmal ein Ball quer. Bei uns hier auf dem Platz aber haben wir noch keinen ernst zu nehmenden Unfall gehabt.«

Er machte eine kurze Pause.

»Wie aber ein Ball von mir hier ins Gebüsch gekommen ist, das ist mir schleierhaft. Hier habe ich schon lange keinen mehr verloren.«

»Und wieso gehen Sie davon aus?«, fragte Behütuns. Das stand zwar im Bericht, dass der Täter wohl Bälle verwendet hatte, die er vorher hier eingesammelt hatte, und die Spuren, die man im Unterholz abseits des Abschlages gefunden hatte, deuteten auch ganz klar darauf hin, doch woher wusste Sternhausen das? Also dass die Bälle hier ...? Es wurde doch bislang kein Wort darüber gesprochen, auch war die entsprechende

Information seines Wissens noch gar nicht rausgegeben worden.

»Ich denk nur einfach logisch«, gab Sternhausen wie selbstverständlich zurück. »Wenn dieser Kerl von hinten kommt«, und zeigte dabei nach jenseits der Büsche und des Unterholzes, »wohin er ja danach auch abgehauen ist, und dann hier auf sein Opfer wartet, also im Gebüsch, dann hat er ja wahrscheinlich auch die Bälle dazu erst hier im Gelände aufgesammelt. Vielleicht ja sogar dort im Unterholz, da wimmelt es doch nur so von verschlagenen Bällen. Sie haben es ja eben selbst gesehen, wie die Bälle da hineinschlagen. Und viele finden Sie davon nicht wieder.«

Das klingt plausibel, dachte sich Behütuns, während Dick und Abend längst im Unterholz zu Gange waren und nach Bällen wie nach Ostereiern suchten. Und die Zeit, dann jeden einzelnen Ball auch wieder zu suchen, hat man nicht, wenn hinter dir schon der nächste Flight am Drängeln ist, folgerte Behütuns für sich weiter. Die gehen ja im Zehnminutenabstand los, so hatte er es vorn im Sekretariat gelesen. Nur – woher weiß der ...

»Und woher nehmen Sie die Kenntnis, dass der Täter nach dort hinten abgehauen ist?« Was absolut den Tatsachen entsprach laut dem Bericht der Spurensicherung. Der Täter hatte sich nach hinten vom Tatort entfernt und am Feldweg jenseits des Wäldchens verlor sich seine Spur. Womit er sich dort aus dem Staub gemacht hatte, stand noch nicht fest. Dort waren Auto-, Motorrad- und auch Fahrradspuren gefunden worden, nur ließ sich im hohen Gras noch nicht eindeutig feststellen, welche davon man dem Täter zuschreiben konnte. Das würde noch einige Tage dauern, so lange war das Gelände jenseits noch abgeriegelt.

Sternhausen lachte. »Ich kenn hier jeden Halm und jeden Baum, so oft wie ich hier spiele. Auch rund um den Platz herum. Außerdem gehe ich hier sehr oft joggen. Ich wohne ja gleich dort drüben in Eckental, das ist gewissermaßen meine

Hausstrecke. Wo soll denn einer, der so etwas macht, dann hin? Er will ja nicht gesehen werden, davon gehe ich aus. Also flüchtet er ganz sicher nicht über den Platz, das heißt nicht nach vorne, weil dort die Gefahr viel zu groß ist, eventuell von einem der frühen Spieler auf dem Platz gesehen zu werden. Und das Gelände mit den vielen Fairways ist ja sehr gut einsehbar, von allen Seiten. Also flüchtet er nach hinten, auf den Weg. Und weg.« Damit öffnete er die Hände, zeigend, er sei fertig.

Behütuns schwieg und sah ihn an.

Ein Lächeln glitt über Sternhausens Gesicht.

»Und außerdem«, schob er dann nach, »man hat so seine Informanten.« Das ließ er so im Raum stehen und ließ es wirken. Behütuns sei jetzt wieder dran mit Fragen, bedeutete das.

»Ja?«

»Ja.«

»Ja was?« Behütuns hatte keine Lust auf dieses Spiel.

Sternhausen lächelte verschmitzt und auch geheimnistuerisch.

»So wie ich's sage: Informanten.«

Der Flight von vorher war schon außer Sicht, der nachrückende begann zu drängeln, der nächste kam schon hinten auf dem Waldweg lang. Es gab jetzt einen Stau.

»Leute, ich glaube, ihr müsst heute Loch 13 ausfallen lassen«, gab Sternhausen den Wartenden zu verstehen. »Hier wird ermittelt, und das dauert noch.«

Die Neuankömmlinge wie auch die Wartenden murrten. Dann schoben sie mit ihren Caddies von dannen, hangabwärts Richtung grüne Wiese, Fairway.

»Was machen Sie beruflich?«, fragte jetzt Behütuns, der die ausgelegte Fährte Sternhausens gerochen hatte. Das war es, worauf Sternhausen gewartet hatte.

»CTs, MRs.«

»?«

»Ich warte hier in Nordbayern Computertomographen und Magnetresonanztomographen.«

»?«
»Ich habe gestern einen gewartet, hier in der Region.«
»?«
»Da gab es ein Problem mit einem der Geräte.«
»?«
»Da lag Professor Altenfurth.«
Behütuns nickte. Jetzt machte die Sache Sinn.

»Wussten Sie eigentlich«, schob Kommissar Behütuns ein, »dass es allein in München mehr Magnetresonanztomographen gibt als in ganz Italien?« Das hatte er erst jüngst gelesen.

Sternhausen lachte. »Ja, das ist wohl so.«

»Unglaublich«, schüttelte Behütuns den Kopf. Dann griff er die Antwort Sternhausens von eben wieder auf:

»Und die Ärztin hat geplaudert ...?«

»Das kann man so nicht sagen«, nahm Sternhausen sie sofort in Schutz. »Aber ... Sie wissen schon.«

Behütuns wusste nichts. Konnte sich aber manches denken. Man kennt sich, plaudert, kennt das Opfer, Sachen liegen rum. Was soll's.

»Und trotzdem ist es mir ein Rätsel, wie ein Ball von mir hier ins Gebüsch gekommen ist. Ich habe hier seit Monaten keinen mehr verschlagen.«

P. A. und Dick kamen mit zwei Händen voller Golfbälle aus dem Gebüsch, Nadeln, Aststückchen und Spinnweben an der Kleidung.

»Hier, kannst du die gebrauchen?« P. A. übergab seine Fundstücke an Sternhausen.

»Das ist die Ausbeute allein seit gestern Vormittag«, sagte Sternhausen und deutete auf die Bälle. »Unglaublich, was die Leute hier verschießen.«

»Wenn man die Bälle findet – darf man mit denen denn dann spielen? Oder werden die irgendwo eingesammelt, muss man die abgeben?«, fragte P. A. »So ein Golfball kostet ja auch ein paar Cent, oder?«

»So kommt mein Ball wahrscheinlich auch hierher«, antwortete Sternhausen. »Den habe ich irgendwo verschossen – oder meine Frau, ja, wahrscheinlich die, dann nicht mehr gefunden. Und ein anderer Spieler findet ihn und nimmt ihn dann natürlich für sein Spiel. Das ist völlig legitim. Ich kann euch sagen, es gibt hier Leute, die haben noch nie einen Ball gekauft. Munkelt man. Die gehen in der Frühe hier spazieren oder schlagen sich am Tag ganz ungeniert in die Büsche und sammeln Bälle ein. Tütenweise. Und zeigen das auch ganz offen. Der pure Geiz. Und das Beste – oder besser: Schäbigste – ist: Die finden das auch noch toll und geben damit an.«

Das gibt es also auch bei Gutbetuchten, dachte sich Dick und fühlte sich bestätigt. Purer Geiz. Wahrscheinlich dort noch mehr als sonst.

»Wir haben sogar welche, die sich die Bälle von der Driving Range einstecken und dann an den Löchern verwenden, wo man gerne mal 'nen Ball verliert. Zum Beispiel hier, wo es so eng ist, oder unten, wo der kleine See ist.«

Er schüttelte den Kopf.

Ja, dachte sich Behütuns, Geiz ist geil.

Behütuns lief mit Sternhausen noch das Gelände ab, P. A. und Dick suchten nach Bällen, vom Jagdfieber gepackt. Dann fuhren sie mit ihren unförmigen Gefährten wieder zurück zum Clubhaus. Dort wartete schon Dr. Kiefer auf sie, benachrichtigt von der blonden grünen Fee. Auch er sagte im Grund das Gleiche wie schon Sternhausen.

Bevor der Dicke heute früh hier aufgetaucht war, hatte sich Kommissar Behütuns wieder in diesen Fall vergraben. Akten durchforstet, in Unterlagen geblättert, sich Aussagen und Zusammenhänge vergegenwärtigt und durch den Kopf gehen lassen. Es war so ein richtiger Scheißfall. Unbefriedigend und frustrierend bis zum Gehtnichtmehr. Annähernd drei Monate hatten sie seither ermittelt, recherchiert, befragt, viele Ansätze erarbeitet und Spuren verfolgt, doch alles lief irgendwie ins

Leere. Sie hingen in der Luft. Die Sachlage bis heute war, kurz skizziert, die:

Sie hatten die gesamte Kundendatei von Professor Altenfurth gesichtet, unzählige Gespräche geführt mit Unternehmern, für die Altenfurth gearbeitet hatte. Nichts. Die Theorie, der sie nachgegangen waren, war, dass vielleicht ein Unzufriedener, ein Unternehmer, den er falsch beraten hatte oder schlecht, vielleicht ...

Der Ansatz verlief im Sande, sie fanden keine Anhaltspunkte. Aber sie waren weit herum gekommen bei den Unternehmen der Region. Hatten fast alles in den Akten, was hier Rang und Namen besaß. Freunde hatte ihnen das mit Sicherheit nicht gebracht, auch wenn die Unternehmer immer offen, freundlich, ja oft sogar zuvorkommend gewesen waren. Nur wenige, die ihnen Schwierigkeiten machten – und die dann auch Gründe dafür hatten, wie sie mutmaßten. Denn liefen die Geschäfte gut, und Professor Altenfurth hatte fast nur diese Sorte Kunden, waren Auskünfte ganz offenkundig kein Problem. Liefen jedoch die Geschäfte schlechter oder, positiver ausgedrückt, nicht so gut, dann wurde gern gemauert. Dann gab es Ärger, und die Ermittler mussten Druck machen.

Der zweite Ansatz war China. Professor Altenfurth war erst am Tag vor seinem Tod von einer Chinareise zurückgekommen. Organisierte und geführte Urlaubsreise. Sechs Tage war er dort gewesen, sie hatten alles überprüft, Mitreisende, Reiseleitung, Termin- bzw. Reiseplan. Nichts. Natürlich gab es auf dieser wie auf jeder ähnlichen Reise Nachmittage und Abende, die zur freien Verfügung standen und an denen man nicht wusste, was die Teilnehmer taten, aber es ergab sich nichts. Und die Mädels im Office wussten auch nicht mehr. Nicht, ob er vielleicht in China ein Treffen hatte, die Reise mit Beruflichem verbunden hatte, nichts. Es gab zu dieser Reise im Büro keine Unterlagen. Keine Planung, auch keine Aufzeichnungen oder Notizen – vielleicht gab es sie auch *nicht mehr*. Es blieben Fragen.

Dann war da Dr. Schwartz. Professor Altenfurth, so weit hatten sie alles recherchieren können, war am Mittag des Tages vor seinem Tod aus China zurückgekommen. Hatte Dr. Schwartz angerufen, das Telefonat war auf seinem Handy, und war dann ins Büro gefahren, sein Office. Dort war er nur kurz gewesen und hatte sich dann am frühen Nachmittag mit Dr. Schwartz getroffen, seinem neuen Kompagnon. Im *Starbucks* unten an der Pegnitz, wo man seit Neuestem so hinging. Kaffee mit Ambiente, extrateuer. Eine halbe Stunde hatten die beiden dort gesessen, draußen in der Sonne, dann waren sie aufgebrochen. Der Prof war nach Hause gefahren und wollte ins Bett nach 18 Stunden Flug und der Zeitverschiebung, das hatte seine Frau so ausgesagt, und am nächsten Morgen ganz früh ging er zum Golfen. Dr. Schwartz aber war seit jenem Treffen verschwunden – ohne jede Spur. Man hatte ihn bis heute nicht gefunden, obwohl er international zur Fahndung ausgeschrieben war. Es gab kein Motiv, nicht die leiseste Ahnung davon – aber dass Dr. Schwartz verschwunden war, sprach Bände. Man würde wohl erst weiterkommen, wenn man Dr. Schwartz gefunden hätte – und hätte dann wohl auch den Täter. So dachte man sich das, und alles deutete auch darauf hin.

Und noch eine Frage würde eine Festnahme von Dr. Schwartz wahrscheinlich beantworten, nämlich die nach dem Motiv. Dieses vermuteten sie im Zusammenhang mit einer roten Mappe. Von einer solchen hatte der Ober berichtet, der die beiden im Café gesehen hatte. Sie hätten eine rote Mappe vor sich auf dem Tisch gehabt, hatte er zu Protokoll gegeben, so eine Pappmappe mit Gummis, die hätten sie sich durchgeschaut und sich dabei sehr angeregt unterhalten. Aber sonst hatte man keine Anhaltspunkte, es war einfach frustrierend. Man überwachte den Telefonanschluss von Dr. Schwartz und auch die Post seiner Frau, er würde sicherlich irgendwann einmal versuchen, mit ihr Kontakt aufzunehmen. Ein Mensch verschwand doch nicht einfach so und ließ alles zurück, ohne irgendeine Nachricht. Schwartz aber hatte sich bisher nicht gemeldet. Seine Frau war mit den Nerven ziemlich am Ende. So eine Situation zermürbt. Verständlich.

Im Office von Professor Altenfurth hatte diese Mappe niemand gesehen, die Mädels jedenfalls konnten sich nicht daran erinnern. Und sie war auch weder im Büro noch bei Altenfurth daheim aufgefunden worden, auch nicht im Hause Schwartz. Die Mappe war einfach weg.

Immerhin: Das Auto von Dr. Schwartz hatte man drei Tage später am Flughafen gefunden. Einen Flug aber hatte Dr. Schwartz nicht gebucht. Er war nur fort, war unauffindbar.

Für die Familien der beiden war die ganze Sache unerträglich. Verständlich. Für die Frau Altenfurths brach eine Welt zusammen. Es ist schlimm, wenn der einem am nächsten stehende Mensch ermordet wird, dazu kommt noch die Ungewissheit, wer das getan hatte und dann warum. Aber du findest wenigstens Trost bei Freunden und Bekannten.

Frau Schwartz traf es da ganz anders. Ihr Mann stand unter Mordverdacht, nach ihm wurde gefahndet, und er war fort. Kein Lebenszeichen. Mit der Gewissheit zu leben, dass dein Partner tot ist, fällt schwer – mit dem Verdacht zu leben aber, dass dein Partner vielleicht ein Mörder ist, gleichzeitig die Ungewissheit zu haben, ob er es tatsächlich ist, und nicht zu wissen, wo er sich aufhält, ist schlimmer. Es frisst dich auf – und separiert dich obendrein. Die Gesellschaft, sogenannte Freunde und Bekannte, sie alle zeigen dir nur ihren Rücken, wenden sich ab und lassen dich allein.

Nachforschungen im Familien- und im Freundeskreis, so unangenehm sie auch für alle waren, hatten nichts erbracht, zumindest keine Anhaltspunkte für einen auch nur irgendwie begründbaren oder weiterführenden Verdacht. Natürlich gab es Neider, Missgünstlinge, Stinkstiefel und Arschlöcher – die gibt es überall und auch in jeder Familie. Doch hatten alle Alibis und keiner ein echtes Motiv.

Oder hatten sie etwas übersehen? Sie würden Dr. Schwartz finden müssen, daran führte kein Weg vorbei.

Am 17. September dieses Jahres, zwei Tage nach dem Mord an Professor Altenfurth, fuhr der elfjährige Markus Brandtner am Nachmittag mit seinem Fahrrad von Neunkirchen von der Schule heim nach Großenbuch, einem Ort nicht weit vom Golfplatz. Es war ein schöner, sonniger Tag, und Markus hatte es nicht eilig. Als er nach Hause kam, war er allein. Der Vater war noch in der Arbeit, er würde spät kommen wie immer, und seine Mutter hatte einen Zettel hinterlassen auf dem Küchentisch, sie sei noch in die Stadt zum Einkaufen gefahren. Ob Nürnberg oder Erlangen, Neunkirchen oder Gräfenberg mit »Stadt« gemeint war, das stand nicht dabei. Er hatte ja die Handynummer, sollte etwas sein. Das Essen hatte sie zubereitet, es stand zum Wärmen auf dem Herd. Markus war das gewohnt. Er nahm sich einen Apfel aus der Obstschale, steckte ihn ein und setzte sich dann auf sein Rad. Es war sein neues Rad, erst zum Geburtstag vor zwei Wochen hatte er es bekommen.

Der kleine Markus fuhr aus Großenbuch hinaus, ziellos, nur einfach so. Die Welt war schön, das Wetter auch. Auf halbem Weg nach Pettensiedel, einem Nachbarort, zu dem der Feldweg führte, hielt er kurz an. Lehnte sein neues Rad an einen Baum, schloss es ab, ging in den Wald. Das Licht war schön an diesem Nachmittag, wie es so zwischen den Baumkronen und Baumstämmen hindurchleuchtete und Sonnenflecken machte auf dem Boden. Er wollte nicht weit gehen, nur ein paar Schritte in den Wald hinein, der Boden war so weich, auch roch er gut, dieser spezielle Duft trockenen Waldbodens. Nach wenigen Metern setzte er sich dann auf einen Stein, die Ellenbogen auf den Knien, den Kopf tief in den Händen. Lichtflecken tanzten auf dem Waldboden, Lichtstreifen hingen in der Luft zwischen den Ästen.

Wie lange saß er so? Er hatte sich vergessen. Hatte nur so geschaut, so vor sich hin, nicht wirklich etwas wahrgenommen. Oder doch?

Doch!

Sein Blick blieb unwillkürlich daran haften. Was war das, was dort drüben auf dem aufgewölbten Moos ...? Er konnte es nicht klar erkennen. Ein Stück Metall vielleicht, schon etwas rostig ...?

Er ging hinüber, neugierig geworden.

Eine Steinschleuder, nur etwas größer als die Schleudern, die er kannte. Er nahm sie auf, probierte sie gleich aus. Ein kleines Steinchen erst, dann eine Eichel. Was für ein Wahnsinn, wie das flog! Und was für einen Zug die Zwille hatte! Kein Wunder auch bei diesem dicken schwarzen Gummi.

Er nahm die Schleuder an sich, nahm sie mit nach Hause. Die Mutter war noch einkaufen, der Vater in der Arbeit, die Luft war rein. Er trug die Schleuder, schön versteckt in seinem Hemd, hinauf und in sein Zimmer. Hier suchte er für sie ein richtig schweres Versteck. Dem Papa durfte er das Ding nicht zeigen, wusste er. Der würde ihm die Schleuder sofort wieder wegnehmen.

Von diesem Tag an war die Schleuder sein geheimer Schatz.

Der Himmel ist leer und die Erde kalt.
Rüdiger Safranski, *Das Böse*

5. Kapitel

»Wir werden einige Zeit brauchen«, hatte ihn Kommissar Behütuns vorgewarnt, bevor sie aufgebrochen waren.

»Dick und P. A., fahrt ihr mal zu der Frau in Erlenstegen und schaut euch das an?«, hatte er noch im Gehen ins offene Nebenzimmer gerufen. »Ich versuche einmal, mich bis Kornburg runter durchzuschlagen.«

»Wenn du uns einen Dienstschlitten gibst«, hatte P. A. noch hinterher gerufen.

Schlitten ist gut, hatte sich Behütuns gedacht, den Schlüssel des Dienst-BMWs vom Brett genommen und sich das Fahrtenbuch eingesteckt.

»Den Großen nehme ich, ihr müsst mit euerm eigenen fahren.«

Und raus war er gewesen. Die zwei sollten halt mit einem ihrer privaten Autos fahren, sie konnten das ja abrechnen. Es dauerte zwar immer, bis das Geld kam, die Verwaltung rückte das nicht so schnell heraus, aber es kam doch immer irgendwann. Wenn *die* was wollen, dann greifen sie dir aufs Konto, so ganz selbstverständlich, ohne jede Hemmung, wie wenn es ihr eigenes wäre. Wie das Finanzamt. Zwangseinzugsermächtigung. Wir erwarten das, Vertrauen und so. Wie die Raubritter. Wenn sie dir aber etwas schuldig sind, dann lassen sie sich Zeit. Müssen wir noch bearbeiten, liegt noch irgendwo, haben wir schon weitergereicht, muss erst noch geprüft werden, ob das auch alles seine Richtigkeit hat. Und nachgerechnet werden. So ist es halt. Da kannst du dich drüber ärgern, bringt aber nichts. Oder sollte er? Behütuns lauschte erwartungsvoll in sich hinein. Kündigte sich da vielleicht schon wieder so ein schöner Wutanfall an? Ich spare mir das auf für später, dachte er. Im Moment bleib ich erst mal ganz entspannt.

Wie das wohl mal bei mir im Alter wird?, fragte er sich. Es gibt ja nur zwei Möglichkeiten, hatte letzthin mal jemand gesagt. Beim Bier am Tresen. Wo war das noch? Keine Ahnung. Und wer war das gewesen? Weiß ich auch nicht mehr. Das Gehirn wird alt, da sieht man es. Doch, jetzt fiel es ihm wieder ein: Ein pensionierter Lehrer hatte das gesagt, als er in Weißenburg auf dem Schneiderkeller gesessen war, irgendwann im Herbst. Und nicht am Tresen. Einer der letzten schönen späten Sommertage – und ein herrlicher Keller. Araunerskeller hatte der geheißen, richtig. Aber keine Ahnung, was das bedeutete. War dort hinausgefahren, hatte dort gesessen, ein Traum, so unter alten Bäumen, gegenüber das alte Kellerhaus, und ein Alter hatte sich zu ihm gesetzt. Und geplaudert. Dies und das und über das Bier und überhaupt, und irgendwann waren sie darauf gekommen. Erst auf das Alter und dass das scheiße ist, weil sich dann alles verändert und alles immer mehr den Bach runter geht, und dann das. Also zwei Möglichkeiten bleiben dir im Alter, hatte der Alte gesagt und sich an seinem Bier festgehalten: Altersmilde. Und dann hatte er eine Pause gemacht und ihn bedeutungsvoll angeschaut. Oder Altersgrant. So war das gewesen. Dazwischen gibt es nichts, hatte er gesagt und wieder so bedeutungsvoll in die Welt geschaut. Kam aber nichts mehr nach. Hm, wenn ich die Entscheidung hätte, dachte sich Behütuns – ich glaube, der Grant wäre mir lieber. Der liegt mir einfach mehr, macht auch mehr Spaß. Bellen und beißen, wenn es einen danach gelüstet, granteln, mosern, maulen und beschimpfen, und das in alle Richtungen. Grant ist wie Fluchen, oder nicht? Und Fluchen reinigt die Seele, das sagt die Wissenschaft. Tatsächlich. Also immer raus damit!

Behütuns bog aus dem Polizeihof auf die Straße und gab Gas. Der Wagen brach leicht aus, fing sich dann aber sofort wieder. High Tech. Die kriegst du nicht mehr zum Rutschen.

Drückst voll aufs Gas, und der Wagen macht nur einen kleinen Mucks, dann fährt er, wie er will und nicht wie du. Bringt die Kraft nicht auf die Straße, egal wie stark du aufs Gas drückst. Intelligenz statt Kraft – aber künstliche Intelligenz statt intuitiver Kraft. Könnte man auch schon wieder stundenlang drüber nachdenken und schimpfen. Das ist doch wirklich eine Scheißtechnik. Nimmt einem den ganzen Spaß am Autofahren. Also doch wieder Wut? Zwei Sachen hätte ich schon, über die ich mich aufregen könnte. Warten wir noch ein bisschen ...

Kornburg, das Örtchen, wo Behütuns hinwollte, lag südlich der Stadt, nur ein paar Kilometer außerhalb. Erlenstegen, wo die Kollegen hin sollten, war eher im Osten, an der Strecke Richtung Schwaig, Hersbruck. Aber auch nicht sehr weit draußen, vielleicht so fünf oder acht Kilometer. Könnten sie ja auch mit der S-Bahn hinfahren, dachte er sich, wenn ihnen das Schneetreiben zu heftig ist. Denn auf die Bahn ist Verlass. Und es schneite wirklich, was es schneien konnte. Dicke weiße Flocken stoben und senkten sich auf Weiß.

Wann hatten sie das denn zum letzten Mal gehabt? Zwei Wochen vor Weihnachten – und schon so viel Schnee? Aber bis Weihnachten ist sicher wieder alles weg, dachte sich Behütuns. Das ist ja immer so. Weihnachten ist es immer grau und warm.

»Muffelt.«

Der Dicke neben ihm auf dem Beifahrersitz hatte die Nase gerümpft, schnüffelte die Luft im Auto und sah zu ihm herüber.

Behütuns blickte auf die Jacke des Dicken.

»Spannt«, gab er zurück. Die spannte wirklich, es sah grenzwertig aus.

»Normal«, konterte Kugler unbeeindruckt, »ich kenn das.«

Und nach einem kurzen Moment der Stille:

»Muffelt wirklich.«

»Nichtraucher?«, fragte Behütuns. Die hatten ja immer so feine und empfindliche Nasen.

»Logisch.«

»Auch«, gab Behütuns zurück. Seit einer Woche, dachte er sich dazu.

Mein Gott, wie die wieder alle fahren! Da brauch ich ja zwei Stunden bis hinaus nach Kornburg, wenn das so weitergeht. Haben die fetten Autos, die alles selber machen, so wie das hier, das du ja gar nicht mehr zum Rutschen bringst – aber kaum liegen einmal ein paar Flocken auf der Straße, machen sie sich ins Hemd. Mehr als Tempo 20 ist dann nicht mehr. Weil sie alle Angst haben um ihre Blechberge und Egopimper.

»Riecht aber anders.«

»Wie anders?«

»Nicht nach Nichtraucher.«

Wollte der Dicke frech werden?

»Ich riech nix.«

»Riecht total nach Raucher.«

»Das täuscht«, gab Behütuns trocken zurück.

Der Dicke zog den Aschenbecher auf. Asche, Kippen. Schob ihn wieder zu.

»Verstehe.«

Der legte es drauf an. Es quoll schon in Behütuns, gärte. Er deutete mit dem Daumen auf die Wampe.

»Kommt vom Nichtrauchen.«

Der Dicke nickte selbstzufrieden.

»Nichtrauchen, Trinken, Sofa, Gummibärchen, Videos, Chips, Wichsen und nur ganz langsam rumdrehen.« Er hielt sich mit beiden Händen die Trommel und schnaufte zufrieden tief durch.

Behütuns schüttelte den Kopf.

»Dann fang ich wieder an.«

»Mit was?«

Behütuns schwieg.

»Mit Wichsen?«

»Rauchen.«

Der Blick des Dicken ging zum Aschenbecher, sagte: Wusste ich's doch.

»Und Trinken.«

Der Dicke lachte auf. Prustete fast.

»Um Himmels Willen! Beides aufgehört?«

Behütuns nickte und trommelte mit den Fingern aufs Lenkrad. Da vorne wurde es jetzt schon zum dritten Mal grün und nichts bewegte sich, die ganze Kreuzung voller Autos. Und voll Schnee. Die sollten doch ihre Kisten stehen lassen, wenn Schnee für sie das Synonym für Angst war. Obwohl – das Synonym für Angst war nicht der Schnee, sondern die Aussicht auf eine Delle, auf einen Kratzer im Lack des kreditfinanzierten Selbstbewusstseins. Man sollte ihnen ihre Kisten reihenweise zerschrotten, wäre auch gut für die Wirtschaft. Das ist doch immer die Argumentation.

Fünf Autos hinter ihnen stand das Räumfahrzeug im Stau und blinkte stoisch gelb. So würde das nichts mehr heute. Der Kommissar setzte das Blaulicht aufs Dach, stieß zurück und zog dann rüber auf den Gehsteig.

»Und auch noch Sport vielleicht?«

Der Dicke wollte einfach keine Ruhe geben.

»Jaaa!«, gab der Kommissar gespielt genervt zurück. Jetzt ging es endlich vorwärts.

»Wie lange schon?«

»Seit einer Woche.«

»Glückwunsch. 'ne gute Mischung für nachhaltig schlechte Laune.«

»Stimmt.« Und schob dann nach: »Ich *liebe* es!«

»Ich auch.«

Der Wischer wischte dicke Flocken von der Scheibe, die Räder rutschten, doch das machte nichts. Sie kamen vorwärts, und die anderen versuchten, Platz zu machen. Die leichte Panik immer, wenn das Blaulicht kam. Wie mache ich Platz, wie weiche ich aus, wie mache ich das auch unauffällig? Gerade jetzt bei Schnee war das sehr schön zu beobachten. Die ganzen

Fahruntüchtigen da draußen, die Autofahren nur unter Idealbedingungen kannten und diese auch immer forderten. Die hatten ihre Autos ja auch nie im Griff. Kein Wunder, dass man dann Autos bauen muss – und auch baut! –, die dann die Leute im Griff haben. Die machen, was *sie* wollen, nicht was *du* willst. Die sehr viel mehr Gespür haben für die Gesetze draußen, für Fliehkraft und Geschwindigkeit, Physik, als die allermeisten ihrer Fahrer. Verrückt – Gespür und Technik, das passt doch eigentlich überhaupt nicht zusammen. Wie musste man das richtig denken? So vielleicht: Die Menschen haben kein Gespür mehr für die Welt da draußen, so wie sie funktioniert, drum schreibt man für die Technik jetzt Programme, die das Gespür simulieren sollen. Und denen vertraut man sich dann an. Weil es sicherer ist als das eigene Gespür. Das war schon ziemlich verquer, er würde da noch einmal drüber nachdenken müssen. Denn die Programme schrieben ja auch bloß wieder Techniker, die in Naturgesetzen dachten und in Regelmäßigkeiten – und nicht in Gefühl, Gespür. Das konnte doch so nichts werden!

Jetzt hatten sie den Grund des Staus: zwei Rentner. Waren gerutscht und standen quer, Blechschaden kaum zu sehen. Auch wieder so ein Quatsch, Blechschaden. Plastikschaden war das, kleine Risse im geformten Kunststoff. Kunst? Künstlicher Stoff und nicht natürlicher. Schaden also im unnatürlichen Material. Von unnatürlichen Gefährten. Und das Natürlichste der Welt wäre jetzt gewesen, auszusteigen und die Fahrbahn frei zu machen. Die Karren auf die Seite zu fahren. Machte aber keiner. Natürlich. Alle saßen nur in ihren Kisten rum und glotzten in die Welt hinaus. Die so gefährliche und bedrohliche Welt des Schnees, die alles durcheinander brachte.

Behütuns schüttelte nur den Kopf, fuhr wieder auf den Gehsteig und an dem Anlass, der die schöne Welt zum Stoppen, aus dem Flutschen brachte, vorbei. Die Rentner schauten ihm entgeistert hinterher: War denn das nicht für sie, das Blaulicht? Kamen denn die nicht zu ihnen, um ihnen zu helfen, ihnen, den armen, alten Menschen im Schnee? Was auch wieder so eine unsinnige Formulierung war, arme, alte Leute. Wer solche fetten Schlitten fährt, der ist nicht arm – nur vielleicht arm im Geiste. Oder arm, weil alt, dann wäre es Koketterie. Ich bin reich, aber arm, weil ich alt bin ...

»Sie wollten mir etwas erzählen?«

Und dann begann der dicke Dagobert Kugler seine Geschichte zu erzählen. Eine Geschichte, die spannend klang, doch auch sehr unwahrscheinlich.

Behütuns hatte sich mit seinem Wagen inzwischen bis Kornburg durchgequält. Jetzt unterbrach er Kugler und telefonierte.

»Frau Klaus? Kannst du mir sagen, wie ich zu der Miete finde? Der Anruf vorhin aus Kornburg?«

Hätte er jetzt Fahrsilo gesagt, hätte Frau Klaus das sicher nicht begriffen. Der Anruf der Kollegen war unter Miete hereingekommen und entsprechend abgelegt. Fahrsilo war ja eigentlich auch ein irreführender Begriff. Das Silo fuhr ja nicht – es wurde *be*fahren. Man musste, wenn man den gehäckselten Mais einbrachte, damit er dicht genug war und nicht schimmelte, mit einem Trecker befahren, darauf herumfahren, Schicht für Schicht. Verdichten. Überall auf dem Land standen heute diese großen Betonwannen herum, wo der Mais vor sich hin wartete, bis er verfüttert wurde. Plane drüber, alte Autoreifen drauf und fertig. Die Kühe waren ganz verrückt danach, sie liebten dieses Futter. Auch eine Art, den alten Müll zu entsorgen. Schön sah das nicht aus, aber man hatte sich schon dran gewöhnt. Woanders schmissen sie die alten Reifen einfach ins Meer, Biotope schaffen für Fische und Korallen. Das war hier auch nicht besser.

»Wo bist du denn jetzt, Chef?«

»Wir sind am Hafen vorbei und Zollhaus raus, sind grad durch Worzeldorf durch ...«

»Ihr? Ich dachte, du bist allein? Dick ist doch mit P. A.?«

Neugier war eine der ganz großen Eigenschaften von Frau Klaus. Das war ihre weibliche Seite – nicht die Neugier, sondern dass sie sie so zeigte, so direkt. Denn Frau Klaus war eigentlich Herr Klaus, nur eben sehr weiblich. Die Teamassistenz. Männer würden da anders fragen, nicht so direkt, oder? Mehr hinten herum. Obwohl – ob das so stimmte? Muss ich auch nochmal drüber nachdenken, dachte sich Behütuns und hatte es sofort wieder vergessen.

»Warte, ich schau mal nach.«

Das Schneetreiben wurde schon wieder dichter. Durch den Wald war es ja noch gegangen, hier aber, auf dem freien Feld, wehte der Schnee waagerecht. Das konnte ja noch was werden. Ein Müllauto kam ihnen entgegen, war plötzlich aufgetaucht, orange aus dem Schnee, es machte wupp und war vorbei. Null Sicht auf den nächsten Metern, Blindflug pur durch Weiß. Es bildeten sich die ersten Schneeverwehungen, und der Ausschnitt, den die Scheibenwischer noch bewältigten, wurde immer kleiner. Schneeblockaden links und rechts auf der Scheibe.

»Chef?«, meldete sich Frau Klaus wieder.

»Also, wo müssen wir hin?«

»Mit wem bist du unterwegs?«

War das denn jetzt so wichtig? Für Frau Klaus ganz offenbar.

»Mit einem ziemlich dicken Kollegen von der Landpolizei. Also wo?«

Kugler auf dem Beifahrersitz legte seine Hände auf den Bauch und machte zufrieden »Hm!«, sehr betont.

»Also mit Dick?«

Frau Klaus hatte das falsch verstanden. Ihm war es egal.

»Ja.«

Frau Klaus schien damit zufrieden.

»Ganz einfach: Durch den Ort hindurch, bis rechts am Ende ein Waldstück kommt. An dem vorbei und dann gleich rechts hinein in einen Feldweg, da ist es, hat man mir gesagt.«

»Danke, das werde ich schon finden. Hoffentlich komm ich da ohne Schneepflug hin.«

Behütuns legte auf. Von der Straße runter und auf einen Feldweg, bei dem Wetter, das klang nicht gut. Das klang vielmehr nach Steckenbleiben. Aber sie kamen durch, der BMW war ziemlich schneefest. Freude aber machte das keine. Freude am Fahren – so ein Quatsch. Das gab es schon lange nicht mehr, auch wenn die Leute das immer noch glauben wollten. Glauben immer das, was man ihnen erzählt, und wenn es der größte Unfug ist. Und halten dann daran fest, einfach zu faul zum Denken. Die Welt funktioniert doch ganz anders. Freude hatten nur die Banken am Finanzieren, das war's.

Sie hatten sich in Kurven durch den Ort hindurch getastet und waren gerade an dem Wäldchen vorbei, nach vorne öffnete sich freies Land. Dort wurde es auch wieder heller, minimal.

»Hier rechts«, lotste der Dicke. Das hätte ich auch selber gewusst, dachte Behütuns und bog ab, nach rechts auf einen Feldweg am Wald entlang. Über das freie Feld zur Linken wehte waagerecht Schnee. Dann tat sich eine Bucht auf in den Wald hinein nach rechts und dadurch leicht geschützt. Ein freier Platz, eine Maschinenhalle und an der Stirnseite in den Wald hinein, ein Silo, angestochen und schon zur Hälfte verbraucht. Hier war es windgeschützt. Behütuns stand noch neben seinem Wagen und sah sich um. Drei Autos rechts, ein Traktor vor dem Silo, groß, mit Schaufel, grobe Fahrspuren im dreckigen Schnee, ein Hänger rechts am Waldrand halb voll Maissilage, die Plane am Anstich zurückgeschlagen und fast schneefrei. Zwei Bauern standen herum, das zeigte die Kleidung, dazu Uniformierte und Leute von der Spurensicherung. Auch der Dicke war inzwischen ausgestiegen, die Uniformierten grüßten. Behütuns ging zum Silo. Aus dem Anstich hingen zwei Füße, die Beinknochen offensichtlich durchtrennt. Die Füße baumelten nur an den Strümpfen, ein Schuh lag unten am Anstich, leicht überzogen mit Schnee.

Man wusste auch schon sehr viel, denn der Bauer kannte den Schuh. Es sei der Schuh seines Vaters, zumindest meinte er das zu glauben. Doch, doch, das war der Schuh. Und auch die Strümpfe. Hat noch die Oma gestrickt, mit der Hand. Er schien dabei sehr gefasst. Der Vater hatte im September bis in die Nacht hinein das Silo gemacht. Das war völlig normal. In der Landwirtschaft gibt es keinen Feierabend; was gemacht werden muss, wird gemacht. Auch keinen Sonntag, nach der Kirche gehst du halt aufs Feld, wenn's sein muss und die Arbeit da ist. Das Zeug, das wächst, danach musst du dich richten, das ist halt die Natur. Die kannst du nicht so ein- oder ausschalten, wie es dir vielleicht gefällt. Auch nach dem Wetter musst du dich richten, das kannst du nicht wegschieben. Wetter ist einfach da. Das kommt und ist, wie es will. Es fragt dich auch nicht, wie es recht wäre. Gehäckselten Mais hatte er eingetragen, der Vater, mit der Traktorschaufel, und verdichtet. Drei Hänger voll, das war eine ganze Menge. Er selber, der Bauer, der das erzählte, habe sie alle drei hier abgestellt. Frisch gehäckselt vom Acker geholt am Abend, gleich von da drüben, wo sie den Mais letztes Jahr hatten. Den Rest konnte sein Vater allein, das hätten sie immer so gemacht. Bis in die Nacht. Da oben ist ja auch Licht, und er zeigte zur Dachkante der Maschinenhalle. Dort hingen Scheinwerfer. Danach war das Silo fertig. Doch seitdem war der Vater weg. Einfach weg.

Wann das gewesen sei?

15. September. War nicht nach Hause gekommen in der Nacht. Natürlich hatten sie nach ihm gesucht, auch mit Vermisstenmeldung und so, der ganze Ärger, den du da hast. Mit Verträgen, der Hofübergabe. Im Herbst hätten sie das machen wollen. Dass er, der Sohn, den Hof dann übernimmt und der Vater den Rentner macht. Aber das ging ja dann alles nicht ohne ihn. Scherereien und Ärger, sonst nichts. Versicherungen, Anwälte, Ämter, die ganzen Heere der Geier, die fressen dir nur dein Geld. Der Vater war weg gewesen, ganz einfach so, niemand hatte ihn seither mehr gesehen. Fast siebzig sei

er gewesen, aber das ist doch noch kein Alter. Der war zwar schon ein wenig tatterig, verwirrt manchmal, und war auch schon ein paar Mal fortgelaufen. Er wollte immer heim, hat er gesagt, der Spinner, hat aber nicht mehr gewusst, wo das war. Der wusste manchmal gar nichts mehr. Das waren halt so Aussetzer, dann ging es wieder. Der hatte schon noch alles gemacht. Manches ging nicht mehr so gut, ist doch klar, aber so mit Maschinen, Fahrsilo anlegen und so, kein Problem. Das hatte er auch gern gemacht, das Bulldogfahren mit der Schaufel. War immer seins. Seit dieser Nacht aber war er fort gewesen, weg, verschwunden. Wahrscheinlich wollte er mal wieder heim, hatten sie gedacht, hat wieder einen Aussetzer gehabt und sich verlaufen. Doch in dem Silo, da hat ihn keiner gesucht, das hatte er doch fertig gemacht, er, also der Sohn, musste es dann nur noch abdecken. Das Zeug war alles fertig und verdichtet, die Hänger waren alle leer. An so was denkt doch keiner. Wir haben immer gedacht, den wird noch jemand finden, ein Mensch verschwindet doch nicht so. Wir dachten immer im Wald, irgendwann taucht der schon auf. Außerdem: Wie soll denn das überhaupt gehen? Legst dich ins Silo rein und fährst drüber, verdichtest dich auch noch selbst? Das hat doch jemand gemacht!

So grob wie er wirkte, schien er doch berührt. Und fassungslos. Verbale Derbheit kämpfte dagegen an.

Das hat doch jemand gemacht – den Eindruck hatten alle. Behütuns fror, und es war ungemütlich. Es wurde auch schon langsam dunkel. Der Schneefall hatte aufgehört, nur einzeln senkten sich noch Flocken. Man sah wieder den Himmel, tief hing er überm Land. Fast dunkelblau die Wolkenunterseiten, zum Osten hin wurden sie schwarz. Schneehimmel, dachte sich Behütuns. Im Westen auf dem Horizont ein heller Streif, ganz schmal unter den Wolken. Gleich würde es dunkel werden, dabei war es erst vier. Der Wind wehte kalt.

> Es fehlt nicht an recht groben Scherzen
> und an Themen, die nicht den geringsten
> erzieherischen Wert besitzen,
> eher im Gegenteil.
> Pilippe Ariés, *Geschichte der Kindheit*

6. Kapitel

»So, jetzt haben wir hoffentlich endlich Zeit für Ihre Geschichte«, sagte Behütuns, als sie wieder im Auto saßen. Er startete den Motor, schaltete Gebläse und Scheibenwischer an. Dann schnaufte er kurz, schon wieder leicht genervt.

»Beheizte Frontscheiben, da kommen die nicht drauf. Hinten, die kannst du heizen, aber vorne? Muss man ja nichts sehen. Und bis das Gebläse immer wirkt, da kannst du ewig warten.«

Unwillig stieg er noch einmal aus, der Schnee auf der Scheibe war festgefroren. Er kratzte mit dem Schaber, rieb sich die kalten Hände, hauchte sie an, kratzte weiter, hauchte, rieb die Hände, kratzte. Dann stieg er wieder ein.

»Das wäre nichts für mich«, empfing ihn der Landpolizist.

»Schneekratzen?«, fragte Behütuns unwillig.

Kugler überging die Anspielung. »So Mordsachen, meine ich. Immer so komische Leichen.«

»Also? Schießen Sie mal los!«

Der Dicke schien plötzlich erschreckt. Hob den Hintern hoch, drückte sich ab vom Sitz.

»Puh, was ist das denn? Da wird man ja gegrillt«

»Komfort-Sitzheizung. Die hat er.«

»Ist ja eklig. Uuuuu.« Den Dicken schauderte es richtig.

»Wieso? Ist doch schön warm.«

Der Dicke verharrte in seiner Stellung.

»Können Sie das vielleicht ausmachen hier auf meinem Sitz? Geht das? Bitte. Oder geht das nur zentral …? Da kriegt man ja Hämorrhoiden!«

Behütuns lenkte das Auto durch den Schnee wieder über den schmalen Feldweg zurück.

Kugler hatte das Gefühl, das noch erklären zu müssen.

»Kennen Sie das, wie das ist, wenn man sich auf einen noch warmen Klodeckel setzt?«

»?«

»Einen Klodeckel, auf dem kurz vor Ihnen noch jemand gesessen hat?«

Behütuns versuchte sich das vorzustellen.

»Also wenn der noch warm ist ...«

»Ja?«

»Ich finde das eklig. *Wi - der - lich*! Mich schaudert es da immer.«

»Na und?«

Kugler dachte einen kurzen Moment nach. Dann sagte er: »Wenn man sich auf einen Platz setzt, auf dem man kurz zuvor selber gesessen hat, und der ist noch warm, also vom eigenen Hintern, dann ist das normal. Dann spürt man die Wärme gar nicht, auf jeden Fall nicht unangenehm. Weil es die eigene Wärme ist.«

Behütuns verstand nicht, worauf der Dicke hinauswollte.

»Das Komische ist: Wenn Sie sich auf einen Platz setzen, auf dem vorher jemand anderer gesessen hat, dann spüren Sie das sofort. Die Wärme eines anderen ist anders.«

»Ist doch auch nur warm, oder?«

Für Behütuns klang das nicht logisch.

»Das ist ja das Komische. Eigene Körperwärme spürt man, die ist einem vertraut. Fremde ist einem fremd. Und ich find einen warmen Sitz einfach scheiße. Also wenn er schon warm ist. Besser gesagt, *noch* warm ist. Von jemand anderem oder so, genauso wie hier von der Heizung.«

Behütuns verstand nicht, was das Problem war, aber er ahnte es irgendwie. Komisch, an welchen Stellen manche Menschen sensibel sind, dachte er, vor allem wenn sie so robust erscheinen wie der. Er schaltete bei seinem Beifahrer die Sitzheizung aus. Sie fuhren auf die Autobahn, es ging kaum schneller voran als auf dem Feldweg.

Kugler griff seine Geschichte wieder auf, erzählte weiter. Sie dauerte bis ins Präsidium.

Vor fünf Tagen war er zu einem Unfall gerufen worden. Früh um halb sechs, und es war bitterkalt. Draußen bei Großenbuch, die Verbindungsstraße rüber nach Rödlas über den Berg, Lindelberg, ob er diese Stelle kenne?

Behütuns schüttelte den Kopf. Geschlossene, festgefahrene Schneedecke, und alle krochen nur 30. Bis auf die LKWs. Die fuhren links und schneller und blinkten auf, wenn es ihnen zu langsam ging. Die machten Druck und pflügten sich ihre Bahn frei. Hoffentlich müssen die nicht mal bremsen, dachte sich Behütuns nur, dann stehen sie wieder quer, und es geht gar nichts mehr.

Es hatte schon einen ganzen Tag geschneit, das war mitten in diesem ersten Schub Schnee, berichtete Kugler. Es schneite ja noch den ganzen folgenden Tag.

Auf dieser Straße auf jeden Fall war ein Unfall gewesen, zu dem man sie gerufen hatte. Der Räumdienst hatte sie informiert. Hatte da oben Schnee geschoben und in der Kurve die Leitplanke gesehen. Halb umgemangelt, halb durchbrochen. Sähe aus, wie wenn da jemand durch wäre und den Berg hinunter ...

So war es dann auch gewesen. Ob er das nicht in der Zeitung gelesen habe?

Hatte Behütuns nicht. Oder doch? Doch, er erinnerte sich schwach. War das nicht dieser Unternehmer?

Hundefutter, genau, bestätigte Kugler. Den haben wir dann da gefunden. War in der Kurve zu schnell und dann »schhhhhuppp«. Dazu die entsprechende Handbewegung, mit zunehmendem Tempo gleitend von sich weg. Wie ein startender Flieger.

»Tot, wenn ich mich recht entsinne, richtig?«, hatte Behütuns gefragt.

»So wie es aussah, schon länger als zwei Stunden, als wir kamen. Der hat wohl die Kurve nicht mehr gekriegt, war durch die Leitplanken durch und den Hang runter. Und da geht es ja steil runter, wissen Sie. Dabei hat er sich zwei- oder dreimal überschlagen, ist gegen die Obstbäume unten gedonnert. Der dritte Baum hat ihn dann aufgehalten am Hang, der Wagen lag auf dem Kopf, die Räder nach oben. Es lag schon Schnee drauf, als wir unten angekommen sind.«

»Und der war da drin, also noch im Auto?«

»Ziemlich verbogen, nichts mehr zu machen.«

»Das Auto?«

»Das auch, ich meinte aber den Typ. Sah nicht schön aus, wie der da drin hing.«

Kugler schüttelte dazu den Kopf.

»Und auch schade um den Wagen.«

Behütuns sah ihn fragend an.

»Haben Sie das nicht gelesen?«

Behütuns schüttelte den Kopf. War das denn wichtig?

»Corvette C6, fast 440 PS.« Kugler schnalzte mit der Zunge, Behütuns waren die PS egal. Außerdem – einer wie dieser Kugler würde da wahrscheinlich gar nicht reinpassen.

»Ist das was Besonderes?«

»Ich find schon.«

»Teuer?«

»Ja – nein – wie man's sieht. Gibt's schon ab 60.000. Eigentlich nicht richtig viel für so ein Geschoss.«

»Dafür kriegt man auch etwas Richtiges.«

»Etwas Richtiges?«

»Benz oder so.«

»Stimmt, aber Corvette ist schon etwas anderes.«

Sollte der Dicke doch recht haben. Nur – was musste man mit so einem Wagen zeigen? Behütuns quälte sich gerade über den Plärrer, den zentralen Knotenpunkt der Stadt, wollte zum Fürther Tor. Nur möglichst weit abseits vom Hauptmarkt, da war Christkindlesmarkt. Amerikaner, Japaner, Touristen.

Selbst die aus den neuen Bundesländern kamen nicht mehr so in Scharen wie früher. Auch die hatten inzwischen das Spektakel durchschaut. Tand hat man früher gesagt, heut sagt man Glump. Das Zeug, was es da gibt, braucht kein Mensch, der Glühwein macht Sodbrennen und einen Kopf, die Lebkuchen sind voller Aromastoffe und teuer und die Bratwürste ... – na ja. Es gibt ja fast nur gekochte Hoeneß-Nürnberger, geschützt, aber eklig. Ein Bratwurstteig muss roh sein, nicht gekocht, gebrüht, zumindest in Franken. Und dann die Zwetschgermännla. Die sind zwar schön, aber für was? Staubfänger, sonst nichts. Früher hat man die ja noch gegessen irgendwann im Januar, da war das was. Aber wer frisst heut schon alte Zwetschgen? Nürnberger findet man da nicht, auf dem Markt. Und überall alles voller Busse. Der Plärrer war restlos verstopft. Immerhin hatte es aufgehört zu schneien. Nicht genügend Grund also, sich aufzuregen, das bisschen Christkindlesmarkt langte nicht.

Behütuns wartete, irgendetwas musste ja noch kommen.

»Aber damit fährt man doch nicht im Schnee herum, oder?«, setzte er nach, damit Kugler weitererzählte. Er meinte die Corvette.

»Wenn's einem wurscht sein kann, schon.«

»Was wollen Sie damit sagen?«

»Der Kerl hatte doch Geld wie Heu. Hat Kohle mit Hundefutter gemacht, mit Katzenstreu und so Zeug.«

Jetzt ging es endlich wieder vorwärts.

Da wechselte Kugler das Thema.

»Haben Sie gestern Zeitung gelesen?«, fragte er jetzt.

»Kommt darauf an, was?«, fragte Behütuns zurück und versuchte sich zu erinnern, was er gestern ...? War aber alles schon weg. Verrückt eigentlich, dachte er sich. Da freust du dich auf die Zeitung, liest sie in der Früh zum Kaffee – und was ist am nächsten Tag? Nichts, das meiste ist wieder weg. Aber egal, für die Freude am Morgen taugt's. Also auch kein Grund, sich aufzuregen. Kam da vielleicht wieder mal was?

»Von dem Unfall in Thüringen.«

»Nee.« Daran konnte er sich nicht erinnern, genauso wenig wie an alles andere. Aber was hatte denn das jetzt mit Hundefutter zu tun? Mit dem Zeug, das, wenn es dann durch den Hund durch war, doch nur wieder auf den Gehsteigen lag. Kugler unterbrach ihn in seinen braunen Gedanken. Eigentlich auch wieder schade, dachte sich Behütuns, das wäre auch ein schönes Thema, um hochzufahren ...

»Das war ein Unfall auf so einer Brücke ...«

Autobahnbrücken in Thüringen! Darüber konnte man sich aufregen! Der ganze Autobahnbau! Und erst was die Bahn da machte! Diese So-da-Brücken, die ganze Linie Erfurt – Nürnberg! Ein Wahnsinn, was da geschah. Allein schon die Geratalbrücke, Ichtershausen. Über 1100 Meter lang, fast 20 Meter hoch, für zwei Gleise breit. Zehn Jahre stand die schon da, über das Flüsschen Gera, über die Autobahn, über die Kreisstraße. Und noch kein einziger Zug drüber gefahren, die hatte ja noch nicht mal Gleise! 26 Millionen hatten die da verbaut, doppelt so viel wie geplant. Oder ursprünglich vorgelogen. Die musste renoviert werden, bevor je der erste ICE ... grandios, dieser ganze Wahnsinn! Wir kriegen keinen Ersatz für Jaczek und arbeiten uns wund – und da setzen sie das Geld in den Sand. Hocken wahrscheinlich in den Aufsichtsräten der Baufirmen oder so. Und keiner wird dafür belangt! Die lassen sich auch noch feiern auf den Einweihungen auf Staatskosten. Also für unser Geld. Die ganze Strecke war ein einziger Quatsch ... das war zum Aufregen! Aber Kugler ließ ihm keine Zeit, denn er erzählte weiter.

»... also auf so einer Autobahnbrücke über irgendein Tal. Nicht hoch, aber lang. Da ist der wohl ins Schleudern gekommen und über die Leitplanken geschreddert und dann ab in den Talgrund. 12 Meter tief. Mit Familie und allem.« Dazu schlug der Dicke mit Schwung mit der einen Handfläche auf seine andere.

»Und?«

»Tot.«

»Das meinte ich nicht, das kann ich mir denken bei 12 Metern Höhe. Mit ›und‹ meine ich: Was hat das mit dem anderen Unfall zu tun?«

»Direkt nichts, aber ...«

»Ja?«

»Schauen Sie, der ist nicht *in* die Leitplanken, sondern drüber.« Und er machte wieder diese Abflugshandbewegung.

»Wahrscheinlich war er zu schnell.«

»Sicher, aber trotzdem: Die Leitplanken sind doch dazu da, dass man auf der Straße bleibt, oder? Das sind ja Planken, die einen im Notfall auf die Fahrbahn zurückleiten, sagt ja schon der Name.«

Irgendwie kam der Typ nicht zum Punkt. Oder verstehe ich etwas nicht?, fragte sich Behütuns. Aber egal, sie standen im Moment ohnehin.

»Und warum ist der da drüber geschossen? Weil Schnee da gelegen hat!«

Jetzt tat der Dicke so, als müsste schon alles klar sein. Behütuns aber verstand immer noch nicht.

»Deswegen ist er wahrscheinlich gerutscht, also ins Schleudern gekommen, meinen Sie das?«

»Das sicher auch, ja, aber das meine ich nicht. Darum geht es mir: Der ist nicht *in* die Leitplanken, sondern drüber, weil da rechts der geräumte Schnee gelegen hat, von den Räumfahrzeugen. Und der war hart und dadurch wie eine Rampe. Hat auf jeden Fall so in der Zeitung gestanden. Wie eine Sprungschanze oder so – so muss man sich das vielleicht vorstellen. Da hält dich keine Leitplanke mehr, da nützt die auch nichts, da schießt du ganz einfach drüber weg.«

Behütuns fing an zu kapieren. Es war wieder weitergegangen, und er bog gerade nach rechts Richtung Fürther Tor ab, gleich würden sie wieder zurück sein. Schön sah die alte Mauer aus mit dem vielen Schnee, und auch noch angestrahlt. Der Sandstein und dann dick gezuckert, sogar auf den Vorsprüngen und Simsen, das alles im gelben Licht. Der Schnee auf den Dächern, auf der Straße, sah aus wie gemalt. Ist doch eine schöne Stadt, dieses Nürnberg. Und dann sagen die immer, das wäre nichts mit der Burg, zu alt und so, nicht gut fürs Image. Zu verstaubt, zu idyllisch, zu antiquiert. Gemütlichkeit darf da nicht sein. Müssen immer alle auf High-Tech machen, auf Glas, Beton und Stahl, auf Messe und den ganzen Quatsch.

»Und«, berichtete Kugler weiter, jetzt war er da, wo er hingewollt hatte, »als der Unfall passierte, war schon zweimal geräumt, also auch große Schneehaufen rechts. Und trotzdem ist der durch die Planke.«

»Der Schnee war wahrscheinlich noch weich«, gab Behütuns zu bedenken und bog in den Polizeihof ein.

»Das kann ich nicht sagen, da habe ich auch nicht drauf geachtet. Aber ich war heute früh noch mal da und habe mir das angeschaut, ich wohne ja da draußen in der Nähe – und da war der Schnee hart. Knüppelhart.«

»Das war ja auch fünf Tage später, oder nicht?«

Behütuns hatte den Wagen abgestellt und stieg aus.

»Kommen Sie noch kurz mit hoch?«

»Ja klar, ich bin ja noch nicht ganz fertig.«

»Aber was wollen Sie denn damit sagen?«, fragte Behütuns, als sie die Treppe im Präsidium hochstiegen. Überall war es dreckig und nass, jeder schleppte heute Schnee mit herein, und der taute dann, wo er wollte. Oder lag. Auch knirschte es von dem Split, der vereinzelt auf den Steinstufen lag. Das war alles nicht sehr gemütlich, so konnte man das wohl sagen, aber das Präsidium war ohnehin grau.

»Der Lubig, also der mit dem Hundefutter, der war kein schlechter Fahrer. Der ist ja früher sogar Stock-Car gefahren, das war sein Hobby. Nicht gerade billig, aber der hatte es ja. So Hunde fressen ja genug.«

Und scheißen auch viel, dachte Behütuns. Sein Handy klingelte.

»Behütuns?«

Er lauschte, bis sie im Büro waren, oben im dritten Stock.

»Okay, aber ich fahre jetzt da nicht mehr raus.«

» – «

»Ja, dann morgen in der Gerichtsmedizin.«

Er warf das Handy auf den Tisch, irgendwie bedient, zog sich die Jacke aus.

»Die haben noch einen ausgegraben.«

Kugler sah ihn fragend an.

»Die haben noch eine zweite Leiche gefunden. Da draußen in dem Silo war noch eine zweite Person.«

»Sie sind nicht zu beneiden«, schüttelte der Dicke bloß den Kopf und schob dann schnell nach: »Machen wir meines noch schnell fertig? Weil dann kann ich hier wieder raus«, und dabei sah er sich gespielt angewidert um. Das Büro war wirklich nicht einladend, schon gar nicht, wenn es draußen kalt, nass und dunkel war. Behütuns ging zum Fenster und ließ die Lamellen herunter.

»So sieht es ein wenig wohnlicher aus.«

Aber die Lamellen hakten und funktionierten nur halb. Zur unteren Hälfte des Fensters kam es immer noch schwarz herein. Nachtkälte. Auf dem Fensterbrett lag hoch der Schnee. So landeten da wenigstens keine Tauben.

»Ich finde, das sollten Sie mal untersuchen«, meinte der Dicke jetzt. Er wollte sich gar nicht erst setzen, ihn drängte es sichtlich hinaus. »Der Mann war ein guter Fahrer, und das mit der Leitplanke stinkt. Oder muffelt zumindest ein wenig. Also wenn Sie mich fragen ...«

»Haben die von der Unfallaufnahme das nicht näher untersucht?«

»Doch, schon. Aber die fanden das nicht ungewöhnlich.«

»Und das heißt?«

»Dass das für die ganz unverdächtig ein reiner Unfall war. Keine weiteren Untersuchungen.«

»Und was meinen *Sie*, dass es war?«

»Keine Ahnung. Aber der Mann war ein guter Fahrer, die Kurve halte ich nicht für eng genug, als dass man da so ohne Weiteres rausfährt, auch nicht bei den Bedingungen – und wenn ich davon ausgehe, dass der Schnee am Rand noch nicht richtig hart war, dann hätte der Wagen zumindest in den Leitplanken hängenbleiben müssen. Sie verstehen?«

»Aber es ist amtlich als Unfall verbucht?«

Der Dicke nickte. Behütuns regte das langsam auf. Er hatte keine Lust mehr.

»Ist gut, ich werde mich darum kümmern«, gab er genervt und wenig überzeugend zurück, merkte das selber und schob sofort noch ein »Versprochen« hinterher. »Aber garantiert nicht mehr heute, Sie sehen ja, was hier so los ist.«

»Ich frag wieder nach«, drohte der Dicke im Spaß, »und schau mich auch selber um.«

»Das lassen Sie lieber mal uns machen«, bremste ihn Behütuns sofort. Was bildete sich der denn ein? Dachte jetzt jeder lausige Lapo, er könnte Kriminalpolizei spielen? Vielleicht sollte er kurz einmal laut werden ... Aber es fehlte ihm die Energie. Und auch die Wut irgendwie.

Da rumpelte die Tür auf, und P. A. und Dick platzten herein. Sahen den Dicken und rümpften belustigt die Nase.

»Wohl 'ne Kuh geklaut, Chef? Oder die Zeche geprellt am Land?«, und deuteten auf die Uniform.

»Spaßvögel. Wenn wir Pech haben, bringt der uns Arbeit.«

> Bei aller Abwesenheit ›logischen‹ oder ›kritischen‹ Denkens sind die soldatischen Männer keineswegs schläfrig oder dumm.
> Klaus Theweleit, *Männerphantasien*

7. Kapitel

»Irgendwie hat das ausgesehen wie Kunst«, begann P. A. und schüttelte den Kopf.

»Oder wie eine Installation«, legte Dick nach. Sie meinten ihren Einsatz in Erlenstegen. Die Frau am Pool.

Sie hatten ihre Jacken quer über Jaczeks verwaisten Schreibtisch geworfen, sich ein Bier aufgemacht, und jetzt saßen die drei da. Die letzten Flaschen Dunkles, Brauerei Alt. Dick hatte den Kasten letzthin mitgebracht, war draußen gewesen in Dietzhof, er musste ihn auch wieder wegbringen. Aber Behütuns wusste schon, wie das ablaufen würde: Der leere Kasten stünde in fünf Wochen noch drüben im Eck. Leergut ist nur voll gut, hatte Dick mal gesagt. Leere Flaschen interessieren keinen Menschen.

Behütuns, Dick, P. A., in ihre Stühle zurückgelehnt, die Füße auf dem Rand der Schreibtische. Behütuns hatte eine Flasche Wasser. Frankenbrunnen grün, Plastikflasche, schon angebrochen, lauwarm, schal. Was anderes war für ihn nicht da. Wasser aus Plastikflaschen, wie pervers war das denn. Sondern Giftstoffe ab und sind unverrottbar. Aber das ist der Fortschritt, dachte Behütuns. Kein Mensch macht sich da Gedanken. Was neu ist, ist gut, auf jeden Fall besser als das Alte, so sehen das die Menschen und so handeln sie. Aber denken? Das ist nicht drin – lieber nicht, sonst hat das noch Konsequenzen, und man muss vielleicht etwas tun. Das Bier der Kollegen sah verdammt gut aus.

»Gute Nachrichten, Leute!«, unterbrach Kommissar Friedo Behütuns die Kollegen Dick und P. A. und hielt eine Notiz hoch, die ihm wahrscheinlich die Teamassistenz, Herr Klaus, auf den Schreibtisch gelegt hatte. Herr Klaus war natürlich schon heim. Behütuns hatte den Zettel erst entdeckt, als er Platz für seine Füße schaffen wollte. Frau Klaus würde das wohl nie kapieren. Benachrichtigungen gehören mitten auf den Schreibtisch, vielleicht auch an den Bildschirm geheftet oder auf den Stuhl gelegt. Dass man sie wahrnimmt. Dass sie nicht aussehen, als gehörten sie zu dem Chaos sonst. Und nicht einfach irgendwo auf den Tisch. Wie oft hatte er ihr das schon gesagt? Bei manchen Sachen hast du das Gefühl, du redest mit der Wand. Er wedelte noch immer mit dem Wisch.

»Wir kriegen Verstärkung. Morgen.«

Irritiertes Schweigen. Oder überraschtes? Ungläubiges? Wahrscheinlich von allem ein bisschen. Damit hatte ganz sicher keiner gerechnet.

»Ich glaub's nicht!«, rief P. A., und »Zeig her!« Peter Dick. Er hielt seinen gestreckten Arm genauso gelangweilt wie fordernd in Richtung Behütuns. Der warf ihm die Notiz hinüber. Zumindest versuchte er es. Sie flog ein Stück, taumelte dann und landete auf dem Boden. Keiner hob sie auf.

»*Was* steht da drauf?«, fragte P. A. noch einmal, ungläubig.

»Was ich gesagt habe: Dass wir Verstärkung kriegen, morgen.«

»Und wen?«

»Das stand nicht drauf.«

»Sicher?«

»Schau nach.«

Das aber wäre jetzt dann doch zu viel Arbeit. Aufstehen und sich nach dem Zettel bücken.

»Wetten, dass nicht?« Peter Abend war skeptisch, und das nicht ohne Grund: Sie warteten jetzt schon seit Monaten auf Ersatz für Jaczek, und nichts war passiert. Behütuns hatte immer und immer wieder nachgebohrt, aber es bewegte sich nichts. Und jetzt auf einmal so schnell? Mitten im Monat und auch noch so kurz vor Weihnachten? Da war schon gesunde Skepsis angesagt.

»Ich halte dagegen«, sagte Dick. »Muss man ja auch mal positiv sehen.«

»Um was wetten wir?«, wollte Peter Abend wissen.

Dick sah zu seinem Chef, fast ein wenig mitleidig.

»'ne Flasche Frankenbrunnen grün. Voll und gekühlt. Dass er auch was davon hat.«

Die drei lachten, Behütuns gequält.

»Okay, Jungs«, nahm Behütuns jetzt den Faden wieder auf. »Erzählt mal.«

Dick und P. A. sahen sich an. Wer sollte? Dick fing an.

»Also Erlenstegen. Sagt dir was, oder?«

»Reiche Leute, große Häuser, jede Menge Prunk und Kitsch. Richtig?«

»Right. Da waren wir. Und es ist noch viel schlimmer. Die Leute da wissen scheint's nicht wohin vor Geld. Unglaublich schamlos zum Teil, wie es da aussieht und was da so rumsteht.«

»Dafür haben sie Geschmack im Abgang«, konterte P. A.

»Na ja, ob das Geschmack ist ...«, warf Dick tadelnd ein. »Sich nackt in den Schnee zu legen?«

»Die Figur hat's schon noch hergegeben.«

»Okay, für fast fünfzig noch ganz anständig.«

»Weißt du, was da herumgestanden hat?«, unterbrach P. A. den Bericht. »Da kommst du nicht drauf! Aber das zeigt, wie verblödet die sind: Willi naturtrüb. Hatte die 'ne ganze Flasche davon getrunken.«

Behütuns sah ihn fragend an. »Willi naturtrüb? Was soll das denn sein?«

»Ich sag ja: Den Leuten kannst du alles erzählen, Hauptsache, es ist etwas Besonderes. Dann legen die dafür auch noch Geld hin.«

»Also, was ist jetzt mit Willi naturtrüb?«

Behütuns spürte, wie er langsam ungeduldig wurde. Konnten die nicht mal endlich auf den Punkt kommen? Die machten jetzt hier schon seit Minuten rum – und er wusste immer noch nichts. War das vielleicht eine Art, Bericht zu erstatten? Es begann ihn langsam aufzuregen. Hatte er sich überhaupt schon einmal richtig aufgeregt heute? War er auch nur ein einziges Mal so richtig hochgegangen? Losgeplatzt? Einmal nur, innerlich, als der Dicke kam. Was war denn nur mit ihm los? War der Entzug schon vorbei? Das wäre aber schade. Obwohl – so im Inneren ruhig fühlte sich auch ganz schön an.

»Mensch Chef, denk doch mal. Ein Willi ist ein Brand, klar? Und ein Brand ist klar, klar? Jeder Brand ist klar, weil das ist ja ein Destillat, oder lieg ich damit falsch?«

»Nee, klar.«

»Und die lassen sich so trübes Zeug andrehen, das nennt sich ›Willi naturtrüb‹. Wahrscheinlich was ganz Besonderes.«

»Und sicher auch noch extra teuer«, schob Dick nach, »für den gehobenen Geschmack.«

»Sowieso, sonst macht es ja keinen Sinn.«

»Und?« Jetzt wollte es Behütuns wissen.

»Denk doch mal nach, ›naturtrüb‹! Da brennt jemand 'nen Willi, schön sauber und reine Natur. Eau de vie, Wasser des Lebens. Und dann pantscht er 'nen trüben Birnensaft mit rein oder sonstwas, also versaut das schöne, reine, klare Naturprodukt wieder – und nennt *das* dann ›*natur*trüb‹. Aber ist doch gar nicht mehr Natur, ist doch gepantscht.«

»Und die geld- und geltungssuchtgeblendeten Knallköpfe meinen, das wäre etwas ganz Besonderes, womit sie angeben können, und kaufen das. Gepanschte Plörre, sag ich dir, was anderes ist das nicht.« Dick blubberte erbost vor sich hin. Das Schimpfen auf etwas begütertere gesellschaftliche Schichten schien ihm ein echtes Anliegen.

»Geldgeblendete Knallköpfe?«, fragte Behütuns dazwischen. »Wo wart ihr denn da? Und überhaupt – was hat es mit diesem Williams auf sich?«

Jetzt erzählten sie endlich ihre Geschichte.

Sie waren da rausgefahren durch den Schnee, sie wären fast nicht durchgekommen. Es gibt ja niemanden mehr, der Autofahren kann – sie hatten die gleiche Erfahrung gemacht wie er. Und dann kamen sie in so ein riesengroßes Haus –

»... mit vergoldeten Säulen innen, musst du dir mal vorstellen! Betonsäulen mit echtem Blattgold, in einem Wohnzimmer, so groß wie ein Fußballplatz! Vier Stück, von oben bis unten. Das Gold einfach so auf den Beton geklatscht. Pures Blattgold. Ist das nicht pervers?«, hatte Dick aufgebracht eingeschoben,

– mit einem riesigen Garten dahinter, mit Mauer außenrum, Videoüberwachung und so. Was man so alles braucht, wenn man Angst um sein Geld hat –

»... und wahrscheinlich auch Angst vor denen, die man dazu ausgebeutet hat«; Dick konnte mit seinen Überzeugungen einfach nicht hinter dem Berg halten,

– und einem riesigen Pool draußen, vor einer riesigen Glaswand. Wie im Film. B-Movie, ach was, C! D! Beheizt. Mitten im Winter. Und an dem Pool war eine Bank –

»... allerbester Carraramarmor, drunter geht bei dem Gschwerdl nichts«; wieder Dick,

– und auf dieser Bank: Kunst! Und neben dieser Bank: Willi naturtrüb, zweimal. Einmal Leergut, einmal angebrochen. Noch halbvoll.

»Nackte Frau mit Schnee auf Carraramarmor an Willi naturtrüb vor dampfendem Pool«, spottete Dick makaber.

»Das war wirklich skurril, das kann ich dir sagen«, berichtete P. A. weiter. »Da lag diese Frau mitten im tiefsten Winter splitterfasernackt strecksderlängs auf dieser eiskalten Steinbank, der Schnaps daneben, der Pool dampfte heimelig – und auf der Frau Schnee, über und über gepudert ... Verzeihung: gezuckert. Also die Frau war eiskalt. So kalt, dass der Schnee auf ihr schon nicht mehr schmolz, also nicht mehr taute.«

»Sah eigentlich fast schön aus«, kommentierte Dick anerkennend, den makabren Unterton kaum verbergend, »das hatte etwas von ganz tiefer Ruhe. Der Schnee so auf dem Haar, auf den Hüften, den Beinen, den Füßen ... und die Titten noch ganz gut in Form für das Alter.«

»Silikon.« Das war jetzt P. A. gewesen. »Da hast du richtig die Kissen gesehen.«

»Und?«, fragte Behütuns, »irgendwelche Anzeichen für Mord? Also Arbeit für uns? Oder hat die sich einfach im Suff da rausgelegt und ist eingeschlafen ... Weil: zu tun hätten wir genug.« Er wollte den anderen auch noch von seinem Tag berichten.

»Der Nachbar hat sie gefunden und ist rüber, der hat dann auch den Arzt geholt, und der uns. Äußerliche Anzeichen von Gewalt: keine, also nicht auf den ersten Blick. Keine Spuren von irgendwelcher Gewalteinwirkung überhaupt, auch nicht in der Wohnung, also dass es da irgendwie eine Auseinandersetzung gegeben hätte, auch keine Anzeichen für Besuch. Die Frau war wohl allein und hat sich die Kante gegeben. Witwe, erst seit Oktober. Sah eher nach einem Unfall aus, oder Zufall, nach Selbstmord eher nicht. War auch kein Abschiedsbrief da, zumindest wurde bislang keiner gefunden. Aber die Spurensicherung ist noch im Haus. Müssen abwarten, was von denen kommt.«

»Und von der Gerichtsmedizin«, fügte P. A. noch an, »weil da liegt sie jetzt, wahrscheinlich nicht ganz so kalt in der Schublade.«

»Ja, da liegen auch noch zwei andere.«

Das war Kommissar Behütuns gewesen. Jetzt erzählte er den beiden von seinem Tag – und von dem Anruf, den er dann noch bekommen hatte.

»Meine zwei sind garantiert Mord«, schloss er seinen Bericht, »anders kommen die da nicht in den Mais, in die Silage.«

»Na bravo«, kommentierte Dick, »dann hoffentlich nicht unsere auch noch.«

»Wieso?« Das war P. A. »Wir kriegen doch morgen Verstärkung.«

Stimmt. Das hatten sie schon wieder vergessen, ungläubig wie sie waren.

»Wenn sie kommt«, unkte Behütuns.

»Sie? Was willst du damit sagen?« P. A. schien alarmiert.

»Sie – die Verstärkung, was hast du gemeint?«

»Also 'ne Frau?«

Das war ja ein völlig neuer Gedanke, darauf wäre er jetzt nicht gekommen.

»Davon stand auf dem Zettel nichts.«

Behütuns nahm seine Füße vom Schreibtisch und bückte sich nach dem Zettel. Täuschte er sich oder ging das schon besser? Das konnte nicht sein – aber er hatte noch nichts gegessen. Das war es wahrscheinlich. Einmal nichts im Magen, und schon spannt es weniger. Überflog den Zettel. Gab ihn weiter.

»Da steht nichts von einer Frau.«

»Egal, auf jeden Fall gibt es morgen eine Flasche Wasser extra«, grinste P. A.

»Wäre aber mal was Neues«, sagte Dick, »neben Frau Klaus mal 'ne echte.« Er grinste. »Ich hätte nichts dagegen.«

»Und wenn's ein Besen ist?«, fragte P. A.

»Apropos Frau«, hakte Behütuns noch einmal ein. »Was war das denn überhaupt für eine da draußen in Erlenstegen?«

Dick lehnte sich beängstigend weit auf seinem Stuhl zurück und kramte einen Zettel aus seiner Hosentasche. Entfaltete ihn umständlich und wichtig. Und sagte dann abfällig:

»Unternehmerwitwe. Lydia Pank-Posner, Doppelname, aber klingt wenigstens gut. Nicht so wie Leutheusser-Schnarrenberger oder Sebligzahn-Köckenhanauser. Spitzname Papo. Halupan Bodenbeläge, wenn dir das was sagt. Hanns-Ludwig Pank. Haben so Schlingenware gemacht, also Teppichböden, Sondermüll. Und überall verkauft. Hatten mehrere Werke in Deutschland. Roth, Kassel, Gera, Hechingen, Buxtehude, was weiß ich, und über hundert Geschäfte. Riesiger Laden.

Haben aber in Nürnberg angefangen damit. Und dann pleite gemacht, gewinnbringend. Über 400 Leute auf die Straße gesetzt, von heute auf morgen. Aber den Reichtum behalten. Gehörte komischerweise alles ihr, er hatte keinen Cent mehr. Sieht man ja an dem Haus. Also richtig arm, das Pack.« Dick brodelte wieder in seinem Lieblingsthema.

»Sie war mal Model«, übernahm jetzt wieder P. A., »er ist im Oktober mit seinem ...«

»Dem von seiner Alten!«, schob Dick mit Empörung dazwischen.

»... Privatflieger vor Namibia verschollen gegangen, zusammen mit zwei Freunden. Hat dick in der Presse gestanden, vielleicht erinnerst du dich. Wurden nie gefunden, auch der Flieger nicht, so eine kleine Cessna. Hobby für Reiche. Sind wahrscheinlich Haifischfutter geworden. Seither hatte sie wirklich alles für sich.«

»Und hat gern getrunken, hat der Nachbar gesagt«, ergänzte Dick leicht zynisch. »Hat vielleicht am Tod ihres Mannes zu beißen gehabt und ist damit nicht fertig geworden.«

»Was ist der Nachbar für einer?« Behütuns wollte einfach alles wissen. Und wenn sie ihm das nicht freiwillig erzählten, musste er es ihnen halt aus der Nase ziehen.

»Der, der sie gefunden hat?«

»Gibt es noch andere?«

»Sicher, aber die haben wir noch nicht kennengelernt.«

»Also?«

»Auch so ein Schwerreicher. Da draußen wohnen scheint's nur solche, ist ein ganzes Nest. Aber schon etwas älter, so um die siebzig, schätze ich.«

»?«

»Thomas Richard Langguth.«

»Sagt mir nichts. Muss man den kennen?«

»Muss man nicht, aber tut man. Zumindest sein Unternehmen.«

»?«

»Trigut Getränkemärkte. Von Trink gut. Ist auch der Slogan. Und von Thomas Richard Langguth. Also T, Ri und -gut. Sehr sinnig. Sind in ganz Süddeutschland, sind sogar Marktführer, hat er ganz stolz erzählt.«

»Kreativ sind die schon immer«, sagte Dick, nicht ohne eine Spur Abfälligkeit im Tonfall.

»Und der verkauft den naturtrüben Willi?«, fragte Behütuns.

Daran hatten die beiden noch nicht gedacht.

P. A. und Dick schauten sich fragend an und zuckten mit den Schultern.

»Wär interessant zu wissen.«

Peter Abend sah auf die Uhr.

»Halb sieben. Und?«

Behütuns bedachte kurz seinen Tag. An den Leichenfund in der Silage bei Kornburg und an den Anruf später, dass da noch ein Zweiter lag, den sie gefunden hatten. Und an die Vermutung des Dicken mit dem Unfall der Corvette. Dass das vielleicht kein Unfall war.

»Ich denke, wir haben morgen einen längeren Termin in der Medizin. Meine zwei, eure Eisdame – ich glaube, das reicht erst mal.«

Inzwischen war es kurz vor sieben. Damit war der Tag erst einmal beendet.

Kommissar Friedo Behütuns hatte sich entschlossen, zu Fuß nach Hause zu gehen. Nicht in den U-Bahn-Schacht. Es war so selten, dass überall Schnee lag, geschlossene Decke, wohin man sah. Und überall Menschen mit Tüten und Taschen. Ob die schon an Weihnachten dachten? Geschenke kauften? Es sah fast so aus. Eine Bratwurstbude dampfte, Menschen davor mampfend. Drei im Weggla, das gehörte dazu. Nichts sah hier nach Eile aus, alle schienen Zeit zu haben. Ob das der Schnee war? Die ganze Stadt war komplett weiß. So etwas gab es nicht oft. Die Männer vom SÖR räumten Schnee, in den Schaufenstern leuchteten Sterne, die Äste der kahlen Bäume waren mit Lichterketten geschmückt und glitzerten. Von überall her aus den Geschäften tönte Weihnachtsmusik.

Warum regte ihn das nicht auf? Dieses Weihnachtsgedöns überall, dieses Liedergedudel, dieser unerträgliche, dumme Konsumwahn? Was war überhaupt mit ihm los, dass er das alles ertrug? Ja auch noch fast schön fand, berührend? Was sollte der ganze Scheiß, diese falsche Gefühlsduselei, die nur die Geschäftemacherei kaschierte? Irgendetwas stimmte nicht mit dem Kommissar.

Über die Burg hinauf ging er am Dürerhaus vorbei und durch den nach Pisse stinkenden Durchlass am Tiergärtnertor nach Hause. Im Treppenhaus roch es nach Rauch. Angenehm? Eklig. Wie Aschenbecher. Der Mieter über ihm. Abgefallene Zigarettenasche lag auf den Stufen. Er sah seinen Nachbarn förmlich, schlurfend mit der Kippe im Maul, die Treppe hinauf atmend. Pumpend, besser gesagt. Ächzend. Der bekam doch kaum noch Luft. Nein, ich rauche nicht mehr, dachte er sich. Er kochte sich einen Tee, legte die Füße hoch, schlürfte. Pfefferminze, Fränkischer Krüll. Ob der wirklich aus Franken war? Eine große Packung hatte er sich geholt – in Fürth, im Stadion. Das war auch so ein komischer Ort: Nichts so, wie du es erwartest; immer alles ganz anders herum. Nach was riecht es in einem Stadion? Nach Hoeneßwürstchen vielleicht, vielleicht auch nach richtigen. Und dann noch nach Bier, vielleicht auch nach Schweiß, in manchen Ecken nach Pisse, sonst nichts. Nach grünem Rasen vielleicht noch. Und in Fürth? Riecht es nach Tee. Nach Kräutern, Bonbons und Tee. Und tausenderlei Gewürzen. Weil der Fanshop in Fürth Teeladen heißt und ein Teeladen ist. Greuther Fürth. Da kauft man dann seine Karten und wird gleichzeitig gesund.

Behütuns räkelte sich auf seinem Sofa. In dem Haus der Pank-Posner in Erlenstegen war er schon gewesen, er hatte das wiedererkannt in den Erzählungen der beiden. Mit Jaczek war er damals dort gewesen, hatte mit Hanns-Ludwig Pank, dem Chef des Unternehmens, gesprochen. Ende September musste das gewesen sein. Hmm, und im Oktober war der ehemalige Bodenbelagshersteller Pank dann vor Namibia überm Meer verschollen ... Das aber war geklärt, es schien tatsächlich ein Unfall gewesen zu sein, man hatte keinerlei Hinweise auf irgendetwas anderes gefunden.

Pank war mit seinem Unternehmen ein Kunde von Professor Altenfurth gewesen, allerdings schon vor Jahren. Dutzende von Klienten des Professors hatten sie einen nach dem anderen abgegrast auf der Suche nach einem möglichen Hinweis. Aber nichts gefunden.

Pank aber war ihm wegen etwas ganz anderem in Erinnerung geblieben, nicht wegen vergoldeter Säulen. Nein, Pank hatte ihm etwas Interessantes erzählt, aus seinem Geschäft, etwas, das ihm selbst als Unternehmer lange Zeit gar nicht so bewusst gewesen sei und wofür Professor Altenfurth ihm erst die Augen geöffnet habe. Pank hatte, so erzählte er das, um an Aufträge für sein Unternehmen zu kommen, immer wieder Preisnachlässe gegeben. Rabatt also. Er musste ja Umsatz machen, seine Leute bezahlen. Und dazu musste schlicht Geld fließen. Zwei Dinge aber hätte er dabei nie bedacht, hatte er erzählt. Einmal, »dass Sie Ihre Preise – ich spreche hier nur von der Produktion –, haben Sie erst einmal nachgegeben, beim nächsten Mal ja nicht wieder erhöhen können. Sie bleiben also immer unter Ihrer eigentlichen Kalkulation und müssen, weil die Konkurrenz immens drückt, fast jedes Mal noch günstiger werden. Das war das eine. Und das andere war«, und dann hatte Pank ein Blatt Papier genommen und so ein paar Kurven darauf gekritzelt, »wenn ich nur ein Prozent Rabatt gewähre, reduziert sich mein Ergebnis um ganze siebzehn Prozent – weil der Rabatt geht ja direkt vom Gewinn weg, alle anderen Kosten, also für Material, Einkauf, Löhne, Energie, Produktion und so, die bleiben ja gleich – wenn sie nicht sogar steigen. Das bedeutet: Wenn ich nur ein Prozent Rabatt gebe, muss ich ein Fünftel mehr verkaufen, um wieder plusminus Null zu sein. Also zwanzig Prozent! Stellen Sie sich das mal vor!« Er hatte sich an seinem Schreibtisch zurückgelehnt und ihn angesehen, und er, Behütuns, hatte im Kopf gerechnet. Aber ganz schnell aufgegeben, das war ihm eindeutig zu komplex. »Zwanzig Prozent, so ein Wahnsinn!«, hatte Pank gesagt, »Zwanzig Prozent mehr Umsatzzwang für nur ein Prozent Rabatt – nur um auf das gleiche Niveau zu kommen wie vorher. Das geht mir doch alles von meinen Investitionen ab. Also: Geb ich Rabatt, muss ich entweder die Löhne drücken oder billiger einkaufen – oder ich geh auf Dauer kaputt, weil ich ja kaum mehr etwas habe, um zu investieren. Und investiere ich nicht, läuft mir die Konkurrenz davon. Selbst über die Verkaufsstellen kann man das nicht mehr auffangen.«

Behütuns hatte das schon spannend gefunden, aber es war nicht sein Metier. Er war froh, sich nicht mit solchen Dingen herumschlagen zu müssen. Komisch war nur, hatte er sich gedacht: Knapp ein Jahr nach seiner Beratung durch Professor Altenfurth und dessen bahnbrechender Erkenntnis hatte Pank zugemacht. Den riesigen Laden geschlossen, einfach Pleite, Insolvenz. Aber die gesamte Kohle behalten. Ob das auch mit der Beratung zusammenhing? Und jetzt war von denen allen keiner mehr da: Der eine lag, von Golfbällen erschossen, irgendwo unter der Erde, der andere war Fischfutter geworden vor Namibia und die Dritte lag in der Gerichtsmedizin im Schrank. Nur er, Kommissar Behütuns, lümmelte daheim auf seinem Sofa und ließ die Gedanken treiben. Komische Welt.

Zehn Minuten später war er dann eingeschlafen, der Fernseher lief ohne ihn einfach immer nur weiter. Irgendwann in der Nacht tappte Kommissar Friedo Behütuns hinüber ins Bett.

> Was für eine Wundergeschichte, denke ich
> und schaue wohl etwas skeptisch.
> Jürgen Wasim Frembgen, *Am Schrein des roten Sufi*

8. Kapitel

Der nächste Tag präsentierte sich komplett anders als der zuvor. Es regnete. Und zwar nicht nur so, sondern richtig. Fette Tropfen peitschten dicht an dicht von Westen her über Franken, und der Himmel war so grau, dass man nicht sah, wo er anfing oder aufhörte – er war nur irgendwo oben. Aber da schaute ohnehin niemand hin. Man zog den Kopf ein, versteckte sich tief unter seinem Schirm und sah zu, dass man von der Straße kam. Der Wetterochs, der etwas andere Wetterbericht speziell für die Region, hatte es unter *www.wetterochs.de* ja geschrieben:

»Atlantische Warmluft, die sich wunderschön vollgesogen hat wie ein Schwamm, vertreibt die östliche Strömung und sorgt verlässlich für das typische Vorweihnachtswetter. Dazu starker, böiger Wind, der in Einzelfällen schon mal bis zu 80 km/h erreichen kann. Hätten Sie jetzt noch Ihre Sonnenschirme draußen oder Ihre Gartenmöbel, dann würde ich sagen: Räumen Sie die mal lieber weg, sonst bläst es sie Ihnen vielleicht um die Ohren. Aber wer die jetzt noch draußen hat, räumt sie auch jetzt sicher nicht weg.

Doch Spaß beiseite: Von Weißenburg über Nürnberg bis hinauf nach Bamberg wird mit Niederschlagsmengen bis zu 40 mm pro Quadratmeter gerechnet, die einen Wettermodelle sagen weniger (30), die anderen mehr (bis zu 50), hier divergieren die Mengen durchaus. Ich tendiere da erfahrungsgemäß immer eher zu weniger. Aber da wir beim Wetter sind und dieses in der Regel nur sehr schwer vorhersagbar ist, würde ich mich auf die ziemlich gesicherte Vorhersage versteifen, dass es Regen gibt, und zwar heftigen. Damit ist auf jeden Fall ziemlich sicher zu rechnen.

Dieser Regen bedeutet bei der Schneemenge, die uns in den letzten Tagen (zumindest optisch) mit ihrer Niederkunft so herrlich beglückt hat: rapide Schmelze, also Schnee ade. Und: Wasser, was bedeutet: Hochwasser. An Rednitz, Pegnitz und Regnitz und ihren allbekannten Zuläufen wie Bibert, Farrnbach, Aurach, Aisch, Schwabach, Zenn und den sonstigen üblichen Verdächtigen. Die, die da wohnen, wissen schon, was damit gemeint ist. Allen anderen kann ich nur raten: Fenster zu, Kragen hoch und am besten mit Gummistiefeln in die Arbeit.

Ich weiß nicht, wie es Ihnen geht – aber ich für meinen Teil mag ja Regenwetter.

Bis morgen.

Wetterochs.«

Dann folgten die üblichen Links auf die verschiedensten Wettermodelle, die dem Ganzen immer einen soliden und fundierten Anstrich gaben, von denen Friedo Behütuns aber noch nie einen angeklickt hatte. Das Wetter auf jeden Fall war sauber prognostiziert. Und so, wie es aussah, richtig. Es war ein dunkelgrauer Morgen, und viel heller würde es heute auch nicht mehr werden, prognostizierte Behütuns seinerseits schon einmal vorsorglich. Er nahm seine *Nürnberger Nachrichten* aus dem Kasten, stopfte sie sich einigermaßen regensicher unter die Jacke und versuchte, auf möglichst direktem Weg zur U-Bahnstation zu kommen. Was gar nicht so einfach war. An den Gullys staute sich das Schmelz- und Regenwasser zu riesigen Lachen und floss nicht ab. Die Autos fuhren große Bögen außen herum oder einfach mitten hindurch. Gut feucht kam er zur U-Bahnstation und musste die letzten Stufen der Rolltreppe hinunter spurten, denn sein Zug fuhr gerade ein, und er hatte keine Lust auf 10 Minuten Warten.

Behütuns hatte ganz hervorragend geschlafen, erst vor dem Fernseher, dann im Bett, wobei ihm das Aufstehen zwischendurch, um endlich ins Bett zu gehen, überhaupt nichts ausgemacht hatte. Das war so wie eine einzige, fließende

Bewegung gewesen, wie in Watte gewickelt, und er hatte auch nahtlos weitergeschlafen. Eigentlich doch herrlich. Wenn das das Ergebnis von nicht Rauchen und nicht Trinken war ... das wäre ja fast akzeptabel. Aber dann wäre es ja fast schöner ohne, warnte ihn etwas. Ohne was – ohne Bier? Ja, schöner als mit. Mit Bier. Und wieder diese warnende Stimme: In Franken leben ohne Bier, und das dauerhaft? Das ist Verrat an der Heimat, aktiver Boykott von Kulturgut, Verweigerung aus niederen Beweggründen und Selbstsucht! Schluck! Nein, nein, nein, hier wird jetzt auf gar keinen Fall weiter gedacht!, stoppte Behütuns diesen Gedanken. Es muss Dinge geben, die sind einfach tabu. Schluss! Man muss nicht alles denken, was denkbar ist. Und denken lässt sich ja alles, selbst Franken ohne Bier. Absurd, schädlich, pervers.

Das mit dem Wecker heute früh war doch wieder ein kleines Problem gewesen. Er hörte ihn einfach nicht – vielmehr hörte er ihn schon, aber nahm ihn nicht wahr, nicht *für* wahr. Zumindest lange nicht. Manchmal fast eine halbe Stunde. Heute waren es wieder beinahe 20 Minuten gewesen. Inzwischen stellte er ihn schon auf früher. Vor zwei Wochen noch war er ganz automatisch immer vor seinem Wecker aufgewacht. Vor dessen Klingeln, verbesserte er sich – der Wecker wacht ja nicht auf, der weckt. Der machte kurz vor dem Klingelbeginn immer so ein ganz leises, kleines »Klick«, und kurz vor diesem »Klick« war er immer schon wach. Er hörte dieses Klicken *wach*. Ganz selten, dass er den Wecker überhaupt einmal klingeln hörte. Den hatte er bis dahin längst ausgemacht. Und jetzt? Hörte er ihn auch nicht klingeln. Weil er einfach weiterschlief. Über das Klingeln hinweg schlief. Er musste es erst immer irgendwie in seinen Traum einbauen, es dann dort als aus einer anderen Welt kommend identifizieren, es dechiffrieren, akzeptieren, übersetzen, zulassen, hereinlassen, wirken lassen und irgendwann dann halt auch mal wahrnehmen. Für wahr nehmen. Also für – oder als? – aus einer echten Welt kommend akzeptieren. Das war früher nicht so gewesen. Nicht so kompliziert. Mit Bier war die Welt einfacher.

Und jetzt weiß ich auch, dachte sich Kommissar Friedo Behütuns, als er am Weißen Turm wieder an die Erdoberfläche trat, was sich geändert hat: Es ist alles so eindimensional, was mein Kopf macht. Früher war mein Hirn, wenn ich es laufen ließ, viel elastischer. Schlug ganz andere Kapriolen. Knotete viel mehr und hatte viel schönere Überschläge. Schlug Blasen, sprühte Farben, spielte verrückt, dass du dich manchmal nur wundern konntest. Und staunen. Und jetzt? Alles so einfach, alles so banal. Alles geradeaus. Nichts Schräges dabei. Nichts, was einen erfreut. Aber auch kein Ärger, keine richtige Wut. Und gerade die erfreut einen ja. Wenn die Wut fehlt, macht es doch keinen Spaß. Das musste wieder anders werden. Aber wie? Lag das wirklich am Rauchen und Trinken? Also daran, dass er es nicht mehr tat? Also am Nicht? An nichts?

Oben war es dunkler als unten, als er ans Tageslicht trat. Also unter der Erde mehr Licht. Über der Erde würde es auch kaum mehr werden heute, kaum heller, so dick wie die Wolken waren. Unter der Erde war es auch trockener gewesen, nein: Unter der Erde war es trocken, über der Erde nass. Sehr nass. Das war alles verkehrt, aber richtig. Geht doch noch, dachte sich Friedo Behütuns, Reste sind ja noch da vom verqueren Denken. Nass kam er ins Präsidium.

Sie war schon da.

Nicht oben im Büro, sondern unten an der Pforte, am Empfang.

»Friedo«, hatte ihm der Witzbold vom Empfang hinterhergerufen, an dem er wie immer, also ohne ihm Beachtung zu schenken, vorbei wollte, »hier ist jemand für dich! Deine Frauenquote.«

Er hatte das gar nicht verstanden, dachte, er meinte vielleicht jemanden, der eine Aussage machen wollte.

»Kommen Sie mit«, hatte er nur gesagt, ihr flüchtig die Hand gegeben, zur Treppe gewiesen und versucht, sie anzusehen. Das mit der Hand war kein Problem, das mit dem Anschauen schon. Ihr Kopf war so weit oben ...

Hatte er jemanden zu sich bestellt? Hatte er einen Termin? Vielleicht irgendetwas vergessen? Oder hatte sich jemand angemeldet? Behütuns sagte nichts auf dem Weg hinauf, er dachte nur nach, irritiert. Da war nichts. Und blickte sich zwei-, dreimal um. Sie war immer da – und immer auf gleicher Höhe. Mit dem Kopf. Obwohl sie hinter ihm lief.

Frau Klaus war schon da, die anderen würden gleich kommen, es war kurz vor acht. Um acht waren sie fast immer da, alle, zumindest seit Jaczek im Elternurlaub war. Jaczek! Der Ersatz! Jetzt dämmerte es bei Kommissar Behütuns. Weit mehr als draußen, in diesem Grau. Ob sie tatsächlich Ersatz bekämen? Ob *sie* das war?

Sie war's.

Zehn Minuten später saßen alle fünf im Besprechungsraum. Kennenlernrunde, Lagebesprechung, Beschnuppern. Behütuns stellte alle vor.

Er deutete auf Frau Klaus. »Hellmuth Klaus, unser Teamassistent.«

»Mit zwei ell und teha« schob Frau Klaus ein, in ganz sachlichem Ton.

Dann zeigte er auf P. A. »Kriminalkommissar Peter Abend.«

»Genannt P. A.« kam von dem.

»... und Kriminalkommissar Peter Dick.«

»Der nicht so ist, wie er heißt«, fügte Dick an und sofort noch ein gequältes »... ha, ha, Scherzla g'macht.« Er hatte noch im Reden bemerkt, wie blöd sein Anhängsel war. Missglückt, so wie dann auch das »Scherzla«. Ihm blieb nur die Flucht nach vorn, via Ablenkung. Deshalb deutete er sofort auf Behütuns – und dachte im Stillen bei sich: Für den ersten Eindruck hast du keine zweite Chance. Schon versaut.

»Kriminalhauptkommissar Friedo Behütuns, der Chef hier im Raum.«

Und Behütuns fügte an: »Mit vollem Namen Friedemann Joseph Peter Behütuns. Zwei Sachen dazu, gleich zu Anfang, die Sie sich bitte merken, denn Behütuns ist ja schon blöd genug: Den ›Friedemann‹ vergessen Sie sofort wieder. Will nur nicht, dass Sie den auf dem Gang erfahren. Da wird hier gerne gelästert«, und er dachte an den Dicken, der gestern so frech hier hereingekommen war. Irgendwo hatte der das ja hergehabt. »Ich heiße hier Friedo, Friedo Behütuns, ganz offiziell, alles andere können Sie weglassen. Und das mit dem Peter dazwischen hab ich nur deshalb gesagt: Wir heißen hier alle Peter ...«

»... und eigentlich fehlt hier noch einer«, hakte sich Dick wieder ein. Der hatte noch immer den Drang, seine Witzigkeit von vorhin zu überreden, zu löschen, mit neuen Worten – und hoffentlich besserem und mehr Gehalt – zu überschreiben und möglichst vergessen zu machen. »Peter Jaczek«, und dabei sah er auf seine Uhr, zeigte mit dem Finger drauf, »aber der wäre jetzt eh noch nicht da ... weil der kommt immer zu spät ...« Mannmannmann, das wird ja immer schlimmer, dachte er sich, ich halt jetzt mal besser das Maul. –

»... deshalb sind *Sie* ja da«, übernahm wieder Friedo Behütuns. »Was ich sagen wollte: Wir heißen hier alle Peter und deswegen nennt man uns intern auch die Peterlesboum. Nur dass Sie das wissen, wenn im Haus darüber gesprochen wird.«

Dann machte er eine kurze Pause. »Da gehören Sie jetzt dazu. Willkommen im Team.«

Die Hand gab er ihr nicht, ein Gedanke, auf den er gar nicht kam.

Das »Willkommen« war der Wink für die Neue, sich vorzustellen.

»... fehlt nur noch Peter Lustig.« Dick konnte seine Klappe einfach nicht halten. Er machte es immer noch schlimmer. »... Cela Lustig«, verbesserte er sich, nicht weniger unlustig.

Und die Neue? Lachte leicht. Nicht weil sie meinte, sie müsste, auch gar nicht aus Schüchtern- oder Unsicherheit, nicht doof oder am falschen Ort – sie lachte. Kurz, nur ein wenig zurückgenommen.

»Nicht Lustig, sondern Paulsen. Und tatsächlich Petra, aber erst mit dem dritten Namen. Cela Brigitte Petra. Also Cela Paulsen, den Rest bitte wieder vergessen.«

Sie käme aus Bremen, hätte die Polizeischule gemacht und sei jetzt hier für drei Monate, im Rahmen eines Austauschprogramms der Bundesländer.

Davon hatte noch keiner gehört. So etwas gab es? Über Ländergrenzen hinweg? Mit Bayern, also Bayern machte da mit? Bremen war doch rot, oder? Und Bayern schwarz. Ein Austauschprogramm bei der Kripo? Das war ja völlig neu. Aber vom Ansatz her nicht schlecht.

Eine Frage hätte sie noch und bat um eine Antwort. »Das mit dem Bederlesbaum, das habe ich nicht verstanden.«

Das war jetzt nicht ganz so einfach. Es folgte ein erster kleiner Einführungskurs in das Fränkische. Dass es da keine Härten – Häaddn – gibt in der Sprache, aber das höre sie ja. Immer alles schön weich. Dass das D, also das T zum D wird und das D D bleibt, dass das P zu B und das B wiederum bleibt, das K zum GG und so weiter und so fort. Dass O oder U zu OU wird und auch vieles verschluckt wird, vor allem hinten am Wort, und überhaupt alles klein ist. Alles schön klein und weich. Klein wird es aber erst durch das -le oder -la, hinten angehängt. Dass Peterla Petersilie ist, die Peterlesboum aber ein Stimmungsduo waren in den fünfziger und sechziger Jahren, aber bis heute noch sehr bekannt. Nicht die Musik, aber der Name. Und deshalb die Peterlesboum – »Peterchenbuben« –, weil sie vier hier alle Peter hießen, jetzt halt mit einer Petra. Aber das wäre ja nicht so schlimm.

Und dann ging es endlich los. Das Dienstliche.

Nein, vorher boten sie ihr noch das »Du« an, das mache doch alles viel einfacher, und sie duzten sich ohnehin fast alle.

Im ganzen Präsidium. Nicht mit den Chefs, also nicht nach oben, aber untenrum alle, also untereinander. Cela Paulsen aber sagte darauf etwas, was alle erstaunte, was aber keiner in Frage stellte. Denn so, wie es gesagt wurde, klang es überzeugend und echt. Nein – echt, und von daher überzeugend:

»Das klingt jetzt vielleicht blöd, aber das möchte ich nicht.« Sie sah vor sich auf den Tisch und überlegte einen Moment. Unglaublich, wie aufrecht sie saß. Nicht so krumm wie die anderen, nicht so nach vorn auf den Tisch gestützt oder nach hinten gelümmelt. Sie saß einfach gerade. »Bitte verstehen Sie das jetzt nicht falsch und auch nicht als gegen sich ... gegen Sie gerichtet ... Aber das Du wäre mir jetzt zu früh ... zu nah ... noch zu nah. Ich kenne Sie ja alle noch gar nicht.« Dann schaute sie auf und die anderen vier direkt an. »Sagen Sie halt zu mir Cela und Du, und ich sieze Sie. Und wenn es soweit ist, sage ich Bescheid. Ja?«

Das war neu für die vier, aber es war so. Und keiner fand das irgendwie komisch, es war so schlicht gesagt. Einfach ehrlich, und deshalb schlicht überzeugend.

»Im Moment geht es hier ziemlich rund, aber das werden Sie ja gleich hören«, eröffnete Behütuns den Alltagspart. »Haben wir eigentlich Kaffee?«

Frau Klaus holte die Röchelkanne und stellte sie mit Bechern auf den Tisch.

»Sie können ja den vom Jaczek nehmen.« Ein Becher mit abgeschlagenem Henkel und Club-Emblem. Mit abgeschlagenem Henkel, dachte sich Behütuns, was für ein Nonsens. Der abgeschlagene Henkel war längst im Müll und entsorgt; ist also eine Tasse mit Resthenkel .... oder Henkelfragment ... mit Henkelstummel ... Nein, wenn man genauer werden will, wird es nicht besser. Bescheuerte Sprache. Was sie sagt, sagt sie falsch, und willst du es richtig sagen, mit den richtigen Worten, dann redest du Schmarrn. Weil du Worte nimmst, die keiner sagt. Kann das noch jemand begreifen? Behütuns würgte den Gedanken ab.

»Am Morgen kann man das Zeug noch trinken«, entschuldigte er sich bzw. den Kaffee, »aber ab dem Vormittag – seien Sie vorsichtig.«

Cela Paulsen kannte diese Art Kaffee. Jeder kennt ihn. Keiner mag ihn – und trotzdem trinkt aus diesen Kannen die gesamte deutsche Bürowelt. Jeden Tag neu, und immer den ganzen Tag. Es gibt Rätsel, die sind einfach nicht lösbar – bei so einfachen Dingen fängt das schon an.

Behütuns begann den Tag. »Haben wir schon irgendwas von der Spurensicherung? Oder aus der Gerichtsmedizin?«

Die Frage war an Frau Klaus adressiert. Er ging hinüber zur Ablage, auf der »Eingänge« stand. Behütuns sah rüber zum Fenster. War es schon heller geworden draußen? Minimal. Der Regen schlug weiter gegen die Scheiben, die dicken Tropfen rannen über das Glas. Von innen waren die Gläser staubig. Aber das Grau im grauen Büro ist farbig gegen das Grau von draußen, dachte er sich. Man muss halt auch mal mit weniger zufrieden sein.

»Bremer Wetter, oder?« Dick tappte in den nächsten Napf.

»Das kann man so nicht sagen, aber in Bremen regnet es auch.« Mehr sagte Cela Paulsen dazu nicht und lächelte entwaffnend. Sie war vielmehr gespannt auf das, was kam.

Frau Klaus kam zurück, las. »Von der Spurensicherung ist was da«, und legte ein Fax auf den Tisch. »Da. Und die Mediziner haben heute früh schon angerufen. Das dauert noch etwas, haben sie gesagt. Drei auf einmal ist halt auch schon recht viel.«

Cela Paulsen kuckte ein wenig ungläubig.

»Drei Leichen? An einem Tag?«

»Ja, Nürnberg ist eine gefährliche Stadt.« Dick schon wieder. »Wirkt oberflächlich so schön und gemütlich, gerade jetzt in der Weihnachtszeit. Christkindlesmarkt und so. Aber ich sage Ihnen: Unter dem Pflaster ...«

»... liegt der Strand«, unterbrach ihn P. A. »Aber Kriminalität müssten Sie ja kennen, aus Bremen. Die haben doch die höchste Kriminalitätsrate von ganz Deutschland, oder? Hab ich das richtig in Erinnerung?«

»Die höchste Rate bei der Straßenkriminalität, ja«, gab ihm Cela Paulsen recht, »aber das sind ja keine Morde. Das sind Handtaschendiebstähle und Fahrräder, Autoaufbrüche mit Naviklau nachts und so. Eher Klein- oder Beschaffungskriminalität. Ich weiß gar nicht, wann wir das letzte Mal drei Leichen hatten, an einem Tag, also drei Morde.«

Sie nahm ihre Stadt in Schutz.

»Außerdem: Du.« Sie lächelte.

Ob das mit den Jungs mal gut geht, dachte sich Kommissar Friedo Behütuns. Die Kleine ist hübsch und groß, und leider auch verdammt jung. Keine Schönheit, aber ich würde sagen, die hat was. Und weiß, was sie will. So wirkt sie. Die hält die schon auf Distanz.

»Du?«

»Wir haben doch gesagt: Sie duzen mich, und ich sage Sie. Erstmal. Und jetzt sagen Sie alle Sie zu mir ...«

Frau Klaus grinste, P. A. und Dick wirkten etwas verunsichert. Das stimmte, sie hatten gesiezt.

»Also Cela, pass auf«, sagte Behütuns und umriss für sie kurz, was war. Die zwei Leichen in dem silierten Mais, die Frau am Pool und die Geschichte des Dicken. Dann nahm er das Fax, las es durch. Gab es Dick, vielsagender Blick.

Dick überflog es, gab es weiter an Peter Abend.

»Klingt komisch«, sagte der. »Das heißt doch, wir müssen ermitteln.«

»Sieht ganz danach aus. War vielleicht doch kein Unfall im Suff.«

P. A. reichte das Fax weiter an Cela.

»Lies selber.«

Mehr sagte er nicht. Das Du hatte er schon geschafft.

Sinngemäß stand in dem Fax folgendes: Man hatte inzwischen etliche Spuren Dritter in der Wohnung Pank-Posner gefunden, was allerdings auch nicht verwunderte, denn die

Frau hatte oft Besuch. Spuren von mindestens acht verschiedenen Personen, alle unbekannt. Die Frau galt als sehr gesellig. Man hatte jedoch keinerlei Spuren Dritter gefunden, die eindeutig auf eine Anwesenheit an diesem Abend hindeuteten. Also zum Beispiel Gläser, Essgeschirr oder so. Aber was sie verdächtig fanden, war das: Der Tod der Frau, so war ja der erste Befund des Mediziners vor Ort gewesen, war wahrscheinlich noch vor Mitternacht eingetreten, so weit war sie schon ausgekühlt. Die Restwärme, die man im Geschirrspüler gemessen hatte, aber deute darauf hin, dass dieser noch am Morgen gelaufen war, zumindest in den frühen Morgenstunden, Genaueres könne man noch nicht sagen. Möglicherweise wurde er erst in der späten Nacht eingeschaltet, also am frühen Morgen. Sie würden dem noch nachgehen, Einbau, Isolierung, Spüldauer, Wärmeabfuhr und, und, und überprüfen und Informationen vom Hersteller einholen. Die Ergebnisse müssten sie dann mit den Befunden aus der Medizin korrelieren. So viel vorab.

»Gut Männer ... Leute«, verbesserte er sich und sah hinüber zu Cela, »Verzeihung, das muss ich mir ja jetzt wohl abgewöhnen. Also: Ich fahr jetzt mit Cela nach Erlangen in die Gerichtsmedizin. Mal hören, was die da schon haben. Da mach ich eure Frau aus dem Eis gleich mit. Und ihr zwei, würde ich sagen, schaut euch die Sache von dem Dicken mal an. Wenn ihr Fragen habt: Frau Klaus hat die Nummer. Ich denk aber, es reicht, da mal hinzufahren. Okay?«

Was der Chef sagte, musste gemacht werden.

**Im übrigen geschah,
was geschehen mußte.**
Peter Sloterdijk, *Zorn und Zeit*

9. Kapitel

Es war grau, es war vormittags, es war nass. Und es regnete weiter. Nicht mehr so heftig, aber Regen. Doch so langsam schien den Wolken das Wasser auszugehen. Der Schnee war inzwischen, bis auf die zusammengeschobenen Haufen am Straßenrand, komplett wieder getaut. Und diesen Haufen sah man den Schnee kaum mehr an. Sie waren bedeckt mit dem schwarzen Split, der gestreut worden war. Der blieb immer oben, während der Schnee drunter immer weiter nach unten wegtaute. So wuchsen die Steinchen nach oben, wurden scheinbar immer mehr und die Haufen immer schwärzer, passend zum Grau des Himmels und der gesamten Stadt.

Kommissar Behütuns fuhr mit der neuen Kollegin – oder sollte er besser sagen Interimskollegin? Oder Praktikantin? Er nahm sie als Kollegin, so lernten die Jungen am besten – über die nasse Autobahn in Richtung Erlangen und Gerichtsmedizinisches Institut. Dorthin, an die Uni, hatten sie die drei Leichen gebracht. Die Autobahn war ein einziger Tunnel aus Gischt, ständig neu aufgewirbelt vom dichten Verkehr. Hinter den LKWs war dieser Nebel wie eine Wand, und beim Überholen fuhr man ins Nichts. Selbst die höchste Stufe des Scheibenwischers schaffte das nicht.

»Waren Sie schon einmal in einer Gerichtsmedizin?«, fragte Behütuns die Kollegin. »Weil – das kann heftig sein, vor allem beim ersten Mal.«

»Ich kenne Kollegen, die haben sich nie daran gewöhnt«, antwortete sie, »ich denke, das gehört einfach dazu. Aber das war ja nicht Ihre Frage. Ja, ich war schon einmal in der Gerichtsmedizin. In einer Gerichtsmedizin.«

Da! Das war es, was er bei ihr dachte. Er hatte schon seit der Besprechung heute früh darüber sinniert, wie er sie beschreiben könnte, wie er sie empfand. Sortiert oder aufgeräumt, hatte er gedacht, so wirkte sie zumindest auf ihn. Auch kein bisschen affektiert oder gekünstelt, aber das war es alles nicht. »Da« war sie, ganz einfach nur »da«. Und dabei irgendwie ... schon wieder fehlte der passende Begriff ... bodenständig? Nein, das war es nicht ... geerdet. Gab es das? Konnte man das so sagen? Wie in sich ruhend, immer wissend, was sie wollte. Oder besser: Wissend, was sie nicht wollte, so ganz intuitiv, von innen heraus. Kein Wissen aus dem Kopf, sondern aus dem Bauch heraus. Sachen einfach wissen, so, dass sie einem ganz klar sind und ganz einfach gesagt werden können. Auch in einfachen Worten. Das mit dem Duzen und Siezen, das war so ein Beispiel dafür. Eine Irritation, ein Gespür, gesagt und fertig. Ja, geerdet, das schien ihm der richtige Ausdruck. Da und geerdet, oder bestimmt, und kein bisschen aufgesetzt. Jetzt hatte er alles beisammen. Solchen Menschen schaut man immer gerne zu, beobachtet sie und staunt. Weil sie Dinge sagen und machen, da käme man selbst nie drauf. Wie Kinder manchmal, die auch immer ganz direkt sind, zumindest in einem bestimmten Alter. Die sagen Sachen, wo du dir oft ewig Gedanken machst drüber und selbst dann meistens doch nicht weiterkommst, einfach so. Mit ganz einfachen Worten.

»Und war es schlimm?«, fragte er.

»Es war nicht schön, aber ich möchte darüber nicht reden«, gab sie zurück. Das genau war so ein Satz, schon wieder! Einfach nur so gesagt. Aber er stimmte von vorn bis hinten, durch und durch, war Ausdruck einer Haltung. Eines Wissens um sich selbst.

»Also, ich weiß, dass es mir keinen Spaß machen wird«, sprach sie weiter, »aber um mich brauchen Sie sich keine

Sorgen zu machen, ich werde versuchen, es auszuhalten. Wie schon gesagt: Es gehört einfach mit dazu.«

»Na ja, immerhin haben zwei von denen, die wir uns anschauen müssen, schon fast drei Monate Zeit gehabt, sich zu zersetzen.«

Das fand er jetzt blöd, so, wie er das gesagt hatte, nicht sehr sensibel. Aber es war schon gesagt, war raus. Wie wenn er sie absichtlich hart hernehmen wollte, so musste das für sie geklungen haben, wie absichtlich, fast wie um sie zu ärgern. Was aber nicht seine Absicht war. Mein Gott, dachte er sich, jetzt mach ich mir schon Gedanken darüber, was ich wie sag. Nein, so geht das nicht! Das fang ich gar nicht erst an. Ich bin so, wie ich bin, und ich will auch so sein, wie ich bin. Und auch so bleiben. Da bin ich halt manchmal aweng grober. Oder gröber. Und unbeholfen. Das kann man mögen oder nicht, aber man muss mich ja nicht mögen, basta. Ich bin ja nicht dazu da, dass man mich mag, also nicht für die anderen. Ich muss mir passen. Schluss.

Erlangen Mitte fuhren sie raus.

»Das ist aber nicht schön hier«, bemerkte Cela Paulsen und deutete hinaus.

»Das ist Siemens«, erklärte Behütuns. »Über 30.000 Ingenieure arbeiten hier. Erlangen ist eine Siemensstadt. Und eine Universitätsstadt, viel mehr gibt es hier nicht.«

Sie sagte nichts, schaute nur auf die Gebäude. Verglaste, hohe Häuser, Sichtklinker, Verblendungsplatten, Stahl und Beton, ohne Gespür für das Ganze gewachsen. Gewuchert, musste man wohl sagen, Konzeptlosigkeit in der Stadtplanung als Tribut für die Unternehmenspräsenz, also für Arbeitsplätze, Gewerbesteuereinnahmen und so. Ein Klotz am anderen, die ganze Straße entlang.

»Wenn Sie einmal nach Erlangen müssen, merken Sie sich zweierlei«, sagte er.

»Okay, was?«

»Fahren Sie nie ohne Navi, sonst finden Sie da nicht durch vor lauter Einbahnstraßen.«

»Da kennen Sie Bremen nicht. Aber ich habe sowieso kein Auto. Und was ist das Zweite?«

»Fahren Sie nie hinein, denn Sie finden garantiert keinen Parkplatz.«

»Aber Sie wissen schon, wo Sie parken?«

»Nein.«

»Warum fahren Sie dann hinein?« Sie schien das nicht zu verstehen, und verständlich war es ja auch nicht.

»Wahrscheinlich weil ich es mache wie alle: Ich tu so, als wüsste ich's nicht. Oder als wäre es für mich anders. Und such dann halt irgendwie einen.«

»Das ist nicht klug«, sagte sie, ohne ihn selbst damit zu meinen. Sie meinte diese Art des Handelns und des Nicht-Denkens, die dahinter stand.

»Bisher hat es immer geklappt.«

Der Regen hatte aufgehört, Behütuns fand sofort – so schnell bekommt Dummheit wieder ihr Recht – einen Parkplatz, an einem Platz unter großen, winterkahlen Bäumen. Schwere Tropfen klackerten, von einer Windbö gelöst, aus dem kahlen Geäst. Auch hier der Schnee komplett weg, bis auf wenige Haufen. Sie überquerten den Platz, nasser Kies.

»Da sind wir«, sagte Behütuns und blieb stehen. Dann zeigte er nach schräg gegenüber auf ein altes Gebäude. »Das die Frauenklinik. Da kommen die Menschen auf die Welt – und hier«, und er zeigte auf das Gebäude, vor dem sie standen, ein schlichter und hässlicher Klotz, »also nur quer über die Straße, werden sie dann zerlegt, wenn sie fertig sind auf der Welt. Oder mit der Welt. Dazwischen«, und dazu machte er eine weit ausholende Armbewegung, »liegt ein ganzes Leben.«

»Dann ist das die Straße des Lebens«, bemerkte Cela Paulsen und deutete auf die Straße dazwischen.

»Hier heißt sie Universitätsstraße.«

»Eine schöne Vorstellung«, gab sie zurück und schaute einen Moment versonnen. »Das wäre schön, wenn zwischen

Geburt und Tod nur Lernen läge. Nur Lernen und Studieren. Ein Leben lang.«

Ein kleingewachsener Mann empfing sie; er und Behütuns kannten sich schon.

»Unser Schaf ist leider im Urlaub«, sagte er grinsend und ging den beiden voraus. Damit meinte er Professor Schaaf, den Leiter der Rechtsmedizin. Deshalb grinste er auch. Sauwitziger Medizinerwitz. Warum diese Ärzte nur immer diese weißen Malerkittel trugen, fragte sich Kommissar Behütuns jedes Mal neu, wenn er irgendwo in ein Krankenhaus kam, oder in ein Institut, so wie dieses. Der, der sie führte, war Professor Göttler, der zweite Mann hier und sicher auch einmal ein ganz interessanter Fall für seine Studenten, so klein und verwachsen, wie er war. Doch noch war er hier, und die Schöße seines offenen weißen Malerkittels schlugen im Gehen weit aus. Man könnte fast meinen, dass die das absichtlich machten und auch noch schön fanden – vielleicht weil sie dachten, es wirke wichtig. Wie im Film. Aber es fiel ihm kein Film dazu ein.

Der kleine dünne Göttler öffnete Türen und schließlich standen sie am Tisch. Es war kalt. Und stank. Wie kann man nur so einen Beruf haben, dachte sich Behütuns, und das nicht zum ersten Mal, den sucht man sich ja freiwillig.

»Die beiden aus Kornburg waren schon ziemlich verwest«, sagte der Professor, »aber das riechen Sie ja. Und beide sehen ziemlich gleich aus, sehen Sie.« Dazu schlug er die Tücher zurück. Kommissar Behütuns sah gar nichts, er sah nur Verwestes, Gesichtsreste, Matsch. Das sah zwar schon ziemlich gleich aus, aber es sagte ihm nichts. Nur der Geruch sagte ihm etwas, und zwar in einer eindeutigen Sprache: Er würde ihn nicht lange ertragen.

»Für den Geruch kann ich nichts«, entschuldigte sich Professor Göttler in gehabter Medizinerwitzmanier. »Den habe ich ja Ihnen zu verdanken. Denn ohne Sie lägen die beiden nicht hier.«

Er lachte über seinen Witz kurz laut und schrill auf. Allein. Was ihn aber anscheinend nicht störte. Gestört, dachte sich Kommissar Behütuns. Erst so einen Beruf, und dann auch noch so ...

»Was gibt es zur Todesursache?«, fragte Kommissar Behütuns knapp.

»Beide wurden erschlagen.«

»Mit was?«

»So wie es aussieht, mit ziemlich ähnlichem Gerät. Ich würde fast sagen, dem gleichen.«

»Mit was?«

»Mit unglaublich viel Schwung und Kraft.«

»Mit was?« Behütuns wiederholte seine Frage erneut.

»Wahrscheinlich Metall, aber das kann ich nicht genau sagen, der Verwesungsprozess in diesem Silo hat ...«

»Was könnte es denn gewesen sein?« Behütuns merkte, dass er mit seiner Mit-was-Frage nicht weiterkam.

»So weit sind wir noch nicht. Ein Schürhaken vielleicht, nur länger, wegen dem Schwung. Vielleicht auch ein gebogenes Rohr.«

»Ein Baseballschläger?«, fragte Behütuns.

Göttler sah ihn mitleidig an.

»Ich sagte Metall. Außerdem: Dann wären die Brüche stumpfer am Schädel, und wir hätten wahrscheinlich Holzsplitter.«

»Man hat ihnen also den Schädel zertrümmert?«

»Eher eingeschlagen, so würde ich es bezeichnen.«

»Wo liegt da der Unterschied?« Eigentlich war es Behütuns egal. Man hatte denen massiv eine auf den Kopf gegeben, das zählte, er musste nur wissen, mit was.

»Eingeschlagen, so würde ich es sagen, ist eher punktuell. Und vielleicht auch noch tiefer.«

Behütuns versuchte sich das vorzustellen und dachte unwillkürlich an einen Eierlöffel, mit dem er das Gelbe aus dem Frühstücksei ... doch das wäre ja eher Ausschaben.

»So etwas wie ein Golfschläger vielleicht?«, fragte Cela Paulsen, die dem Spiel der beiden Männer die ganze Zeit über zugesehen hatte. Und es klang eher wie eine Feststellung denn wie eine Frage. Sie wirkte ein bisschen blass.

Golfschläger! Das Wort schlug bei Behütuns Alarm. Ein Schuss Adrenalin wurde freigesetzt und beschleunigte seine Gedanken, als würde ein Turbo eingeschaltet. In rasender Geschwindigkeit assoziierten sie frei. Golf ... Golfball ... Golfschläger ... Wenn es tatsächlich ein Golfschläger ... ob da vielleicht ein Zusammenhang ...? Wann war der Bauer ...? War das am 15. September? Und wann Professor Altenfurth ...? – okay, langsam, Behütuns, nicht gleich so schnell!, bremsten seine Gedanken. Das mit dem Golfschläger war nichts als ein Gedanke, eine Vermutung, nicht mehr. Das müsste zunächst einmal untersucht ... und die Tatorte lagen so weit auseinander ... Du weißt doch bisher gar nichts! Ja, wahrscheinlich war es ein Zufall, nicht mehr, nichts wies auf einen Zusammenhang hin, und auf jeden Fall war es zu früh für irgendwelche Vermutungen oder Schlüsse. Das mit dem Golfschläger war ja nur so dahingesagt, eher geraten. Seine Gedanken liefen wieder auf Normalgeschwindigkeit.

Professor Göttler zeigte gerade mit dem Finger auf Cela Paulsen, als wolle er sie eines Vergehens beschuldigen: »Ja, so etwas in der Art könnte es gewesen sein. So wie die Verformungen am Schädelknochen ... Vielleicht kriege ich ja raus, was es für ein Eisen war. Ich werde mir das noch genauer anschauen.«

Wieder dieses kurze, laut aufschrillende Lachen.

»Das lässt sich berechnen – über den Winkel, über die Kraft. Sie wissen ja: Tote erzählen viel. Und wenn ich erst mal das Eisen hab, kann ich Ihnen auch sagen, wie groß der Täter ...«

Kein aufschrillendes Lachen. Er hatte während seiner Worte Cela Paulsen angeschaut. »Sie erinnern mich an meine Tochter«, sagte er unvermittelt, »nur sind Sie viel größer.«

Cela Paulsen ging nicht darauf ein.

Saublöde Anmache, dachte Behütuns. Und sicher auch weniger bucklig. Die Tochter. Es wäre ihr zumindest zu wünschen.

»Sagen Sie«, fragte Cela Paulsen, »gibt es auch Anhaltspunkte dafür, wer zuerst gestorben ist?«

Sie sagte nicht ›ermordet‹, auch nicht, wen es zuerst getroffen habe oder irgendetwas anderes, sie sagte ganz einfach ›gestorben‹.

»Gute Frage«, lobte Göttler fast altschulmeisterlich gönnerhaft, verschränkte die Arme vor der gewölbten Brust und nickte mit seinem Kopf. Was komisch aussah bei seinem Buckel. »Aber dazu kann ich noch nichts sagen.«

Dann aber deutete er, so wie vorher auf sie, auf eine der zugedeckten Leichen.

»Ich kann nur so viel sagen: Der da hatte auch Dreck in der Wunde, der vielleicht nicht von dem Silo war.«

Dann verschränkte er wieder die Arme.

»Ist das der Bauer?«, fragte Frau Paulsen. Sie sagte nicht ›gewesen‹.

»Nein, der andere.«

»Und das heißt?«, fragte Kommisssar Behütuns.

»Wie schon gesagt: Das kann ich noch nicht sagen, das muss ich erst noch untersuchen. Es ist bislang nur eine Vermutung. Sehen Sie, bei dem Bauer in der Wunde waren nur Rückstände von der Silage. Das heißt für mich: Der ist dort hineingefallen. Bei dem anderen war auch noch anderer Dreck in der Wunde. Das könnte bedeuten: Er ist an einem anderen Ort gestorben – also nicht unbedingt bei dem Silo. Vielleicht war er auch in etwas gewickelt, was weiß ich. Aber um das festzustellen, brauche ich noch ein paar Tage.«

»Das sind ja schon wichtige Ergebnisse«, sagte Behütuns nachdenklich. »Bis wann können wir mit dem Bericht rechnen?«

»Zwei Tage vielleicht oder drei. Ich kann es noch nicht genau sagen. Aber wenn wir etwas haben, geb ich Bescheid.«

»Danke«, sagte Frau Paulsen.

Ah, Frau Cela Paulsen bedankt sich und hat keine Fragen mehr, dachte sich Kommissar Friedo Behütuns. Und rief sich sofort wieder zur Ordnung. Was war denn hier los? Friedo, pass auf!

Göttler führte sie einen Tisch weiter. Zu der Frau.

»Bei ihr ist es einfacher. Sie sieht auch viel besser aus.«

Er schlug die Abdeckung zurück. Dort lag eine tatsächlich noch ziemlich attraktive Frau. Professor Göttler wurde fast feierlich.

»Diese Frau ist erfroren, ganz eindeutig. An Unterkühlung gestorben. Keinerlei äußere Gewalteinwirkung feststellbar. Zum Todeszeitpunkt war sie betrunken. Sehr sogar. Zweikommasiebenvier Promille, das ist schon eine ganze Menge, vor allem für eine Frau. Aber sie war auch Trinken gewöhnt, das sagen mir Magen und Leber. Auch die schönen Haare, wenn man sie sich genauer anschaut. Aber das war nicht der Grund, warum sie da draußen eingeschlafen ist. Unser Toxikologe Dr. Weiß weiß da etwas mehr, deshalb ja auch der Name, haha!« Er lachte über seinen Wortwitz, etwas leiser und weniger schrill als vorher, aber wie immer blöd und allein. »Er hat Valium nachgewiesen, ein Beruhigungs- und Schlafmittel. Und zwar sehr hoch dosiert.«

Behütuns überlegte, nahm das für sich auf.

»Darf ich noch etwas fragen?«, fragte Frau Paulsen. Das war an ihn gerichtet. Behütuns nickte schulterzuckend. So etwas musste man doch nicht fragen.

»Das habe ich auf der Polizeischule gehört, eine Selbstmordmethode, die ziemlich sicher sein soll: Wenn man etliche Valium nimmt, am besten der Stärke zehn, dazu viel Schnaps trinkt und sich dann in die Badewanne legt, dann schläft man ein – und entweder man rutscht dann unter Wasser und ertrinkt, oder man stirbt an Unterkühlung, weil das Wasser immer kälter wird, man aber nicht aufwacht.«

Behütuns erinnerte sich, das auch schon einmal irgendwo

gehört zu haben, irgendwann, aber er hatte es längst wieder vergessen.

»Ja, das kenne ich, dabei machen Sie keine Sauerei«, sagte Göttler.

Cela Paulsen sah ihn leicht irritiert an.

»Na schauen Sie, wenn Sie sich zum Beispiel erschießen«, erläuterte Göttler und hielt sich dazu den Zeigefinger in den Mund, »dann machen Sie Sauerei. Blut an der Wand, Hirn, Haut, Haare und so. Das spritzt doch, wenn es den Schädel aufreißt. Das fliegt doch dann alles hinten raus. Und das ist nicht schön für die Angehörigen. Für uns übrigens auch nicht. Das in der Wanne ist sauber, das wollte ich damit sagen.«

Cela Paulsen schwieg.

»Trotzdem ist das hier ein bisschen anders«, fuhr Göttler fort. »So wie wir die Druckstellen am Leichnam interpretieren, spricht einiges dafür, dass die Frau nicht da draußen eingeschlafen ist. Die Druckstellen sind untypisch, so legt man sich nicht unbedingt hin, auch nicht wenn man betrunken ist. Wenn man aber schon schläft, geht man nicht mehr raus, Sie verstehen, was ich meine?«

»Sie meinen, man hat sie da draußen hingelegt?«

»Als sie schon schlief.«

»Also ist sie womöglich drinnen eingeschlafen?«

»Jedenfalls nicht auf dieser Steinbank.«

»Betrunken.«

»Struzvoll.«

»Und voll Valium.«

»Wir gehen von zehn bis zwölf zehner Valium aus.«

»Und keine Anzeichen für äußere Gewalt.«

»Keine Spur.«

»Kann man sagen, was sie getrunken hat?«

»Ganz eindeutig Willi. Williams Christ. Das können Sie ja jetzt noch riechen.«

Als sie aus dem Gebäude kamen, wollte Cela Paulsen eine rauchen.

»Sie rauchen?«, fragte Behütuns. Er wunderte sich. Das hätte er jetzt nicht gedacht. »Ich versuche gerade, es mir abzugewöhnen.«

»Nein, eigentlich rauche ich nicht«, sagte sie, »nur manchmal, eher selten.«

»Und jetzt ist gerade selten?«

»Ja, jetzt würde ich gerne rauchen, denn jetzt bin ich aufgewühlt. Ziemlich.«

Sie hatte aber keine Zigaretten bei sich, und Behütuns konnte ihr nicht helfen. Nichtraucher. Er hätte jetzt auch gerne eine gehabt.

»Ich denke, dort drüben am Imbiss könnten Sie welche bekommen«, sagte Behütuns und deutete auf ein beschlagenes Schaufenster mit einem Imbissschild darüber. Eine Gruppe Studenten ging dort gerade hinein.

»Ach nein, lassen Sie mal. Bis wir am Auto sind, habe ich es vergessen.«

Behütuns hatte einen Strafzettel bekommen. Er stand auf einem Anwohnerparkplatz. Bis vor Kurzem hätte er ihn einfach eingereicht, und das Thema wäre vergessen gewesen. Kurzer Dienstweg mit den polizeilichen Nachbarn, fertig. In letzter Zeit aber hatte es Trouble gegeben wegen Sonderrechten für Polizisten. Die Zeitung hatte darüber geschrieben, und es hatte Ärger gegeben. Strafzettel waren in Nürnberg verschwunden, auch von Freunden von Polizisten und so. Das ging jetzt also nicht mehr. Er würde ihn zahlen müssen.

Zurück fuhr er nicht über die Autobahn, Behütuns fuhr die alte B4. Seine innere Topographie schrieb ihm das vor. Eigenartig, dachte er, welche Strecke tatsächlich kürzer ist, weiß ich gar nicht, nur – zur Autobahn müsste ich von hier erst in die andere Richtung fahren, und das widerstrebt meinem Gefühl. Ich muss das mal nachschauen, nahm er sich vor.

Beim *Burger King* an der Einfallstraße nach Nürnberg standen sie an der Ampel. Die Straßenbeleuchtung war den ganzen Tag über nicht ausgeschaltet worden und kämpfte gegen das Grau. Aussichtslos. Behütuns deutete hinüber.

»Wollmer schnell was essen?«
»Sie dürfen gerne«, sagte sie. »Ich setze mich dazu.«
»Sie nicht? Also nichts essen?«
»Nein. Ich gehe da nicht mehr hin.«
Okay, jetzt kommt *das* auch noch, dachte Behütuns.
»Wieso *da* nicht mehr hin?«, fragte er.
»Aus Prinzip. Das darf man nicht unterstützen.«
»*Was* darf man nicht unterstützen?«

Es war inzwischen wieder grün geworden, und Behütuns war angefahren. Das Thema *Burger King* war ohnehin schon vorbei, allein räumlich gesehen. Schon gegessen, sozusagen.

Cela Paulsen schwieg einen kurzen Moment.
»Unternehmen, die so etwas machen«, sagte sie dann.
»*Was* machen?«, fragte der Kommissar zurück.
»Da könnte ich eine ganze Menge zu sagen«, antwortete sie, gleichzeitig andeutend, dass sie darüber eigentlich nicht sprechen wollte. »Fastfood mit extrem viel Fett, Zucker und Kalorien, also schlicht ungesund oder gesundheitsgefährdend, wahnsinnig viel Abfall, Verpackungsmüll und so, also mutwillige Umweltverschmutzung, Massentierhaltung und industrielle Schlachtung, bedenklicher Anbau der Zutaten, zweifelhafte Arbeitsbedingungen ...« Sie ließ die Aufzählung in Schweigen auslaufen, bedeutend, da könne noch viel mehr kommen und auch noch viele Details. Der Kommissar verstand.

»Und das wollen Sie dadurch ändern?«, fragte Kommissar Behütuns provokant zurück.

Cela Paulsen lächelte. Sie waren inzwischen in Thon, Behütuns musste auf eine Straßenbahn warten, die gerade zum Wendepunkt querte.

»Ich kann daran nichts ändern«, sagte sie dann, »aber ich muss es nicht fördern, nicht unterstützen. Also gehe ich da nicht hin. Ich tue etwas, indem ich etwas lasse. Mehr kann ich nicht tun.«

Behütuns fragte nicht mehr nach, er hatte keine Lust darauf, das Thema zu vertiefen. Aber er hatte das auch gesehen, irgendwann letzthin im Fernsehen: Dass es in den USA ganze Stadtviertel gab, wo die Leute krank und zu fett waren, zum Beispiel in Los Angeles. Arme Leute, wohlgemerkt. Die hatten, so wurde es da berichtet, zu wenig Geld zum Essen, es reichte für sie nur für Fastfood. Denn mit einem Dollar fuffzich wirst du da satt, wenn du Fastfood frisst, Burger und Cola und so. Und das macht dann krank und fett. Und dann die Fleischproduktion, das industrielle Schlachten und so, das wusste er alles nur vage, also wusste er nichts. Es war ihm auch viel zu komplex, und diskutieren wollte er jetzt schon gar nicht. Also hielt er den Mund. Aber er hatte ja trotzdem noch Hunger ... Vielleicht schnell irgendwo eine Bratwurst?

»Aber Fleisch essen Sie schon?«, fragte er.

»Nein«, kam es zurück, »oder sagen wir: selten.«

»Ach so, Sie sind Vegetarierin?«

»Nein, das bin ich auch nicht.« Jetzt lachte sie dazu.

Behütuns verstand überhaupt nichts mehr.

»Wie wär's dann mit einer Bratwurst?«

»Ich sagte doch schon: Lassen Sie sich durch mich nicht abhalten, ich stelle mich dann dazu.«

Irgendwie hatte Behütuns so keine Lust. Also fuhr er zurück ins Präsidium. Cela Paulsen wurde ihm langsam komisch – oder verstand er sie schlichtweg nicht? Die machte alles so anders.

Aber Hunger hatte er trotzdem noch.

> **Wer kritisch ist,**
> **wird sich mit dieser Erklärung**
> **nicht zufrieden geben.**
> Paul Lorenzen, *Konstruktive Wissenschaftstheorie*

10. Kapitel

»Na Chef, haben wir einen schönen Tag gehabt?«, kam P. A. frotzelnd zur Tür herein und Peter Dick hinterher. Natürlich hatten sie sich über ihren Chef das Maul zerrissen und abgelästert, weil er sich mit der neuen, jungen und ja auch gar nicht so unhübschen Kollegin Cela Paulsen aus dem Staub gemacht hatte. Hatte sie sich einfach gekrallt, schöne Zeit ungestört mit ihr im Auto verbracht nach Erlangen und zurück, vielleicht noch irgendwo Kaffee trinken gegangen oder gar gegessen, hübsch geplaudert und so, und sie mussten bei dem Scheißwetter raus nach Großenbuch, irgendwelchen vagen Vermutungen eines dicken Landpolizisten nachgehen. Das hatte sie schon ein bisschen gewurmt. Nicht richtig, also nicht ernsthaft, aber doch so, dass man darüber frotzeln und lästern konnte. Und das war ja das Wichtigste. Jetzt ging es auf halb fünf zu und es war schon wieder dunkel. In punkto Helligkeit ist der Winter eine grässliche Zeit. Selten, dass man einmal die Sonne sieht – und kaum geht sie auf, ist sie schon wieder weg. Meistens kommt sie aber eh nicht durch, weil Wolken. Tief und dick und grau. So wie heute. Dazu am Morgen noch der heftige Regen …

Jetzt aber waren alle wieder da, und jeder konnte zeigen, was er für Beute gemacht hatte. Außerdem wollten P. A. und Dick auch die Neue noch ein wenig beschnuppern. Dazu war heute früh viel zu wenig Zeit gewesen. Und sich selber zeigen wollte man ja auch.

»Ah, Kuchen!«, rief Dick erfreut aus, warf seine Jacke über die Garderobe und schob, sich die Hände reibend, noch ein

»Puh, scheißunfreundlich da draußen!« nach. »Aber wenigstens ist der Schnee wieder weg.«

Dann war er wieder beim Thema Kuchen und dem Gefrotzel um den Tag von Cela Paulsen und Friedo Behütuns:

»Hammers uns scho a weng g'mütlich g'macht? Was gibt es denn zu feiern? Hat jemand Geburtstag? Oder feiert ihr einfach nur den schönen Tag? War er denn schön? Ganz bestimmt Chef, oder? Erzähl doch mal.« Pure Männerliebe sprach aus dieser Rede. Oder generell fränkisch geprägte, denn die mag es ein bisschen gröber. Weich sind da nur die Buchstaben. Und das Herz, ganz innen drin.

Frau Klaus kam aus dem Vorzimmer herein und wies ihn im Spaß streng zurecht: »Jetzt mach mal halblang hier und maul nicht nur herum! Der Anlass ist ein viel schönerer!« Und dabei tat sie so geheimnisvoll.

»So? Gibt's wohl eine Verlobung?«

»Jetzt ist es aber genug!«, polterte Frau Klaus gespielt weiter. »Ihr verschüchtert doch nur unsere Neue.«

»Das ist schon in Ordnung«, beschwichtigte Cela Paulsen, nur vielleicht noch ein bisschen leise im Ton, »ich verstehe den Spaß schon.«

Trotzdem, sie schien ein wenig verschämt. Oder beschämt? Verunsichert.

Dick merkte das und wechselte sofort das Thema. Das mit dem Kuchen war ja noch nicht geklärt.

»Also, Frau Klaus, für was ist denn jetzt der Kuchen?«

»Das ist der Einstand für unsere neue Kollegin! Für Cela.«

Aha, dachte er sich, *die* duzen sich schon? Obwohl, nein – wir alle dürfen sie ja duzen, nur sie will uns nicht. Erst mal. Und Cela Paulsen hatte ja nicht geduzt. Trotzdem. Dieses »Cela« von Frau Klaus hatte schon sehr vertraut geklungen. Ob die Mädels sich wohl schon näher gekommen waren? Doch zurück zum Kuchen:

»Hat *sie* den geholt?«, fragte er anerkennend.

»Nein, ich!«

»Aber doch nicht aus unserer Teamkasse, oder?«

»Doch.« Das sagte Frau Klaus ganz bestimmt. »Ist doch logisch.«

»Nichts ist logisch! Nein, das geht gar nicht. Dagegen erhebe ich Einspruch. Einstand muss immer der zahlen, der kommt. Alles andere bringt Pech.«

Peter Dick spielte das Spiel immer weiter, es gehörte halt einfach dazu.

»Aber doch nicht eine Praktikantin!«, nahm Frau Klaus Cela Paulsen sofort in Schutz. »Die kriegen doch noch nicht einmal genug zum Leben.«

»Ich auch nicht«, maulte Dick zurück.

»Und ich auch nicht«, pflichtete P. A. ihm bei.

Es war ja egal. Irgendwann hatte man sich dann zur Genüge beharkt und begrüßt, und es war gut. So aßen sie lecker dicken Apfelkuchen mit Apfelstückchen und Mandeln – und irgendwie war das Grau im Büro nicht mehr ganz so grau. Wenn die Stimmung passt, hat auch ein graues Büro Farbe – was umgekehrt ganz genauso gilt. Da kannst du manchmal in die buntesten Büros schauen. Wenn die Mundwinkel bei den Leuten unten sind, dann hilft auch keine Farbe. Trotzdem ist Atmosphärenhebungs- und Konzeptbunt überall angesagt. Alle machen das heute so, weil es am einfachsten ist – und drehen am ganz falschen Rad. Der Beweis war der kleine graue Raum heute im Präsidium.

»Also, diese Geschichte da am Lindelberg ist schon etwas verdächtig«, sprach Dick den Nachmittag der beiden endlich einmal an. Er lehnte sich in seinem Stuhl zurück und wollte die Füße hochlegen, besann sich dann aber und stellte sie wieder ab, schlug die Beine übereinander. P. A. hantierte auf einem Tellerchen noch mit seinem Stück Kuchen herum und versuchte, es manierlich mit einer Gabel zu essen.

Vor mir hat hier keiner Respekt, dachte Frau Klaus für sich, die das genau beobachtet hatte, aber kaum kommt so ein junges Ding, werden die Männer gesittet. Die wilden Kerle.

Sie räumte die leeren Teller weg.

»Wenn mich dann keiner mehr braucht ...?«, schaute sie fragend in die Runde.

Behütuns schüttelte den Kopf. »Nein, geh ruhig, das ist schon in Ordnung.« Die anderen nickten dazu.

»An dem, was dieser Lapo gesagt hat«, begann Peter Dick erneut, »könnte durchaus etwas dran sein. Zumindest gibt es da ein paar Dinge, die komisch sind.«

»Verdächtig«, schob P. A. nach.

»Durchaus.« Dick nickte zustimmend.

»Das Dumme ist nur: Man sieht da überhaupt keine Spuren mehr, weil der Schnee inzwischen komplett weggetaut ist. Nur ein paar umgeknickte Büsche.«

»Außerdem: Wir müssen uns, wenn, beeilen. Denn der Typ wird morgen begraben«, ergänzte Dick, »und die Sachverständigen haben das als Unfall erfasst, das ist amtlich. Also sieht momentan eigentlich keiner einen Grund für Ermittlungen. Es sei denn, wir haben etwas gefunden ...«

Wollten die jetzt erzählen, oder wollten sie nicht?

»Also was jetzt – ist da was oder nicht?«, wollte Behütuns endlich zur Sache.

Und zu Cela Paulsen gewendet sagte er und rollte die Augen nach oben: »Die Typen sind manchmal umständlich!«

Cela Paulsen aber sah Dick und P. A. an und sagte an Behütuns vorbei: »Ich finde es lustig, wie das hier geht. Das ist nicht so beamtig ernst. Nicht so wichtig, nicht so verbissen. Und trotzdem wird gut gearbeitet, das kommt mir wenigstens so vor.«

»Da hörst du es wieder, Chef!«

»*Es kommt ihr so vor*«, schoss Behütuns zurück.

»Schluss jetzt mit dem Geplänkel. Da is was«, sagte P. A. Und damit war da etwas.

Zuerst aber musste er sein Stück Kuchen zu Ende essen, und das war mit der Gabel gar nicht so leicht. Immer wieder, wenn er umständlich versuchte, ein mundgerechtes Stückchen abzutrennen, drohte dies vom Teller zu fallen, denn der Boden des Kuchens war etwas hart.

Zehn Minuten später waren sie in den Besprechungsraum umgezogen, dort hatten sie einfach mehr Platz. Draußen vorm Fenster stand gegen fünf schon die Nacht, und die Lichter der Häuser gegenüber waren erleuchtet. Hin und wieder sah man dort Personen hin und her gehen und irgendetwas machen. Wohnen. Die hatten alle schon Feierabend oder arbeiteten nichts. Ein Typ stand am Fenster und sah herüber, dann zog er die Vorhänge zu. In der offenen, dunklen Fensterhöhlung schräg darüber stand eine Frau mit verschränkten Armen und rauchte hastig und intensiv, dann drückte sie die Kippe im Aschenbecher auf dem Fensterbrett draußen aus und schloss das Fenster. Kurz darauf ging das Licht drinnen an. Der Aschenbecher blieb draußen. Behütuns horchte in sich hinein. Nein, er verspürte keine Lust. Komisch eigentlich, aber das würde schon wieder kommen. Von unten vernahm man das Martinshorn, irgendeine Streife rückte aus. Feierabendverkehr. Dann verschwand das Tatü in den Tiefen der Stadt. Man hörte das Grummeln des Verkehrs und hin und wieder Geräusche vom Gehsteig unten. Das Klackern von Absätzen oder Sohlen, das Knirschen von Split, mal einzelnes Rufen, Hundegebell. Überall dort gab es kleine Rasenstreifen, Baumscheiben oder Beete, die die Tölen für ihr Geschäft benötigten. Und auch weidlich nutzten. Irgendwas war dort unten immer. Erst später würde es ruhiger werden, dann klangen die Einzelgeräusche lauter. Ob sie die Lamellen herunterlassen sollten? Sie ließen sie oben.

P. A. stand an der Magnetwand und hatte einen Bogen Flipchart-Papier festgepinnt. Die Stifte, mit denen man auf die Wand schreiben konnte, waren längst eingetrocknet, und neue nachzubestellen war viel zu viel Aufwand. Keiner tat sich das an. Aber es ging ja auch so. Irgendwo bei einem Kollegen klaute man sich ein paar Bögen Papier, einen Flipchart-Ständer hatten sie nicht mehr, der war irgendwann einfach verschwunden, man pinnte den Bogen mit den Magnetklötzchen an die Blechtafel und fertig.

P. A. malte eine Kurve auf, zwei nach links gekrümmte lange Linien, parallel. Die Außenlinie durchbrach er am Kurvenscheitel.

»Hier ist das Auto durch, und da geht es dann 20 Meter runter.« Er deutete auf den Durchbruch, zeichnete einen Pfeil.

Dann ging er unten an den Anfang der Kurve und zeichnete nach innen ein Stück Weg ein. Zwei waagerechte, kurze Striche, parallel.

»Hier liegt eine Einfahrt, und hier ...«, er zeichnete an das Ende des Wegstücks ein Viereck, »... steht ein Maschinenschuppen, so eine kleine Halle.«

Dann machte er zwischen Weg und Kurvenscheitel einen Punkt und sagte: »Und hier haben wir etwas gefunden.«

Das ließ er einfach so stehen. Er genoss diese Art Dramaturgie.

Folgendes hatten sie dort ermittelt: Die Leitplanke, sie machte nicht mehr den besten Eindruck und hätte im Sommer erneuert werden sollen, war zwischen zwei Verankerungen verbogen und ziemlich nach unten gedrückt. Die Fundamente der Halterungen links und rechts waren locker und standen zum Abgrund hin schräg. Nicht viel, aber schräg. An der Oberseite der verbogenen Leitplanke fanden sich Druck- und Schleifspuren, wahrscheinlich vom Boden des Wagens, als er darüber schrabbte. Das müssten sich die Spezialisten noch einmal ansehen.

»Jetzt hatte ja der Dicke erzählt, so hast es du uns erzählt, Chef, dass der Schnee dort geräumt war und an die Leitplanke hingeschoben«, referierte P. A. »Wie hoch der dort lag, müssen die Fotos zeigen, bei der Unfallaufnahme wurden ja wohl welche gemacht. Wie hart der aber zu dem Zeitpunkt war, ist wahrscheinlich entscheidend.«

»Ich kann mir nicht vorstellen, dass der sonderlich hart war«, klinkte sich Dick ein. »Der lag ja erst den zweiten Tag, es war erst zweimal geräumt worden, und außerdem war es kalt. Es war doch Pulverschnee, wie wir ihn sonst fast nie haben.«

»Ist ja egal«, machte P. A. weiter, »da müssen halt Spezialisten ran. Das kriegen wir schon irgendwie dingfest.«

»Der Bauer sagt ja, dass der Schnee weich war, der war am Tag darauf da.«

»Richtig, und genau hier wird es nämlich spannend. Nicht wegen dem Schnee, sondern wegen dem Bauern: Wir haben nämlich den Bauern befragt, dem dieser Schuppen gehört«, und dabei zeigte er auf das Viereck, »und sind mit ihm rausgefahren. Und der hat gesagt, dass in einer der letzten Nächte sein Schuppen aufgebrochen worden war, das hat er uns auch gezeigt. Der Riegel war ausgehebelt gewesen, er hat ihn aber schon wieder repariert. Der war aber auch bloß mit drei windigen Schrauben festgemacht, die scheinen da keine Befürchtungen zu haben, dass da jemand reingeht und was klaut. Wann das genau war, konnte er nicht sagen, angeblich war er über eine Woche nicht mehr dort. In dem Schuppen auf jeden Fall hat er zwei Schlepper, einer davon ist mit Schaufel, die hat er da dranmontiert. Die Schlepper stehen da zum Überwintern. Das mit dem Schuppen hat er nicht gemeldet, weil nichts kaputt war sonst, außer dem ausgerissenen Riegel. Und auch sonst hatte nichts gefehlt, und er hätte ja auch gar nicht sagen können, wann das war. Warum also zur Polizei und sich Ärger einhandeln? Aber er hatte irgendwie das dumpfe Gefühl, dass jemand den Schlepper benutzt hatte, und zwar den mit der Schaufel. Er meint nämlich, er hätte ihn anders da reingestellt gehabt. Rückwärts, mit der Schaufel zum Tor. Dann stand er aber anders herum, mit der Schaufel nach hinten, also so, wie man in den Schuppen hineinfährt. Allerdings war er sich auf Nachfragen dann doch nicht mehr ganz sicher, wie herum er ihn beim letzten Mal da reingefahren hat. Könnte auch sein, dass er sich täuscht. Immerhin hat er gesagt, es sei etwas nass gewesen am Boden. Das könnte ja von abgetautem Schnee gewesen sein. Denn wenn einer damit gefahren wäre, dann hätte er ja durch den Schnee fahren müssen. Es war aber nichts kaputt, der Tank war auch noch voll, und er war sich ohnehin nicht ganz sicher – warum also hätte er da zur Polizei sollen?«

Einen Moment herrschte kurzes Schweigen. Alle dachten über das nach, was P. A. erzählt hatte.

Cela Paulsen war die Erste, die dann etwas fragte:

»Aber waren denn auf dem Weg Spuren im Schnee? Hat der Bauer da nichts gesehen? Oder auf dem Platz vor der Maschinenhalle? Da ist doch sicher ein kleiner Platz, oder? Sonst kann der Bauer ja nicht rangieren. Und Spuren im Schnee muss man doch sehen ... oder müsste der Bauer doch gesehen haben.«

»Das ist ein großes Problem«, erklärte P. A. weiter. »Erst einmal hat es die ganze Nacht und den ganzen darauffolgenden Tag geschneit. Man konnte also hier nichts mehr sehen, der Bauer kam auch erst am späten Mittag dahin. Schnee überdeckt Spuren ja sehr schnell. Und dann ...«, hier machte er eine kleine Kunstpause und genoss sichtlich die Spannung, »... waren da natürlich noch die Einsatzfahrzeuge gewesen, die zu dem Unfall gekommen sind. Rettungswagen, Polizei, Feuerwehr, ein Wagen vom Abschleppdienst, der die Corvette da mit der Winde hoch- und rausgezogen hat – die haben ja alle irgendwo gestanden, auch auf dem kleinen Platz. Und haben auch da gewendet, sonst gibt es ja da kaum eine Möglichkeit. Leute sind da rumgelaufen, haben Zigaretten geraucht und weggeschmissen, alles. Und in der Zwischenzeit, also bis heute, ist sowieso wieder alles getaut. Nichts ist mehr da von dem Schnee.«

»Das heißt«, klinkte sich Behütuns ein, »wir haben als einzigen Anhaltspunkt diese vage Aussage des Bauern?«

»Was ist denn jetzt mit dem Punkt?«, fragte Cela Paulsen dazwischen, »das haben Sie ja noch nicht erwähnt.« Und sie deutete auf den Punkt, den P. A. vorher auf den unteren Teil der Kurve gemacht hatte.

»Gut aufgepasst, Mädchen«, lobte sie P. A. im Spaß und fand seine Ausdrucksweise im gleichen Moment schon wieder scheiße. Das musste doch hochnäsig geklungen haben. Oder arschlochmäßig. Egal, es war nicht mehr zu ändern. »An diesem Punkt lag *das*!«, und er holte aus seiner Jackentasche ein kleines Zellophantütchen und legte es auf den Tisch. Ein kleiner Splitter Plastik oder Glas, rot, kaum daumennagelgroß.

»Das haben wir dort gefunden. Und wenn das von dem Rücklicht des Wagens stammt, muss man fragen, wie es dort hinkam.«

»Beim Abschleppen zum Beispiel, oder beim Aufladen des Unfallautos danach.« Cela Paulsen hatte das ganz trocken gesagt.

P. A. stockte und dachte einen Moment nach.

»Das müssen wir erst eruieren, sehr gut. Jetzt hast du schon zwei Punkte! Dagegen fällst du ganz schön ab, Chef«, frotzelte er Richtung Behütuns. Der winkte nur ab.

»Also erstens«, und das zählte er jetzt den anderen an seinen einzelnen Fingern vor, »wenn man sich die Kurve anschaut und nur ein bisschen Auto fahren kann, dann muss man sich fragen, wie der dort in dieser Kurve in diesem Winkel, mit dem er auf die Leitplanke auftrifft, die so durchschlagen kann. Dann, zweitens, haben wir die Aussage des Bauern. Den Schlepper hat jemand gehabt. Und drittens brauchen wir jetzt die Spezialisten, die die Leitplanke untersuchen und uns eine Aussage machen über den Schnee, also seine Beschaffenheit.«

»Also ob der Wagen da überhaupt so drüber schießen kann, wie vermutet wird«, fügte Dick an.

»Also, um das auf den Punkt zu bringen, denn ich will ja auch schließlich einen Punkt kriegen: Ihr glaubt, dass mit dem Schlepper die Leitplanke manipuliert worden ist und dass vielleicht jemand mit dem Schlepper – deshalb besteht ihr ja so auf dieser Scherbe«, und Behütuns deutete dabei auf das kleine Stück Rot auf dem Tisch, »den Wagen da erst drüber geschoben hat?«

»Jep!«, kam es wie aus einem Mund.

»Könnte man zumindest mal in Erwägung ziehen.«

»Was aber auch heißen würde«, folgerte jetzt Cela Paulsen, »dass der Mann in dem Auto nicht durch den Unfall, sondern schon vorher verletzt worden sein muss, auf jeden Fall so, dass er sich nicht mehr hat wehren können. Und nicht mehr aussteigen. Also vielleicht schon ermordet.«

»3:1.«

»Danke«, sagte Cela Paulsen leise, fast als wäre es ihr peinlich.

»Habt ihr den Arztbericht von dem Doc, der am Unfallort war?«

»Schon angefordert.«

»Und der Kerl wird morgen begraben?«

»Am Samstag. Um 14 Uhr ist die Einäscherung.«

»Wie hieß der noch mal?«

»Lubig, Matze Lubig, Inhaber von Malu Tierfutter und Tierbedarf, ein richtig riesiger Laden.«

»Gut. Dann muss der sofort in die Medizin. Aber dazu brauchen wir wahrscheinlich den Staatsanwalt.«

»Das Fahrzeug muss auch untersucht werden.«

»Die Spurensicherung muss zu dem Schuppen.«

»Wir brauchen einen Wetterspezialisten.«

»Die Leitplanke muss gecheckt werden.«

»Na Leute, es gibt zu tun!«

»Wer macht das mit der Leiche?«

»Das könnte ich machen ...«, kam vorsichtig von Cela Paulsen.

»Das ehrt dich«, sagte P. A., »und das gibt fast 'nen Sonderpunkt. Aber das übernehm besser ich, ich denke, das geht viel schneller. Aber du kannst natürlich noch bleiben und mir dabei helfen. Wie wär's?«

»Nee, lass Cela mal gehen«, würgte Behütuns dieses Ansinnen ab. Und an Cela Paulsen gewendet: »Gehen Sie mal lieber heim, das werden ohnehin harte Tage. Da haben Sie einen schlechten Zeitpunkt erwischt«, und gab dann mit seinem Aufstehen das Zeichen für das Ende der Sitzung.

»Aber einen guten Zeitpunkt zum Lernen«, gab sie bescheiden zurück.«

Behütuns hatte einen Moment gezögert. Dann, schon im Stehen, gab er zu bedenken: »Das mit der Leitplanke und dem Wagen wird nicht ganz einfach werden.«

»Warum?« Fragende Blicke von Dick und P. A.

»Weil ... wenn die den da mit der Winde rausgezogen haben, dann haben sie auf jeden Fall auch den Wagen manipuliert, denn der schrabbt ja dann den gesamten Hang hoch. Und natürlich auch die Leitplanke, das ist zumindest anzunehmen. Denn da musste er ja auch wieder drübergezogen werden.«

»3:2, der Chef holt auf.« Das war P. A.

»Richtig. Und kompliziert«, sagte Dick. »Aber deswegen brauchen wir auch die Spezialisten.«

Inzwischen standen alle außer Dick.

»Ähhh ...«, gab er verwundert von sich, »... ist jetzt schon Ende der Sitzung?«

»Ja, wieso?«, fragte Behütuns zurück.

»Na-ja«, erwiderte Dick süffisant gedehnt und verschränkte die Arme hinter dem Kopf, »ich hätte vielleicht gern auch noch etwas von eurem lauschigen Tag erfahren ...«

Da musste Behütuns grinsen und nahm wieder Platz, auch die anderen setzten sich wieder.

»Also, unser lauschiger Tag ...«

Und er berichtete, was sie in Erfahrung gebracht hatten.

»Wer der Zweite in der Miete war, weiß man noch nicht?«, fragte P. A., als Behütuns geendet hatte.

Der zuckte nur mit den Schultern.

»Das müssen wir alles noch rauskriegen. Im Moment liegt der da, wo er liegt, gut. Der läuft uns nicht weg.«

Und damit war die Sitzung geschlossen, alle gingen, nur Peter Abend führte noch etliche Telefonate wegen des Unfalls. Wahrscheinlich, davon gingen sie aus, musste man die Einäscherung des Tierfutterherstellers Matze Lubig verschieben. Zumindest meinten sie genügend Anhaltspunkte dafür zu haben, den Unfall noch einmal gründlicher zu untersuchen.

> Die Abfolge dieser Schritte mag hin und wieder insofern variieren,
> als der dritte vor dem zweiten oder ersten getan werden mag;
> doch dies berührt die innere Logik dieses Handlungsschemas nicht.
> Joachim Matthes, *Die Soziologen und ihre Wirklichkeit*

11. Kapitel

»Das war ja wohl ein Windei gestern!«

Peter Abend hatte sich fast 20 Minuten verspätet, die führerlose U2 hatte wieder einmal im Tunnel gestanden, und das Führerlose ging nicht. Aus irgendeinem Grund. So hatte er das letzte Stück zum Präsidium im Laufschritt zurückgelegt, um nicht noch später zu kommen. Entsprechend war er jetzt außer Atem und pumpte.

Seit über zwei – oder waren es schon drei? – Jahren nun ging das schon so mit diesen Ausfällen. Wenn du dich auf etwas verlassen konntest, dann auf die Unzuverlässigkeit der Technik – und trotzdem gingen immer alle von deren Zuverlässigkeit aus, planten mit hoher Wahrscheinlichkeit kalkulierbare Verspätungen nicht mit ein. Führerlos, so ein Quatsch. Um Personalkosten zu sparen? Wie viel Personal brauchte man denn, um so etwas zu entwickeln? War das denn ein Fortschritt, wenn Leute, um sich ihren eigenen Arbeitsplatz zu sichern, konsequent damit beschäftigten, irre Ideen zu produzieren und dann Dinge in die Welt zu setzen, die die Arbeitsplätze anderer überflüssig machten oder vernichteten? War es das, was man Fortschritt nennt? Und waren diese Leute da in den Büros dieses Weltunternehmens aus der Nachbarstadt, die nichts als solches taten, denn nicht alle sehr viel teurer als so ein einzelner U-Bahn-Zugführer? Die verdienten »beim Siemens« doch eh schon viel mehr als die bei der U-Bahn – und die mussten Schichtdienst machen und hatten große Verantwortung! *Die Wirtschaftlichkeitsrechnung sollte man doch einmal machen!*

Aber zahlen müssen das wieder alle, denn wenn's knapp wird wegen gestiegener Entwicklungskosten, erhöht man einfach die Fahrpreise – damit dann wieder alle unter der Erde im dunklen Rohr abwarten müssen, bis einer die Führerlosentechnik außer Kraft und den Zug per Hand wie schon vor hundert Jahren wieder in Gang setzt. Vielleicht muss man ja dann *deshalb* mehr zahlen, weil man länger in dem Zug war? Das wäre auch eine Logik. Wird ja immerhin geheizt, und sitzen kann man auch ... Und dann noch der Ausdruck »führerlos« – in Nürnberg, mit *der* Vergangenheit der Stadt. Als wenn man das nicht auch anders hätte benennen können ...

Die Themen in den Zügen zu den pannenbedingten Stillstandszeiten waren immer die gleichen. Qualifiziert wie das Niveau der U-Bahn. Unterirdisch. Aber verbindend. Fei, gell. Däi hamm doch alla ka Ahnung un mir wern blous vergaggeierd. Un zohln mäimers ner ahnu, wos mahnsdn du? Hobbi ned rehchd? Mensch nah!

Hatte sich überhaupt schon einmal jemand Gedanken gemacht über die Tragweite der sozialen Komponente, die der Großversuch der fahrerlosen U2 mit sich brachte? Das dachte sich Peter Abend jedes Mal. Denn normal sitzen doch die Leute schweigend in den Zügen und schauen weg. Fremde unter Fremden. Doch was dann da unten so alles gesprochen wurde, wie sich plötzlich wildfremde Menschen an- und aufgeregt unterhielten, maulten, moserten, schimpften, des Franken liebste Tätigkeit, wie sie einer Meinung waren und sich freuten, sich verbündeten und was sie obendrein an qualifizierter Technikkritik äußerten, das war schon phänomenal. Und jedes Mal hochgradig unterhaltend. Hoffentlich bleibt uns das noch lange erhalten mit den Pannen der U2, hatte sich P. A. gedacht, als er die Treppen im Präsidium im Laufschritt genommen hatte. Jetzt saß er pumpend an seinem Platz und hatte noch nicht einmal seine Jacke ausgezogen.

»Guten Morgen sagt man erst einmal!«, begrüßte ihn Dick, Cela Paulsen lächelte leise, und Chef Behütuns hob seinen

Blick fragend aus einem Aktendeckel, in den er sich gerade vertieft hatte.

»Das mit dem Unfall war ein Windei«, präzisierte P. A. sein Entrée. »Und einen wunderschönen guten Morgen!«, flötete er hinterher. Dann zog er seine Arme aus der Jacke und ließ das Kleidungsstück nach hinten über die Stuhllehne fallen. Das Futter sah nicht gut aus. Und ehe die anderen ihre Fragen stellen konnten, berichtete er auch schon.

»Also. Ich hab mit denen von der Unfallkommission geredet. Die sahen überhaupt keine Zweifel. Sagten, das war ein Alleinunfall ohne irgendwelche Anzeichen auf Beteiligung Dritter. Hätten auch keine Hinweise auf weitere Geschädigte gefunden. Außerdem haben sie gesagt: Die Kurve ist eine sogenannte Unfallhäufungsstelle, also da passiert immer mal wieder was, und bei den Witterungsverhältnissen wie in der fraglichen Nacht braucht man sich nicht wundern. Der ist einfach viel zu schnell gefahren. Dann zieht's dir den Arsch weg, die Kiste bricht aus, und dann macht's halt wupp! und du bist draußen. Fahrunfall nennen die das, und Alleinunfall.«

Alle hörten nur zu, keiner hatte etwas gefragt. Auch jetzt fragte keiner etwas, alle warteten nur ab. Etwas ratlos, wie es schien. P. A. sah auf ein paar handgeschriebene Zettel, die er vor sich auf seinem Schreibtisch ausgebreitet hatte, und berichtete dann weiter:

»Dann hab ich mit dem Doc telefoniert, dem Notarzt, der vor Ort war. Der sagt genau das gleiche. Der Wagen hat sich mehrfach überschlagen auf seinem Weg nach unten, hat der gesagt, und der Typ war nicht angeschnallt. Hätte aber auch sonst nur wenig Chancen gehabt, seiner Einschätzung nach. Sagt, dem hätte es das Dach gegen den Kopf gedrückt und dabei hat sich der Rückspiegelschaft vom Holm über der Frontscheibe in seinen Kopf gebohrt. Ein großes Loch.«

P. A. blätterte in seinen Notizen und berichtete weiter:

»Der Doc hat nur den Tod festgestellt und dann noch grob den Todeszeitpunkt bestimmt, das wäre von Relevanz gewesen.

Also ...«, und dazu sah er auf seine Zettel, »... Rektaltemperatur gemessen und Umgebungstemperatur, Totenstarre, Totenflecken, was man halt so macht. Sogar noch ...«, und das las er jetzt vor, »... die verbliebene Erregbarkeit der mimischen Muskulatur mit Elektroden.« P. A. blickte die anderen an. »Der Mann, so sein Ergebnis, war schon über zwei Stunden tot, als er ihn untersuchte. Keinerlei Anhaltspunkte für Fremdeinwirkung, null Anlass für irgendeinen Verdacht. Und der Doc ist erfahren, macht das schon seit über 10 Jahren. War irgendwie empört, dass überhaupt jemand nachfragt, also das, was er festgestellt hat, bezweifelt.«

Stille. Keiner sagte etwas.

»Und der Staatsanwalt?«, fragte Behütuns jetzt.

P. A. lachte. »Komm dem mal mit solchen Ergebnissen! Da brauchst du ihn gleich gar nicht anrufen.«

»Ja und – hast du es getan?«

»Was?«

»Ihn angerufen?«

»Bin ich blöd?«, kam es gespielt empört zurück. »Klar!«

»Und?«

»Nichts.«

»Was nichts?«

»Kein Anlass für weitere Untersuchungen.«

Behütuns schüttelte verständnislos den Kopf.

»Und was wir sagen und meinen, beobachtet bzw. gefunden haben, zählt nicht?«

»Du meinst das mit der Scherbe? Dem Traktor? Der Leitplanke?«

»Ja. Was sagte der dann dazu?«

»Viel zu dünn. Vor allem das mit dem Bauern. Wenn der sich nicht einmal sicher war ...«

Stimmt. In dem Schuppen war wohl jemand gewesen, der war ja aufgebrochen worden. Aber wann? Und wie herum er den Trecker da reingefahren hatte beim letzten Mal, da war er dann doch unsicher gewesen. Bezeugen könnte der das nicht.

Das war wohl der Knackpunkt, dachte sich Kommissar Behütuns.

»Weißt du, wie der das bezeichnet hat, was ich ihm erzählt hab?«

Fragende Blicke.

»Ich hab mir das extra aufgeschrieben, um es nicht zu vergessen. War so schön formuliert.«

Er blätterte in seinen Notizen.

»So schön frech«, schob er nach, »eigentlich unverschämt. Hier: ›Verdachtgetriebene Interpretationen und Verdächtigungen, nicht faktengestützter Verdacht‹.«

Er legte die Notiz wieder weg, sah hoch.

»Wie wenn wir alle blöd wären und fantasierten.«

Einen Moment lang hatten erst einmal alle sichtlich daran zu schlucken. Behütuns war der Erste, der dann etwas sagte. Eindeutig abschließend.

»Gut.« Aber es klang wie »Scheiße« oder »Schluss«. Und schob dann hilflos hinterher: »Dann wird er um zwei verbrannt.«

»Gott hab ihn selig«, sortierte P. A. seine Notizen.

»Na ja, man muss das Positive sehen«, machte Dick seinen Punkt hinter den Fall: »Weniger Arbeit für uns.«

»Aber ein Scheißgefühl bleibt.« P. A. war hörbar unzufrieden.

»Hilft nichts«, sagte Behütuns, »vielleicht hat der Staatsanwalt ja recht.«

Keiner sagte mehr etwas, alle schienen etwas ratlos und unzufrieden. Nicht coitus, sondern cognitio interrupta. Ein Scheißgefühl.

Cela Paulsen hatte die ganze Zeit nur dabei gesessen und zugehört. Jetzt sah sie in die Runde und fragte:

»Was macht man in so einem Fall?«

»Nichts«, sagte Behütuns nur, und auch nichts mehr hinterher. Und damit war der Fall abgeschlossen. Ad acta aber legte ihn keiner.

Um diese Zeit war Bernd-Emil Endraß schon seit guten acht Stunden untergetaucht. Das ahnte aber im gesamten Großraum noch niemand.

Auch Bernd-Emil Endraß hatten Behütuns und seine Kollegen im Rahmen ihrer Untersuchungen im Herbst um das Verschwinden des Unternehmensberaters, Professor Altenfurth, kennengelernt und befragt. Ein interessantes Gespräch, aber ohne Ergebnis.

An seinem letzten Abend war Bernd-Emil Endraß in Nürnberg unterwegs gewesen. Er war ein ziemlich auffälliger Typ, nicht nur in seinen Kreisen: Schon fast fünfzig, langes Haar, reichlich geschmacksfrei, ja fast aufreizend provokant tätowiert an Armen und Hals, trug gerne dicke goldene Zuhälterkettchen an Hals und Handgelenken, die fette Rolex am Arm und immer viel zu viele und viel zu große Ringe an den Fingern. An allen, auch an den Daumen. Er hatte sich zu seinem veritablen Bauch eine Catcher- oder Wrestlerfigur antrainiert, Bizepse wie adipöse Oberschenkel, trug das – immer spannende – Hemd ständig offen bis auf die Brust und darüber eine Lederjacke. Rockerjacke traf es wohl besser. Schwarz, hüftkurz, mit Abzeichen und Emblemen und hinten drauf groß den obligaten Totenkopf. Wer ihn zum ersten Mal sah, dachte sofort an Raufen, Saufen, Ärger und Schlägereien. Man wechselte die Straßenseite, wenn er einem entgegenkam.

Doch Bernd-Emil Endraß war ganz anders, als er aussah und wirkte. So herumzulaufen, wie er es tat, sich so zu geben und so zu kleiden, war ein Kindheitstraum, den er hemmungslos lebte. Bernd-Emil Endraß, genannt Ben, war Gründer und Chef des in Schwaig, ein paar Kilometer östlich von Nürnberg, beheimateten Unternehmens BEE, englisch ausgesprochen, also »bie«, abgeleitet von Bernd-Emil Endraß. BEE. Slogan: »Just be!«

Sein Unternehmen war außergewöhnlich erfolgreich und er ein außergewöhnlich erfolgreicher Unternehmer. Über seinen Erfolg, die Idee dahinter und deren Umsetzung hielt er

Vorträge auf Unternehmertreffen, wurde eingeladen in Talkshows und zu Jubiläen von Landesbanken, er wurde gelobt und prämiert für seinen Erfolg. Er galt als leuchtendes Beispiel. Politiker sonnten sich in seinem Glanz, auf Messen und in Diskussionsforen, bei Galas und Selbstbeweihräucherungsveranstaltungen der Industrie- und Handelskammern, in Marketingclubs und bei Preisverleihungen der Werbezunft – er war überall zuhause und wurde überallhin eingeladen. Jeder wollte ihn haben. Vor allem dort, wo alle immer nur in schwarzen, dunkelgrauen, dunkelstblauen oder, und das war erst eine Erscheinung der jüngeren Zeit, auch in dunkelbraunen Anzügen, immer aber in hellen, blauen oder weißen Hemden und mit eng gebundenen Krawatten uniform antanzten und Individualität versprühten, wurde er herumgereicht und hofiert. Man wollte ihn einfach haben. Weil er anders war. Im Grunde war das seine zweite Geschäftsidee, denn er ließ sich diese Auftritte und Engagements immer teuer bezahlen.

Tarife aber spielten in diesen Kreisen keine Rolle, Hauptsache, man hatte ihn auf der Bühne bei der Podiumsdiskussion. Da saß er dann – und man erwartete das auch so – breitbeinig und prollhaft hineingefläzt in seinen Stuhl, wippelte mit seinen Westernstiefeln, popelte mit seinen Fingern aufreizend ordinär zwischen den Zähnen herum oder kratzte sich am Kopf und sagte immer wieder Sachen wie Scheiße, Brunsfickverreck oder Jaleckmichdoch. Man müsse im Geschäft heute immer alles anders machen, und Leute, die das nicht verstünden, hätten dort nichts verloren, zumindest nicht auf Dauer. Die hätten keine Zukunft. Was wollten die überhaupt am Markt. Langweilige Scheiße könne jeder verkaufen, die Leute aber wollten Typen. Auf der Bühne und als Produkt. Wollten Sachen, die sie zu was machten, und so sülzte er immer weiter und weiter, bis keiner mehr etwas verstand, und wenn dann die ersten Fragen genau deswegen kamen, dann brüllte er die Leute immer an, ob sie denn zu blöd wären, die einfachste Kacke der Welt zu verstehen, und aus ihnen, den Fragern, würde sowieso nie im Leben was. Dann fragte keiner mehr, alle glaubten, was er gesagt hatte, keiner hatte etwas verstanden, und Ben hatte wieder einmal recht gehabt. Und für diese ganze Show nutzte er die Kraft der Bühne, den Vorteil des Auf-andere-von-oben-herunter-Sprechens. Denn von unten nach oben, zumal ohne Mikro und Lederjacke, sprach sich's nicht so komfortabel. Viel eher schnell blamabel.

Das war Bernd-Emil Endraß, genannt Ben.

Der Erfolg seines Unternehmens hatte eine ganz einfache Wurzel: Ben verkaufte mit BEE. Just be! europaweit Motorradutensilien und stellte diese auch her. Zeug, das niemand brauchte. Motorraddevotionalien. Pimpbesatz für eine ganz besondere Kategorie Motorräder einer ganz besonderen Kategorie Motorradfahrer. Besondere Felgen, glasperlenbesetzte Tanküberzüge, glasperlenbesetzte Rückspiegel in Totenkopfform, Fußraster aus Edelstahl und mit Totenkopf, kopfformanliegende und individuell angefertigte Helme, Motorradbrillen in allen Formen und Farben – und alles immer mit Glasperlenbesatz und Totenkopf – also alles wirklich Zeug, das hässlich und überflüssig war. Sondermüll. Das aber gekauft wurde. Von Harley fahrenden Zahnärzten und Anwälten, Frührentnern – also oft Lehrern – und echten Rentnern, die es dem Leben noch einmal zeigen wollten und für die eine Harley das einzig denkbare Utensil dafür war. Denen die Harley in irgendwelchen Kindertagen auf unergründlichen Kanälen als unverrückbares Symbol für Freiheit und Kraft und Potenz ins Hirn gepflanzt worden war. Die dann mit sechzig und mehr auf ihren fertiggaragenteuren Zweirädern mit 60 und weniger über die Landstraßen brüllten und freiwillig Fliegen fraßen. Und dabei aussahen, als hätte man sie zur Strafe in beschämend jämmerlicher Körperhaltung auf ihre Zweiräder gebunden, um sie der Schmach und dem Hohn der Öffentlichkeit preiszugeben. Die aber von alldem nichts merkten, sondern vielmehr unbeirrbar davon überzeugt waren, dass die komplette Menschheit und Umwelt sie genau so wahrnahm, wie sie sich das für sich einbildeten.

Tat sie aber nicht.

Dieser Klientel zog Ben mit BEE. Just be! das Geld aus der Tasche – Geld, das sie ohnehin nicht verdient und ihrerseits wiederum anderen aus der Tasche gezogen hatten. Insofern war Bernd-Emil Endraß, genannt Ben, ein cleverer Geschäftsmann. Er hatte BEE erst vor 12 Jahren gegründet, hatte heute aber schon über 250 Angestellte und expandierte ständig. Für das kommende Jahr war der Eintritt in die Märkte Spanien, Portugal und Italien geplant. Eine Erfolgsgeschichte ohnegleichen.

Im Moment aber hing Ben kopfunter eingehakt in den Wasserwurzeln einer alten Uferweide auf Höhe des Westbades in der Pegnitz, nur auf der jenseitigen Flussseite, nicht weit oberhalb der Halterungen eines für touristische und kulturpflegerische Zwecke erhaltenen und während der Sommermonate dort installierten Wasserrades. Schöpfrades, wie man hier sagte. Er war schon ziemlich aufgeweicht, war aber vom Ufer aus nicht zu sehen. Es konnte derzeit auch niemand zu den eigentlichen Ufern der Pegnitz kommen, denn der Fluss war über diese getreten. Die Wassermassen der rapiden Schneeschmelze des vergangenen Tages walzten sich gerade durch die Stadt und ergossen sich über die niedriger liegenden Flusswiesen.

Ben war am Abend zuvor in einer Kneipe nahe des Nürnberger Kinotempels Cinecittà gewesen und hatte mit Mitarbeitern Weihnachten gefeiert. Der Führungsschicht des Unternehmens. Hatten sich erst einen Kinosaal gemietet, sich den Film »Fargo« der Coen-Brüder angeschaut, einen der Lieblingsfilme Bens, und sich dann in der Kneipe reichlich bewirten lassen. War ein ziemlich feuchtfröhlicher Abend gewesen. Gegen eins, so ganz genau wusste das später niemand mehr, hatte sich Bernd-Emil Endraß, halbwegs betankt, von seinen Mitarbeitern verabschiedet, »er müsse noch irgendwohin« oder »habe noch eine Kleinigkeit vor«, die Mitarbeiter vermuteten Frauentormauer, also Puff, da ging er angeblich gern einmal hin, sie aber sollten ruhig weiterfeiern und -trinken, und vielleicht käme er später noch einmal vorbei.

Er kam dann aber nicht mehr vorbei, seine Leute feierten noch bis halb vier.

Er kam überhaupt nie mehr.

Bernd-Emil Endraß von BEE. Just be! war einer der zahlreichen Unternehmer gewesen, die das Team Behütuns im Zuge der Ermittlungen um den Mord an Professor Altenfurth befragt hatten, zu dessen aktuellen Klienten er gehört hatte. Jaczek war bei ihm gewesen, zusammen mit Dick.

Dick würde sich am Montag, wenn sie das erste Mal von Bens Verschwinden erführen, lebhaft an ihn erinnern. Nicht weil er so ein auffälliger Typ war, oder deswegen auch. Vor allem aber aufgrund der Dinge, die er ihm und Jaczek ganz freimütig erzählt hatte. Zu seinem Geschäftsmodell und dem Geheimnis seines Erfolgs. Denn darauf war er ganz offensichtlich besonders stolz.

Hineingefläzt in seine ledernen Sofalandschaften in seinem Herrensitz in Schwaig hatte er über Professor Altenfurth gesagt: »Ach wissen Sie, so einen Unternehmensberater zu engagieren bringt doch nix. Der kostet einen Haufen Geld, faselt die ganze Zeit gequirlte Scheiße und kommt mit hochgestochenen Modellen und Methoden – und schlägt dir am Ende Sachen vor, die zwar plausibel klingen, aber für das Unternehmen nicht die Bohne taugen.«

Warum er ihn dann engagiert habe, hatte Dick gefragt.

Na ja, so ganz könne man das nicht sagen, wie er es gerade gesagt habe, da täte er dem Prof schon unrecht. Er müsse das wohl noch ein wenig präzisieren.

Er wollte dem Team tatsächlich seine Welt erklären.

»Ich meine, der erzählt dir ja kein dummes Zeug. Dass du deine Marke aufbauen musst und pflegen, konsequent sein musst dabei, dass du mit den Preisen nicht runter darfst und keine Prozente geben – was ja eng zusammenhängt –, weil du da in einen Kreislauf reinkommen kannst, der dich am Ende runterzieht. Das stimmt ja alles irgendwie, und damit macht der ja auch sein Geld. Mein Geld.« Und er hatte gelacht. »Aber das isses doch im Grunde nicht. Das, warum ich so viel Geld verdien, ist doch was völlig anderes.«

Warum er dann den Unternehmensberater engagiert habe, hatte Dick noch einmal nachgefragt. Jaczek hatte nur nachgedacht und sich etwas notiert.

»Fürs gute Gefühl. Denn wenn ich seh, dass das, was der mir vorschlägt, Schutt ist, weiß ich, dass ich was richtig mach.«

Und dafür zahle er Geld?

»Gibt's denn was Wertvolleres als ein gutes Gefühl?«, hatte er bloß zurückgefragt.

Eine komische Welt war diese Businesswelt.

Sein Geheimnis aber war doch interessant, und Dick hatte in der Folgezeit immer einmal wieder darüber nachgedacht.

»Wisst ihr«, hatte er erzählt, er hatte das komplette Team die ganze Zeit geduzt, das war sein Stil, »das erste Geheimnis ist: Du musst was machen, was vorher noch keiner gemacht hat.«

Und das sollte dieser Glitzer- und Glasperlenkram für die Motorräder gewesen sein?

»Ja, hat es denn das vorher gegeben?«, hatte er zurückgefragt.

Die beiden Kriminaler konnten sich nicht entsinnen.

»Seht ihr – das Graffl muss ja nicht toll sein, sondern nur neu. Also das darf es so noch nicht geben, sonst bist du ja gleich im Strudel um die Konkurrenz, und das heißt Preisdruck, verstanden?«

Das hatte er ja schon vorher irgendwie erklärt. Oder angedeutet. Ihn jetzt, so wie er mit seinen weit ausgebreiteten Armen in seinem Sofa saß, auch danach noch zu fragen, würde heißen, sie könnten sich für den Rest des Tages hier einrichten. Wollten sie aber nicht.

»Und dann brauchst du nur noch die gnadenlose Dummheit der Leute.«

Wie er denn das jetzt meine?

»Wenn der Mensch zum ersten Mal etwas sieht, also was, das er bisher noch nie gesehen hat, und da ist ein Preis dran, dann setzt der das zusammen. Das Ding kostet dann so viel, das nimmt er als Wert, das ist untrennbar mit dem Ding verbunden, das er gesehen hat. So ist es dann in seinem Kopf. Und der ist ja blöd, weil er schwerfällig ist. Was da mal drin ist«, und dabei tippte er sich an den Kopf, als wollte er den anderen einen Vogel zeigen, »das will sich nicht mehr verändern. Also ist das Ding für den jetzt so viel wert – völlig wurscht, was es tatsächlich wert ist.«

Jaczek und Dick hatten noch nichts verstanden, aber der Typ war ja noch nicht fertig.

»So. Jetzt haben die das Zeug gesehen und den Preis. Der Wert ist schon einmal verankert. Da schütteln die vielleicht auch den Kopf drüber und sagen: Ist ja viel zu teuer. Aber da hast du sie schon!«

Triumphierend hatte er eine kurze Pause gemacht und dann gesagt: »Und jetzt kommt der zweite Mechanismus – die zweite Blödheit der Leute. Jetzt machst du von dem Ding drei Versionen: Eine superteure, eine normalteure und eine weniger teure. Alle ein wenig verschieden, die billigere ein bisschen lumpiger, die teuerste glänzt nur awäng mehr. Glump sind sie trotzdem alle, billig hergestellt, und brauchen tut sie keiner. Wichtig ist nur: Du verdienst an allen dreien, am besten schon an der billigsten, einen Haufen.«

Jetzt ging es langsam auf den Höhepunkt zu, er machte schon wieder eine Pause, bot Getränke an. Jaczek und Dick lehnten ab, das ging jetzt auch schon ziemlich lange.

»So. Jetzt hat sich bei den Leuten der teure Wert im Kopf zementiert. Dann sehen sie die zwei anderen, nicht ganz so glänzigen Versionen, also das mit dem Preis etwas darunter und das billige – und was machen sie? Kein Mensch kauft jetzt das billigste. Weil's ihm zu schäbig ist. An dem würdest du aber schon reichlich verdienen.«

Er grinste.

»Ganz viele kaufen das mittlere und sind dann stolz drauf, dass sie so ein Ding haben – und es wurmt sie, dass sie sich nicht das teurere geleistet haben.«

Er grinste noch breiter.

»Das kaufen sie dann halt ein Jahr später. Also verdien ich an denen zweimal. Weil – und auch das ist so ein Mechanismus im Hirn: Wenn ich etwas habe und dafür Ersatz kaufe, kauf ich nicht das gleiche wieder, sondern immer wenigstens eins drüber. Is so. Kannste bei Autos sehen, bei Staubsaugern, Toastern, Fotos, Küchen, überall.«

Breiter grinsen konnte er schon kaum mehr, er setzte aber noch eins drauf:

»Aber zurück: Nur ganz wenige kaufen gleich das ganz teure. Das sind dann die Prolls, die Russen, die ganzen Möchtegerne und Herzeiger, die Angeber. Mir isses egal. Die schieben mir aus Geltungssucht ja freiwillig so viel Kohle rüber. Sollte ich ihnen dafür böse sein?« Und dazu spielte er wie beiläufig mit seinem massivgoldenen Zuhälterarmband.

Ob ihm das Professor Altenfurth gesagt habe?

»Der?« Mehr sagte er nicht.

Doch dann schob er noch nach: »Der wollte immer auf Marke machen. Marke aufladen, Impact generieren und so. Kostet ein Schweinegeld, kannste nicht kontrollieren, nicht kalkulieren, nix. Is alles so weiches Zeug. Ein Haufen abstrakte Modelle, viel zu viel Theorie, Zeug, das ich nicht versteh und auch gar nicht verstehen will. Bullshit für mich. Können andere machen, ich kann damit nix anfangen. Ich brauch die einfachen Mechanismen der menschlichen Blödheit, damit kann ich umgehen. Seht ihr ja«, und zeigte mit einer weit ausholenden Armbewegung über sein Reich.

Ja sicher, es sei schade um Altenfurth, also dass er ermordet wurde, er war so ein netter Mensch. Hätte auch Spaß gemacht, mit ihm zu golfen – auch, weil er sich da mal anders kleiden musste, mit Hemd und keine Jeans. Er, Bernd-Emil Endraß von BEE. Just be!, sei auch nicht unzufrieden gewesen mit dessen Beratung, nur – wirklich gebraucht hätte er ihn nicht. Halt fürs gute Gefühl, sonst für nix. Das hätte schon getaugt.

Das war das Gespräch gewesen irgendwann im Herbst, Ende September wahrscheinlich, das genaue Datum stand in den Akten. Inzwischen war Bernd-Emil Endraß auf dem Weg zur Insel Schütt verschütt gegangen. Das würde man aber erst sehr viel später erfahren.

Im Moment wusste noch niemand im Präsidium etwas von Bernd-Emil Endraß' Verschwinden. Hier herrschte noch Ratlosigkeit und Frust über den Staatsanwalt. Dann würde Matze Lubig, der Inhaber der Malu Tierfutter, der mit seiner Corvette – dies war ja nun wohl die offizielle Version – verunglückt war, morgen um zwei verbrannt werden. Am Samstag, vier Tage vor Heiligabend.

Jetzt aber war es erst Freitag gegen zehn. Grauer Himmel, wieder graues Büro, grauer Alltag und grauer Frust.

»Es ist einfach nur zum Kotzen«, sagte Friedo Behütuns, und keiner widersprach ihm.

> Wir müssen zum wachen Kortex zurückkehren,
> in dem die Transmitter auf der Suche
> nach ihren Rezeptoren sind.
> Jean-Pierre Changeux, *Der neuronale Mensch*

12. Kapitel

»Machmer denn jetzt?«, fragte P. A. in die Runde, nachdem er seinen Bericht abgeschlossen hatte und alle nur stumpfsinnig herumsaßen.

»Weiter«, sagte Behütuns trocken. Er spürte, wie sich schön langsam etwas zusammenballte in ihm. Schönes Gefühl. Hatte ihm gestern fast den gesamten Tag über gefehlt. Scheißgewöhnung an Nichtrauchen und kein Bier. Aber vielleicht hatte er sich ja doch noch nicht ganz daran gewöhnt, und er war doch noch so ein bisschen auf Entzug? Zumindest so ein ganz kleines Restbisschen? Lust hätte er dazu – und Grund genug, sich aufzuregen, gab es ja auch fast schon.

»Was haben wir denn noch?«

»Was ist denn mit deinen drei Leichen im Kühlschrank?«, fragte Peter Dick. »Da schon was Neues gehört?«

»Frau Klaus?« Behütuns rief hinüber ins Vorzimmer. Hatte er die heute überhaupt schon gesehen?

Keine Antwort.

Er sah die anderen fragend an.

»Die kann heute nicht«, sagte Dick wie nebenbei.

Ha, noch ein Grund mehr, sich aufzuregen!

»Wie, ›kann heut nicht‹?«, fragte er lauernd zurück.

Dick schien die Sache etwas unangenehm.

»Na ja, heut schon – aber grad nicht.«

»Wie – kann heut grad nicht?«

Sein Ton wurde schon etwas bedrohlicher.

»Ach Chef, lass es doch einfach so stehen.«

Klang das etwa beschwichtigend? Geht hier etwas vor, wovon ich nichts weiß? Treiben die etwas hinter meinem Rücken? Na warte …

Und er fragte ganz bestimmt:

»Dick, wo ist Frau Klaus?«

Einen ganz kleinen Kick brauch ich noch, nur noch einen ganz kleinen Schub, 'nen Tropfen noch ins Fass, noch ein bisschen mehr Atü … Behütuns begann innerlich schon zu jubilieren. Wie schön doch so ein Entzug sein kann!

»Herr Behütuns«, kam es da etwas leise und gleichzeitig sehr beschwichtigend von Cela Paulsen, und sie sah ihm dabei tief in die Augen. Quatsch, eigentlich sah sie ihn nur an, er empfand es aber so, »ich weiß, dass Herr Klaus gleich kommen wird, er wollte nur schnell etwas besorgen.«

Diese Stimme, dieser Tonfall, dieser Blick … Hatte er wirklich Lust drauf gehabt, sich aufzuregen? Oder war es nicht eher so, dass er es sich nur gewünscht hatte, Lust darauf zu haben, aber eigentlich gar keine hatte? So eine Art Zwangslust? Also nur Wunsch und nicht echt? Komisch war das mit ihm in der letzten Zeit.

Behütuns sagte nichts, überging die Situation einfach. P. A. war inzwischen hinübergegangen und hatte in der Ablage und im Fax nachgeschaut. Nichts.

»Irgendwas Neues von der Spurensicherung?«, fragte Behütuns.

»Die sind noch im Haus der Pank-Posner und suchen. Wollten sich am Vormittag melden.«

Da wehte Frau Klaus zur Tür herein. Blumen in der Hand.

»Halli-hallo«, flötete sie in ihrer bekannten Manier. »Hach, war das jetzt schwer! Versucht ihr mal, hier irgendwo vor zehn Blumen zu bekommen!«

Und damit verschwand sie auch schon wieder in Richtung Gang, die Blumen unterm Arm.

Behütuns sah ihr hinterher und schüttelte belustigtverständnislos den Kopf. »Irgendjemand Geburtstag heute? Hab ich irgendwas verschwitzt?«

Er bekam aber keine Antwort.

»Nun denn – wann können wir denn mit den Sachen von der Spusi rechnen?«, fragte er Dick.

»Wie gesagt, Vormittag. Aber wir können ja mal anrufen.«

Da kam Frau Klaus schon wieder zur Tür herein.

Mit den Blumen.

In einer Vase.

Und stellte sie auf den Tisch.

Zu Kommissar Behütuns.

Und eine Schachtel dazu.

Gemischte Kräutertees. Fitness stand da drauf.

Und eine Schachtel Zigaretten.

Kaugummizigaretten.

»Hä?«

Das war als Reaktion nicht sehr gelungen, und Behütuns war das bewusst. Aber er verstand wirklich nichts.

Da sagte Frau Cela Paulsen:

»Herr Behütuns, ich habe gestern erfahren, dass Sie seit einigen Tagen nicht mehr rauchen und auch keinen Alkohol mehr trinken. Und ich habe gehört, dass das heute schon der zehnte Tag ist. Und da haben wir uns alle gedacht ...«

Verdammt noch mal, wurde er rot? Nein, aber er war kurz davor, er spürte es. Was denn jetzt sagen? Danke vielleicht? So etwas hatte es ja noch nie gegeben! Kaum raucht man mal ein paar Tage nicht und trinkt kein Bier, verändert sich plötzlich alles ...

»Ich bin sprachlos«, hörte er sich sagen, und: »Danke!«

Er hatte sich schnell wieder gefangen. »Normal müsste ich jetzt einen ausgeben«, sagte er, »aber geht ja nicht.«

»Kräutertee«, sagte Frau Klaus. »Ich koch einen, wer trinkt alles mit?«

Alle wollten.

So saßen alle fünf, zehn Minuten später jeder vor seinem Becher Kräutertee, die Fäden hingen aus den Tassen, und guter Duft breitete sich im Büro aus.

Dann kam der vorläufige Bericht von der Spurensicherung, etliche Seiten lang. Behütuns sah ihn sich durch und gab ihn an Dick und P. A. weiter. Dick telefonierte im Anschluss noch einmal fast zehn Minuten lang mit dem Leiter der Spusi, der war noch drüben in der Villa in Erlenstegen. Dann hatten sie einen neuen Zwischenstand.

Die Spurensicherung hatte sozusagen in den Vollen geäst. Entweder hatte sich Frau Pank-Posner, noch in der Trauer um ihren Mann, immer wieder verschiedene Leute gegen das Alleinsein eingeladen, oder sie hatte gar nicht so richtig getrauert, sondern eher gefeiert. Befragungen der Nachbarn würden hier sicher Erkenntnisse bringen.

Unterm Strich sahen die Ergebnisse so aus: Fingerabdrücke gab es zuhauf. An Türrahmen und auf Stuhllehnen, in der Toilette, in der Küche, fast überall. Von wie vielen Personen sie stammen könnten oder ob nur von Frau Pank-Posner, das zu klären würde noch ein paar Tage dauern. Es würden aber wohl eher Abdrücke mehrerer Personen sein, denn man hatte auch etliche Haare gefunden, eindeutig von verschiedenen Personen. Dunkle und helle, kurze und längere, von Armen und sogar Schamhaare. Letztere natürlich im Bett. Aber auch auf dem großen schwarzen Sofa im Wohnbereich mit der großen Glasfront zu Pool und Terrasse. Hier hatten ja auch die Kleider von Frau Pank-Posner gelegen, und der Leiter der Spurensicherung ging davon aus, dass die Frau hier entkleidet worden war. Sie habe sich also nicht selber ausgezogen, sondern sei entkleidet worden. Einmal, weil sich an der Oberbekleidung, also konkret am Pulli, außergewöhnlich viele Haupthaare befunden hätten, besonders im Kragenbereich. Dies ließe auf ein ungeschicktes oder auf Fremdentkleiden schließen, allenfalls auf Ungeschicklichkeit durch Trunkenheit. Das aber würden sie eher ausschließen. Sie legten sich auf Entkleiden durch Fremdeinwirkung fest.

Und noch etwas hatten sie gefunden: kein Valium im ganzen Haus, auch keine Hinweise darauf. Allerdings Valium in zwei Blumenkübeln. Darauf gekommen seien sie, weil diese Blumenkübel Williamsodeur verströmt hätten. Nicht sehr stark, aber doch noch wahrnehmbar. Scheint so, als hätte hier jemand Williams Christ zusammen mit Valium »versenkt«, so hatte es der Leiter der Spurensicherung gesagt. Es deute auf jeden Fall einiges darauf hin, dass an diesem Abend Dritte anwesend gewesen waren. Vielleicht die Frau zum Trinken animiert und selber das Zeug in die Blumen ... So dachten sie sich das, so machte die Sache Sinn. Aber Genaues wussten sie nicht.

Behütuns sah wieder einmal fragend in die Runde.

»Aus Kornburg ist noch nichts da von der Spurensicherung? Sind die immer noch am Machen? Oder haben die die Leichen nur nach Erlangen gebracht und Schluss?«

Keiner wusste Bescheid.

»Also, Erlenstegen dürfte klar sein: Da müssen wir noch mal hinaus«, sagte Kommissar Friedo Behütuns in die Runde.

»Der Schnaps im Blumenkübel, die Haare, die Position der Frau – fragt doch mal die Nachbarn, was die gesehen haben. Ob sie etwas gesehen haben. Ich muss noch mal in die Medizin.«

»Aber ...«

Das war von Dick gekommen, und eigentlich hatte er sagen wollen: Aber nicht schon wieder du mit der neuen Kollegin. Er verschluckte es gerade noch. Trotzdem hatten es alle verstanden und grinsten ihn an, selbst Cela Paulsen. Nein, Cela Paulsen lächelte. Konnte die überhaupt grinsen? Grinsen hat immer auch etwas Gehässiges, Schadenfreudiges oder Überhebliches – alles Eigenschaften, die man sich bei Cela Paulsen nicht vorstellen konnte.

»Ich möchte Frau Paulsen«, sagte Behütuns, ohne auf die Bemerkung einzugehen, »nicht wieder den Anblick der drei beim Göttler zumuten. Zwei von denen sehen ja auch wirklich nicht schön aus. Deshalb würde ich sagen: Dick und Frau Paulsen fahren nach Erlenstegen, ich fahre nach Erlangen, und P. A., du kümmerst dich mal um Kornburg, ja? Dann sind wir heute Nachmittag vielleicht schon ein Stück weiter.«

Dass keine Reaktion kam, deutete Behütuns als Zustimmung. Als er in die Runde sah, schien es ihm, als habe Dick keine Einwände, P. A. hingegen wirkte etwas enttäuscht.

Für Behütuns war der Fall geregelt. Die Besprechung war vorbei.

»Und danke noch mal für die Blumen!«, sagte er nur noch, schon im Aufstehen zum Gehen. Da bedankte es sich einfacher als so am Tisch. Man konnte dann gleich weg. Dass die mich auch in so eine Situation bringen müssen, dachte er sich. Müssten sie doch wissen. Wissen sie auch, sagte ihm sein Gespür. Sie steckten ja nicht dahinter, das war Cela Paulsen, hatte sie doch gesagt. Aber er hatte es überstanden, ein wenig hölzern vielleicht, aber gut. Schön dass er jetzt weg konnte, auch wenn er wieder zu Professor Göttler musste.

Kaum zehn Minuten später, am frühen Vormittag, machten sich die Mitglieder des Teams Behütuns in ganz verschiedene Himmelsrichtungen auf den Weg. Dick hatte mit der Spurensicherung »Silo« telefoniert und erfahren, dass diese noch an dem Silagebecken seien. Auch kein so schöner Job im Winter, hatte er gedacht. Heute aber war es zwar grau, jedoch nicht kalt. Zudem war es nicht nass, und es wehte kein Wind, da sind fünf Grad fünf Grad und nicht gefühlte null oder kälter.

Vom Verschwinden des Unternehmerfreaks Bernd-Emil Endraß hatte bis dahin noch niemand Notiz genommen. Der hatte sich ohnehin von seinen Leuten mit der Bemerkung verabschiedet, es könne morgen später werden, und man kannte das schon von ihm. Er ging gern und lange aus, musste immer Party machen, war immer der Letzte, der ging. Das gehörte zu seinem Image, und er pflegte es auch. Gestern hatte er ja auch noch angekündigt, wieder zu kommen, und alle hatten gedacht, er wolle, wie sonst fast immer, auch hier wieder als Letzter die Lichter ausmachen. Doch gewartet hatten sie nicht auf ihn und hatten zuletzt vor lauter Cocktails und Sekretärinnenbegrapschen ihren Chef ganz vergessen. Dass er bis jetzt, also am Vormittag, noch nicht wieder aufgetaucht war, war auch nicht ungewöhnlich. Er soff manchmal so gnadenlos ab, dass er den ganzen Tag nicht kam, egal welche Termine er hatte. Dann war es auch nicht ratsam, ihn anzurufen. Tat man es doch, konnte das schon mal ein Grund für Trommelfellschäden sein, da lebte sich »Ben« Endraß hemmungslos aus. Also lieber den Chef in Ruhe lassen, heute nicht anrufen, morgen wäre ohnehin Samstag und Wochenende und Montag früh wieder alles wie immer. Der Chef rekreiert, ausgeschlafen und alles gut.

Auch in seiner Villa in Schwaig merkte niemand, dass Endraß nicht kam – wer denn auch? Endraß lebte allein, ein Wolf wie er – besser: wie er vorgab, einer zu sein – hatte keine Beziehung. Nichts Festes und Dauerhaftes auf jeden Fall. Das ging gar nicht. Er lebte nur mit wechselnden Bekanntschaften und schmiss die dann wieder raus, oft auch nur tageweise mit Professionellen. Niemand vermisste ihn da.

Endraß bewegte sich zu dieser Zeit in westlicher Richtung. Nicht schnell, aber kontinuierlich. Er hatte sich beim Westbad wieder losgerüttelt, war schon unter dem Nordwestring hindurchgetaucht, hatte den Westfriedhof passiert und ließ sich gerade unter der Bahnbrücke Richtung Muggenhof treiben. Er hatte dabei keine Eile und war meistens nicht einmal so schnell wie die Strömung. Immer wieder hakte er sich irgendwo fest, drehte sich in die eine und in die andere Richtung, ruckelte sich wieder los, wälzte sich ein wenig entlang und verhakte sich wieder. Es gab für ihn auch keinen Grund, etwas anderes zu tun. Er war nicht mehr Bernd-Emil Endraß und BEE. Just be! hatte für ihn keinen Sinn mehr – zumindest nicht so, wie lebende Menschen das verstehen.

> Den weitläufigen gesellschaftstheoretischen Konsequenzen, die sich von hier aus entfalten lassen, können wir an dieser Stelle nicht nachgehen.
> Niklas Luhmann, »Distinctions directrices«

13. Kapitel

Es wurde ein Tag der Kontraste. P. A. an der stinkenden Silage, die, wie bei archäologischen oder paläontologischen Ausgrabungsarbeiten, gewissenhaft Schicht für Schicht abgetragen und kartografiert wurde, Cela Paulsen mit Dick in den Wohn- und Vorzimmern der Reichen, Kommissar Behütuns mit Göttler an den Kühlschubladen der Gerichtsmedizin – und Kühe auf der Winterweide. Galloway-Rinder.

Es war noch immer der Freitag vor Weihnachten, Freitag der 19. Dezember, der letzte Schultag vor den Weihnachtsferien. Markus Brandtner war am Mittag nach Hause gekommen, seine Mutter wie auch sein Vater waren noch in der Arbeit. Sie würden erst später am Nachmittag oder am frühen Abend kommen. Es war schon alles gepackt: Für den frühen Morgen hatte man einen Flug nach Teneriffa gebucht. Von dort sollte es per Taxi und Fähre dann weitergehen nach La Gomera, auf die kleine, fast kreisrunde Insel nur wenige Kilometer westlich in Sichtweite von Teneriffa. Man hatte sich im Valle Gran Rey ein kleines Häuschen gemietet, privat, und wollte dort die Weihnachts- und Neujahrstage verbringen. Markus' Eltern freuten sich schon auf diese Reise, sie waren das letzte Mal vor acht Jahren dort gewesen. Markus konnte sich an diese Reise kaum mehr erinnern, damals war er noch zu klein gewesen. Er selber wäre viel lieber daheim geblieben, denn er hoffte auf Schnee und wäre gerne am Lindelberg mit seinen Freunden Schlitten gefahren. Weihnachten bei 28 Grad, mit Sonne und Meer, das konnte er sich nicht gut vorstellen. Auch die Aussicht, zwei Wochen mit seinen Eltern allein – da gab es Besseres. Der Flug ging ab Nürnberg, Abflug 5 Uhr 10. Sie müssten um vier am Flughafen sein, spätestens, also um halb vier losfahren, besser, wegen des »Zeitpuffers«, wie Markus' Vater gesagt hatte, schon um viertel nach drei, also um zwei Uhr aufstehen. Schöne Aussichten waren das. Aber nur so wären sie noch am Nachmittag im »Valle«, wie sein Vater immer sagte, und hätten »den Tag noch vor sich.« Wie das gehen sollte, wenn man am Nachmittag ankam, hatte Markus nicht verstanden.

Noch aber lag der Nachmittag vor ihm.

Immer wieder hatte Markus in den vergangenen Wochen und Monaten in sein Versteck geschaut und die Zwille in die Hand genommen. Immer lauschend, ob nicht jemand käme. Er wusste genau, was sein Vater sagen würde, würde er ihn damit erwischen. Das wäre kein Spaß. Und er hatte Angst davor. Manchmal fuhr er von der Schule schon mit einem bangen Gefühl heim in der Angst, die Schleuder könnte entdeckt worden sein. Seine Mutter, die nur tageweise arbeitete, wühlte ja gerne in seinen Sachen und räumte sein Zimmer auf. Da gab es dann jedes Mal Ärger, seine Mutter war so. Wegen eines Apfelbutzens hinter der Heizung oder eines Schokoladenpapieres, das sie irgendwo gefunden hatte und wissen wollte, woher die Süßigkeit war, wegen eines kaputten Pullis, den er in den Tiefen seines Schrankes versenkt hatte, weil er wusste, dass es deswegen Stunk gab, oder – oh Himmel, er durfte gar nicht daran denken, dass so etwas jemals passierte! – wegen eines der kleinen Hefte, die ihm sein Freund Leonid manchmal auslieh. Wo Frauen die Zipfel der Männer in den Mund nahmen und lutschten oder zwei Männer ihre Zipfel in eine Frau steckten, wo manchmal sogar fünf oder mehr nackige Männer und Frauen so durch- und übereinander lagen und sich an den geheimsten Stellen anfassten und bis tief hinein, sie auch in den Mund nahmen und ihre Zungen herausstreckten, und wo die Männer auf den letzten Bildern immer ihren ganzen Samen über und auf die Frauen spritzten und diese den dann herunterlaufen ließen. Über ihre Brüste oder ihren Rücken und sogar über ihr Gesicht. Einmal hatten sogar zwei Männer einer Frau in den Mund gespritzt und die Männer hatten mit den Händen die Brüste gedrückt und gequetscht. Markus war bei diesen Heften immer ganz atemlos, sein Glied wurde so steif, dass es weh tat, und hoffentlich rief ihn dann nicht seine Mutter. Unmöglich wäre es gewesen, dann hinunter zu gehen. Er brauchte dann immer erst ein Handtuch, das er zwei, drei und manchmal sogar vier Mal hintereinander vollmachen musste, damit er wieder gerade stehen konnte und sein Glied nicht mehr weh tat vor Steife. Nur tat es dann meistens vom Rubbeln weh. Und das Handtuch war dann auch so ein Problem. Verklebt, komisch riechend, und wenn es trocknete, wurde es hart. Wohin dann damit? Unters Bett, ganz weit nach hinten, wo die Fusseln lagen.

So ein Heft hatte seine Mutter nie gefunden, Gott sei Dank, er musste es Leonid auch fast immer schon am nächsten Tag wieder zurückgeben, denn der hatte es seiner großen Schwester geklaut. »Die hat ganz viele davon«, sagte Leonid, »aber die darf nie merken, dass eins fehlt!« Dessen Schwester hatte schon richtig große Brüste, und Leonid brüstete sich immer damit, dass er die schon gesehen habe. Der war ein Angeber. »Mit so großen Warzen!«, und dazu machte er immer ein O mit Daumen und Mittelfinger, die er nicht einmal richtig zusammenführte. Da blieb immer noch ein ziemlich großer Zwischenraum. Markus konnte sich das gar nicht vorstellen, denn auf den Bildern hatte er nie so große Warzen gesehen. Aber er hatte ja auch keinen Vergleich, also keinen echten. Er hatte noch nie Brüste gesehen, also nackt, auch wenn er manchmal versuchte, seine Mutter im Bad zu belauschen.

So ein Handtuch auf jeden Fall hatte seine Mutter einmal gefunden. Weil sie auch überall in seinem Zimmer herumwühlen musste. Immer und überall. Diese Scheißschnüffelei.

Und als er heimkam mittags, lag dieses Handtuch auf dem Küchentisch. Das war schlimm, er hatte es schon gespürt, als er die Türe aufschloss. Irgendwas hing da in der Luft. Und es war noch schlimmer geworden, als sein Vater am Abend von der Arbeit kam. Das war das Schlimmste, was seine Mutter einmal gefunden hatte, und seit diesem Tag hatte er fast immer ein mulmiges Gefühl, wenn er heimkam. Aber seit er die Zwille hatte, erst recht.

Heute aber war niemand daheim, und die Luft war rein. Hausaufgaben musste er auch nicht machen, und überhaupt war heute alles anders. Weil Ferien waren, weil sie fortfliegen würden, weil seit Tagen schon Aufregung im Haus war.

Markus warf seine Tasche ins Eck und holte sofort seine Zwille. Das Versteck hatte sich als wirklich gut herausgestellt, niemand hatte sie bisher gefunden. Heute würde er sie einmal ausprobieren, hatte er sich gedacht. Noch hatte er keine Ahnung wie und wo, aber er wusste schon sehr genau mit was. Darüber hatte er lange nachgedacht, hatte sich viel dazu überlegt. Erst hatte er gedacht, mit Steinchen, und hatte welche gesucht. Die waren aber alle immer unterschiedlich groß. Dann hatte er gedacht, vielleicht mit Bohnen. Seine Mutter hatte so ein Glas mit roten oder violetten Bohnen mit schwarzen Flecken drauf. Aber die schienen ihm dann zu leicht. Und dann hatte sein Vater einmal in der Garage den Rasenmäher repariert und Schrauben gehabt, eine ganze Kiste voll. Manche von denen hatten so richtig schön geglänzt und waren wie neu. »Das sind Muttern«, hatte sein Vater gesagt, »und das sind die Schrauben.« Und ihm den Unterschied gezeigt. »Die Schraube schraubt man in die Mutter, wie im richtigen Leben, und das gefällt dann beiden«, hatte er gesagt und so komisch dabei gegrinst. Als ob er ein Geheimnis von Erwachsenen erzähle, von dem er, Markus, keine Ahnung hätte. Wenn du wüsstest, hatte sich Markus gedacht, du hast ja keine Ahnung, was ich für Ahnung hab! Wenn du ... und dann war ihm siedend heiß das Heft eingefallen, das er gerade in seinem Zimmer hatte, und es war ihm heiß und kalt geworden bei der Vorstellung, sein Vater könne davon erfahren. Ob der darauf anspielte? Nein, wenn er davon wüsste, hätte es längst gekracht. Er wusste also nichts davon. So wusste er, dass sein Vater seine Unsicherheit und sein Rotwerden völlig falsch verstanden hatte, der Blödmann. Seit diesem Tag aber hatte Markus gewusst, mit was er schießen würde: mit den Muttern! Die waren groß genug, vor allem die größeren, und waren schwer. Die würden ganz sicher gut fliegen!

Markus ging in die Garage an das Schränkchen mit den vielen Kästchen, er wusste ganz genau, wo Vater diese Muttern hatte, steckte sich eine Handvoll davon in die Hosentasche, die Schleuder unter die Jacke und ging hinaus.

Keine Ahnung, wohin.

Er lief hinunter ins Dorf. Vereinzelt lagen noch dreckige Schneehaufen an den Straßenrändern, sonst war der Schnee fort, der Regen hatte ihn aufgelöst. Dunkle Wolken trieben tief über das Dorf, blauschwarz, und der Wind wehte kalt. Schade, dass der schöne Schnee wieder weg war, dachte sich Markus. Hätte man so schön Schlittenfahren gehen können.

Beim Bauern im Hof lag der Hund an der Leine und sah ihn mit schräg gelegtem Kopf an. Er bellte nicht, er winselte nicht, er machte überhaupt nichts. Lag einfach nur da auf den kalten Betonsteinen vor seiner Hütte und schaute. Markus sah sich um. So mitten im Dorf? Aber es war niemand da, nichts war zu hören, kein Auto, das kam, keine Stimmen.

Markus traute sich nicht. Aber er hatte so ein Gefühl, irgendetwas in ihm war anders. Wie eine Unruhe.

Drüben, wo der Komische wohnte, der mit dem Buckel, saßen Tauben auf dem Dach. Vier, fünf, sechs, sieben Stück. Markus traute sich nicht, ging weiter. Auch die wären ein schönes Ziel gewesen. Seine Unruhe wuchs.

Nach hinten lief er aus dem Dorf hinaus. Am Ortsende, hinter dem letzten großen Schuppen, hatte ein Bauer Kühe auf der Weide, Kühe mit langen Haaren, diese irischen. Er hatte den Namen vergessen, sein Vater hatte ihn ihm einmal gesagt. Hatte ihn aber nicht interessiert. Dort wollte er hin. Sein Vater tat immer so wichtig und immer so, als wüsste er alles. Dabei hatte der keine Ahnung. Die Rinder standen im tiefen Matsch, es schien ihnen nichts auszumachen.

Markus sah sich um. Er war allein. Er versteckte sich hinter einem Busch, holte die Schleuder hervor. Niemand war zu sehen. Er legte eine Schraube ein, zielte. Die Kühe waren nicht weit weg, nur am anderen Ende des langgezogenen Stalls. Sie standen da und glotzten. Ihr langes braunes Fell war dreckig.

Markus zog auf. Zog weiter auf, so weit, bis er es fast nicht mehr halten konnte. Dann ließ er los. Es machte schppp, und die linke Kuh machte eine Satz, muhte auf, schlug mit den Hinterbeinen aus und fing dann an zu rennen. Treffer. Hinten auf den Wanst. Wie angestochen galoppierte die Kuh davon und die gesamte Herde hinterher, quer über die Weide bis an den hinteren Zaun.

Markus dachte sich nichts. Er spürte nichts. Er wollte nur wieder schießen. Er sah sich auch nicht mehr um, stand mitten auf dem Weg und fühlte sich stark. Mächtig. Auf einem kahlen Kirschbaum saß eine Krähe und glotzte. Markus nahm eine Mutter aus seiner Tasche, legte sie ein, zog auf, zog weiter auf, zielte und ließ los. Schppp. Der kleine Punkt flog dicht an der Krähe vorbei, die nicht kapierte, was da war. Flatterte nur kurz mit den Flügeln, wie wenn sie sich schüttelte. Markus schoss ein zweites Mal. Schppp. Treffer. Schwarze Federn stoben und die Krähe flog mit einer Krächzlaut auf – aber nicht unter dem grauen Himmel davon, sondern in einem ganz komischen Torkelflug schräg hinunter ins Gras, nicht weit. Dort schlug sie dann mit den Flügeln, robbte weiter, krächzte herzzerreißend. Und vor allem laut.

Markus erschrak. Was hatte er da getan?

In dem Moment griff ihn jemand am Hals, von hinten, ein eiserner Griff, drückte ihn herunter, nahm ihm die Zwille weg.

»Verprügeln solltmer di, fotz'n, dass'd nemmer sitzn und laafn konnst, Saubengel, kreuzg'scherder! Schießt der auf mei Küh!«

Der Bauer. Er hatte ihn erwischt. Und das Dümmste: Er kannte ihn auch noch, kein Wunder auf so einem Dorf.

»Du bist doch der Kleine vom Brandtner?«

Markus war komplett erstarrt.

»Sind deine Eltern zuhaus?«

Markus winselte. Klein kam er sich vor, unendlich klein. Gerade war er doch noch so groß.

Die kommen erst am Abend? Dann käme er da mal vorbei, ein Wörtchen reden. Verfluchter Bangert.

Er steckte die Zwille in die Jackentasche, der Eisengriff noch immer am Hals. Dann schubste er ihn los, abhauen solle er und sich zum Teufel scheren, sich nur nicht wieder blicken lassen. Hau ab! Der Bauer stapfte zu den Kühen auf die Weide.

Der Rest des Nachmittags war eine einzige Hölle, Angst pur vor dem drohenden Abend. Und fast eine Erleichterung, als der Bauer endlich kam. Zum Gericht.

Dann lag die Schleuder auf dem Küchentisch wie damals das harte Handtuch. Der Bauer erzählte, schimpfte laut und ging, das Tribunal aber, das kam erst noch.

Wo er die Schleuder her hätte?

Ob das seine wäre?

Wo ist sie her?

Gefunden?

Das glaub ich dir nicht!

Wann?

Wo?

Im Wald?

Einfach so?

Was heißt im Wald?

Wo genau?

Und damit schieße er jetzt immer herum?

Einfach so?

Wie er überhaupt dazu käme, damit zu schießen?
Wüsste er denn nicht, was man damit anrichten kann?
Warum er sie nicht abgegeben hätte?
Warum nichts gesagt?
Damit könne man ja Leute umbringen – ... und plötzlich war es im Raum ganz still.
Ob das ...?, hatte der Vater gefragt, aber nicht zu Ende.
Nein, sicher nicht, wie könne sie das auch ...
Das wäre nun wirklich ein Zufall.
Ob er noch genau wisse, wo er sie gefunden habe?
Das wäre doch die Richtung zum Golfplatz, der ist doch gleich da hinten, nur noch den Hügel rauf und über die Straße.
Wann sei das genau gewesen?
Kurz nach Schulanfang? Im September?
Scheiße.
Dann war es wieder still.
Und dann ging das Gezeter los. Markus schickten sie hinauf ins Bett. Strafe muss sein.
Markus' Eltern hatten sofort einen Verdacht. In der Zeitung hatte es ja gestanden, damals, der Mord auf dem Golfplatz. Wahrscheinlich mit einer Zwille, doch gefunden hatten sie nichts. Eine größere Zwille. Und der Zeitrahmen stimmte auch. Schulanfang, so Mitte September.
Oder hatten sie die schon gefunden?
Hast du vielleicht etwas darüber gelesen?
Nein.
Ich auch nicht, kann mich zumindest nicht dran erinnern.
Scheiße, ob wirklich ...?
Zur Polizei.
Zur Polizei?
Das geht heute gar nicht!
Sie anrufen, dass sie kommen.
Die Polizei vor der Haustüre? Hier? Was sollen die Nachbarn denken!
Dann müssen wir hin.

Nein, nie, auf keinen Fall mehr heute, das passt jetzt nicht. Jetzt noch zur Polizei ...

Nein, nein, nein! Sie müssten jetzt noch packen und morgen ganz früh zum Flieger. Nein, den Urlaub setzten sie jetzt nicht aufs Spiel, wer weiß, wie lange dann das dauert, das mit der Polizei.

Aber gleich danach, wenn wir zurück sind!

Gleich danach. Die haben ja schon lange nichts mehr darüber geschrieben, oder hast du etwas gelesen?

Nein, sagte ich doch schon. Hörst du mir denn nicht zu?

Dann kann es ja auch nicht so wichtig sein.

Und vor allem auch nicht so eilig ... dringend ... dringlich.

Die Stimmung war ziemlich gereizt.

Sie räumten die Schleuder weg, aber packten sie vorsorglich in Plastik. Man sieht das ja so in den Krimis.

Am nächsten Morgen, früh um viertel nach drei, fuhr Familie Brandtner pünktlich zum Nürnberger Flughafen. Das Flugzeug hob planmäßig ab, und am Samstagmorgen um neun waren sie schon über Spanien. Der Himmel im Süden war klar, und bei bester Sicht zog Gibraltar unter ihnen vorbei. Interessant, das einmal so zu sehen, wie es auf den Landkarten ist, dachte sich Familienvater Brandtner, als er aus dem Fenster sah. Danach schwenkte die Maschine ab übers Meer, hin zu den Kanaren. Erst am dritten Januar sollten sie wieder zurückkehren, so war der Urlaub geplant.

Über die überdimensionierte Zwille wurde kein Wort mehr verloren, den ganzen Urlaub lang. Sie lag in Großenbuch in der Küche, in Plastik verpackt auf dem IKEA-Schrank. Man würde sich später darum kümmern. Hätte auch nur einer die Zwille in diesem Urlaub erwähnt, das war dem Ehepaar klar, wäre der Urlaub gelaufen. Also steckte man die Erinnerung weg, man wusste mit Problemen umzugehen.

Man ging an den Strand, ging auf der Insel wandern, aß gut bei Maria am Meer oder in der Orchidea mit herrlichem

Blick übers Tal, sah zu, wie am Abend hinter El Hierro die Sonne verschwand und die Trommler dazu trommelten, und trank dazu schon den ersten Wein. Die Musiker spielten jeden Abend vor einer anderen Kneipe, und man hörte ihnen zu mit brennender Haut. Die Sonne hatte hier Kraft. Am Morgen sangen die Vögel, die Erde roch, die ganze Insel war grün und blühte, und in den Wasserspeichern quakten die Frösche. Konzert. Es war genau so, wie man es sich vorgestellt hatte. Es musste auch so sein, so war's geplant.

Und die Zwille? Man schwieg oder hatte sie vergessen. Der Urlaub sollte ja Urlaub sein – so wie man sich ihn vorstellte.

> Bei der Analyse dieser Kette von Umständen soll »die einigermaßen eindeutige kausale Zurechnung« des Wirtschaftsverhaltens auf die Eigenart der Ideen erfolgen.
>
> M. Rainer Lepsius, *Interessen und Ideen*

14. Kapitel

Am späten Nachmittag waren alle zurück. Es war schon wieder dunkel draußen, der Winter ist eine traurige Jahreszeit. Aber kein Schnee, auch kein Regen mehr, nur tristes Grau, das inzwischen schon wieder im Schwarz der Nacht versank. Wetter, das einfach niederdrückt. Tage, an denen man das Gefühl hat, nie richtig durchatmen zu können, weil es einfach nicht geht. Der Himmel drückt, er lastet auf der Seele.

Professor Göttler hatte nicht lange herumgeredet. Er tippte tatsächlich auf einen Golfschläger, und wo denn die nette Kollegin sei? Die hatte ja diese Eingebung. Kompliment, hatte er gesagt, und Behütuns solle ihr doch einen schönen Gruß ausrichten.

Immer das Scharwenzeln dieses Professors, hatte sich der Kommissar gedacht. Schon beim ersten Besuch gestern hatte der sich dauernd so neben Cela Paulsen gestellt und versucht, sie wie unabsichtlich zu streifen oder zu touchieren. Ob sie das bemerkt hatte? Sicherlich. Glauben immer, sie seien unwiderstehlich, nur weil sie einen albernen weißen Malerkittel und einen Professorentitel tragen. Behütuns kannte nur wenige mit solchen Titeln, die normal waren, so wie du und ich. Aber dann gab es da welche, die hatten ausgeprägte Standesdünkel. Meinten, sie wären was Besseres. Fast alles Männer, und dann immer die, die auch irgendwelche Funktionen hatten, in die sie sich hineingedrängt hatten. Vorstand im Berufsverband, irgendetwas bei den Lions oder sonst was im Dingsbumsverein. Schriftführer vielleicht oder Kassenwart. Das kam dann auch immer gleich auf die Visitenkarte – wie der Doktortitel in den Personalausweis. Weil sie meinten, dann kämen sie besser davon, gerieten sie einmal in eine Verkehrskontrolle. Was ja leider auch stimmte. Der ganz normale Verkehrspolizist schaut auf zu jemandem mit Titel. Dr. Hartung hatte ihm das erzählt, der Psychologe aus Fürth. Ihm hatte ein Arzt und Kollege geraten, sich den Titel sogar in den Führerschein eintragen zu lassen, denn dieser Arzt hatte es selbst erlebt. War angehalten worden mit seinem Auto irgendwann einmal nachts, weil sein Rücklicht nicht ging, und der Polizist kam pampig ans Fenster. Wie immer halt, vor allem war auch das Auto nicht mehr das neueste, war schrottig und verdreckt, da hätte auch sonstwer drin sitzen können. Den Doktor sieht man ja nicht von außen. »Fahrzeugpapiere, Führerschein!«, hatte der Polizist gebellt, und der Arzt hatte beides hinausgereicht – und der Bulle, nach kurzem Blick auf die Papiere, hatte, und das urplötzlich scheißfreundlich, wie verwandelt gesagt: »Es könnte sein, Herr Doktor«, und diesen dann auch noch beim Namen genannt, »dass Ihr eines Rücklicht nicht geht.« Sollten die mal in ihre Schulungen mit aufnehmen, dass so etwas nicht mehr passiert! Vier Bier hätte der Doc gehabt, hatte Hartung erzählt. Aber Blasen oder Kontrolle? Fehlanzeige. Der Doktortitel. Wirkt bei der Schmiere wie Schmiere. Entschuldigen Sie, Herr Doktor, es könnte sein, Herr Doktor, gute Fahrt, Herr Doktor ...

Da stand er nun, dieser Professor Göttler, mit Namensschild »Prof. Dr. med.« am Revers, und fühlte sich wie Gott. Wie doch der Beruf immer wieder Teil der Persönlichkeit wird und die Leute meinten, wenn sie eine Funktion hätten, wären sie etwas.

Neuner Eisen, vielleicht auch achter, höchstens noch siebener, auf keinen Fall aber darunter. Also kein sechser oder fünfer, auch kein Driver oder Holz. Göttler dozierte wie ein Prof. Ob der mit seiner Statur überhaupt Golf spielen kann?, fragte sich Kommissar Behütuns. Aber warum eigentlich nicht. Er könne, sagte Göttler, die Schlägerart und den Winkel ziemlich genau bestimmen durch den Bruch der Schädelknochen. Beide wurden damit umgebracht, die beiden aus dem Silo, berichtete Göttler, wobei – nicht ganz. Der mit den dreckigen Fingern und den verwachsenen Füßen – »Schauen Sie sich das mal an«, hatte der Professor gesagt und die Decke am Fußende hochgehoben. Das waren wirklich Kloben, »mit solchen Füßen laufen die rum. Aber es sind ja nur Bauern.« Genau, hatte Behütuns gedacht, *nur* Bauern, aber du bist Professor und etwas Besseres. Brotfresser. Wo nahm der das eigentlich her? –, also der mit den dreckigen Fingern und den verwachsenen Füßen war noch nicht tot. Der musste noch geröchelt haben und war erstickt. »Den hat man bei lebendigem Leib siliert«, sagte Göttler und grinste blöd. Immer wieder diese burschikos-brutale und letztlich doch nur hilflose Witzigkeit, wenn es um Grässliches ging. Gar nicht passend für einen Professor, so etwas Gebildetes, anscheinend gang und gäbe. Da waren sie dann doch wieder nur banal normale Menschen. Wie jämmerlich für sie eigentlich, aus deren Verständnis heraus – und wie befriedigend für alle anderen.

Fakt war, das hatte die Obduktion ergeben: Beide Personen waren nach Auffassung von Professor Göttler mit hoher Wahrscheinlichkeit mit einem Golfschläger erschlagen worden, und wahrscheinlich sogar mit ein und demselben. Mit voller Wucht seitlich von hinten quer über den Schädel. Der eine war bereits tot, als er verbuddelt wurde, der andere so gut wie und hätte bei der Art seiner Kopfverletzung ziemlich sicher auch keine Überlebenschance gehabt, zumindest nicht für ein menschenwürdiges Leben. »Als Krüppel vielleicht«, hatte Göttler gesagt und dabei die Handgelenke so angewinkelt. Da sah er aus wie Joe Cocker. »Aber er ist definitiv erstickt.« Er war auch identifiziert als der vermisste Landwirt, vom anderen wusste man noch nicht, wer er war. Männliche Person, gute Kleidung, Alter so Anfang, Mitte vierzig, gepflegt, soweit man das in diesem Verwesungsstadium noch feststellen konnte. Er hatte keinerlei Papiere bei sich, auch sonst keine besonderen Merkmale, außer einem kleinen Loch im Ohr. Hatte wohl in früheren Jahren einmal einen Ohrring getragen. Die DNA wurde bestimmt, die weiteren Merkmale wie Zähne etc. waren schon weitergegeben worden. Es würde wohl nicht mehr allzu lange dauern, bis seine Identität festgestellt war.

Dr. Schwartz!, schoss es Behütuns durch den Kopf. Könnte es sein, dass der ...? Wieder so ein Stoß Adrenalin. Golf ... Schläger und Ball ... war das ein Zusammenhang? ... Und deswegen war Dr. Schwartz weg! ... Nicht abgehauen, sondern ermordet? ... Dann haben wir falsch gesucht! ... Aber wie hing das dann alles zusammen? Behütuns atmete durch. Er unterbrach Professor Göttler und telefonierte kurz mit Frau Klaus.

DNA-Material von Dr. Schwartz?

Ja, so schnell, wie es geht, hierher.

Göttler sah ihn fragend an.

»Sie kriegen noch ein bisschen Arbeit«, informierte Behütuns ihn. »Könnte sein, dass wir den zweiten Mann kennen.«

Professor Göttler zuckte nur mit den Schultern. Ihn ließ das alles kalt. Er führte ihn zu der Frau und machte fast nahtlos weiter. Allerdings deckte er sie nicht wieder auf. Die Frau sei, berichtete Göttler, eindeutig erfroren, und zwar in einer Art Bewusstlosigkeitsschlaf. Die Ursachen kenne er ja schon, viel Schnaps und sehr viel Valium. »Schnappes«, hatte Göttler gesagt, der Witzbold. Allerdings interessant seien die kleineren Haarausrisse am Hinterkopf. »Die können natürlich auch entstehen, wenn man sich im Suff die Kleider vom Leib reißt«, grinste er, also eindeutig sei das nicht. Nur – unter derartiger Valiumeinwirkung reiße man nicht mehr so. Da fehle dann schon ein wenig die Dynamik. Und: Er habe mehrere kleinere Härchen in ihrem kurzen Achselhaar gefunden, die da eindeutig nicht hingehörten – und eindeutig nicht von ihr seien. Haare, wie sie zum Beispiel auf dem Handrücken eines Mannes wüchsen. »Die hatte sich bestimmt schon zwei Wochen nicht mehr rasiert.« Rasiert? »Unter den Armen, Kommissar, nicht wo Sie meinen«, hatte Göttler wieder gegrinst. Seine Witzigkeit kannte heute offenbar keine Grenzen. Dabei hatte Behütuns das, was Göttler unterstellte, gar nicht gemeint, er hatte das »rasiert« nur nicht verstanden. Eine Frau rasiert sich ja nicht, zumindest nicht so wie ein Mann.

Wie auch immer, es sprach einiges dafür, dass jemand bei der Witwe Lydia Pank-Posner etwas nachgeholfen hatte, damit sie dort draußen auf der Marmorbank vor ihrem Pool im Schnee erkaltete.

Behütuns war zurück nach Nürnberg gefahren. Sich einfach so auf eine Bank zu legen oder gelegt zu werden, ganz fest zu schlafen und nicht mehr aufzuwachen – ist das eigentlich ein schöner Tod?, hatte er sich gefragt, als er an der Metro vorbei in Richtung Thon und Innenstadt fuhr. Sich hinzulegen und dann nicht mehr aufzuwachen? Kriegt man da überhaupt etwas mit? Sein Großvater war so gestorben. Hatte mit der Familie, mit Verwandten und Freunden seinen achtzigsten Geburtstag gefeiert, es war lustig gewesen, alle saßen noch herum und tranken, da war er aufgestanden und hinausgegangen, sich ein wenig hinzulegen. Ein kurzes Schläfchen nur, sich erholen. Und war nicht wiedergekommen. Hatte einfach so friedlich auf seinem Bett gelegen auf dem Rücken, den Mund halb offen wie zum Schnarchen, und war tot. Eingeschlafen. Entschlafen. Da machte dieses Wort Sinn, nicht so wie in diesen vielen Todesanzeigen, wo es nur ein Synonym für gestorben ist. Wie kann man denn in einem Krankenhaus entschlafen oder bei einem langen, schweren Leiden, wenn man Schmerzen hat? Wäre das nicht ein schöner Tod, dachte er: Man legt sich abends hin, schläft ein und Schluss. Weiß man das denn vorher? Und – könnte man dann einschlafen? Er hatte wieder intensiv geträumt die letzte Nacht und wieder den größten Quatsch. Irre Dinge und Verwicklungen, an die er gar nicht mehr denken wollte, aber sie drängten sich ihm auf. Er überquerte den Nordring, fuhr am Schöller vorbei, rechts stand wieder ein Lkw zum Entladen und versperrte die rechte Spur, kurz darauf war die linke Spur dicht, die Abbieger in die Juvenellstraße blinkten, so war das immer hier. Was war das nur wieder für ein Käse gewesen! Hört das vielleicht irgendwann einmal wieder auf, oder musste er jetzt immer so träumen, wenn er nicht geraucht und nichts getrunken hatte? Weihnachten, ja, am Heiligen Abend würde er sich eine Flasche aufmachen oder zwei, da war er sich ganz sicher. Aber bis dahin weiter so träumen? Und früh dann auch noch gerädert sein? Wieso kann man sich eigentlich abends immer so unbedarft und naiv ins Bett legen, wenn man nicht weiß, was einen nachts wieder heimsucht? Wo einen die Gase im Kopf und das Gequelle dort wieder hintragen? Mit was man sich dann wieder alles herumschlagen muss? Und das nennt sich dann Erholung? Immerhin brauchte man dabei wenigstens keine Angst zu haben. Träume waren Gewitter im Kopf, sonst nichts. Früher war das ja ganz anders, hatte er einmal gelesen. Auch so eine Sache, die er sich aufgehoben hatte, weil er sie interessant fand. Irgendwo abgeheftet oder noch in irgendeinem Stapel. Wie war das noch gleich gewesen? So, er erinnerte sich: Früher *hatte* man einen Traum, man *sah* den Traum, so war das gewesen. Der Traum war kein subjektives Ereignis, also nicht etwas, das nur in deinem Kopf stattfand, sondern ein echtes Geschehnis, also ein objektives Ereignis. Der Traum *kam zu* dir, so hatten die das früher verstanden. Du hast ihn auf dich zukommen und ihn auch wieder verschwinden sehen. *Da* kannst du Angst kriegen vor Träumen, dachte sich Behütuns. Heute kannst du dich nur darüber ärgern, was dein Hirn mal wieder für einen Scheiß produziert, zufalls- und chaosgeneriert.

Mit solchen Gedanken war er ins Präsidium gekommen, wo nach und nach wieder alle eintrafen und berichteten. Er selbst wartete noch auf den Befund zur zweiten Person. Der sollte im Lauf des Nachmittags kommen, Göttler hatte das zugesagt. Den Kollegen erzählte er vorerst noch nichts von seinem Verdacht. Das hatte noch Zeit – und vielleicht war ja auch gar nichts dran.

Dick berichtete zuerst. Er konnte bestätigen, was Professor Göttler schon vermutet hatte, die Spuren in dem Fahrsilo wiesen eindeutig darauf hin: Der Landwirt war wohl dort vor Ort erschlagen worden, er hatte noch heftig geblutet. Die Maissilage um seinen Kopf herum war durchdrungen von Blut, und auf der Schicht unter seinem Kopf hatte man in der Waagerechten eine Lache festgestellt, auf die dann die nächste Schicht Maisgehäckseltes aufgebracht worden war. Bei der anderen Person war dies nicht so, sie lag in keiner Lache. Der Schluss, den die Spurensicherung daraus gezogen hatte, war der: Person zwei war nicht vor Ort zu Tode gekommen, sondern mit hoher Wahrscheinlichkeit woanders. Diese Person war schon als Leiche in den Mais gelegt worden. »Verbracht« war der Ausdruck des Spurensicherers, und »Maische« hätte der gesagt. Auch so ein komischer Humor. Sie würden das alles noch schriftlich bekommen. Ein Schlagwerkzeug sei in dem Silo bislang nicht aufgefunden worden, man gehe auch nicht mehr davon aus, eines zu finden, auch wenn man jetzt noch die unteren Schichten abtrage. Dick fröstelte noch immer. Er hatte ein paar kalte und zugige Stunden gehabt da draußen.

Bei Cela Paulsen und Peter Dick war es vergleichsweise unterhaltsam gewesen. Sie hatten die Nachbarn von Frau Pank-Posner befragt. Als erstes waren sie beim Seniorchef der Trigut Getränkemärkte gewesen, Herrn Langguth, der hatte die Leiche ja entdeckt. Und sie hatten sich die Stelle zeigen lassen, von wo er sie gesehen hatte. Sie lag im hinteren Teil des Gartens.

»Die Grundstücke sind durch eine Hecke getrennt«, berichtete Paulsen, »die ist übermannshoch und ziemlich dicht.«

»Man kann da eigentlich nicht durchschauen«, ergänzte Dick.

»Na ja, ein bisschen schon«, korrigierte die Praktikantin, als wolle sie jemanden in Schutz nehmen.

»Völliger Quatsch«, sagte Dick bestimmt. »Das ist so eine Art Hecke, die im Herbst braune Blätter bekommt, die dann hart werden und den ganzen Winter über dran bleiben. Erst wenn die neuen Blätter austreiben, also im Frühjahr, dann fallen die alten ab. Diese Hecke ist total dicht.«

Der letzte Satz war mit Nachdruck gekommen.

»Und wenn man da durchschauen will«, fügte er an, »dann muss man sie auseinander machen. Aktiv auseinander.« Und dazu schob er mit beiden Händen imaginäre Äste auseinander und blickte durch das Loch. Alle verstanden diese pantomimische Einlage. Das war es also, was er sagen wollte. Herr Langguth hatte gespannt.

»Und das macht er regelmäßig?«, fragte Behütuns nach, »also schaut, was da so los ist am Pool?«

»Das hat er dann zähneknirschend zugegeben«, nickte Dick mit einem leichten Grinsen im Gesicht. »War ihm sichtlich peinlich.«

»Ja, aber leider hat er am fraglichen Abend nicht hinübergeschaut«, kam Cela Paulsen der Frage zuvor, die Behütuns ins Gesicht geschrieben stand.

»Schade.«

»Das war ihm dann so peinlich«, berichtete Dick weiter, »dass er das zugeben musste mit dem Spannen, dass er uns eingeladen und sein ganzes Haus gezeigt hat.«

Er machte eine kurze Pause. Dann fuhr er fort: »Und eigentlich hätte ihm *das* peinlich sein müssen. Nicht weil ich das überhaupt für ziemlich pervers halte, wie die da wohnen, dazu kennt ihr mich gut genug. Nein. Obwohl – das ist ja kein Haus, das sind Wandelhallen. Die haben da Platz für mindestens zwanzig Leute, aber egal. Sein Schlafzimmer hätte ihm peinlich sein sollen. Wisst ihr warum?«

Er machte eine Pause und sah fragend in die Runde, sein Grinsen aber verriet, dass das wohl niemand erraten würde.

»Weil er da an der Wand«, und dazu breitete er seine Arme weit aus, »ein Pferdegemälde hat. Noch ganz frisch.«

Wieder eine kurze, dramaturgische Pause.

»Das Lieblingspferd seiner Frau. Hat er ihr extra malen lassen von einem ganz bekannten Künstler. Einem Ungarn. Farbfrisch an der Wand. Und der Maler soll einer der größten Künstler der Region sein, hat er stolz erzählt. Und auch, dass das Pferd zwar schon 18 ist, er es aber als jungen Hengst hat malen lassen.«

Cela Paulsen schien diese Erzählung peinlich. Sie schwieg dazu. Dick aber musste noch etwas loswerden.

»Irgendwie sind das arme Tröpfe, so kam mir das vor. Jämmerlich. Gestopft bis hinter die Ohren – aber keinen Plan, was sie mit dem Geld und der Zeit machen sollen. Seine Frau hat die ganze Zeit vor dem Fernseher gelegen und war schon ein bisschen ... wie sagst du immer, Cela?«

»Betüdelt.«

»... betüdelt, also angeschickert, leicht besoffen. Fernsehen am helllichten Tag und dazu Prosecco – denen ist es wirklich nur langweilig.«

Behütuns wollte diese Geschichten nicht mehr hören und lenkte wieder auf das Thema.

»Und die anderen Nachbarn?«

»Ein Haus weiter auf der selben Straßenseite wohnt ein Herr ...«, Cela Paulsen sah wieder in ihre Aufzeichnungen, »Janis Pongratz, Japo-Immo. Makler für exklusive Immobilien, aber auch Maschinen-Import-Export ... also Handel und Immobilien. Der war an dem Abend daheim. Allein, hat seine Bücher gemacht, wie er sagte. Und trainiert. Der hat ein ganzes Fitnessstudio in seinem Haus.«

Cela Paulsen machte eine kurze Pause.

»Dieser Herr Pongratz hat in seiner Einfahrt eine Überwachungsanlage, eine Kamera vorne an der Straße an einem Lichtmast, die ist mir aufgefallen. Die hat wahrscheinlich einen Teil der Straße im Blick, ich schätze, an der Mauer des Anwesens Langguth vorbei bis fast zum Eingang vom Anwesen Pank-Posner. Und genauso weit in die andere Richtung.«

»Und, habt ihr sie gecheckt?«, fragte Behütuns ungeduldig.

Cela Paulsen nickte, dann ging das Nicken in Kopfschütteln über. »Ja, aber leider keine Aufzeichnungen. Er sagt, wenn er zu Hause sei, hätte er die Anlage nie an. Erst wenn er zu Bett gehe, schalte er sie ein.«

»Hat der keine Angst, dass da vielleicht einmal etwas passiert?«, rief Frau Klaus von drüben herüber. Sie hörte offensichtlich alles mit.

»Das haben wir ihn auch gefragt«, sagte Cela Paulsen.

Dick lachte wieder sein gespielt fassungsloses Lachen: »Seine Antwort war ganz witzig. Wir sind doch hier in Nürnberg, nicht in Kreuzberg, hat er gesagt. Das sei doch hier ein Paradies. Vor wem soll man denn in Nürnberg Angst haben? Vor den paar Punks und der Handvoll Politischer aus Gostenhof? Den paar Linken? Die gehen doch aus ihrem Viertel nicht raus.«

Cela Paulsen überging die Bemerkung, sie schien ihr sichtlich peinlich, und sie berichtete weiter: »Außerdem, sagte er, führe dort nachts ein- oder zweimal ein Wachdienst durch die Straßen. Er fühle sich sicher.«

»Und wie ist es bei den anderen?«, fragte Behütuns.

»Da haben schon einige Anwohner Überwachungskameras installiert – nur gehen die alle leider nicht auf die Straße.«

»Und die Pank-Posners?«

»Nein, da ist keine Kamera – bzw. nur eine am Türöffner, um zu sehen, wer klingelt.«

»Und wann ist er zu Bett gegangen?«, fragte Behütuns.

»Wer?«

»Na, dieser Pongratz.«

»Erst weit nach drei.«

Frau Klaus kam herüber und legte Kommissar Behütuns ein Blatt auf den Tisch. Ein Fax. Der Kommissar las kurz darüber, nickte und legte es umgedreht vor sich hin. Dann strich er sich nachdenklich das Kinn, sagte aber nichts und atmete tief durch.

»Was ist mit den anderen Nachbarn?«, fragte er.

Cela Paulsen und Peter Dick berichteten abwechselnd über die Nachbarschaft. Eine illustre und begüterte Gesellschaft war hier versammelt. Der Manager eines Weltunternehmens mit Familie gegenüber. Zur Miete, weil er bald wieder ins Ausland musste. Das Haus daneben gehörte einem reichen Modeschmuckhersteller und war vermietet, ein Betreiber von Spielotheken wohnte drin, »Daddelhallen« nannte es Cela Paulsen, und direkt neben den Pank-Posners, also auf der anderen Seite wie die Langguths, residierte der Chef einer großen Kanzlei für Finanzierungen, internationales Steuerrecht und so. Bei dem hatten sie die Ehefrau angetroffen, Frau Brädl, eine sehr nette Frau, »das war die Einzige, bei der es ganz normal ausgesehen hat«, kommentierte Dick, »ein Passat in der Einfahrt, sogar IKEA-Schränke.« Sie hatten eine lange Liste Namen, aber nur wenige angetroffen.

Behütuns nahm sich das Fax vor. Dann überlegte er einen Moment.

»Sagtest du vorher Brädl?«, fragte er Dick.

»Richtig. Dr. Leo Brädl, Kanzleivorsitzender – der, der auf dem Golfplatz Professor Altenfurth gefunden hat.«

Behütuns nickte. »Und jetzt haltet euch fest.« Er nahm das Fax und zeigte es den anderen. »Wir haben die Identität der zweiten Person aus dem Silo: Es ist Dr. Manfred Schwartz.«

»*Der* Schwartz?«

»Ja.«

»Jetzt wird es ja wirklich komisch.«

Behütuns hatte mit seiner Vermutung recht gehabt.

> **Darauf eine Antwort zu finden
> ist häufig schwer.**
> Christian Wulff, *Reden und Interviews*

15. Kapitel

Cela Paulsen wusste noch nichts über den Mord an Professor Altenfurth, dazu war sie erst zu kurz da. Die drei fassten ihr den Stand in wenigen Worten zusammen: Die Rückkehr des Unternehmensberaters von einer Chinareise, sein Treffen mit seinem noch relativ neuen Partner Dr. Schwartz, die ominöse rote Mappe, der Mord an Altenfurth, Brädl, der ihn gefunden hatte, und das zeitgleiche Verschwinden von Schwartz. Seither war nach Dr. Schwartz mit internationalem Haftbefehl gefahndet worden, sein Auto hatte ja am Flughafen gestanden. Und jetzt deutete alles auf einen Zusammenhang hin zwischen dem Mord an Altenfurth und den zwei Leichen, Dr. Schwartz und Landwirt Schmidt. Das Datum, die berufliche Verbindung von Altenfurth und Schwartz und auch das wahrscheinliche Mordwerkzeug – hier die Golfbälle, dort Golfschläger. Problem: Von keinem der Morde hatte man die mutmaßlichen Tatwaffen gefunden. Hier mussten sie noch einmal ansetzen. Kommissar Friedo Behütuns würde deshalb eine Pressemeldung herausgeben, dafür hatten sie sich entschieden. Für den nächsten Tag waren sie zwar schon zu spät dran, hatten aber die Zusage, dass die Meldung sowohl am Sonntag im kostenlos an alle Haushalte verteilten *Sonntagsblitz* wie auch noch einmal am Montag in den *Nürnberger Nachrichten* und in der *Nürnberger Zeitung* erscheinen würde. Auch die *AZ* hatte zugesagt. Damit war man in allen relevanten regionalen Zeitungen vertreten.

Sowohl am Sonntag wie auch am Montag war in der Region am Ende der Berichte über die »Morde von Kornburg« folgende Meldung zu lesen:

Polizei sucht Tatwaffen
Durch die Leichenfunde bei Kornburg (wir berichteten) hat sich für die Polizei eine neue Sachlage im noch immer ungeklärten Mord an Professor Altenfurth vom September (wir berichteten ausführlich) ergeben. »Es gibt Anzeichen, dass zwischen diesen Taten eine Verbindung besteht«, so Kriminalhauptkommissar Friedo Behütuns, der die Ermittlungen in Nürnberg leitet. So sucht die Polizei immer noch nach der Tatwaffe. Man vermutet, dass es sich hier um eine Art Zwille oder Schleuder handelt, und zwar in einer besonders kräftigen Ausführung. Die Polizei fragt: Wer kennt so eine Schleuder? Sachdienliche Hinweise unter
und dann folgte die Telefonnummer der Zentrale.
Mehr konnten sie im Moment nicht tun.

Als Alois Lager, Landwirt aus Großenbuch und Halter eines guten Dutzends Galloway-Rinder, am Sonntag nach seinem Kirchgang und einem schnellen Frühschoppen mit drei Weizen und einem Zwetschgenschnaps den *Sonntagsblitz* aus dem Stück grauen 12er Plastikabflussrohr, das er für die Zeitungen draußen am Hoftorpfosten angebracht hatte, nahm und sich damit zum Sonntagsbraten an den heimischen Küchentisch setzte, interessierten ihn nur die Berichte über den Club. Der spielte in letzter Zeit überraschend konstant und stark und hatte am Samstag gewonnen. Er machte seinem Ruf überhaupt keine Ehre mehr, diese Rolle hatte inzwischen ganz allein Köln für sich besetzt. Solidität schien beim Club Einzug gehalten zu haben und man wusste nicht, ob man erfreut oder befremdet sein sollte. Man traute dem Frieden nicht. Der Club also hatte gewonnen, und den Rest überflog Lager nur. Bis zum Bericht über die Leichen aus dem Fahrsilo kam er nicht, da lag er schon auf dem Kanapee und beim Mittagsschlaf. So hatte er auch den Aufruf mit der Zwille nicht gelesen. Er hatte sich natürlich über den Jungen geärgert, und eines seiner Rinder hatte auch eine daumennagelgroße Wunde unterm zottigen Fell. Doch die würde wieder verheilen. Trotzdem: Er hatte niemandem weiter von dem Vorfall erzählt, der Junge war mit seinen Eltern gestraft genug und, mein Gott, wir haben als Kinder auch solche Sachen gemacht, hatte er sich gedacht. Kinder müssen das, den Freiraum muss man ihnen lassen. Und gut, wenn weiter nichts passiert, meistens haben Kinder ja dieses Glück, das gehört einfach zum Leben.

Am darauffolgenden Montag fuhr Alois Lager noch in der Dunkelheit des Morgens in den Nachbarort Neunkirchen, um Brauabfälle zu holen für seine Schweine, er hatte keine Zeit zum Zeitunglesen. So lief der Aufruf der Polizei ins Leere.

Am Samstag zuvor, 14 Uhr, war, wie geplant, die Einäscherung des Tierfutter-Herstellers Matze Lubig gewesen. In der Zeitung dieses Tages, der Wochenendausgabe von *NN* und *NZ*, und zwar im überregionalen Teil, also dem für den gesamten nordbayerischen Raum, eine riesige Todesanzeige der Belegschaft. »Opfer seines Tempos«, stand da zu lesen und »für uns immer mit Vollgas unterwegs gewesen«. »Wir verlieren einen großartigen Unternehmer und Chef – und hoffentlich nicht unsere Arbeitsplätze. Matze, es geht weiter!«, war der letzte Satz. Eine ganze Seite nahm diese Todesanzeige ein.

Behütuns hatte in dem Fall immer noch ein ungutes Gefühl, er war mit dem Befund des Unfallarztes nicht ganz einverstanden. Aber da war wohl nichts zu machen – es war ja nur ein Gefühl. Die spezialistenseits festgestellten und zu amtlichen Tatsachen geronnenen Fakten sprachen eine eindeutige Sprache und ganz klar gegen sein Gespür. Das tun Fakten oft. Sie schaffen Wirklichkeiten, die gelten und nach denen man sich zu richten hat – bis plötzlich neue Fakten auftauchen, mit denen niemand gerechnet hat. Und mit denen man auch gar nicht hatte rechnen können. »Damit konnte doch niemand rechnen«, sagen dann die Fachleute, als wäre aus heiterem Himmel etwas Überraschendes passiert. Die Dinge waren halt auch einfach meistens unberechenbar. Komisch nur: Die Rechenkünstler behielten, trotz aller nachweislichen und ständig wiederholten Rechenfehler, nach wie vor die Oberhand. Sie waren die Autoritäten, hatten das Primat über die Wirklichkeit.

Sei dem, wie es wollte, auf jeden Fall hatte Behütuns P. A. gebeten, zum Begräbnis zu fahren, bloß »ein wenig zu schauen«, einfach die Atmosphäre aufzunehmen. Behütuns brauchte das nur als Bestätigung, dass alles stimmte, und auf seine Leute konnte er sich da verlassen. Er selber, Behütuns, konnte nicht, er musste nach Hersbruck.

»Aussegnung«, hatte P. A. gesagt, »und nicht Begräbnis. Der Lubig wird verbrannt.«

»Deswegen bin ich ja besorgt«, sagte Behütuns, »dann kann man ihn nicht mehr ausgraben.«

Peter Abend hatte also der Trauerfeier beigewohnt und am Rande, beim Warten vorher und beim Herumstehen danach, mit ein paar Mitarbeitern gesprochen, sein Aufhänger war diese Todesanzeige. Ob sie denn Sorge um ihre Arbeitsplätze hätten und warum? Das könne man der Anzeige ja so entnehmen. Was er erfahren hatte, war dies:

Lubig hatte das Unternehmen von Anfang an geführt, immer ganz alleine. Hatte es seit der Gründung und von den ersten Dosen Hundefutter vor nur elf Jahren zu einem bundesweiten Netz von inzwischen zweiundsiebzig Filialen und Niederlassungen ausgebaut. Er hatte nie getrennt zwischen Privatem und Unternehmen, er war das Unternehmen. Es war sein Leben, er hatte auch keine Hobbys mehr, so wie das Stockcar-Fahren noch in der ersten Zeit. Das hatte er schon vor vier oder fünf Jahren aufgegeben. Seine Zeit war Zeit für das Unternehmen, sein Geld war das des Unternehmens. Er hatte das nie getrennt und sich nie darum geschert. Natürlich hätte die Frage um die Nachfolge und auch die, was denn sei, wenn er auf einmal nicht mehr wäre, im Raum gestanden. Professor Altenfurth hatte sie damals gestellt, und man hätte schon nach einer Lösung gesucht. Dann aber wäre das mit dem Professor passiert, dieser Mord, und Lubig hätte wieder weitergemacht wie zuvor all die Jahre. Das Problem war nicht gelöst – und jetzt?

Wie es denn jetzt weiterginge?

Schulterzucken.

Wer denn die Geschäfte weiterführe? Gab es denn da keine Vollmachten, Prokuren oder so?

Ja schon, aber nicht so direkt. Man hatte halt gemacht, was zu tun war, und das war immer genug bei dem Expansionstempo. Das war halt so. Man arbeitete auf Zuruf, Absprache und Vertrauen. Lubig unterschrieb, wenn und wo es nötig war.

Und Erben?

Der hätte doch keine Familie. Hätte doch gar keine Zeit dafür.

Aber Verwandtschaft und so? Da gäbe es doch gesetzliche Regelungen.

Ja sicher, die würden das auch übernehmen und weiterführen.

Hätten sie in die kein Vertrauen? Das klänge ein bisschen so.

Vertrauen? In die? Man werde ja sehen. Da kümmern sich jetzt auch die Anwälte drum. Vielleicht werde man auch verkauft.

Es herrschte also auf dem Friedhof nicht nur Trauer, sondern auch Niedergeschlagenheit und große Ungewissheit.

Die würden das schon irgendwie regeln, hatte sich Dick gedacht, dafür gibt es ja genug Spezialisten. Er sah auch Doktor Brädl auf der traurigen Feier, auch ihn Gespräche führen. Das ist doch einer, der das bestimmt kann, hatte er sich gedacht und dann den Friedhof verlassen. Auf Dauer war es ihm dort zu kalt, auch musste er noch einkaufen.

Bernd-Emil Endraß hatte sich in der Zwischenzeit wieder verhakt. Die Pegnitz- und die Regnitzauen waren großflächig überschwemmt, das Hochwasser hatte sich, wie immer bei den jährlichen Schneeschmelzen, über sie ergossen. So war das schon seit Jahrhunderten, und das vermied größere Überschwemmungen flussabwärts, zum Beispiel im schönen Klein-Venedig Bambergs. Endraß schlenkerte zwar in der Strömung immer mit den Armen, sein linker Unterschenkel aber steckte zwischen Wurzelwerk. Er würde sich daraus so schnell nicht mehr befreien können. Erst wenn die Strömung schwächer würde und die Uferwirbel sich veränderten, bestand dafür eine Chance. Dann könnte ihn der Fluss von hinten packen und Stück für Stück den Unterschenkel frei ruckeln. Dann wäre auch das Wasser wieder niedriger, und Endraß bekäme vielleicht sogar ein wenig Sonne ab.

Ernsthaft vermisst hatte ihn bis jetzt noch niemand, es war ja auch erst Samstagnachmittag. Am Montag vielleicht würden die Ersten nach ihm fragen, wo er denn sei und bliebe, doch bei so einem Freak wie Endraß war alles denkbar. Man würde sich nicht wirklich wundern, wenn er sich erst Dienstag oder gar am Mittwoch, also an Heiligabend, telefonisch etwa aus Namibia melden würde. Nur einmal so als Beispiel.

Der Nürnberger Kommissar Friedo Behütuns fuhr an diesem Samstagnachmittag nach Hersbruck. Er musste in die dortige Bücherwerkstatt, unbedingt, seinen Kalender holen. Das war ein Ort, den er mochte und schätzte: ein Ort wie außer der Zeit. Und er musste den Kalender heute holen, wollte er ihn zum Jahresanfang haben. Denn man bekam ihn nur an den zwei Samstagen vor Weihnachten, danach war niemand mehr da, meistens für den gesamten Winter. Weil dann die Werkstatt an der Rückseite der Stadtmauer einfach nur kalt war, sonst nichts. An diesen beiden Samstagen aber war alles da, was Rang und Namen oder nichts hatte, vor allem Spaß am Nichts. Viele mit schrägen und verschrobenen Gedanken – aber auch Pfeilgerade, denen man das Schräge gar nicht ansah. Sie mussten aber etwas Schräges haben, sonst würden sie nicht kommen, nicht hierher. Das war wahrscheinlich irgendwo in denen drin, heimlich versteckt. Bei manchen konnte man sich das nicht einmal denken, die waren Professoren, Bürgermeister, Ärzte. Und hatten doch ein Kämmerchen für Schrägheit, Schrullen, Anarchie. Einen letzten Rest an Jugend noch im hohen Alter, aufbewahrt, gepflegt und konserviert – und manchmal rausgelassen zum Spielen. Andere waren Künstler, Musiker, Maler, bei denen war das normal. Die hatten auch einen Alltag, der andere ganz schnell aus der Fassung brachte, vor allem all die Fassungslosen, denen der Beruf das wichtigste Korsett war, das sie und ihre Existenz – und auch meist nur mit Ach und Krach – zusammenhielt.

Diese Werkstatt war ein magischer Ort. Ein Ort der schweren Leichtigkeit, der Leichtigkeit der Schwere, des ganzen Gewichts der Welt. Hingekauert an die alte Stadtmauer druckte man hier noch mit Blei. Per Hand, mit einzelnen Buchstaben. Eine Schweinearbeit, wenn man Bücher machte, vor allem das Aufräumen danach. Jeden Buchstaben nicht nur einzeln setzen, sondern einzeln auch wieder in die Schubladen räumen. Oft ließ man das lange sein, denn Machen ist um Dimensionen schöner als Wegmachen. Beim Machen nämlich, da entsteht etwas, beim Wegmachen nichts außer Ordnung. Und das, was hier entstand, Kalender, Bücher und Plakate, das war etwas: ganz leicht verrutschte Welt, ein Hauch von Kunst, ein Faustschlag Lebenskunst, Aufblitzen von Genialem, Aufleuchten von Banalem. Wer das versteht, versteht's, wer nicht, halt nicht. Der wird's auch nie verstehen. So trennt sich Spreu vom Weizen, und Weizen gab es in der Bücherwerkstatt meist genug, auch dunkles Landbier oder Schnaps. An Weihnachten dann dazu auch immer Glühwein, aber was für einen!

Für diese Werkstatt hatte man in den 1960er Jahren, als man überall damit begann, die Setzmaschinen rauszuschmeißen, und der Computer kam, die alten Lettern eingesammelt und aufgehoben. Tonnenschweres Zeug aus Blei. Hatte sich von den Druckern der *Nürnberger Nachrichten* die alte Heidelberger Druckmaschine schenken lassen und damit angefangen, das alte, hergebrachte Setzen und Drucken nicht mehr aufzuhören. Bis heute nicht. Und hatte auch nie aufgehört, über das Leben und die großen Themen nachzudenken. Über die Frauen und über Schnaps und Bier, über das Reden allgemein und auch das Schweigen. Über das Lassen und das Seinlassen – es gibt so viele Themen, die es kaum mehr gibt im Zeitalter von Handy, Google, Twitter und dem ganzen Zeug. Man könnte stundenlang darüber reden oder schweigen. Und das tat man in der Werkstatt oft. Der eine sagte was, der andere nichts dazu, der Dritte schwieg und der Erste hatte nichts mehr zu sagen, es war ja schon gesagt. Gespräche fanden oft im Kopf statt. Dann war das Thema durch, man war ja kein Gesprächskreis. Wenn aber einer etwas sagte, dann war er mit dem Thema durch und brauchte keine Antwort mehr, auch keine Fragen. Was dann gesagt wurde, wurde gedruckt und hing dann an der Wand, für alle Zeit und Ewigkeit. Sätze, nein: Erkenntnisse wie »Das Mittelmaß ist das Maß aller Dinge«, »Prost ihr Säcke«, »Achten Sie auf und lassen Sie diese nicht zu werden«, ganz einfach »Rotweintrinken« oder »Bitte bitte kein Regen mehr«. Braucht's da noch was? Doch wie gesagt, man muss das auch verstehen, und wer's nicht tut, der kann's halt nicht. So einfach kann es sein. Das ist schon manchmal kompliziert.

Behütuns nahm sich Zeit und machte auf der Strecke Halt. Alte Gewohnheit. Vor Reichenschwand bog er nach rechts, nach Ottensoos, und parkte dann am Rand. Er wollte einfach zwischendurch mal ein paar Schritte gehen. Die Pegnitz lag auch hier noch breit ergossen in den Wiesen, doch floss das Wasser schon ab. Es hatte höher gestanden in den Tagen zuvor, das sah man an den Rändern und den Plastiktüten in den Büschen. Dann stand er da, die Hände in den Taschen.

Und?

Das fragte er sich auch. Das waren die Gelegenheiten, bei denen er bisher geraucht hatte. Sich eine drehen, stehen, rauchen, schauen und dann weiterfahren. Als Nichtraucher stehst du bloß rum, dachte Behütuns, als Raucher hast du was zu tun. Und auch: Wie sieht denn das von außen aus, für jemanden, der vorbeifährt? Einer, der nur so steht, allein, nicht raucht, nur schaut? Das sieht doch blöd aus, vielleicht als ob er Sorgen hätte, vielleicht auf jemand wartete – und dann auch gleich verdächtig. Denn: Wer wartet denn abseits der Straßen, um jemanden zu treffen? Das kann nur ein Geheimnis sein, vielleicht sogar ein süßes.

Der graue Himmel spiegelte sich im braunen Wasser, ließ es grau aussehen. Verrückt: Du siehst es grau und es ist braun – wie ist das Wasser dann? Ein Vogelschwarm löste sich drüben aus einer kahlen Birke, flog wellenförmig auf ihn zu und landete in einer schwarzen Erle, wurde von ihr wie an- und aufgesaugt, so sah es aus. Dann turnten viele kleine Vögel ständig hüpfend, kletternd, fliegend, auch kopfüber und kopfunter, durchs Geäst und pickten an den kleinen Zapfen. Sie weideten. Behütuns sah nur zu. Die Vögel knäckerten die ganze Zeit dabei, ein emsiges Geräusch. Auch wie sie suchten, das war emsig. Emsig, was für ein Wort. Gab es das noch? Konnte man denn das noch einfach so verwenden? Es war das einzige, das traf. Behütuns ging ein Lächeln durch die Seele. So hatte er die Erlenzeisige schon lange nicht mehr gesehen, im Schwarm von Baum zu Baum. Das taten sie auch nur im Winter. Und plötzlich machte auch ihr Name für ihn Sinn: Zeisig – das klang nach Zuzeln, Zausen, Grasen. Zeisigen. Und Zeisig als die Mischung dessen, was sie taten und wie sie dabei klangen. Jetzt hatte sich die Pause schon gelohnt, auch ohne Zigarette.

»Ah, unser Polizist! Ja mein Gott, ich werd verrückt. Die ganze Prominenz. Führerscheine her, wer noch einen hat, niemand fährt heute mehr Auto! Hallo Behütuns, servus. Setz dich her. Wo warst'n den ganzen Sommer? Nicht ein Mal hast uns b'sucht.«

Der Michel, einer von den Druckern, stand wie immer an diesen beiden Samstagen vor Weihnachten im Nebenhaus der Werkstatt hinter einem Tisch, darunter kalte Füße, und gab Kalender aus. Die lagen hier gestapelt und sortiert nach Nummern. Es gab nur 160 Stück pro Jahr, per Hand gedruckt vom Siggers, einzeln signiert, fast alle vorbestellt. Zwölf Grafiken fürs neue Jahr zu einem Dutzend Sprüchen von Eckart Henscheid oder Gerhard Polt, von Helmut Haberkamm, von Lichtenberg und anderen. Zu Schafen, Bibel, Oberpfalz, zu Stadt-Land-Fluss, zur Kunst, zu Bier, Werkstattgeschichten, Fußball, Franken. Und auf dem Sofa und der Bierbank links und rechts entlang der Wand Kollegen, Kunden, Vögel. Es roch nach Bier, nach Schnaps und Rauch. Die Aschenbecher waren voll, seltenes Bild. Heizlüfter, museal und sicher längst verboten, verschlangen nutzlos Strom und schafften keine Wärme. Es war saukalt im Raum, obwohl der Gasofen glühte. Die Kälte drang durchs Mauerwerk, die Wärme flog durchs Dach, und Sicherungen flogen raus – die Heizöfen. Dann musste einer aufstehen und die Sicherung austauschen. Die anderen auf dem Sofa und den Bänken aber blieben sitzen, tranken, schauten, sagten wenig oder nichts. Man nickte nur verständnisvoll, wenn einer etwas sagte, und lachte hin und wieder, denn Lachen ist gesund.

Behütuns hatte seinen Wagen bei einem Blumenladen geparkt und war quer durch das Zentrum, über den schönen Mittelpunkt Hersbrucks, betongepflasterter Marktplatz, mit der auch hier wie überall so feinfühlig kontrastreich ensembleintegrierten Sparkasse, in die Seitengasse hin zur Bücherwerkstatt gelaufen. Der Markt war leer, ganz ungewohnt für einen Städter. Hier machte man samstags um eins noch zu, der Rest war dann nur Leere und der Himmel grau. Trostlos war das, die kleinen Städte starben alle aus. Dann war er durch die Werkstatt, wo im Druckerraum wie immer zu den Weihnachtstagen der starke, selbstgemachte Glühwein köchelte und süßen, intensiven Alkoholgeruch verströmte, wo Lebkuchen auslagen, auch Spekulatius und Wurst, zur Hintertür hinaus und über die Gutenbergstraße – zumindest hing das Schild hier an der Wand im Hof, wahrscheinlich irgendwo geklaut – hinüber in das kleine Nebenhaus gegangen, wo die Kalender abzuholen waren. Jetzt saß er bei den Druckern und den Gästen, es wurde langsam dunkel. Die meisten tranken, Kommissar Behütuns nicht, auch wenn er große Lust verspürte. Auf Dauer geht das nicht, dachte er sich, nicht ohne Bier. Doch er hielt durch, es war ja vorhin auch gegangen, ohne Rauchen, bei den Erlenzeisigen.

Zwei Stunden später nahm er seinen Kalender, sauber verpackt in braunem Packpapier mit schwarzen Enten drauf, und ging zurück zu seinem Wagen. Ein kleiner Schatz, so fühlte er sich an, und der Kommissar freute sich schon auf das Jahr mit neuen Sprüchen, neuen Bildern für die Küche, für den Kopf.

Ein kalter Wind blies durch die Dunkelheit des späten Nachmittags. Die kleine Stadt war leer, kein Mensch war auf den Straßen, der Marktplatz von Hersbruck lag trostlos da. Behütuns fröstelte und zog den Kragen seiner Jacke eng zusammen. Jetzt in der Dunkelheit kam ihm der Marktplatz viel leerer vor als noch am Nachmittag, vor allem trostloser, auch wenn die Lichter aus den Schaufenstern sich gelb bemühten um ein bisschen Wärme. Sie halfen nichts, es war nur ungemütlich kalt. Kein Lebewesen war zu sehen, nicht einmal eine Maus am Abfalleimer, nur Steintröge aus Waschbeton mit kahlen Pflanzenstängeln. Das Leben hatte sich zurückgezogen in die warmen Wohnhöhlen ringsum und kam dort nicht mehr heraus, vielleicht zum Kirchgang wieder, morgen. Aus irgendeinem Fenster tönte schlechte Volksmusik, wie absichtlich zu laut. Sie hatte in der Kälte draußen nichts zu suchen, sie war nur fremd und fehl am Platz, genauso wie der Platz. Mit leisem Knistern wehte eine Bäckertüte über das Betonpflaster, verhakte sich an einer Bank.

Der Kommissar beschleunigte jetzt etwas seinen Schritt, lief schneller, zügiger, es zog ihn aus dem Wind ins warme Auto. Die blöde Volksmusik hallte im Ohr noch nach. Wer hört denn so etwas?! Der Wind blies in die Jackenärmel, machte

Gänsehaut. Da plötzlich ... Behütuns stockte und hielt inne, überlegte. Ein kurzer Augenblick nur. Es war etwas gewesen – aber was? Da links im Schaufenster, zwei Schritte erst vorbei. Wie beiläufig hatte er da etwas wahrgenommen, das ihn angesprungen hatte ... Er drehte sich und sah zurück. Da!, ja, das war es: Im Schaufenster eines Spezialitätenladens stand die Flasche, angestrahlt von kleinen Halogenspotlights und mit einem Schild davor: Spezialität! Bester Williams Christ naturtrüb.

Wo kannte er das her? Genau, die Frau aus Erlenstegen hatte das getrunken. Behütuns beugte sich vor zur Scheibe, kramte seine Brille hervor und versuchte zu entziffern, was auf der Flasche stand. Wo kam dieser Schnaps her, wo wurde er gebrannt? Der ist doch sicher selten, dachte er, wenn er hier unter Spezialitäten geführt wird. Vielleicht kommen wir ja so auf eine Spur? Der Laden hier bot ausschließlich Spezialitäten an, das Zeug, das hier verkauft wird, folgerte er, bekommt man wahrscheinlich nicht überall. Vielleicht grenzt das ja schon mal ein. In Oberschwarzach, las er, wird der Naturtrübe gebrannt. Wie die das machen, dass der Brand naturtrüb wird? Behütuns notierte sich die Namen von Ort und Brennerei. Der Name Oberschwarzach sagte ihm nichts, Frau Klaus aber würde das für ihn klären.

In der Nacht verschwanden die Wolken, ein kalter Ostwind trieb sie fort. Die Temperaturen sanken wieder, der Himmel wurde klar, kein Regen mehr. Das Überschwemmungswasser in den Pegnitz- und den Regnitzwiesen zog sich langsam wieder zurück in das Flussbett und floss ab nach Norden, Richtung Main. Das Wetter sollte schön werden, so schrieb der Wetterochs, viel Sonne, aber kalt. Und Weihnachten so bleiben. Kein Schnee, doch klarer Himmel, starker Frost. Auch schöne Aussichten für die Feiertage, dachte sich Behütuns. Da kann man einmal raus, ein bisschen wandern und das Land erkunden oder essen gehen in der Fränkischen – wenn denn die Wirte öffneten zu Weihnachten. Wahrscheinlich aber machten sie nicht auf, was auch verständlich war. Warum den blöden Städtern etwas braten oder kochen an den Feiertagen. Die sollten mal zuhause bleiben in der Stadt und uns in Ruhe lassen. Es war ja schließlich Weihnachten.

Die Peters machten nichts am nächsten Tag, nur Cela Paulsen tat etwas. Ermittelte auf eigene Faust, ohne Befugnis, ohne Auftrag, rein auf Verdacht. Und Kommissar Behütuns ging ein bisschen wandern, denken.

> All das ist unter Umständen für uns selbst
> von größerer Bedeutung,
> als wir meinen.
> Nigel Barley, *Tanz ums Grab*

16. Kapitel

Die Woche begann wie jede mit einem Montagmorgen. Behütuns war, wie alle anderen auch, schon um acht Uhr morgens im Präsidium. Frau Klaus saß drüben im Nebenzimmer und sortierte irgendetwas, und hier am Tisch, im trostlos vor sich hingrauenden Besprechungszimmer, saßen Peter Abend, Peter Dick und Cela Paulsen, die Neue. Und der Chef, Kriminalhauptkommissar Friedo Behütuns.

Er hatte wieder schlecht geschlafen – nein: Er hatte ausgesprochen gut geschlafen eigentlich, zumindest fühlte er sich beim Aufwachen erquickt. Na ja, erholt. Aber dieses Herumgeträum' ... Er hatte wieder Wildestes geträumt. Amok der Träume unter der Schädeldecke, gnadenlos volles Programm, ein Müll jagte den anderen und überbot ihn noch, wie jetzt schon beinah jede Nacht, seitdem er nicht mehr rauchte, nichts mehr trank. Konnte man das denn nicht irgendwie abstellen? Es ging ihm langsam auf den Geist.

»Was gibt es Neues?«, fragte er in die Runde.

»Brädl, der Kanzleichef, war bei der Aussegnung und hat dort Gespräche geführt«, berichtete P. A. vom Samstagnachmittag.

»Vielleicht ein wenig pietätlos, meint ihr nicht?«, sagte Peter Dick.

»Du meinst, er akquiriert auf 'ner Beerdigung?«, fragte Behütuns.

»Das könnte ich jetzt nicht bestätigen«, beurteilte P. A. die Frage, »und ich habe auch niemanden dazu befragt. Ich habe ihn nur gesehen. Ich kann auch nichts dazu sagen, ob Brädl und Lubig vielleicht schon in Kontakt standen oder ob Brädl schon mit dem Management ...«

»Versucht das doch mal in Erfahrung zu bringen, einfach nur so fürs Gefühl. Der Fall zählt ja als Unfall, so die Aktenlage, da gibt's nichts dran zu rütteln.«

»Doch.«

Das war ganz leise gekommen, aber auch ganz bestimmt. Frau Paulsen hatte es gesagt.

Drei Augenpaare sahen sie mit einer Mischung aus Verblüffung und Aufforderung an. Was wollte sie damit sagen?

»Gewagte These«, kommentierte das Behütuns, »ein Gefühl habe ich ja auch, doch wie gesagt, die Fakten ...«

»Ich glaube, dass ich Fakten habe«, sagte Cela Paulsen leicht zurückgenommen. »Ich bin gestern hinausgefahren zu der Kurve und habe mir das angesehen. Ich wollte einfach wissen, von was Sie alle reden. Ich kenne ja die Gegend und die Begebenheiten hier nicht so. Und außerdem – ich wusste gestern überhaupt nicht, was ich anfangen sollte mit dem Tag. Denn die Freundin, bei der ich wohne, hatte Besuch von ihrem Freund. Da war ich ja nur störend.«

Da hatten sich die Männer im Präsidium überhaupt noch keine Gedanken drüber gemacht, wo denn so eine junge Kollegin, wenn sie für ein paar Monate aus Bremen kommt für einen Austausch, dann wohnt. Jetzt wussten sie es: bei einer Freundin. Mehr wussten sie nicht, aber fragten auch nicht weiter.

»Sie waren ... äh ... Frau Paulsen, du warst doch aber nur privat da, oder, so rein aus Interesse?«, fragte Behütuns mit gespieltem Ernst. War das noch ein Geeier mit der Anrede.

»Jein«, antwortete Frau Paulsen leicht gedehnt. »Natürlich war ich erst privat da, rein privat.«

»Ja und?«

»Und dann kam dieser Bauer ...«

Was sie dort herumschnüffele, hätte er sie angebellt, ganz ansatzlos, und was sie dort zu suchen hätte und überhaupt und wer sie sei! Sie hätte ihn allerdings bei dem, was er alles sagte, kaum verstanden. »Der Dialekt da draußen ist ja völlig unverständlich«, lachte sie, doch immer noch ein wenig eingeschüchtert.

»Für Bremer schon«, grinste P. A. und schob ein breites »Mir hamm damid ka Broblehm« nach.

Die Runde grinste.

»Absolludd verschdändlich«, äffte Cela Paulsen P. A. versuchsweise nach. Und das durchaus gelungen.

»Reschbeggd!«, sagte der anerkennend, »und das nur nach drei Tagen!«

»Ich lerne schnell«, gab Cela Paulsen noch zurück, und dann berichtete sie weiter.

Sie sei dort wirklich nur hinausgefahren, um zu sehen, wovon sie alle geredet hätten. Dann sei ein Auto gekommen und da habe der Bauer drin gesessen und hätte wissen wollen, was sie da zu suchen habe. Da habe sie sich als Polizistin ausgewiesen und gesagt, sie müsse sich das noch einmal anschauen. Der sei zu Anfang recht unwillig gewesen, er habe keine Zeit und keine Lust und ihn würde das ohnehin jetzt schon alles nerven und so.

»›Ihr stehlt mir den Tag‹, hat er gesagt«, berichtete Paulsen, »das fand ich eine schöne Formulierung.« Dann machte sie eine kurze Pause. »Na ja, eigentlich hat er gesagt ›Doochdieb‹, aber das bedeutet ja doch das gleiche, oder?«

P. A. und Dick konnten sich das bildlich vorstellen, wie dieser alte Landwirt mit seiner fränkischen Freundlichkeit auf einen neuerlichen Polizeibesuch reagiert hatte. Auch sie hatten ja schon ihre Erfahrungen mit ihm gemacht.

Sie habe ihn dann aber doch relativ schnell beruhigen können, berichtete sie weiter.

»Und der Rest war eigentlich eher Zufall.«

Es war so gewesen: Sie hatte ihn gefragt, ob sie einmal in diese Maschinenhalle schauen dürfe.

»Allein das Wort Maschinenhalle schien ihm sehr gut gefallen zu haben«, sagte Paulsen.

Kein Wunder, bei dem Schuppen, dachte sich Dick.

Auf jeden Fall habe er ihr dann den Schuppen aufgesperrt, und da stand auch der Traktor mit der Schaufel drin. Aber sie wusste gar nicht so richtig, was sie jetzt da sollte, also was sie tun oder untersuchen sollte, damit es einigermaßen planvoll und notwendig aussah, dass sie noch einmal in den Schuppen musste. Der wollte ja irgendetwas sehen, was sie tue, berichtete sie. Irgendetwas untersuchen, speziell anschauen oder so. Auf jeden Fall hätte ja so ein Wind geweht gestern, der hätte in der Halle Staub aufgewirbelt, das große Tor stand ja offen, und sie hätte niesen müssen, zwei, drei Mal. Und dann habe sie kein Tempotuch einstecken gehabt, die lagen bei ihr im Auto. Also habe sie ihn gefragt, ob er vielleicht eins hätte.

Hatte er nicht.

»Er hat dann so ein ganz ekliges altes Stofftaschentuch aus der Hosentasche gezogen, und das meinte er ganz ernsthaft, und hat es mir angeboten.«

Sie schüttelte sich bei dieser Vorstellung.

»Er hat sich da wirklich nichts bei gedacht, das habe ich richtig gespürt. Für ihn war das ganz normal. Aber so ein Tuch ... das sah aus, als hätte er es schon zwei Wochen lang benutzt oder was weiß ich was damit abgeputzt ... es war ganz braun ...«

»Schmalzler«, stellte P. A. fest.

»Schmalzer?«

»Schmalzler. Mit ell hinten, also mit ler. Schmalz*ler*, nicht Schmalzer.«

Sie sah ihn fragend an.

»Schnupftabak«, erklärte Dick und zog, die Daumenkuhle unter der Nase vorbeiziehend, heftig ein.

Cela Paulsen kannte das offenbar nicht. Unglaublich, diese Jugend.

»Schnupftabak ist so ein Pulver ... also zerstoßener oder gemahlener Tabak, das zieht man sich in die Nase«, versuchte es Dick etwas unbeholfen zu erklären. Er wusste es ja auch nicht viel genauer. Man wusste halt, was ein Schmalzler ist – aber was ein Schmalzler *ist*? Also aus was er genau besteht? Keine Ahnung.

»Das nimmt man, wenn man nicht rauchen will, aber das Nikotin braucht.«

Alle sahen plötzlich Kommissar Behütuns an. Und der dachte auch: Vielleicht sollte ich das einmal versuchen? Ein bisschen Nikotin ...?

»Und das ist braun?«, fragte Paulsen.

»Jep. Tabak halt.«

»Und das schnäuzt man dann wieder ...?«

»Jep. Wo soll's denn sonst hin?«

Da lachte Cela Paulsen leise auf. »Also deshalb war das Tuch so braun.«

Und nach einer kurzen Pause: »Es hat mich nur geekelt, verstehen Sie? Er hat wirklich gedacht, ich nähme dieses Tuch.«

»... nähme ...«, dachte sich Behütuns. Gibt's das überhaupt im Fränkischen? Nein, da heißt das vielleicht »nehmerd«, »nemmerd« oder »nehmer dahd«, auch »dahdi nehmer« – aber nähme? Nö.

Und dann habe er geschimpft, weil sie ein Tempotuch verlangt habe. So etwas habe er sein ganzes Leben noch nie verwendet und werde es auch nie tun. Es gebe das Tuch aus Stoff und damit Schluss. Immer so viel Müll zu produzieren, das sei doch der Wahnsinn. Die Leute fänden das alles normal und gäben dafür auch noch Geld aus.

»... gäben ...«, dachte sich Behütuns, wie schon bei »nähme«, das gibt's gar nicht. »Gäberdn« vielleicht, oder auch »gehm dun« oder »gehm däd ...«

Er nähme nie so ein Papiertaschentuch?

Nein – nah! –, nie.

Und habe auch noch nie eines benutzt?

»Scho, ober fillaichd for dswansg Joahrn is leddsdamoll.«

Also in den letzten Tagen nicht?

In den letzten Tagen? Nicht in den letzten Jahren!

Ob jemand anderes außer ihm in dieser Maschinenhalle gewesen sei?

Wann?

Na, so in den letzten sechs, sieben Tagen?

Höchstens der, der hier eingebrochen sei.

Sonst niemand?

Ja wer ner sunsd?

Na ja, ob er vielleicht jemanden mit hineingenommen habe oder jemand einen Schlüssel ...?

Keiner hätte einen Schlüssel. Und »herinnen« seien nur die zwei von der Schmiere ... also die zwei Kollegen gewesen.

»Haben Sie Tempotaschentücher?«, fragte Cela Paulsen jetzt, direkt an Dick und P. A. gewandt, und sah beide abwechselnd an.

Dick schüttelte den Kopf, P. A. zog eine Packung aus der Tasche. Er hatte welche bei sich.

»Wir werden ja sehen«, sagte Cela Paulsen und erzählte weiter. »Er sagte also, niemand sei in diesem Schuppen gewesen außer ihm und euch ... Verzeihung, Ihnen ..., und er verwende keine Tempotaschentücher. Neben dem Trecker aber lag im Dreck ein Taschentuch, das hatte ich gesehen.«

Sie nahm ihre Tasche auf, die neben ihrem Stuhl gestanden hatte, und zog eine transparente Plastiktüte heraus, einen Gefrierbeutel. Darinnen deutlich zu sehen: ein dreckiges Etwas, zur Not zu interpretieren als Tempotuch.

»In diese Maschinenhalle kommt niemand außer dem Bauern hinein«, sagte sie, »er selber benutzt nie Papiertaschentücher ... und trotzdem liegt dort eines im Dreck auf dem Boden ...«

Die Männer sahen sie an.

»Dieses Taschentuch hier«, und sie deutete auf die Tüte, »ist entweder von einem von euch ... Verzeihung, von Ihnen ..., oder es könnte von dem sein, den wir als Täter vermuten.«

Die drei Männer am Tisch schwiegen und sahen sich fragend an.

»Und jetzt sagen wir du, ja?«, sagte sie plötzlich unvermittelt und streckte das Kreuz durch, saß ganz gerade und doch komplett entspannt da. »Also ich sag du zu euch, ist das okay? Ihr duzt mich ja sowieso schon.«

Keine Einwände, weiter mit der Tagesordnung. Das Thema war zumindest schon einmal vom Tisch.

»Interessant, das mit dem Taschentuch«, führte P. A. zum Thema zurück und nickte.

Cela Paulsen fasste ganz sachlich zusammen:

»Der Bauer nimmt keine, Punkt eins. Es ist also nicht von ihm. Punkt zwei: Niemand außer ihm und dem, der möglicherweise diesen Schlepper benutzt hat, war in diesem Schuppen.«

»Doch: Dick.«

»Ja, und auch P. A.«

»Das lässt sich ja feststellen«, sagte Paulsen. »Sonst aber gibt es keine Person, von der das Taschentuch stammen kann, wenn der Bauer recht hat mit dem, was er sagt. Es lag am Boden und es lag so im Dreck, dass man es nicht sofort gesehen hat – und es lag nicht so da, als hätte es jemand weggeworfen, nämlich nicht auf der Seite oder am Rand, sondern es lag neben dem Traktor, also so, als hätte es jemand verloren. Als wäre es jemandem aus der Tasche gerutscht – oder als wäre jemand unabsichtlich darauf gestiegen. Denn es wirkte nicht zerknüllt und weggeworfen, sondern gequetscht und flach.« Und dabei deutete sie auf das Tuch, das dreckig in der Tüte zu erkennen war.

»Es sieht auf jeden Fall gebraucht aus. Ich denke, wir sollten das Tuch untersuchen lassen«, sagte sie. »Die DNA.« Alle schwiegen erst, dann nickten sie. An den Vermutungen und Schlüssen Cela Paulsens war was dran.

»Ich habe noch etwas«, sagte sie dann, und zog ein paar verklebte und zerknüllte Gaffabandstreifen oder besser -batzen in einer Plastiktüte aus der Tasche. Legte sie auf den Tisch.

Was das nun wieder sei?

Proben aus der Schaufel.

Schaufel?

Diese Schiebeschaufel von dem Trecker.

Ach so, ja und?

Sie hätte, erzählte Cela Paulsen, den Bauer gefragt, was er denn in den letzten Tagen mit dem Trecker mit der Schaufel gemacht habe.

Nix.

Gar nichts?

Er hätte überlegt, und dann sei ihm etwas eingefallen.

Doch, letzte Woche die Fässer verräumt.

Welche Fässer?

Die Fässer dort drüben.

Die orangenen da?

Was das denn jetzt zur Sache täte?

Sie müsse das leider fragen. Es interessiere sie nicht, was da vielleicht drinnen sei.

Die seien voll Beton, nur Gewichte für den Traktor, wenn er etwas Schweres heben müsse. Die habe er verräumt. Wären im Weg gewesen, basta.

Wie er die denn transportiert habe?

Was, wie? Mit der Schaufel, hätte er doch schon gesagt. Nur von da nach da.

Nein, *wie* mit der Schaufel.

Was *wie* mit der Schaufel?

Wie er das gemacht habe, genau.

Na halt mit der Schaufel drunter und dann aufgehoben. Und dann da rüber gefahren und wieder abgelegt, also rausrollen lassen, Schluss.

Es sei zäh gewesen, den zu befragen, berichtete Cela Paulsen, er habe lange nicht verstanden, was sie wollte. Oder wie sie es meinte.

Also im Stehen? Oder im Liegen?

Was?

Na, die Fässer.

Ja, sehen Sie das nicht, die Fässer liegen doch da, also im Liegen, oder?

Das war es, was sie hatte wissen wollen.

»Denn auf dem blanken Metall in der Schaufel«, erzählte jetzt Cela Paulsen, »waren ein paar kleine Lackspuren, die hatte ich gesehen. Roter Lack. Die Fässer aber sind orange. Und außerdem, aber das habe ich natürlich nicht nachgemessen, das ist nur so Augenmaß, schienen mir die Fässer viel zu dick, als dass sie, wenn sie waagerecht in der Schaufel liegen, den Boden der Schaufel berühren könnten.«

Die Peters schauten etwas fragend.

»Die Schaufel schien mir viel tiefer zu sein.«

Die Kollegen verstanden immer noch nicht.

Cela Paulsen malte mit dem Finger eine Kurve auf den Tisch.

»Das ist die Schaufel, ja?«

Die Kollegen nickten. Dann zeichnete sie eine zweite gebogene Linie auf den Tisch, die die erste aber nur an den Außenkanten berührte, also mit einem größeren Radius.

»Und das ist die Rundung der Fässer. Die kommen nicht da hinten dran.«

Sie sah die Kollegen an, ob sie das verstünden.

Die nickten nachdenklich, also hatten sie wahrscheinlich verstanden.

»Wenn jetzt also hier, am Boden der Schaufel«, und dabei zeigte sie wieder dahin, wo vorher ungefähr die Innenseite der ersten Kurve gewesen war, »eine Lackspur ist, dann kann sie nicht von den Fässern sein.«

»Logisch«, sagte P. A., »und?«

»Ich hatte ja nichts dabei. Aber der Bauer hatte ein Gaffaband in seinem Werkzeugregal, da hat er mir ein paar Stücke von gegeben. Ich habe dann versucht, die kleinen Lackspuren abzukratzen und mit dem Gaffaband zu binden. Und das«, damit deutete sie auf die Gaffabandbatzen in der Plastiktüte, »sind die Gaffabandstücke mit den Proben. Die müssten dann jetzt ins Labor und mit dem Lack von der Corvette verglichen werden.«

Es herrschte Schweigen im Raum. Kommissar Behütuns war der Erste, der etwas sagte, und er sagte nicht viel. Er sagte nur anerkennend: »Chapeau.« Also »Schabboh.«

»Und wenn das mit dem Taschentuch stimmt, was du vermutest, und wenn es tatsächlich benutzt wurde, dann haben wir möglicherweise die DNA des Täters.«

»Oder eure, also deine oder deine«, und dabei deutete sie erst auf P. A., dann auf Dick.

»Ich hab da kein Tuch verloren«, sagte Dick kopfschüttelnd.

»Und ich auch nicht«, P. A.

»Tja, Leute, dann brauchen wir Proben von der Corvette. Gibt's die noch? Wisst ihr, wo die ist?«

»Da kümmer ich mich drum«, kam es aus dem Nebenraum. Und dann kam noch, fast ein wenig triumphierend, hinterher: »Da seht ihr mal wieder: die Frauen!«

Niemand beachtete diese Bemerkung.

Bernd-Emil Endraß hing an diesem Vormittag noch immer mit seinem Unterschenkel zwischen den Uferwurzeln der alten Weide. Aber es war schon heller geworden um ihn herum, das braune Wasser über ihm war nicht mehr so hoch, das Licht drang schon bis zu ihm durch. Auch war die Strömung nicht mehr ganz so stark, und er begann sich langsam freizuruckeln. Aber so wie es aussah – und er stellte sich auch nicht sehr geschickt dabei an –, würde es noch eine gewisse Zeit dauern, bis er sich wieder freigeschwommen hätte.

Trotzdem: Ein Ende seiner misslichen Lage zeichnete sich schon ab.

Sabrina Zwanziger, eine der jungen Frauen aus dem Assistentinnenpool von Bernd-Emil Endraß, hatte schon seit dem Morgen versucht, ihren Chef zu erreichen. Ein Kunde aus Korea hatte angerufen, er wollte noch in diesem Jahr – und das hieß ja: In den nächsten Tagen – kommen und über die neuen Verträge sprechen. Es hatte sehr dringend geklungen. Dem Mann war nicht begreiflich zu machen gewesen, dass ihr Chef nicht erreichbar war und dass der zwischendurch auch einmal gerne für ein, zwei Tage einfach so abtauchte.

»Wenn ich schon die Kohle hab und ich mir das leisten kann, dann muss ich das auch tun, oder? Die Freiheit einfach nutzen. Ich wär' ja blöd, wenn nicht! Ich bin doch kein Sklave meiner Arbeit!«, hatte er immer gesagt und den Slogan seines Unternehmens sehr ernst genommen. Da war er sehr authentisch und glaubhaft, und deswegen hatte ihn sein Unternehmensberater, Professor Altenfurth, auch immer sehr gelobt. Er hatte ihm ganz klar gesagt:

»Das ist etwas, das dürfen Sie nie aufgeben. Und wenn, dann müssen Sie diese Geschichten erfinden und kontrolliert ›nach draußen‹ sickern lassen. Das sind genau die Sachen, die die Leute von Ihnen hören wollen, gerade Ihre Zielgruppe. Nichts anderes füllt Ihre Marke mehr mit Leben aus als diese Geschichten. Das macht sie extrem glaubhaft – und das wiederum ist Ihr ganz großes Kapital.«

Lass den ruhig reden, hatte sich Endraß immer gedacht, ich habe das schon immer so gemacht und werde das auch weiter so tun. Was hätte ich davon, wenn es mich morgen zerreißt, und ich hätte es nie gemacht? Hätte immer nur malocht? Nichts.

Jetzt aber wollte der Koreaner kommen, und irgendwie musste sie versuchen, ihren Chef zu erreichen.

Es gelang ihr aber nicht. Wahrscheinlich hatte er sein Handy ausgeschaltet, dachte sie.

Das Handy aber war schlicht abgesoffen. Wasser in der Elektronik und kaputt. Nichts ging mehr, genauso wie bei Bernd-Emil Endraß.

Die Eltern des kleinen Markus Brandtner aus Großenbuch hatten inzwischen die Zwille schon längst vergessen. Oder verdrängt. Sie hatten ihren ersten Tag auf der Kanareninsel La

Gomera damit verbracht, sich erst für ein paar Stunden an den schwarzen Strand zu legen, und waren dann, als es gegen Mittag zu heiß wurde und sie keinen Sonnenbrand riskieren wollten, die einzelnen Ortsteile des Valle Gran Rey abgelaufen, um zu sehen, was sich in den vergangenen Jahren alles verändert hatte und was es von dem, was sie von früher kannten, noch alles gab. Sie waren nach Vueltas gelaufen, den Ortsteil, in dem die Hafenmole des Valle war, und hatten sich kopfschüttelnd die neue, riesige Mauer angeschaut. Dann, auf dem Rückweg, hatte Herr Brandtner ganz zufällig das *El Paraiso* wieder entdeckt, etwas zurückgesetzt neben einem neueren Hotelkomplex – eine der noch ganz alten Bars, in der er schon etliche Cervezas getrunken hatte. Früher. Dort musste er natürlich hinein, auf die wackeligen und klebrigen Plastikstühle, und eine Cerveza nehmen, herrlich kühl, im Halbschatten und mit Blick auf das in der Mittagssonne gleißende Meer. An alte Zeiten denken. Es gibt Menschen, die sehnen sich ab einem gewissen Alter immer zurück in die Jugend. Als ob da alles besser gewesen wäre.

Vorher, auf dem Weg durch La Puntilla, hatte Markus im Fenster eines Postkarten-, Souvenir- und Spielzeugladens eine Zwille entdeckt. Klein und aus Holz, aber Zwille. Groß und stark genug, um damit Tauben zu erlegen. Drei Euro. Und ihm war das Herz in die Hose gerutscht. Er hatte gebetet, dass seine Eltern sie nicht entdecken würden, und das Gebet hatte geholfen. Markus aber war bedient. Diesen Schock würde er nicht öfters gebrauchen können in diesem Urlaub, dachte er. Ob er sie vielleicht in den nächsten Tagen einfach heimlich kaufen sollte, damit sie weg war, nicht mehr in diesem Schaufenster, damit seine Eltern sie nicht doch noch irgendwann entdeckten?

Auf jeden Fall war er geschockt. Entsprechend ruhig und pflegeleicht hatte er sich dann im *El Paraiso* verhalten, als sein Vater unbedingt diese dämliche Cerveza trinken musste. Diese Scheißnostalgie dieses Alten immer, dieses ewige Gesabbel und Geschwätz von »damals« und »weißt du noch?« und »toll«. Dabei ging's nur ums Saufen.

Dann waren sie, und Markus immer brav hinterher, ohne zu nörgeln, den langen Strand entlanggelaufen nach La Playa, aber oben an der Straße, denn auf den großen Steinen unten konnte man nicht gehen, dann wieder an der Maria vorbei und den ganzen, langen staubig-sandigen Weg bis zum Playa des Ingles. Es hatte ihn nur genervt, außerdem war der schwarze Sand heiß. Am Abend hatten sie ihn dann auch noch nach La Calera hinaufgeschleppt, diese vielen blöden Häuser da am Felsen, wo es nichts wie Stufen gab. Da hatten sie dann gegessen, und sein Vater hatte wieder einmal viel zu viel getrunken. Zum Schluss, da hatte sein Alter schon Schwierigkeiten mit der Zunge gehabt, musste er sich auch noch einen Veterano bestellen. Und zum Zahlen noch einen. Es war eklig gewesen, aber immerhin: Sie hatten die Zwille nicht erwähnt und auch die Zwille im Schaufenster nicht gesehen. Markus war sich jetzt sicher: Er würde sich die einfach kaufen, dann war sie weg und das Problem gelöst. Lieber jeden Abend einen besoffenen Vater und Frieden, als einen, dem die Zwille einfiel und der dann schlechte Laune hatte und wütend wurde. Aber, dachte er dann, die haben sicher mehrere von diesen Zwillen. Die müsste ich ja alle kaufen ... Was hieße: Sie bestellten neue nach. Und mehr. Denn wenn sich etwas gut verkauft, ordert man mehr davon, denn davon lebt man ja. Der Markus war nicht dumm. Scheiße, dachte er nur, das hab ich nicht im Griff. Wenn ich die kaufe, gibt es nur noch mehr. Verdammt.

Am Montagmorgen, während Cela Paulsen noch im Präsidium in Nürnberg ihre Geschichte erzählte, war Herr Brandtner gegen halb elf Ortszeit endlich aufgestanden, mit einem dicken Kopf vom Abend. Ziemlich dickem Kopf. War hinausgegangen in das Licht der Sonne und die Wendeltreppe zur Dachterrasse des Häuschens in den Bananenplantagen, das sie gemietet hatten, hinaufgestiegen. Die Klarheit von Farben und Licht und das Gefühl von Frühling, das hier alles ausstrahlte, taten seinem Schädel gut. Puh, das war gestern doch ganz schön viel gewesen. Zu viel eigentlich. Aber er war jetzt hier, und das musste er auch genießen. Das ging aber nicht, wenn keiner davon wusste und nicht Anteil nahm.

Brandtner sah auf sein iPhone, E-Mails checken. Diensthandy und immer online. Es könnte ja etwas Wichtiges sein. War aber nichts. Warum eigentlich? Er wählte die Nummer seines Büros. Er wollte wenigstens den Kollegen zeigen, wie gut es ihm ging und wie beschissen es in der Kälte daheim war. Und wie blöd die alle waren, dass sie daheim in der Kälte blieben.

Was, bei euch ist es schon halb zwölf? Ach ja, wir haben ja eine Stunde Zeitverschiebung.

Was, bei euch hat es null Grad? Ich steh hier in kurzer Hose und bin barfuß. Schon sicher 20 Grad.

Was, übermorgen ist schon Weihnachten? Kann man sich hier in der Wärme gar nicht vorstellen.

Und nichts Wichtiges gewesen?

Nichts für mich?

Wirklich?

Komisch – äh, na, dann ist es ja gut.

Ich melde mich wieder!

Tschö!

Er stand auf der Dachterrasse und ließ den Blick schweifen. Oben, jenseits der paar alten, stufenartig angelegten und inzwischen aufgelassenen Terrassen aus aufgeschichteten braunschwarzen Lavasteinen, über die sich blühende Bougainvilleas und Feuerbegonien rankten, hingen, den steilen Hang hinauf, die Häuschen von La Calera am Felsen. Nach Süden hin erstreckte sich das Delta mit seinen Bananenpflanzen bis Borbalan, und er konnte bis zum dahinterliegenden Vueltas sehen. Unten, in La Playa hinter der Bar Maria, glänzte das Meer und rollte Welle auf Welle heran. Man hörte das Rauschen bis hier herauf. Irgendwo dort hinten im Westen musste die

Insel El Hierro sein. Sie war nicht zu sehen, man sah sie meist erst am Abend, wenn sie vor der untergehenden Sonne stand, der Dunst des Meeres verschluckte sie am Tag. Herr Brandtner setzte sich auf die Begrenzungsmauer der Dachterrasse, der Boden war mit grüner Ölfarbe gestrichen. Über ihm – und über der Terrasse – neigten sich zwei Palmen, Amseln riefen aus den holzigen und scharfkantigen Palmwedeln. Hin und wieder fiel eine eichelgroße, harte Dattel von dort auf die Terrasse und kullerte über den grün bemalten Beton. Die Datteln waren Abfall oder Ziegenfutter. Ein lautes Moped fuhr herauf von Playa nach La Calera. Was sollte er heute machen? Strand? Wandern? Lesen?

Herr Brandtner fühlte sich irgendwie leer.

Und so weiter.
Michael Rutschky, *Zur Ethnographie des Inlands*

17. Kapitel

Innerhalb nur weniger Tage hatte sich die Arbeit im Kommissariat Behütuns potenziert, und das so kurz vor Weihnachten. Na bravo.

Aus einem ungeklärten Mordfall, nämlich dem an Professor Altenfurth vom September, waren plötzlich drei geworden, so wie es aussah. Denn dass die offensichtlich auch als Morde einzustufenden Leichenfunde einerseits des Kompagnons von Professor Altenfurth, Dr. Manfred Schwartz, wie andererseits des Landwirts Werner Schmidt aus Kornburg in engem Zusammenhang miteinander zu sehen und dem gleichen Täterkreis zuzurechnen sein mussten, lag auf der Hand: Der Zeitpunkt des Verschwindens der beiden in der Silage gefundenen Personen war identisch mit dem des Mordes an Professor Altenfurth, und außerdem entstammten die Mordwerkzeuge in beiden Fällen dem Golfsport. Hier die Bälle, dort der Schläger. Das konnte kein Zufall sein. Wie aber war ein Zusammenhang zu denken? Die Kommissare hatten eine erste Vermutung: Schwartz war, als er in die Silage gelegt worden war, laut den Befunden der Spurensicherung schon tot, Landwirt Schmidt jedoch war erst an Ort und Stelle verstorben. Bei Schwartz also war der Fundort der Leiche nicht identisch mit dem Tatort. Dass die beiden Morde Schwartz und Altenfurth in enger Verbindung zu sehen sein mussten, stand außer Frage. Denn wenn zwei assoziierte Geschäftspartner am selben Tag umgebracht werden, besteht hier ein Zusammenhang. Nur welcher?

Sie würden sich die gesamten Aufzeichnungen sowie die Geschäfts- und Beratungsunterlagen aus der Kanzlei noch einmal vornehmen müssen. Man hatte das im Zuge der Ermittlungen rund um den Mord an Altenfurth zwar schon getan, aber unter völlig anderen Vorzeichen: Der Hauptverdächtige zu diesem Zeitpunkt war der Kompagnon Dr. Schwartz gewesen, der zeitgleich mit dem Mord an Altenfurth verschwunden war. Alles hatte darauf hingedeutet, dass Schwartz der Täter war und sich irgendwohin abgesetzt hatte und untergetaucht war. Dafür sprach zumindest der Fundort seines Wagens am Flughafen, auch wenn Dr. Schwartz in keiner Passagierliste aufgetaucht war. Ein konkretes Motiv fehlte zwar nach wie vor, aber dass es im geschäftlichen Kontext lag, musste man ja fast zwingend annehmen. Dr. Schwartz, ausgeschrieben mit internationalem Haftbefehl, würde irgendwann irgendwo gefasst und der Fall aufgeklärt werden. Das war der Stand der Dinge. Gewesen.

Der Fall Landwirt Werner Schmidt war eigentlich kein Fall fürs Kriminalkommissariat gewesen. Der lief ganz normal unter Vermisstenfall, bislang ungeklärt, aber ohne Verdacht auf eine dahinterstehende Straftat. Es hatte dafür auch keinerlei Anzeichen gegeben. Die Welt um Landwirt Schmidt herum war völlig normal. Solche verschwundenen Personen wurden in der Regel ein, zwei Jahre oder später von Pilzsuchern irgendwo im tiefen Unterholz und weitgehend zersetzt oder mumifiziert aufgefunden und waren allenfalls noch eine kleine lokale Zeitungsmeldung wert, dann waren die Fälle abgeschlossen.

Jetzt aber sah alles ganz anders aus. Die Morde an Professor Altenfurth und an Dr. Schwartz hatten in einer Zeitspanne von maximal 10 Stunden stattgefunden. Der Tatort im Fall Dr. Schwartz war unbekannt, er war aber ganz offensichtlich nicht mit dem Fundort der Leiche identisch. Dr. Schwartz, so rekonstruierte man aufgrund der Plausibilitäten, war irgendwie vom Tatort zum Fundort verbracht worden, dort hatte man dann auch Werner Schmidt ermordet und beide in die Silage verbracht. Schmidt schien in diesem Fall entweder ein

Zufallsopfer gewesen zu sein, einfach zur falschen Zeit am falschen Ort, oder der beziehungsweise die Täter hatten sehr exakte Kenntnisse über die aktuelle Tätigkeit Schmidts, um sie in ihre Planungen mit einbeziehen zu können. Was wiederum für eine familiäre oder zumindest räumliche Nähe des Täterkreises zum Anwesen Schmidt in Kornburg sprechen würde. Hier also würde man auch aktiv werden müssen. So richtig glaubte aber keiner im Team daran. Alle vermuteten einhellig, Bauer Schmidt war ein Zufallsopfer geworden, als die Täter nach einem Deponieort für die Leiche Schwartz' suchten. Was dann aber wiederum bedeutete: Der oder die Täter konnten relativ professionell mit Landmaschinen umgehen und waren landwirtschaftlich nicht ganz unbeschlagen, denn die Silage hatten sie fachgerecht angelegt. Obwohl – das ist eigentlich nicht sehr schwierig und erfordert nicht viel Spezialwissen. Aber weil das Silo offenbar fachgerecht angelegt war, war ja auch nicht einmal die Idee dazu aufgetaucht, Werner Schmidt könne in ein Gewaltverbrechen verwickelt worden sein. Denn für seinen Sohn und alle anderen war Schmidt ganz offensichtlich erst nach verrichteter Arbeit verschwunden, die Tätigkeit an der Silage hatte er zuvor, wie geplant und abgesprochen, abgeschlossen.

Wie und womit die Leiche Schwartz' dorthin gekommen war – keine Ahnung. Tatwaffe konkret, außer dass man einen Golfschläger vermutete? Fehlanzeige. Täterzahl? Motiv? Tatort Schwartz?

»Halten wir uns erst einmal nicht zu viel mit den Fragen auf«, brach Kommissar Behütuns hier die Zusammenfassung ab. »Bleiben wir bei dem, was uns vielleicht weiterbringt. Und das sind erst einmal zwei Dinge: Die Täter kennen die Abläufe in der Landwirtschaft. Dafür spricht das Silo. Und sie können mit Landmaschinen umgehen.«

»Und«, fügte Cela Paulsen an, die überhaupt nicht präsent schien, während sie das sagte – also nicht präsent am Tisch, denn sie sah die Kollegen dabei nicht an. Präsent im Fall aber schon, und zwar hochkonzentriert. Ihr Blick ging wie ins Leere – an allen vorbei und in den oberen Bereich der Zimmerecke, genau dorthin, wo sich die langgezogenen Kleckse der Spinne befanden, die letztes Jahr hier über längere Zeit gewohnt, gefressen und verdaut hatte, »die Nähe zum Golfsport. Die Täter müssen Kenntnisse über den Platz gehabt und die Pläne von Professor Altenfurth gekannt haben, frühmorgens dort zu spielen.«

Behütuns nickte. Paulsen hatte sich offensichtlich schon tief in die Akten eingelesen.

»Klaus?«, rief Behütuns plötzlich in Richtung Vorzimmer.

»Ja?«

Frau Klaus streckte den Kopf zur Tür herein.

»Der Ober, also die Servicekraft aus dem Café, in dem Altenfurth und Schwartz zuletzt gesehen wurden – die kennst du doch, oder?«

Frau Klaus nickte.

»Den müssen wir noch mal befragen. Vielleicht fällt dem doch noch irgendwas ein. Dass er sich vielleicht doch an etwas erinnert.«

Sie hatten den jungen Mann zwar schon mehrfach befragt, gleich im September, denn ihre Vermutung damals war, dass sich vielleicht irgendjemand mit Schwartz und Altenfurth getroffen hatte und dieser dem Service aufgefallen war – aber der junge Mann konnte sich an niemanden erinnern.

Frau Klaus schüttelte den Kopf.

»Keine Chance.«

»Was heißt das, keine Chance? Fällt dem nichts mehr ein?«

»Der ist in den USA.«

»Scheiße. Und wann kommt er wieder?«

Klaus zuckte mit den Schultern.

»Er wollte länger bleiben.«

»Hast du Kontakt zu ihm?«

Frau Klaus lächelte säuerlich. »Hätte ich gerne, wenn du's wissen willst. Aber leider nein.«

»Trotzdem, kannst du versuchen, an den ranzukommen?«
»Eilt's?«
»Versuch's einfach, ja?«
Der Kopf zog sich wieder aus dem Türspalt zurück.
»Vielleicht ergibt sich ja doch noch etwas«, sagte der Kommissar zu den anderen gewandt. Dann resümierten sie die weiteren Fakten.

Bezüglich des Falles Lydia Pank-Posner wussten sie nur: Die Dame hatte seit dem Tod ihres Mannes immer reichlich Besuch gehabt. Das ließ sich zumindest aus den vielen, von unterschiedlichen Personen stammenden Spuren, die man in ihrem Haus gefunden hatte, schließen. Wer diese Personen waren, wusste man noch nicht, aber die würde man finden.

Dann konnte man davon ausgehen, dass die Person oder die Personen, die Frau Pank-Posner an diesem Abend besucht hatten, mit ihr bekannt gewesen waren, denn sie hatte ihnen ja ganz offensichtlich geöffnet. Diese Personen waren wahrscheinlich auch diejenigen, die sie auf die Marmorbank im Garten gelegt hatten. Auch hatten sie, klar, versucht, ihre Spuren zu beseitigen, worauf der Gebrauch der Spülmaschine hindeutete. Man hatte aber kurze Härchen gefunden, die möglicherweise diesen Personen zuzuordnen waren. Fände man also eine oder mehrere Personen, würden diese via DNA-Probe relativ leicht zu überführen sein.

Und dann gab es noch diesen Williams naturtrüb als möglichen Hinweis, einen Schnaps, der vielleicht nicht ganz so weit verbreitet war.

»In Hersbruck habe ich am Samstag einen gesehen. Im Schaufenster eines Delikatessenladens. Ich denke, wir können davon ausgehen, dass es den nicht im Discounter gibt, sondern, wenn wir Glück haben, nur an ausgewählten Verkaufsstellen«, schloss Kommissar Behütuns. »Wäre also auch ein Ansatz für Recherchen.«

»Tja, Cela, und mit deinen privaten Untersuchungen da draußen hast du dir jetzt richtig Arbeit aufgehalst. Den Fall, würde ich sagen, überlassen wir einmal unserer jungen Kollegin – weil es ja eigentlich gar kein Fall ist. Polizeilicher- und staatsanwaltlicherseits schon ad acta gelegt, und das mutmaßliche Opfer ist nicht mehr verfügbar. Wie isses, bleibst du da dran?«

»Wenn ihr mir helft, ja, gerne!«

Cela Paulsen fühlte sich in diesem Moment richtig aufgenommen ins Team, das sah man ihr deutlich an. Sie strahlte fast.

»Logisch.«

»Klar!«

»Gern!«

»Ich auch!«, tönte es aus dem Vorzimmer von Frau Klaus herüber. Der Assistent war immer und über alles im Bild, man brauchte ihn in vielen Fällen gar nicht mehr über den Stand der Ermittlungen und Erkenntnisse zu informieren, Frau Klaus hörte und wusste immer bereits alles. Und manchmal sogar schon ein bisschen mehr, die Faxe gingen ja bei ihr ein. So wie gerade wieder. Frau Klaus kam herüber und hielt es in der Hand.

»Die DNA-Analyse von den Härchen, die sie bei der Erfrorenen gefunden hatten, ist abgeschlossen. Die geht jetzt in den Suchlauf«, informierte sie und legte das Fax auf den Tisch.

»Dann brauch ich's ja nicht mehr zu lesen«, gab ihr Behütuns mit einem bestimmten Unterton das Fax postwendend wieder zurück. Faxwendend, dachte er, macht aber auch Sinn in diesem Zusammenhang. Allerdings – er hatte das Fax gar nicht gewendet.

Leicht pikiert nahm Klaus das Fax wieder an sich, drehte sich auf dem Absatz um und ging hinaus. Auch so eine blöde Redensart, ging es Behütuns durch den Kopf, als er das beobachtete. Kein Mensch dreht sich auf dem Absatz um, man dreht sich auf dem Ballen. Man dreht sich auf dem Ballen um sagt man aber nicht, auch nicht auf dem Fußballen – das wiederum würde eine völlig andere Assoziation wecken. Fußball. Dann also doch Absatz. Komisch, was wir manchmal für einen Unsinn reden und uns trotzdem dabei verstehen. Das Missverständnis würde erst entstehen, wenn wir die Dinge korrekt benennen würden ...

Ich glaube, ich bin übern Berg, dachte er weiter. Nur noch wenig Gereiztheit, dafür wieder Ansätze für schöne Figuren im Kopf. Geht doch auch ohne Rauchen und Bier.

»Ich glaub nicht, dass wir da was finden«, schüttelte P. A. den Kopf.

Behütuns war inzwischen ganz woanders mit seinem Kopf. An was knüpfte P. A. da an? Er lauschte einen Moment in sich hinein. Richtig: der Suchlauf wegen der DNA. Auch komisch, wie lange Dinge im Kopf nachhallen und man sie sich wieder rekapitulieren kann – und hier ist die Begrifflichkeit richtig: re-kapitulieren, es sich in den Kopf zurückholen, dachte er. Und doch nicht ganz: Ich hole es mir ja nicht zurück in den Kopf, da ist es ja schon drin. Ich hole es mir allenfalls zurück in den Verstand, also ins Verstehen. Das ist alles so unsauber mit der Sprache ...

»Deine Blumen stehen übrigens bei mir«, kam es jetzt trotzig aus dem Vorzimmer. Frau Klaus. »Du hast ja eh kein Auge dafür.«

Blumen? Was denn für Blumen? Stimmt, ja! Er hatte doch am Freitag Blumen bekommen von seinem Team für zehn Tage Nichtrauchen. Diese peinliche Situation. Frau Klaus hatte wirklich ein Gespür für Peinlichkeiten, und das drückt sie mir jetzt voll rein!, dachte sich Behütuns.

»Ja, das ist nett«, rief Behütuns hinüber. Jetzt bitte nicht dieses Thema! Er wollte es nur schnell beenden. »Hier bei uns nimmt sie doch niemand wahr.«

Puh, war das jetzt richtig gewesen? Oder war irgendjemand beleidigt? Niemand ging weiter darauf ein. Ob sie ihn alle schon so gut kannten? Auf jeden Fall verschonten sie ihn.

Trotzdem entstand eine kurze, irritierte Pause, alle sahen nur auf den Tisch.

Die Bremerin war die erste, die die Stille unterbrach.

»Das mit dem Auto«, sagte sie etwas nachdenklich, »ich glaube, das müssen mehrere gewesen sein.«

Drei Männer sahen sie fragend an.

Danke, Cela! Meine Männer hätten mich bestimmt noch länger schmoren lassen!

»Überlegt doch einmal. Das ist doch ziemlich weit draußen, wo das passiert ist«, begann sie zu erklären. »Und wenn es nur einer war, also ein Einzeltäter, dann muss er ja irgendwie von dort wieder zurückgekommen sein. Und bei dem Wetter hätte er dazu ein Fahrzeug gebraucht ...«

»Oder er wohnt in der Nähe«, warf P. A. ein.

»Rein theoretischer Einwand«, konterte Dick, »da ist ja weit und breit nichts. Nichts, was man bei so einem Wetter schnell erreichen kann.«

»Stimmt«, gab P. A. zu.

»Was dann aber bedeutet: Wenn er alleine war, ist er mit dem Auto und Lubig, vielleicht schon als Leiche, erst dort hingefahren«, kombinierte Behütuns.

»Was dann irgendwelche Spuren im Auto hinterlassen hat«, bemerkte P. A. weiter.

»Oder sie waren zu mehreren ...«, warf Cela Paulsen wieder ein, wusste dann aber nicht mehr weiter.

»Anderes Szenario«, überlegte Dick: »Er hat sich mit dem Opfer dort draußen getroffen und hat es dort umgebracht. Dann hätte er ja sein Fahrzeug dabei gehabt – er müsste ja irgendwie dorthin gekommen sein. Und dann auch wieder weg.«

»Oder die.«

»Wenn es mehrere waren, ja.«

»Stimmt.«

Kommissar Behütuns sah Cela Paulsen an.

»Wir brauchen in jedem Fall das Auto. Vorher lässt sich hier kaum etwas sagen.«

»Richtig. Wenn sich aber Spuren einer weiteren Person in dem Auto finden, dann müssen es mehrere gewesen sein.«

»Immer noch nicht«, schüttelte Dick seinen Kopf.

»Warum?«

»Weil sich wahrscheinlich in jedem Fall Spuren in dem Auto finden lassen.«

»Versteh ich nicht.«

»Schau doch: Wenn es so ist, wie wir das vermuten, also dass dieser Typ mit seinem Geschoss keinen Unfall hatte, sondern da hinuntergeschoben wurde, dann muss er doch vorher schon eine abgekriegt haben, oder nicht? Und wie will er die abgekriegt haben, wenn er im Auto saß? Kann ich mir nicht vorstellen. Also war er vorher draußen – und muss irgendwie wieder in das Auto gesetzt worden sein. Und dann ist es doch hochwahrscheinlich, dass wir irgendwelche Spuren finden. Von einem oder von mehreren.«

»Leute, so kommen wir nicht weiter«, brach Behütuns die Überlegungen ab. »Das ist mir alles viel zu hypothetisch. Reine Logik zu viel zu dünnen Fakten. Die Überlegung, dass der da wieder irgendwie weggekommen sein muss, ist richtig. Aber wir haben keinen einzigen konkreten Hinweis, richtig?«

So war's.

»Lasst uns das Auto untersuchen, dann wissen wir vielleicht mehr.«

Das war eine relativ klare Anweisung an Cela Paulsen.

»Ich hab übrigens noch eine gute Nachricht«, fügte er dann an.

Wieder einmal lauter fragende Gesichter.

»Schaut doch mal aufs Datum«, gab er einen kleinen Tipp.

»Übermorgen ist Weihnachten«, riet P. A. ohne viel Engagement.

»Falsch.«

»Wir kriegen extra Weihnachtsgeld«, sagte Dick. »Supersondernachzahlung für besonderen Einsatz und außergewöhnliche Verdienste.«

»Nicht so banal«, schüttelte Behütuns den Kopf und machte gleichzeitig eine Kopfbewegung in Richtung Fenster.

»Weiße Weihnachten?«, tippte P. A. erneut.

Kopfschütteln. »Von Schnee ist mir nichts bekannt«, verneinte Behütuns, »davon hat der Wetterochs nichts geschrieben. Kalt soll's werden, eisiger Wind, aber kein Wort von Schnee.«

Keiner sagte etwas, keine hatte eine Idee. Und niemand schien so richtig Lust zu haben auf das Spiel.

»Leute«, machte Behütuns weiter, »denkt doch mal ein ganz kleines bisschen. 22. 12. – was ist da?«

»Nichts als ein dunkles Loch«, gab P. A. entnervt von sich. »Bis mittags wird's nicht hell, und dann wird's schon wieder dunkel.«

»Da kommen wir der Sache doch schon näher«, nickte Behütuns.

»Die Tage werden wieder länger«, tippte jetzt die Bremer Kollegin, »Wintersonnenwende!«

»Bingo!« Behütuns nickte anerkennend. »Es geht schon wieder 'nauswärts aus dem dunklen Loch. Ab heute werden die Tage wieder länger!«

Aber P. A. sagte nur: »Ich merk nix.«

Er schien auch nicht besonders große Lust auf Weihnachten zu haben.

> Metaphysische Fragen erheben sich nicht,
> eben weil sie gar keine elementaren Fragen sind,
> in einer vor-philosophischen Praxis.
> Jürgen Mittelstraß, *Neuzeit und Aufklärung*

18. Kapitel

Am 24. Dezember ist die Anspannung von Kindern ins Unerträgliche gewachsen. Sie grenzt schon beinahe an Folter. 24 Tage lang haben sie Tag für Tag nur ein einziges Türchen ihres Adventskalenders öffnen dürfen, heimlich aber haben sie schon immer die nachfolgenden Türchen geöffnet, hineingespitzt und sie dann wieder mit ihren unbeholfenen Fingerchen zu verschließen versucht, so, dass die Erwachsenen es nicht merken. Tun sie aber – lassen die kleinen Geschöpfe aber mit ihrer Angst, entdeckt zu werden, allein. Tun so, als hätten sie nichts bemerkt, selbst wenn hinter dem einen oder anderen Türchen einmal das ein oder andere Stückchen Schokolade fehlt. Von den Erwachsenen ist das ja gut gemeint, man lächelt darüber und blinzelt sich verständnisvoll zu – für die Kinder aber macht es das alles noch schlimmer.

Im Kindergarten ist Weihnachten seit Wochen das Thema Nummer eins, man bastelt Sterne und überflüssige Geschenke für die Mamas und die Papas, zu denen diese dann am Heiligen Abend gute Miene machen müssen, oh wie süß!, wie ådli!, wie schön!, malt Bildchen für Oma, Onkel und Tanten, der ganze Kladderadatsch. Nichts als Sondermüll, den man dann Jahrzehnte aufhebt und den Kindern vielleicht zur Hochzeit wieder schenkt. Weißt du noch, damals? Ach, war das schön! Dann ist es an den Kindern, gute Miene zum blöden Spiel zu machen, und sie denken sich ihren Teil über die langsam verblödenden Alten. Man nimmt sich dann vor, später einmal alles anders zu machen – und was tut man dann? Alles ganz anders, als man es sich vorgenommen und geschworen hatte? Man macht genau den gleichen Scheiß und zieht es durch und findet es am Ende sogar noch gut. So dumm ist der Mensch. Lernt einfach nicht dazu und macht sich die Welt schön. Mit lauter blödem Zeug.

Weihnachten. Man zündet Kerzen an und sagt Lichtlein dazu, erst eins, dann zwei, dann drei, dann vier, in Abständen von Monaten für Kinder – und dann ist in den meisten Fällen immer noch nicht Weihnachten. Dazu erzählt man ihnen eine hanebüchene (weiß eigentlich jemand, was das ist, hanebüchen? Das kommt vom knorrigen Holz der Hagebuche, kennt aber eh keiner. Das wirft immer Spreißel. Wenn man das bearbeiten muss, stehen einem die Haare zu Berge, das ist hanebüchen.) Geschichte von einem armen, kleinen, nackenden Kindlein in einem Stall mitten im Winter, singt Lieder und lässt sie Flöten blasen, dass es jedem halbwegs vernünftigen und musikalischen Mensch das Blut in den Adern gerinnen und an nichts anderes als an Flucht denken lässt; man foltert sich also auch noch selbst.

Weihnachten. Die Kindlein malen Bildchen oder schreiben unbeholfen kleine Zettelchen mit ihren Wünschen, die sie dann am Abend, wenn es dunkel wird, draußen aufs Fensterbrett legen sollen. Und dann nicht mehr hinschauen dürfen. Denn dann, so lügt man sie an – und komisch, niemand empfindet das als Lüge; die einen meinen das ernst, oh arme Kinderlein, und die anderen nennen es höchstens Flunkern und meinen, dann wäre es erlaubt –, käme das kleine liebe Christkindlein vorbei und hole sie ab, die Wunschzettelchen. Wie das Ganze aber in Wirklichkeit, also »in Echt« geschehen solle? Schweigen. Erwachsene lügen zwar gern, lassen sich der Lüge aber nur äußerst ungern überführen. In der Politik begegnet einem das dann später ein Leben lang, aber man hat sich schon so daran gewöhnt, dass es ein völlig normaler und fester Bestandteil des Lebens zu sein scheint. Und das kommt noch hinzu: Eine Garantie für die Erfüllung der Wünsche übernimmt auch keiner der Erwachsenen. Nicht ein einziger, sonst machte dieses perfide Spiel ja keinen Spaß. Man quält die Kleinen nur.

Weihnachten ... so viel fiel Kommissar Friedo Behütuns dazu ein! Er räkelte sich auf seinem Sofa, starrte an die Decke und ließ seinen Gedanken freien Lauf. Es war noch früher Nachmittag, doch draußen wurde es schon wieder dunkel. Er genoss für sich die Zeit im Dämmerlicht.

Nein, die Weihnachtszeit ist eine wunderschöne Zeit für die Erwachsenen. Die Kinder aber quält das alles nur. Sie warten auf ihre Geschenke, können es kaum mehr erwarten.

Am 24. 12. dann ist der Druck bei den Kleinen kaum mehr auszuhalten, sie platzen förmlich und wissen mit sich selbst nicht mehr wohin. Erwachsene bezeichnen diese Qual als Vorfreude – dabei ist es die größte Freude der Eltern, wenn die Plagen endlich im Bett liegen und schlafen. Ruhe geben. Damit man sich endlich in Ruhe zuleuchten kann. Die wohlverdiente Kante geben.

Auch dem kleinen Timo ging es nicht anders. Schon lange vor seinen Eltern war er am Morgen des 24. 12. wach gewesen und hatte sich in seinem Bettchen gewälzt. Warum eigentlich verging die Zeit heute nicht? Nur noch einmal schlafen, hatte die Mama gesagt, dann wäre es endlich so weit: Dann kommt das Christkind.

Aber erst abends!

Bis dahin war es ja noch ein ganzes Jahr!

So quält man sich als Kind durch den Tag. Wenn das kein Terror ist – und das im Namen des Christentums, der Nächstenliebe und der Menschlichkeit.

Bedenklich.

Weihnachten. Irgendwann im Lauf des frühen Nachmittags. Mama sollte noch den Baum schmücken, und Timo sollte das nicht sehen, die Überraschung!, hatte Papa sich den kleinen Timo geschnappt, hatte ihn dick eingepackt und gesagt:

Komm, wir gehen noch ein wenig raus.

Und hatte sich gedacht: Ich muss den kleinen Timo ablenken. Und mich natürlich auch, denn hier wartet nur Arbeit, und die Frau ist ohnehin gestresst. Also, Timo, nichts wie weg und raus!

Und wenn wir dann zurückkommen, dann kommt das Christkind bald.

So waren sie in der Kälte losgezogen, ein wenig durch die Pegnitzwiesen stromern, schauen, wo das Hochwasser ist.

Das Hochwasser aber war schon wieder weg und die Wiesen oberflächlich gefroren. Überall standen kleine und größere Pfützen und Wasserlachen mit schönen dünnen Eisschichten darauf. Ideal für Kinder. Da konnte man leicht darauf treten und die Luftblasen unter dem Eis sich bewegen lassen, da konnte man mit der Hacke oder einem Stöckchen die Eisschicht zerbrechen und das Wasser daraus hervorquellen lassen und man konnte viel entdecken in den kleinen Eisflächen. Gefrorene Gesichter und Landschaften, Tiere und alles Mögliche. Die Fantasie der Kinder kennt da keine Grenzen. So war es dem Papa leicht gefallen, den Timo abzulenken. Der dachte überhaupt nicht mehr an Weihnachten, hatte alles vergessen und machte sich nur dreckig und nass. Was für ein Spaß!

So kamen sie immer näher an den Fluss heran. Kickten Eisstückchen über die kleinen Eisflächen, sahen unter dem Eis einmal einen toten Fisch und fanden sogar ein Stückchen, auf dem Timo hätscheln konnte, schliddern, rutschen. Ein herrliches Vergnügen, solange es einen nicht auf den Hintern haute. Tat es den kleinen Timo auch nicht. Eisflecken für Eisflecken kamen sie näher ans Ufer.

Papa, fragte dann irgendwann der Kleine, wo ist denn das ganze Hochwasser hin?

Das ist wieder zurückgekrochen, sagte der.

Wohin denn?, fragte der Kleine.

In den Fluss, sagte der Papa.

Passt das da alles rein?, wollte der Kleine wissen. Denn irgendwie schien ihm das nicht ganz logisch. Das Wasser hatte doch vorher nicht hineingepasst, das hatte er doch ganz genau gesehen! Die ganzen Wiesen waren doch voll gewesen von dem Hochwasser.

Na, sagte der Papa, dann schauen wir doch mal nach!

So waren sie neben einer alten, schrägen Weide ans Ufer getreten und wollten nachsehen, wie sich das mit dem Hochwasser verhielt.

Da isses alles drin, schau nach!, sagte der Papa, alleswissend.

Der kleine Timo kuckte ungläubig. Es stimmte, was der Papa sagte! Das ganze Wasser war da drin.

Wo fließt das alles hin?, fragte ihn Timo. Und kommt das auch wieder zurück?

Nein, das kommt nicht mehr, das fließt alles ins Meer, sagte der Papa, der sich auskannte in der Welt.

Und diese Hand da, fragte Timo, schwimmt die mit ins Meer?

Hand? Welche Hand?, fragte der Papa.

Jetzt ist sie wieder weg!, sagte der Timo.

Der Papa sah aufs Wasser und sah nichts.

Da ist sie wieder, Papa!, rief der Timo aufgeregt. Die schwimmt nicht weg, die will nicht in das Meer!

Jetzt sah's der Papa auch.

Dann war sie wieder weg, die Hand. Es war ganz eindeutig eine Hand gewesen.

Komm Timo, sagte der Papa und sah auf seine Uhr. Es wird schon dunkel. Wenn wir jetzt nicht heimgehen, ist das Christkind vielleicht schon weg.

Stimmt, dachte sich der kleine Timo, Weihnachten! Das habe ich ja ganz komplett vergessen!

Aber der Mann?, fragte er den Papa.

Das ist kein Mann, Timo, das war nur so ein Ast. Und er ist auch schon wieder weg.

Er war tatsächlich wieder weg.

Als sich der Papa wenige Schritte später aber noch einmal umdrehte, war die Hand wieder da. Eindeutig eine Hand. Sie tauchte auf und verschwand wieder.

Komm, lass uns rennen, damit wir nicht zu spät zum Christkind kommen, sagte der Papa und rannte los.

Der kleine Timo hinterher.

So kamen sie nass, dreckig und ziemlich außer Atem wieder zuhause an. Das Christkind war Gottseidank noch da.

In den Labors hatten schon am Tag zuvor ganz offensichtlich die Weihnachtsferien Einzug gehalten, die Feiertage lagen auch sehr günstig dieses Jahr, sehr arbeitnehmerfreundlich: Mittwoch war Heiliger Abend, Donnerstag und Freitag die Feiertage und dann das Wochenende. Da nahmen viele frei, auch in der Folgewoche noch mit Silvester und Neujahr. Nur eine Woche Urlaub nehmen müssen für zwei ganze Wochen frei, das war ein guter Deal. So hatten Kommissar Behütuns und sein Team aus den Labors keine Ergebnisse mehr bekommen. Damit war frühestens, wenn man es realistisch sah, mit übernächster Woche zu rechnen, wahrscheinlich sogar erst später. Denn erst am Mittwoch in zwei Wochen, nach den Heiligen Drei Königen, würde wieder mit einigermaßen normalem Dienst zu rechnen sein.

Auch das mit den Heiligen Drei Königen ist so eine Geschichte, dachte sich Kommissar Behütuns. Gelogen von hinten bis vorn. Die waren nicht heilig – und was soll das überhaupt sein: heilig? –, dann waren es keine Könige *und* es war ja nicht einmal erwiesen, dass es drei waren! Neugierig waren die allenfalls, sonst nichts. Und dumm vielleicht. Dachten, wenn sie einem Stern entgegenlaufen, dass sie näher rankommen und ihn besser sehen. Aber das ist die Kirche. Vollgepackt mit lauter solchen Geschichten, dass sich die Balken biegen. So voll, dass dir am Ende Hören und Sehen und jede Lust vergeht und du nur noch Ja und Amen sagst. Nur damit endlich einmal Ruhe ist.

Jaja, die Kirche. In jedem Klassenzimmer und an jedem Feldweg einen ans Kreuz genagelt und hängen lassen. Das verschmutzt die Seele der Kinder nicht, das ist völlig normal.

Der Struwwelpeter, ja, der ist brutal! Hänsel und Gretel, die die Hexe verbrennen und was es nicht alles gibt! *Das* schädigt die Kinderseele. Der Genagelte mit dem hängenden Kopf und dem Loch im Bauch, oft noch in Lebensgröße – das ist nicht grauselig. Der ist für uns gestorben, ihr lieben Kinderlein ... stopp jetzt, Behütuns, brems dich! Lass Weihnachten sein, lass Frieden einkehren!

Kommissar Friedo Behütuns frohlockte! Auch ohne Bier und Rauch, und jetzt schon seit vierzehn Tagen, hatte er nichts von seiner Lust an der Wut verloren. Und das war gut.

Bier aber war ein wichtiges Stichwort.

Kommissar Friedo Behütuns hatte sich für den heutigen Heiligen Abend ein ganz besonderes Bier gekauft. Zur Feier wollte er doch endlich wieder eine Flasche trinken, das hatte er sich vorgenommen. Nothelfer-Bier, aus der Klosterbrauerei von Vierzehnheiligen bei Staffelstein. Das Bier der vierzehn Nothelfer, die irgendwelchen Halluzinierenden dort irgendwann – und das gleich mehrfach! – aus heiterem Himmel erschienen waren. Geschichten gab es im Fränkischen, die gingen an die Grundfesten des menschlichen Verstands. Nein, er hatte zwar schon viel getrunken in seinem langen Leben, so viel aber noch nie! Zumindest nicht auf einmal. Wie viel musste man eigentlich trinken, damit einem Heilige erscheinen? Und dann gleich vierzehn auf einen Streich – und das auch noch mehrmals hintereinander?

Friedo Behütuns hatte sich inzwischen ein paar Bücher bereitgelegt, einen Tee gekocht und sich auf sein Sofa zurückgezogen. Das mit dem Bier wollte er erst später in Angriff nehmen. Zuvor wollte er noch ein wenig diese sonderbare und für den Nachmittag vor dem Heiligen Abend so bezeichnende Ruhe genießen. Plötzlich, und das geschah nur an diesem einen Tag im Jahr und war deshalb immer wieder etwas ganz Besonderes, war es in der gesamten Stadt ganz still. Nürnberg lag ruhig da. Fast feierlich. Niemand hektikte mehr herum, kaum Verkehrsgeräusche von draußen, kaum jemand war mehr unterwegs – es kam einem manchmal so vor, als läge die Stadt wie unter einer Glocke. Aber es war nicht gedämpft, sondern es war einfach nichts. Nur Ruhe.

Behütuns saß in der späten Dämmerung. In der nächsten halben Stunde würde der Abend kommen und mit ihm die Weihnachtsbäume in den Fenstern, dann die Glocken in der ganzen Stadt läuten, und man hörte sie dann bis hier herüber. Sankt Lorenz, Sankt Sebald, die Frauenkirche und wie sie alle hießen. Sie legten sich über die Ruhe, durchwirkten sie, so kam es ihm vor, und brachten sie zum Schwingen.

Das war Weihnachten für Kommissar Friedo Behütuns, und er wollte es genießen. Und später dann ein oder zwei Nothelfer. Dabei hatte er gar keine Not, ganz im Gegenteil.

Überhaupt die Dämmerung, in der er jetzt saß. Gibt es die eigentlich noch?, dachte er. Draußen, ja. Aber für die Menschen? Kennen die das überhaupt noch? Heute macht man doch alles bei Licht. Kaum wird es ein wenig dämmerig, macht man das Licht an – und das bleibt dann an, bis einem im Bett die Augen zufallen, erst dann macht man es aus. Licht und Machen und den Kopf mit Sachen von außen zuballern bis zum Anschlag. Aber Sitzen in der Dämmerung? Es langsam dunkel werden lassen? Oder im Dunklen im Bett liegen und auf den Schlaf warten, womöglich bei geöffneten Augen? Nein, das Licht blieb an bis zum Schluss. Oder der Fernseher. Nur keine Ruhe, nur keine Besinnlichkeit. Sich immer nur bedröhnen mit irgendeinem Scheiß. Ablenken. Weg von sich, nur ganz weit weg.

Kommissar Behütuns legte sich zurück und ließ die Dämmerung kommen. Einen geeigneteren Abend als heute konnte er sich dafür gar nicht vorstellen. Der Tee dampfte, ein Stückchen Mandel aus dem Lebkuchen hing in seinen Zähnen ... Er schnaufte sehr zufrieden. Heute würde niemand mehr kommen. Und morgen nicht und übermorgen auch nicht. Das Leben konnte so schön sein!

Da summte das Telefon und ruckelte auf dem Tisch. Die Vibration, zwei Mal.

Das Display leuchtete auf und tauchte das Zimmer in leichtes Blau.
Dann klingelte das Telefon.
Und wieder.
Und wieder.
Scheiße.
Und klingelte.
Wer ruft denn jetzt an?
Und klingelte.
Verwandtschaft?
Und klingelte.
Die würde sich das nicht trauen.
Und klingelte.
Also verwählt.
Behütuns ließ es klingeln.
Das Klingeln hörte auf, das Display leuchtete weiter.
Dann ging es aus, die Dämmerung kam zurück.
Dann klingelte es wieder.
Das Zimmer lag wieder im Blau.
»Behütuns an Weihnachten?«
–
»Wo?«

> Warum sollten wir uns nicht zuerst
> diesen globalen irdischen Problemen widmen?
> Hans-Peter Dürr, *Das Netz des Physikers*

19. Kapitel

Weihnachten auf der Kanareninsel La Gomera ist für den, der dorthin vor der heimischen, vielleicht auch der sozialen Kälte fliehen will, an den Feiertagen vielleicht etwas irritierend. Weil Weihnachten nicht ist. Das Leben geht an den »hohen« Feiertagen beinahe ganz normal weiter, das eigentliche Weihnachten mit den Geschenken feiert man erst am 6. Januar. Einen Tannenbaum hat man dort sowieso nicht, und die Kerzen schmelzen dir einfach weg. Viel zu warm. Am Heiligen Abend sitzt man dann in kurzen Hosen auf der Terrasse und hat die Bescherung: Nichts ist zur Bescherung so, wie man es kennt. Von unten rauscht das Meer herauf, und Weihnachtsstimmung gibt es ganz einfach keine.

Markus Brandtner war von seinen Eltern zu einer »kleinen Weihnachtswanderung« genötigt worden, das sei doch »wunderschön besinnlich«. Am Rand des langen, tief eingeschnittenen Tals ging dann der »Weihnachtsweg« hinauf, an der am Hang stehenden kleinen Kirche vorbei zwischen Palmen und alten Landbauterrassen hindurch bis hoch nach La Viscaina, einem der letzten Ortsteile des Valle Gran Rey, bis ganz hinten knapp unterhalb des Steilhanges, an dem es 500 Meter steil hinaufgeht, braun leuchtende Hänge Lavagestein.

Natürlich war es schön, aber es kotzte ihn an. Es war ja schließlich Weihnachten. Dort oben hatten sie dann auf einem schmalen Balkon in einem »Geheimtipp, den nicht jeder kennt!« in der späten Nachmittagssonne gegessen, Ziegenfleisch, »Carne di Capra, eine echte Spezialität!«, wie sein Vater wichtig sagte. In Wahrheit war es Fleisch mit Unmengen kleiner Knochensplitter drin, das auch noch eklig schmeckte, und Papa hatte wieder zwei Bier zuviel. Und dann noch seinen Veterano. Aus dem Gastraum plärrte der Fernseher unverständliches Zeug, und die einheimischen Gomeros am Tresen brüllten, statt zu reden. Es hallte hier sowieso alles so laut in den Betonbauten mit ihren vielen Fliesen. Der Lärm tat manchmal richtig weh.

Dann senkte sich die Sonne hinter die gegenüberliegenden Berge, es wurde etwas kühler, und sie waren endlich wieder den langen und manchmal sehr steinigen Weg hinuntergegangen ins Tal. Wie sollte das denn werden nachher mit der Bescherung, hatte sich Markus gefragt.

Aber es wurde ganz schön. Ganz anders als daheim, doch die Geschenke passten, und die Eltern stritten nicht. Und auch die Zwille wurde nicht erwähnt. Sie lastete noch immer schwer auf Markus' Gewissen, und er hatte ständig Angst, dass sie zur Sprache käme.

Der Vater war später besoffen.

Das Team Behütuns hatte sich schon am Vortag aufgelöst, am 24. war niemand im Büro. Warum auch. Tote wurden nicht mehr töter, da lief ihnen nichts davon, und alle anderen machten ja auch auf Weihnachten und frei. In dieser Woche würde nicht mehr viel passieren.

Peter Dick hatte noch am Vortag gegen Abend einen Weihnachtsbaum gekauft und schmückte ihn für die Kinder, seine Frau packte Geschenke ein und richtete das Essen. In Zigtausenden von Haushalten sah es an diesem Tag nicht anders aus. Dann wurde Staub gesaugt und aufgeräumt und bei den Kindern wuchs die Spannung. Bei Dick aber war das keine Folter für die Kinder. Da kam am Abend auch kein Christkind, sondern nur die Oma. Da wurden auch keine Wunschzettel geschrieben und aufs Fensterbrett gelegt, kein Kind in einen Stall hineingeboren, kein Heiland für die Welt kreiert, kein Hosianna Tschingderassabumm. Man gab bei seinen Eltern die Bestellung auf und gut. Natürlich viel zu viel, doch was man dann bekam, das wusste man erst abends. Man schenkte sich halt was, die Oma kam, man aß und das war Weihnachten. Der Papa hatte Zeit und Lust auf Kinder, die Mama auch, die Welt war für ein paar Tage im Lot, aus Kindersicht. Auch Flötenspiel gab's nicht im Haushalt Dick. Man bastelte und malte, aber keine Weihnachtssterne, Weihnachtsbäume oder Engel, sondern was einem so gerade – oder ruhig auch einmal schräg – in den Kopf kam. Ganz schön verrücktes Zeug zum Teil. Das hängte man dann an die Wand und wieder ab, wenn Neues kam. Kein Beten, keine Kirche, keine Lieder – und trotzdem schöne Zeit. Sehr schöne Zeit sogar im Kreis der Familie.

Bei Peter Abend war Weihnachten ganz anders. Er fuhr, vielmehr: er musste zu seiner Mutter, dann zu seinem Vater, dann zu den Eltern seiner Lebensgefährtin. Dort wurde überall gegessen und geredet und Fragen nach dem Heiraten gestellt und ob man keine Kinder wolle und überhaupt und nach drei Tagen hatte man die Schnauze bis zum Rand gestrichen voll und Sodbrennen. Erst dann war Zeit für Ruhe und Verdauung. Danach, so war sein Plan, wollte P. A. zum Skifahren gehen, zusammen mit seiner Freundin. Das Quartier war längst gebucht.

Am Vorabend noch hatte P. A. den Kollegen Peter Jaczek besucht in seinem jungen Glück. Ein Geschenk bringen vom Team. Ein Strampelanzug, Blumen, ein paar Flaschen Wein. Da war es etwas trostlos. Das Kind noch viel zu klein für große Augen und Geschenke, es schrie auch nur die ganze Zeit, die Blähungen. Und schlief nachts schlecht, so kleine Kinder sind oft zum Kotzen. Die Freundin fertig mit den Nerven, mit dem Geheul noch nicht. Die Tränen liefen immer wieder, Augen quollen, und die Frisur war schlecht. Das sah nach nicht viel Freude aus, und Jaczek mittendrin. Wie der das alles bereute, sah man ihm richtig an. Vor einem Jahr noch herrlich und allein in seiner Wohnung, und jetzt mit Frau und Kind. Und das Bewusstsein, dass das erst der Anfang war, sah man in seinen Augen. Das Paar in seiner ersten Krise.

Das wird schon wieder, hatte P. A. versucht zu trösten, macht euch doch einfach einmal ein paar ruhige Tage. Das Kind schrie laut dazu.

Was im Präsidium so anläge, hatte Jaczek gefragt, als könne ihm das helfen.

Nur eine Handvoll Morde, blieb P. A. im Ungewissen.

Schafft ihr das auch zu dritt, fragte ihn Jaczek.

Wir sind zu viert, sagte P. A., eine junge und hübsche Kollegin. Und groß, und hielt sich dazu die Hand über den Kopf.

Ich komm euch mal besuchen, sagte Jaczek.

Ja, mach das, bring die Kleine mit.

Dann war P. A. gegangen.

Frohe Weihnachten noch!

Ja, frohe Weihnachten!

Und während die Kleinfamilie Brandtner noch in La Viscaina auf der schmalen Terrasse saß und Reste Ziegenfleischs aus ihren Zähnen popelte, war es 4.000 Kilometer weiter nördlich schon dunkel, und Kommissar Behütuns hatte sich ins Auto gesetzt und war zur Pegnitz hinuntergefahren. Nichts war es mit der Ruhe an Heiligabend. Vorerst nichts.

Die Leiche, die sie dort aus dem Wasser gezogen hatten, war eine stattliche Erscheinung, obwohl sie sichtlich wohl schon länger im Wasser gelegen hatte. Ein muskulöser Typ, stark tätowiert, mit Goldkettchen und Glatze. Und in der Glatze hinten mittendrin ein schönes Loch.

»Zuhältermilieu«, vermutete die junge Ärztin, die den Toten untersuchte.

»Oder einer von den Polen, die zur Zeit die Szene unsicher machen«, tippte der Sanitäter.

»Ja, davon habe ich auch schon gehört«, bestätigte ein zweiter. Sie nickten sich vielsagend und vielwissend zu und hatten keine Ahnung. Dabei sahen sie Behütuns an, ob er ihnen Recht geben könne. Oder dazu vielleicht etwas sagen? Dann hätte man doch wieder etwas Schönes zum Erzählen, gerade heute, an Weihnachten.

Polen?, dachte sich Behütuns. Die die Szene unsicher machen? Die Leute schwätzen ein Zeug und haben keinen Dunst – bzw. doch, natürlich Dunst: viel Nebel und Verwaschenes in ihren Köpfen, nur nichts Klares. Da setzt irgendein Dampfplauderer wahllos ein Gerücht in die Welt, kein Mensch kann sagen, woher er das hat, und alle plappern es nach, weil sie es spannend finden. Und auch die Sprache ist hier wieder sehr verwaschen. Dunst! Die haben Dunst in ihren Köpfen und deshalb keinen Dunst. Ist das nicht wieder einmal widersinnig? Kein Wunder, dass das Denken da nicht weiterkommt, schon seit Jahrtausenden.

Behütuns sagte nichts. Die Regnitz floss im frühen Heiligabenddunkel in die Nacht davon und plätscherte am Ufer. Der Wind war schneidig kalt, nicht stark, doch stetig. Er zehrte sehr schnell aus.

Cela Paulsen saß am frühen grauen Vormittag im Zug nach Bremen Richtung Heimat. Auch sie würde erst im neuen Jahr wieder zurückkommen. Das heißt, sie stand. Sie saß und stand. Sie saß im ICE, und dieser stand gerade kurz vor Göttingen auf freier Strecke, und niemand konnte sagen warum. Oder hätte es vielleicht sagen können, tat es aber nicht. Zumindest der Lok- oder Zugführer müsste ja wissen warum. Gab es aber nicht preis. Vielleicht aber war ja auch die Lautsprecheranlage für die Durchsagen kaputt oder das Mikrofon, der Einschaltknopf verloren gegangen oder irgendetwas anderes. Im ICE geht ständig was kaputt. Dann steht man auf der freien Strecke so wie jetzt die junge Cela Paulsen, sieht drüben auf die Autobahn, wo der Verkehr schön fließt, und schaut sonst auf die Äcker. Ein Krähenschwarm hatte sich dort niedergelassen und pickte in der gefrorenen Erde. Dann flog er wieder auf.

Lasziv sah das aus, wie die schwarzen Vögel flogen. Wie lässig und gelangweilt sie die Flügel schlugen. Als ob die Luft, durch die sie ihre schwarzen Federn streiften, ein wenig zäh sei und es lästig wäre, sich von ihr abzustoßen. Erst höher in der Luft wurden sie leichter, schlugen Kapriolen und griffen sich an. Nein, neckten sich, täuschten Angriffe an. Beneidenswert, wie leicht sie in der Luft herumkurvten, während man selbst am Boden festgenagelt stand.

Nach einer halben Stunde endlich ging es weiter, langsam hinein bis Göttingen, ein Triebkopfschaden. Jetzt hatten sie den Fehler doch noch gefunden und auch die Sprechanlage. Am Bahnhof Göttingen erwarte sie ein neuer Zug, in den sollten sie dann umsteigen, am gleichen Bahnsteig gegenüber. Kein ICE, es wäre so schnell keiner verfügbar gewesen, doch immerhin ein Zug. Ein schöner, alter, stinkender – das sagten sie zwar nicht, doch der Zug war so. Wenn Flugzeuge, dachte sich Cela Paulsen, so oft kaputt gingen wie ICEs, würde kein Mensch mehr fliegen.

Die Stimmung war verständlich schlecht im neuen alten Zug, die Leute telefonierten und sagten ihre Verspätungen durch. Die Angehörigen mussten halt warten. So kam sie ruckelnd und zuckelnd langsam Bremen und dem Heiligabend näher.

> Das Bild stellt dar, was es darstellt,
> unabhängig von seiner Wahr- oder Falschheit,
> durch die Form seiner Abbildung.
> Ludwig Wittgenstein, *Tractatus logico-philosophicus*

20. Kapitel

Am Tag vor Heiligabend war Cela Paulsen noch in Nürnberg unterwegs gewesen, auf der Suche nach dem Unglücksauto. Doch die Corvette war weg, und die Geschichte klang ein wenig abenteuerlich. Nicht dass die Corvette weg war, das schien völlig normal. Eher die Umstände, unter denen sie nach ihr suchte.

Cela Paulsen hatte gleich Dienstag früh bei Malu Hundefutter angerufen und nach dem Verbleib des Unfallautos gefragt. Sie wolle es noch einmal untersuchen.

»Das ist schon weg.«

»Wie, weg? Wie muss ich das verstehen?«

»Verkauft.«

»Das Schrottauto verkauft? Wer regelt denn Herrn Lubigs Angelegenheiten?«

»Das macht das Management, wieso?«

»Die Firmenangelegenheiten, das verstehe ich. Aber das Auto war doch privat?«

»Nein, ein Firmenwagen.«

»Aha. Und wo ist der jetzt?«

»Hab ich doch schon gesagt: verkauft.«

So konnte das Gespräch nicht weitergehen. Oder ewig weitergehen, ohne ein Ergebnis. Bei dieser Auskunft waren sie ja schon gewesen.

»Entschuldigen Sie, aber ich muss das fragen: Wie kommt es, dass ein Unfallauto nach so kurzer Zeit schon wieder verkauft ist?«

»Das war eher Zufall.«

»Ja?«

Am anderen Ende tat sich auf die Frage nichts.

»Könnten Sie mir das bitte kurz erklären mit dem Zufall?«

»Was gibt's da zu erklären? Zufall halt, das sagte ich doch schon.«

Die Franken sind schon komisch, dachte sich Cela Paulsen. Die Stimme am anderen Ende klang kein bisschen unwillig, kein bisschen unwirsch oder irgendwie verdächtig, die Frau war einfach so. Kurz angebunden, vielleicht auch etwas muffelig oder verstockt, doch trotzdem nett. Sie sagte nur das Allernötigste, und das nur knapp. Zu knapp für Cela Paulsen.

»Dann würde ich Sie doch gerne bitten, mir den Zufall vielleicht ganz kurz einmal zu beschreiben?«

Wenn das nur mal kein Fehler war, dachte sich Cela Paulsen, dieses »vielleicht ganz kurz«.

Es war ein Fehler, aber anders wäre es auch nicht besser gewesen.

»Ein Anruf, und das Auto war weg.«

Sie hatte es gewusst, dieses »vielleicht ganz kurz« war ein Fehler. Wie komme ich dieser Dame nur in die Nase, um das herauszuziehen, was ich wissen will? Sie musste weiterfragen:

»Wie soll ich das verstehen? Da ruft einfach jemand an und will das Auto haben, und schon ist es weg?«

»Genau.«

Ja war das denn zu glauben? Verstand die Dame das nicht? Wie machen die das denn, wenn jemand anruft und einen Lkw voll Hundefutter bestellen will? Wahrscheinlich stellen sie dann nur vier kurze Fragen: Welche Sorte? Wann? Wie viel? Wohin? Wenn das so kurz ging, konnte man gute Geschäfte machen. Und schnell vor allen Dingen.

»Wenn Sie mir das bitte ...« nein! Jetzt nicht wieder »kurz«! »... schildern könnten, wie sich das zugetragen hat?«

»Sie wollen es ja wirklich ganz genau wissen.«

»Ja.« Jetzt war sie auch mal kurz!

Die Frau am anderen Ende schien in etwas zu blättern.

»Am Mittwoch gegen 18 Uhr kam ein Anruf, Firma Salehi. Die fragten nach dem Auto.«

»Und?« Sie war schon wieder kurz! Und wie das funktionierte! Die Frau am anderen Ende sprach plötzlich in ganzen Sätzen.

»Sie wollten es kaufen. Noch heute abholen für einen Transport. 5.000 Euro bar, ob das in Ordnung sei.«

»5.000 Euro für den Haufen Schrott?«

»Das war eine Corvette, und die ist in Kasachstan, in Hindustan, Belutschistan oder wo immer das Auto hin sollte, wohl noch viel mehr wert. Das sagte er zumindest. Und es ist eilig, hatter g'sagt, wegen dem Transport.«

»Das Auto wurde also am Mittwochabend noch abgeholt?«

»Die Papiere bei uns und das Auto dann vom Hof. Es war ja freigegeben und für uns nur noch Schrott. Den Rest macht die Versicherung, Vollschaden, Vollkasko.«

»5.000 Euro bar?«

»Ja.« Jetzt wurde die Frau schon wieder kurz und knapp.

»Wie hieß das Unternehmen, das das Auto abgeholt hat?«

»Auto Salehi.«

»Und die Adresse?«

»Witschelstraße, Nürnberg, Nummer weiß ich nicht.«

»Danke.«

Auch Cela Paulsen konnte kurz sein und legte auf. Sie steckte sich den Stadtplan in die Tasche und machte sich auf den Weg. Kaum 20 Minuten später kam sie, nur zwei Stationen vom Weißen Turm entfernt, an der Rothenburger Straße wieder an die Erdoberfläche. Und eine Straße weiter in eine andere Realität. Hier war auf einmal Libanon, gemischt mit Kasachstan, Aserbaidschan, Turkmenistan, Usbekistan, auch Russland, der Türkei und Griechenland – die ganze ferne Welt. Und alles voller Autos.

Hunderte von Gebrauchtwagen standen hier zum Verkauf, zum Teil ganz vorne an der Straße, zum Teil entlang der

Gassen, die nach hinten ins unübersichtliche Gelände führten, oder hinter Zäunen. Die Autos waren ausgezeichnet mit »Voll Ausstatung«, »bar zukaufen« und »mit Grosse Navi«. Kioske standen hier, ein Imbiss hatte laut Schild »ofen«, aber zu, am »Pyramide Imbiss« standen Leute rum, am »Imbiss Beraat« auch. Männer, sonst nichts. Männer, die dunkel schauten. Als Frau kannst du hier Angst kriegen, dachte sich Cela Paulsen, doch sicher auch als Mann.

Cela Paulsen ging die Straße entlang und suchte nach »Auto Salehi«. Eine »Villa Diva« stritt sich um die Gäste mit »Pension Bei Natalia«, der »Pension Sofia« und einer namens »Nesrien«. Das sind doch ganz bestimmt Bordelle, dachte sich Cela Paulsen, doch vielleicht täuschte sie sich auch. Wer aber steigt in so etwas ab? Wahrscheinlich nur die Angehörigen der Szene hier, des Autohandels. Die letzte Nacht vor dem großen Transport nach Kasachstan, Aserbaidschan.

»Daskalakis Auto« und »Dimitri Auto« boten Fahrzeuge feil genauso wie »Labus Auto Export«, »Auto Walid«, »HAS«, »Zahir« und »Auto Hotaman«, dazwischen »Globus Schilderbude« und ein Schildercontainer »Lehr«. Auch eine »Kfz-Zulassung« war vor Ort, auch sie in einem Container und nicht geöffnet. Sehr vertrauenserweckend sah das alles nicht aus. Zwei Männer folgten ihr im Abstand, am helllichten Tag.

Sie trat an eine Imbissbude.

»Frau?«

Die Männer pfiffen durch die Zähne, unverschämt, und einer spuckte zur Seite aus.

»Auto kaufen? Auto gutt!«

»Ich suche Auto Salehi«, sagte Cela Paulsen.

»Ich nix kennen. Salehi nix hier.«

Der Imbissbudenbetreiber sah die Männer fragend an.

»Salehi Auto?«

»Kommen«, sagte einer der Unrasierten freundlich, lockte mit dem Finger und drehte sich schon um zum Gehen. Frau Paulsen folgte ihm.

»Du Auto kaufen wollen?«, fragte er im Gehen, »ich gut wissen! Kommen mit!«

Er führte sie in eine dieser Gassen. Überall auf dem Gelände standen Männer, schauten, rauchten. Ich könnte sie nur mit »dunkle Gestalten« beschreiben, dachte sich Cela Paulsen, und tue ihnen damit sicher Unrecht, zumindest einigen. Doch sie wirken so, vor allem hier in diesem Ambiente. Drüben schauten zwei in aufgeklappte Motorhauben und beratschlagten, die Hände in den Taschen. Sie sah keinen einzigen schrauben.

»Hier sein Salehi, kommen mit«, sagte ihr Scout und führte sie durch ein offenes Tor in einen Hof. Auch hier wieder alles voller Autos. Ein Schild am Zaun, von Hand gemalt, wies diesen Händler aus: »Salehi Auto Inport Export Gute Auto Billig.«

Ihr Scout wies ihr den Weg zu einem Container, der hinten auf dem Areal stand, und ging dann zurück.

»Danke!«

»Ja, gut.«

Cela Paulsen überquerte den Hof, die Tür des Containers stand offen, ein Ofenrohr qualmte dick. Es roch nach Holz und verbranntem Lack. Oder Plastiktüten. Aus dem Container laute Stimmen, Streit. Die Polizistin klopfte.

»Hääh? Wasn?«

Dann gingen die streitenden Stimmen weiter. Frau Paulsen öffnete die Tür. Ein alter Schreibtisch, ein Sofa, ein Sessel, Regale, der Ofen, ein kleiner PC. Hinter dem Schreibtisch ein Mann, vor dem Schreibtisch ein zweiter, halb drauf gesetzt, halb abgestützt. Auf dem Sofa eine Frau, verschmierte, dicke Schminke, kurzer Rock und viel zu dünn bekleidet für die Kälte. Die Männer sahen Cela Paulsen an und unterbrachen ihre Beschimpfungen an die Frau. Die wischte sich verstohlen Tränen ab und setzte sich gerade hin.

»Sie wollen?«, fragte der hinter dem Schreibtisch. Zigarettenrauch hing dick im Raum.

Wer in Gottes Namen kauft hier nur Autos, fragte sich Cela Paulsen erneut. Die machen doch nicht nur misstrauisch, sondern sie weisen dich auch noch ab. Hier wird man, das riecht man doch förmlich, nur übers Ohr gehauen und beschissen, oder nicht? Sie zeigte ihren Dienstausweis.

»Ich suche die Corvette von Herrn Lubig. Sie haben sie angeblich gekauft.«

Dieses »angeblich« war wahrscheinlich falsch, dachte sie sich. Ich muss viel schneller lernen. Das war doch vorher erst am Telefon ...

Die Männer sahen sich an. Der eine machte eine Handbewegung zu der Frau, dass sie verschwinden solle. Sie stand auf, ging raus. Wohin in dieser Kälte, fragte sich Cela Paulsen, in diesem kurzen Rock?

»Corvette?«

»Corvette?«

Die Männer stellten sich dumm. Oder unwissend, das ist ein Unterschied.

»Corvette. Rot. Und Schrott. Totalschaden. Am Mittwochabend abgeholt.«

»Nichts wissen«, sagte der hinter dem Schreibtisch. Er schien der Chef und zuckte mit den Schultern.

Der andere schüttelte nur den Kopf.

»Sie haben dieses Auto am Mittwochabend abgeholt und dafür 5.000 Euro in bar bezahlt.«

Cela Paulsen ließ sich nicht beirren.

»Sie können damit machen, was Sie wollen, ich muss nur wissen, wo es ist.«

Der Mann am Schreibtisch sah auf seine Uhr, als müsse er die Zeit abschätzen. Dann zählte er an seinen Fingern einzeln ab:

»Mittwoch, Donnerstag, Freitag, ...«, der Mann kann Deutsch, dachte sich Cela Paulsen, »... ist schon in Syrien. Zerlegt. Papiere sehen?«

Er griff nach einem abgewetzten Ordner, blätterte darin, dann hielt er ihn ihr aufgeschlagen hin.

»Da, sehen, alles gut in Ordnung.«

Mit Fracht- und Exportpapieren kannte sie sich nicht aus. Sie sah nur Texte, Adressen und Stempel, doch das sagte ihr nichts. Sie würde das aber alles überprüfen lassen können, wenn es nötig würde. Papiere schienen auf jeden Fall vorhanden.

»Ist so ein Schrottfahrzeug denn so viel wert? So ein Totalschaden? 5.000 Euro?«, fragte sie halb aus Interesse, halb auch, um diesem Typen vielleicht noch etwas zu entlocken. Mit den Papieren zeigte sie sich erst einmal zufrieden. Das beruhigte den Mann, Salehi, wenn er es denn war.

»Ich keine Ahnung, nur im Auftrag kaufen und verkaufen.«

Jetzt war sein Deutsch schon wieder weg.

»Sie haben das Auto im Auftrag gekauft?«

»Corvette selten, große Nachfrage. Muss schnell gehen, wenn eine da.«

»Und sie sind Herr Salehi?«

»Ja.«

»Ich danke Ihnen.« Sie tippte sich an den Kopf. Bremer Gepflogenheit.

Salehi tat es ihr nach.

»Ja, ich Ihnen auch.«

Da war das Deutsche wieder, auch noch fast akzentfrei. Mal ging es und mal nicht.

In Gedanken verließ Cela Paulsen diesen fremdartigen und für sie durchaus befremdlichen Autoumschlagsplatz. In Bremen hatte sie so etwas noch nicht gesehen, doch sicher gab es das in jeder größeren Stadt. Und sie fühlte Ärger. Der erste eigene Auftrag gleich am vierten Tag ging schief. Doch sie konnte hier gar nichts machen, das Auto war ganz offensichtlich weg. Und dass eine Corvette ein nicht zu häufiges Auto war, das war ihr klar. Kein Wunder also, dachte sie, dass so ein Fahrzeug schnell einen Liebhaber findet, vor allem dort, wo jedes Autoteil noch einen Wert hat, nicht wie hier, wo man die Alt- und Unfallautos nicht mehr ausschlachtet, sondern im Ganzen in die Presse schickt. Trotzdem, diese Art Recycling hatte für sie zumindest einen leicht kriminellen Touch. Nur, was ist krimineller – Werte zu Schrott zu pressen, damit die Leute gezwungen sind, Neuteile zu kaufen, oder zu nutzen, was noch nutzbar ist? Wahrscheinlich ersteres, doch das ist unser System.

Ohne es zu merken, war Cela Paulsen in ihre Gedanken versunken wieder an der Rothenburger Straße angelangt. Nur zwei Stationen weiter war der Weiße Turm und dort der Jakobsplatz. Sie fuhr wieder zurück.

Jetzt saß sie in dem bummeligen Ersatzzug für den ICE und zuckelte weiter in Richtung Weihnachten und Bremen.

Die Entwicklung ist von nun an wie folgt.
Paul Feyerabend, *Erkenntnis für freie Menschen*

21. Kapitel

Behütuns hatte es geahnt. Trinkst du nichts, dann schläfst du gut und lang, träumst wildes Zeug und bist am Morgen nicht ausgeschlafen, wirst irgendwie nicht wach. Und trinkst du was, dann schläfst du gut und traumlos, aber kurz und bist sofort hellwach, wie angeknipst. Und auch nicht ausgeschlafen.

Wann ist man denn dann jemals ausgeschlafen?, fragte er sich. Nie, oder? Dann ist es auch egal, ob man was trinkt. Der Welt ist halt mit Logik nur schwer beizukommen. So stöhnte er sich aus dem Bett. Die drei Nothelfer von gestern waren nur am Abend Nothelfer, am Morgen wirkten sie ganz anders.

Wusste man schon, wer der Tote war, den sie gestern gefunden hatten? Der aus der Pegnitz mit dem Loch im Kopf? Er rief jetzt nicht an, er wollte lieber laufen. Den Kopf klar kriegen und sich vorbereiten auf die Gans.

Also.

Er fuhr wieder bis Königshof im Süden Nürnbergs an den alten Kanal. Stellte das Auto ab und trabte los. Schwerfällig waren seine ersten Schritte, doch langsam wurde die Bewegung runder. Kein Mensch war außer ihm unterwegs, es war zu früh am Feiertag. Behütuns pumpte. Sein Atem stand in der kalten Luft als weiße Fahne, sein Kopf war sicher grässlich rot. Die letzten Meter ging er nur, es war genug. Im Auto beschlugen dann die Scheiben.

»Behütuns?«

Das Handy, der Kommissar war, frisch geduscht, gerade auf dem Weg zu Dick und seiner Familie.

»Konrad Siebzehn, Polizei Nürnberg, Verkehr.«

Nürnberger Verkehr. Die haben vielleicht alle Namen, dachte sich Behütuns. Siebzehn. Da gab's noch einen, der hieß Viereck, einer hieß Heilandt, und er wusste noch von einem Hund und einem Rindfleisch bei der Sitte. Na gut, seiner war auch nicht besser. Friedemann Behütuns. Aber Rindfleisch? Melde dich so mal am Telefon.

»Ja?«

»Störe ich?«

Immerhin hat er Anstand.

»Nein. Bin gerade auf dem Weg zur Weihnachtsgans. Was gibt's?«

»Sie fahren gerade? Ich kann auch später anrufen.«

Denkt der, ich telefoniere beim Fahren? Am Schluss hängt der mir noch was hin ...

»Nein, hab eine Freisprechanlage ...« War natürlich gelogen. »... also, was gibt's?«

»Es geht um den Toten, den sie gestern aus der Pegnitz gezogen haben.«

»Ja?«

Behütuns hatte gestern noch veranlasst, dass sie ein Bild des Ertrunkenen intern herumgehen ließen, auch von den auffälligen Tattoos. Denn wenn das Opfer einer aus dem Zuhältermilieu war oder aus der Szene, würde ihn vielleicht jemand erkennen, vielleicht einer von der Sitte, vielleicht auch vom Verkehr. Die Wahrscheinlichkeit auf jeden Fall war groß.

»Ich habe das Bild gesehen ...«

»Ja, und? Einer aus der Szene?«

Der auf der anderen Seite lachte. Achtzehn hatte der geheißen, oder?

»Szene ist gut«, sagte der, sagte aber nicht mehr.

»Was soll das heißen, Herr Achtzehn? Kennen Sie die Person?«

Es entstand eine kurze, energiegeladene Pause. Die Energie war richtig greifbar. Behütuns war gespannt.

»Entschuldigen Sie – wollen Sie mich verarschen?« Der Verkehrspolizist schien plötzlich pampig. Oder humorlos. »Das kann ich selbst. Ich kann Ihnen das auch schreiben, dann haben Sie es am ...« – jetzt schien er ins Beleidigte abzudriften – »... Montag. Dachte nur, es wäre vielleicht wichtig. Deshalb hab ich Sie angerufen. Herr Behütuns.«

Dieses »Behütuns« hatte er sauber betont. Boah, dachte der Kommissar, ein Kerl wie aus einem schlechten Film. Genau so, wie sie nicht sein sollen. Wenn dich so einer auf der Straße anhält, gibt es nichts zu lachen. Er hörte ihn förmlich fordern »Fahrzeugpapiere! Führerschein! Aussteigen! Warndreieck, Warnweste, Verbandskasten!«, und nach zwei Sätzen, ganz egal welchen, würde schon kommen »Wenn Sie wollen – es liegt nur an Ihnen – *Ich kann auch anders*!« Arme Würste, die ihre Macht ausspielten und der ganzen Zunft damit schadeten. Nur kriegst du diese Kerle nicht dran – und die, die so einer einmal in der Mangel hatte, konnten einem wirklich leid tun.

»Warum so komisch, was ist los?«

»Siebzehn.«

»Was siebzehn?«

»Sie haben achtzehn gesagt.« Der war wirklich beleidigt.

Jetzt hatte es Behütuns kapiert.

»Sorry, tut mir leid, das war keine Absicht, ich war nur unkonzentriert.«

Das kriegt der wahrscheinlich bei jeder Kontrolle zu hören, dachte er sich, so oder etwas Ähnliches, und dann steht es auch noch am Revers, das fordert ja geradezu zu dummen Witzen auf. Da sagt der eine sechzehn, der andere fuffzehn und lacht vielleicht dazu, einer sagt nur zehn – und nach dem zweiten Satz vom Siebzehn meint dann jeder bloß noch »Null«. Sagt's aber nicht, sondern macht nur noch, was der Siebzehn will. Aber brüllt ihn schweigend mit Null an. Was der natürlich merkt. Teuflischer Kreislauf, bei dem der Angehaltene immer den Kürzeren zieht, sonnenklar.

Siebzehn schwieg.

»Hören Sie«, sagte Behütuns, »ich heiße Behütuns, Sie haben es ja deutlich gesagt. Was glauben Sie, was ich da oftmals zu hören krieg.«

»Zu Recht«, sagte der andere nur. Damit waren sie quitt, obwohl es Siebzehn mit sehr bösem Unterton gesagt hatte. Der wollte noch länger beleidigt sein.

Behütuns tat, als hätte er das nicht bemerkt, und überging es.

»Es tut mir wirklich leid«, log er. »Also, was wollten Sie mir sagen?«

»Die Leiche ist Bernd-Emil Endraß!«, kam es jetzt sehr bedeutungsvoll.

»Okay?«

»Bernd-Emil Endraß.«

» – «

»Bernd-Emil Endraß. Das sagt Ihnen nichts?«

Uff, jetzt bloß nicht wieder etwas falsch machen! Hatte er den Namen schon einmal gehört? Ganz vage war da was ...

»Nein, das sagt mir nichts. Muss man den kennen?«

»Aber ich bitte Sie!«

Das war gut! Jetzt fühlte der sich wieder stark. Siebzehn. Bist doch 'ne Null.

»*Der* Endraß!«

Behütuns sagte der Name wirklich nichts, so sehr er auch kramte. Oder doch?

»Ach so. – Und wer ist das?«

Und dann erfuhr er endlich, wer Endraß war. Stinkreich, verkaufte Motorradzeugs, kam aus Schwaig und so. Ein Freak, so ein schräger Typ. Siebzehn hatte ihn einmal kontrolliert, er war zu schnell gefahren.

Da wirst du deinen Spaß gehabt haben, dachte sich Behütuns.

»Und Sie sind sich da ganz sicher?«

»Absolut.«

»Warum?«

Da wurde es schon wieder brenzlig, jetzt war es Behütuns aber egal. Irgendwas musste er dem jetzt noch reindrücken, Typen wie der brauchten das. Die konnte man nicht einfach übergehen. Irgendwie musste er ihn auflaufen lassen, irgendein Brett. Jetzt wusste er auch, wer Endraß war. Jaczek und Dick waren bei dem gewesen, irgendwann im Herbst, als sie im Fall Professor Altenfurth ermittelten. Die hatten ihn auch beschrieben. Und waren ziemlich beeindruckt gewesen. Der mit den Glasperlen.

»Die Tattoos.«

»Was ist damit?«

»An denen habe ich ihn erkannt.«

»Tattoos haben doch viele.«

»Aber nicht solche, die kenne ich.«

»Was ist daran so Besonderes?«

»Haben Sie die nicht gesehen?«

»Doch, aber es waren halt Tattoos.«

Es fiel ihm einfach nichts ein, wie er den bügeln konnte. Nur dieses Fragengeplänkel, das ihn aber nicht wirklich zu ärgern schien. Verdammt, gab es da nicht noch was Besseres?

»Also ich habe mir die gemerkt, damals, wie ich ihn kontrolliert hatte.«

Behütuns hatte genug, er war auch fast da.

»Okay, Herr Siebzehn, dann schreiben Sie mir bitte einen Bericht, und ganz genau, warum Sie sich sicher sind. Ich bräuchte ihn heute noch.«

Das war wie eine Anweisung. Dabei hatte er ihm gar nichts anzuweisen. Ob Siebzehn das bemerkte?

Nein. Herr Siebzehn war schlagartig still, es hatte wohl dreizehn geschlagen. Ja!

»Aber ich habe es Ihnen doch gesagt …«

Da war er wieder ganz klein, der Siebzehner. Behütuns grinste zufrieden.

»Das reicht leider nicht«, sagte er bestimmt.

»Noch heute?«

»Leider ja, und bitte ganz ausführlich.«
Der andere war still.
»Ich brauche das für die Akten.«
Stille.
»Es geht schließlich um Mord.«
Stille.
»Und das muss passen, verstehen Sie? Da steht Ihr Name drauf, und das kann wichtig sein fürs Gericht.«
Stille. Ja!
»Und legen Sie ihn bitte gleich auf meinen Schreibtisch. Zimmer Dreiacht. Ich komme am Nachmittag.«
Siebzehn blieb still. Kein Mucks mehr am anderen Ende. Ging doch!, dachte sich Behütuns zufrieden.
Er parkte schon ein. Ein kleiner Nachschlag noch? Vielleicht noch ein ganz kleiner ...
»Und hören Sie, Herr Siebzehn ...«
»Ja?«
»Das mit der Achtzehn tut mir leid. Wirklich. War ja auch echt zu doof.«
Noch mal so ein bisschen den Finger in die Wunde ...
»Hören Sie das eigentlich oft?«
Jetzt legte Herr Siebzehn auf.
Deutlich.
Behütuns steckte sein Handy ein. Wie lange hatte er jetzt mit dem telefoniert? Fünf Minuten? Für eine einfache Information. Mit was für Typen man sich immer rumschlagen muss.

Bei Dick war Halligalli. Die Kids fuhren mit den Bobby-Cars durchs Haus und machten einen Höllenlärm. Hatten sie wohl zu Weihnachten gekriegt, und die machten ihnen so richtig Spaß. Ein fränkisches Produkt übrigens. Macht weltweit den Kindern Freude und nervt weltweit die Eltern. Gute Erfindung, dachte Behütuns. Ich kann ja nachher wieder weg.

Er hatte ihnen Indianerfedern mitgebracht, bunte Federn am Stirnband, und zeigte ihnen, wie Indianer machen. Huuh schreien und dabei immer mit der Hand auf den Mund klopfen. So fuhren sie jetzt indianerheulend durch den Hausgang, crashten, rumpelten an die Türstöcke und hatten Spaß. Das ist doch besser als mit Kerzen und mit Liedersingen.

Die Gans war exzellent, Victoria, Peter Dicks Frau, konnte wirklich hervorragend kochen. Knuspriger Gänsebraten mit Kruste über der Fettschicht und innen schön weich, goldgelber, großer Kloß mit Klößbrot, süßwürziges Blaukraut mit Nelken, Wachholderbeeren und Lorbeerblatt gewürzt, wahrscheinlich auch mit Apfel- oder Johannisbeergelee, und dunkle Soße mit Fett. Auch dafür lohnt sich Weihnachten. Nur die Preiselbeeren dazu mochte er nicht.

Behütuns spielte mit den Kindern und zeigte ihnen seinen Zaubertrick. Den einzigen, den er konnte. Er hatte ihn noch von seiner Oma. Ganz einfach, aber er macht Kindern große Augen. Zwei kleine Papierschnipsel mit Spucke auf die Zeigefingernägel gepappt und die Finger immer abwechselnd auf die Tischkante klopfen.

»Es saßen zwei Tauben auf einem Dach,
da kommt der Jäger und schießt danach.

Die eine flog weg ...«, und dann an der einen Hand den Zeigefinger einziehen und mit dem Mittelfinger weiter klopfen,

»... die andere flog weg ...«, und den anderen Mittelfinger,

»... die eine kommt wieder ...«, und wieder mit dem Zeigefinger klopfen,

»... die andere kommt wieder!«, und den anderen Zeigefinger.

So sind die Tauben mal weg und dann wieder da.

Die Kinder kriegen das nicht mit, dass man die Finger wechselt, sie staunen nur. Dann machst du's nochmal, nochmal, nochmal. Kinder können sich daran nicht satt sehen.

Nach dem zehnten Mal zeigte er ihnen, wie es ging, dann waren sie selber dran.

Gar nicht so einfach für so kleine Kinderfinger.

Beim Kaffee erzählte er Dick von dem Leichenfund und wer die Leiche wahrscheinlich war. Dick kannte den Typen, er war bei ihm gewesen, zusammen mit Jaczek, in der Altenfurth-Sache. Der wäre eigentlich stadtbekannt, sagte er. Bei Behütuns nicht.

Ob das alles irgendwie zusammenhinge, fragte er.

Behütuns hatte keine Antwort. Das sei nur Spekulation.

Auf dem Tisch stand Spekulatius.

> Natürlich ist das eine hypothetische Geschichte,
> die unfairerweise die Intelligenz von Eseln
> in ein schlechtes Licht rückt.
> Dan Ariely, *Denken hilft zwar, aber nützt nichts*

22. Kapitel

Der Himmel dunkelte schon wieder ein und drückte auf die Stadt. Kalte Luft unter tiefhängendem Grau – eigentlich nur Wetter fürs Sofa und einen Film, zumal am ersten Weihnachtstag mit einer Gans im Magen. Trotzdem: Behütuns fuhr noch einmal ins Präsidium. Und dort war einiges in Unordnung. Überall standen leere Gläser herum und leer gefressene Tabletts von Schnittchen und Kanapees, Brösel lagen auf dem Boden im Erdgeschoss und zusammengeknüllte Papierservietten auf runden Partytischchen. In den Ecken stand Leergut herum, stinkende Flaschen, Sekt, Saft, Bier. Es roch nach lausiger Kneipe. Hatten die hier eine Party gefeiert, am ersten Weihnachtsfeiertag? Nein: Der Innenminister war mal wieder hier gewesen, um den Polizisten zu danken, die Weihnachten Dienst taten. Billiger Pressetermin. Am Samstag würde er wieder mit seinem festgefrorenen und unsäglich kalten Lächeln und seinen stechenden Augen in der Zeitung sein und seine Zahnleiste fletschen. Dass die hier diesen Zirkus aber auch jedes Jahr aufs Neue mitmachten. Behütuns schüttelte den Kopf und stieg hinauf. Sie ließen sich halt immer benutzen und waren auch noch stolz darauf. Jetzt war der Innenminister mit seinem Tross wahrscheinlich bei der Feuerwehr, danach ging's noch in die Krankenhäuser und in die Kläranlage, vielleicht noch in das eine oder andere Altersheim. Und überall dort Sekt und Schnittchen und das wahrscheinlich Wichtigste: »Grüß Gott, Herr Minister, schön, dass Sie da sind, Herr Minister, wir freuen uns sehr, Herr Minister Herr Minister Herr

Minister.« Verbeug, verbeug, verbeug, die ganze Kriecherei. Oder hieß das schon »Herr Dr. Minister«? ... Behütuns, hör auf, es ist Weihnachten. Fest der Liebe und der Versöhnung.

Vom Treppenabsatz oben kam ihm ein Uniformierter entgegen, grau wie das ganze Gebäude, erschreckend korrekter Seitenscheitel. Und wichtig, sehr wichtig; vielleicht auch ein wenig genervt. Oder gehetzt, überarbeitet. Mit unguter Ausstrahlung auf jeden Fall. Schon von oben, vom Treppenansatz, sah er ihn an und wurde langsamer, sah ihn auch weiterhin an, als er ihm entgegen herunterkam, seine Schritte weiter verlangsamend. Behütuns spürte seine Beine, kein Wunder nach seinem Halbmarathon heute früh. Wie würde das erst morgen werden. Außerdem war er voll, die Gans lag schwer im Magen. Das ist der Nachteil eines solchen Bratens, besonders einer Gans. Da braucht der Magen Stunden, bis er die zersetzt und weiter befördert hat. Als sie auf gleicher Höhe waren, sprach der Uniformierte ihn an.

»Kommissar Behütuns?«

Behütuns stoppte, die Hand noch am Geländer.

»Ja?«

»Polizeimeister Siebzehn. Wir haben heute telefoniert.«

»Ach ja, Herr Siebzehn.«

Behütuns konnte sich ein leises Lächeln nicht verkneifen. Es war eher Belustigung nach innen, nach außen aber wirkte es vielleicht doch spöttisch, zumindest eine Spur. Siebzehn hatte es wohl bemerkt.

»Ich habe Ihnen den Bericht hingelegt«, kam es abweisend korrekt. Der Typ war wirklich humorfrei.

»Ja, danke.« Behütuns ging einfach weiter. »Und frohe Weihnachten.« Solche Menschen mochte er nicht und konnte er heute nicht gebrauchen, die zogen einen nur runter, machten schlechte Gedanken. Seine Beine taten ihm wirklich weh.

Der Bericht lag tatsächlich auf dem Tisch. Ordentlich gemacht, sehr gut, Herr Siebzehn! Auch Lob klingt manchmal wie Spott.

War die Familie eigentlich schon informiert, fragte sich Behütuns, die Angehörigen? War jemand geholt worden, um den Toten zu identifizieren? Da genügte ja der Bericht des Herrn Siebzehn nicht. Er würde das liegen lassen, das war nichts für Weihnachten.

Behütuns machte sich eine Notiz.

Eine zweite Mappe lag noch auf seinem Tisch, ein gelber Klebezettel darauf: Schöne Feiertage! Cela. Doch nicht zu lesen, sondern eher zu erahnen. Behütuns klappte die Mappe auf. Ein Blatt Papier, mit einer unglaublichen Handschrift beschrieben. Das sah ja fast wie Ägyptisch aus, noch aus der Zeit der Pharaonen. Konnte man das denn überhaupt lesen? Behütuns versuchte es. Und es ging.

Der Wagen sei nicht mehr da, las er, diese Corvette. Sei aufgekauft worden und schon im Libanon. 5.000 Euro hätte der Käufer gezahlt, das Exportunternehmen hieße Salehi. Witschelstraße. »Exportunternehmen« stand da. Das klang so seriös, sogar in dieser Handschrift. Aber Witschelstraße und seriös? Behütuns hatte da seine Zweifel.

Er machte sich eine zweite Notiz. Dort musste er selbst einmal hin.

Irgendeine Reaktion auf die Suchmeldung mit der Zwille?

Nichts, zumindest nicht auf dem Schreibtisch, auch in der Ablage drüben nichts.

Aus der Gerichtsmedizin schon was da, was Neues über die Wasserleiche?

Nichts. Auch Gerichtsmediziner hatten Weihnachten. Die zerlegten heute ihre Gans, die roch besser als die Leichen. Dieser, wie hieß der doch gleich?, er sah auf den Bericht von Siebzehn, ja: Endraß!, lag jetzt ja zumindest im Trockenen, aber kaum weniger kalt als im Fluss.

Mehr lag nicht an. Behütuns verließ das Präsidium. Inzwischen war es längst wieder dunkel draußen, und die Kälte wirkte noch kälter. Bei Endraß in der Schublade konnte es kaum ungemütlicher sein, dachte sich der Kommissar und fuhr nach Hause. Und auch kaum lichtloser. Dann stand er lange am Fenster und sah hinaus. Sah die Lichter in den Wohnungen gegenüber und die Nacht über der Stadt. Er dachte nach und dachte nichts und dachte nach und träumte. So ist das manchmal, wenn man etwas im Kopf hat, was dort arbeitet. Dann denkt man nach, und man denkt nach, und irgendwann kommt man zu sich und merkt, man hat sich verträumt. Und ist nicht einen Zentimeter weiter. Das sollte symptomatisch werden für die nächste Zeit.

In den Folgetagen zog sich alles wie in sich zurück. Als ob die Welt sich in ein Schneckenhaus verkrochen hätte und ums Verrecken nicht mehr hinaus wollte. Der Himmel klarte nicht mehr auf, das Grau wurde immer dunkler und dicker und kündete von einer zähen Zeit. Kalt, farblos, erbarmungslos, so zeigte sich der Winter. Das Tageslicht kam kaum über das heraus, was man mit Dämmerung bezeichnet, und 18 von 24 Stunden war es Nacht. Gefühlt noch viel mehr. Wie halten das nur die Finnen aus, die Norweger, Isländer, dachte sich Behütuns. Nur Dunkelheit, das war doch kein Leben. Und die Vorstellung, dass es noch nicht einmal Januar war – und damit die Chance nicht gering, dass das Wetter bis März so bliebe –, legte sich ihm wie eine Ahnung von Depression ins Gemüt und lähmte. Man durfte gar nicht daran denken. Oder war das auch der Entzug? Das konnte nicht sein! Er fand es auch wenig trostvoll, dass der Februar nur ein kurzer Monat war – seine Tage hatten genauso 24 Stunden. Doch wie auch immer, die Tage nach Weihnachten zeigten sich zäh. Peter Abend war skifahren, Paulsen auf Heimaturlaub und nur Dick und Frau Klaus kamen ins Büro. Es ging alles sehr schleppend, zudem war zwischen den Jahren fast überall Urlaubszeit.

Als in der ersten Januarwoche die Familie Brandtner braun gebrannt von ihrer Insel zurückkam, stand sie schaudernd ob der Kälte am Nürnberger Flughafen und wartete auf ihre Koffer. Dann stiegen die drei in ein Taxi und fuhren heim.

In der gleichen Zeit nahmen die Entwicklungen im Präsidium wenig erfreuliche Wendungen. Sie begannen mit einem Tiefschlag, einer echten Hiobsbotschaft. Fast zeitgleich bekamen sie den ersten Befund zur Wasserleiche Endraß, und mit den Tagen zeigte auch das Wetter seine Wirkung. Schließlich wurde Behütuns krank.

Die Hiobsbotschaft zuerst. Sie betraf Peter Abend: Er war nicht mehr dabei. Hatte sich beim Skifahren das Schienbein gebrochen, glatt durch. Und das andere schwer geprellt. War auf dem Weg ins Wirtshaus nach einem Tag auf der Piste durch den Tiefschnee gefahren, eine Abkürzung, und, noch halb im Schuss, in eine Absperrung hinein, knapp oberhalb der Skistiefel. Die hatte unter dem Schnee gelegen und war nicht zu sehen gewesen. Waagerechter Balken, links und rechs fest im Boden verankert. Das Bein war einfach nach vorne weggeknickt. Das tut schon allein bei der Vorstellung weh. Das Ergebnis aber war: Jetzt waren sie nur noch drei, Paulsen, Dick und Behütuns. Sechs Wochen würde es dauern, hatten die Ärzte gesagt, mindestens. Das war nicht sehr erbaulich.

Der Befund bezüglich Endraß bestätigte ihre Vermutungen, brachte sie aber auch nicht weiter. Der Mann war betrunken gewesen, als er ins Wasser fiel, so stand es in dem Bericht. Oder gefallen wurde: Die Obduktion der aufgeweichten Leiche diagnostizierte die Wunde am Hinterkopf eindeutig als nicht aus der Zeit im Wasser stammend. Sie stammte nicht von Ästen oder Steinen, an denen er entlanggeschubbert war, sondern sie hatte ihn zu Wasser gebracht. Man vermutete, als man seinen Weg rekonstruierte, auf der Fußgängerbrücke zur Insel Schütt, denn er war vom Kinopalast Cinecittà, wo er mit seinen Leuten gefeiert hatte, mit sehr hoher Wahrscheinlichkeit zu seinem Auto unterwegs gewesen, das dort im Parkhaus stand. Das zumindest hatte man dort gefunden und als unberechtigten Dauerparker beinahe schon abgeschleppt. Circa eine Woche habe er im Wasser gelegen, ergab die Autopsie, und das stimmte mit den Fakten überein: Am

18. Dezember hatte er gefeiert, am 24. war er wieder aufgetaucht. Über das Motiv aber tappten sie im Dunkeln. Es war ganz offensichtlich kein Raub gewesen, denn seine Brieftasche, Papiere und Schlüssel hatte er bei sich gehabt, als man ihn aus dem Wasser zog. Es fehlte nichts. Und, so sagte die Obduktion eindeutig, Endraß war ertrunken. Der Schlag auf den Hinterkopf, dann war er ohne Bewusstsein, vielleicht hatte man noch ein wenig nachgeholfen, und schon war er im Fluss, so stellten sie sich die Tat vor. Das konnte man in zehn Sekunden schaffen.

Aber warum – also warum die Tat?

Sie hatten keine Ahnung. Bis Mitte Januar klapperten Paulsen und Dick das Umfeld von Endraß ab, Freundeskreis, Kollegen. Stöberten in Akten und privaten Aufzeichnungen, von denen es allerdings nicht viele gab, der Mann hatte wohl lieber gelebt als geschrieben. Sie screenten Geschäftskontakte und Vertragswerke, Lieferantenverbindungen, Beziehungen zur Konkurrenz, checkten Kontoverbindungen und -bewegungen und durchleuchteten alles nach allen Regeln der Kunst – kurz: sie verfolgten jeden nur denkbaren Verdacht auf der Suche nach einer Spur. Aber nichts verdichtete sich. Der Typ war ein schräger Vogel gewesen, ganz ohne jeden Zweifel. Aber Feinde oder Leichen im Keller, irgendetwas Dubioses oder Anrüchiges? Dafür ergaben sich keine Anzeichen. Das Team trat auf der Stelle.

Dazu kam die Grippe Behütuns'. Der wälzte sich im Januar mehrere Tage mit Gliederschmerzen und Fieber im Bett. Schwitzen und Frieren immer gleichzeitig. Dass so etwas überhaupt geht. Dämmerte vor sich hin, und seine Gedanken fantasierten ihm etwas vor. Nach drei Tagen war er wieder auf den Beinen, nach fünf kam er wieder ins Büro, nach sieben quälte er sich wieder zu einem ersten Lauf. Abgenommen hatte er während der Grippe, das war ein großer Vorteil. Doch als er zurückkam, waren die anderen noch keinen Schritt weiter, Paulsen und Dick.

Und dann das Wetter ... Zu sagen, es wurde kalt und grau, wäre leicht untertrieben. Es würde zwar stimmen, die Realität aber trotzdem auch nicht annähernd beschreiben. So ist das manchmal. Man sagt nichts Falsches, aber das heißt noch lange nicht, dass es richtig ist. Es stimmt, aber es ist noch nicht stimmig. Die Stimmung fehlt. Man muss etwas ausholen, braucht einfach ein paar Worte mehr. Das war, was geschah: Ein Wolkenbrett legte sich über Franken, darunter waberte eine zähgraue Nebelmasse, wie festgebacken an den Häusern. Eine Woche hält man das aus, aber sechs? Nur Minusgrade, nur dunkel, nur grau? Inversionswetterlage, schrieb der Wetterochs, darüber schiene die Sonne. Toll. Als wollte er sich auch noch lustig machen. Das Wetter zermürbte die Menschen, man war schon am Morgen bedient, ja, man wachte sogar manchmal schon mit Wut auf. Nur – nichts war so sinnlos wie das: Wut aufs Wetter! Genau das aber war es, was es noch schlimmer machte, von Tag zu Tag. Besser: von Grau zu Grau. Und wenn sich oben nichts bewegte und dann auch unten nichts voranging, auf der Erdoberfläche, wo man sich befand und nicht weg konnte, wo sich das abspielte, was man nur noch sarkastisch als Leben bezeichnen konnte, dann wurde die Welt wirklich schlecht. Schlicht unerträglich. Sie zeigte sich nur noch von ihrer Rückseite, und es gab keinerlei Anzeichen, dass sie vorhatte, sich je wieder umzudrehen. Sich einem zuzuwenden. Und ohne Zuwendung stirbst du ab. »Leute, fahrt Auto«, hatte Behütuns einmal in diesen Wochen gesagt, »das mit dem Klimawandel geht mir zu langsam«, und die Bemerkung sofort wieder bereut. Das war ja alles viel komplizierter und Witze darüber nur blöd. Aber es zeigte die Seelenlage. »Am ersten warmen Tag«, hatte Behütuns mit fast drohendem Unterton irgendwann in dieser Zeit versprochen, »fahre ich hinaus auf einen Bierkeller! Setz mich in die Sonne und dann ...!« Wie wenn er damit hätte jemanden bestrafen können.

Als er das entnervt sagte, war es schon drei Wochen her, dass die Familie Brandtner von ihrer Insel zurückgekommen war, unverschämt braun gebrannt. Drei Wochen – und im Präsidium hatten sie das Gefühl, nicht einen Schritt weitergekommen zu sein. Eigentlich ist das kaum vorstellbar, aber es gibt dieses Phänomen. Natürlich hatten sie gerödelt, befragt, recherchiert, also wirklich viel getan, trotzdem traten sie auf der Stelle. Behütuns kannte das Phänomen, aber in diesem täglichen Grau war das nicht lustig. Es konnte einfach nicht sein! Und es war eigentlich auch nicht erklärbar, der Alltag hat dafür keinen Begriff. Da kommt es nicht vor, ist schlichtweg nicht vorgesehen. Und trotzdem kennt es jeder: Es stellt sich immer ein, wenn man aus dem Urlaub zurück ins Büro kommt: Man war drei Wochen fort – und die Vorgänge auf dem Tisch sind noch immer die selben. Nichts ist auf- oder abgearbeitet, nichts von dem, was auf deinem Schreibtisch liegt, ist erledigt oder weg, es ist alles noch da. Wie wenn drei Wochen lang nichts, aber auch gar nichts passiert wäre und keiner etwas getan hätte – dabei haben alle gearbeitet, haben das, was anlag, vorangetrieben. So wie das Team. Sie hatten Leute befragt und recherchiert und gemacht. Und trotzdem ... – da konnten einem schon Zweifel kommen, ob in der Welt überhaupt irgendetwas voranging. Oder war das alles nur Illusion?

Als nun die Familie Brandtner, von der Insel zurück, in die Küche trat, fiel Vater Brandtner die Zwille sofort in die Augen. Sie lag in der Plastiktüte auf dem Küchenbuffet. Er hatte sie komplett verdrängt. Sie passte ihm jetzt auch überhaupt nicht in den Kram, aber sie musste fort, das war ihm klar. Oder sollte er sie einfach entsorgen? Verschwinden lassen? Einen Moment spielte er mit diesem Gedanken. Nein, das kam nicht in Frage. Aber wenn er sie jetzt nicht gleich am Sonntag wegbrächte, verginge wieder eine ganze Woche. Er hatte ja keine Zeit, er musste ja schließlich zur Arbeit.

Er tat es nicht. Trank an dem Abend lieber eine Flasche Wein und dachte an die Insel. Die Schleuder hatte jetzt so lange herumgelegen, das konnte jetzt nicht so eilig sein. Außerdem – im Grund war es doch eigentlich ziemlich unwahrscheinlich, dass sein Sohn etwas gefunden haben sollte, was vielleicht mit einem Mord zu tun hatte, oder? Also legte er die Plastiktüte erst einmal wieder auf den Küchenschrank, beschwichtigte sich und vergaß sie dann.

Erst zwei Wochen später fuhr er zur Station der Landpolizei im übernächsten Ort. Die Beamten nahmen die Zwille in Empfang und »dieses Kinderspielzeug« erst einmal genauso ernst wie Brandtner in den vergangenen zwei Wochen. Sie machten zwar eine Notiz, wo sie gefunden worden war und wann ungefähr und von wem. Aber dann ließen sie die Sache liegen. Es war auch genug zu tun, und der Vermutung von Herrn Brandtner, die Zwille habe womöglich etwas zu tun mit dem Mord da am Golfplatz, Sie wissen schon, das im September, es könne ja zumindest sein, schenkten sie wenig Gehör. Das schien ihnen doch von sehr weit her geholt, und da nahm sich nur wieder einmal einer sehr wichtig. So eine Zwille ist doch ein Kinderspielzeug, mehr nicht.

So lag die Schleuder erst einmal herum, man spielte hin und wieder auch mit ihr im Büro, beschoss Kollegen mit Papierkügelchen so aus Spaß, und keiner fühlte sich richtig zuständig.

Dick hatte zwischen den Jahren die rote Scherbe ins Labor gegeben, die P. A. und er bei ihrer ersten Besichtigung der Unfallstelle der Corvette gefunden hatten. Ende Januar kam das abschließende Ergebnis aus den USA: Die Scherbe war eindeutig dem Rücklicht einer Corvette identischer Bauart wie der verunglückten zuzuordnen, das stand da schwarz auf weiß. Aber was sagte das aus? Leider nichts, denn die Scherbe hätte ja auch im Zuge der Bergung des Fahrzeugs dorthin gekommen sein können, wo sie gelegen hatte. Kein Schritt weiter also mit dieser Erkenntnis, nichts erhärtete den Verdacht, dass ein Verbrechen vorliegen könnte. Wahrscheinlich hatte der Dicke doch Unrecht. Es gibt eben auch Erkenntnisse, die unnütz sind, dachte Behütuns – aber sind sie dann überhaupt noch als solche zu bezeichnen? Erkenntnis soll doch erhellend sein, oder? Irgendetwas beleuchten, besser sehen lassen, klarer vielleicht. Also keine Erkenntnis, nur Wissen zum Herumliegen, für die Schublade, unnütz. Immerhin aber dann Wissen an sich ... Toll, dachte er, die Sprache geht schon sehr lax mit ihren Begriffen um. An so vielen Stellen, wenn man genauer hinschaut. Dabei will man mit Sprache doch die Welt begreifen, das sagt doch das Wort Begriff ... Aber im Grunde war auch das wieder bezeichnend für die Lage der Dinge. Nichts als Stillstand und Blockade, wohin man sah. Und man ärgerte sich nur, wenn man darüber nachdachte.

»Wo bleibt eigentlich die Analyse von dem Lack?«, fragte er in die Runde, »läuft das auch über die USA?«

»Ich werde da einmal hinterher telefonieren«, antwortete Frau Klaus aus dem Nebenraum.

> **Wiederum wissen wir nicht,
> wohin diese Entwicklungen führen.**
> Hannah Ahrendt, *Macht und Gewalt*

23. Kapitel

»Wo waren Sie in der Nacht vom 11. auf den 12. Dezember?«

Behütuns fiel gleich mit der Tür ins Haus. Besser gesagt in den Container. Eineinhalb Wochen nach seiner Grippe hatte er das Studium der Akten satt und die ewige Telefoniererei. Er wollte endlich einmal wieder das Gefühl haben, dass sich etwas bewegte. Er trank und rauchte noch immer nicht. Vielleicht geht es ja deswegen nicht voran?, dachte er in diesen Tagen einmal, so zermürbt war er schon. Früher lief es doch immer besser. Aber er blieb eisern. Machte wieder Läufe, die auch länger wurden, trank Fränkischen Krüll. Fünf Kilo hatte er – auch dank der Grippe – schon abgenommen und gab auch damit an. »Jo, jo«, sagte Dick dann nur immer und grinste in sich hinein. Das mit dem Schlafen hatte sich nicht verändert, er träumte ständig und viel, aber selten etwas Vernünftiges. Er wachte am Morgen auf und war unausgeschlafen, selbst nach neun Stunden Schlaf. Wie halten das die Leute nur aus, dachte er sich, doch er hielt noch durch. Aber das Wetter. Es machte allen zu schaffen, es drückte aufs Gemüt.

Mit diesen Typen musste man Klartext reden, sonst führten sie dich vor. Alles war bei denen vage, alles nur irgendwie, und sie wanden sich aus allem heraus. Immer. Der Autohändler Salehi Import-Export saß in seinem Container hinter dem Schreibtisch und zog an seiner Zigarette, die Glut schon fast am Filter. Draußen bellte ein Hund. Dann holte er unter dem Schreibtisch eine Flasche hervor, versenkte die Kippe darin, schraubte die Flasche zu und stellte sie wieder zu seinen Füßen. Eklig sah das aus, die Flasche war fast bis obenhin voll mit Kippen. Er zuckte mit den Schultern und sah Behütuns ratlos, beinahe mitleidig an. Eine Mauer des Schweigens.

»Keine Ahnung.«

Er zeigte seine offenen Handflächen. »Woher soll ich wissen? Viel zu lange her.«

Damit schien für ihn der Fall erledigt.

Behütuns legte nach. Er würde dem Typen schon beikommen.

»Am 23. Dezember war meine Kollegin hier, einen Tag vor Weihnachten, vielleicht hilft das ja.«

Keine Reaktion bei Salehi, es sei denn, demonstrativ stoisch dazusitzen ist auch eine Reaktion.

Behütuns wartete ab.

»Wegen Corvette«, sagte Salehi dann. Mehr nicht.

»Richtig, vielleicht hilft das ja.«

Schweigen. Dann griff Salehi ins Regal, klappte einen Ordner auf.

»Alles gut hier, kein Problem«, sagte er, »schauen.« Und hielt Behütuns den Ordner hin. Die Ausfuhrpapiere für das Wrack. »Alles immer in Ordnung.«

Salehi schien sich sehr sicher zu sein.

»Die muss ich mitnehmen«, sagte Behütuns bestimmt. »Wir werden das alles überprüfen.«

Salehi schien das egal. Er nahm die Papiere heraus, übergab sie Behütuns, sonst keine Reaktion. Dann zündete er sich eine neue Zigarette an. Fürchterlich stinkendes Kraut. Blau hing der Rauch in der Luft, obwohl die Containertür offen stand.

»Warum haben Sie die Corvette gekauft?«

»Seltenes Auto, Ersatzteile sind viel wert.« Er zog an seiner Zigarette. Nur kein Wort zu viel, das schien seine Devise.

»Woher haben Sie von dem Auto gewusst?«

Salehi sah ihn verständnislos an.

»Sie haben es kurz nach dem Unfall gekauft – noch bevor der Besitzer unter der Erde war.«

Jetzt verstand Salehi die Frage.

»Weiß man.« Er lächelte vielwissend. »Viele Ohren.«

Behütuns wartete ab.

»Verbindungen«, legte Salehi nach, »und musst du schnell sein, sonst macht das Geschäft anderer.«

»Und wo sind die Sachen, die in dem Auto waren?«

Behütuns bluffte. Er hatte keinen Hinweis darauf, dass sich irgendetwas von Lubig im Auto befunden hatte, und ganz sicher hatte man vorher alles herausgenommen. Aber vielleicht ...

Keine Reaktion bei Salehi, zumindest keine sichtbare – nicht einmal für ein geschultes Auge wie das von Behütuns.

»War nix drin.« Salehi blockte eiskalt ab.

Behütuns klopfte ungeduldig mit den Fingern auf den Tisch. Er würde den Kerl schon noch aus der Reserve locken!

Dem aber war nicht beizukommen.

»War garnichts in dem Auto. Nur Flasche.«

Salehi griff unter seinen Schreibtisch und holte eine Flasche hervor.

»Die.«

Es war die Flasche mit den Kippen. Behütuns nahm sie, sah aufs Etikett. Williams naturtrüb, Oberschwarzach – das gleiche Gebräu, mit dem sich Frau Pank-Posner betrunken hatte! Und das in Hersbruck im Schaufenster gestanden hatte.

»*Die* war in dem Auto?«

»Im Handschuhfach, leer.«

»Die muss ich auch mitnehmen«, sagte Behütuns bestimmt.

Salehi sah ihn wieder so mitleidig an.

»Gleich«, sagte er und nahm sie noch einmal an sich. Schraubte sie auf, steckte seine Kippe hinein und stellte sie Behütuns wieder hin.

»Ist sowieso schon voll.« Dann lehnte er sich mit verschränkten Armen zurück und bedeutete Behütuns, er wäre jetzt mit dem Thema durch. Der Kommissar drang zu diesem Typen nicht durch. Einen Anlauf wollte er noch unternehmen, aber er hatte nicht sehr viel Hoffnung.

»Wer hat das Auto gekauft?«

»Ich«, kam es trocken zurück.

Behütuns schüttelte den Kopf.

»Drüben, meine ich.«

Salehi nahm einen Arm aus der Verschränkung und deutete auf das Papier.

»Händler. Verbindungsmann. Steht alles da drin.«

Jetzt hatte Behütuns es satt.

»Passen Sie auf, Herr Salehi. Ich lass Ihnen Ihren Laden hier hochgehen, wenn Sie glauben, mich abblitzen lassen zu können.«

Salehi zeigte keine Reaktion.

Der Kommissar legte nach, jetzt eiskalt und sachlich.

»Wir haben begründeten Verdacht, dass das mit dem Auto kein Unfall war. Ich ermittle im Zusammenhang mit einem Mord – und Sie machen sich verdächtig. Wo waren Sie in der Nacht vom 11. auf den 12. Dezember?«

Jetzt sah ihn Salehi an.

»Scheiße. Verfluchte Corvette.« Fast hätte er ausgespuckt, besann sich aber anders. Ob er das tat, wenn er alleine war?

Behütuns wartete nur ab. Es war also doch irgendetwas mit diesem Auto!

»Ich bekomme Anruf, weiß nicht von wem«, fing Salehi an zu erzählen. »Soll Corvette kaufen und wegbringen. Fort. Krieg 10.000 Euro dafür.«

»Wer hat da angerufen?«

Behütuns wurde forsch.

»Weiß nicht«, sagte Salehi, »deswegen ja scheiße.«

Er zog geräuschvoll hoch, draußen bellte wieder der Hund.

»Ich bin ganz seriöser Geschäftsmann, alles Bücher, alles da.« Er deutete auf seine Regale und auf das Papier, das vor Behütuns lag. »Sie sehen ja.«

»Wer hat Sie angerufen?«, wiederholte Behütuns seine Frage. Nachdrücklich.

»Keine Ahnung, keine Nummer im Display.« Er deutete auf sein Handy. »Anrufer sagt, soll Corvette kaufen. Soll schnell gehen und soll schnell weg sein. 10.000 Euro. Sag ich: Ja, kein Problem. Wegbringen geht ganz schnell hier.« Und dazu breitete er die Arme aus und meinte damit das gesamte Terrain, die vielen Händler hier. »Aber erst Geld.«

Behütuns verstand.

»Dann hat er das Geld gebracht?«

»Ja.«

»Wer?«

»Hab nicht gesehen.« Salehi schüttelte den Kopf.

»Wie muss ich das verstehen?«

Salehi sah ihn hilflos an.

»Kommt Anruf, sagt, Geld ist in Kasten, draußen. Schau ich nach, ist Geld da.«

»In welchem Kasten?«

Salehi deutete nach draußen.

»In Briefkasten, dickes Kuvert.«

Die Geschichte war abenteuerlich, aber sie passte zur gesamten Umgebung. Hier konnte man nichts anderes erwarten.

»Die Anrufe kamen übers Festnetz?«

»Nein, Handy, sag ich doch.«

»Dann muss ich Ihr Handy konfiszieren.« Er hielt Salehi fordernd seine offene Hand hin.

»Ist neues Handy, ist nicht das.«

Behütuns fasste es nicht. Er wurde hier doch verarscht!

»Wo ist das alte?«

Er hatte die Faxen satt.

»Weg.«

»Was weg, wie?«

»Weg. Verloren, geklaut, weg. Keine Ahnung.«

»Also Sie haben es verschwinden lassen.«

»Nix verschwinden lassen. Ist weg. Passiert. Musst du aufpassen hier. Wird viel geklaut. Und dann weg. Afghanen, Russen, Afrikaner ...«

Der Kommissar legte seine Visitenkarte auf den Tisch.

»Wenn Ihnen noch etwas einfällt. Und ... ich würde an Ihrer Stelle sehr gut überlegen!«

Dann nahm er Papiere und Flasche an sich und stand auf. In der Tür drehte er sich noch einmal um.

»Ich komme wieder, das verspreche ich Ihnen.«

Draußen kläffte ihn der Hund wieder an. Er war auf dem Nachbarterrain und sprang wild gegen den Zaun. Sein Geifer spritzte, irgend so ein nackter und hässlichschnauziger Kampfhund. Hier müsste man einmal richtig aufräumen, dachte er sich. Und: Hier machst du nichts, was nicht irgendjemand sieht. Viele Augenpaare sahen ihm nach, als er zum Auto ging.

Als er zurück ins Präsidium kam, saß Kugler da, der Dicke, und plauderte mit Frau Klaus. Er sei zuvor bei den Kollegen auf der Dienststelle gewesen, erzählte er später, Außenstelle Erlanger Land, nicht weit entfernt vom Golfplatz. Eher ein Zufallsbesuch. Da hätte diese Zwille gelegen, auf dem Schreibtisch eines Kollegen. Das sei ja wohl ein Bombengerät, hätte er gesagt, woher sie die denn hätten? So eine vage Ahnung tat sich bei ihm auf. Dann hätte er Fragen gestellt. Aber Gelächter geerntet, ein Papierkügelchen ganz knapp am Kopf vorbei und wieder Gelächter. Und dann Betretenheit. Jetzt stand er da, mit einem Plastiksack und der Zwille. »Es könnte ja sein, dass ...«, und knetete sich dabei den Nacken.

»Sie sind auch verkehrt beim Verkehr«, sagte Behütuns, als er seine Geschichte gehört hatte und die Zwille vor ihm auf dem Tisch lag. Er freute sich über den Dicken, und er freute sich über den Fund. Wenn der Verdacht stimmte, den der Dicke hatte, dann käme vielleicht wieder Spannung auf!

»Ja, da aber ganz dick dabei«, antwortete Kugler. Den schien das Wetter überhaupt nicht zu tangieren, das seit Wochen alle zermürbte.

»Wetter ist draußen«, antwortete er, darauf angesprochen, und dann zeigte er auf seine Brust. »Die Sonne aber, die muss hier drinnen sein, sonst taugt's nichts – und ...«, dabei griff er in seine Uniformtasche, »... die muss man füttern und pflegen«, und holte eine Tüte Gummibärchen hervor.

»Auch eins?«

Behütuns schüttelte den Kopf. »Die Wampe.«

»Ist aber gut«, legte der Dicke nach und schob sich genüsslich eins rein. »Auch für die Gelenke.«

»Na dann.« Behütuns nahm sich eins, seine Gelenke konnten es brauchen, er beanspruchte sie fast jeden zweiten Tag. Seine Laune aber wurde nicht besser.

»Dosis erhöhen«, sagte der Dicke und nahm sich wieder eins. Behütuns klebten sie nur in den Zähnen. »Chips gehen auch ganz gut«, riet der Landpolizist, »aber nur abends auf dem Sofa.«

Von nichts kommt nichts, dachte sich Friedo Behütuns. Und: Chips hängen auch in den Zähnen. Dann war der Dicke wieder weg – aber seine gute Laune noch da. Fast ein bisschen wie Sonne. Hing einfach so in der Luft im Büro. Irgendwie war das schon erstaunlich. Ob Fett vielleicht glücklich macht?, überlegte Behütuns. Vielleicht sollte ich doch wieder trinken, ist das alles Käse mit meinem Programm ...?

Die Zwille ging direkt ins Labor.

Endlich kam der Befund zu den Lackspuren der Treckerschaufel. Auch das war über die USA und General Motors gelaufen, die Spezialisten wollten da sichergehen. Behütuns gab den Bericht sofort weiter an Cela Paulsen. Das Ergebnis: Die Lackproben waren mit sehr hoher Wahrscheinlichkeit identisch mit der Art und der Farbe des Lackes, mit der die Corvette lackiert gewesen war. Lack identischer Farbe und Zusammensetzung würde aber auch bei zwei Ford-Modellen und bei Skoda verwendet. Ein Ford oder ein Skoda aber waren nicht am Unfallort, was, wenn man es korrekt ausdrücken wollte, ziemlich eindeutig den Schluss nahelegte: Eine Corvette dieses Lackes war irgendwie einmal vor nicht allzu langer Vergangenheit mit konkret dieser Treckerschaufel in Berührung gekommen. Was aber wiederum, in Anbetracht der allgemeinen Corvettendichte, des Fehlens von Hinweisen auf einen Ford oder Skoda, der möglichen zeitlichen Übereinstimmung und der extrem geringen Wahrscheinlichkeit des Kontaktes überhaupt einer roten Corvette mit einer Traktorschaufel im Allgemeinen und der Tatsache des konkreten Eintreffens an diesem Ort im Besonderen eigentlich nur einen vernünftigen Schluss zuließ: *Dieser* Trecker hatte *diese* Corvette gewaltsam berührt. In solch verschwurbelten Denkfiguren bewegte sich das Rumpfteam Behütuns zeitweilig in dieser Phase. Ausdruck des Frustes und der im Wortsinn grauenhaften Wetter- und daraus resultierenden Gemütslage. Dabei war dies eigentlich ein Ergebnis, das klarer kaum hätte sein können und ihnen bewies: Bei diesem Unfall war etwas faul. Das Grau aber hielt sie so tief gefangen, da brauchte es mehr, um sie herauszuholen. Sonne vielleicht – aber die kam nicht. Die Tage wurden zwar schon länger, aber sie verlängerten nur die Grauphase am Tag, das machte alles nur schlimmer. So ging es erneut in ein graues Wochenende, das sich zäh dahin zog. Nur mit äußerster Disziplin und gnadenloser Selbstverleugnung gelang es Behütuns, sein Trainingsprogramm einzuhalten und weiterhin bei Pfefferminze zu bleiben. Man wollte einfach nicht raus, man wollte diese Welt nicht so, man wollte überhaupt nichts mehr. Vielleicht die Wolken wegbomben, irgendeinen befreienden Gewaltakt starten gegen das Wetter, aber das war alles Quatsch.

Diese Art unfruchtbarer Gespräche und Gedanken waren symptomatisch für den Zustand des Teams.

»Wie kann eigentlich so etwas sein?«, fragte Behütuns und wischte sich über die Stirn. Cela Paulsen war erst vor wenigen Minuten von einer ihrer zahllosen Befragungen im Fall Endraß zurückgekehrt. Ihr Mantel lag über dem Stuhl und verströmte noch die Kälte von draußen. Frau Klaus war schon gegangen. Vorm Fenster war es schon wieder schwarz, ebensolche Staubfäden bewegten sich in der aufsteigenden Heizungsluft, irgendein Heizkörper gluckerte. Kein Mensch kam hier auf die Idee, diese Dinger mal zu entlüften. Behütuns klappte die Akte zu, die er gerade durchforschte, Strategieprotokolle der Unternehmensberatung Altenfurth, und schob sie von sich weg. Er wollte Feierabend machen und noch einen Lauf, seinen Kadaver quälen. Das Einzige, das gegen Depression half. Und gegen Dunkelheit. Dick sah von seinem Bildschirm hoch, Paulsen stand in der Tür, einen Pott heißen Tee in den Händen. Süßlicher Geruch machte sich breit wie im Schullandheim, Hibiskus. Das Etikett des Teebeutels hing am Faden über ihre Hand.

Beide sahen den Kommissar fragend an. In letzter Zeit stellte er manchmal Fragen einfach so in den Raum. Man wusste nicht, wo sie herkamen, nicht, worauf sie sich bezogen, nicht, was er überhaupt meinte. Sie kamen aus seinen Gedanken einfach so auf den Tisch.

»Was?«

»Das mit der Schleuder. Dass die so lange dort herumliegt.«

Dick setzte ein leicht spöttisches Gesicht auf und breitete die Arme aus.

»Überlastung ... viele Leute im Urlaub ... der ständige Wechsel ... so viele Unfälle bei der Wetterlage ... vielleicht auch ein Fehler bei der Übergabe, das käme ja durchaus vor ...«, leierte er eine Litanei herunter, die ihm bekannt zu sein schien.

Am Tag zuvor hatten sie den Bericht zur Zwille bekommen. Die Spezialisten im Labor hatten sie zerlegt, hatten Tests mit ihr gemacht, die Materialien analysiert, das ganze Programm. Deshalb hatte es auch ein paar Tage gedauert. Aber sie arbeiteten akkurat, streng nach Wissenschaft, und das dauerte seine Zeit.

Nachdem der Bericht da war, hatte Behütuns eine Nachrichtensperre verhängt, so nannte er es zumindest.

»Dass mir kein Wort davon nach außen dringt!«

Sonst wäre die Kacke am Dampfen, ich sag's euch! Denn wenn das an die Presse durchdringe, hätten sie keine ruhige Minute mehr. Und nichts würde jetzt mehr schaden als das.

Sie hatten die Zwille getestet, hatten sie zerlegt.

Und die Ergebnisse in Kürze:

Die Zugkraft reiche locker, um einen Schädel zu durchschlagen, stand sinngemäß darin. Auch für einen Golfball bestens geeignet, die Abstände der Streben seien weit genug auseinander, das Kissen groß genug.

Die Schleuder sei ein Eigenbau. Man bräuchte dafür wahrscheinlich eine kleine Werkstatt, wenigstens einen guten Schraubstock und auch ein Schweißgerät. Das Grundmaterial sei normaler Baustahl, gebogen worden aber sei der unter großer Hitze, deshalb das Schweißgerät und deshalb wiederum auch Werkstatt. Geschweißt selber war an dem Teil jedoch nichts.

Der Gummi, so der Bericht, sei nichts Spezielles, so etwas gäbe es im entsprechenden Fachhandel, aber auch in manchem Baumarkt am Meter.

Dann aber kam's:

Für die Zwille hatte die Person, die sie gebaut hatte, den Gummi, bevor sie ihn mit Draht an dem Stahl befestigt hatte – was als sehr fachmännisch befestigt bezeichnet wurde –, mit Klebefilmstreifen dort fixiert. Banaler Tesafilm. Damit der Gummi nicht verrutscht. Woraus man auch schloss, dass es eine Einzelperson war, die die Zwille gebaut hatte. An diesem Tesafilm aber hatte man mehrere kurze Härchen gefunden. Sie erklärten das so: Wahrscheinlich hätte derjenige, um die Hände beim Bauen frei- und gleichzeitig den Tesafilm bereit zu haben, sich die Klebefilmstückchen auf den Handrücken geklebt, vielleicht auch ans Handgelenk oder den Unterarm. Zieht man die dann ab und verwendet sie, hinterlässt man auf der Klebeseite natürlich Fingerabdrücke und kleine Härchen. Denn die reißen aus, wenn man den Tesafilm vom Handrücken abzieht.

Die Fingerabdrücke seien verwischt und kaum verwertbar, man tue, was man könne, vielleicht, wenn man ein Original zum Vergleichen hätte – aber die Härchen. Die DNA-Probe hatte ergeben: Sie stammten von derselben Person wie die, die man an Frau Pank-Posner gefunden hatte. Eindeutig.

Das hatte eingeschlagen. War das nicht der Beweis, dass vier Morde in Beziehung standen? Die Morde an Professor Altenfurth und die aus der Silage, Landwirt Schmidt und Dr. Schwartz – die standen doch jetzt in direkter Beziehung zu dem Mord an Frau Pank-Posner! Nur – wo war der Sinn?

»Überlastung, viele Leute im Urlaub, der ständige Wechsel, so viele Unfälle bei der Wetterlage ...«, wiederholte Behütuns die Litanei Dicks und schüttelte den Kopf. »Sagt euch das Stichwort Manson-Morde etwas?«

»Charles Manson, dieser Verrückte aus den Siebzigern?«

»Genau.«

Paulsen und Dick sahen Behütuns verständnislos an. Was wollte er denn jetzt damit sagen?

»Was hat das mit uns zu tun?«, fragte ihn Dick.

Kommissar Behütuns lehnte sich zurück.

»Wenn ich an die Kollegen in Uttenreuth denke, könnte ich mich total aufregen.«

»Ähh ... Chef ...?« Dick verstand den Zusammenhang nicht. Redete der Chef jetzt irr? Hatte ihn das trostlose Wetter restlos kirre gemacht?

»Ich tu's aber nicht.«

Paulsen und Dick verstanden überhaupt nichts mehr, Dick schüttelte nur den Kopf, er wollte ganz offensichtlich das Gespräch beenden. Das war jetzt genug Durcheinander, er hatte nicht einmal mehr Lust nachzufragen.

Paulsen immerhin tat das noch.

»Was?«

»Mich aufregen«, sagte Behütuns, dem das, was den beiden anderen noch völlig unklar war, glasklar zu sein schien. »Denn das wäre den Kollegen gegenüber ungerecht.«

»Chef ... *hallo!?!*«

Behütuns ließ sich nicht beirren.

»Ja, gerechtfertigt wohl, aber nicht gerecht.«

Ach so, dachte sich Dick und hakte das ab. Eines seiner beliebten Wortspiele. Er wollte es dabei bewenden lassen. Cela Paulsen aber war noch nicht zufrieden, für sie hing das alles noch zu sehr in der Luft und sie nahm das, was Behütuns sagte, auch ernster. Sie wollte es einfach verstehen.

»Und warum ungerecht?«, fragte sie nach.

Behütuns beugte sich vor, verschränkte die Arme auf dem Tisch und atmete nachdenklich aus.

»Weißt du«, begann er dann langsam, »Was die mit der Schleuder gemacht haben, ist ein Fehler, ganz ohne Frage, und eigentlich nicht entschuldbar. Aber es ist passiert, was will man machen. Und man könnte sich so richtig darüber aufregen. Aber ... die haben das ja nicht absichtlich gemacht. An was also liegt es dann?«

Und er sah fragend in die Runde.

Fragende Blicke kamen zurück.

»Ich glaube manchmal, dass nichts kreativer ist als der Fehler. Fehler passieren, und alles, was passieren kann, passiert auch irgendwann. Das gehört einfach dazu, und damit muss man leben, auch wenn man es nicht wahrhaben will.«

Wurde der jetzt esoterisch? Dick hörte interessiert und gleichzeitig misstrauisch zu.

»Und jetzt zu den Manson-Morden. Habe ich erst letzthin gelesen. Da haben die ein halbes Jahr lang einen verbogenen Revolver gesucht, dem eine Griffschale fehlen musste, denn die hatte am Tatort gelegen. Und wisst ihr, wo der war?«

Allgemeines Kopfschütteln kam als Antwort.

»Der lag die ganze Zeit über auf einem Revier in Kalifornien und ist verstaubt. Der war dort abgegeben worden. Ein Junge hatte ihn gefunden, sein Vater hatte ihn abgegeben, so wie bei uns. Unglaublich, dass der dort so lange lag. Und der wäre beinahe schon entsorgt worden – obwohl die Weltpresse täglich voll war von Berichten über die Morde, auch über den fehlenden Revolver. Aber – die Weltpresse hat auf dem Revier keiner gelesen. Und hier ist der Mord am Golfplatz schon lange kein Thema mehr. Es hat natürlich etwas in der Zeitung gestanden über einen vermuteten Zusammenhang mit den Leichen aus dem Silo, und das wurde auch intern verteilt. Doch das war ja drunten bei Kornburg.«

Behütuns war mit seinen Ausführungen fertig. Paulsen und Dick sahen ihn etwas verständnislos an.

»Ähh ... und ... was willst du uns jetzt damit sagen?«, fragte Dick vorsichtig nach.

Behütuns sah ihn an und lachte.

»Dass Fehler passieren. Und dass sie immer passieren werden. Es hat keinen Sinn, sich darüber zu ärgern. Und man kann sich vor allem dagegen nicht wehren, nichts hilft. Fehler sind einfach viel zu kreativ.«

So war das also, dachte sich Dick und schaltete seinen Rechner aus.

»Du willst also sagen, dass Fehler passieren?«

Behütuns sah ihn belustigt an.

»So ungefähr, ja.«

»Super Weisheit«, nickte Dick gespielt anerkennend. Er fand das hochgradig banal. Cela Paulsen immerhin, das sagte ihr Blick ganz offensichtlich, ließ das Gesagte nachklingen und überlegte.

»Nur«, schob Behütuns jetzt nach, »das Spannende ist, dass Fehler passieren, soviel wir uns auch anstrengen, sie zu vermeiden. *Das* ist das Kreative.«

Keiner sagte mehr etwas. Dachten sie tatsächlich über seine Worte nach? Oder wollten sie es durch Nichtkommentieren einfach übergehen? Das Thema damit begraben?

»Ich geh jetzt«, sagte Dick dann, »oder ist das jetzt ein Fehler?«, und warf sich seine Jacke über.

»Das werden wir morgen wissen«, lachte Cela Paulsen und stand ebenfalls auf.

Behütuns blieb noch ein paar Minuten sitzen und dachte nach. Dann verließ auch er das Büro.

> Langfristig erweisen sich diese Zuordnungen als
> wechselvoll und die Gruppen selbst innerlich
> kulturell als heterogen.
> Friedrich H. Tenbruck, *Bürgerliche Kultur*

24. Kapitel

Es sollte besser werden, hatte der Wetterochs geschrieben. Nach sechs endlosen, zähen Wochen, die einem vorkamen wie ein halbes Jahr. Ein riesiges Hoch kündige sich an, mit frühlingshaften Temperaturen. Dann sei der Winter erst einmal vorbei, vor allem das endlose Grau, und Farbe träte wieder in die Welt.

Allein die Botschaft beflügelte schon. Behütuns hatte sein Rumpfteam von dessen ufer- und endlosen Befragungen weg für diesen späten Nachmittag noch einmal in den Besprechungsraum beordert. Er brauchte eine Bestandsaufnahme, als mache er sich bereit für einen Frühjahrsputz. Vor den Fenstern war es, wie schon seit Wochen, schwarz. Aber das Schwarz hatte irgendwie so ein Leuchten ... Was Hoffnung doch ausmacht, wie Erwartung die Welt verändert.

»Also, einmal ganz der Reihe nach«, begann der Kommissar und legte ein Blatt Papier vor sich hin. Am Flipchart herumzuzeichnen war nicht sein Ding, er wollte seine Leute auf Augenhöhe, nicht auf sie herabschauen – und stand er am Flipchart, ließ sich das nicht vermeiden. Außerdem war Sitzen viel bequemer. Warum dann also stehen?

Die eine Neonröhre machte klick, ... klick, ... klick ... und blitzte, ihr Zünder war anscheinend defekt. Dick sah hinauf, dann stand er auf und drehte sie kurz in der Fassung. Das Klick war weg, die Lampe blieb aus. Das Licht der verbliebenen zwei aber war hell und ungemütlich genug. Im Vorraum hörte man Frau Klaus irgendetwas machen, es ratschte eine

Schublade, dann surrte das Fax in die Stille hinein, es klapperten Stifte oder die Tastatur. Die drei nahmen das nicht wahr.

»15. September. Professor Altenfurth wird ermordet.«

»Am Loch 13 auf dem Golfplatz bei Gräfenberg«, ergänzte Dick.

»Das Loch ist doch völlig egal«, schüttelte Behütuns den Kopf. »Oder meinst du, das hat etwas zu bedeuten?«

»Keine Ahnung, wir wissen ja nichts.«

»Dann lass das doch einfach alles mal weg. Erst mal nur alles, was Fakt ist.«

Dabei ist das mit Loch 13 ja auch Fakt, dachte er sich. Nur nicht von Relevanz, zumindest zur Zeit nicht plausibel. Man darf über nichts nachdenken, brach er diesen Gedanken ab, sonst wird immer nur alles kompliziert. Aber kompliziert war es doch sowieso schon, sagte ein anderer Gedanke. Schluss damit!, brach Behütuns das ab. Immer diese internen Diskussionen, die nichts bringen.

»Also noch mal: Am 15. September am frühen Morgen wird Professor Altenfurth ermordet.«

Dazu malte er einen kleinen Kreis aufs Papier.

»Am selben Tag verschwindet sein Kompagnon, Dr. Schwartz.«

Ein zweiter Kreis daneben.

»Und seit dem Abend des 15. September wird unser Kornburger Landwirt vermisst. Schmidt.«

Frau Klaus tauchte in der Tür zum Nebenzimmer auf, ein Blatt Papier in der Hand. Offensichtlich wollte er etwas sagen, wartete aber auf eine Gelegenheit, eine Gesprächspause vielleicht. Behütuns hatte sie nicht bemerkt oder wollte noch nicht, auf jeden Fall fuhr er mit seinen Darstellungen fort, malte den noch fehlenden dritten Kreis daneben, für den Landwirt. Dann zeichnete er ein großes Oval um alle drei.

»Alle drei haben eine Gemeinsamkeit: Golf. Bei Professor Altenfurth waren es die Golfbälle«, dabei zeigte er mit seinem Stift auf den Kreis, der Altenfurth darstellte, und dann abwechselnd auf die anderen zwei Kreise, »und bei diesen beiden Golfschläger. Wobei ...«, und dabei deutete er auf den Kreis des Landwirts, »... wir sagen können, wo der Mord am Landwirt geschah, und wir wissen ...«, und dazu sprang er mit dem Stift auf Altenfurth, »... wo der Professor ermordet wurde. Bei dem hier ...«, deutend auf Schwartz, »... wissen wir das nicht. Aber ...« und er malte noch einen Kreis, diesmal um Altenfurth und Schwartz, »... diese zwei hatten sehr eng beruflich miteinander zu tun, und der da fällt aus dem Muster raus.« Und zeigte wieder auf den Bauern. »Schmidt hatte weder mit Altenfurth noch mit Schwartz etwas zu tun.«

Sie hatten sich nicht gekannt und auch in keinerlei geschäftlicher oder anderer Beziehung gestanden, das hatten sie sauber ermittelt.

Jetzt sah er hoch und Dick und Paulsen an.

»Für mich sieht das so aus«, fuhr er dann nachdenklich fort: »Altenfurth kommt aus China zurück. Was er da gemacht hat, wissen wir nicht. Leider. Angeblich Urlaub. Aber er trifft sich noch am Tag seiner Rückkehr, dem 14. September, mit Schwartz. Sie besprechen irgendwas im *Starbucks* an der Pegnitz, es scheint wichtig zu sein, das zumindest will der Ober so beobachtet haben. Am nächsten Tag, am 15. früh, wird Altenfurth ermordet und relativ zeitnah dazu auch Schwartz. Auf jeden Fall war er seither verschwunden. Ob er vor oder nach Altenfurth ermordet wurde, wissen wir nicht. Meine Vermutung ist, dass unser Täter Dr. Schwartz ermordet hatte, die Leiche aber noch irgendwie oder irgendwo entsorgen musste. Vielleicht ist er ja einfach herumgefahren auf der Suche nach einem geeigneten Ort, und dabei ist er auf den Bauern getroffen ...«

»Kann es sein, dass er das so geplant hatte?«, fragte Cela Paulsen. »Also dass er wusste, wohin er mit der Leiche wollte?«

Behütuns überlegte und wollte etwas sagen, doch Dick kam ihm zuvor:

»Das könnte ein Ansatz sein. Das hieße aber auf jeden Fall, er müsste mit dem Landwirtschaftsbetrieb und den konkreten

Arbeitsabläufen – und auch exakt an diesem Tag – dort sehr vertraut gewesen sein, oder?«

Und Behütuns ergänzte:

»Also gewusst haben, dass der Alte wahrscheinlich allein und bis in die Nacht hinein das Silo macht, vielleicht auch, dass er manchmal etwas verwirrt war ...«

»... und«, spann Cela Paulsen den Gedanken fast ansatzlos weiter, »er muss auch gewusst haben, wie man solch ein Fahrsilo fachgerecht anlegt, sonst wäre es ja aufgefallen.«

»... und Kenntnisse aus der Landwirtschaft haben und einen Traktor mit einer Schaufel bedienen können«, wiederholte Behütuns längst Gesagtes.

»Und gute Nerven haben«, ergänzte Dick.

Stille.

Behütuns machte weiter mit seiner Skizze. Ein weiterer Kreis auf der unteren Hälfte des Blattes. Frau Klaus stand immer noch da, hatte aber vergessen, dass sie wartete. Sie fand das Gesagte zu spannend.

»In der Nacht zum 12. Dezember passiert am Lindelberg dieser »Unfall«. Bislang offizielle Version. Lubig mit seiner Corvette. Lubig stand ...« und damit zog er von dem großen, oberen Kreis zum kleinen für Lubig unten eine gestrichelte Linie, »... in geschäftlicher Verbindung zu Altenfurth. Ob das allerdings etwas zu bedeuten hat, dazu haben wir nichts gefunden. Keinerlei Anhaltspunkte.«

Wieder sah er in die Runde, keiner sagte etwas dazu.

»So. Jetzt gehen wir davon aus, dass Lubig Opfer eines Mordes wurde. Aber wir wissen weder wo genau noch wie. Und wir wissen auch nicht, warum sich Lubig und sein Mörder getroffen haben und in welcher Beziehung sie zueinander standen.«

»Vielleicht waren es ja auch mehrere?«, warf Cela Paulsen ein.

»Kann sein«, pflichtete ihr Behütuns bei, »aber wir haben bislang nicht einmal Hinweise auf einen. Außer vielleicht das Taschentuch ...?«

Damit schien diese Überlegung für ihn zumindest für jetzt und seine Absichten abgeschlossen zu sein, und er zeichnete noch einen kleinen Kreis auf die untere Hälfte des Blattes:

»Jetzt aber zu Frau Pank-Posner. Sie hat am 16. Dezember abends Besuch von ihrem Mörder, am nächsten Tag wird sie erfroren aufgefunden – und das ist der, der die Zwille gebaut hat. Der eindeutige Beweis sind die Härchen.«

Frau Klaus stand noch immer in der Tür zum Nebenzimmer, das Blatt in der Hand. Die drei waren so konzentriert, dass sie ihn nicht wahrnahmen.

»Frau Pank-Posner gehört also mit zu den dreien ... irgendwie«, und er deutete auf den Kreis mit Altenfurth, Schwartz und Schmidt.

»Es gibt noch einen anderen Zusammenhang«, sagte Dick, und schob ein vorsichtiges »... vielleicht ...« hinterher.

»Ja?«

»Zwischen Pank-Posner und Lubig. Beiden Fällen ist doch gemeinsam, dass sie offenbar wie Unfälle wirken sollten. Wie Zufälligkeiten, dumme Fügungen des Lebens. Oder seht ihr das anders?«

»Eigentlich nicht, nein«, überlegte Behütuns, Paulsen schüttelte nur kurz zustimmend den Kopf.

Verrückt eigentlich, dachte der Kommissar, als er das sah: Man kann auch zustimmend mit dem Kopf schütteln. In der Körpersprache stimmt das dann, so in der Situation – aber wenn du es beschreibst, es in Worte fasst, wie es ist, ist es falsch. Das sieht die Sprache nicht vor, da schafft sie scheinbar Widersinn. Kopfschüttelnd zustimmen. Hmm.

Wieder so etwas Komisches. Du beschreibst etwas richtig – und die Worte, die dir die Sprache dafür gibt, machen es falsch. Richtig beschrieben – und falsch. Liegt das an der Sprache? Ist die zu ungenau? Zu was ist sie dann gut?

Hör auf so zu denken, bremste sich Behütuns. Sobald du anfängst, über die Sprache nachzudenken, lässt sie dich im

Stich. Zumindest oft. Die Sprache taugt eigentlich gar nicht zum Denken, die hat keine Präzision.

Aber wie dann denken? Ohne Sprache? Wortlos?

Das geht nicht.

Oder doch?

Vielleicht, dachte er weiter, ist das der Unterschied zwischen still denken und laut? Also zwischen für sich denken und für andere? Zwischen nach innen denken und nach außen? Zwischen Gedanken denken und Gedachtes sagen?

Seine Gedanken arbeiteten weiter.

Aber, arbeiteten sie – wird dann Gedachtes falsch, indem man es sagt?

Behütuns dachte und schwieg, sagte nichts. Nichts über seine Gedanken.

Und die anderen schwiegen, weil sie dachten, Behütuns denke, und sie gespannt waren, was.

Das war jetzt ein Missverständnis, aber eines ohne Folgen. Es wusste ja keiner davon.

Behütuns schüttelte innerlich verständnislos mit dem Kopf. Wo waren sie stehen geblieben? Richtig, da: Beiden Fällen war gemeinsam, dass sie ganz offensichtlich wie Unfälle aussehen sollten. Bei dieser Interpretation gingen sie alle mit. Hing also der Fall Lubig auch mit den anderen zusammen?

»Chef?«

Frau Klaus stand immer noch in der Tür, das Blatt in der Hand. Behütuns drehte sich um.

»Ja?«

»Das ist noch nicht alles.«

Behütuns sah Klaus fragend an.

»Es gibt noch einen Zusammenhang«, sagte der.

Kommissar Behütuns war noch nicht wieder ganz bei der Sache.

»Wer? Was?«

»Hier das Fax«, antwortete Klaus und hielt ihm das Fax hin.

Behütuns nahm sich das Fax, las. Dann gab er es weiter an Dick, wortlos. Dann las es Cela Paulsen.

Sie sahen sich verständnislos an.

»Sagt mal ... ist das nicht ... !?!«

Die anderen nickten.

»Scheiße! Wann hatte Endraß das Lokal verlassen? Also um wie viel Uhr?«

»Zwischen halb, dreiviertel eins und viertel zwei, hatten seine Mitarbeiter gesagt«, sagte Paulsen, »so ganz sicher wusste das keiner mehr. Aber die hatten ja auch ordentlich getrunken, muss ziemlich feucht zugegangen sein. Auf jeden Fall nicht nach viertel zwei, ab da war er wohl sicher aus der Kneipe. Denn als die Assistentin Frau Zeitler von ihrem Mann angerufen wurde, war er schon nicht mehr da, und das war um halb zwei.«

Cela Paulsen kannte die Aktenlage offensichtlich sehr genau.

»Aber dass Endraß einen Anruf gekriegt hat, davon stand im Bericht bislang nichts, oder? Das hatte uns keiner erzählt von denen, die wir befragt haben.«

Auch Behütuns hatte die Fakten ganz gut im Kopf.

»So was nimmt doch heute keiner mehr wahr«, sagte Dick. »Die haben alle ihre Handys, Blackberrys, iPhones und wie das Geraffel alles heißt, immer auf dem Tisch und machen ständig damit herum. Das ist völlig normal, und keinem fällt es mehr auf. SMS hier, Anruf mitten im Gespräch dort, schnell mal ins Internet, das gehört doch schon dazu und läuft permanent. Nebenher, zwischendurch, dauernd.«

Behütuns nickte. Er hatte das auch schon oft beobachtet. Multi-Tasking nannten die das dann hochgestochen, drei Sachen gleichzeitig machen. Das Schlagwort für Omnipräsenz. Und für immer und überall nirgendwo richtig sein. Oder Social Networking, der ganze Quatsch.

»Auf jeden Fall hat er den aller Wahrscheinlichkeit nach noch im Café empfangen, so wie es die Uhrzeit sagt.«

»Oder kurz nachdem er draußen war.«
»Von der Nummer von Lubig.«
»Der zu diesem Zeitpunkt aber längst tot war.«
»Also hat jemand Lubigs Handy!«

Es herrschte gespanntes Schweigen. Alle dachten nach, was das bedeutete.

»Haben die sich gekannt, Lubig und Endraß«, fragte Behütuns, »weiß man das?«

»Sieht ganz so aus«, antwortete Dick, der sich das Fax genommen hatte und darin las. »Lubigs Nummer war zumindest eingespeichert.«

»Einen Anruf von der Nummer eines Toten zu kriegen muss schon komisch sein.« Behütuns versuchte sich das vorzustellen. Wie würde er da reagieren? Entsetzt wahrscheinlich, dachte er, zumindest extrem verwundert – aber so richtig vorstellen konnte er sich das nicht. Dick dachte inzwischen schon weiter:

»Aber wie kommt der Anrufer an Lubigs Handy?«
»Gefunden.«
»Oder er hat es ihm irgendwo abgenommen.«
»Als er ihn umgebracht hat ...?«
»Wäre plausibel.«
»Dann hätte Lubigs Mörder Endraß angerufen ...«
»... und ihn dann umgebracht.«

Es knisterte förmlich im Büro. Doch Kommissar Behütuns stoppte die Spekulationen: »Das sind doch alles Vermutungen, Leute«, sagte er »dafür gibt es nicht einen Beweis.«

»Aber hochplausibel wär's«, konterte Dick, und Paulsen und Frau Klaus nickten. Selbst Behütuns konnte das nicht von der Hand weisen.

Vier Köpfe arbeiteten, man konnte es förmlich greifen.

»Also können wir davon ausgehen, dass wir für sechs Morde zwei Täter haben. Oder Täterkreise.«

»So sehe ich das auch. Die Morde an Lubig und Endraß scheinen zusammenzuhängen, und bei den anderen vieren ist es klar.«

Wieder herrschte Stille im Raum.

»Warum kriegen wir das eigentlich erst jetzt?«, fragte Behütuns in die Runde.

»Was meinst du?«

»Die Info über das Telefonat.«

»Weil das nicht so leicht zu rekonstruieren war«, informierte ihn Frau Klaus. »Endraß' Handy lag eine ganze Woche im Wasser – da war eigentlich alles kaputt, haben die Spezialisten gesagt. Wir könnten von Glück reden, dass sie überhaupt noch etwas rekonstruieren konnten. Und außerdem: Die Frage musste ja auch erst einmal einer stellen.«

»Und das warst du?«

»Die Idee war von Cela, ich habe mich nur darum gekümmert.«

»Respekt«, sagte Behütuns nur. Plötzlich hatte er das Gefühl, dass es vorwärts ging. Was hatten sie in den letzten Wochen nur getan? Viel, da hatte er gar keinen Zweifel. Aber vielleicht nicht das Richtige? Nein, sie hatten getan, was sie mussten. In alle Richtungen ermittelt, und auch mit System. Nach Motiven gesucht und Verbindungen, alles Mögliche überprüft und, und, und. Und trotzdem hatte er das Gefühl verlorener Zeit. Als käme er aus einem Loch und wieder zurück in die Wirklichkeit. So ist das oft, wenn man plötzlich einen Schritt macht. Man rödelt die ganze Zeit und ackert und tut, aber kommt nicht voran – und dann macht es auf einmal klick, und die Wirklichkeit ist eine andere. Komische Welt.

»Sagt mal«, fragte Behütuns nachdenklich, »wenn mit diesem Handy telefoniert wird, dann ist es ja eingeschaltet. Und dann kann man es doch auch orten.«

Dick schüttelte mit dem Kopf und deutete auf das Fax. »Das Ding ist ausgeschaltet, die ganze Zeit. Nur für das Telefonat war es an.«

**Aber irgendwas stimmt
an dieser Erklärung nicht.**
Norbert Elias,
Über den Prozeß der Zivilisation I

25. Kapitel

Kommissar Behütuns blieb bewegungslos liegen, hielt die Augen geschlossen und lauschte. Irgendetwas stimmte nicht. Bevor er einen auch nur halbwegs klaren Gedanken fassen konnte, fühlte er sich schon euphorisch. Was war hier los? Er hatte doch genauso geschlafen wie in all den vielen Nächten zuvor, seit über zwei Monaten schon. Wirre Träume, die abenteuerlichsten Geschichten, kaum nachvollziehbare Bilderblasen und früh dann total bematscht und erschlagen. Erschöpft von dem Geschichtenwust. Und jetzt lag er noch schwer im Bett, noch mehr als halb benommen – und trotzdem war ihm leicht, er fühlte sich vom ersten, noch halbwachen Atemzug an voller Lust und Kraft und Energie. Voller Leben! Was war denn das nun wieder – was wurde hier gespielt? Kann denn nichts einmal so bleiben, wie es ist? Kaum hatte man sich an diesen nächtlichen Wahnsinn auch nur halbwegs gewöhnt, hatte sich notdürftig damit arrangiert, musste es schon wieder anders sein. Eigentlich ein trefflicher Grund, sofort und am frühen Morgen quasi aus dem Liegen heraus und noch mit geschlossenen Augen gleich wieder loszugranteln – aber Grant hatte hier keine Chance. *Nichts* Negatives hatte eine Chance! Ganz im Gegenteil: Er hätte aufspringen können voll Energie, er hatte Lust auf Frühstück, Lust auf Kaffee, Lust auf den Tag, auf alles – und nicht die geringste Spur von diesem ewigen und alltäglichen grauen Immerwiederallesgleich- und Gewohnheitsgefühl. Und trotzdem war er misstrauisch, wartete einen Moment ab. Regungslos. Was war heute anders an der Welt, was wollte sie ihm heute schon wieder vorspielen?

Er ahnte es, nein, er wusste es eigentlich längst, aber er glaubte es nicht – das war doch bestimmt eine Täuschung! Nein, nein, das war auch gar nicht zu glauben. Viel zu lange war es doch schon her, dass er das erlebt hatte. Das Helle jenseits der Augen, es war irgendwie licht, so rötlich unter den Lidern, und die Geräusche klangen alle anders. Viel heller, klarer, fröhlicher. Das Mülltonnenklappern aus dem Hof, das Türenschlagen, das Rasseln der Rollos, das Klappern der Absätze vom Gehsteig unten, das Vorbeifahren der Autos, die Schritte aus der Wohnung oben, die Schritte im Treppenhaus, das Hundegebell. Selbst die Spatzen und Meisen, die sich, wie ihm seine Ohren meldeten, im Vogelhäuschen vorm Fenster um die Körner stritten, klangen irgendwie anders. Wie aufgeregt und freudig. Es fehlte nur noch klassische Musik von irgendwo. Oder Carl Orffs »O fortuna« aus den Carmina Burana, volle Lotte, Händels Halleluja, Bachtrompeten, irgendwas.

Bin ich das, fragte sich Behütuns, während es ihn in der Nase juckte, oder ist das tatsächlich so? Bilde ich mir das alles nur ein oder nehme ich es wirklich so wahr?

Wo ist der Unterschied, fragte ein Gedanke dazwischen. Wenn du etwas so wahrnimmst, dann ist es für dich so.

Schwätz nicht, würgte Behütuns ihn ab, heute gibt es keine Täuschung. Es gibt Momente, da gibt es keine Diskussion – und wenn, wäre sie nur rein theoretisch. Und damit überflüssig, nutzlos, obsolet. Da geht Diskussion einfach nicht, sie ist nicht denkbar, keine auch nur annähernd denkbare Möglichkeit, verstanden? Es gibt nur ganz wenige Momente in diesem verunsicherungsgeprägten, zweifeldurchfurchten Leben, in denen man sagen kann: Es ist! Und dieser war so einer. Sonne! Und das schien nicht nur so, sondern *sie schien*! Er hatte schon gar nicht mehr gewusst, was das ist. Die ganze Stadt hatte das nicht mehr gewusst.

Behütuns lag noch immer reglos im Bett. Diese Momente muss man auskosten, das war ihm klar. Er wusste, was ihn erwartete, wenn er die Augen aufschlug, und er freute sich darauf und wollte es noch ein wenig hinauszögern. Wie beim Orgasmus den letzten Höhepunkt. Dann irgendwann hielt er es nicht mehr aus. Langsam, ganz langsam und erst ganz vorsichtig blinzelnd, machte er seine Augen auf, ließ erstes Licht herein. Es war so hell im Zimmer – und alles war schön! Das Haus gegenüber leuchtete, die Fenster reflektierten das Licht und malten helle Flecken an die Zimmerwand, Staub tanzte in der Luft, und es war eine Klarheit, die einem Angst machen konnte.

Sonne!

Und die Welt hatte sich schlagartig verändert.

Es war der erste sonnige Tag in diesem Jahr und der erste seit fast drei Monaten, gefühlt seit ewiger Zeit. Es war Ende Februar. Isländer müssen so empfinden oder Grönländer, wenn nach dreimonatiger Nacht die Sonne zum ersten Mal wieder über den Horizont blitzt und ihr Licht über das Land ausschüttet. Der Himmel allerdings war auch gleich wieder so blau, dass es fast nicht mehr schön war. *So* blau, das gab es gar nicht. Der pure Kitsch. Kurze Kondensstreifen zogen sich unter ihm entlang, von der Sonne angestrahlt, und verblassten sofort wieder. Davor glitzerten silberne Punkte. Nichts trübte diese blaue Klarheit, nicht einmal der Staub, den man überall sah, der sich angesammelt hatte im Grau und der Dunkelheit des Winters. Man bekam nur Lust, ihn wegzumachen. Reinigung, Frühjahrsputz. Alles einmal in die Hand nehmen, alles einmal hochheben, alles einmal abwischen. Frische!, das schrie dieses Licht, und: Neuanfang. Reset.

Die ganze Stadt war an diesem Tag freundlich und schien voll Energie. Wo man auch hinsah, nur freudige, erfreute Gesichter. Als ob sie alle singen wollten. Gott bewahre! Selbst im Präsidium, dem mit Abstand grauesten Gebäude der Stadt. Dick stand am Fenster und wischte mit dem Finger über den Fenstersims, dann zerrieb er das Ergebnis zwischen den Fingern. Frau Klaus holte schon einen Lappen, lustvoll. Cela Paulsen saß aufrecht am Tisch und wirkte einfach nur rein. Die war ja immer so, wie klares Wasser. Lichtflecken blendeten auf der Tischplatte.

»Leute«, sagte Behütuns, der einen Tatendrang spürte, den er gar nicht mehr an sich kannte, »ich muss heute raus! Ich halte es bei dem Wetter hier drin nicht aus.«

Die anderen sahen ihn erstaunt an, im Grunde aber ging es ihnen nicht anders. Die Sonne schrie danach, dass man sich ihr zeigte.

»Machst einen Urlaubstag?«, fragte Dick.

»Neenee«, versuchte Behütuns seine Absicht zu kaschieren, »oder … vielleicht so halb. Ich werde mich mal um die Flaschen kümmern.«

»Flaschen?«

Das musste jetzt wie eine Ausrede klingen, das war ihm klar, aber es war ihm egal.

»Ich fahr mal da raus, wo die den Schnaps machen.«

»Den naturtrüben Williams?«, fragte Dick mit leicht spöttischem Unterton.

»Exakt.«

»Weil das eine Verbindung ist zwischen Pank-Posner und Lubig?« Cela Paulsen hatte sofort begriffen. Sowohl bei Frau Pank-Posner wie auch im Auto von Lubig hatten sich solche Flaschen befunden – wenn man dem Autohändler in dieser Sache Glauben schenken konnte. Doch warum nicht?

»Das kannst du dir schenken«, schüttelte Dick den Kopf. »Ist alles überprüft. Kann man fast überall im guten Fachhandel kaufen.« Als ob Behütuns das nicht wüsste. Er kannte ja die Aktenlage.

»Weißt du etwas Besseres?«, fragte er nur zurück. Er war der Chef – also bestimmte er, was zu tun war. Und er wollte heute raus!

Fünf Minuten später war er fort. Da klingelte das Telefon. Peter Dick ging dran, hörte zu, machte sich Notizen.

»Wann?«

» – «

»Wo?«

» – «

»Wir kommen!« Und legte den Hörer auf.

»Arbeit!«, sagte er nur und schaute Paulsen bedeutungsvoll an. »Komm!«

Kommissar Behütuns hatte sich ins Auto gesetzt und fuhr Richtung Autobahn. Dass der Schnaps nicht nur eine Spezialität war, sondern auch ziemlich rar, wusste er. Oder war das anders herum? Dass er rar war – und deshalb eine Spezialität? Dass die Einstufung zur Spezialität aus der Knappheit resultierte? Das trieb ja den Preis. Behütuns' Gedanken drehten diese kurze Schleife, während er auf den Frankenschnellweg kam. Er freute sich auf seinen Ausflug. Aber war das denn richtig, was er tat? Konnte er in dieser Phase ...? Scheiß drauf, ja! Dieses Licht, diese Sonne musste man einfach nutzen, auch wenn der Zweck ziemlich fadenscheinig war. Durchsichtig. Aber ein paar Stunden Wärme ...! Am Nachmittag würde es sowieso wieder kalt werden, und für die Nacht war erneut Frost angesagt. Klarer Himmel, Sterne, knackiger Frost. Er bog auf die Würzburger Autobahn.

Wo war die Brennerei? Oberschwarzach, er hatte den Ortsnamen im Kopf, auch ungefähr, wo er lag. Im Geist ging er die Strecke durch. Zwischen Ebrach und Prichsenstadt, Weinfranken, Richtung Steigerwald.

Ja, Ebrach, erzählten ihm seine Gedanken, Gefängnis im Zisterzienserkloster, so etwas weiß man als Polizist. Aber Prichsenstadt? Das sagte ihm gerade weniger – oder doch? Moment mal ... war da nicht dieser Typ am einen Ende des Platzes mitten im historischen Zentrum? Der mit den Steinen und Versteinerungen, unzähligen aus der ganzen Welt?

Der mit dem schönen Garten mitten im Städtchen, durch die Scheune und hinten raus? Schräger Vogel. Das wäre einmal ein Ort für Gernstl. Ja Prichsenstadt, vor ein paar Jahren war er einmal dort gewesen, war durchgelaufen. Das Städtchen hatte ihm gut gefallen mit seiner Mauer außenrum und seinem kleinen Marktplatz. Sehr einladend und beschaulich. Egal. Ich fahre Wiesentheid raus und dann rechts, 10, 15 Kilometer vielleicht. Müsste ja auch angeschrieben sein. Und zur Not nehm ich halt das Navi. Wie lange werde ich brauchen? 'ne gute Stunde vielleicht.

So träumte er vor sich hin, die Sonne schien, der erste Frühling lachte seine Seele an, und der Nürnberger Kommissar dachte sich nur: Ja, schönes Frankenland, ich komme! Er war schon lange nicht mehr dort draußen gewesen, drüben im Weinfränkischen, dabei war Franken gerade in dieser Ecke so schön. Anders als hier, nicht so rau, so würde er das vielleicht beschreiben, nicht so schroff, viel lieblicher und auch erhabener. Weniger abweisend, eher einladend – bis hin zu den Menschen. Das Land barock hügelig, mehr in Wellen, die Erhebungen tatsächlich erhebend, viel ruhiger und weiter gezogen, mit vielen kleinen Orten, vielfach in die Täler hineingeschmiegt, und in jedem zweiten Ort ein Schloss, so hatte er es in seinem Kopf. Fränkisches Toskanaland, die Schwere und die Leichtigkeit alter Geschichte, heute mehr Hinterland und abseits, früher wohl mal zentraler und auch wichtiger, mit viel mehr Bedeutung. Weltoffener aber bis heute. Und viel alte Kultur. Die Renaissance fand man hier noch und viel barock Gebautes. Eigentlich, wenn man nur hinsah, an allen Ecken und Enden.

Kurz hinter Erlangen tauchte man schon ein in die andere Umgebung. Erst Höchstadt und der Aischgrund mit den Karpfenweihern links und rechts, viel flaches Land, viele kleine Wasserflächen, und dann wurde es auch schon hügelig. Behütuns träumte vor sich hin, genoss die schöne Landschaft, dachte an nichts. Kein Radio, keine Nachrichten, keine Musik, nur das

Rauschen der Autobahn, Sonnenlicht draußen, überholen und überholt werden. Kolonnen von Lkws. Dann kam auch schon die Ausfahrt nach Wiesentheid, er bog ab.

Oberschwarzach stand nicht dran, nach Gefühl bog er ab. Er hatte ja keine Eile. Fuhr von der Zubringerstraße ins Land, zu Bäumen, Wiesen, Hügeln, Menschen. Brünnau stand angeschrieben. Ob er hier richtig war? Er würde einfach fragen. Buntsandsteinhäuser bis an die Straße, die Straßen gehsteiglos, das Gestein der Häuser von hier. Das gab ihnen etwas Erdiges. Erstaunlich viele Menschen auf der Straße, am hellichten Tag und so weit draußen. Und alle alt, und alle standen nur und schauten. Wohl selten, dass hier einer durchfährt, dachte sich Behütuns und hielt an.

»Grüß Gott«, grüßte er durchs offene Fenster.

»Grüß Gott«, kam es von draußen zurück.

»Wo geht's denn hier nach Oberschwarzach?«

»Willst en Weh keff?«

Nein, Behütuns wollte keinen Wein kaufen, er wollte nur den Weg wissen. Wie anders hier das Fränkisch klang.

»Hemmerah en.«

Schon gut, nein, nein, er wolle wirklich keinen Wein kaufen. Dann fuhr er die ihm angewiesene Straße aus dem Ort hinaus, und nach zwei Hügeln las er Oberschwarzach.

Im Gegensatz zu Brünnau hier der Ort wie tot. In rechten Winkelkurven führte ihn die Straße durch den Ort und mittendrin, das war das Schöne an dem Land hier, stand wieder ein Schloss. Renaissance. Erhaben erhob es sich da, leicht erhoben auf einem Hügelchen, pure Geschichte, die einem sofort Wurzeln gab. Ein Hund bellte von irgendwo aus einem Hof, sehr tief und lästig pflichtbewusst, sonst war nichts los. Schon fast so ein Gefühl wie Sommer: tote Straßen, die Menschen nur zurückgezogen, das helle Licht, viel Staub und wenig Trost hier so weit draußen. Behütuns war ausgestiegen und sah sich um. Ein Bach, wahrscheinlich ist das ja die Schwarzach, dachte er, floss mitten durch den Ort und quer unter der Hauptstraße hindurch. Kam links zwischen den Häusern hervor und verschwand nach rechts genau so. Nur Häuserrückseiten wandten sich ihm zu, eng aneinander stehend bildeten sie eine dunkle Gasse. Er ging ein paar Schritte. Nein, hier konnte er niemanden fragen. So stieg er wieder in seinen Wagen und rollte langsam am anderen Ortsende hinaus. Hier fand er, was er zu finden gehofft hatte: die Standard-Infotafel; Straßenlageplan der Ortschaft und Wanderkarte der Region. Und eine zweite gleich daneben, mit der doch sehr wichtigen Mitteilung für Ortsunkundige: Aus diesem Oberschwarzach kam, und darauf war man sichtlich schon seit Jahren stolz, die Weinprinzessin von vor acht Jahren. Hut ab und alle Ehre, das war sehr gut zu wissen. Das letzte Highlight der Vergangenheit.

Die Infotafel schließlich klärte ihn auf: Die Anschrift, die er suchte, war keine Straße hier im Ort, sondern ein Ortsteil außerhalb, gleich unterhalb des Weinbergs drüben.

Nur zwei Minuten später fuhr er dort auf einen Hof.

Auch hier: kein Mensch zu sehen, alles wie ausgestorben. Aber eine Klingel am Verkaufsladen. Er klingelte, nichts tat sich. Behütuns lauschte, wartete. Die Frühlingssonne warf harte Schatten in der klaren Luft. Sehr ruhig war es hier, grundruhig, ohne Hintergrundgeräusch. Kein Rauschen einer fernen Straße, kein Flugzeuglärm von irgendwo. Ein Spatzenschwarm tobte quer durch den Hof und hinten übers Haus. Es roch leicht nach Silage vom Nachbarhof. Er klingelte erneut am Laden. Da stand ja »Bitte klingeln«. Aus der Tiefe des Hauses gegenüber jetzt eine laute Stimme, noch gedämpft. Was treibt die Sprache hier, dachte Behütuns kurz, das hat doch nichts mit Dampf zu tun, sondern mit Dämmung. Also klingt die Stimme doch gedämmt und nicht gedämpft. Und trotzdem sagt man's so. Gedämpft.

Ein Fenster hatte sich geöffnet gegenüber, Tellergeklapper im Hintergrund. Eine Frau sah heraus.

»Wollen Sie Weh keff?«

Nein, keinen Wein. Aber ob er hier richtig sei für diesen Williams naturtrüb?

Sie lachte. »Ja, ich komme.«

Kurz darauf überquerte sie den Hof und schloss den Laden auf.

»Der ist schon etwas ganz Besonderes, unser Naturtrüber«, sagte sie stolz und führte ihn in einen Nebenraum, gebaut für Weinproben. Behütuns aber juckte es, gleich einmal vorsichtig einen kleinen Stachel zu setzen. Er hatte schon so seine Meinung.

»Ich finde das ja eigentlich schon ziemlich schräg« – und eigentlich meinte er Betrug und Nepp und Scheiße –, ›naturtrüber Brand‹. Ein Brand ist doch klar, den gibt's doch gar nicht anders, das ist seine Natur. Naturtrüb ist doch unnatürlich.«

Die Frau lachte ihn an, sie hatte das wohl öfter schon gehört.

»Kennen Sie den Brand denn? Haben Sie ihn schon einmal probiert?«

»Ich kenne nur die Flasche, das hat mich neugierig gemacht.«

»Und deshalb kommen Sie hierher? Von woher kommen S' denn?«

»Aus Nürnberg.«

Er holte seinen Dienstausweis hervor und zeigte ihn der Frau.

»Mein Name ist Behütuns, Friedo Behütuns, Kripo Nürnberg.«

Die Frau erschrak ein wenig.

»Was ist passiert?«

Behütuns schüttelte den Kopf.

»Die Leute erschrecken immer, wenn wir kommen. Doch keine Bange, es geht nicht um Sie. Ich habe nur ein paar Fragen.«

»Ja?«

Die Stimme der Frau hallte in dem kalten Raum.

»Zuerst mal zu dem Williams, das interessiert mich wirklich.«

»Das ist unser bester, wir machen ihn seit 81. Sie müssen ihn probieren.«

Behütuns winkte ab.

»Ich trinke keinen Alkohol.«

Wie das schon klang! Es stimmte ja, wenn er das sagte, doch es hörte sich so absolut an. Sollte er nicht bald mal wieder auf einen Bierkeller und sein Gelübde brechen, wenn das Wetter noch ein paar Tage so bliebe? Endlich mal wieder Bier von innen sehen? Spüren?

Die Frau erzählte von dem Williams und von der Brennerei. Sie brannten nur für sich und auch nur eigenes Obst, sehr sorgfältig gesammelt und vergoren. Sie brannten nicht für andere und auch kein fremdes Obst. Das Rezept für den Williams wäre vom Schwiegervater, der hätte es erdacht und hätte damals auch lange herumgetüftelt und probiert, bis es dann funktionierte. Inzwischen hätten sie das Patent dafür – auf alle naturtrüben Brände, das hätten sie gar nicht gewusst. Hätten eigentlich nur das Verfahren für die Birne patentieren lassen wollen und hinterher dann festgestellt, dass es für alle Brände galt. Sie hätten es auch schon mit Kirschen probiert und anderen Früchten, mit den Ergebnissen aber waren sie nicht sehr zufrieden. Nur mit der Zwetschge funktioniere es, den gäbe es jetzt auch naturtrüb. Inzwischen sei der Brand sehr stark gefragt und deshalb rar. Doch größere Mengen könne man nicht produzieren, weil man nur eigenes Obst nähme. So sei er immer knapp.

»Was anderes kommt nicht in Frage.«

Die Stimme der Frau war laut, Behütuns klangen die Ohren. Doch war sie nett und unbefangen.

»Schon interessant, das alles«, kommentierte er, »und wie machen Sie das dann? Doch einfach wieder Fruchtfleisch untermischen, oder?«

»Das fragt fast jeder«, lachte sie und sagte dann bestimmt: »Das ist unser Geheimrezept, und es wird nicht verraten. Sicher nicht.«

Also Fruchtfleisch untermischen, dachte sich Behütuns, und ein Geheimnis daraus machen, dann klingt's nach mehr und Besserem und bringt mehr, weil man sich's bezahlen lässt – von denen, die nur nach so etwas suchen, weil sie genau so etwas für sich brauchen. Im Kopf. Die Mechanik lag Behütuns klar vor Augen: Geheimnisse erhöhen die Begehrlichkeit und damit direkt den Wert. Und Knappheit potenziert das noch. Er schüttelte innerlich den Kopf. Ist das nicht alles hohlköpfig? Und geistig arm? Geistige Leere kommt so manchem ganz schön teuer ...

»Und wie lange hält sich das mit dem Fruchtfleisch drin?«

»Ewig.« Das war sehr resolut gekommen. Und sie erläuterte das dann. Viele Schnapsbrenner würden ja sagen, ein Brand halte nur zwei bis drei Jahre, dann sei er nicht mehr gut. Das läge aber nur am Brennen und an den Zutaten. Wenn die da etwas beimischten, was den Schnaps nach zwei, drei Jahren schlecht mache, dann sei das deren Problem. Ein richtig gut gebrannter Schnaps, der halte Jahre, ja Jahrzehnte, und würde eigentlich nur besser. Immer. Wie unserer. »Den können Sie ewig aufheben.«

Behütuns sah sich um.

»Wein machen Sie auch?«

»Alles, was hier wächst. Bacchus, Scheurebe, Müller-Thurgau, Silvaner, Weiß- und Grauburgunder, Rotling, Kerner, Domina ...«

Behütuns kannte alle diese Namen, doch nur vom Klang, mit Wein kannte er sich nicht aus – dabei gibt es in Franken so viele gute Weine, wusste er. Ich muss mich doch einmal damit befassen. Vielleicht ein Grund, öfter hierher zu fahren in das schöne Weinfranken.

»Ich muss Sie etwas fragen«, sagte dann der Kommissar und zog ein paar Bilder hervor. »Denn deshalb bin ich hier.«

Die Frau sah ihn neugierig an.

»Ich weiß nicht, ob es von Bedeutung ist, aber wir kommen in einem sehr verzwickten Fall gerade nicht richtig weiter ...«

Wie sollte er ihr das erklären, ohne etwas zu sagen?

»Ich darf Ihnen nicht sagen, um was es dabei geht, und wenn Sie irgendjemanden erkennen, hat das für den Fall wahrscheinlich auch gar nichts zu bedeuten. Trotzdem wäre es für uns vielleicht doch interessant ...«

Mein Gott, was sabbel ich hier rum, dachte Behütuns. Mir bräuchte mit so einem Gerede niemand kommen! Die Frau aber schien sich damit zufrieden zu geben und sah die Bilder an. Lubig und Pank-Posner. Als Polizist musst du halt oftmals den Leuten gegenüber Sachen nicht begründen, diese Erfahrung machte er immer wieder.

Die Frau schüttelte den Kopf. »Nein, die kenn ich nicht«, sagte sie und gab ihm die Bilder zurück. »Sind das Nürnberger?«

Behütuns nickte. »Aber mehr darf ich nicht sagen.«

Er überlegte kurz. Und das sollte jetzt der ganze Zweck seines Besuchs gewesen sein? Wie jämmerlich stünde er denn da, wenn er zurückkäme! Aber das Stichwort »Nürnberger« war ja nicht schlecht.

»Haben Sie denn Kunden aus Nürnberg?«

»Sie meinen Gasthäuser oder Geschäfte?«

»Nein, eher Privatpersonen«, sagte Behütuns aufs Geratewohl. Die Verkaufsstellen hatten sie ja alle gecheckt.

Die Frau öffnete eine Schublade, zog eine Kartei hervor und blätterte darin.

»Nürnberg ...«, sagte sie nachdenklich, dann las sie Namen vor. Behütuns hörte zu. Und war plötzlich hellwach.

»Sagten Sie Brädl? War das vielleicht ein Doktor Brädl?«, fragte er.

»Ja, Dr. Brädl. Der war mal hier, das ist schon Jahre her. Der hat ganz viel gekauft damals, doch nur ein Mal. Vor Weihnachten war das, als Geschenk für seine Kunden, hat er gesagt. So dreißig, vierzig Flaschen, das könnte ich Ihnen nachschauen, wenn es für Sie wichtig ist. Steht alles in den Büchern.«

Behütuns winkte ab.

»Der ist ziemlich betrunken heimgefahren damals, da hatte ich wirklich Bedenken«, erinnerte sich die Frau. »Aber sagen Sie das nicht weiter – nicht dass der jetzt Schwierigkeiten kriegt deswegen.«

Behütuns schüttelte den Kopf.

»An den kann ich mich gut erinnern. Hat hier gejammert, dass ihn seine Frau verlässt und er sie abfinden muss, auszahlen irgendwie, er hatte wohl keinen Ehevertrag – und dabei hat er fünf, sechs Schnäpse getrunken.«

Dr. Brädl, dachte sich Behütuns. Doch da war noch ein Name gewesen. Pongratz. Er fragte sie danach.

»Ja, Janis Pongratz«, sagte die Frau, »der auch. *Den* hab ich vielleicht g'fress! Der kriegt von uns nicht eine Flasche mehr. Nie wieder!«

War das noch Zufall? War Pongratz nicht der Nachbar von Frau Pank-Posner? Nein, die Pank-Posner-Nachbarn waren Dr. Leo Brädl auf der einen und dieser Getränkefuzzi auf der anderen Seite, dieser Langguth – und dessen Nachbar war der Pongratz, danach kam nur noch Wald. War das jetzt Zufall oder wie musste er das denken?

»Das ist so ein ganz Schlauer – und ein ganz Ekliger, Widerlicher«, schilderte die Frau. »Entschuldigen Sie, wenn ich das so sage, so frei heraus. Aber wissen Sie, der hat hier eingekauft, ich glaube auch 50 Flaschen. Und zwei Tage drauf standen die im Internet für über 40 Euro. Jede! Ohne unser Wissen. Der hat gedacht, er macht mit unserem Schnaps Geschäfte. Dem mussten wir erst über unseren Anwalt drohen. Der kriegt von uns nicht eine Flasche mehr!«

Sie schüttelte den Kopf.

»Wann war das ungefähr?«, fragte Behütuns.

»Ach, das ist auch schon lange her, bestimmt schon vier, fünf Jahre.«

Das liegt zu weit zurück, dachte Behütuns.

»Wissen Sie«, erklärte die Frau, »wir verkaufen nicht an jeden. Wir schauen uns die Leute an, und die Chemie muss stimmen. Das ist auch mit den Händlern so und mit den Wirtshäusern, die unseren Schnaps ausschenken wollen. Erst wenn die hier waren und es passt, wenn wir das Gefühl haben, dass die und deren Läden auch in Ordnung sind, dann liefern wir. Anders kriegt von uns keiner was.«

»Kommen denn öfter Leute aus Nürnberg hierher, um Schnaps oder Wein zu kaufen?«

»Für Wein kommen schon viele, für Schnaps war im Oktober der Letzte hier, oder war das gar im November? Ich könnte es Ihnen jetzt nicht sagen, aber ich frag ja immer, woher die Leute kommen. Ist ja auch interessant.«

Sie kramte nach etwas in einer Schublade, dann legte sie ihm eine Karte hin und deutete darauf.

»Der war das, der aus Nürnberg. Zehn Flaschen, glaub ich, hat der mitgenommen oder zwölf, das weiß ich nicht mehr genau, war auch für Weihnachten, hat er gesagt, für einen Freund.«

Klaus Neuner, SASEN – Safety Service Nürnberg, stand auf der Karte. Behütuns notierte sich Name und Nummer, es konnte ja nichts schaden. Dann wusste er nicht mehr, was er noch fragen sollte. Er sah auf seine Uhr. Halb zwei.

»Sagen Sie – wo kann ich denn hier in der Nähe etwas essen?«

»Da fahrn S' die Straße vorn nach links und dann einfach geradeaus weiter, und im nächsten Ort steht gleich am Anfang links ein Wirtshaus. Zur Fröhlichkeit. Da kriegen Sie jetzt was.«

Er packte seine Fotos in sein Notizbuch und steckte es ein.

»Und, nehmen Sie jetzt eine Flasche?«

»Ja, geben Sie mir eine mit. Was macht das?«

Er bekam die Flasche Williams geschenkt, die Frau bestand darauf. Damit er den weiten Weg hierher nicht ganz umsonst gefahren sei.

»Und sagen Sie mir jetzt, um was es geht?«, fragte sie noch.

Behütuns legte nur den Finger auf den Mund, dann fuhr er wieder fort.

»Frau Klaus?« Behütuns telefonierte.

»Ja?«

»Kannst du mir bitte etwas in Erfahrung bringen?«

»Ja, was?«

»SASEN – Es-A-Es-E-En – Safety Service Nürnberg. Was die so machen. Computer oder Häuser oder was weiß ich. Und vielleicht auch ein Herr Klaus Neuner, der dort arbeitet. Und nichts erzählen, wenn du dort anrufen solltest, klar?«

»Hey Chef, natürlich nicht, ich hab schon immer alles ausgeplaudert.«

»Danke. Was machen Dick und Cela?«

»Sind unterwegs, ein Notruf. Und du? Kommst du nochmal rein?«

»Ich geh jetzt hier erst etwas essen, dann komm ich wieder. Schätze so zwischen vier und fünf. Die anderen sollen bitte warten.«

»Ist klar.«

Er legte auf.

»Chef«, hatte er noch kurz gehört, Frau Klaus wollte wohl noch etwas sagen, doch zu spät.

Was hat jetzt die Aktion gebracht?, resümierte er auf der Rückfahrt. Was würde er den anderen berichten können? Dass Dr. Brädl einmal Schnaps gekauft hatte dort draußen, allerdings vor sehr langer Zeit? Dass Pongratz auch einmal Schnaps gekauft hatte dort, aber damit Geschäfte hatte machen wollen, aber auch schon vor etlichen Jahren? Dass die ihn, also Pongratz, für einen Widerling hielten, für ein Ekelpaket? Die ganze Fahrt war unterm Strich ein Flop, das konnte er nicht anders sagen. Aber warum war er dann nicht gereizt? Auch nicht frustriert und kein bisschen genervt? Lag das tatsächlich an der Sonne? Dass es wie über Nacht schon fast wie Frühling war?

**Weitere Faktoren traten hinzu
und verbesserten die Situation.**
Gerhard Lenski, *Macht und Privileg*

26. Kapitel

Cela Paulsen und Dick sprangen aus dem Wagen. Mit blinkenden Lichtern und offenen Türen stand ein Sanka schräg in der Einfahrt des Anwesens Dr. Leo Brädl – jenes Brädl, der Professor Altenfurth im September auf dem Golfplatz gefunden und die Polizei benachrichtigt hatte. Ein zweiter Sanka bog gerade ums Eck mit Martinshorn und Blaulicht. Der alte Langguth stand auf dem Gehsteig und wies sie hinein. Er hatte im Kommissariat angerufen. War mit dem Hund draußen gewesen und hatte aus dem Haus Brädl Schreie gehört. Fürchterliche Schreie einer Frau.

Dick sprintete ins Haus, Cela Paulsen hinterher. In der Eingangshalle blieben sie stehen, lauschten, sahen sich um. Niemand zu sehen. Aus dem hinteren Teil kamen Geräusche. Sie eilten ihnen nach, durch das Wohnzimmer – eine Wohnflucht – und durch die offene Glasfront hinaus auf die Terrasse, in den Garten und zu einem Nebengebäude. Es war seitlich an das Wohnschloss angebaut und halb verglast. Halb Gewächshaus, halb Werkstatt, halb Hobbyraum. Alles Mögliche lag hier herum, Apparate, Maschinen, Werkzeuge. Und auf dem Boden Dr. Brädl, das Hemd aufgerissen, der Notarzt über ihm und gab ihm Stromstöße. Defibrillator. Eine fassungslose Frau stand dabei und zwei emotionslose Sanitäter. Zwei weitere Rotbekreuzte stürzten, eine Tasche in der Hand, hinzu, die Besatzung des zweiten Sankas.

Der Notarzt sah Dick an und machte weiter. Dann legte er den Defibrillator zur Seite und arbeitete per Hand. Pustete Luft in Dr. Brädl und drückte den Brustkorb ein. Rippen knackten, es war ganz deutlich zu hören. Dann gab der Notarzt auf, stand auf. Schüttelte schweigend den Kopf, schnaufte und wischte sich Schweiß ab.

»Wie lange lag er schon dort?«, fragte er die Frau, es war offensichtlich Frau Brädl.

»Ich weiß es nicht, er hat so geschrien.«

»Polizei?«, fragte er, an Dick gewandt.

»Kripo«, nickte Dick.

»Kripo? Das war ein Unfall.«

Er beugte sich zu dem Toten hinunter.

»Stromschlag«, erklärte er kurz und öffnete dem Toten die Hand. Die Innenfläche war übel verbrannt.

»Er hatte dieses Gerät in der Hand«, und dazu zeigte er auf etwas, das aussah wie ein elektrischer Tacker oder ein Nagelschussgerät, Dick kannte sich damit nicht aus. »Wenn da die Griffe unter Strom stehen, zieht es einem die Hand zusammen ...«, und dazu ballte er eine Faust, winkelte den Arm an und zog, wie krampfend, die Faust immer näher an sich heran, beugte sich dann nach vorn, »... und man kommt nicht mehr los. Der Strom, der dann den Muskel aktiviert, ist sehr viel stärker als jede eigene Muskelkraft. Und wenn dann keiner da ist, der schnell schaltet und vor allem schnell den Strom abschaltet oder die Sicherung nicht ... Sie sehen es ja.«

Die Frau schluchzte auf, einer der Sanitäter führte sie hinaus.

»Wie kommt das, dass da Strom drauf sein kann?«, fragte Dick. Elektrische Geräte müssen doch gesichert sein. Was war das überhaupt für ein Gerät?

»Scheint, als ob dieser Herr altertümliche Werkzeuge und Geräte gesammelt hat, was hier so alles herumsteht.«

Der Arzt nahm das Gerät in die Hand. »Sieht aus wie ein alter elektrischer Klammerer, ein Nagelgerät ... keine Ahnung.«

»Ja, immer alles schön anfassen!«, bellte Dick, »vielleicht auch noch überall herumlaufen ...«

Dann fing er sich und wurde etwas konzilianter. »Ich glaube, wir sollten den Raum sperren und die Spurensicherung holen. Vorsichtshalber.«

Der Notarzt sah ihn verständnislos an.

»Das war doch ganz offensichtlich ein Unfall.«

»Das werden wir bald wissen. Ich hoffe, Sie haben recht.«

Cela Paulsen schüttelte still den Kopf. Sie deutete auf den Schraubstock auf der Werkbank, anschließend auf ein Schweißgerät, das in der Ecke stand, auf mehrere Stangen rohen Bau- oder Armierungsstahls und schließlich auf etwas Schwarzes, das zusammengerollt zwischen Sägen und Schlüsseln an einem Wandhaken hing.

Dick sah es sich näher an: Gummi. Scheiße, ging es ihm durch den Kopf, dann griff er nach seinem Telefon.

»Ich muss Sie bitten, alle den Raum zu verlassen, und bitte, wenn es geht, nichts mehr anfassen. Der Mann ... Ja ...?« Jetzt sprach er ins Telefon. Er nannte die Adresse und forderte die Spurensicherung an. »Der Mann«, nahm er dann seine Anweisung wieder auf, »bleibt erst einmal hier liegen.«

Sie traten hinaus in die Sonne, standen auf der Terrasse herum, der Arzt steckte sich eine Zigarette an. Unwillkürlich drehten alle ihr Gesicht zur Sonne. Sie war so lange nicht mehr dagewesen. Tief sog der Arzt den Rauch ein, blies ihn aus.

»Sie meinen, hier liegt ein Verbrechen vor?«

»Das werden wir klären«, antwortete Dick, »aber das machen unsere Spezialisten.«

»Und wie kommen Sie darauf?« Wieder blies er seinen Rauch aus.

»In dieser Werkstatt sind ein paar Dinge, für die wir uns möglicherweise sehr interessieren.«

»Ja?« Der Arzt sah ihn fragend an.

»Das geht Sie leider nichts an«, beschied Kommissar Dick dem Arzt. Es ging ihn auch wirklich nichts an.

»Meinen Sie, wir können mit der Frau reden?«, fragte jetzt Dick und deutete in die Richtung, aus der das Schluchzen kam.

Der Arzt überlegte einen Moment.

»Dann sollte ich aber dabei sein.«

Clever, zumindest nicht dumm, attestierte Dick. Wie schnell Neugier doch immer kreativ wird.

»Kommen Sie«, sagte er dann.

Sie gingen hinein. Cela Paulsen bedeutete Dick, dass sie noch mal hinein müsse, in die Werkstatt. Auf seinen fragenden Blick hin nickte sie nur. Eine Minute später kam sie zurück und steckte etwas in ihre Tasche.

»Frau Brädl, was wollte Ihr Mann dort machen?«, fragte Dick gerade.

Frau Brädl sah wie ins Leere.

»Einen Rahmen für mich bauen, das machte er immer.«

»Einen Rahmen?«

»Einen Rahmen und ihn dann bespannen.«

»Was für einen Rahmen, Frau Brädl, können Sie mir das bitte beschreiben?«

»Ich male«, antwortete sie tonlos und schien doch ziemlich gefasst. Der Schock. Sie zeigte auf die riesigen, hässlichen Bilder, die überall an den Wänden hingen. Bilder, auf denen nur Farben waren und auf denen Dick beim besten Willen nichts erkennen konnte. Nichts Gegenständliches. Nur Farben, in sich verschwommen, auch ohne jede Struktur.

»Er hat mir immer meine Rahmen gebaut und die Leinwände darauf gespannt.«

Sie schluchzte. Von ferne hörte man wieder Martinshorn, das schnell näher kam.

»Ich habe doch so viele Eindrücke«, sprach sie weiter, »wir waren doch in Südafrika.«

»Südafrika?«

»Wir sind vorgestern erst zurückgekommen.« Sie schluchzte erbärmlich auf.

Das Martinshorn verstummte, Schritte ertönten im Gang. Sie hatten die Haustüre offen gelassen. Schon trat die

Spurensicherung in den Raum. Dick besprach sich kurz mit ihnen, dann führte Cela Paulsen sie hinüber in den Anbau.

»Was haben Sie in Südafrika gemacht?«, fragte Dick weiter.

»Urlaub, Rundreise, Safari«, schluchzte Frau Brädl und stützte den Kopf in die Hände. Die Haare fielen ihr auf die Knie.

Erstaunlich junge Frau für so einen Alten wie Brädl, dachte sich Dick. Wahrscheinlich das Geld.

Der Arzt räusperte sich hörbar.

»Ich muss Sie bitten, jetzt aufzuhören.«

Dick nickte. Er wusste auch nicht, was er noch hätte fragen sollen. Alles andere könnten sie später klären.

»Entschuldigen Sie bitte«, sagte er noch zu der Frau, dann ging er hinüber zur Spurensicherung. Er sprach kurz mit ihnen, dann verließen Cela Paulsen und Peter Dick das Haus.

»Gute Arbeit, Cela. Meinen Respekt.«

Cela Paulsen sah ihn fragend an.

»Deine Beobachtungsgabe«, erläuterte Dick, »in der Werkstatt oder was das war.«

»Ich habe mich nur umgesehen«, sagte Paulsen, »vielleicht ist das ja alles nur Zufall.« Dabei kramte sie etwas aus ihrer Jackentasche. Zusammengerolltes Klebeband.

»Haare von seinem Arm.«

Dick verstand sofort.

»Dann ab damit ins Labor.«

Sie gingen zu ihrem Wagen. Die Bäume in der Straße waren kahl, aber sie verströmten schon etwas wie Frühling. Das Moos in den Astgabeln wirkte schon grün – grüner als in grauem Licht. Tauben saßen in den Zweigen, und die kahlen Äste warfen harte Schatten auf den Asphalt. Hell-dunkel-Mosaik auf der Straße, das sich leicht bewegte. Leichter Wind.

Vor dem Nachbarhaus parkten zwei dicke Limousinen. Sie hatten vorher noch nicht dort gestanden. Paulsen und Dick sahen sich an. Es war das Anwesen Pank-Posner, die Gartentüre stand offen. Gartentür, dachte Peter Dick. Portal würde es wohl viel besser treffen. Es war ein weites, zweiflügeliges Tor aus kunstvoll geschmiedetem Eisen.

»Lass uns mal schauen«, sagte Dick. Die zwei gingen hinein, sahen sich um und umrundeten das Haus. Im parkähnlichen Garten trafen sie am Pool auf vier Personen, zwei davon gebräunt und gegelt und in Maßanzügen. Man wusste sofort Bescheid. Alle vier hielten Mappen in der Hand, standen und besahen Garten und Haus. Der Pool war noch dick mit Eis bedeckt, eine dreckig milchige Schicht. Braune Blätter waren darin eingeschlossen und lagen darauf. Dick trat auf einen der Gegelten zu, wies sich aus.

»Das ist meine Kollegin Cela Paulsen.«

Der Gegelte nahm Dick beiseite.

»Erzählen Sie nichts vom Tod der Vorbesitzerin«, raunte er ihm zu, »hier geht es um richtig viel Geld.«

Der andere sprach inzwischen mit den übrigen.

Dick sah den Gegelten fragend an.

»Hans Trapp, Lampert Immobilien International Frankfurt«, stellte der sich vor und reichte Dick seine Karte. Dick steckte sie ein, Trapp sah inzwischen zu Frau Paulsen.

»Attraktive Kollegin, die Sie da haben, Respekt«, sagte er billig, »man kann Sie ja richtig beneiden.« Dazu nickte er anerkennend mit zusammengepressten Lippen, was den Fachmann zeigen sollte. Seine eindeutigen Fantasien aber sah man ihm an. Das machte ihn nur widerlich.

Was will der, dachte sich Dick. Sich einschleimen? Zustimmung erheischen? Oder war der nur einfach blöd? Dick tippte auf Letzteres und lag damit keineswegs falsch. Makler, dachte er nur.

»Das Haus wird verkauft?«, fragte Dick.

»Wie Sie sehen.«

»Und wie kommen Sie an diesen Auftrag?« Er hatte das ganz automatisch gefragt. Frankfurt – gab es nicht auch Makler in Nürnberg?

»Ich glaube nicht, dass ich Ihnen das sagen muss«, antwortete Trapp und grinste frech, »aber«, fügte er sofort wie freundschaftlich an, »weil Sie es sind: Wir sind auf so etwas spezialisiert. Luxusimmobilien. Man kommt mit so etwas zu uns. Aus ganz Deutschland.«

Seine Frage war nicht beantwortet, aber Dick fragte auch nicht mehr nach. Eine erste Fliege flog an ihm vorbei. Torkelnd war noch ihr Flug, wie unbeholfen. Wie schnell die Natur so einfach umschaltet. Gestern noch Winter, grau und kalt – und kaum scheint die Sonne, kommen die Fliegen. Wo die wohl überwinterten? Dick hatte nicht die geringste Ahnung – aber wer hat die schon. Mit der Sonne kommen auch die Fliegen, ob man es mag oder nicht. Drüben unter dem Ahorn tanzten sogar schon erste Mücken im Sonnenlicht – und gestern noch war in der Natur alles tot. Was doch die Wärme ausmacht, dachte er. In der Sonne war es wirklich schon warm. Das Haus war leer geräumt, sah Dick, so geht das Leben weiter. Gestern noch Frau Pank-Posner am Pool – und morgen die Nächsten mit Geld. Denn Geld brauchte man, um hier zu wohnen.

»Lass uns fahren«, sagte er zu Cela Paulsen, »wir haben hier nichts mehr zu tun.«

Cela nickte.

»Und lass uns die Haare ins Labor bringen. Vielleicht hast du ja recht.«

> **Aber in Wirklichkeit sind diese Bedingungen niemals voll gegeben.**
> Thomas S. Kuhn,
> *Die Struktur wissenschaftlicher Revolutionen*

27. Kapitel

Und dann war der Fall plötzlich geklärt. Alles fügte sich, eines wie das andere, nahtlos ineinander, wie Puzzleteile zu einem großen Ganzen. Was das Wetter doch alles ausmacht, dachte sich Behütuns, er sagte es aber niemandem. Es gibt Dinge, die verbieten sich zu erzählen, auch wenn die Sprache sie zuließe – im Denken wären sie einfach Unsinn. Unser Denken lässt sie nicht zu. Doch, unser Denken schon, spukten Behütuns' Gedanken, aber nicht unser Reden. Im Denken drängt sich manches auf, was dann im Reden Unsinn wäre, Unsinn ist. Und außerdem, spannen sie weiter: Eine Restportion Misstrauen muss man sich immer bewahren, denn nichts ist so, wie es auf den ersten Blick erscheint. Aber das wusste Behütuns längst. Manchmal findet man die Fehler ja erst auf den fünften oder sechsten Blick. Und seine Erfahrung hatte ihn gelehrt: Nimm nichts so für wahr, wie es ganz offensichtlich erscheint, schau lieber drei, vier oder fünf Mal hin. Du musst nur lange genug schauen, dann fällt dir schon etwas Verdächtiges auf – und mit dem geht es dann wieder von vorne los.

Diesmal aber war der empirische Zusammenhang schon wirklich frappierend. Da wühlst du und quälst dich und machst sechs, sieben Wochen lang herum, gräbst, aber anscheinend immer an den falschen Stellen, der Himmel drückt dich nieder, und die Kälte raubt dir jeden Elan. Du drückst dich durch ein zähes Leben wie trocknender Leim durch eine Tubenöffnung, hinten wächst der Druck, und vorne kommt nichts heraus, und mit jedem Tag Grau wird alles nur immer noch schlimmer – und dann, einfach so, wie wenn nichts gewesen wäre, reißt der Himmel auf, die Sonne flutet die Welt mit Farben, und sie wird eine völlig andere. Du wachst auf, und die Welt ist anders. Ist es vielleicht sogar eine andere Welt? Bist du in einem anderen Universum? Man kommt bei so was ja auf die verquersten Gedanken, in aller Ernsthaftigkeit. Als hätte jemand einen Schalter umgelegt, kannst du plötzlich wieder atmen, aufrechter Gang stellt sich wieder ein, die Brust wird dir weit, und die Welt gewinnt wieder an Leichtigkeit. Freude blickt hinter jedem Ding hervor, das Leben lacht dich an – und die ganze Zähigkeit der Mühsal der Wochen davor ist wie weggeblasen. Das ist doch verdächtig, oder? Solche Gedanken gingen Kommissar Behütuns durch den Kopf, und er dachte sie ernsthaft. Aber Erfolg macht das Denken ja blind. Du siehst eine Gerade und drückst aufs Gas, statt links und rechts zu schauen. So ging es auch Behütuns. Plötzlich passte alles, und dann sollte es auch passen. Wenn 80 Prozent schon einmal stimmen, kippen das die restlichen 20 Prozent auch nicht mehr. Die biegt man sich dann zurecht. So ist das mit unserem Denken.

Natürlich fehlten noch ein paar Teile des Puzzles, und es war unklar, ob man sie je noch finden würde. Aber es war auch egal. Es schien die Sonne und es schien voranzugehen. Man ließ sich gerne blenden, das Licht war ja so schön.

Aufgrund der Beobachtungen von Cela Paulsen hatten sie eine Hausdurchsuchung beantragt und durchgeführt. Sie konnten ja aus dem Haus Brädl Dinge nicht so einfach heraustragen, die Stangen und die Gummis und so. Danach hatten die Labors und auch die Spurensicherung schnell und gründlich gearbeitet. Kommissar Behütuns hatte am Morgen wieder einen seiner Läufe gemacht. Er fühlte sich gut, strotzte vor Energie und vor Lust, sich selbst und etwas zu bewegen. Die Sonne schien schon den dritten Tag hintereinander, und die Temperaturen stiegen auf mehr als zehn Grad, für heute waren 16 angesagt und morgen sollten es sogar bis zu 18 Grad sein.

»Und dann mache ich meine Drohung wahr«, hatte er gestern schon angekündigt, »und gehe auf einen Bierkeller.«

»Wenn es draußen so warm ist«, hatte Cela Paulsen gefragt, »warum gehst du dann nicht in die Sonne?«

Behütuns hatte sie verständnislos angeschaut.

»Das tu ich doch.«

»Aber in einen Keller? Da ist es doch kalt, brrr«, und sie schüttelte sich.

»Ich geh doch in keinen Keller. Wer erzählt denn so etwas?«

»Du selber, gerade erst hast du es gesagt.«

Jetzt schwante dem Kommissar, wo das Problem lag – da musste man erst einmal drauf kommen. Er schüttelte den Kopf und grinste.

»Ich gehe nicht *in* einen Keller, sondern *auf* einen Keller.«

Das leuchtete Cela Paulsen nicht ein – kein Wunder, sie kam ja aus dem hohen Norden, und dass es in Bremen Bierkeller gibt, davon hatte Behütuns noch nichts gehört. Also musste er es ihr erklären. Nur – wie weit sollte er dazu zurückgehen? Sie sollte es ja richtig verstehen. Und ein lapidares »Das sagt man so« war ihm nicht genug.

»Also pass auf, Cela«, begann er seine Ausführungen. »Wenn du hier einmal hinausfährst aufs Land, also ins Fränkische, ganz egal in welche Richtung, dann findest du, meist außerhalb der Orte, immer wieder solche alten Kellereingänge. Meistens irgendwo am Weg und fast immer dort, wo der Sandstein ist. Weil in den kann man sich relativ leicht eingraben.«

»So etwas gibt es bei uns auch«, unterbrach ihn Cela Paulsen, »da haben früher die Bauern ihre Rüben drinnen gelagert, auch Kartoffeln und so. Weil es dort keinen Frost gab.«

»Das ist im Prinzip schon richtig«, stimmte Behütuns ihr zu und lobte sie fast wie eine Schülerin. »Hier aber hat man viele Keller dazu benutzt, auch Bier zu brauen.«

»Aber zum Gären muss es doch warm sein, denke ich«, stellte Cela Paulsen statt einer Frage fest. »In einem Keller aber ist es kalt. Da gärt doch nichts.« Man merkte, sie glaubte ihm kein Wort.

»Schon richtig gedacht«, lobte Behütuns sie wieder und spürte, dass, je näher er mit seinen Gedanken dem Bier kam, seine Lust auf dieses Getränk merklich zunahm. Schönes Gefühl, das würde er noch ein wenig auskosten!

»Im Prinzip ist das richtig. Es gibt obergäriges Bier, das reift in der Wärme. Aber es gibt auch untergäriges Bier – und das reift in den Kellern. Also dort, wo es kühl ist. Es dauert halt nur etwas länger.«

Davon hatte Cela Paulsen noch nie etwas gehört.

»So«, erklärte Behütuns und setzte seinen Kellergrundkurs fort, »und jetzt hatten die Bauern ihr Bier gebraut, oft auch im Winter, also untergäriges, und im Frühling war das dann fertig. Meistens im März, deshalb heißt das auch Märzen.«

Das hatte er jetzt alles einfach einmal so gesagt, er wusste gar nicht, ob das so stimmte. Aber jemandem aus Bremen kannst du das schon mal erzählen, dachte er sich, und hoffentlich fällt mir Dick nicht ins Wort. Aber der machte keine Einwände. Wahrscheinlich hatte er auch keine Ahnung.

»Das Bier gab es dann im März, im April, im Mai, bis es halt alle war. Das haben sich die Leute dann abends aus dem Keller geholt und in Kannen oder Krügen heimgeschleppt, um es zu trinken.«

Er spürte förmlich schon den Geschmack.

»Die meisten aber haben es wohl nicht erwarten können, bis sie mit dem Bier daheim waren, also haben sie schon mal am Keller ein paar Schluck genommen. Dazu hat man sich eine einfache Bank und einen Tisch hingebaut, aus Brettern, weil sich's im Sitzen schöner trinkt. Dann kamen die Nachbarn mit dazu, dann hat die Bank nicht mehr gereicht, und man hat eine zweite dazu gebaut, noch einen Tisch ...«

Wo hatte er diese Geschichte eigentlich her? Die war doch jetzt glatt erfunden. Das klang ja wie ein Janosch-Märchen. Hatte er sich einfach so einfallen lassen. Märchenstunde über

Bierkeller – aber Cela Paulsen hörte interessiert zu. Dann lüg ich ihr halt noch ein bisschen Heimatkunde vor, dachte sich Behütuns belustigt und ließ seiner Fantasie freien Lauf.

»... und so ist die Kellerkultur entstanden. Man hat sich das Bier nicht mehr nach Hause geholt, sondern ist zum Bier hingegangen, also dorthin, wo es gebraut wurde. Hat sich da auf die Bänke gesetzt, vielleicht schön unter Bäumen oder davor in die Sonne, auf jeden Fall schön in der Natur, hat sich eine Brotzeit mitgebracht, Stadtwurst, Presssack, Gurke, Rettich, Brot und so und hat sich dann da betrunken.«

Herrliche Vorstellung, durchströmte es Behütuns. Morgen würde er auf einen Keller gehen.

»Aber dann geht man doch *zum* Keller, nicht *auf* den Keller, oder?«

Stimmt, das mit dem *auf* hatte er mit der Geschichte noch nicht beantwortet. Aber sonst war die doch schön, oder? Reichte das denn nicht aus? Jetzt hatte er keine Wahl mehr, jetzt musste er es doch sagen:

»Na ja, das sagt man halt so«, versuchte er den Einwand wegzuwischen. »Dialekt halt. Man geht auf den Keller. Nicht in den Keller oder zum.«

»Vielleicht hat man ja auch oben drauf gesessen«, versuchte es Cela Paulsen. »Über dem Keller.«

»Vielleicht«, gab ihr Behütuns weder recht noch unrecht.

»Warst du eigentlich schon einmal auf einem Keller?«, fragte er sie.

»Du meinst hier, in Franken? Nein. Bis jetzt war ja hier nur Winter.«

»Gut!«, sagte Behütuns, »sehr gut! Dann nehm ich dich morgen mal mit. Ich überleg mir noch einen schönen Keller, und dann fahren wir nachmittags da hin.«

»Da bin ich aber gespannt«, sagte Cela Paulsen zu, »aber gibt es das heute nicht mehr so mit den Kellern?«

»Dass die Leute dort selber brauen?«, fragte Behütuns zurück.

»Ja, so wie früher, so wie du das erzählt hast.«

Das Thema schien Cela Paulsen doch zu interessieren. Behütuns schmeckte schon das erste Bier so richtig wieder auf der Zunge, auch am Gaumen, spürte es schon in den Magen hinunterlaufen. Allein schon die Vorstellung des Geruchs ... und erst die Farbe!

»Wenn du in die Gegend von Neustadt fährst, also von hier so grob nach Westen, Neustadt an der Aisch, und wenn du dann Glück hast in irgendeinem Kaff abseits der Straße, dann kannst du das noch erleben.« Da hatte er das manchmal noch gesehen, dass die Bauern vor einem Keller saßen. War aber auch schon Jahre her.

»Ja, oder in Seßlach, droben bei Coburg«, wusste jetzt Dick zu berichten, »die haben noch ein richtiges Kommunbrauhaus.«

»Was ist das denn nun wieder?«

»Also erst einmal Seßlach, das ist so eine richtig kleine alte Stadt, noch mit Stadtmauer und so, ganz außen herum, wo sie abends die Stadttore zumachen ...«

»Jetzt lügst du mich aber an!« Cela lachte und schüttelte den Kopf. »Ich glaub dir kein Wort!«

»Ungelogen, das ist so. Abends machen sie die Stadttore zu, dass keine Autos mehr durchfahren. Weil das Kopfsteinpflaster so laut ist. Und dort haben sie noch ein Kommunbrauhaus, das gehört der Stadt, also den Bürgern, da brauen sie öffentlich ihr Bier, und dann kommen die Einwohner mit Kanistern und Fässern und holen sich das ab. Füllen das so richtig ab, mit Schläuchen.«

»Käse.« Cela Paulsen glaubte ihm nicht.

»Das ist halt noch Kultur«, sagte Behütuns, »nicht diese Becks-Plörre und was ihr da so habt im Norden. Industriebier, pläh!«

»Und aus dem Wirtshaus am Platz holen sich die Leute zum Mittagessen oder für den Abend noch eine Kanne Bier für zu Hause. Mit der leeren Kanne hin, mit der vollen zurück. Habe ich selbst gesehen.«

Jetzt schien Cela Paulsen doch ein wenig verunsichert.

Dick setzte noch eins drauf:

»Und vom Kommunbrauhaus gibt es eine Leitung direkt ins Wirtshaus. Ein Rohr ... eine Pipeline.«

»Ja, ja. Jetzt ist es dann genug. Ich glaube euch kein Wort.« Cela Paulsen war wirklich ungläubig.

»Lügen wir?«, fragte Peter Dick zurück, »sehen wir wohl so aus?«

»Du musst ja nur rüber in die Oberpfalz, gleich hinter Hersbruck. Da gibt's auch noch so etwas ähnliches: Zoigl.«

»Was ist das denn jetzt schon wieder?«

Cela Paulsen kannte sich überhaupt nicht mehr aus.

»Zoigl ist ganz einfach«, erklärte Kommissar Behütuns und spielte den Oberlehrer, »da haben in einem Ort verschiedene Häuser ein Braurecht, die dürfen da Bier brauen. Und das geht immer reihum.«

»Jetzt veräppelt ihr mich aber wirklich, oder?«

»Nein, das ist wirklich so. Das eine Haus braut sein Bier, eine bestimmte Menge. Das wird dann ausgeschenkt. Und dann kommen reihum die anderen dran, bis man selber wieder brauen darf.«

»Aber ohne Bier geht hier wohl nichts?« Cela Paulsen schüttelte den Kopf und lachte.

»Ohne Bier*kultur*!«, verbesserte Behütuns.

Mit solchen Gesprächen verplätscherten sie den Vormittag. Die Sonne schien zum Fenster herein, die Welt war schön, und sie fühlten sich sehr gelöst. Auch der Fall war soweit gelöst, die paar Kleinigkeiten, die noch nicht stimmten, würden sich schon richten.

Sie hatten wirklich nichts zu tun, und die Argumente für ihren Müßiggang kamen fast im Stundentakt von der Spurensicherung und aus den Labors. Der Fall schien endlich zu einem Ende zu kommen:

Der Gummi, der an der Wand in der Werkstatt gehangen und den Cela Paulsen entdeckt hatte, war identisch mit dem, der für die Zwille verwendet worden war.

Die Stangenreste des Baustahls, die dort gestanden hatten, waren mit sehr großer Wahrscheinlichkeit identisch mit dem Baustahl, der für die Zwille verwendet worden war. Man untersuchte noch die Flexkanten und die Struktur.

Das alles wies eindeutig auf Brädl als Täter hin. Der richtige Knaller aber kam erst noch: Die DNA der Haare, die Cela Paulsen Dr. Brädl abgenommen hatte, war identisch mit der der Haare, die man in der Zwille gefunden hatte, an dem Tesastreifen. Das war der unumstößliche Beweis. Brädl hatte die Schleuder gebaut. Also hatte er Professor Altenfurth getötet, auch Dr. Schwartz, den Landwirt Schmidt und Frau Pank-Posner. Das war jetzt nur noch alles zu rekonstruieren. Irgendetwas musste ihnen hier bei den Ermittlungen durch die Lappen gegangen sein, denn Brädl hatten sie überprüft. Er schien wirklich ein gerissener Hund gewesen zu sein. Der eine Fall war also gelöst.

Aber dann hatten sie bei der Hausdurchsuchung noch etwas gefunden: In einem Werkstattschrank des Dr. Brädl, ganz hinten drin, war eine Flasche aufgetaucht. Williams naturtrüb. Leer. Was das zu bedeuten hatte, wussten sie nicht, nur: Dass diese Flaschen, die ja doch nicht sehr breit gestreut und eher selten waren, nicht nur bei Frau Pank-Posner, sondern auch im Kontext Matze Lubig gefunden worden waren, deutete vielleicht auf eine Verbindung hin. Das war jetzt noch zu klären. Vielleicht aber war es auch eine übrig gebliebene Flasche aus dem Bestand, den er vor Jahren gekauft hatte? Sie wussten es noch nicht.

Aber die Werkstatt hatte sich als eine wahre Fundgrube erwiesen, wie ein aufgeschlagenes Antwortbuch. Jetzt müssten sie nur noch das Handy von Lubig finden, dann hätten sie auch eine Verbindung zu Endraß. Doch das kümmerte sie im Moment nicht so sehr. Die Freude über die schnelle Wendung war einfach zu groß.

So waren sie alle entspannt, die Sonne lachte durch die Welt, und sie befassten sich schon mit dem Gedanken, die

Abschlussberichte zu verfassen. In den Kalendern des Dr. Brädl wäre noch zu recherchieren, ob das mit seinen Terminen alles irgendwie zusammenpasste – aber da hatte der wahrscheinlich ohnehin getürkt wegen der Alibis und so –, verschiedene Personen wären noch zu befragen, im Grunde alles reine Routinearbeit. Keiner zweifelte ernsthaft, dass ihnen das alles gelingen würde. Der Fall war ja jetzt schon fast rund – was sollte ihn in diesem Stadium der Beweislast denn wieder unrund werden lassen.

Vielleicht sollten sie Cela Paulsen heute schon einen Bierkeller zeigen? Mit ihr *auf* einen Keller gehen?, überlegten Dick und Behütuns schon ernsthaft.

Nein, heute würde es am späteren Nachmittag noch zu kalt werden. Für morgen aber war Südwind angesagt, das versprach neben einem warmen Tag auf jeden Fall auch einen eher milden Abend. Also beließ man es bei morgen, auch hatte Peter Dick noch das Biergartenwetter nachgeschaut.

»Was ist das denn jetzt wieder Verrücktes?«, hatte Cela Paulsen, inzwischen mehr belustigt als ungläubig, gefragt. Biergartenwetter im Internet? Das klang schon reichlich schräg, aber sie wunderte sich über gar nichts mehr.

»Das ist halt Kultur«, antwortete Dick und zeigte ihr die Seite: www.wettermail.de/wetter/biergarten.html.

Das sah jetzt auch Cela Paulsen ein. Denn auf dieser Website war das Wetter schon fast nach Mikro-Region, Datum und Uhrzeit unterteilt und die Biergartenverträglichkeit in den Ampelfarben Rot, Gelb und Grün angegeben. Und für morgen war ab der Mittagszeit zum ersten Mal nach einer langen, langen roten Reihe das Wetter mit gelb notiert. Was bedeutete: »Geht so.« Rot hingegen hieß Alarm, also eindeutig »Zu kühl«.

So blieb man vorerst bei morgen.

Und dann ging die Tür auf, und Jaczek kam herein, sein Töchterchen auf dem Arm.

> **Die Zukunft aber war ungewiß,
> die Natur trotz der Zuverlässigkeit
> im Zeitenwechsel unzuverlässig
> in ihrem konkreten Wirken.**
> Dieter Claessens,
> *Kapitalismus und demokratische Kultur*

28. Kapitel

Mit Jaczek wurde immer alles kompliziert. Der dachte zwar immer sehr strukturiert und systematisch, aber ohne Prioritäten. Bei ihm war immer alles gleich wichtig. Deshalb kam man mit Jaczek auch nie richtig voran. Sachen, die man für sich längst schon abgehakt hatte, behielt Jaczek immer noch auf dem Schirm. Kramte sie wieder hervor, dachte sie weiter, drehte und wendete sie ein ums andere Mal – und fand dann natürlich auch immer etwas. Man muss ja nur lange genug suchen ...

Wenn man mit Jaczek arbeitete, hatte man zwar immer das Gefühl von Tiefgang, nie aber das von Fortschritt, das Einzige, was fortschritt, war die Zeit. Sein wichtigstes Wort war das Aber, seine knallharteste Aussage, wenn überhaupt, ein entschiedenes Vielleicht. Sonst war er ein lieber Kerl. Hilfsbereit, wusste viel, war gerecht und fair. Nur kompliziert war er und humorfreie Zone. Das kann passieren, wenn das Denken sich selbst gefangen hält. Wenn nichts mehr im Kopf sich befreien kann und Ausbrüche keine denkbare Kategorie mehr sind. Absurdes nur ein Wort ist, weil nicht strukturiert. Dann dreht sich das Denken nurmehr im Kreis und um sich selbst – und kann nicht mehr über sich selbst nachdenken. Und vor allem nur ganz schwer lachen. Weder über sich noch über irgendwas, im Grunde über gar nichts mehr. Humor findet dann einfach nicht statt. Irgendwann muss das einmal in einer Sackgasse enden, einer Krise, dachte sich Behütuns, wenn die

Ausweglosigkeit des eigenen Kopfes nicht mehr zu ertragen ist.

Und jetzt stand Jaczek in der Tür, seine Kleine auf dem Arm. Süß sah sie aus, die Kleine, Jaczek eher mitgenommen. »Der Frühling!«, flötete Frau Klaus aus dem Nebenzimmer und kam sofort herüber. Sie meinte natürlich nicht Jaczek, sondern den kleinen Balg – aber Jaczek schaute pikiert, er wähnte sich gemeint. Ganz typisch. Jaczek, wie er leibte und – nein, nicht lebte: am Leben war. Ein kleiner, entscheidender Unterschied.

Jetzt nur nicht dieses Utzbutzidutzi, dachte sich Behütuns und sah schon, wie sich alle über die Kleine beugten und mit hohen Eieieieieistimmen an den kleinen Bäckchen krauten. Genauso aber kam es. Sofort hatte sich eine Traube um Jaczek und die Kleine gebildet und Worte wie ådli und süß, Achgodderlenah und Gansderbabba füllten den Raum. Umhimmelswillennein!, dachte Behütuns, werd bloß nicht so kompliziert wie der Papa. Jaczek wirkte bei all dem hilflos. Schon lag die Kleine in Peter Dicks Schoß, und Frau Klaus konnte es kaum erwarten.

Mit Jaczek aber begann schlagartig das Unheil, und alle Klarheit in dem Fall löste sich auf.

Zuerst kam für Behütuns ein Anruf. Den nahm er nicht ungern entgegen, denn so konnte er sich erst einmal ins Nebenzimmer verziehen, war weg von dem Diedeldei und dem Schauachwielieb. Das war nicht seine Welt, es machte ihn unsicher, und er konnte damit nicht umgehen. Einen Hund zu streicheln oder eine Katze war für ihn kein Problem. Aber so ein kleiner Mensch? Da befasste er sich lieber mit Erfreulichem, wie diesem Anruf. Denn er erwartete, wenn überhaupt, nur gute und dem Fall weiter zuträgliche Neuigkeiten.

Doch was er erfuhr, war weniger dazu angetan. Es machte ihn erst einmal nachdenklich: Man hatte ja Reste von Fingerabdrücken auf den Tesafilmstreifen sicherstellen können, die für den Bau der Zwille verwendet worden waren. Zum Fixieren des Gummis, er erinnerte sich. Fragmente nur und verwischt und zu wenig für irgendwas. Aber das Wenige, das da war, hatte man mit den Fingerabdrücken des Dr. Brädl verglichen. Mit eindeutigem Ergebnis: Es passte nicht, und zwar an keiner Stelle. Die kleinen, verwischten Fragmente passten, wie man sie auch drehte und wendete, nicht zu Dr. Brädls Fingerabdrücken.

Ja, das sei eindeutig.

Behütuns legte auf, drüben schäkerten sie mit dem Kind, und Jaczek sah aus dem Fenster. Der Kollege im Vaterschaftsurlaub sah nicht sehr fröhlich aus. Gedrückt irgendwie und unfroh.

Was heißt das denn?, rekapitulierte Behütuns. Hat er die Zwille nicht gebaut? Doch, eindeutig! Seine Haare waren ja identifiziert, die DNA lügt nicht. Also haben sie zwei Personen gebaut. Wer aber war dann der Zweite? Und wer hat dann mit der Zwille auf Professor Altenfurth geschossen? Doch nicht Dr. Leo Brädl?

Behütuns spielte die Möglichkeiten durch, wie der Befund in die Wirklichkeit zu integrieren sei, damit sie Bestand habe. Es hatte doch gerade noch alles so schön gepasst.

Da kam ein weiterer Anruf: An dem elektrischen Tacker hatte erst jüngst jemand herumgeschraubt, dies sei ganz eindeutig nachweisbar. Möglicherweise war auch jemand an dem Sicherungskasten gewesen, denn für den Stromkreis in der Werkstatt war eine sehr viel trägere und stärkere Sicherung eingebaut als für die anderen Stromkreise. Alte Schraubsicherungen. Vielleicht aber hätte das auch Dr. Brädl selber getan, denn manche seiner alten Maschinen saugten viel Strom, besonders während der Hochlaufphase. Das erzählte ihm der Typ am Telefon. Beim Tacker aber sei der Befund eindeutig: Das Gehäuse war erst vor kurzem geöffnet worden, und auch an den Verschraubungen der Kabelanschlüsse im Inneren waren frische Spuren. Im Inneren das Gerätes waren die Kabel gelöst und wieder neu verschraubt worden, möglicherweise im Rahmen von Wartungs- oder Reparaturarbeiten, erklärte der Typ am Telefon. Allerdings dann nicht sehr fachgerecht: Das Gerät führte bei Betätigung Strom.

»Eine Zeitbombe«, kommentierte der Fachmann, und: »So wie das verschraubt war, zeugt das entweder von völliger Unkenntnis – oder von Absicht.«

»Sie meinen«, fragte Behütuns zurück, »das Gerät wurde absichtlich manipuliert?«

»Wenn der Besitzer nicht ganz blöd gewesen ist, dann gehe ich fast davon aus«, bekam er zur Antwort, »aber dass jemand, der ein Faible für alte Maschinen und Werkzeuge hat, auch mit ihrem Innenleben umgehen kann, daran habe ich eigentlich keinen Zweifel. Der macht solch einen Fehler nicht.«

Behütuns bedankte sich und legte auf. Das Gutachten würde folgen.

Die drei nebenan spielten noch immer mit der Kleinen, Jaczek stand am Fenster und sah dem Treiben zu. Man sah es ihm richtig an, mit welcher Freude er bald wieder nach Hause gehen würde, um von früh bis abends mit der Kleinen zu spielen, ihr die Flasche zu geben und sie zu wickeln. Er tat Behütuns leid. Merkten denn die anderen das nicht?

Aber, überlegte Behütuns, was hieß denn jetzt dieser Anruf? Doch einzig und allein nur das: Der Tod von Dr. Leo Brädl war vielleicht doch kein Unfall – und dann ... Mord? Noch einer? Und nichts geklärt? Scheiße.

Seit Jaczeks Auftauchen im Büro hatte sich alles verändert. War komplizierter geworden, undurchschaubarer, unklarer. Es gibt Parallelitäten, die sind einfach nicht von der Hand zu weisen. Unlogisch in höchsten Graden, aber da. Greifbar, aber nicht begreifbar. Hochplausibel, aber irr. Verrückt.

Und dann kam noch ein Anruf. Wenn damit nicht endgültig der Zusammenhang Jaczek – Verkomplizierung bewiesen war! An der Flasche des naturtrüben Williams befanden sich keine nachweisbaren Spuren – weder von Dr. Leo Brädl noch von irgendjemand anderem. Das Fundstück war ganz offenbar gründlichst gesäubert worden. Das zu erklären blieben ja nur zwei, nein: drei Möglichkeiten, überlegte Behütuns: Entweder wollte Dr. Brädl irgendwelche Spuren verwischen. Warum aber deponiert er dann die Flasche im Schrank – und auch noch zuhinterst – und entsorgt sie nicht einfach? Zweite Möglichkeit: Er hatte noch etwas damit vor – aber was? Und auch hier die Frage, warum die Flaschen zuhinterst im Schrank? Und die letzte Möglichkeit, und die drängte sich ihm jetzt auf: Irgendjemand hatte Brädl die ganzen Sachen untergeschoben. Baustahl, Gummi, Flasche ... sie *sollten* gefunden werden! Aber war das nicht etwas sehr abenteuerlich? Seine Gedanken drehten immer schneller. Das würde aber auch wieder zu dem manipulierten Tacker passen. Und zur Offenheit der anderen Utensilien. Die waren, wenn man es so sah, ja wirklich wie zu einer Ausstellung drapiert gewesen. Waren sie einem Irrtum aufgesessen? Einer Täuschung? Einem ganz bewussten Plan? Wie aber war dann das mit den Härchen zu erklären?

Jetzt reichte es! Behütuns ging hinüber zu den anderen. Geschäker, Geduddel, Geknuddel.

»Leute«, sagte er, und es war augenblicklich still, denn sein Ton war vielsagend, »ich glaube, es gibt richtig Arbeit.«

Und zu Jaczek gewandt: »Sei froh, dass du Urlaub hast, bei uns brennt schon wieder die Hütte.«

Dann informierte Behütuns sein Team. Jaczek, der keinerlei Anstalten machte zu gehen, Cela Paulsen, Dick und Frau Klaus.

»Ich sehe eigentlich nur zwei denkbare Szenarien«, schloss Behütuns seinen Bericht ab. Das herrliche Frühlingswetter draußen nahm er gar nicht mehr wahr, auch der Gedanke an den Biergartenbesuch morgen war weg. Restlos ausgelöscht. »Entweder wir haben es mit mehreren Tätern zu tun, mindestens aber mit zweien – denn von zwei Personen haben wir Spuren an der Zwille. Von Dr. Brädl die Härchen und von einem Unbekannten die Fingerabdruckfragmente. Wir brauchen«, fügte er in Richtung Herr Klaus an, damit er es festhalte, »zwingend die Fingerabdrücke seiner Frau.« Da glaubte er aber selber nicht dran. Die Frau hielt er dessen nicht fähig. Warum eigentlich?, fragte er sich. Aber er sagte:

»Sollten wir es mit mehreren Tätern zu tun haben, dann wissen wir aber überhaupt nicht, wer was getan hat – außer beim Mord an Frau Pank-Posner. Hier sprechen die Härchen eindeutig für Brädl. Der war da!«

»Wir haben doch noch das Taschentuch«, überlegte Cela Paulsen, »das gibt uns vielleicht doch einen Hinweis auf die Person.«

»Ist denn der Fetzen immer noch nicht untersucht?«, schüttelte Behütuns verständnislos den Kopf. »Haben die das wohl verschlampt? Klaus, kümmerst du dich mal darum? Das ist doch nicht zu glauben.«

Dick nickte, Jaczek sagte nichts. Er kannte die vielen Einzelheiten nicht. Seine Kleine war inzwischen eingeschlafen und nuckelte im Schlaf am Schnuller. Das sah schon süß aus, musste sich Behütuns eingestehen. So ein kleiner, zufriedener Mensch ... ganz anders als der Papa.

»Möglichkeit zwei:«, fuhr er dann fort: »Wir haben nur einen Täter. Er bringt Professor Altenfurth um, dann dessen Kompagnon Dr. Schwartz, zusammen mit dem Kornburger Bauern, dann arrangiert er irgendwie diesen Unfall von Lubig, bringt Frau Pank-Posner um, dann Bernd-Emil Endraß und schließlich noch Dr. Brädl. Das sind sieben Morde, sauber geplant – und wir haben nichts! Nicht einmal die Idee für ein Motiv.«

Schweigen.

»Da spricht aber die Zwille dagegen«, dachte Cela Paulsen laut, »also gegen die Ein-Täter-Theorie. Denn an der Zwille waren eindeutig Spuren von zwei Personen.«

Wieder nickten alle nachdenklich zustimmend, wieder verstand Jaczek nur die Hälfte. Es musste ihn aber auch niemand aufklären, Jaczek befand sich im Urlaub, auch die nächsten sechs Monate noch.

»Oder habe ich was übersehen?«, fragte Behütuns.

Die Antwort war Schweigen und Nachdenken. Die Kleine Jaczeks seufzte im Schlaf und schnaufte tief durch, ihre Unterlippe wackelte dabei. Frau Klaus und Cela Paulsen bekamen sofort einen speziellen Gesichtsausdruck.

»Jemand einen Plan, wo wir ansetzen?«

Den Wust an neuen Informationen mussten alle ganz offensichtlich erst einmal verdauen. Es dauerte fast zwei Minuten, bevor die erste Antwort kam. Von Cela Paulsen.

»Wir müssen mit Frau Brädl sprechen. Die waren doch zehn Tage fort. Und in dieser Zeit ... also: Wer hatte Zugang zu dem Haus?«

Behütuns nickte.

»Und ihre Fingerabdrücke.«

Cela Paulsen dachte weiter:

»Das mit der Corvette ist auch noch nicht geklärt: Wie kam der Täter dorthin – oder ... wie kam er von dort wieder weg?«

Auch Peter Dick nickte jetzt. Aber er dachte an etwas ganz anderes:

»Der, den wir suchen, muss ja eine ganze Menge können: Traktor fahren, sich mit Elektrik auskennen, handwerklich was können, landwirtschaftliches Wissen haben, ich denke, auch relativ fit sein und kräftig ... so einen Typen wie den Endraß musst du ja erst einmal außer Gefecht setzen können ...«

»Richtig«, nickte Behütuns. »Allerdings, wenn du von hinten ...«, wandte er dann ein.

»... er muss mit Frau Pank-Posner bekannt gewesen sein, sonst hätte die ihn ja wahrscheinlich nicht einfach so hereingelassen und schon gar nicht mit ihm einen ganzen Abend lang getrunken ...«, wiederholte Frau Klaus, die jetzt auch mitten im Fall war, eine alte Erkenntnis.

»Und er muss flüssig sein«, fügte Cela noch an. »Ich denke da an die Zehntausend für Salehi.«

»... und irgendwie doch auch in das Haus der Brädls gekommen sein ... vielleicht ist er mit ihnen bekannt ... – okay, das streichen wir, ist noch zu weit weg.«

Wieder entstand eine kleine Pause. Dann fragte Cela Paulsen:

»Was ist denn das mit diesem Williams eigentlich? Warum tauchen diese Flaschen überall auf? Brädl, Lubig – also bei Salehi, Pank-Posner ...?«

Keiner wusste darauf eine Antwort. Aber vielleicht war das nur so ein In-Getränk in dieser Szene? Etwas Besonderes, und deshalb musste man es haben?

Das Telefon klingelte, Behütuns nahm ab.

Lauschte.

Legte dann wieder auf, mit einem Blick wie »Da habt ihr's!«

»Sie haben das Golfrack von Dr. Brädl untersucht. Das steht auf dem Golfplatz, immer. Die haben da anscheinend Schränke dafür oder so. Boxen, die man absperren kann. Seine Frau sagt, das stehe immer da.«

»Und?«

»Nichts.«

Frau Klaus wischte über den Tisch, als ob dort Brösel lägen. Displaced Activity.

Ratlosigkeit sah sich an. Behütuns schien es, als sei es im Büro trotz des Sonnenlichts so grau wie in den Monaten zuvor. Vielleicht sogar noch etwas grauer. Und schäbiger. Das nahm man erst bei diesem Licht so richtig wahr. Die abgeschlagenen Tisch- und Regalkanten, die Schmierer an der Wand, der schäbige alte Boden, die zusammengestellten Regale, von denen keines zum anderen passte und bei denen das Furnier abplatzte, die durchgescheuerten und glänzenden Stoffsitzflächen auf den Stühlen, die weißen Ränder am Blumentopf, die uralten und vergilbten Postkarten an der Tür, die sich schon rollten, die Rückseiten der vielen Ordner ... gab es hier überhaupt etwas Buntes? Was war das hier nur für ein Raum! Doch nicht auszuhalten auf Dauer. Die Sonne hatte sich zurückgezogen, was blieb, war gnadenloses Licht.

»Also, was tun?«

Kommissar Behütuns sah fragend in die Runde.

»Ich würde noch einmal versuchen, mit Frau Brädl zu sprechen«, schlug Cela vor. »Vielleicht erfahren wir von ihr ja noch etwas. Außerdem brauchen wir ihre Fingerabdrücke.«

»Okay. Dick?«

Der überlegte noch einen Moment, dann sagte er nachdenklich: »Irgendwas verbindet doch diese Personen alle, sonst macht das doch keinen Sinn. Außer Lubig vielleicht ... obwohl, hier haben wir auch die Flasche. Vielleicht Zufall. Aber das Handy zu Endraß ... das muss doch einen Faden haben, ein Motiv, irgendeinen Hintergrund. Geldgeschäfte, Hass, Persönliches, irgendwas, Politik, was weiß ich. Und wir haben nichts! Das können doch keine Dada-Morde sein, oder habt ihr von so was schon mal gehört?«

»Politisch motiviert?«, fragte Behütuns, »du meinst irgendwie etwas Linkes, so Klassenkampf oder was, weil die alle reich sind ... oder waren?«

»Vergiss es, das haben wir doch schon alles durchgekaut. Wenn es politische Motive wäre, hätten wir doch längst eine Nachricht. Ein Bekennerschreiben, ein Dossier, Forderungen, Drohungen, die können doch gar nicht anders. Aber da liegt nichts vor.«

Es war eine hilflose Diskussion. Dick beschloss, sich zum wiederholten Mal die Akten vorzunehmen. Vielleicht hatten sie ja irgendwo irgendetwas übersehen. Bei den Geschäftsverbindungen zwischen den Opfern, den Beziehungen zu den Beratern, irgendwas. Er hatte wenig Hoffnung, aber er sah keinen anderen Ansatz.

Kommissar Behütuns wusste auch nicht weiter.

Jaczek saß dabei und schwieg. Er hatte keine Aufgabe und keine Zeit. Er musste sich um seine Tochter kümmern.

Noch einmal klingelte das Telefon. Es war persönlich, für Herrn Klaus.

> So könnte es sein.
> Aber so ist es nicht,
> oder höchstens spurenweise.
> Urs Jaeggi, *Kapital und Arbeit in der Bundesrepublik*

29. Kapitel

Cela Paulsen war auf dem Weg zu Frau Brädl. Mit den Öffentlichen, denn sie hatte keinen Wagen. Ein Blick auf den Fahrplan hatte sie schon eingestimmt. Per Stadtbus kommst du da nicht hin, nur mit den Roten von der Bahn oder der Tram. Und man musste in jedem Fall den Rest zu Fuß weiter. Die Leute, die dort wohnten, brauchten keinen Nahverkehr, das sagte schon das Streckennetz.

Zu Fuß aber wirkte das Viertel dann ganz anders als aus dem Auto heraus. Sie nahm es völlig anders wahr. Übermannshohe, selbst im Winter weitgehend sichtundurchlässige Hecken hinter schweren Metallstabzäunen säumten die Straßen, vielfach auch hohe, langgezogene Mauern, die Toreinfahrten ausnahmslos geschlossen, massive Torflügel aus Stahl, Sprechanlagen und Kameraaugen, kein Mensch auf der Straße unterwegs. Weit zurückgesetzt, meist tief hinten in den Gärten erst die Häuser. Häuser?, dachte sich Paulsen. Denn was dort, eingebettet zwischen altem, hohem Baumbewuchs, stand, war schön anzusehen, aber auch pervers. Sie konnte sich gegen diesen Gedanken gar nicht wehren, er drängte sich ihr auf. Aus Neid? Das war nicht die Triebkraft ihres Denkens. Es war vielmehr die klare Botschaft, die aus diesen Häusern sprach, das Überhebliche, die Arroganz, das Asoziale. Und etwas, das sie noch nicht ganz begriff.

Sie lief durch die Straßen, sah sich das an und wunderte sich, dass es ihr so nicht schon vorher aufgefallen war. Dieses Ab- und Zurückweisende, diese versteckte Kälte. Denn alles hier hatte sich zurückgezogen hinter Mauern und hinter hohen Zäunen wie verschanzt – und schob einen im gleichen Zug auch ganz weit von sich weg.

Zwei dicke schwarze Limousinen rollten leise vorbei und bogen in die nächste Seitenstraße. Sie sah die Überwachungskameras. Hier hatte man Angst, schottete sich ab und zeigte es auch ganz offen. Sie war inzwischen einmal um den ganzen Block gelaufen, und überall das gleiche Bild. Das, was so toll aussah, so reich und so erstrebenswert, wirkte auf sie wie Rückzug vor der Welt und Abschottung. Da gab es keine Kinder auf der Straße, die vielleicht skateten und Fußball spielten. Dann stand sie vor dem Anwesen von Dr. Leo Brädl selig und suchte nach der Klingel. Da summte schon das Tor.

»Kommen Sie herein!«, rief eine Frauenstimme durch die Sprechanlage. Sie hatte es geahnt: Sie wurde längst beobachtet.

Frau Brädl wirkte sehr gefasst. Sie stand in der geöffneten Tür und erwartete Frau Paulsen. Ein Eichhörnchen huschte über den Weg, sprang drüben bis auf Kopfhöhe an einem dicken Fichtenstamm empor, sah Cela Paulsen an, immer wieder ruckartig zuckend, bis hin zum buschigen Schwanz, und keckerte. Es wirkte wie ein angespannter Muskel, fest verwachsen mit dem Baum. Die Rinde machte ein scharfes Kratzgeräusch bei jeder Zuckung.

»Kommen Sie herein«, empfing sie Frau Brädl und gab ihr die Hand, »ich habe Sie sofort erkannt.«

Gute Kamera, dachte sich Cela Paulsen.

Sie führte sie in den Salon. Die großen Bilder waren abgehängt und standen drüben an der Wand.

»Setzen Sie sich doch. Was kann ich Ihnen anbieten?«

Sie wies die Polizistin an einen kleinen Bistro-Tisch drüben am Fenster.

»Gerne Espresso, wenn Sie haben.«

Frau Brädl ging, Frau Paulsen sah sich um. Der Raum war groß, doch für sie nicht bewohnbar. Sie fröstelte. Zu viel

Design, zu kalt, nichts wirklich Warmes. Der ganze Raum, das wurde ihr mit einem Mal klar, diente mehr zum Zeigen, er war kein Wohnraum, nur ein Vorführ- und Darstellraum, er wirkte heimatlos und kalt und leer. Er stieß ab.

Frau Brädl kam mit duftendem Espresso zurück.

»Frau Brädl, entschuldigen Sie bitte, dass ich Sie in dieser schweren Situation belästigen muss, aber ich muss Ihnen ein paar Fragen stellen, deren Beantwortung für uns sehr wichtig sein kann«, begann Cela Paulsen das Gespräch sehr förmlich. Sie wollte nicht lange bleiben, die ganze Situation war nicht sehr angenehm. Der Espresso aber schmeckte vorzüglich.

Frau Brädl schüttelte den Kopf.

»Ich muss noch einen Irrtum aufklären: Mein Name ist nicht Brädl, ich heiße Helga Progny. Wir, Leo und ich, waren nicht verheiratet, auch wenn das alle dachten. Leider.«

»Wie muss ich das verstehen?« Frau Paulsen war erstaunt. »Man nennt Sie überall Frau Brädl.«

»Das ist eine lange und wirklich sehr dumme Geschichte«, erzählte jetzt Frau Progny. Sie hätten sich vor drei Jahren kennengelernt. Da sei Leo geschieden gewesen, seine Ex-Frau abgefunden und wieder verheiratet. Sie hätten ja heiraten wollen, ja, und sie hätten nach einer USA-Reise im letzten Jahr auch allen erzählt, sie hätten dort geheiratet. Für die gesellschaftlichen Anlässe wäre das besser gewesen. Aus steuerlichen Gründen jedoch hätten sie den Akt noch aufgeschoben, Leo kannte sich da aus, sie nicht. Sie hatte ihm vertraut.

»Jetzt aber«, und damit deutete sie auf die abgehängten Bilder, »stehe ich ohne etwas da und werde das Haus wohl verlassen.«

Sie habe noch ein eigenes kleines Häuschen, draußen in Gleisenhof, das sei zwar zur Zeit vermietet, aber nur als Wochenendwohnsitz und Rückzugsort für einen Bekannten. Mit dem habe sie schon gesprochen, er räume es jetzt kurzfristig, im gegenseitigen Einvernehmen, dort ziehe sie dann hin.

»Und dieses Haus hier?«

»Das ist Sache der Anwälte«, erklärte ihr Frau Progny. »Ich weiß es nicht, denn Kinder hatte Leo keine. Das geht vielleicht an seine ehemalige Frau, vielleicht auch an seine nächsten Verwandten.«

Jetzt sah man doch, wie sehr Frau Progny sich um Fassung mühte. Ihre Unterlippe schien ganz schwach zu zittern. Sie wischte sich fahrig über ihr Gesicht und straffte ihren Rücken.

»Frau Progny, ich muss Ihnen diese Fragen stellen«, brachte nun Cela Paulsen ihren Besuch auf den Punkt.

Sie fragte nach den Eisenstangen, nach dem Gummi und der Flasche. Gummi und Eisenstangen? Wahrscheinlich habe er damit gebastelt, sie hätte keine Ahnung. Er habe viel gebastelt dort in seinem Hobbyraum, sie habe sonst keine Erklärung. Er schraubte eigentlich viel lieber an seinen alten Geräten und Maschinen und reparierte die. Das war sein Hobby, das hätte ihn fasziniert.

Ob sie sich denken könne, dass er bei seinen Bastelarbeiten einen Fehler habe machen können, sie womöglich falsch verdrahten?

Sie könne sich das anders nicht erklären.

Und die Flasche?

Dr. Brädl trinke nicht, schon seit Jahren nicht.

Doch vielleicht heimlich?

Völlig absurd. Sie tupfte ihre Augen, trocknete sich heimlich Tränen.

»Aber warum fragen Sie das alles?«, fragte dann Frau Progny.

Frau Paulsen sah sie an.

»Ich weiß, das ist jetzt alles nicht so einfach«, sagte sie, »doch diese Utensilien, Baustahl und Gummi, begründen für uns ein paar Verdachtsmomente. Und zwar in einem Mordfall.«

Frau Progny zeigte keine Regung. Dann fragte sie:

»Und Sie meinen, dass Leo ...?«

Sie wirkte starr, versteinert.

Frau Paulsen schilderte ihr die Fakten, erklärte die Verdachtsmomente und auch die Zweifel, die sie hatten, die Unstimmigkeiten. Sie ging dabei aufs Ganze.

»Es ist doch völlig abwegig zu denken, es könne jemand anderes ... oder meinen Sie, dass ich ...? Verdächtigen Sie mich?«

Frau Progny schüttelte den Kopf.

Draußen sprang das Eichhörnchen über die Wiese.

Ob sie sich vorstellen könnte, wer vielleicht einen Schlüssel hätte haben können, fragte die Polizistin. Ob es jemanden gäbe, der mit ihrem Lebensgefährten vielleicht Streit gehabt hatte oder eine Auseinandersetzung? Vielleicht etwas Berufliches, hätte er da womöglich einmal etwas erzählt? Oder auch nur erwähnt, am Rande?

Nein. Klares Nein.

»Können Sie mir sagen, wo Dr. Brädl am 11. Dezember des letzten Jahres war? Und in der Nacht zum 12.?«

»Sehen Sie in seinem Kalender nach und in seinem Rechner, Sie haben doch alles mitgenommen«, antwortete Frau Progny, »ich kann mich daran wirklich nicht erinnern. Leo hatte so viele Termine.«

Sie hatte recht, im Grunde war es müßig, so etwas zu fragen. Trotzdem unternahm sie noch einen Versuch.

»Hat Ihr Lebensgefährte vielleicht noch ein zweites Golfbag gehabt, also ein zweites Set Schläger?«

Nein.

»Frau Progny, ich muss Sie leider bitten ... ich brauche Ihre Fingerabdrücke.«

Fünf Minuten später stand Cela Paulsen wieder auf der Straße. Irgendwie hatte dieses Wohngebiet etwas Eigenartiges. Sie begriff es noch nicht ganz, es war nur ihr Gespür. Wie eine Leblosigkeit, die in der Luft hing. Zwei Häuser weiter an der Straßenseite gegenüber parkten die beiden Limousinen, die vorhin an ihr vorbeigefahren waren, das schwere Gartentor zum Grundstück hin stand offen. Cela Paulsen querte kurz die Straße, sah hinein. Im Garten ein kleine Gruppe Männer, einer sah zu ihr herüber, erkannte sie und winkte. Auch Cela Paulsen hob zögernd die Hand. Es war der Makler von gestern. Rückwärts an das Haus bis an die Eingangstreppe herangefahren parkte ein Umzugswagen, kräftige Männer trugen Möbel aus dem Haus. Dann wandte sie sich Richtung Hauptstraße hinunter, um die Tram zu nehmen zurück ins Nürnberger Präsidium. Haus Nr. 12, schrieb sie sich auf, Besitzer?

»Und?«

Dick saß über einen Stapel Akten gebeugt und blätterte darin, neben sich einen Zettel mit Notizen. »Den Kalender von Dr. Brädl habe ich übrigens schon gecheckt«, berichtete Dick.

»Und?«

»Die Termine scheinen alle zu stimmen. Sie wurden mir zumindest telefonisch von den Personen bestätigt.«

»Trotzdem – die Fakten sprechen dagegen. Wir werden da also noch einmal nachhaken müssen«, schüttelte Cela den Kopf. »Persönlich. Und sicher nachforschen. Denn die Haare von Dr. Brädl waren ja ganz eindeutig da, bei Frau Pank-Posner und an der Zwille. Das sind nach wie vor knallharte Beweise.«

»Tja, aber es passt nicht zusammen.«

Mehr sagte Dick nicht.

Draußen vorm Fenster sang eine Amsel in den Abend hinein, sie schmetterte förmlich ihr Lied, sehr laut und klar, und beide lauschten unwillkürlich, sahen in Richtung Fenster. Dann sahen sie sich an.

»Jetzt ist der Winter vorbei.«

»Ja, endgültig Frühling.«

Dieses Lied hatten sie beide schon lange nicht mehr gehört, das war ihnen bei den Tönen bewusst geworden.

»Okay, zurück«, holte Cela Paulsen sie wieder in die Wirklichkeit des Falles. »Und was hast du?«

»Ich bin gerade dabei, noch einmal alles quer zu checken«, sagte Dick, »sämtliche Verbindungen und Möglichkeiten, geschäftliche Beziehungen, die Bankauskünfte und, und, und, private Beziehungen und Hinweise auf Feindschaften oder Zerwürfnisse, was weiß ich. Wir hatten ja schon alles überprüft. Aber ich finde nichts. Und hab nicht eine einzige Idee. Das einzige für uns Neue, was ich gefunden habe: Bernd-Emil Endraß, dieser Motorradfuzzy mit den Glasperlentaschen, hatte auf Anraten von Professor Altenfurth in Erlenstegen ein Haus gekauft. Aber verdeckt, über seine Eltern, deswegen ist es uns durch die Lappen gegangen. Um sein Geld anzulegen. Das ist aber auch schon über zwei Jahre her. Er ist da nie eingezogen, hatte das wohl auch nie vor, er hat es vermietet.«

»Moment mal«, stoppte Paulsen, »Endraß hat da draußen ein Haus?«

»Ja, ist auf ihn eingetragen.«

»Zufällig die Nummer 12?«

Dick blätterte in seinen Akten, nickte.

»Da stand heute ein Möbelwagen.«

»Und?«

»Die 12, das ist das Haus gegenüber von Langguth, dem Getränkehändler.«

»Also schräg gegenüber von Frau Pank-Posner?«

»Ja. Und wird gerade vom selben Makler verkauft wie das Pank-Posnersche, die standen da im Garten.«

»Da sollten wir einmal nachfragen.«

»Right. Und vielleicht auch mal eine Liste der Eigentümer der ganzen Straße zusammenstellen. Vielleicht erleben wir ja da noch eine Überraschung? Denn überleg doch mal: Wenn dem Endraß die 12 gehört, haben wir drei Besitzer allein aus dieser Straße. Endraß, Pank-Posner und Brädl.«

»Und was meinst du damit?«

»Ich habe keine Ahnung. Wo ist eigentlich der Chef?« Cela Paulsen sah sich um.

»Bei SASEN, dem Safety-Service Nürnberg«, kam es aus dem Nebenzimmer von Frau Klaus, »das ist das Überwachungsunternehmen, das die Villen überwacht.«

»Ich weiß. Was macht er da?«

»Aufzeichnungen holen.«

Cela Paulsen sah Dick fragend und verwundert an.

»Schon wieder? Aber zu was?« Sie schien etwas zu ahnen. »Will er die wohl noch einmal ...?«

»Sieht ganz so aus.«

Cela schnaufte nur und sah genervt zur Decke. Das hatte Dick bei ihr noch nie gesehen. Aber er hatte genauso reagiert vorhin. Etwas Langweiligeres konnte sie sich gar nicht vorstellen. Mehrere Tage hatten sie schon auf diese Aufzeichnungen gestarrt und nichts gefunden. Und jetzt das Ganze noch einmal? Das war zu viel.

Und so geht es weiter und weiter.
Henryk M. Broder, *Kritik der reinen Toleranz*

30. Kapitel

»Jaja, ich weiß schon«, beschwichtigte Kommissar Behütuns, als er kaum 10 Minuten später ins Büro kam und die Blicke sah, die Cela Paulsen auf die Schachtel unter seinen Armen warf. »Aber was du dazu vielleicht wissen solltest: Ein Angehöriger dieses Unternehmens hat Ende letzten Jahres direkt in der Brennerei in Oberschwarzach mehrere Flaschen dieses Schnapses gekauft, dieses naturtrüben Williams Christ Birne.«

Mein Gott, so spricht man doch nicht, dachte er sich. Viel zu geschwollen und viel zu lang. Aber will man etwas ganz korrekt sagen, dann wird es halt oft einfach so.

»Klaus Neuner«, ergänzte Frau Klaus.

»Und du meinst …?«, fragte Dick nach, der sofort einen Schritt weiter gedacht und die Neuinformationen miteinander kombiniert hatte. Ließ dann aber die Vermutung unausgesprochen in der Luft hängen. Man wusste gar nicht, was er hatte sagen wollen.

Behütuns hatte sich in seinen Stuhl geworfen und breitete halb hilflos, halb erschöpft die Arme aus. Dann nahm er sie hinter den Kopf.

»Keine Ahnung, so weit hab ich noch nicht gedacht.«

Er streckte die Arme hoch und gähnte. Frau Paulsen verstand kein Wort.

»Aber eine gewisse Plausibilität könnte das schon haben«, fuhr Behütuns dann fort und verschränkte jetzt die Arme vor der Brust.

Frau Paulsen dachte nur: Hä?

»Jemand, der sich mit den Alarmanlagen bzw. den

Überwachungskameras dort auskennt, kann vielleicht überall ungesehen rein und raus.«

»Theoretisch.«

»Praktisch auch.«

Das also hatten Dick und Behütuns gedacht! Jetzt verstand es auch Cela Paulsen. Sie aber war kritischer und fragte konkret nach:

»Und das Motiv? Also warum sollte er das tun?«

Darauf gab es keine Antwort. Frau Klaus hatte sich mit zu den anderen gesetzt, die vier schwiegen und dachten nach. Dick fuhr sich mit der Hand über die Wangen, massierte dann sein Kinn und schüttelte nachdenklich den Kopf.

»Motiv haben wir überhaupt noch keins, für die ganzen Morde noch nicht«, sagte Behütuns hilflos, »oder wisst ihr mehr als ich?«

»Nicht wirklich«, sagte Dick, »aber vielleicht sollten wir einmal anders denken?«

Fragende Blicke von allen Seiten.

»Wie?«

»Was meinst du damit?«

Die Reaktion Dicks zeigte, dass er keine Ahnung hatte. Er zuckte nur kurz mit den Schultern.

»Wenn ich das wüsste, wüsste ich's ja.«

Das war eine einfache Logik.

»Nur ...«, fügte auch er hilflos an, »... bis jetzt sind wir nicht wirklich weitergekommen, oder?«

»Witzbold«, kommentierte Behütuns, halb Vorwurf, halb Resignation, aber freundlich und mit einer Spur Ironie. »Das hilft uns so auch nicht weiter.«

Dick gab sich einen Ruck und startete einen Versuch. Er versuchte sich ganz offensichtlich auf die Fakten zu konzentrieren.

»Fangen wir doch einmal da an: Altenfurth trifft Schwartz. Kurz darauf werden beide umgebracht und mit ihnen auch noch der Landwirt. Der ist für mich Kollateralschaden, um den Schwartz entsorgen zu können.«

Frau Klaus räusperte sich kurz. Ihr war die Wortwahl wohl etwas zu heftig. Dick überging das einfach.

»Dann ist lange nichts. Und dann haben wir den Lubig mit seinem ›Unfall‹ «, und dazu malte er mit je zwei Fingern die Gänsefüßchen in die Luft, »dann die Pank-Posner, die auf der Bank erfriert, schließlich Bernd-Emil Endraß, der mit Nachhilfe von irgendjemandem ertrinkt – und jetzt auch noch unseren Herrn Brädl, der einen Stromschlag kriegt.«

»Ein kreativer Mörder«, entfuhr es Behütuns. Dick ging nicht darauf ein. Er war ganz in Gedanken und suchte nach einem Ansatzpunkt. Überlegte und machte dann direkt weiter:

»Die ersten drei hake ich einmal ab, das ist eine Gruppe.«

Er separierte sie in der Luft mit der Hand, schob sie symbolisch zur Seite. Dann dachte er nach, die anderen drei sahen ihn interessiert an, warteten ab.

»Und jetzt habe ich die vier.« Dazu stellte er vier Finger seiner anderen Hand wie ein Pianist auf den Tisch. »Was haben die vier gemeinsam?«

»Kunden von Altenfurth und Schwartz. Bis auf unseren Brädl«, tippte Behütuns.

»Richtig«, warf Dick leicht unwillig ein, »aber das haben wir schon, das bringt uns nicht wirklich weiter.«

Behütuns aber war jetzt genauso bei der Sache, war konzentriert wie Dick. Wie mit dem Kopf weit weg. Oder ganz tief in dem Fall, also ganz da. Er führte den Ansatz Dicks weiter:

»Keine Streitigkeiten untereinander, keine privaten Verwicklungen, nichts. Zumindest haben wir nichts gefunden. Und bei keinem etwas geklaut.«

Wieder dachten alle nach, die Konzentration war spürbar.

»Aber die vier unterscheidet noch etwas.«

Die anderen drei sahen ihn an. Was wollte Behütuns sagen? Er ließ nicht darauf warten:

»Bei den ersten dreien gibt es keine Spuren, also nichts Offensichtliches, das wurde alles verwischt, beseitigt, vermieden. Da wurde sehr umsichtig – und anscheinend genau in diese Richtung sehr planvoll – gearbeitet. Aber beim Brädl ist alles voll davon, alles voller Spuren.«

»Plötzlich«, dachte Dick laut.

»Der fällt auch sonst aus dem Muster der zweiten Gruppe«, pflichtete Cela Paulsen ihm bei, »er gehört eher zur ersten, weil er Unternehmensberater war. Die anderen drei waren ja Unternehmer.«

»Das könnte ja Absicht sein«, dachte Dick weiter.

»Was?«

»Das mit den Spuren.«

»Hä?«

»Auf der einen Seite gibt es nichts, auf der anderen viel«, erläuterte Dick, »Also: Der weiß, dass wir etwas suchen – und er serviert uns das.«

»Was wird eigentlich aus den Unternehmen?«, fragte jetzt Cela Paulsen dazwischen. »Die Häuser von denen werden ja schon verkauft. Zumindest das von Frau Pank-Posner, das haben wir gesehen. Und heute habe ich gesehen, dass das gegenüber auch verkauft wird. Zumindest waren da diese Makler wieder drin, und ein Möbelwagen stand davor. Und dieses Haus gehörte Endraß, wie Dick rausgefunden hat.«

»Naja, irgendetwas muss mit den Häusern ja passieren. Die bleiben doch nicht leer. Die Erben ziehen ein, vermieten oder verkaufen.«

»Verkaufen, so wie's aussieht.«

»Gut. Und was ist mit den Unternehmen?«

»Die laufen weiter, oder?«, vermutete Behütuns. »So ein Betrieb macht doch nicht einfach zu. Von denen war doch keines in Schwierigkeiten, die haben alle geboomt.«

Sie wussten es schlichtweg nicht. Sie würden das recherchieren.

»Aber was hat das mit unserem Fall zu tun?«, fragte Frau Klaus.

»Nichts«, antwortete Behütuns, »wir denken ja nur mal so.«

»Und noch eine Gemeinsamkeit haben die drei«, kam es jetzt von Cela Paulsen.

»Welche drei?«

»Pank-Posner, Endraß und Lubig.«

»Ja?«, fragte Behütuns.

»Die Opfer waren alle Single. Verwitwet oder unverheiratet, auf jeden Fall alleinstehend. Sogar Brädl in gewisser Weise, zumindest so halb ...«

Behütuns nickte. »Und alle vier ohne Kinder. Aber wir drehen uns im Kreis, das hatten wir alles schon.«

»Aber noch nicht mit Brädl.«

»Stimmt.«

»Wäre immerhin mal eine interessante Frage«, überlegte Peter Dick weiter. »Wer erbt denn das ganze Zeug?«

»Verwandte, normal«, kam es von Frau Klaus, aber Behütuns winkte ab.

»Du meinst, bei den Erben suchen?«, fragte er nach.

Dick machte ein hilfloses Gesicht, drehte die Handflächen nach oben, dann schnaufte er hörbar aus. Das war seine ganze Antwort.

»Nee, Leute, das wird langsam abstrus. Ein Komplott der Erben? Alle unter einem Dach, mit einem Plan? Abgekartetes Spiel? Das macht keinen Sinn. Keiner von denen ist irgendwie auch nur im Entferntesten mit einem der anderen verwandt. Die kennen sich ja nicht einmal, das steht doch alles in den Akten.«

Wieder entstand eine hilflose Pause. Sie kamen einfach nicht weiter.

»Und was ist jetzt mit dem Brädl?«, griff Peter Dick das noch einmal auf, »warum gibt es bei dem plötzlich Spuren? Und auch gleich noch so viel?«

Im selben Moment fiel ihm ein, dass sie das ja gerade schon gehabt hatten.

»Die hat man ihm untergejubelt«, rutschte es Frau Klaus spontan raus, und Kommissar Behütuns nickte:

»Diese Idee hatte ich auch schon. Wie wär's denn damit: Unsere Täter wollen uns sagen: Der war's, also Brädl.«

»Und gleichzeitig damit natürlich auch: Das war's!«, ergänzte Dick. Es fügte sich etwas bei ihm.

»Warum?«

»Ist doch logisch«, sagte er. »Wenn man den Mörder hat, ist auch das Morden zu Ende. Das ist die Botschaft an uns.«

Behütuns sah auf die Uhr. Ihm war eine Idee gekommen: »Halb fünf. Das reicht noch für die Presse. Mit *der* Meldung gehen wir jetzt raus: Der Mörder ist überführt, aber tot, die Beweise sind alle da. Den Gefallen tun wir ihm jetzt.«

Frau Klaus verstand überhaupt nichts mehr und blickte verdutzt abwechselnd Dick und Behütuns an.

»Dem Mörder tun wir den Gefallen«, erläuterte ihm Dick. »Die Theorie ist: Er will, dass wir glauben, dass wir den Mörder haben. Aufgrund der vielen Indizien. Stahlstäbe, Gummi, Flaschen, was weiß ich. Weiß der Himmel, warum er das will. Aber wenn er will, dass wir das glauben, dann spekuliert er darauf, dass wir ab da nicht mehr suchen. Weil wir uns sicher sind. Auf jeden Fall muss er dann nicht mehr vorsichtig sein und fühlt sich von da an auch sicher.«

»Aber ihr wisst doch gar nicht ...«

»Nö, wissen wir natürlich nicht. Ich sage ja auch: Keine Ahnung, was er vorhat. Aber den Gefallen tun wir ihm. Wir spielen das Spiel mit und stellen uns dumm. Irgendwas steckt ja dahinter.«

»Oder irgendwas hat der damit vor«, dachte Frau Klaus laut.

Bingo!, dachte Behütuns und schnippte gedanklich mit den Fingern. Genau da ist gerade die Wendung!, wurde es ihm bewusst, und er blickte gedanklich noch einmal zurück. Bisher haben wir nach Beziehungen gesucht, zwischen den einzelnen Opfern. Und jetzt ... nein, so klar war das nicht, aber doch hatte sich etwas gedreht. Er hatte keine Zeit mehr, darüber nachzudenken, er musste schnell zur Presse.

»Cela«, sagte er noch, »du musst nochmal zur Frau Brädl ... nein, zu Frau Progny, du kennst sie jetzt ja. Wir müssen sie informieren, sonst hetzt sie uns noch die Anwälte auf den Hals.«

Paulsen nickte, stand auf. Auch Behütuns stand in der Tür.

»Fahr du mit Cela«, forderte Behütuns Dick auf, »dann habt ihr einen Wagen.«

Sie verließen das Büro. Nur Frau Klaus blieb zurück.

Für sie klingelte gerade das Telefon. Kurz danach bekam sie Besuch.

Keine halbe Stunde später war Friedo Behütuns zurück. Und wirkte zufrieden. Er hatte seine Meldung bei der Presse deponiert. Mörder gefunden – Mörder tot, ein Opfer seiner Bastelei. Alles andere würde man noch herauskriegen, die Ermittlungen liefen auf Hochtouren.

»Was ist das denn?«, fragte er und deutete auf den Tisch. Eine Plastiktüte mit dreckigem Geschirr stand da, weit geöffnet. Ein Teller, Messer, Gabel, ein Bierkrug, Serviette, Müll. Der Teller mit Resten von Senf, Kren, verhärtetem Fett und Kraut, er glänzte an manchen Stellen sogar noch feucht, die Serviette zerknüllt. Im Raum roch es leicht nach Bier.

»Hast du Brotzeit gemacht?«, und wollte das Zeug gerade wegräumen.

»Halt! Nicht anfassen!«, rief Frau Klaus, »Das könnte vielleicht für uns wichtig sein!«

Behütuns zuckte übertrieben zurück.

»Hä?« Was sollte das denn jetzt? Bratwurstgeschirr? Wichtig? Seit wann denn das?

Ein Freund von Frau Klaus hätte es gebracht, erfuhr er, erst vorhin, vor vielleicht 15 Minuten. Aus dem Bratwursthäuslein.

Aus der Stadt?

Ja.

Ja und?

Der jobbt da als Bedienung.

Ich versteh nichts, dachte Behütuns, und das sah man seinem Gesicht auch an.

Ist schwul.

Das wurde ja immer abenteuerlicher!

Ja, und?

Der war im Herbst beim *Starbucks*, am Geländer am Fluss.

Jetzt komm doch mal endlich zur Sache!

Im *Starbucks* waren doch der Altenfurth und der Schwartz.

Behütuns verstand irgendwie nichts. Alles nicht.

Damals am 14. September! Und einer, der hat Kaffee getrunken. Am Nebentisch.

Was die Bedienung gesagt hatte?

Ja.

Den sie aber nicht beschreiben konnte.

Ja.

Ja, den haben wir aber nie gefunden.

Mein Bekannter jetzt aber schon, zumindest glaubt er das.

Kannst du vielleicht einmal klar erzählen?

»Also pass auf«, erzählte jetzt Frau Klaus. »Ihr Männer schaut doch immer den Frauen hinterher, richtig? Aber bei uns ist das anders: Wir Schwulen schauen Männern hinterher.«

Behütuns nickte. Frau Klaus fing ganz offensichtlich ganz bei Null für ihn an.

»Also«, machte sie weiter, »euch fallen attraktive Frauen auf und uns attraktive Männer.«

»Hmm.«

»So. Und ich hab jetzt letzte Woche abends einen Bekannten getroffen. Seit langem wieder einmal. Denn der war seit Herbst in den USA. Wir haben geplaudert, und ich habe ihm auch von unserem Fall erzählt.«

Behütuns schaute sehr kritisch.

»Der sagt nichts weiter, garantiert nicht«, beschwichtigte ihn Frau Klaus. Sie hatte halt mal wieder geredet.

»Und gestern habe ich ihm Bilder gezeigt, von dem Altenfurth und von Schwartz.«

»Die waren attraktiv?« Behütuns schüttelte den Kopf. Auf was sollte das denn hinauslaufen?

»Der Altenfurth nicht. Der sah ja aus, als hätte er ein Toupet. Seine Frisur war völlig Panne, mit der kommt er bei uns nicht an.«

»In deinen Kreisen.«

»In meinen Kreisen«, äffte Frau Klaus ihn nach, nicht ohne eine gewisse Bissigkeit. Oder Zickigkeit. »Ja. In deinen aber ganz sicher auch nicht, außer vielleicht über sein Geld. Aber das ist ja egal. Der Schwartz aber, der war nicht unattraktiv.«

»So?«

»Zumindest für meinen Freund nicht. *So!* Der fand ihn sehenswert. Ansehenswert. Deshalb hat er ihn sich ja auch gemerkt.«

Frau Klaus wurde fast schon ein bisschen pampig. Behütuns musste vorsichtig sein, er kannte das schon. Ich lass ihn jetzt einfach reden, dachte er sich, das wird das Einfachste sein.

»Also dem habe ich die Bilder gezeigt, und der hat den Dr. Schwartz erkannt. Den hatte er sich gemerkt.«

Jetzt machte Frau Klaus eine bedeutungsvolle Pause.

»Und noch einen Zweiten dazu!«

Jetzt war es heraus, nur – Behütuns verstand es nicht. Aber er schwieg.

»Einen viel Attraktiveren!«

Behütuns ging nicht darauf ein, wartete ab. Nur jetzt keine falsche Bemerkung.

»Der hatte an einem der Nebentische gesessen, in der Nähe von Altenfurth und Schwartz.«

Behütuns begann zu begreifen.

»Der hat vielleicht gehört, was die gesprochen haben?«

»Nein, anders.«

Jetzt mach doch endlich mal zu!, dachte sich Behütuns, aber er sagte nichts mehr.

»Den fand er toll, hat er gesagt, der hätte ihn ganz schwach gemacht.«

»?«

»Aber er hat ihm auch angesehen: Dieser tolle Mann da war leider nicht schwul.«

Frau Klaus sah versonnen zum Fenster, sah fast ein wenig traurig aus.

»Das ist ja das Blöde: Die interessantesten Männer sind meistens nicht schwul.«

Behütuns war kurz vorm Platzen. Auch ein schönes Gefühl, nahm er sich denkend wahr, ich bin seit langem verdächtig ausgeglichen. Frau Klaus erzählte weiter.

»Aber die schönsten doch.«

»*Was?*«

»Die schönen Männer – die sind meistens schwul. Die interessanten aber nicht.«

Jetzt wurde es langsam grenzwertig. Behütuns atmete durch.

»Der Typ war so interessant, dass mein Freund ihn sich gemerkt hat. Und heute hat er ihn wiedergesehen. Glaubt er zumindest. Im Bratwursthäuschen gleich neben dem Rathaus, da wo er jobbt.«

»Der Typ?«

»Nein, mein Freund ... oder mein Bekannter. Dass du da nichts Falsches denkst. Der andere hat da in der Sonne gesessen und gegessen. Also der Typ, nicht mein Freund; der hat da nur bedient. Und als der Typ dann weg war, hat mein Freund das Geschirr eingepackt und gleich hierher gebracht. Wegen Fingerabdrücken und vielleicht DNA. Das hatte ich mit ihm so besprochen.«

»Kommissar Klaus, ganz fetter Respekt!«, sagte Kommissar Behütuns anerkennend. »Vielleicht bringt uns das ja was.«

»Ich schicke das Zeug dann gleich morgen ins Labor.«

»Und der Typ, wie sieht der aus?«, fragte Behütuns, »kann er den beschreiben?«

»Werner, also mein Bekannter, hatte heute keine Zeit. Hat Opernkarten für München. La Traviata, da wäre ich auch gerne hin. Da kann man so schön heulen. Aber er kommt morgen Nachmittag, dann zeig ich ihm erst einmal alle Bilder, die wir haben, das habe ich mit ihm ausgemacht. Vielleicht ist er ja da dabei.«

»Und wenn nicht, soll er den Typen beschreiben. Und ein Phantombild machen lassen.«

In dem Moment ging die Tür auf, und Cela Paulsen kam herein. Sie schnüffelte, das Geschirr roch doch ziemlich stark.

»Ah, habt ihr mir auch etwas bestellt?«, fragte sie. »Aber bitte nur Kraut, kein Fleisch ...«

»Wir haben hier nicht gegessen, das ist Beweismaterial. Wo ist denn Dick?«

»Der parkt noch. Kommt gleich.«

In dem Moment aber kam er schon herein.

»Alles klar, sie spielt das Spiel mit.« Er meinte damit Frau Progny, die Lebensgefährtin von Dr. Brädl.

Gottseidank!, dachte Behütuns, die Meldung an die Presse war ja schon raus. Dick blickte auf den Tisch.

»Habt ihr hier wohl gegessen?«

»Nichts anfassen!«, rief Frau Klaus aus dem Nebenzimmer. Behütuns klärte die Kollegen in kurzen Worten auf, was damit war. Inzwischen hatten sie alle Hunger. Behütuns startete einen Versuch.

»Wollen wir etwas essen gehen?«

Peter Dick schüttelte den Kopf.

»Ich muss heim. Meine Kids kennen mich ja schon fast nicht mehr.«

Cela Paulsen hatte schlicht keine Lust und auch Frau Klaus zog zurück. Mit Behütuns alleine?

»Nein, lieber nicht.«

»Dann nicht«, sagte Behütuns. »Morgen gibt es zu tun.« Und deutete auf die Schachtel.

»Die Kopien von den Überwachungskameras. Dezember, Anwesen Posner und Nachbarn, und schon einmal drei Tage vom Anwesen Brädl. Da kommen noch welche dazu. Müssen wir uns alles nochmal durchschauen. Circa zwanzig CDs.«

Frau Paulsen stöhnte auf. Das hatte sie schon wieder verdrängt. Dann gab sie sich einen Ruck und sagte:

»Gib her, ich schau schon mal rein.«

»Da hast du aber gut zu tun.«

»Ich weiß.«

»Na ja, fang einfach mal an, vielleicht findest du ja etwas«, sagte er. »Sonst noch etwas?« Er wollte ganz offensichtlich heim.

»Okay, dann bis morgen früh.«

Inzwischen war es nach halb sieben und immer noch nicht dunkel. Irgendwann geht es ganz schnell, dachte sich der Kommissar. Erst merkst du nichts davon, dass die Tage länger werden, und plötzlich sind sie lang. Alles wird gut. Er war auf den Jakobsplatz hinausgetreten und blickte hoch in den Himmel. Der leuchtete noch richtig blau und der Weiße Turm drüben rot an der obersten Spitze, dort, wo sich noch das letzte Sonnenlicht verfing. Und dann geht es immer so schnell, dachte er. Dann hörst du am Morgen die Amseln, inzwischen schon weit vor sechs. Auch im Gebüsch gegenüber saßen zwei oder drei, aber sie sangen nicht, sondern schimpften fürchterlich. Wahrscheinlich irgendwo eine Katze. Über den Platz humpelten dicke Tauben.

**Die Frage ist,
ob das so bleiben soll.**
Jürgen Mittelstraß, *Leonardo-Welt*

31. Kapitel

Cela Paulsen wirkte übernächtigt. Bis kurz vor vier hatte sie die CDs angeschaut. Aber sie war hellwach.

»Kommt mal«, sagte sie und legte eine der Scheiben ein. Sie hatte wohl etwas gefunden. Alle vier starrten auf den Bildschirm. Die Überwachungskamera vom Anwesen Pank-Posner. Verschiedene Blickwinkel, schwarz-weiß, grobes Bild, unscharf, ruhige Straße, Schneefall. Sonst nichts. Wenn der Schneefall nicht wäre, könnte man meinen, es wäre ein Standbild. Es wirkte wie nachts.

Nach drei Minuten hielt sie das Bild an.

»Und?«, fragte Dick.

»Ist euch nichts aufgefallen?«

Die anderen verstanden nicht, was sie meinte. Da sollte etwas gewesen sein? Es war immer nur das gleiche Bild. Schwarz-weiß, Geflimmer, sonst nichts.

Cela Paulsen klickte zurück.

»Das waren jetzt drei Minuten«, sagte sie. »Anwesen Pank-Posner, 16. Dezember, Beginn 16 Uhr 26.«

Scheiße, dachte Behütuns, aber stimmt: Da war es um halb fünf schon Nacht. Grässlich, daran zu denken. Den Winter hatte er schon komplett verdrängt, seit endlich die Sonne schien. Und gestern Abend war es um halb sieben noch hell, jetzt wurde alles besser.

Sie deutete auf die Zahlen am unteren Bildrand.

»Und jetzt schaut mal nur auf die Zahlen.«

Die Aufnahme lief wieder los, die Sekunden liefen. 16:26:12 ... 16:26:13 ... 14 ... 15 ...

»Jetzt gleich!«

Die drei schauten wie gebannt.

... 16:26:18 ... 19 ... 16:29:20 ... 21 ... 22 ... Sie hielt das Bild wieder an.

»Gesehen?«

Behütuns war sprachlos.

Peter Dick hatte nichts bemerkt.

Frau Klaus entfuhr nur ein »Leck mich am Arsch!« Ganz untypisch für ihn.

»Da war doch nichts«, moserte Dick. »Ihr wollt mich doch nur verarschen.«

»Hast du das nicht gesehen?«, fragte Behütuns. »Da fehlen exakt drei Minuten.«

»Richtig. Das fällt bei den Zahlen kaum auf. Du schaust konzentriert aufs Bild, vielleicht noch nach rechts auf die Sekunden, verfolgst vielleicht die, und drüben springt die Sechs auf die Neun. Nur zwei ganz kleine Striche bei den digitalen Zahlen.«

»Nochmal«, sagte Dick, »das will ich auch sehen.«

Paulsen spulte noch einmal zurück, ließ die Aufnahme wieder laufen.

»Wahnsinn!« Jetzt hatte es Dick auch gesehen.

»Was heißt: Die Aufnahmen sind manipuliert.«

»Oder geschnitten.«

»Das sieht ganz so aus.«

»Also ich würde sagen«, vermutete Cela Paulsen, »hier, in diesen drei Minuten, bekommt Frau Pank-Posner ihren Besuch.«

Behütuns nickte.

»Von einer Person, die die Aufnahmen manipulieren kann.«

»Und wann ist er wieder gegangen, also ich meine der Besuch?«, fragte Klaus.

»Da fehlt ein längeres Stück«, informierte Cela Paulsen, »da springt die Anzeige von 21 auf 41 Minuten.«

Sie holte einen Zettel aus ihrer Tasche.

»04:21:19 ... 04:41:20, das ist da der Schritt.«

»Der Schnitt«, korrigierte Dick.

»Der Schritt in der Zeit«, präzisierte Paulsen.

»Schritt oder Schnitt ist doch egal. Aber warum so lang?« fragte Behütuns Paulsen.

»Warum der so lange dagewesen ist, von halb fünf nachmittags bis fast halb fünf früh?«, fragte Dick zurück, und gab auch gleich die Antwort: »Wahrscheinlich um sicher zu gehen, dass sein Plan auch klappt. Dass die Frau wirklich stirbt.«

»Schon richtig«, entgegnete Behütuns, »aber das meinte ich nicht. Ich meinte: Warum schneidet er hier zwanzig Minuten raus und oben nur drei?«

»Das kann Zufall sein«, antwortete Cela Paulsen, »vielleicht aber auch wegen dem Schnee.«

»Wegen dem Schnee?«, fragte Frau Klaus.

»In dieser Nacht hatte es heftig geschneit«, erklärte Cela Paulsen ihre Gedanken und zeigte auf das Gegriesel auf dem Bildschirm. »Wenn du da nur drei Minuten rausnimmst, dann siehst du da noch etwas. Spuren im Schnee, meine ich. Nach zehn Minuten aber, bei dieser Bildqualität und dem Licht, da siehst du die Spuren nicht mehr. Du schneidest halt so viel raus, solange du etwas siehst.«

»Okay, aber warum dann am Anfang nur drei Minuten? Da besteht doch das gleiche Problem.«

»Nicht ganz«, antwortete Cela Paulsen, »da ist die Oberfläche auf dem Schnee viel unruhiger, das sind überall Spuren, wahrscheinlich weil um diese Zeit einfach mehr Leute unterwegs sind. Oder waren. Da war es zwar schon dunkel, aber halb fünf am Nachmittag ist eigentlich noch mitten am Tag.«

»Hast du dir das daraufhin wohl schon angeschaut?«, fragte Dick.

Cela Paulsen lachte ihn an.

»Ja, glaubst du, ich habe heute Nacht geschlafen?«

»Schuldigung«, gab Dick kleinlaut zurück.

»Wer kommt da dran, an solche Aufnahmen? Also wer kann so etwas?«

»Das müssen wir dort erfragen.«

»Ich habe noch mehr solche Stellen«, sagte Cela Paulsen.

»Vom Anwesen Brädl auch?«

»Ja.«

Sie sah in ihre Aufzeichnungen.

»Hier zum Beispiel«, sagte sie, »Anwesen Brädl. Zwei Tage, bevor die aus Südafrika zurückgekommen sind. Da fehlen zweimal drei Minuten, mit fast zwei Stunden dazwischen.«

Behütuns und Dick sahen sich an.

»Hast du noch mehr?«, fragte Behütuns Paulsen.

Gespielt vorwurfvoll sah sie ihn an. Dann schoss es ironisch aus ihr heraus:

»Ja, Chef. Ich habe heute Nacht 48 Stunden gearbeitet. Mir spannende Videos angeschaut.«

Behütuns ging nicht darauf ein.

»Also nicht mehr?«

»Nein.«

»Gut«, schloss Behütuns das ab, »da haben wir wahrscheinlich noch ganz viel Arbeit.«

Das sind ja tolle Aussichten, dachte sich Peter Dick und versuchte, sich das konkret vorzustellen. Wieder Tage vor diesen schwarzweißen Standbildern, nur diesmal nicht auf die Bilder, sondern immer nur auf die Zahlen starren ...

»Das wäre doch was für Jaczek, daheim«, schlug er vor. »Oder auch für P. A. Dem ist es doch ganz bestimmt langweilig mit seinen gebrochenen Knochen. Der liegt doch daheim eh bloß rum.«

Die Antwort von Behütuns überraschte:

»Keine schlechte Idee, das sollten wir vielleicht so machen. Aber jetzt lass uns mal da rausfahren, meine ich, mit den Leuten von SASEN reden. Wer an diese Daten kommt und sie manipulieren kann.«

Bei Cela Paulsen klingelte das Telefon. Eigentlich ja Jaczeks Apparat. Sie ging dran.

»Aber sag mal«, wandte sich Dick nachdenklich an Behütuns, »hat der Pongratz nicht gesagt, er könnte seine Überwachungskamera abschalten?«

Behütuns dachte einen Augenblick nach.

»Ja, ich glaube, das war so, stimmt. Das hat er uns gesagt.«

»Müssen wir unbedingt dort fragen, ob das geht«, sagte Dick. »SASEN. Was für ein blöder Name.«

Die zwei, Behütuns und Dick, waren inzwischen aufgestanden und hatten sich ihre Jacken geschnappt, Behütuns zog sich seine schon über. Cela Paulsen hatte noch telefoniert, jetzt legte sie den Hörer wieder auf. Die zwei Kollegen gingen schon Richtung Tür.

»Kommst du?«, fragte Behütuns.

Cela Paulsen schüttelte den Kopf.

»Ich glaube, das können wir uns sparen.«

Dick und Behütuns blieben stehen, sahen sie fragend an.

»Das war gerade Frau Ende von SASEN, mit der du gestern gesprochen hast.«

Cela Paulsen setzte sich auf die Schreibtischkante. Sie wirkte nicht so, als ob sie fort wollte, mitkommen mit den anderen.

»Und?«, forderte Behütuns sie auf. Er schien ungeduldig.

»Die haben auch über Nacht gearbeitet«, berichtete Paulsen, »bei SASEN. Und Unregelmäßigkeiten festgestellt. Sie hätten schon länger so einen Verdacht gehabt, sagte sie, diese Frau Ende.«

»Die Unregelmäßigkeiten haben wir auch«, entgegnete Behütuns ungeduldig, »es ist Zeit, dass wir mit denen reden.«

Cela Paulsen schien nachdenklich.

»Herr Neuner ist heute nicht erschienen.«

»Was heißt das?«, fragte Behütuns zurück. »Der Neuner mit den Flaschen?«

»Ja, der ist weg, sagt sie. Sie können ihn nicht erreichen.«

»Sie wissen nicht, wo er ist?«

»Nein. Hat auch sein Diensthandy ausgeschaltet.«

»Und wissen nicht, warum er nicht kommt?«

»Er hätte nur so eine vage Andeutung gemacht, sagte Frau Ende, die hätte sie nicht verstanden.«

»Und das hat ihr gereicht? Hat sie nicht nachgefragt?«

Cela Paulsen schüttelte den Kopf. »Er hat einfach aufgelegt.«

»Hmm.«

»Das klingt verdammt verdächtig.« Dick kratzte sich am Kinn.

»Ja.«

»Okay«, sagte Behütuns, streifte seine Jacke wieder ab und schmiss sie über die Garderobe. »Dann sollten wir nach ihm suchen lassen.«

Sie forderten bei SASEN ein Bild von Klaus Neuner an und erhielten es binnen Minuten per Mail. SASEN zeigte sich sehr kooperativ. Auch Neuners Adresse hatten sie bekommen, Telefonnummern, alles. Doch bei Neuner hob niemand ab, auch das Privathandy war ausgeschaltet. Das Bild hatten sie intern weitergegeben, dazu sein Fahrzeug mit Nummer, ein unscheinbarer schwarzer Golf. Nobodyfahrzeug, unauffällig, fast unsichtbar. Mehr konnten sie im Moment nicht tun.

»Ob wir einmal hinfahren und schauen, wo er wohnt? Vielleicht nimmt er ja einfach nicht ab?«, fragte Paulsen.

»Dann wird er uns auch nicht aufmachen. Ich denke, wir sollten erst einmal eine Streife hinschicken«, hatte Behütuns geantwortet. »Rein kommen wir sowieso nicht, und für einen Durchsuchungsbefehl reicht das lange nicht.«

Da hatte der Chef sicher recht.

Sie versuchten erst, etwas über Klaus Neuner zu erfahren. Wenn Neuner wirklich etwas mit den Video-Manipulationen zu tun hatte, dann hatte er auch mit den Morden zu tun – aber warum? Sie wussten nichts über den Mann. Was wollte er?

Warum mordete er? Dick recherchierte schon in den internen Datensätzen, Cela Paulsen telefonierte noch einmal mit Frau Ende von SASEN. Aber dort erfuhr sie nicht viel, er schien ein unauffälliger, sehr zuverlässiger Typ. Mehr wollte Frau Ende nicht sagen, trotz aller Kooperation.

Aber Paulsen blieb penetrant.

Ob sie ihr etwas über Herrn Neuner erzählen könne?

Was?

Ob er Hobbys hätte oder so? Sie wusste gar nicht, warum sie das fragte, aber sie suchte nach einem Sprungbrett.

Nein.

Ob er sonst etwas Besonderes täte?

Nein.

Vorlieben oder so?

Seine Kinder, wenn sie das meine. Mit denen verbringe er seine ganze Zeit. Und seine Frau, sein Garten.

Wie viele hat er denn?

Was wie viele?

Kinder.

Zwei.

Mädchen?

Ja.

Zwei Mädchen?

Sagte ich doch.

Und wie alt?

Sieben und neun.

Und er lebt mit seiner Familie zusammen, also auch mit seiner Frau?

Ja, klar.

Ob sie wisse, wo die jetzt seien?

Die Kinder? Wahrscheinlich in der Schule, oder?

Und die Frau?

Auf Arbeit, denke sie.

Wo sie denn arbeite?

Keine Ahnung.

Ob sie auch Neuner hieße oder anders oder mit Doppelnamen?

Nur Schnaufen am anderen Ende.

Frau Ende war wirklich anstrengend. Sie wollte einfach nichts sagen. Wollte sie Neuner schützen? Oder SASEN, also die Firma, den guten Ruf? Cela Paulsen wurde aus ihr nicht schlau. Sie hatte ihren Apparat längst auf laut gestellt, und alle hörten das Gespräch mit. Die aber, also Behütuns, Dick und Klaus, fanden das Gespräch ganz normal. Es hatte nichts Unnormales für sie, nur für Cela Paulsen. Die kannte halt die Franken nicht. Warum sollten die etwas sagen, also ganze Sätze und auch noch freiwillig, wenn irgendjemand sie fragte? Dafür gab es doch keinen Grund.

Ob er vielleicht, sie müsse entschuldigen, wenn sie das jetzt frage, sie müsse das nur fragen, rein routinemäßig, Vorstrafen hätte?

–

Hat er welche?

–

Ist Neuner vielleicht politisch engagiert?

Warum?

Nur so.

–

Vielleicht irgendwie auffällig?

–

Also ich meine radikal? Rechts oder links vielleicht? Oder vielleicht religiös, in einer Sekte?

Betriebsrat und so, ja.

Was »und so«?

Nichts, halt das Normale.

Was das bedeute, normal? Was sie damit meine?

Was man halt so macht.

Ja?

Wissen Sie was? Ich weiß nicht, warum Sie das alles wissen wollen, aber bitte: Der ist ein bisschen links, ein bisschen grün, gegen Atomkraft, macht viel Soziales, also für Kindergarten, Schule, Stadtteil, engagiert sich ... *das* ist normal, vor allem, wenn man Kinder hat. Er ist einfach engagiert. Denkt. Aber durch und durch gerecht und zuverlässig. Der denkt einfach mit und nach, ist nicht so tumb wie die meisten, so uninteressiert und faul. Und jetzt lassen Sie mich in Ruhe, fragen Sie ihn doch selbst!

Wollte Frau Ende Cela Paulsen plötzlich mit Worten erschlagen? Sie mit Worten zur Ruhe bringen? Das war ja ein richtiger Schwall, dachte sich Behütuns und hörte interessiert zu.

Frau Ende, sind Sie noch da?
Ja.
Wissen Sie vielleicht, wo Herr Neuner ist oder sein könnte?
Nein.
Vielleicht eine Idee ... ?
Klack.
Frau Ende hatte aufgelegt, Ende.

Frau Paulsen schaute hilflos in die Runde. Das war nicht das Gespräch gewesen, das sie sich erhofft und gewünscht hatte. Da musste sie noch sehr viel lernen, vor allem hier in Franken. Da fragt man die Leute nicht aus. Da kann man schon Fragen stellen, aber es kommt ganz darauf an, wie. Und mit Antworten darf man nicht rechnen, zumindest nicht mit sehr freundlichen und schon gar nicht ohne Weiteres. Die kommen nicht einfach so und vor allem nicht so, wie man denkt. Die bellen dich an oder beißen dich weg. Weil Antworten mühsam sind und vor allem Arbeit – und man arbeitet nicht für jeden. Sitzt lieber nur für sich rum, die Zeit vergeht ja auch so. Hier muss man mit Fragen schmeicheln, streicheln, dann kriegt man vielleicht, was man will. Aber wenn man mit Fragen prellt, wird man zurückgeprellt. Fährt gegen die Wand und wird weggebissen. Das ist doch völlig normal. Behütuns war ziemlich belustigt.

Der Polizeicomputer wusste mehr über Neuner, da gab es viel, seit Jahrzehnten schon, aber seit ca. 10 Jahren nichts mehr. Davor gab es Zahlreiches über ihn. Das war nicht legal, das alles aufzuheben, aber es war halt da. Solange das niemand wegschmiss ...

Es begann 1981, mit der Massenverhaftung von Nürnberg Anfang März.

»Das jährt sich ja fast auf den Tag genau«, sagte Behütuns. »Ob das etwas zu bedeuten hat?«

Das konnte natürlich keiner beantworten. Aber sie spürten so einen Verdacht. Klaus Neuner war einer der damals 164 Verhafteten im Nürnberger KOMM, einem selbstverwalteten Kommunikationszentrum, erklärten sie Cela Paulsen. Neuner, heute 49, war von 1981 an fast 20 Jahre lang aktenkundig. Aktiver Linker, auch oft auffällig.

»Scheiße, also doch!«

Peter Dick schüttelte nur den Kopf. Irgendwie war Alarm. Sie mussten diesen Neuner finden.

»Was war das, Massenverhaftungen?«, fragte Cela Paulsen. Dick zeigte in seinen Rechner, ins Internet. Da las sie nach. Demo in Nürnberg, ein paar Scheiben zu Bruch, dann waren die Demonstranten ins KOMM. Und die Nürnberger Polizei unter Helmuth Kraus? Riegelte das KOMM ab, sperrte 164 Leute ein, darunter auch Minderjährige. Landfriedensbruch. Ein Bravourstück der Nürnberger Justiz: Fünf Ermittlungsrichter hatten weit über hundert hektographierte Haftbefehle unterschrieben, und die Jugendlichen wurden tagelang eingesperrt, auf ganz Bayern verteilt, ohne Kontakt zu Eltern, Angehörigen, Anwälten. Manche kamen erst nach zwei Wochen wieder frei. Einer von denen: Neuner.

»Boah, das ist ja ein Ding«, sagte Cela Paulsen, »das sind ja Nazimethoden.«

»Das ist und bleibt ein Skandal«, sagte Peter Dick.

»Ja, das ist bis heute ziemlich peinlich für Nürnberg«, gab ihm Friedo Behütuns recht. »Aber lies nur mal weiter.«

Cela Paulsen las. Der Haftrichter Ludwig Dorner, später zweiter Direktor am Hersbrucker Gericht, hatte die Verhaftungen damit begründet: bürgerkriegsähnliche Zustände in Nürnberg.

»Aber in Nürnberg hatte keiner gemerkt, dass Bürgerkrieg war«, grinste Behütuns.

Und Franz-Joseph Strauß hatte, klar, die Schüler als »Kern neuer terroristischer Aktionen« tituliert.

»Ja, ja, unser Strauß«, dachte Behütuns laut, »vielleicht hatte er ja recht?«

»Du meinst, dass unser Neuner ...?«

»Ja, schau doch mal hier!«

Neuner: bestraft wegen Landfriedensbruch, Widerstand gegen die Staatsgewalt. Steinewerfen in Wackersdorf.

Auch Wackersdorf sagte Paulsen nichts.

»Schon wieder Strauß«, erklärte kurz Friedo Behütuns, »und seine ganze arrogante Machtauffassung.«

»Was war da los?«

»Der wollte da eine Wiederaufbereitungsanlage für die Atomindustrie bauen. Qua Dekret, also so richtig bayerisch demokratisch. Und dann haben sie ohne Baugenehmigung gebaut, die haben gemacht, was sie wollten, geltendes Recht war denen völlig egal. Die Politik hat das alles gedeckt, und wer dagegen war, war Terrorist. Da gab es richtige Kämpfe.«

Nach Datenlage wurde Neuner dann ruhiger und nicht mehr aktiv. Seit den späten 1980ern nur noch bei Castor-Transporten registriert. Unglaublich, dass das alles erfasst und gespeichert ist, dachte Behütuns. Seit 1994 verheiratet, heute zwei Kinder. Familienvater, keine Einträge mehr.

Das war die Lage.

»Ich krieg da keine Kurve zu einem Motiv«, sagte Behütuns. »Ihr?«

»Nur wenn er sich ganz gezielt zurückgezogen hat. Und langfristig sein eigenes Ding geplant hat, was meint ihr?«

»Wo ist dann da das Motiv?«, fragte Behütuns zurück. »Ich sehe da noch lange nichts. Nur weil einer politisch ist, bringt er Leute um? Dann doch wenigstens Politiker, oder? Das wäre für mich logisch.«

Auch Peter Dick schüttelte den Kopf.

»Das passt alles nicht zusammen. Wackersdorf, KOMM, Atomkraft, Castor und so, da kämpfst du ja gegen die Politik, gegen die Macht, die macht, was sie will. Gegen Arroganz und Überheblichkeit, gegen Verlogenheit und Selbstherrlichkeit. Aber hier bei uns ... gegen Unternehmer? Unternehmensberater? Einwohner von Erlenstegen? Das macht für mich keinen Sinn.«

»Aber pauschal gegen Reichtum. Vielleicht kämpft er ja gegen das Geld? Die schamlose und oft obszöne Zurschaustellung von Reichtum? Die Selbstsucht und soziale Verantwortungslosigkeit, auch Hohlköpfigkeit vieler von denen? Wenn ihr euch anschaut, wo der bisher so gewildert hat ...«

Frau Klaus hatte das einfach so hingeschmissen, ohne zu denken, aus dem Bauch heraus und mit Wut. Die anderen waren verblüfft, sahen sie erstaunt an. Ihre Rede hatte ein gewisses Crescendo gehabt.

»Frau Klaus! Was ist los?«

Aber sie war noch nicht fertig.

»Nichts. Aber ich denke mir das schon die ganze Zeit. Wenn ihr so erzählt, wie die da leben ... oder gelebt haben ... Ich bin da einmal hingefahren zu diesen Villen ... da kannst du schon auf Gedanken kommen. Allein die Schlitten, die die fahren. Das krieg ich nicht zusammen. Die verballern so viel, nur um ihren gecremten Arsch von da nach da zu kutschieren. Und haben meistens auch noch zwei, drei von diesen Karossen ... und schämen sich nicht mal, meinen auch noch, es wäre ihr Recht ... blattgoldvergoldete Säulen! Wenn ich so was schon höre! Das ist nicht nur dekadent, ist auch nicht mehr privat, sondern ganz einfach obszön ... menschenverachtend ... asozial ... krank ...«

Frau Klaus brach ihr finale furioso abrupt ab. Hilfe! Was hatte sie jetzt da alles gesagt! Es war nicht mehr zu ändern, es war in der Welt.

Die anderen drei waren sprachlos. Dann brandete Beifall auf: Sie klatschten. So etwas hatten sie von Klaus noch nie gehört.

Behütuns war der Erste, der seine Sprache wiederfand.

»Bravo! Das war gut gegeben. Der ganz normale Wahnsinn. Aber es ergibt kein Motiv. Höchstens für drei ...«

Dick hatte weiter im Computer recherchiert, hatte Klaus Neuner gegoogelt und war in irgendeinem Netzwerk gelandet.

»Leute, kommt mal, ich glaub, wir sind doch auf der richtigen Spur«, rief er die anderen. »Schaut euch das einmal an!«

Die drei liefen zu seinem Rechner.

»Klaus Neuner hat fast zwei Jahre auf einem Bauernhof gearbeitet! Im Wendland, Anfang der Neunziger. Also kann er Traktor fahren und kennt sich ganz sicher auch mit dem Anlegen eines Maissilos aus! Und hat auf Server-Administrator umgelernt! Leck mich am Arsch ... und jetzt macht er auf Wachmann ... bei den Reichen!«

»Uff, jetzt wird's eng«, sagte Behütuns und überlegte. »Landwirtschaftliche Kenntnisse ... ich würde sagen: Wir werden dem Herrn doch mal einen Besuch abstatten, was meint ihr?«

»Aber er ist doch nicht zu Hause«, warf Cela Paulsen ein.

»Das sagt die Frau von SASEN«, entgegnete Behütuns. »Dass sie ihn nicht erreicht, heißt aber erst einmal nur, dass er sein Telefon nicht abnimmt, oder? Also los!«

**Achten wir indessen genau
auf den Wortlaut der Texte.**
Hans-Peter Dürr, *Nacktheit und Scham*

32. Kapitel

»Weiß eigentlich jemand, wo Gleisenhof ist?«, fragte Dick, als sie im Auto saßen.

»Gleisenhof? Warum? Wie kommst du darauf? Schon mal gehört, ja ... aber keine Ahnung, wo«, gab Behütuns zurück.

»Gib es doch mal ins Navi ein«, forderte Dick Cela Paulsen auf, die vorne saß.

»Wieso willst du das wissen?«

»Weil da Frau Progny ihr Häuschen hat, die Lebensgefährtin von Brädl. Wo sie jetzt hinziehen will. Denn – wisst ihr, wer das gemietet hatte? Das hatte sie so beiläufig erzählt.«

»Nein«, sagte Behütuns, »aber ist das für uns interessant?«

»Ich hab's«, meldete Cela Paulsen. »Hier: Gleisenhof. Nächster größerer Ort: Neunkirchen, das ist nördlich von hier. Gleisenhof liegt ganz nah bei einem Ort namens Rödlas, dann kommt Ermreuth ... aber sag mal ...«

»Pongratz«, löste Dick die Frage auf, die er gestellt hatte, »der hat das Häuschen gemietet. Ist wohl eher so eine Art Wochenendhaus. Klein, aber alles dran.«

»Unser Pongratz?«

»Unser Pongratz.«

»Der hat doch 'ne Riesenvilla. Zu was braucht der denn ein Wochenendhaus? Tsss«, bemerkte Behütuns abfällig. »Manche kriegen einfach nicht genug.«

Er wühlte sich weiter durch den Stadtverkehr, rüber ins Knoblauchsland, das Acker- und Industrieland im Dreieck der Städte Nürnberg, Fürth, Erlangen, wo Neuner sein Haus hatte.

Cela Paulsen hatte eine Zeit lang mit dem Navi gespielt, die Karte hin und her gescrollt und zwischendurch immer wieder aus dem Fenster gesehen und nachgedacht.

»Also ich finde das schon irgendwie komisch«, sagte sie jetzt. »Passt mal auf: Das mit dem Unfall von dem Lubig ... oder anders: Der, der das Auto da hinuntergeschoben hat, muss ja irgendwie da hingekommen sein und auch wieder weg. Wenn der jetzt mit ihm, also mit Herrn Lubig da hingefahren ist und dann zu Fuß wieder weggegangen ... aber das ist Quatsch.« Hier brach sie ihre Überlegungen ab.

»Mach weiter, erzähl, was du gedacht hast«, forderte Behütuns sie auf. Es war ihm längst aufgefallen, dass Cela Paulsen manchmal richtig gut dachte, auch kombinierte. Nur das musste sie noch lernen: Dass sie auch alles ausspuckte. Mitteilte. Damit die anderen auch drüber nachdenken konnten. Denn auch wenn ein Gedanke manchmal nicht richtig ist – an seinem Kern kann ja etwas dran sein. Oder er bringt andere wieder auf neue Gedanken, die sie sonst nicht gehabt hätten. Also war es wichtig, dass Cela Paulsen das lernte.

Die junge Polizistin aber schüttelte den Kopf.

»Nein, das spräche ja für den Brädl, aber der war es ja nicht.«

»Was?« Jetzt wollte es Behütuns wissen.

»Also, Gleisenhof ist ganz in der Nähe von dem Ort«, referierte Paulsen ihre Überlegungen, »wo dieser Tierfutterfabrikant Lubig verunglückt ist, vielleicht ein, zwei Kilometer davon weg. Und wenn die Freundin von Brädl da oben ein Häuschen hat ... also ich hatte einen Moment lang gedacht, dann hätte es ja sein können, dass er, wenn *er* es gewesen wäre, danach dahin gelaufen ist. Das würde die Frage nach dem Hin- und wieder Wegkommen erklären. Vorausgesetzt, er ist mit seinem Opfer zusammen da hingefahren, oder sie haben sich dort getroffen.«

»Stimmt. Aber unser lieber Dr. Brädl ist draußen, definitiv. Das steht zwar heute anders in der Zeitung, aber egal.« Behütuns schmunzelte bei dem Gedanken.

»Aber das Häuschen hatte der Pongratz gemietet«, dachte jetzt Dick den Gedanken weiter, »der Nachbar von Frau Pank-Posner.«

»Und du meinst, dass *der* ...?«

»Das wäre ja ein völlig neuer Gedanke«, erwiderte Kommissar Behütuns, verlangsamte und fuhr rechts ran. »Das muss es sein.« Er deutete auf eines der kleinen Siedlungshäuser. »Nummer 49.«

»Ich bin nur drauf gekommen«, schloss Dick seinen Gedanken ab, »weil ich das Gefühl hab, dass bei dem etwas nicht stimmt. Dem Pongratz. Denn der hat uns erzählt, er könne seine Überwachungskameras selber ein- und ausschalten. Was definitiv falsch ist, so wie Frau Ende uns das System erklärt hat.«

Behütuns sah ihn an.

»Oder er kann von außen eingreifen. Kommt irgendwie auf den Server. Da müssen wir mit SASEN mal drüber reden, ob das denkbar ist. Notierst du das mal, Cela? So, und jetzt raus, jetzt schauen wir mal, ob wir Herrn Neuner antreffen.«

»Die Zwille wurde übrigens auch auf dem Weg dahin gefunden«, gab Dick beim Aussteigen noch zu bedenken. »Wenn du dir die Lage der Orte mal vorstellst ... Unfallstelle, Golfplatz und Gleisenhof liegen nicht weit auseinander.«

Behütuns hatte das schon nicht mehr gehört, er war die paar Schritte von der Straße durch den kargen Vorgarten zur Haustüre gegangen und klingelte.

Nichts.

Er ging zum Fenster und versuchte hineinzusehen. Die Vorhänge waren zugezogen.

»Bleibt ihr mal hier«, wies er die anderen an und gab ihnen mit einer Kopfbewegung zu verstehen, dass er sich einmal rund ums Haus umschauen wollte. Die ersten Krokusse brachen schon durch das noch winterlich braune Gras, neben dem Haus ein alter, knorriger Zwetschgenbaum, das Haus vielleicht in den fünfziger Jahren gebaut. Alte, billige Bauweise.

Ein Treppenabgang führte seitlich am Haus in den Keller. Auf der Rückseite eine Terrasse, Rosenstöcke im Beet außen herum, noch mit Zweigen abgedeckt vom Winter. Der war ja erst ein paar Tage her. Mit Grausen erinnerte sich Behütuns an die lange, dunkle und kalte Zeit. Jetzt tönten schon die Meisen aus dem Zwetschgenbaum mit ihrem Zizibäh und turnten durch die kahlen Äste. Ob sie da schon etwas fanden? Sonst würden sie ja nicht suchen, dachte sich Behütuns. Auf der braunen Wiese weiter hinten ein Sandkasten, eine Schaukel, rundum hohe Hecken, Koniferengewächse, immergrün und dicht, ganz hinten noch ein großer, alter Apfelbaum und auf der Terrasse auf einem hölzernen Dreibein ein leeres Vogelhäuschen. Sonnenblumenkernhülsen rundherum verstreut. Behütuns stand an der Terrassentür, klopfte und versuchte mit dem Gesicht nah an der Scheibe und mit der Hand das Licht abdeckend, nach innen zu sehen. Normales Wohnzimmer, Sofa, Sessel, Fernseher, Esstisch, nach vorne ging es durch in die Küche, die Türe dahin stand offen. Das Licht von vorne, von der Straßenseite, fiel gedämpft – schon wieder dieses Wort, dachte er sich – durch die zugezogenen Vorhänge. Alles war ganz normal. Hunderttausend Häuser in Deutschland waren so. Er klopfte noch einmal an die Scheibe. Keiner daheim. Von innen hörte er das Telefon.

Er ging weiter um das Haus herum. Auf der anderen Seite eine alte Garage, auch Fünfzigerjahre, viel zu klein für heutige Karossen, an sie noch ein Schuppen angebaut, graues Holz, dann kam er wieder vorne bei den anderen an. Die Platten in der Einfahrt quadratisch, uneben, Beton.

»Keiner daheim.«

Er ging noch einmal zur anderen Seite, die Kellertreppe hinunter, probierte an der Tür. Verschlossen. Er sah sich um. Ein Blumentopf stand umgedreht auf dem Sims des Kellerabganges, Behütuns schüttelte den Kopf: Die Leute lernen nicht dazu! Er hob den Blumentopf auf, nahm den Kellertürschlüssel, der darunter lag, und steckte ihn ins Schloss, ein einfacher Schlüssel mit Bart. Bei hunderttausenden Häusern in Deutschland liegt der Schlüssel unter einem Blumentopf. Oder unter dem Abstreifer, vielleicht auch unter einem Stein. Für dieses Schloss hätte sogar ein Nagel gereicht, gebogen zu einem Dietrich. Einladung zum Einbruch – und dann wundert man sich, wenn tatsächlich einer das Haus durchsucht.

Er zog die Tür hinter sich zu. Im Keller noch Drehschalter fürs Licht, keine Kippschalter. Original braun, Bakelit. Da macht der Ausdruck »das Licht andrehen« noch Sinn, dachte sich Behütuns, als er das Licht andrehte. Er wusste gar nicht, wo er zum letzten Mal einen solchen Schalter betätigt hatte, und trotzdem war er ihm vertraut. Erst wieder mit den Dimmerdrehschaltern konnte man sinnvoll von »drehen« sprechen, wenn man das Licht einschaltete. Ein Heizungsraum, Waschküche, Tanklager, alle Räume sehr niedrig, höchstens einsneunzig, schätzte er, die typischen, leicht gewölbten Hohlblocksteindecken auf Stahlträgern, ein Vorratskeller mit Werkbank, Schraubstock, Regalen mit Fächern und Schubladen für Schrauben. Die Türen zu den Räumen aus verfugten Holzbrettern, ganz einfach gebaut, nur die zur Heizanlage aus Stahl. In der Ecke ein paar Stangen, Holz und Metall. An einer Wand hingen Werkzeuge und Bügelsägen mit rostigen Blättern.

Er ging die Treppe hoch, Betontreppe mit eingelassenen Stahlkanten, längs geriffelt, leicht angerostet, die mittigen Trittstellen blank. Im Erdgeschoss nach rechts ein kurzer Gang, vorne die Haustüre, nach rechts dann eine Treppe hoch, gegenüber die Garderobe. Geradeaus auch ein kurzes Stück Gang, eher Diele, davon rechts ab WC mit Badewanne, Badeofen noch zum Schüren, Wohnzimmer links, geradeaus Küche mit Eckbank, Tisch. Im Wohnzimmer, wie bei so vielen dieser kleinen Häuser, an den eingezogenen Trägern gut zu erkennen, hatte man irgendwann einmal eine Wand entfernt, einen größeren Raum geschaffen. Früher waren alle Zimmer klein. Auch der Durchbruch in den Garten, auf die Terrasse hinten raus, war aus der Umbauzeit. Davor hatte man rundum nur Fenster gehabt, nur selten einen zweiten Ausgang.

Das Haus war klein, seine Eltern hatten auch so gewohnt. Die Holztreppe hinauf, es knarzte, drei Zimmer schon unter der Dachschräge, ein Schlaf-, zwei Kinderzimmer, Plüschtiere auf den bunt bezogenen Betten, ein kleines Bad, nur Waschbecken und Klo, sonst nichts. Nach oben im Gang eine Dachbodenluke, zu, der Stab zum Öffnen an der Wand.

Die Zimmer alle leer, kein Mensch zu Hause. Behütuns ging wieder hinunter. Irgendwo tickte eine Uhr, dann klingelte wieder das Telefon. Kein Anrufbeantworter schaltete sich ein. Ob das wieder derselbe Anrufer war? Der Apparat zeigte keine Nummer an. Behütuns ging nicht ran. Seine Bewegungen schon die ganze Zeit wie fließend, nicht schnell, aber zügig. Er wusste, was er wollte, und konnte sich nicht aufhalten. Er bewegte sich durch das Haus, als wäre er nicht zum ersten Mal hier, als würde er das alles schon kennen. Er staunte selbst über sich, aber jetzt war keine Zeit zum Nachdenken. Jetzt musste er erfassen, screenen, erkennen. Nicht mehr, nicht weniger. Nichts übersehen, das Entscheidende erkennen, die Seele der Bewohner erspüren. Dechiffrieren, wie sie dachten, was sie dachten, wie sie lebten. Das Normale erkennen und von da aus schauen. Die Perspektive wechseln, auch im Kopf. Das Normale der Bewohner *werden*. In der Küche aufeinander gestellte Teller noch vom Frühstück, vier, daneben Besteck, vier Tassen. Neuner hatte noch gefrühstückt, zum Abspülen hatte seine Frau keine Zeit gehabt, die Kinder mussten wahrscheinlich zur Schule. Auf dem Esstisch ein Zettel: Komme spät. Kuss Klaus.

Im Wohnraum ein kleiner Sekretär. Es war kriminell, was er hier machte, das war ihm klar, er hatte kein Recht, hier einzudringen. Auf dem Sekretär eine aufgeschlagen gefaltete Karte, ein Klebezettel, ein Handy. Bayreuth war auf der Karte zu sehen und nordwestlich davon mit Kugelschreiber ein Kreis, mitten in einem großen Waldstück. Auf dem Zettel allein das Wort »Waldhütte«. Auf der Rückseite die Buchstaben FR, dahinter ein Punkt und 14, mit kurzen Strichen doppelt unterstrichen. Das Handy war nicht eingeschaltet.

Behütuns nahm seines aus der Tasche, wählte die Nummer von Frau Ende, SASEN.

»Überwachungsservice SASEN, Sie sprechen mit Frau Ende?«

»Behütuns, Kripo Nürnberg. Hat Klaus Neuner ein Firmenhandy?«

»Ja, aber es ist ausgeschaltet. Ich kann ihn seit heute früh nicht mehr erreichen.«

»Welche Marke? Modell? Können Sie mir das sagen?«

»Nokia 2710, wieso?«

»Wissen Sie seine PIN?«

»Ja, aber mit welchem Recht fragen Sie?«

»Mit keinem. Aber hier geht es um sieben Morde.«

»Warten Sie.«

Schon habe ich diese Dame klein, schmunzelte er. Den ersten Versuch eines Angriffs sofort pariert und gegengehalten.

»2538«

»Danke. Eins noch: Wann hätte Herr Neuner heute früh anfangen sollen?«

»Halb neun – neun. Sagen Sie ...«

Behütuns hatte schon aufgelegt. Er schrieb die PIN auf den Zettel, nahm Zettel, Handy und Karte und verließ das Haus, wie er gekommen war. Der Schlüssel – sollte er ihn abwischen wegen der Abdrücke? Quatsch – lag wieder unter dem Blumentopf.

»Warst du drin?«, fragte ihn Dick.

»Keine Ahnung«, antwortete Behütuns, »aber ich habe etwas gefunden, kommt.«

Sie stiegen ins Auto, Behütuns fuhr ein Stück aus dem Ort heraus und parkte dann rechts am Rand. Er nahm das Handy aus seiner Jackentasche, dazu den Zettel, schaltete es an, tippte die PIN ein. Das Handy war betriebsbereit!

»Neuners Diensthandy«, informierte er die anderen.
»Und woher hast du die PIN?«
»Frau Ende.«
Er gab das Handy Dick und startete.
»Check mal die Anrufe.« Mehr sagte er nicht.
»Wohin fahren wir denn?«, fragte Cela Paulsen.
Er griff in die andere Innentasche seines Jackets und gab ihr die Karte.
»Waldhütte. Was immer das ist. Bei Bayreuth.«
Er sah auf seine Uhr. Halb elf.
»In einer Stunde sind wir dort.«
Wie er darauf käme? Waldhütte?
Der Kreis auf der Karte. Mit dem gleichen Stift wie die Notizen auf dem Zettel, schwarzer Kuli.
Und warum dorthin?
Weil er vermute, dass Neuner dorthin sei. Zettel und Karte lagen zumindest neben dem Handy. Dann setzte er das Blaulicht aufs Dach.
»So geht es schneller.«
Und warum so schnell?
Wenn die 14 auf dem Zettel 14 Uhr heißt, könnte es Sinn machen. Dann hätten sie vorher noch Zeit.

»Klaus?«

Dick telefonierte vom Rücksitz aus, Cela Paulsen programmierte einstweilen das Navi, das heißt, sie probierte es. Noch hatte sie nicht richtig herausgefunden, wie das ging.

»Ich geb dir jetzt ein paar Nummern. Versuch mal rauszukriegen, von wem die sind.«

Dann las er ihr eine Reihe von Nummern vor.

»Okay, Klaus, das waren die Anrufe von gestern, das müsste erst einmal genügen. Rufst du mich an?«

Cela Paulsen hatte inzwischen das Navi durchschaut und erfolgreich programmiert.

»Exakt 100 Kilometer«, meldete sie.

Keine drei Minuten später klingelte Dicks Handy.
»Klaus?«

» – «

»Ja, schieß los.«
Er lauschte aufmerksam.
»Ja ... ja ... ja ... Bist du sicher? Das ist ja 'n Ding!«

» – «

»Danke, ich melde mich wieder.«

» – «

»Auf dem Weg nach Bayreuth.«

» – «

»Keine Ahnung. Ich ruf dich an.«
Er legte auf.
»Also die Nummern«, berichtete Dick. Die anderen beiden waren gespannt.

»Fünfmal Frau Ende, zweimal andere Nummern von SASEN, die haben ihn oft versucht zu erreichen. Aber jetzt haltet euch fest: ...«

Da klingelte wieder sein Handy.
»Moment ...« zu Cela und Friedo Behütuns und ins Telefon: »Ja?«

» – «

»Vorläufiges Ergebnis vom Bratwurstteller? Was für ein Bratwurstteller?«

» – «

»Ach so, der von gestern Abend ... verstehe.«

» – «

»Von *wem*? Sag das noch mal!«

» – «

»Und da gibt es keinen Irrtum?«

» – «

»Wahrscheinlichkeit weit über 80 Prozent? Das müsste erst mal genügen.«

» – «

»Mit Sicherheit erst in ...«

Behütuns hielt seinen Arm nach hinten, forderte das Handy. »Gib ihn mir auch mal!«

»... zwei Tagen, okay. Hab ich verstanden. Danke. Warte, leg nicht auf, der Chef will dich auch noch.«

Behütuns nahm das Handy.

»Klaus?«

» – «

»Ich geb dir mal eine Adresse.« Er gab Neuners Anschrift durch. »Wir brauchen für da 'nen Durchsuchungsbeschluss. Mordverdacht, dringend. Nimmst du das in die Hand?«

» – «

»Ja, müsste schnell gehen. Beweise liefer ich nach.«

» – «

»Versuch's!«

» – «

»Okay, danke. Bist ein Schatz. Tschüss!«

Er machte im Spaß eine eitle Kopfbewegung und reichte das Handy nach hinten. Nicht ganz einfach bei Tempo 170. Peter Dick hörte noch einmal hinein und legte dann auf.

Sie waren inzwischen beim Kreuz Fürth-Erlangen, die Autos machten willig Platz. Weiter vorne fuhr ein Lkw von der A3 kommend auf die 73 ein und zog sofort ganz rüber auf die linke Spur. Behütuns trat in die Eisen.

»Der hat sie doch nicht alle, habt ihr das gesehen?«

»Das machen die hier ständig«, meldete Peter Dick von hinten. »Denen sind die 80 zu langsam, die man hier fahren darf, und dass sich die meisten dran halten, also nicht an die 80, aber wenigstens an die 95, das nervt die Lkw-Fahrer offenbar. Ist denen viel zu langsam. Die wissen, dass hier alle so fahren, und ziehen deshalb sofort rüber. Brettern mit über 110 durch die Stadt. Hab ich schon oft gesehen.«

»Und die Polizei macht nichts dagegen?«, fragte Cela Paulsen.

»Kannst ja was unternehmen«, lachte Behütuns, »bist ja die Polizei.«

Er zog den Wagen ganz nach links, knapp hinter dem Lkw und etwas versetzt, damit der sein Blaulicht sah. Tat er aber nicht. Oder wollte nicht. Die Typen sind manchmal pelzig, dachte sich Behütuns. Er sah in den Spiegel. Hinten und rechts war frei. Er zog den Wagen ganz nach rechts, noch am Transporter neben dem Lkw vorbei, überholte beide auf dem Abbiegerstreifen, zog wieder rüber nach links, direkt vor den Lkw und nahm den Fuß vom Gas. Blinkte nach rechts und grinste. Der Lkw wurde langsamer, der Transporter, Dick bedeutete ihm das vom Rücksitz aus, zog rechts an ihnen vorbei, dann zog der Lkw auf die rechte Spur, Behütuns auch, und wurde langsamer. 90 ... 85 ... 80 ... 75 ... das reicht, dachte er sich und blieb 500 Meter vor ihm. Dann gab er wieder Gas, zog davon. Der fährt so schnell nicht mehr zu schnell. Und erst recht nicht links.

»Also, was ist jetzt?«, fragte er und sah im Rückspiegel zu Dick.

»Ihr glaubt es nicht«, sagte der.

»Jetzt mach mal los!« Der Chef mahnte, halb im Ernst, halb im Spaß, zum Rapport.

»Also, erst mal die Nummern: Eine dieser Nummern war die von Lubigs Handy!«

»Was?« Behütuns und Paulsen hatten unisono gefragt.

»Ja. Neuner hat einen Anruf bekommen von Matze Lubigs Handy. Der ist zwar schon seit Monaten im Jenseits, ruft aber hin und wieder jemanden an. Dazwischen ist das Handy abgeschaltet und der Akku raus, sonst ließe es sich ja orten. Oder: Das Handy ist im Jenseits, und wir können es deshalb nicht orten.«

»Ha! Ha!«, quittierte Behütuns diesen Witz und wurde sofort wieder sachlich:

»Das heißt aber doch: Neuner hat einen Anruf von einem Mörder bekommen.«

»Zumindest von einem, der mit einem Mord zu tun haben könnte«, antwortete Dick. »Nämlich mit dem an Matze Lubig –

und dann wahrscheinlich auch mit dem an Bernd-Emil Endraß.«

Kommissar Behütuns schwieg einen Moment.

»Und den trifft er jetzt wahrscheinlich dort, wo wir hinfahren. Wie hieß das noch gleich?«

»Waldhütte«, antwortete ihm Cela.

»Dann sehen wir zu, dass wir hinkommen.« Und er trat noch ein wenig mehr aufs Gas. Sie waren jetzt an Erlangen vorbei, ließen gerade diesen kilometerlangen Damm hinter sich, die Bühne, die die Stadt Erlangen ihrem einzigen Stück Autobahn gebaut hatte, und tauchten ein in das Regnitztal.

»Und falls wir mit meiner Vermutung falsch liegen: Ruf noch mal durch, Fahndung verstärken. Der Golf muss ja irgendwo sein.«

»Gleich«, antwortete Peter Dick von hinten, »lass mich erst fertig berichten. Einen hab ich noch!«

»Na dann spuck's aus!«

»Noch so ein Knaller«, kündigte Peter Dick an.

»*Haaaa*llo!«, forderte Behütuns.

»Sie haben erste Ergebnisse von den Proben des Bratwursttellers. Vorläufig zwar, aber über 80 Prozent sicher.«

»Ja?«

»Will jemand einen Tipp abgeben?«

Behütuns überlegte einen Moment. »Neuner?«

»Wie denn, von dem haben wir doch noch gar keine DNA.«

»Stimmt. Also komm, raus damit!«

»Es ist die gleiche DNA wie die des Taschentuchs.«

»Taschentuch? Was für ein ...«

»Das, das ich in dem Schuppen gefunden habe?« fragte Cela Paulsen.

»Exakt. Es ist ein eindeutiges Indiz dafür, dass er mit dem Lubig-Mord zu tun hat – und zwar ein knüppelhartes: Der Typ war nachweislich am Tatort! Und *der* hat gestern Nachmittag im Bratwursthäuschen seelenruhig sechs auf Kraut verdrückt und ein Bier getrunken! Er fühlt sich offenbar sehr sicher.«

Es entstand eine kurze Pause. Dann sagte der Kommissar:

»Leute, wir kommen vorwärts!« Draußen rasten die Landschaft und das Asphaltaufbereitungswerk bei Möhrendorf vorbei. War das ursprünglich nicht erst einmal nur vorübergehend genehmigt worden? Irgendwann in den Siebzigern? Und hätte dann wieder ... und jetzt stand es schon über 40 Jahre ...? Schon war Behütuns' Schlaglichterinnerung wieder vorbei. Er dachte weiter an den Fall.

»Irgendwie hab ich das Gefühl, dass der auch mit Altenfurth und Schwartz zu tun hat ...«, äußerte er seinen Verdacht.

»Da deutet für mich nichts drauf hin«, schüttelte Dick den Kopf. »Bisher *vermuten* wir nur, dass er *vielleicht* auch in dem Café gesessen hat.«

»Und das auch nur, weil er gut aussieht«, gab ihm Behütuns recht. »Was das auch immer heißt.«

»Stimmt.«

»Klaus?«

Dick telefonierte schon wieder.

» – «

»Kannst du übers Grundbuchamt mal die Besitzer der ganzen Straße feststellen? Also nicht wer da wohnt, sondern auf wen die Häuser oder Grundstücke eingetragen sind?«

» – «

»Und eins noch: Diese Immobilienmakler aus Frankfurt ... Lampert heißen die, glaub ich ... «

» – «

»Ja, die Karte liegt auf meinem Tisch, ein Herr Trapp ...«

» – «

»Versuch rauszukriegen, wie die an die Häuser kommen, und wenn du mit dem Staatsanwalt drohst.«

» – «

»Tschö.«

Sie bretterten über die Autobahn an den Hügeln von Bamberg vorbei.

> **Sage mir also,
> gehört die Besonnenheit nicht zu dem Schönen?
> Ei freilich, sagte er.**
> Platon, *Charmides*

33. Kapitel

»Wo sind *wir* denn hier?«

Cela Paulsen hatte gerade erst wieder die Augen geöffnet, blinzelte noch und sah sich erstaunt um. Sie kapierte überhaupt nichts. Hohe dunkle Bäume rasten links und rechts ganz nah am Auto vorbei, ein enger, geschotterter, gewalzter und stark gewölbter Weg führte braungrau und nass glänzend in runden, uneinsehbaren Kurven zwischen den Bäumen hindurch, links und rechts gesäumt von einem tiefem Graben, und je nach Fahrtrichtung brach immer wieder das helle Frühlingssonnenlicht durch die dunklen Nadeln. An manchen Stellen lag noch Schnee am Wegesrand. Gerade passierten sie eine massive, alte, sandsteinerne Bank.

»Habe ich lange geschlafen?«

»'ne knappe Stunde«, sagte Behütuns und nahm das Blaulicht vom Dach.

Paulsen sah auf die Uhr. Kurz nach halb zwölf.

Behütuns hatte das Auto an Bamberg vorbei über die Bayreuther Autobahn gelenkt, das Navi hatte ihn in der Nähe von Thurnau von der Autobahn gelotst, über eine kurvige Landstraße geführt und dann jäh nach rechts und in einen Wald. Es war sofort um fünf Grad kühler geworden. Jetzt jagte er schon vier Kilometer diesen Waldweg entlang und hatte das Gefühl, er müsse gleich wieder am anderen Ende herauskommen. Zwischendurch hatte er schon einmal gedacht, der Wald wäre gleich zu Ende, doch hatte der Weg nur bergan geführt, und in der Auffahrt hin zur Kuppe oben brach mehr Licht durchs

Geäst. Danach ging es wieder hinunter, und es wurde wieder dunkler. Jetzt bloß kein Reh oder Wildschwein, hoffte Behütuns. Ob das Ganze ein Navifehler war? Diese Geräte zeigten ja manchmal die tollsten Sachen an.

Sie hatten kaum geredet auf der Fahrt hierher, deshalb war Cela Paulsen auch eingeschlafen. Ihre nächtlichen Recherchen zeigten Spuren.

Dick hatte aus dem Büro von Frau Klaus noch ein paar Bilder auf sein Handy angefordert, von Neuner und den Opfern, man wusste ja nicht, was sie erwartete und was sie gebrauchen könnten. Dann hatten sie nichts mehr zum Reden. Und Frau Klaus hatte zu tun.

Behütuns hatte vor sich hin sinniert. Bayreuth. Dieses Städtchen hatte für ihn einen schönen Klang, ja. Nicht wegen Wagner und des ganzen Operngedöns jedes Jahr, wo der hohle Geldadel, die Möchtegerne und die Schönen und die noch hohleren Politiker sich zur Eröffnung sehen ließen, neue Kleider zeigten, die Bundeskanzlerin ihren Ausschnitt und alle sich gegenseitig beweihräucherten und feierten. Das war nicht seine Welt, das war nur blöd und völlig überzogen, so empfand er es. Und Wagner selbst war ihm viel zu schwülstig. Und außerdem zu lang. Wer kann und will denn schon drei oder vier sehr zähe Stunden still sitzen, damit der Stuhl nicht quietscht. Damit sollten sich die Reichen quälen, für die fand er das gut. Da könnten sie die Opern qualhalber auch ruhig einmal strecken, auf fünf, nein, lieber sechs Stunden und mehr. Behütuns lächelte bei dem Gedanken, draußen flog gerade das Trutzschloss Banz vorbei. Aus welchen Mitteln konnte eine Partei sich so etwas denn leisten, fragte sich Behütuns. Da ging es doch ganz sicher nur mit rechten Mitteln zu. *Bestimmt.* Man konnte sich manchmal schon aufregen. Ich aber reg mich ja schon lange nicht mehr auf ... schon viel zu lange, dachte er. Wenn das die Folge von gesundem Leben ist, dann taugt das nichts, auf Dauer so zu leben. Man fühlt sich zwar ganz gut, doch ohne Wut, nein: Zorn, das ist ein Unterschied. Und ohne Zorn denkt man nicht richtig, wenn es um die Politik geht. Da reizt einen nichts, man lässt viel zu viel so sein, wie es ist, und hat für viel zu vieles Verständnis. Nein, ohne Zorn macht's keinen Spaß.

Frau Klaus, die liebte Wagner und fuhr, wenn sie denn an Karten kam, auch hin und wieder hin. Und schwärmte dann davon, oft Tage. Frau Klaus aber war schwul, das war etwas ganz anderes. Die liebte das, jenseits des ganzen Gedöns. Nein, dieser Klang, den Bayreuth für den Kommissar hatte, hat einen anderen Grund: Hier, und das hatte ihn seit Schülerzeiten schon fasziniert, hatte einmal ein Dichter gelebt, der etwas getan hatte, was ihn beeindruckt hatte. Nicht die Sachen, die er geschrieben hatte, die hatte Behütuns schon mehrfach versucht zu lesen und war immer an dem Stil gescheitert, viel zu alte und verschwurbelte Sprache, sondern etwas ganz anderes: Dieser Dichter oder Schreiber war, wohl beinah Tag für Tag, so wurde es erzählt, aus Bayreuth heraus, wo er sehr lange wohnte, zu einem Wirtshaus gelaufen, immer demselben, nicht sehr weit, vielleicht zwei Kilometer, und hatte sich dort betrunken. Sympathische Vorstellung. Jean Paul. Man nannte sich damals französisch. Das Wirtshaus gab es heute noch, doch nicht als Wirtshaus, nur als Haus. Privates Wohnhaus mit kleinem Museum. Vor zwei, drei Jahren war er einmal dort gewesen, hatte sich das angeschaut. Er hatte eine Führung gemacht an einem schönen Sommertag, Jean Paul und seine Friedrichstraße, ein Straßenstück mit alten, stattlichen Bürgerhäusern aus massivem Sandstein, zentral gelegen in der alten Stadt. Mit Kopfsteinpflaster, konservierte alte Zeit. Hier hatte der Dichter in verschiedenen Häusern gelebt. Hier war er auch gestorben. Und dort, wo er gestorben war, gab es auch noch den Park. Oder Garten. Ein großes, lang gezogenes grünes Geviert mit alten Apfel- und Zwetschgenbäumen, moosüberzogenen Sandsteinmauern und Terrassen und einem Rotkehlchen, das schimpfte. Fast unvorstellbar, dass es mitten in einer Stadt so etwas geben konnte, denn der Garten war nicht öffentlich. Nur für die Führung wurde er geöffnet. Dass es dem Dichter hier gefallen hatte, konnte Friedo Behütuns sofort verstehen. Ihm hätte das auch gefallen.

Und dann war er hinausgelaufen zu dem alten Wirtshaus, der Rollwenzelei, benannt nach der damaligen Wirtin, Frau Rollwenzel, und hatte sich vorzustellen versucht, wie das wohl früher war. Denn heute war es eine 08/15-Ausfallstraße, schnurgerade aus der Stadt hinaus mit Baumarkt, Großmarkt, Tankstelle, Hallen und Betrieben. Hässlich wie überall. Doch früher? Ein Fuhrweg zwischen Feldern nur mit Blick ins Land, an manchen Stellen und Durchblicken von heute konnte man das noch erahnen. So kam er an das Haus. Ein kleines Museum fand er dort, in das man ihn auch einließ. Das alte Dichterzimmer, das die Rollwenzelin einzig für »ihren« Dichter damals eingerichtet hatte, droben im ersten Stock, in dem er sich Tag für Tag betrank, Kartoffeln aß und schrieb. So wurde es ihm erzählt und sicher noch viel mehr, doch die Hälfte hatte er schon wieder vergessen. Das aber war in seinem Kopf geblieben, und nur das war, was zählte. Denn was ich nicht im Kopf hab, dachte sich Friedo Behütuns, hab ich nicht und weiß ich nicht und kann damit nichts anfangen. Schön auch die letzten Worte, die Jean Paul, so hatten sie es ihm in dem kleinen Museum in der Rollwenzelei berichtet, gesprochen haben soll. Die hatte er sich gemerkt: »Wir wollen's gehen lassen ...« Das hat doch Stil, dachte Behütuns. Lassmers einfach sein. Wie einfach und wie schön.

»Und wo sind wir jetzt hier?«, wiederholte Frau Paulsen ihre Frage, während draußen die Bäume weiter an ihr vorbeiflogen.

»Ich hab keine Ahnung«, gab der Kommissar zurück und deutete aufs Navi. »Da ist der Chef, der sagt, wo's lang geht.«

»In vierhundert Metern Sie haben Ihr Ziel erreicht«, sprach dort gerade die Frauenstimme in vermischtem Deutsch. Alles drin, nur falsche Reihenfolge. Da riss der Wald auf, eine große Lichtung tat sich auf mit nur vereinzelten Bäumen, sehr alte, hohe Buchen, und rechterhand ein altes Haus mit Fachwerkgiebel und Balkon, zwei Schuppen oder drei und geradeaus ein zweites Haus, aus gelbem Sandstein, leicht erhöht, kompakt. Ein kleines Wirtshausschild *Waldhütte* vorn am Fachwerkhaus, ein Reihe mit fünf Vierertischen unter dem Balkon mit roten Plastikstühlen und sonst nichts. »Sie haben Ihr Ziel erreicht.« Jetzt stimmte wieder alles, bis auf die Betonung. Das Navi sprach den kurzen Satz wie zwei: Sie haben. Und: Ihr Ziel erreicht. Ein Satz aus zwei Versatzstücken ... Satzstücken.

»Wow!« Behütuns rollte langsam auf dem Parkplatz aus. »Willkommen im Paradies.«

Es war unglaublich, was er hier vor Augen hatte: Im tiefsten Wald ein Wirtshaus, und die Sonne schien. Und dieses Wirtshaus ein reinstes Märchenschloss. Davor auch noch ein Brunnen, hinten ein Forsthaus wie gemalt. So etwas gab's doch gar nicht! Friedo Behütuns, wach auf, das ist nur ein Traum!

Den anderen ging es nicht viel anders.

Es war kein Traum, sie waren angekommen. Der Platz nahm sie augenblicklich gefangen. Tiefe Ruhe strahlte dieser Ort aus und den Zauber einer anderen Zeit.

»Ob das denn offen hat?«, fragte Behütuns und sah sich aus dem Auto heraus um. Nichts deutete darauf hin, kein Auto parkte hier, doch musste jemand da sein: Leichter weißer Rauch zog oben langsam aus dem Schlot. Behütuns blieb noch sitzen, den Anblick musste er erst einmal in sich aufnehmen und genießen. Freude machte sich in ihm breit und Lust auf ein kühles Bier.

Auch Cela Paulsen war von dem Anblick gebannt und sah sich um. Dann deutete sie hinauf zu einem Wegweiser für Wanderer.

»Scheint doch nicht ganz so idyllisch zu sein hier«, sagte sie nur. Denn auf dem Schild stand »Teufelsloch«.

Behütuns nickte versonnen.

»Wenn wir hier wirklich richtig sind, kriegt das vielleicht noch eine Bedeutung.«

Sie stiegen aus, sahen sich um.

»Ich bin gespannt, was uns erwartet«, unkte Dick.

Behütuns sondierte das Terrain. Würde Herr Neuner tatsächlich auftauchen, dann müssten sie nicht nur das Auto, sondern auch sich selbst verstecken. Nein, längst versteckt haben, bevor hier jemand aufkreuzte. Vielleicht kann man das Auto ja nach hinten, hinters Haus fahren, überlegte er. Da öffnete sich die Tür des Wirtshauses, und das Märchen ging weiter: Eine gebeugte Frau stand in der Tür, hellblauer Kittel, klein, mit weißen Haaren, leuchtend blauen Augen, die sehr freundlich schauten, und wischte sich die Hände an der Schürze.

»Grüß Gott.« Und sah sie an.

»Grüß Gott«, grüßte der Kommissar zurück, ganz selbstverständlich, obwohl er sonst, und ganz bewusst, meist diese Formel mied. Doch hier gehörte sie hin.

»Sind wir die Ersten heute?«, fragte er und ging zu ihr.

Sie lachte. Schönes, waches Lachen.

»Die Ersten. Und die Letzten wahrscheinlich auch. So unter der Woche und um diese Jahreszeit kommt keiner her. Der Schnee ist ja grad weg.«

Das klingt ja schon mal gut, dachte Behütuns.

»Sind Sie allein hier draußen?«

»Ja, schon seit 40 Jahren.«

Behütuns nickte ungläubig und anerkennend. »Schön hier, ja wirklich, wunderschön.«

Die Alte nickte.

»Sie warn noch ned hier, gell? Wie ham S' mich denn gefunden?«

»Navigationsgerät«, sagte Behütuns und gab ihr die Hand. »Behütuns, Kripo Nürnberg.«

»Behütuns«, sagte die Frau und sah ihn freundlich an, »ein schöner Name. Letzthin war einer da, der hat sich Apfelbaum geschrieben. War auch ein schöner Name. Baumann«, stellte sie sich selbst vor.

Behütuns zeigte auf die anderen.

»Das sind meine Kollegen, Frau Paulsen und Herr Dick.«
Die Dienstgrade ließ er immer weg.

»Wollt ihr was trinken? Essen gibt's leider nur kalt, ich koch meist nur am Wochenend, dann ist's hier voll.«

Behütuns sah seine Kollegen an, auffordernd, einladend, die nickten. Ihre Blicke sagten genau das, was Behütuns fühlte: Hier ist's gut sein.

»Aber wir müssen vorher erst mit Ihnen reden.«

»Polizei?«

»Genau.«

»Kommt rein.«

Die alte Frau ging vor. Ein kleiner Vorraum, vorn im Dunklen gleich ein Tresen mit den Zapfhähnen, dann links hinein in einen Raum, ein langer Tisch für sechs bis acht Personen und gegenüber, an den Fenstern, zwei, drei kleine Vierertische. Umlaufend eine Bank. Am Ende des langen Tisches rechts der Eingang in die Küche, an der Stirnseite ein Durchgang in einen zweiten kleinen Raum mit auch nur wenigen Tischen. Die Wände bis in Brusthöhe mit Holz verschalt und ölfarbenbemalt, verschiedene Grüntöne, darüber Wand in altem Weiß und alte Bilder hinter mattem Glas. Fotos aus der Geschichte des Gasthauses. Zwischen dem Kücheneingang und der Tür zum Hinterzimmer stand ein Schrankregal mit Aschenbechern und Stapeln von Spielkarten. Behütuns war gebannt, besser: in den Bann gezogen. Das hier war ein Museum, nur belebt. Es war tatsächlich wahr! Holztische, alte Stühle, Holzfußboden, Staubfäden in den Ecken oben.

»Setzen 'S sich her, was gibt's?«

»Hier wird wohl viel gekartelt?«, fragte Dick und zeigte auf die Karten.

»Zum Karteln kommen's gern heraus«, sagte die Alte, »doch mehr im Sommer. Dann hammer auch viel Bänk draußen im Garten.«

»Sind Sie allein hier draußen?«

»Meistens ja.«

»Und wie schaffen Sie das mit den Gästen?«

»Warm gibt's ja nur am Wochenend, da hilft die Dochder und der Sohn und auch die Enkl, da geht's dann schommal eng zu in der Küchn, und die Gäste müssen warten.«

Behütuns sah die Alte an. Sie war erstaunlich. Wie alt sie wohl war?

»Darf ich Sie fragen, wie alt Sie sind?«

»82«, lachte sie, »natürlich dürfen S' fragen.«

Das glaube ich nicht, dachte Behütuns und suchte bei ihr nach den Anzeichen des Alters. Doch bis auf die gebeugte Haltung und die weißen Haare: nichts. Die Augen wach, die Frau ganz gut zu Fuß, die Haut noch kaum verrunzelt und auch die Stimme jung.

»Respekt!«, sagte er nur. »Und wollen Sie das hier noch lange machen?«, fragte er und deutete im Kreis herum.

»So lang, wie's halt noch geht. A paar Jahr wird's schon noch sein.«

»Und dann? Haben Sie Nachfolger, oder übernehmen es die Kinder?«

»Danach is Schluss hier, zu.«

»Wieso? Das wäre doch ein Jammer, sowas gibt's doch gar nicht mehr.«

»Des sang S' mal den Herrn vo der EU. Die senn da schuld dran, wenn hernach nix mehr is.«

Behütuns nickte nachdenklich.

»Wissen S', des Haus is alt, die Küchn müsst gmacht wern, des is ja alles nimmer zulässig, des derf ja nimmer sei. So lang ich drauf bin, geht's etz noch, danach is Schluss, des kost an Haufn Geld, was gmacht wern muss. Des nimmt doch kanner in die Händ.«

So macht man die Kultur kaputt und alles Schöne, dachte sich Behütuns. Es ist doch überall das Gleiche, immer wieder. Als wenn ich das als Mensch mit klarem Kopf nicht selbst bestimmen könnte, was ich akzeptiere und wohin und was ich essen gehe. Auch, wie da die Küche eingerichtet ist und aussieht. Und was es dort gibt und wie es zubereitet und gekocht wird. Was übrig bleibt, ist nur steril, ist tot und nachgemacht, ist kalt. So wie die kranken Zipfel da in Brüssel. In Zwiebelsud einlegen und g'scheid pfeffern sollte man ... halt, Behütuns!, rief er sich zurück. Das hier ist viel zu schön für Zorntiraden auf Borniertheit. Jedoch – was da so krank im Kopf ist, wird von uns bezahlt, und nicht zu knapp. Und keiner kann sich wehren ... Da fliegen diese Herren weit in den Osten zum Bumsen und zum Hunde- und auch Rattenfressen, und hier machen sie dann auf Hygiene und Sterilität ...

»Es könnte sein, Frau Baumann, dass es heute noch sehr spannend wird hier draußen«, begann Behütuns der Alten zu erklären, was sie hier hinausgeführt hatte.

»Wir haben Grund zu der Annahme, dass sich heute gegen 14 Uhr hier zwei Personen treffen wollen, die für uns interessant sind. Gib mal dein Handy, Peter«, sagte er, zu Dick gewendet. Dick gab es ihm, er sah es etwas hilflos an und gab es Dick zurück.

»So kann ich damit nichts anfangen. Zeig doch Frau Baumann mal die Bilder, bitte.«

Und zur alten Wirtin gewendet erklärte er:

»Ich würde Sie bitten, sich diese Personen einmal anzusehen. Vielleicht kennen Sie ja den einen oder anderen davon. Das könnte für uns wichtig sein.«

Frau Baumann nahm das Handy in die Hand und blätterte die Bilder durch. Sie wusste offensichtlich, wie man mit der Technik umgeht. Schob die Bilder wie ganz selbstverständlich mit dem Finger über den Screen. Der Kommissar sah ihr bewundernd dabei zu.

Kaum zwei Minuten später war sie damit fertig, suchte ein bestimmtes Bild und sagte:

»Der ist manchmal hier. Die anderen hab ich nie gesehn.«

Klaus Neuner.

»Sie kennen ihn?«

»Dem kenn ich scho sei Eltern«, sagte sie. »Die wohner drühm in Durnau, der Neuners Hubert und die Lisl. Der Klausi, also der da, kommt fast immer her, wenner sei Leut besucht. Der wohnt ja sonst bei Nemberch drundt.«

Behütuns überlegte. Hatte dann wohl der Neuner den Unbekannten hierher bestellt, und nicht der Unbekannte ihn?

»Okay. Wir denken, dass er heute auch hierher kommt, und dazu ein Zweiter oder mehrere, wenn wir uns nicht täuschen.«

Die Alte sah ihn fragend an.

»Und um was geht's? Und was muss ich dann tun?«

»Am besten einfach gar nichts. Sie bleiben ganz normal, sind Wirtin hier und bedienen den, der kommt. Nur wir müssten uns irgendwo verstecken. Die dürfen uns nicht sehen, und das Auto auch nicht. Allerdings – wir müssten hören können, was die reden. Geht das irgendwie?«

Die Alte überlegte kurz, die blauen Augen blitzten.

»Das Auto könnt ihr drüben in den Schuppen stellen, ich geb euch gleich den Schlüssel. Und lauschen könnt ihr, wenn die draußen sitzen, oben vom Balkon, und wenn sie drinnen sitzen von der Küche aus. Des lässt sich alles machen.«

Die Alte war patent, unkompliziert und wach. Unglaublich, dass sie 82 war. Und sie schien Spaß zu haben an der Sache, fand es aufregend.

Sie zeigte ihnen den Schuppen, Dick fuhr den Wagen hinein. Auf dem Balkon oben – der erste Stock war Wohnbereich der Alten, einfach eingerichtet, sauber, aufgeräumt – lehnten sie einen Liegestuhl mit Stoffbespannung quer als Sichtschutz ans Geländer, und in der Küche brauchten sie nichts zu tun. Da standen ohnehin gleich hinter der Tür zwei Stühle. Die Sache schien perfekt, sie konnten hinten über die Treppe auch problemlos ihren Standort wechseln, und es war erst zwölf.

»Ich denk, vor eins wird keiner kommen. Dann aber sollten wir wachsam sein«, meinte Behütuns. »Kann mir gut vorstellen, dass wenigstens einer der beiden eher kommt, um das Terrain zu sichten und zu schauen, was hier los ist, was meint ihr?«

Ganz langsam machte sich eine gewisse Spannung breit. Es wusste niemand, was sie dann erwarten würde. Doch noch war genügend Zeit.

»Ich nehm ein Spezi«, sagte Behütuns, »und setz mich damit in die Sonne raus. Und hamm 'S geräucherte Bratwürst?«

»Naa, nur Stadtwurst, Presssack, Käs und Gräuchert's. Mehr hab ich net da.«

»Die Stadtwurst mit Musik?«

»Kann ich euch machen.«

»Das nehm ich auch«, bestellte Dick.

»Was ist das, Stadtwurst mit Musik?«, fragte Cela Paulsen. In Bremen kannte man das nicht.

»Das ist Stadtwurst, also ... ja wie sagt man, Fleischwurst? oder sowas Ähnliches, geschnitten, mit Zwiebeln, Essig, Zucker, Pfeffer, Salz und Öl.«

»Und Peterla, wenn's geht.«

»Und was ist die Musik?«, fragte Frau Paulsen nach, sie wollte es verstehen.

»Die Zwiebeln«, klärte sie Frau Baumann auf, »dann später.«

Die junge Polizistin stutzte kurz, dann huschte ein leises Lächeln über ihr Gesicht. »Das nehme ich bitte auch«, bestellte sie.

»Und alle Spezi?«

Sie nickten. Cela isst ja doch Fleisch, dachte sich Behütuns und war beruhigt. Er hatte sich deshalb tatsächlich schon Gedanken gemacht.

Fünf Minuten später saßen sie in der warmen Frühlingssonne an der Hauswand, jeder einen Teller Stadtwurst mit Musik vor sich mit gutem Landbrot, leider ohne Bier, nur Spezi. Das passte nicht dazu. Die ersten Fliegen summten schon, der Buchfink schlug und aus dem Wald der Pfiff des Kleibers. Vereinzelt knackten bereits die Bäume leise, es schoss der Saft schon ein. Sonst kein Geräusch. Die Wärme ließ den Wald ganz leise duften.

Mehr noch:
Ulrich Beck, *Risikogesellschaft*

34. Kapitel

Halb eins. Die Sonne schien durch das noch winterlich kahle Geäst der alten, hohen Bäume vor dem Wirtshaus und warf diffuse Schatten auf den Kies und an die gelbe Hauswand. Die Spannung wuchs. Frau Baumann hatte abgeräumt, jetzt zogen sich die drei in die oberen Räume der alten Waldhütte zurück. Beobachtungsstation. Keine Minute zu früh. Kaum hatten sie oben die Tür zum Balkon geöffnet und sich aufs Bett gesetzt, um abzuwarten, rollte aus dem Dunkel des Waldes langsam ein Wagen auf die Lichtung. Range Rover, Münchener Nummer, dunkel getönte Scheiben. So dunkel, dass man weder sehen konnte, wer ihn fuhr, noch ob es eine oder mehrere Personen waren, die darin saßen. Man hörte nur den Schotter knirschen unter schweren Reifen.

Der Rover schob sich langsam auf das Haus zu, fast wie zögerlich. Doch blieb er auf dem Hauptweg, bog nicht ein vors Haus, hielt auch nicht an. Er rollte nur ganz langsam am Haus vorbei, dann weiter über die große Lichtung, bog hinten in einen Seitenweg ein und verschwand langsam im Wald. Kurz nur hörten sie noch das Knirschen der Reifen auf dem Schotterweg, dann war es wieder still. Wie eine Drohung war dieser Rover aufgetaucht, ganz leise, wie ein lauerndes Tier. Ein Eichelhäher schrie, ein zweiter aus der Waldestiefe, dann wieder nur die Meisen im Geäst mit ihrem leisen Tschiptschip tschip. Irgendwo weit hinten schmetterte ein Rotkehlchen, dann auch ein Buchfink. Er hat einen völlig anderen Dialekt als bei uns, dachte Behütuns. Vorne nur ganz kurz die Strophe, und hinten das diduidut dafür gleich zweimal, nein: ein extra duidut noch einmal angehängt, fast wie ein kleines Echo.

Das war schon interessant. Auch der Pfiff des Kleibers drang jetzt wieder aus dem Wald bis auf die Lichtung.

Dick hatte sich die Nummer notiert, gab sie per Handy an Frau Klaus und wartete. Im Präsidium lief sie in den Computer.

Nur wenige Minuten später rief Frau Klaus zurück, Dicks Handy blinkte.

»Die Nummer gibt's nicht, die ist nicht vergeben, Ihr müsst euch da getäuscht haben.«

Die drei sahen sich fragend an.

»Kann mir jemand sagen, was das bedeutet?«, fragte Behütuns, die Stimme noch gedämpft. Behütuns fiel das auf, den anderen nicht. Sie sprachen nur noch so, die Spannung war zu groß. Behütuns aber fiel noch etwas anderes auf: Wenn du nur einmal über ein Wort nachgedacht hast, kannst du es nicht mehr unbefangen verwenden, dachte er sich. Gedämpft ...

»Peter?«, sagte Frau Klaus ins Telefon, »ich hab noch etwas für euch.«

»Ja?«

»Ihr wolltet doch wissen, wem die Häuser dort gehören ...«

»Ja.«

»Die 14 hat der Lubig gekauft, der mit dem Tierfutter.«

»Sag das noch einmal!«

» – «

»Ich glaub's nicht.«

»Doch, vor drei oder vier Jahren, auch auf Anraten von Professor Altenfurth, genauso wie der Endraß die 12. Das steht in keinen Büchern, er tritt nach außen hin auch nicht als Besitzer auf, das macht ein Unternehmen, die verwalten das.«

»Lampert aus Frankfurt?«

»Nein, Nürnberger.«

»Klaus?«

»Ja?«

»Danke. Weitermachen!«

Er steckte das Handy ein.

»Also: Die Autonummer ist nicht existent, also gefälscht. Und noch etwas: Die Hausnummer 14 gehört dem Lubig, die 12 dem Endraß!«

Er machte eine kurze Pause, musste die Bedeutung des Gesagten erst einmal für sich sortieren.

»Und jetzt überlegt mal, was das bedeutet: Gegenüber wohnt der Langguth in der 11, daneben ist das Haus Pank-Posner, also die Nr. 13, und noch eins weiter, 15, Dr. Brädl ...!«

Behütuns schüttelte den Kopf.

»Und warum kriegen wir das jetzt erst heraus?«, fragte er etwas unwirsch, ja unwillig.

»Jetzt überleg doch mal, Chef«, verteidigte sich Dick und versuchte dabei immer noch, das erst einmal für sich alleine auf die Reihe zu bekommen. »Die Pank-Posner war doch bisher die Einzige, die ... da schauen wir doch nicht, wem die Nachbarhäuser gehören, das spielt doch überhaupt keine Rolle ... da schauen wir doch erstmal nur, ob die etwas gesehen haben, oder?«

Behütuns dachte nach und grunzte. Dick hatte völlig recht. Selbst nach dem Mord an Dr. Brädl gab es dafür keine Veranlassung. Es sei denn, es gäbe Verdachtsmomente. Die gab es aber nicht.

»Und plötzlich sind es vier!«

»In einer einzigen Straße!«

»Da rottet einer ein ganzes Viertel aus!«

»Ja, die Besitzer eines ganzen Viertels.«

Der Rover blieb verschwunden, die Zeit verrann. Wieder der Eichelhäher. Eine dicke Hummel brummte an der Hauswand entlang und schlug dann mehrfach gegen das Fensterglas, als wollte sie hindurch. Auch so faszinierende Wesen, ging es Behütuns durch den Kopf. Was das Gehirn in Bruchteilen von Sekunden alles produzieren kann – in Bildern, nicht in Text, sonst wäre es ja viel zu langsam. Die Hummeln sind um diese frühe Jahreszeit genauso die Ersten wie sommers am frühen

Morgen, das war jetzt der Zusammenhang im Kopf. Wespen und Bienen brauchen sehr viel länger, um auf Flugtemperatur zu kommen, sie benötigen dafür die Sonnenwärme. Hummeln aber rütteln sich selber warm. Vibrieren eine Zeitlang mit den Flügeln, wärmen sich so selber auf, bringen sich gewissermaßen selber auf Betriebstemperatur. So sind sie immer schon als Erste unterwegs, oft schon ganz früh am Morgen. Und das nur als Erinnerungsanflug in Bruchteilen von Sekunden.

Von irgendwo aus der Tiefe des Waldes kam jetzt Motorengeräusch und wurde sehr schnell lauter. Drei Köpfe hoben sich und lauschten. Instinktiv gingen die Polizisten in die Hocke, in Deckung hinter dem Liegestuhl auf dem Geländer und versuchten, einen Blick hinauszuwerfen, zu sehen, was da kam. Der Motor wurde immer lauter, das Geräusch kam näher. Dann brach ein kleiner Lieferwagen aus dem Wald heraus und bretterte auf die Lichtung. Schoss kiesspritzend direkt auf den Weg vor das Wirtshaus, bremste abrupt und hupte.

»Jaha!«, meldete sich Frau Baumann aus der Küche unten, ein Topf klapperte, dann lief sie hinaus, nahm ihre Post in Empfang und plauderte mit dem Fahrer. Sie kannten sich ganz offensichtlich gut.

Die drei Polizisten oben gingen zurück auf ihre Plätze.

Eigenartig, dachte sich Behütuns. Der Dialekt hier ist viel näher dran an dem von Nürnberg und Umgebung als an dem von zwischendrin. Von Forchheim oder Breitengüßbach, Scheßlitz oder, in die andere Richtung, vielleicht Pegnitz. Lag das möglicherweise an den alten Handelswegen? Er hatte keine Ahnung, sein Gehirn hatte nur so gedacht.

Der Motor unten heulte auf, der Postfahrer verschwand. Privatpost, dachte sich Behütuns, die fahren heute nicht mehr nur in Gelb.

Dann saßen sie wieder und warteten. Kurz hatten sie sich überlegt, dem Rover nachzufahren, doch hatten das schnell verworfen. Sie wollten abwarten – sie mussten abwarten, konnten nichts anderes tun. Tick - tack - tick - tack - tick - tack schlug langsam an der Wand die alte Uhr. Altes Geräusch aus alten Zeiten, alten Räumen.

Cela war noch immer müde von der Nacht und hatte sich aufs Bett gelegt. Die Stunde Schlaf im Auto hatte wohl nicht gereicht. Frau Baumann unten werkelte, sie machte dies und das, schien völlig unbeeindruckt. Einmal ging sie zum Nebenhaus hinüber, ein andermal leerte sie den Eimer Wasser aus, draußen auf den Platz, dann wischte sie die Tische. Dann klapperte wieder etwas in der Küche, eine Türe schlug, später rechte sie den Weg vorm Haus und räumte alte Blätter weg. Sie schien ganz ruhig, machte, was zu tun war, offenbar wie immer, völlig ohne Anspannung. Die Polizisten oben in dem Zimmer wurden immer schläfriger. Die Stadtwurst band das Blut im Magen.

Im Wirtsraum unten klingelte das Telefon, gleichzeitig, nein: knapp zeitversetzt, eine laute Glocke draußen, quer über die gesamte Lichtung, noch eine echte Glocke, schrill und wie ein alter Wecker. Diese Glocken hatten sie früher überall, fiel es Behütuns ein, auf jedem Fabrikgelände, jedem Bauernhof. Die hört man heute überhaupt nicht mehr. Klar, früher hatte man auch nur *ein* Telefon fürs Haus, manchmal für mehrere Parteien. Das stand dann auch im Haus. Heute hat jeder ein Telefon, meistens am Leib.

Kurz nach dem Klingeln hörten sie Frau Baumann auf der Treppe, und sie klopfte leise an. Steckte den weißen Kopf kurz in die Tür und informierte:

Der dunkle Wagen von vorhin steht im Wald.

Der Rover? Woher sie das wüsste?

Der Zeitler von der Post. Der hat ihn stehen sehen. Dem habe sie gesagt, vorhin, er solle mal die Augen offen halten.

Und wo steht er?

Am Weg nach Dörnhof runter, drei Kilometer weg, kurz hinter einer Lichtung links, zurückgesetzt vom Weg und schwer zu sehen. So wie versteckt.

»Der soll bloß seine Klappe halten und nichts machen. Dass der sich da nicht einmischt«, warnte Behütuns etwas unwirsch die Alte. Jetzt spielte die hier schon Polizei! Das konnte ja wohl nicht wahr sein!

»Rufen Sie ihn an, bitte«, wies er sie mit Nachdruck an. »Kein Wort zu anderen, und auch nicht wieder in den Wald. Das kann gefährlich werden.«

Frau Baumann lächelte und nickte, schloss leise die Tür und ging wieder hinunter. Langsam waren ihre Schritte auf der steilen Holzstiege.

Die Lichtung kam nicht mehr zur Ruhe. Wieder Motorgeräusch, und wieder gingen sie in ihrer offenen Tür hinter dem Liegestuhl in Deckung. Und jetzt kam endlich der, auf den sie warteten: Klaus Neuner, wenigstens sein schwarzer Golf. Wie selbstverständlich fuhr er, auch kein bisschen abwartend oder spähend, direkt vor das kleine Wirtshaus. Der Motor wurde ausgeschaltet, und Neuner stieg aus.

»Das ist er«, nickte Cela Paulsen.

Neuner sah sich kurz um und ging hinein.

»Frau Baumann?«, hörten sie ihn unten rufen. Dann vernahmen sie nur noch die Stimmen beider, nicht aber, was sie sprachen. Schließlich kam Neuner wieder heraus und setzte sich an einen der Tische. Er schien weder Eile noch irgendwelche Bedenken zu haben.

»Und den Eltern geht's gut?«, rief Frau Baumann von innen und kam mit einem Getränk heraus. Ein Spezi.

»Na ja, das Alter halt«, antwortete Neuner, »aber sonst .... das passt schon.«

Frau Baumann setzte sich zu ihm, Behütuns konnte beide gut beobachten durch die Bretter des Balkons.

»Magst du was essen?«, fragte sie.

»Nein, ich treff mich erst mit jemandem, geschäftlich«, erwiderte Neuner, »danach vielleicht.«

Und nach einer kurzen Pause sagte er:

»Ich muss mit dem, der nachher kommt, alleine sein. Kann ich dann vielleicht, sollten doch noch Leute kommen und hier draußen sitzen, mit dem rein? Am besten in den Nebenraum?«, und dazu deutete er nicht auf das Wirtshaus, sondern auf den Anbau rechts, den Sommerausschank, wie Behütuns vorher gesehen hatte.

»Mach nur, kennst dich ja aus«, ließ ihm die Alte freie Hand. »Da drin is aber kalt. Wer kommt denn?«

Neuner ging auf die Frage nicht ein.

»Ist denn schon jemand dagewesen heute?«, fragte er.

»Der von der Post vorhin, sonst keiner. Und einer ist hier durchgefahren.«

»Weißt du wer?«

»Ein Auto von den Forstleuten vielleicht, ich hab nicht rausgeschaut.«

Klaus Neuner schien beruhigt. Dann sah Behütuns, wie er in seine Tasche griff und ein Handy hervorholte. Privathandy, dachte er sich, das andere haben wir ja bei uns. Und, dachte er noch dazu, so ist das heute: Ein Telefon pro Mensch reicht nicht mehr aus, die haben inzwischen zwei ...

Neuner sah aufs Display und las, dann stand er auf.

»Lass das Zeug stehen, Frau Baumann, ich bin gleich wieder hier. Ich muss nur schnell ...«

»Wo willst'n hin im Wald?«, fragte Frau Baumann.

»Mein Date hat sich verfahren.«

»Däit?«, fragte sie verständnislos.

»Der, auf den ich warte. Den ich treffen will. Hat mir 'ne SMS geschickt. Ich bin gleich wieder da.«

Schon saß er in seinem Wagen und fuhr los, den Weg hinein, den vorher auch der Rover genommen hatte.

Die Polizisten sahen sich an. Was jetzt? Was tun? Sie waren erst einmal ratlos.

»Wir warten«, sagte dann Behütuns.

Gespannt sahen alle zum Wald, dorthin, wo Neuner verschwunden war. Nichts war zu hören, nur Natur.

Rotkehlchen, Buchfink, Kleiber. Fliegenbrummen, ein ferner Specht.

Der Wald hatte den Wachmann mit allen Geräuschen verschluckt. Die Stille um die drei herum war wie zum Schneiden. Behütuns hörte seinen Puls im Ohr. Wu-wumm ... Wu-wumm ... Wu-wumm ...

»Scheiße!«, zischte er dann.

Peter Dick sah ihn an. »Sollten wir nicht doch ...?«

Behütuns nickte.

»Ich glaube, ja. Ich weiß nicht, was da läuft, nur ich befürchte: nicht viel Gutes.«

Dann hatte er seine Entscheidung getroffen:

»Bleibt ihr am besten hier, ich fahr mal hinterher!« Und raus war er zur Tür. Die Treppe hinunter immer zwei Stufen auf einmal, zum Wirtshaus hinaus und hinüber zum Schuppen, wo das Auto stand. Quietschend öffnete er das Tor.

Auch Dick war aufgestanden. Hatte sich kurz mit Paulsen verständigt, es sei wohl besser, wenn sie zu zweit ..., also Behütuns und er. Wer weiß, was ihn erwarte, und war dem Kommissar gefolgt.

Behütuns rollte rückwärts aus dem Schuppen, wendete. Dick wartete auf ihn und hielt ihn auf.

»Warte mal, Chef!«

Behütuns bremste, stoppte, ließ die Seitenscheibe herunter, sah fragend zu Dick herauf.

»Du kannst da nicht alleine fahren. Wer weiß, was da draußen ist. Außerdem ist es gegen die Vorschrift. Du weißt ja: Niemals allein!«

Behütuns wollte etwas sagen, da krachte tief im Wald ein Schuss – weit weg, aber mit nichts zu verwechseln. Ganz trocken, laut und echolos.

Dann war es wieder still.

Der Buchfink mit der Doppelstrophe, dann wieder die Meisen. Die Waldgeräusche kamen zurück.

> **Du schüttelst den Kopf?**
> **Wohlan! Wohlauf!**
> Friedrich Nietzsche, *Also sprach Zarathustra*

35. Kapitel

Sie fanden den schwarzen Golf keine zwei Kilometer entfernt auf der Sonnenseite einer kleinen Lichtung, auf einem Waldweg links. Die Sonne glänzte auf dem schwarzen Lack, die Seitenscheibe auf der Fahrerseite war zerborsten. Und auf dem Fahrersitz saß Neuner – genauer: das, was von ihm übrig war. In der rechten Schläfe ein Loch, die linke Hirnschale fast handtellergroß herausgefetzt. Im Innenraum Haare und Hirn und Blut, schlierige Spuren. Am Lack der Fahrertüre tropfte Blut und Hirn. Der Rest von Neuners Kopf war kraftlos und leicht schräg nach vorne auf die Brust gesunken, der Oberkörper mit den Schultern an die Tür gelehnt. Neuner war tot, dazu brauchte man keinen Arzt. Der Motor des Fahrzeugs war abgeschaltet.

Auf der Schattenseite der Lichtung noch einzelne Schneereste, vereinzelte schwarz-weiße Flecken, das Gras in der Sonne lang und braun und in Wellen flach an den Boden gedrückt. Hier war im Sommer nicht gemäht worden, und im Winter hatte lange viel Schnee gelegen. Nirgendwo noch die geringste Spur von frischem Grün. Ein Eichelhäher schimpfte laut und entfernte sich mit seinem Krächzen nach hinten in den Wald, leisere Geräusche nahmen sie nicht wahr. Zu laut war die Stille der Anspannung. Kein Meisenknäckern, Gimpelflöten, kein wärmeknisperndes Knacken der Waldbäume, nichts. Die beiden lauschten nach anderem.

Nur Stille.

Kommissar Behütuns hatte den Wagen sofort gesehen. Er war nicht in den Waldweg auf die Lichtung eingebogen, sondern hatte seinen rechts am Rand des Hauptwegs angehalten und den Motor abgeschaltet, erst einmal gelauscht. Sie hatten sofort gesehen, dass hier etwas nicht stimmte. Hatten ihre Dienstwaffen entsichert und waren ausgestiegen. Jetzt standen sie am Fahrzeug Neuners. Die rechte Hand hing schlaff herunter, und auf dem Beifahrersitz lag eine Waffe.

»Selbstmord?«, fragte Dick.

Nachdenklich schüttelte Behütuns den Kopf.

»Soll offensichlich ganz so aussehen.«

Und nach kurzem Schweigen: »Der hat doch weder traurig noch depressiv noch irgendwie ängstlich oder angespannt gewirkt. Nichts, oder?«

Dick nickte, sah das ganz genauso.

Behütuns nahm sein Handy und telefonierte.

Fahndung nach einem dunklen Range Rover mit Münchner – und nicht existenter, also gefälschter – Nummer. Vorsicht, der Fahrer ist gefährlich und möglicherweise bewaffnet! Die Tatwaffe liege zwar am Tatort, aber womöglich habe er noch eine zweite. Über die mögliche Route könne er nichts sagen, plausibel aber wäre aus seiner Sicht die Richtung Nürnberger Raum.

Und forderte die Spurensicherung an.

Wo sie seien?

»Wo sind wir denn hier?«, fragte er Dick, das Handy vom Ohr nehmend.

Im Wald nördlich von Bayreuth, ungefähr zwei Kilometer südlich eines Wirtshauses mitten im Wald.

So gab er es durch.

»Ah ja, *Waldhütte*«, sagte der Bayreuther Beamte und wusste sofort Bescheid.

Stimmt, ja, so hatte das Wirtshaus geheißen.

Zwei Stunden später saßen sie wieder im Präsidium. Szenenwechsel wie unwirklich. Es war noch vor drei. War das wirklich alles heute geschehen? Das Haus Neuners, die *Waldhütte*, der halb weggeblasene Kopf? Und wie hing das alles zusammen, wenn überhaupt?

Die Rückfahrt mit Vermutungen und Überlegungen, mit langen Pausen des Schweigens. Mechanische Gedanken wie unter Schock, gedämpft (!), gestochen scharf und rational, und trotzdem oft wie unwirklich.

Ihr Plan war klar: Mehr Polizeipräsenz in Erlenstegen, die Nachbarn warnen, also Pongratz, Langguth, dann die 16 neben Lubigs Haus, die 17 neben Brädls. Wem gehörten die Häuser wirklich, und wer kaufte sie, wer verkaufte sie, und wie kamen die da dran ...

Nein, sie hätten nichts angefasst. Das Auto sei ja noch zu gewesen, als die Spurensicherung kam, oder?

Das war noch während der Rückfahrt gewesen.

Aber an der Beifahrertüre seien verschmierte Blutspuren gefunden worden. Minimal, aber da. Es sei wirklich ausgeschlossen, dass sie von ihnen ...?

Absolut. Und die Waffe?

Sei die Dienstwaffe des Herrn Neuner gewesen, nach Typ und Modell ganz eindeutig. Aus ihr sei auch ein Schuss abgegeben worden.

Der Schuss?

So wie es aussähe ja, Gewissheit aber erst nach Abschluss der Untersuchungen.

Kommissar Behütuns telefonierte mit den Bayreuthern und hatte auf laut gestellt.

Wie sie die Blutspuren erklärten?

Das spritze schon, wenn man jemanden aus nächster Nähe ... So stellten sie sich das vor.

Es wäre also sicher, dass noch jemand mit im Auto gesessen habe, als der Schuss fiel?

Ziemlich. Eigentlich könnten sie davon ausgehen.

Und der habe Blut abbekommen?

Muss ja, wenn die Blutspuren da sind. Der Tote hat sie da nicht angebracht.

Behütuns überlegte.

Irgendeine Spur von dem dunklen Rover?

Außer Fahrspuren im Gras nein. Nichts. Aber ob die von einem dunklen Rover ...? Es ist nur niedergedrücktes Gras ...

Gut, aber den kriegen wir, da gibt es im Großraum höchstens ein paar hundert. Viel Arbeit, aber irgendwann ...

Wenn Sie meinen ...

Ja, meinen wir.

Jetzt teilten sie sich auf und wollten sich dann wieder im Präsidium treffen.

Cela Paulsen und Peter Dick fuhren zu Frau Neuner, das war die unangenehme Seite des Berufes, aber daran ging kein Weg vorbei.

Behütuns fuhr in der Zwischenzeit zu SASEN, um mit Frau Ende zu sprechen. Und was er dort erfuhr, verstand er nicht und verstand doch, was es bedeutete. Neuner hatte in den vergangenen Wochen mehrfach den Verdacht geäußert, dass sich irgendjemand von extern bei ihnen im System eingeloggt und versucht habe, Daten zu manipulieren. Vielleicht hatte der Unbekannte dies auch schon geschafft, das konnte Neuner noch nicht mit Gewissheit sagen. Auch nicht, seit wann, wie lange und wie oft er, wenn, schon im System gewesen war.

Was geschafft? Sich einzuloggen?

Nein, Serverdaten zu manipulieren.

Das wusste Behütuns schon besser: »Es wurden Daten manipuliert!«, konnte er Frau Ende mit Gewissheit sagen, »das haben wir bereits festgestellt.«

»Bei den Daten, die Sie von uns haben?«

»Ja, bei den Aufzeichnungen der Überwachungskameras. Da fehlen immer wieder einmal ein paar Minuten. Und wie es aussieht, ganz entscheidende!«

Kommissar Behütuns hatte das Gefühl, sich sprachlich

und begrifflich auf Terrain zu begeben, von dem er nicht die geringste Ahnung hatte. Das war nicht weiter schlimm, nur hatte er begonnen, mit einer vorgetäuschten Sicherheit zu reden, als wisse er komplett Bescheid, als sei er Fachmann. Im Ergebnis war das von ihm Gesagte fraglos richtig, der gesamte technische Background aber waren für ihn Bahnhöfe in böhmischen Dörfern, tief in Spanien, die zudem noch in dichtestem Nebel lagen. Wie kam er da bloß wieder raus ...

Frau Ende schien das gar nicht zu bemerken. Neuner habe den Ehrgeiz entfaltet, schilderte sie, diese Person zu enttarnen. Sie redete etwas von Proxy und verwenden oder nicht, genauso von Rewebberdiensten für anonymen Zugang, Routern, Servern, Kennwörtern und Firewalls – aber alles, was Behütuns verstand, war: Bahnhof. Und übersetzt: Neuner war an einem Hacker dran und wartete auf einen kleinen Fehler, eine Unvorsichtig- oder Überheblichkeit, die jener Unbekannte irgendwann begehen würde, weil er sich sicher fühlte. Zu sicher. Und an diesem Tag kann ich ihn orten, hätte Neuner gesagt. Er habe ihm nämlich eine Falle gestellt. Das hätte er jetzt wohl geschafft.

Ob Neuner eine Ahnung gehabt hätte, um was es möglicherweise da gehe?

Wenn sie sehe, was jetzt passiert sei – nein, sie glaube nicht. Er hielt das Ganze für ein Spiel mit Ehrgeiz unter Hackern, so habe er zumindest darüber gesprochen. Es hatte ihm Spaß gemacht.

»Inzwischen geht es um acht Morde«, sagte Behütuns. Ob *sie* wisse, wen Neuner da enttarnt habe?

Sie habe keine Ahnung.

Ob sie das schnell herausbekommen könnten?

Da müssten sie einen Spezialisten dran setzen, aber sie hätten keinen mehr.

Wie er das verstehen müsse?

Der Neuner war der Spezialist. Der hatte hier alles gemacht. Der war genial.

Sie hätten sonst keinen mehr?

Nein, keinen.

Sie wisse also wirklich nicht, wie er das gemacht habe?

»Nein, ich hab doch keine Ahnung.«

Wie verrückt das ist, dachte Behütuns. Ich rede hier rum, als verstünde ich alles, hab aber keinen Dunst – und ihr geht es nicht anders. Wir bluffen uns nur an. Ob das immer so ist, wenn Menschen über Computer reden? Wer kennt sich denn da überhaupt aus?

Kommissar Friedo Behütuns fuhr wieder zurück ins Präsidium. Spezialisten, dachte er nur. Haben Geheimwissen und lassen uns daran teilhaben – aber nur an den Ergebnissen. Wie sie zustande kommen, davon haben wir keine Ahnung. Und wir verstehen es auch nicht. Aber verlassen uns darauf. Läuft da nicht etwas schief?

Eine ganz andere Frage hatte er noch an Frau Ende gehabt, das war ihm so eingefallen. Wahrscheinlich, um über etwas zu reden, was er verstand. Herr Neuner hätte Ende des letzten Jahres einen seltenen Schnaps gekauft, und zwar eine größere Menge, fragte er sie. Naturtrüben Williams. Ob sie dazu etwas wisse? Ob Neuner vielleicht Liebhaber gewesen sei oder vielleicht Alkoholiker? Das mit dem Schnaps hing bei ihm noch so im Kopf herum und war noch nicht aufgelöst.

Frau Ende konnte das klären: Den Schnaps habe er für die Firma gekauft, sie selbst habe ihn dort hinausgeschickt. Exklusives Weihnachtsgeschenk für exklusive Kunden, die würden so etwas goutieren. Gute Kunden müsse man pampern und pflegen, ob er verstünde, was sie meine? Da seien die Großkopferten genauso banal wie jeder. Erstaunlich eigentlich und fast ein bisschen beschämend für die, oder meinen Sie nicht?

Behütuns verstand. Welche Kunden das gewesen seien?

»Können Sie mir davon eine Liste machen?«

»Ich schick sie Ihnen zu.«

Paulsen und Dick kamen fast zeitgleich mit Behütuns zurück.

Sie hatten Neuners Laptop dabei.

»Hier könnten wir etwas finden«, sagte Paulsen.

»Wenn wir könnten«, gab Behütuns zurück.

»Eben unsere Spezialisten«, präzisierte sie und legte den Laptop auf den Tisch.

»Wir vermuten, dass da alles drauf ist, was Neuner gemacht und gewusst hat«, fügte Peter Dick an. Die beiden schienen sich ziemlich sicher.

»Aber *ihr* könnt es *nicht* aus dem Computer lesen?«, fragte Behütuns.

»*Wir*?«, fragten sie unisono zurück, zwischen verständnislos, belustigt und empört, »wir haben doch keine Ahnung.«

Und Dick ist unser Computerspezialist, dachte sich Friedo Behütuns. Aber halt auch kein Hacker. Irgendwie, das hatte er inzwischen verstanden, hatte Neuner zuerst Unregelmäßigkeiten entdeckt und dann – wie auch immer – auch den, der sie verursacht hatte. Aber wie und wen? Keine Frage: Das war Sache der Spezialisten. Jetzt hatten sie den Laptop, und irgendwo in dessen rätselhaften Tiefen ...

War das denn nicht auch anders zu lösen? Ohne Spezialistenwissen, ohne Geheimwissen, einfach nur so? War die Welt denn schon so kompliziert, dass man für alles einen Fachmann brauchte?

Offenbar schon.

»Kommt Leute, los!«

Sie mussten noch nach Erlenstegen und die Bewohner warnen.

> Ziehen wir, um dies deutlicher zu sehen,
> noch einen dritten Fall hinzu.
> Richard Raatzsch, *Philosophiephilosophie*

36. Kapitel

»Ja?«

Die Stimme klang irgendwie genervt. Und irgendwie auch außer Atem.

»Mein Name ist Behütuns, Kriminalpolizei Nürnberg. Spreche ich mit Herrn Pongratz?«

Es entstand eine kurze Pause. Warum? Behütuns war bei so etwas sehr sensibel.

»Was gibt's denn?«, fragte jetzt die Stimme.

Das klang plötzlich sehr jovial. Aber er konnte sich auch täuschen, diese Gegensprechanlagen geben kein eindeutiges Bild, sie verzerren ganz gerne den Ton. Außerdem – die Frage hatte er nicht beantwortet. War es jetzt Pongratz oder nicht? Egal, sie mussten in das Haus.

»Wir müssten mit Ihnen reden.«

Der Türöffner summte, Behütuns und Cela Paulsen traten ein.

Pongratz empfing sie mit einem Handtuch um den Hals und war verschwitzt.

»Entschuldigen Sie«, sagte er, »ich habe gerade trainiert.«

Er stand in der Tür wie ein Model. Polierte Glatze, breite Schultern, muskulös. Solariumbräune, so wie es aussah, überall gleichmäßig braun, selbst an den Innenseiten der Arme. Und dort, wo andere einen Bauch hatten: nichts. Absolut nichts drückte gegen das eng anliegende T-Shirt, das am Bizeps spannte. Wie alt mochte der Typ wohl sein? 30? 35? 40? Behütuns konnte sein Alter nicht einschätzen. Der Typ grinste etwas herausfordernd blöd. Eingebildeter Lackaffe, dachte Behütuns nur.

»Sind Sie allein?«, fragte ihn der Kommissar.

»Ja, wieso?«

»Sie sind ganz sicher?« Er deutete hinaus zu dem Rover. »Wissen Sie, wem dieser Wagen gehört?«

Der Lackaffe lachte.

»Das ist meiner, wieso?«

Er gab Cela Paulsen die Hand und zwinkerte, oder hatte sich der Kommissar getäuscht? Scheißwiderliche Masche, dachte er. Hält sich für unwiderstehlich. Ihm bot er nicht die Hand.

Behütuns' Kopf arbeitete.

»Darf ich Sie fragen, wo Sie heute Nachmittag waren?« Sein Ton war vielleicht etwas scharf gewesen.

»Wird das jetzt ein Verhör?«, fragte Pongratz, »dann werde ich doch lieber meinen Anwalt ...«

Dabei grinste er blöd und wischte sich mit dem Handtuch die Stirn. »Kommen Sie doch erst mal herein.« Er deutete in Richtung Hausinneres.

Die Frau von der Schnapsbrennerei hatte recht gehabt. Der Typ war unsympathisch. Behütuns und Paulsen traten ein.

Dann standen sie in einem riesigen Raum. In der Mitte ein Ding wie ein Schreibtisch, eine Platte aus Glas, nur auf Edelstahlböcke gelegt, auf der Platte drei aufgeklappte Laptops. Die mit dem Apfel, die teuren, in Silber und Weiß. Drei Handys, ein kleiner Stapel Papier, sonst nichts. Auf der linken Seite des Raumes Fitnessgeräte, auf der rechten von oben bis unten Spiegel. Davor, sparsam drapiert, weißlederne Sofas. Neben der Türe zwei riesige Flachbildschirme, zum Garten hin ausschließlich Glas, die Außenanlage beleuchtet, Fußboden aus Stein. Der Raum war einfach nur kalt. Wen, bitte, soll das beeindrucken?, fragte sich Kommissar Behütuns, also positiv, meine ich.

»Dann frage ich anders«, nahm er das Gespräch wieder auf: »Wo war der Wagen heute Mittag?«

»Der war seit gestern beim Service, wurde erst vorhin gebracht.« Er sah auf seine Armbanduhr. Acht Zentimeter

Durchmesser, schätzte Behütuns, mindestens 400 Gramm schwer. »Gegen sechs.«

Damit war das Thema erledigt. Für ihn.

»Welche Werkstatt war das?«

Pongratz gab ihm die Adresse. »Aber warum sind Sie eigentlich hier? Sie kommen doch nicht wegen dem Rover?«, fragte er.

Behütuns erklärte, worum es ging, und bat ihn, vorsichtig zu sein, niemanden hereinzulassen, keine uneindeutigen Termine wahrzunehmen.

Janis Pongratz lachte gezwungen.

»Sie machen es aber spannend. Der Mörder ist doch längst tot, dachte ich, das stand doch so in der Zeitung. Unser Doktor Brädl, wer hätte dem das zugetraut ...«

Behütuns klärte ihn auf, was es mit dieser Meldung auf sich hatte. Sie hätten Grund zu der Annahme, dass ... Der Mörder solle sich in Sicherheit wiegen – und das wäre vielleicht jetzt ein Problem. Weil er vielleicht weitermache. »Denn wir kennen noch nicht sein Motiv.«

Behütuns' Handy klingelte. Frau Klaus. Jetzt nicht, er drückte es weg.

Was sie damit meinten, fragte Pongratz.

»Wir rätseln noch, aber es scheint nicht um Personen zu gehen«, erklärte ihm Behütuns.

Nicht um Personen? Aber um was denn dann?

Das wüssten sie noch nicht. Vielleicht geht es um den Grund?

Grund?

Um die Grundstücke, die Häuser, vielleicht.

Von Lydia und Dr. Brädl?

Nicht nur, auch um die 12, die 14 gegenüber.

Pongratz stutzte und schien einen Moment erschrocken. Dann fragte er:

»Die 12 und die 14? Blameier und Groliczek?«

»Ja, auch diese beiden Anwesen stehen zum Verkauf. Ihre Besitzer wurden ermordet.«

»Aber Blameier ...«

Pongratz schien wirklich beunruhigt. Er schien jetzt begriffen zu haben, dass er womöglich auch in Gefahr war.

»Blameier zieht aus, das Haus steht zum Verkauf. Der Besitzer war ein gewisser Endraß, Bernd-Emil Endraß, Motorradschmuckfabrikant aus Schwaig. Gewesen. Sorry.«

Pongratz war blass geworden.

»Das hat hier nur niemand gewusst«, fügte Behütuns an. Pongratz suchte mit der Hand am Türstock Halt. Die Information schien ihn tatsächlich zu beunruhigen.

»Ja, das war's dann auch schon«, schloss Behütuns das Gespräch ab und gab Janis Pongratz seine Karte. »Bitte seien Sie wachsam. Und rufen Sie mich sofort an, auch bei dem geringsten Verdacht. Wäre schade, wenn ...« – hier brach er ab, ließ die Andeutung schwingen.

Cela Paulsen hatte während der gesamten Zeit nichts gesagt, sie hatte nur zugehört und sich umgesehen. War ein wenig durch den Raum gelaufen. Jetzt wandten sich beide zum Gehen.

Auf dem Weg zur Tür blieb Kommissar Behütuns noch einmal stehen. »Sagen Sie«, fragte er, »Ihre Nachbarn, das Ehepaar Langguth – wissen Sie, ob die zu Hause sind?«

»Das Ehepaar Langguth«, antwortete Pongratz gedehnt, und die Aussprache allein von *Ehepaar* sprach mindestens zwei dicke Bände, »ist nach Südfrankreich gefahren, sie haben eine Villa bei Nizza, im Hinterland von Grasse. Ein wunderschönes Haus. Heute früh sind sie los. Wollen zwei Wochen bleiben.«

Behütuns trieb es hinaus. »Vielen Dank auch, und entschuldigen Sie bitte die Störung.«

Und dann drehte er sich noch einmal um.

»Sagen Sie: Lampert Immobilien, sagt Ihnen das etwas?«

Pongratz' Gesicht zeigte keinerlei Regung.

»Nein, was soll das sein?«

»Nur so, schon gut, danke.«

Und damit waren sie hinaus.

Im Wagen sagte Behütuns, leicht angeekelt:

»Hast du das auch gesehen?«

»Was?« Sie wusste nicht, was er meinte.

»Der Typ war total rasiert. Die Haut völlig glatt, von oben bis unten – also das, was man gesehen hat.« Es schüttelte ihn, als er das sagte, und das Schütteln war echt. Ihm kam das zutiefst affig vor.

Cela Paulsen schüttelte den Kopf.

»Der war nicht rasiert«, sagte sie.

»Du meinst, der hat von Natur aus keine Haare?«

»Nein«, sagte Cela Paulsen, »der macht sich die Haare schon ab, aber nicht durch Rasur.«

»Sondern?«

»Mit Wachs.«

Sie hatte das Wachs im Regal gesehen, mehrere Dosen, persisches Fabrikat und besser als die handelsüblichen deutschen. Gründlicher.

Behütuns rief Frau Klaus zurück.

»Die Kollegen haben ein paar Sachen in Erfahrung gebracht.«

»Ja?«

»Zu Langguth.«

»Ja?«

Dass Frau Klaus nie gleich auf den Punkt kommen konnte! Immer erst noch eine Schleife drehen, eine Pirouette.

»Du weißt, von wem ich rede?«

»Klaus! Was ist?!«

»Thomas Richard Langguth hat einen Beratervertrag.«

»Ja und? Mit wem?«

»Lampert Immobilien Frankfurt.«

Behütuns verschlug es die Sprache.

»Langguth ...? Mit Lampert Immobilien Frankfurt?«, versuchte er, das Gehörte auf die sinnhafte Reihenfolge zu bringen. »Das heißt, der spielt denen Objekte zu und kassiert?«

»Wahrscheinlich, aber das wissen wir noch nicht, nur, dass er einen Beratervertrag hat. Für den Rest brauchen wir den Staatsanwalt. Sie verweigern jede Auskunft.«

»Kannst du das vorbereiten?«

»Bin schon dabei.«

»Danke, Klaus. Tschüss!«

»Halt! Chef! Nicht auflegen. Ich hab noch was Wichtigeres!«

»Ja?«

»Langguth hat einen dunklen Range-Rover.«

»Du spinnst!«

Behütuns war platt. Konnte das sein? Langguth – einen Beratervertrag? Einen Range-Rover? Was bedeutete das? Und auf dem Weg nach Südfrankreich? Seit heute früh unterwegs? Auf der Flucht?

»Wir brauchen für Langguth einen Haftbefehl!«

Oh, nein!
Alice Schwarzer, *Der kleine Unterschied*

37. Kapitel

Inzwischen war es ganz dunkel draußen. Aber erstaunlich mild dafür, dass es erst Anfang März war. Wolken waren aufgezogen. Wahrscheinlich deshalb so mild, dachte sich der Kommissar. Wegen der Wolken. Er sah hinauf, sah den Himmel und blieb unwillkürlich stehen. Dieser Himmel war nicht oben, nicht einfach obendrüber, wo er hingehörte – er stand wie senkrecht da, erhob sich wie eine Wand bis steil hinauf, marmoriert von unzähligen, dicht an dicht stehenden Wolken. Und diese wölbten sich, jede für sich scharf umrissen, wie einzelne Tropfen dunkel hervor. In den engen, nachtschwarzen Zwischenräumen leuchteten einzeln die Sterne. Und erst der Mond: Fast voll stand er dort mittendrin und schien selbst an den dunkelsten Stellen der ziehenden Wolken wie mühelos durch sie hindurch. Sein Bild blieb immer klar. Behütuns stand fasziniert, Cela Paulsen genauso. Da rüttelte schon wieder sein Handy. Zweimal würde es das tun, dann würde es klingeln. Aber Behütuns war schneller.

»Ja?«

Ein Beamter aus dem Präsidium. Behütuns hörte ihm zu.

»Er soll warten. In einer Viertelstunde sind wir da.«

Er klappte das Handy wieder zu, und an Cela gewandt sagte er:

»Herr Salehi ist im Präsidium, er muss mit uns reden.«

»*Der* Salehi? Import-Export aus der Witschelstraße?« Sie sprach über die Lokalitäten schon fast wie eine Einheimische.

»Ja, der.«

Sie stiegen in ihren Wagen, fuhren los. Er lenkte den Wagen aus Erlenstegen heraus und bog nach rechts in die Eichendorffstraße Richtung Nordostbahnhof.

Cela Paulsen schien etwas zu bewegen. An irgendetwas dachte sie, irgendetwas wollte sie sagen, das spürte der Kommissar. Aber sie sagte nichts, kam nicht damit heraus.

»Was ist?«, fragte er, »dich drückt doch was.«

Cela Paulsen schwieg.

»Komm, raus mit der Sprache!«, munterte er sie auf. »Du hast doch etwas auf dem Herzen.«

Paulsen druckste noch, doch sie würde gleich sprechen, das spürte er. Also wartete er ab. Unter Druck kommt nichts so, wie es soll.

Es dauerte noch bis zum Stadtpark, dann begann Cela Paulsen zu sprechen, ließ es raus.

»Chef, das ist vielleicht blöd jetzt ... aber ...«

Pause.

»Ja? Was ist blöd ...?«

Was für ein Problem hatte sie? Etwas Privates vielleicht? Ihr Freund, ihre Wohnsituation, ihre Eltern? Oder wollte sie einen freien Tag? In Sekundenbruchteilen geht dir manchmal unglaublich viel durch den Kopf, dachte Behütuns, viel mehr als man sagen kann.

»Also ... bei Frau Pank-Posner wurden doch Haare gefunden. Haare von Dr. Brädl.«

»Richtig.«

»Und an der Zwille doch auch ...«

Auf was wollte sie hinaus? Privat war es auf jeden Fall nicht.

»Und jetzt habe ich mir gedacht ...«

Sie druckste schon wieder. Doch dann gab sie sich einen Stoß und sprach es aus:

»Kann es sein, dass die dort jemand absichtlich hin verbracht hat? Aus Kalkül, um eine Spur zu legen?«

Verbracht, was für ein ungewöhnliches Wort. Am Rathenauplatz war es rot. Der Kommissar überlegte einen Moment. Verwegener Gedanke, dachte er, aber denkbar war das schon – was das wieder für eine blöde Sprach- und Denkfigur war! Ein Gedanke, der denkbar ist ... Was ist das bloß für eine Sprache.

Wenn's ein Gedanke ist, dann ist er denkbar – und er hat seine Denkbarkeit auch schon unter Beweis gestellt, denn er wurde ja zu diesem Zeitpunkt schon gedacht. Wenn etwas aber kein Gedanke ist, dann wird es auch nicht gedacht. Und wurde es auch nie. Sobald etwas gedacht wird, ist bzw. war es ein Gedanke, ist also immer denkbar. Alles andere ist undenkbar ... – nein, nicht undenkbar, es ist vielleicht nur noch nicht gedacht, also *noch* kein Gedanke ... Behütuns, fang deine Gedanken wieder ein!, versuchte er sich zu stoppen. Dazu aber war es zu spät, sie ließen sich im Moment nicht einfangen, tobten schon frei herum. Denken, dachten die Gedanken weiter, führt oft zu Überraschungen. Zu irgendwas, an das du vorher nie gedacht hast. Und das ist ja der Reiz – deshalb macht es ja Spaß, dachten sie weiter. Denn Überraschungen und Neues produzieren Glücksgefühle, und die sucht der Mensch. Drum denkt er überhaupt. Und deshalb, dachten sich seine Gedanken weiter, denkt der Mensch auch immer weiter und immer wieder andersrum und Neues. Denn nur im Neuen liegt das Glück, nur Neues ist ja überraschend. Und deshalb meint er auch, meinten jetzt die Gedanken, dass Neues immer besser sei und wertvoller als Altes. So beißen sich Gedanken und Leben in den Schwanz. Können nicht ohne und nicht miteinander. Wollen das Alte halten und das Neue haben.

War das jetzt ausgedacht?, fragten sich seine Gedanken. Nein, das war nur angedacht, dahingedacht, nur so – aber gut ausgedacht im Sinne von erfunden, fantasiert. Aber waren denkbare Gedanken gewesen, weil ja gedacht ... Es wurde grün, Behütuns setzte den Wagen wieder in Bewegung. Was hatte Cela gewollt? Ach ja, das mit den Haaren. Ob die vielleicht jemand mit voller Absicht ... Keine fünf Sekunden hatte er für seine Gedanken gebraucht.

»Ja«, sagte er langsam, »denkbar ist das schon.«

Unsinn, es war ja schon gedacht!

»Weißt du, ich bin auf den Gedanken gekommen, als ich dieses Enthaarungswachs gesehen habe ...«

Der Kommissar verstand sofort. »Du meinst, es könnte jemand, wer und wie auch immer, sich Haare von Dr. Brädl besorgt haben ... und die geplant als Spur ...?«

Ein waghalsiger Gedanke. Aber denkbar war das schon. Nicht der Gedanke, sondern die Möglichkeit.

»Was dann heißen würde«, folgerte der Kommissar, den Gedanken weiter denkend, »dass Pongratz ....«

Die Kollegin nickte nachdenklich.

»Aber was ist dann mit Langguth?«, fragte Behütuns zurück.

»Der hat einen Rover, einen Beratervertrag mit Lampert – und ist auf der Flucht!«

Sie hatten viel – und tappten völlig im Dunklen.

Im Präsidium wartete der Autohändler Salehi, ein Kuvert in der Hand. Er schien sehr nervös. Sie nahmen ihn mit hinauf, führten ihn ins Besprechungszimmer. Auf Behütuns' Schreibtisch lagen zwei Mappen mit einem Klebezettel darauf. »Wichtig!!!« stand darauf, die Handschrift von Frau Klaus. Die würde er sich gleich ansehen.

Salehi legte das Kuvert auf den Tisch.

»Schauen Sie rein«, sagte er.

Behütuns nahm das Kuvert. Geld, das fühlte er schon von außen. Er sah hinein, schätzte.

»Dreitausend?«

Salehi schüttelte den Kopf.

»Fünf?«

Er nickte.

»Ich will das nicht haben. Stinkt«, sagte er.

»Und?«, fragte Behütuns, »sollen wir das nehmen? Was ist mit dem Geld?«

Er, Salehi, hatte wieder einmal so einen Anruf bekommen, erzählte er. Wie manchmal. Etwas machen, einfaches Geld. Vorgestern sei der Anruf gekommen. Solle seinen Landrover parken, in der Adamstraße irgendwo, und vollgetankt,

Schlüssel hinter die Stoßstange. Er würde heute Nachmittag wieder da stehen. Geld sei im Kasten.

»*Das* Geld«, sagte er und deutete auf den Tisch.

»Dunkler Landrover mit getönten Scheiben?«, fragte Cela Paulsen.

Salehi nickte. »Meiner.«

»Und Sie haben das Auto dort geparkt?«

Salehi nickte wieder.

»Und der Wagen wurde wieder dort abgestellt?« Dem Typen musste man alles aus der Nase ziehen, es hatte sich nichts geändert. Er nickte wieder nur. Aber dann sagte er doch etwas, unaufgefordert:

»Habe Radio gehört. Dass man dunklen Landrover sucht.«

»?«

»Auto ist dreckig.«

»Ja und?«

»Und im Auto ist bisschen Blut. Nicht viel, aber kenne ich mich aus. War für Iran im Krieg, gegen Irak. Ist Blut.«

»Wo ist der Wagen jetzt?«, fragte der Kommissar.

»Ich bin seriöser Geschäftsmann ...«

»Wo ist der Wagen?« Behütuns war schon am Telefon.

»Bei mir auf dem Hof.« Der kann astreine deutsche Sätze sprechen, dachte sich Behütuns, das konnte er schon beim letzten Mal. Wenn er nur wollte.

»Witschelstraße?«

Salehi nickte. Auch das ist astrein, sogar international. Oder interkulturell? Behütuns hatte die Spurensicherung am Apparat, wies sie ein.

»Herr Salehi, ich muss Sie vorläufig festnehmen.«

Wieder nickte der. Er wirkte deprimiert.

»Sie glauben, dass ich ...?«, fragte er.

»Ich glaube gar nichts«, gab Behütuns schroff zurück. »Wir untersuchen jetzt den Wagen. Sie brauchen nur für heute ein ziemlich gutes Alibi.«

Salehi nickte immer noch. War der überhaupt noch richtig da? Wer weiß, was ihm alles durch den Kopf ging. Behütuns deutete auf das Kuvert:

»Das ist schon eine waghalsige Geschichte, die Sie uns da zumuten. Genauso wie die letzte. Geld im Kuvert, anonym, Auto kaufen und verschwinden lassen; Geld im Kuvert, wieder anonym, Auto verleihen, dazu an irgendjemanden – wer soll Ihnen das denn glauben?«

Salehi nickte immer noch. Schien völlig durch den Wind. Und hatte seine Situation wohl begriffen.

Behütuns ließ ihn hinausführen.

Vorläufig festgenommen.

»Glaubst du dem das?«, fragte er Cela Paulsen.

»Ich glaube überhaupt nichts«, zitierte sie ihn.

Behütuns stand an seinem Schreibtisch und hatte sich die beiden Vorgänge vorgenommen, die Frau Klaus hinterlegt hatte. Beim ersten pfiff er leise durch die Zähne, reichte ihn dann weiter. Das Geschirr in puncto Spuren. Sehr gute Fingerabdrücke – und eine »wahrscheinliche partielle Kongruenz« mit den sehr undeutlichen Fingerabdruck-Fragmenten, die man auf den Tesafilmstreifen der Zwille gefunden hatte. »Wahrscheinliche partielle Kongruenz« – warum schrieben sie nicht gleich »Probabile partielle Kongruenz«? Und überhaupt: Was sollte das denn heißen? »Wahrscheinliche Kongruenz« wäre nichts als eine Vermutung, »partielle Kongruenz« wäre schon 'ne ganze Ecke mehr ... aber »wahrscheinliche partielle ...«? Wurde das dann weniger? Oder mehr? Behütuns hasste solche uneindeutigen Befunde. Er deutete es für sich vorläufig einmal mit »Was dran«. Also: Es deutet viel darauf hin, dass da was dran ist. Wenn es keine Übereinstimmungen gäbe, hätten sie es ja auch so geschrieben: »Mit Sicherheit keine Wahrscheinlich- ... nein: keine Kongruenz.« So hätte es dann dagestanden. Also gab es Anhaltspunkte dafür, für Kongruenz. Wahrscheinlich sehr wahrscheinliche sogar. So geht das hier die ganze Zeit, dachte sich der Kommissar, die Sprache macht es dir nicht leicht, will sie einmal konkret werden, vor allem positiv konkret. Es fällt ihr leicht, mit Sicherheit ein klares »Nein« zu formulieren. »Is' nich« und »Schluss« und »Aus«. Ein klares und eindeutiges »Ja!« oder »Stimmt!« oder »Richtig!« jedoch lässt sie nur selten zu. Ist gar nicht vorgesehen. Hundertprozentige Sicherheit gibt es einfach nicht – aber alles, was darunter liegt, ist hundertprozentige Unsicherheit. In unterschiedlichen Graden, ja, aber alles, was unterhalb der Hundert liegt, *ist* unsicher. Mit Unsicherheit behaftet. Super, wirklich super.

Der andere Befund aber knallte rein: die DNA. Und die ist unbestechlich, da gibt es nur Null oder Eins, nur klares Ja oder Nein und *nichts* dazwischen. Und hier stand schwarz auf weiß: Die DNA an Gabel und Bierkrug ist *identisch* mit der von dem Taschentuch. Und das bedeutete: Die Person, die im September am Nebentisch von Professor Altenfurth und Dr. Schwartz gesessen hatte .... – so, dachte sich jetzt Kommissar Friedo Behütuns, und jetzt tue ich mal so, als würde »wahrscheinlich partiell« achtzig Prozent bedeuten, also ausreichende Sicherheit – hat die Zwille gebaut und damit Professor Altenfurth umgebracht. Das sagen die Fingerabdrucksfragmente ... was ist eigentlich mit diesem ominösen Bekannten von Frau Klaus?, schoss es Behütuns durch den Kopf. Ist der jetzt endlich aufgetaucht und hat eine Aussage gemacht? Hat sich die Bilder angeschaut, ein Phantombild erstellt? Er machte sich eine Notiz, um das nicht zu vergessen, und kombinierte weiter. Dann hat diese Person, weil es logisch ist, auch Dr. Schwartz und den Landwirt Schmidt aus Kornburg umgebracht. Sie war am Ort des Unfalls des Tierfutterfabrikanten Matze Lubig, das sagt die DNA des Taschentuchs, sie war bei Sylvia Pank-Posner und hat mit ihr Williams getrunken, bzw. Frau Pank-Posner hat getrunken und er hat seinen Teil in die Blumen gegossen – das sagen mir die Haare, die man dort gefunden hat, denn die sind identisch mit denen von der

Zwille. Bedingung dafür aber ist: Die Annahme von Cela Paulsen mit den Haaren stimmt. Die identische Person hat auch Ernst-Emil Endraß von BEE. Just Be! in die Pegnitz transportiert, denn sie hat dafür im Vorfeld das Handy von Matze Lubig benutzt. Und sie war bei Dr. Brädl und hat dort ganz bewusst falsche Spuren gelegt. Gummi, Eisenstangen, Flaschen und so. Irgendwie hat diese Person, um unbemerkt in die Häuser zu kommen, bzw., damit man ihr dies nicht nachweisen kann, die Sicherheitsaufzeichnungen manipuliert, ist dummerweise irgendwie dabei erwischt worden, sogar identifiziert, vielleicht nicht als Person, doch sicher als IP-Adresse, hat sich mit dem, der sie entdeckt hatte, getroffen und hat ihn umgebracht. Und das war heute. Neuner.

Behütuns nahm die zweite Notiz an sich.

Es war die Sache mit Langguth und seinem Beratervertrag.

»Das wäre ein fettes Motiv«, überlegte Behütuns laut, und Paulsen hörte zu. Er versuchte, die einzelnen Bausteine zu ordnen.

»Also erstens: Die Häuser von den Opfern hier werden ja alle verkauft«, ordnete er seine Gedanken.

»Nein, ich muss anders anfangen. So: Unsere Opfer sind alle alleinstehend, die von hier: Pank-Posner, Lubig, Endraß, Brädl.«

Während er sprach, machte er immer wieder längere Pausen und überlegte. Die Sache schien noch nicht richtig rund in seinem Kopf. Er musste sie noch sortieren.

»Das bedeutet zweitens: Sie haben keine direkten Erben – also keine Frau, keinen Mann, keine Kinder und so. Also niemanden, der die Häuser direkt übernimmt, weiterführt, bewohnt. Also werden die Häuser verkauft, denn die nächsten Verwandten, die dann als Erben ja schon entferntere Verwandte sind, bevorzugen wahrscheinlich das Geld.«

Wieder entstand in seinem Denken eine kleinere Pause – auch, weil ihm kurz der Widerspruch im soeben Gesagten aufgefallen war: die nächsten Verwandten, die gleichzeitig die entfernteren waren. Das aber war nur scheinbar ein Widerspruch, nur verbal, nicht im Sinn. Denn das eine bezog sich auf die gesetzliche Reihenfolge, das andere auf die Verwandtschaftsbeziehung. Cela Paulsen wartete ab.

»Und wenn ich das weiß«, fuhr Behütuns fort, »und ich sorge dafür, dass die Besitzer nicht mehr da sind, dann kann ich die Immobilien an einen Makler vermitteln ...«

»... und kassiere eine fette Provision«, ergänzte Frau Paulsen.

Behütuns nickte nachdenklich.

»Sinnig ist das schon ... vor allem, wenn ich quasi Nachbar bin. Da habe ich doch sehr schnell das Vertrauen der Erben, oder? Ich bin auf jeden Fall nicht anonym.«

Cela Paulsen beschäftigte eine ganz andere Frage, sie schien nicht sehr verwundert über das Motiv.

»Was kriegt denn so ein Makler?«, fragte sie.

»5 Prozent? 10? 15? Keine Ahnung. Aber die kriegt er für nichts, wohlgemerkt, nur fürs Vermitteln, fürs Durchreichen. Und bei diesen Werten hier, da sind das schon mal 200.000. Minimum. Pro Anwesen. Wahrscheinlich sogar viel mehr ...«

»Das lohnt sich dann schon«, kommentierte Paulsen. »Menschen werden noch für viel weniger umgebracht.«

Behütuns nickte, sie hatte recht. Dann sah er auf seine Uhr. Halb neun.

»Komm, Cela, Feierabend. Wir können heute nichts mehr tun. Nach Langguth läuft die Fahndung.«

> Es wäre viel zu wenig, zu sagen,
> die Beziehungen zwischen den Fakten und Kräften
> seien ebenso wichtig wie die isolierten Tatsachen,
> die in diesen Beziehungen stecken.
>
> Borislaw Malinowski, *Eine wissenschaftliche Theorie der Kultur*

38. Kapitel

Am nächsten Morgen stand Jaczek wieder im Büro. Unangekündigt, aber pünktlich. Vor allen anderen. Und ohne seine Tochter – aber mit Ergebnissen. Er hatte sich in mühevoller Klein- und Fleißarbeit zu Hause die kompletten Aufzeichnungen der Überwachungsfirma SASEN durchgeschaut, und das auf seine Art: extrem akribisch und auf die Minute genau.

Die Aufzeichnungen ergaben Folgendes:

Am 14. September, dem Tag, an dem Professor Altenfurth aus China zurückgekommen war, fuhr am späten Nachmittag vor dem Haus von Dr. Leo Brädl der Wagen von Dr. Schwartz vor. Wer ausstieg, konnte man nicht sehen, hier waren zehn Sekunden gelöscht. Gegen 22 Uhr, also schon bei Dunkelheit, fuhr dieser Wagen fort – aber nach vorne, Richtung Wald, und verschwand vom Bildschirm. Davor fehlten zehn Sekunden – *danach* aber zwei Minuten. Wie sollte man das erklären?

Was kann das heißen?, fragte sich Behütuns. Wahrscheinlich das: Dr. Schwartz war hier, nach dem Gespräch mit Altenfurth im *Starbucks*. Warum? Bei wem? Bei Dr. Brädl? Oder hatte er nur dort geparkt, aus Ortsunkenntnis vielleicht, und war zu Langguth gelaufen? Oder Pongratz? Aber warum fuhr er in den Wald, und danach fehlten zwei Minuten?

Doch Jaczek machte schon weiter.

Gegen Mitternacht fehlte wieder eine Minute in der gesamten Straße.

Wenn unser Täter wirklich hier aus Erlenstegen kommt, dachte Behütuns, macht er sich da vielleicht auf seinen Weg zum Golfplatz? Doch warum so früh? Vielleicht muss er ja noch etwas vorbereiten ...

Sie starrten alle auf den Bildschirm, und Jaczek klickte weiter die Unregelmäßigkeiten durch.

Da kam ein Anruf von der Spurensicherung: Die Blutspuren im Wagen von Salehi waren eindeutig von Neuner. Der Täter hatte diese Spritzer, die er bei dem Schuss abbekommen hatte, wahrscheinlich nicht bemerkt.

Das heißt, dachte Behütuns: Salehi hat uns nicht belogen. Es war nicht Langguths Wagen und auch nicht der von Pongratz bei der *Waldhütte* ...

Jaczek war schon wieder weiter, nächste CD, 15. September, der Tag des Mordes an Professor Altenfurth: Am späten Abend fehlten wieder zwei Minuten aus der ganzen Straße. Warum? Vielleicht auch eine Störung des Systems?

Aber Moment mal, dachte sich Behütuns. Wenn Dr. Schwartz, warum auch immer, im Haus des Täters war, sie waren ja vielleicht verabredet aus irgendeinem Grund, dieser ihn dort umgebracht hat, dann seinen, also Schwartz' Wagen zu sich in die Garage ... das würde die Lücke oben erklären ... und dann erst mal am Abend losgefahren ist, um Altenfurth am frühen Morgen auf dem Golfplatz ... und dann am Abend dieses Tages, das war die letzte Lücke in den Aufzeichnungen, mit Schwartz im Wagen los ist, dessen Leichnam zu entsorgen, und dann bei Kornburg an dem Fahrsilo ... Zufall vielleicht, wer weiß? In Schwartz' Wagen aber waren keine Spuren gefunden worden, erinnerte sich Behütuns ... Herr Dr. Schwartz muss gut verpackt gewesen sein ... im Haus aber müssen dann noch irgendwo Blutspuren zu finden sein, da kann man schrubben und säubern, wie man will! Und Schwartz' Wagen hat er dann am Flughafen ...

Der Kommissar machte sich erneut eine Notiz: Häuser Langguth, Dr. Brädl und Pongratz nach Blutspuren absuchen. Einen Moment überlegte er noch – das Haus Schneider vorne auch? Er verwarf diesen Gedanken. Der Hotelkettenbesitzer schien mit dem Fall nichts zu tun zu haben. Vielleicht nur bis jetzt? Er konnte im Augenblick nicht darüber nachdenken, denn Jaczek hatte schon wieder die CD gewechselt, jetzt kam der Schnee, der 11. Dezember. Eine Corvette parkte vor dem Anwesen Langguth, dann fuhr der Schneeräumdienst am Gehsteig entlang, einmal in die, dann in die andere Richtung, dann fehlten zwei Minuten, dann kam aus Richtung der Stadt eine Gestalt, verschwommen nur zu sehen bei dem Schneefall und dem Licht, in weitem Mantel und mit großem, breitem Hut, stieg in die Corvette und fuhr los, wendete in der Einfahrt Pongratz und verschwand. Ob das Lubig war? Das müssen wir seinen Leuten zeigen, Mitarbeitern und so, dachte der Kommissar. Und: Wo kam der her? Doch von Schneider? Oder Brädl?

Sehr komisch nur: Gleich nachdem die Corvette weg war, fehlten noch mal zehn Minuten. Wie war das zu erklären? Behütuns sah seine Leute an.

»Habt ihr eine Idee?«

Jaczek stoppte in seiner Vorführung, zeigte aufs Bild.

»Wenn ihr mich fragt: In dieser zweiten Lücke kommt die Corvette zurück.«

Die anderen sahen ihn fragend an.

»Erst kommt der Schneeräumdienst, dann sind Gehsteig und Straße frei, also keine Spuren. Dann kommt die erste Lücke – in der geht irgendwo einer raus und läuft aus dem Bild, hinterlässt auf dem geräumten Gehsteig keine Spuren. Dann kommt er zurück und fährt die Corvette weg.«

»Waghalsig«, kommentierte Behütuns.

Cela Paulsen aber schien Jaczek zu folgen:

»... und wendet in der Einfahrt Pongratz, um nachher dort wieder hineinfahren, etwas einladen und wieder fortfahren zu können, ohne sichtbare Spuren zu hinterlassen.«

»Die letzten zehn Minuten, ja.« Jaczek hatte sich wohl schon das gleiche zu diesen Aufzeichnungen gedacht.

Das Muster wäre also, dachte sich Behütuns: Das Opfer besucht den Täter, warum auch immer, keine Ahnung. Wird im Haus umgebracht und mit seinem eigenen Fahrzeug fortgebracht.

Dann kam der 16. Dezember, neue CD, am späten Nachmittag gegen halb fünf, die Stelle kannten sie ja schon. Nein, dachte sich Behütuns, diese Stelle kennen wir nicht, wir wissen nur, dass hier eine Stelle fehlt ... und sie besagt: Frau Pank-Posner bekommt hier wahrscheinlich ihren tödlichen Besuch. Er ließ sich von Jaczek das Standbild kurz nach diesem Schnitt noch einmal zeigen. Nein, keine Reifenspuren, nur Trittspuren am Gehsteig, aber ohne Aussagekraft, es waren Spuren mehrerer Personen in verschiedene Richtungen. Es war ja noch am Nachmittag, da war hier wohl mehr los. Außerdem waren die Spuren viel zu undeutlich bei der Bildqualität. Das war wohl kaum verwertbar. Trotzdem: Der Täter, folgerte Behütuns, kam zu Fuß. Auch wieder aus der direkten Nachbarschaft ... oder aus dem Wäldchen hinten?

Jaczek war mit den Aufzeichnungen schon wieder weiter. Der frühe Morgen, 17. Dezember, ab 4 Uhr 20 fehlten hier geschlagene 20 Minuten, das war ihnen aber schon bekannt.

Der Täter macht sich auf den Weg nach Hause, interpretierte Behütuns. Der Schneefall hatte nachgelassen, also brauchte er, entgegen der bisherigen Erfordernisse, einen längeren Schnitt. Damit die Spur verwischt war. Genügend zugeschneit. Und das war sie auch, sie sahen sich das Bild noch einmal an. Zu blöd, dass diese Aufnahmen immer so undeutlich sind.

»Fehlt nur noch Dr. Leo Brädl«, sagte Peter Dick.

»Ja, hier«, legte Peter Jaczek eine weitere CD ein und scrollte vorwärts. »25. Februar, zwei Tage bevor Dr. Brädl mit seiner Lebensgefährtin von der Südafrikasafari zurückkam. Am späten Abend fehlen zweimal zwei Minuten – genug, um jeweils einmal ungesehen die gesamte Straße entlang zu gehen. Und zwischen den beiden Lücken liegen fast zwei Stunden.«

Jaczek hat es schon verstanden, dachte sich Behütuns. Und in zwei Stunden kann der Täter in aller Ruhe diese Maschine so umpolen, dass der, der sie bedient, einen tödlichen Schlag bekommt. Und kann vielleicht auch eine andere Sicherung einschrauben. Der Täter kommt also aus der Straße – oder er kommt wieder aus dem Wald hinten und geht die Straße entlang. Auf jeden Fall kommt er zu Fuß und geht auch wieder so.

»Und gestern?«, fragte Cela Paulsen, schon ziemlich ungeduldig.

Jaczek sah sie hilflos, fast ein wenig fassungslos und mit einer Spur Empörung an.

»Von gestern hab ich keine Aufzeichnungen ... habt ihr die schon?«

Sie würden sich die Aufzeichnungen besorgen, Frau Klaus ging schon zum Telefon.

Behütuns brummte der Kopf. Er brauchte das alles noch einmal sauber strukturiert. Den anderen erging es kaum besser. Das war zu viel auf einmal, immer etwas denken, was nicht da ist. Doch Jaczek hatte schon alles gemacht. Ohne jeden Triumph, wie selbstverständlich, legte er ein Chart mit seinen Rekonstruktionen auf den Tisch. Schematisch dargestellt. Hier hatten sie es übersichtlich schwarz auf weiß und visuell auf einen Blick.

»Pongratz oder Langguth«, sagte der Kommissar.

»Leergut«, reimte Cela unvermittelt.

»Was ›Leergut‹?«, fragte Behütuns.

»Der Langguth, wenn er es war, sorgt dafür, dass die Häuser in gewisser Weise leer sind, also frei und zum Verkauf. Dafür hilft er ein wenig nach und macht dann seinen Schnitt, indem er sie vermittelt. Die Häuser sind für ihn leer gut ...«

Jaczek hatte die ganze Zeit geschwiegen und nachgedacht. Jetzt sagte er nachdenklich: »Ich versteh das nicht ... ich meine, das Motiv klingt ja ziemlich plausibel ... aber: Hat der nicht ausgesorgt, dieser Langguth? Der ist doch Seniorchef, der hat's doch ganz fett ...«

»In die Leute schaust du nicht rein«, meinte Peter Dick.

»Aber die ticken doch alle nur nach Geld. Und wenn du dein

ganzes Leben versucht hast, das Maximum zu erzielen, also immer die möglichst meiste Kohle ... dann kann ich mir schon vorstellen, dass du keine Gelegenheit auslässt.«

»Also die blanke Gier«, kommentierte Jaczek. »Ich glaub das nicht. Lass uns das doch noch mal der Reihe nach ... ich will es ja nur verstehen ...«

Ganz typisch Jaczek. Immer noch mal, noch mal, noch mal und vielleicht irgendwo noch einem Fehler suchen. Und dann auch finden, ganz klar, dachte Behütuns.

»Also los«, begann Peter Dick. »Die Spuren am 11. Dezember. Da parkt die Corvette vor dem Anwesen Langguth. Dann kommt der Schneeräumdienst, dann fährt die Corvette los, dann ist sie verschwunden.«

»Vermutlich im Anwesen Langguth«, ergänzte Behütuns.

»Das heißt«, sagte jetzt Cela Paulsen, »der Tierfutterfabrikant Lubig kommt mit seiner Corvette zu Herrn Langguth, der erschlägt ihn, fährt die Corvette auf sein Grundstück, lädt Lubig, also seine Leiche, ein und fährt mit der Corvette weg ...«

»... entsorgt das Auto mit dem Lubig in der Kurve ...«, führte Kommissar Behütuns fort, »... verliert, zu blöd für ihn, sein Taschentuch ...«

»... was erst die DNA-Probe beweisen muss!«, schob Jaczek gewohnt kritisch dazwischen.

»... und geht dann wieder irgendwie nach Hause.«

»... oder durch den Schnee zu Fuß nach Gleisenhof.«

Cela Paulsen hatte das gesagt.

Das Häuschen in Gleisenhof! Das hatte Behütuns komplett vergessen, ausgeblendet. Aber das machte Sinn!

».... das er sich dann von Pongratz geliehen hat oder so ... sich vielleicht den Schlüssel ... was weiß ich.«

Irgendwie war es hier dünn, das spürte er. Verdammt dünn. Alle spürten das.

»Unsinn«, sagte Behütuns, »wir wissen nicht, wie und wann er zurückgekommen bzw. von dort weggekommen ist. Das mit dem Häuschen in Gleisenhof ist reine Hypothese.«

»Das mit dem Langguth auch«, warf Jaczek ein, und er hatte verdammt recht damit, irgendwie war das im Moment allen klar. »Das könnte alles genauso auch der Pongratz gewesen sein. Oder überhaupt niemand aus der Siedlung. Irgendjemand, der immer von hinten über den Waldweg gekommen ist zum Beispiel.«

Verdammte Scheiße!, dachte Behütuns.

»Aber das Motiv?«, warf er noch einmal ein. »Der Langguth hat ein ganz eindeutiges: Kohle, Provisionen, und das nicht zu knapp bei den Werten, die da über den Tisch gehen. Da macht der bestimmt 'ne Viertelmillion mit.«

Jaczek schüttelte den Kopf. »Chef, du tust gerade das, was du uns immer predigst, nicht zu tun: Du denkst vom Motiv her, nicht von den Fakten.«

»Hmm.«

»Und wenn man so denkt, verdreht man die Fakten.«

»Jaa, jaa, jaa.«

Jaczek hatte ja so recht. Außerdem – Langguth war ein alter Mann. Wie sollte der mit einem wie dem Endraß und dem Lubig fertig werden? Und wenn doch Dr. Brädl ...? Auch da sprach einiges dafür. Jedoch von wem waren die Härchen?

Da kam die Meldung rein: Sie hatten Langguth verhaftet. Er saß in Zürich bei der Polizei.

Ich weiß darüber nichts.
Jean-Paul Sartre, *Bewußtsein und Selbsterkenntnis*

38. Kapitel

»Keiner zu Hause«, stellte Behütuns lapidar fest. Sie hatten jetzt dreimal geklingelt, und nichts hatte sich getan – außer, dass sie sicher von irgendeiner Überwachungskamera eingefangen und jetzt auf dem Server von SASEN gespeichert waren.

Sie standen vor dem Anwesen Pongratz.

»Und jetzt?«

Behütuns zuckte mit den Schultern. »Lass uns mal schauen.«

Er hatte keinen Plan, ging einfach los, Richtung Wald. Er wollte zu gerne einfach in das Haus hinein, der Staatsanwalt aber hatte ihm keinen Durchsuchungsbeschluss ausgestellt. Verdachtslage zu dünn. Der Depp. Trotzdem hatte er sich Frau Paulsen geschnappt und war hier herausgefahren, in der blinden Hoffnung, Pongratz anzutreffen und ihn mit den Fakten zu konfrontieren. Dann hätte sich schon etwas ergeben. Aber jetzt? Nichts, keiner da, nur Fehlanzeige. Inzwischen hatten sie das Waldstück erreicht, hatten die abgeschotteten Wohnschlösser hinter sich gelassen. Kommissar Behütuns blieb stehen und atmete tief ein. Der Wald duftete schon! Nach nur vier Tagen Wärme. Ein bisschen Rinde, ein wenig Erde, ein bisschen Moos und Mulch. In ein paar Tagen würde er noch intensiver duften, vor allem wenn es einmal regnete. Das ist auch etwas, das im Winter fehlt, wurde ihm bewusst. Nicht nur das Licht, sondern auch der Geruch. Alles zog sich im Winter zurück. Farben, Gerüche, Licht, Temperaturen, Vogelgesang …

»Friedo?«

Das hatte Cela Paulsen noch nie gesagt! So hatte sie ihn noch kein einziges Mal angesprochen, hatte die Anrede immer versucht zu umschiffen, das war ihm schon aufgefallen. Hatte immer entweder nur »du« gesagt, so im Zusammenhang, oder hatte ihn, wie die anderen meist auch, einfach »Chef« genannt. Friedo! Wie zärtlich das aus ihrem Mund klang! Er drehte sich zu ihr hin.

»Ja?«

Cela Paulsen schien selbst für einen Moment etwas verunsichert, oder täuschte er sich? Doch, es war ihr genauso aufgefallen wie ihm. Ob sie jetzt etwas Bestimmtes dachte? Oder ob sie mutmaßte, dass er etwas Bestimmtes dachte?

Wie bescheuert der Umgang der Menschen manchmal ist.

Sein Telefon klingelte.

Dick.

»Ja?«

»Halt dich fest!«

»Geht nicht, ich stehe gerade im Freien.«

»Dann lehn dich irgendwo an.«

»Red keinen Scheiß jetzt, was ist los?«

»Weißt du, was der Pongratz macht?«

»Wie macht? Jetzt grad? Keine Ahnung, er ist auf jeden Fall nicht zu Hause, zumindest macht er nicht auf.«

»Nicht, was er jetzt im Moment macht, sondern sonst. Beruflich.«

»Import – Export irgendwie. Maschinen, wenn ich mich recht erinnere.«

»Stimmt. Aber er macht noch etwas anderes.«

»Was?«

»Bin ich gerade erst darauf gestoßen. Erzählt er auch nicht, führt er nicht als Berufsbezeichnung, hält er öffentlich unter dem Deckel.«

»Was macht er denn jetzt?«

»Ich sag doch: Halt dich fest.«

»Schluss jetzt, Dick, spuck's aus!«

Dick machte noch mal eine kleine Pause, wollte die Spannung ganz bewusst weiter erhöhen. Dann ließ er es raus:

»Unternehmenstransfers.«

Behütuns' Kopf ratterte. Unternehmenstransfers ... Das könnte das gleiche Motiv sein wie Immobilienvermittlung, wenn ...

»Und er transferiert *unsere* Unternehmen? BEE? MALU und so?«

»Jep. Arbeitet mit einer Kanzlei zusammen und vermittelt die Transfers. Fädelt sie ein und kassiert.«

Behütuns war baff. Warum waren sie darauf eigentlich nicht gekommen? Wäre doch naheliegend gewesen, oder? Ja, wenn man es hat, dachte er. Hinterher ist alles einfach. Immer.

»Wie bist du da drauf gekommen?«

»Ich hab mit MALU Tierfutter telefoniert, mit BEE, mit Halupan Bodenbeläge. Wegen der Häuser, was damit passiert. Wer die kriegt und was die damit machen. Hab mich ganz einfach dumm gestellt.«

»Und?«

»Das ist der Langguth, der sich darum kümmert, da hast du schon recht gehabt. Der vermittelt das. Alle.«

»Und die Unternehmen macht der Pongratz?«

»Ja, war nur so 'ne Frage von mir bei MALU. Wollte wissen, wie es mit der Firma weitergeht.«

»Das heißt, die machen gemeinsame Sache?«

»Keine Ahnung. Da gibt es noch keinen Hinweis drauf.«

Wieder entstand eine kurze Pause, Behütuns dachte nach, Dick wartete.

»Dick?«

»Hm?«

»Hast du 'ne Ahnung, wo der gerade ist?«

»Wer?«

»Pongratz.«

»Der hat heute einen Termin in Österreich. Wattens. Wegen BEE, das haben die mir gesagt. Ist wohl eine entscheidende

Sitzung. Da gibt es auch so einen Glasperlenhersteller, riesengroß. Bei BEE sind sie schon alle ganz aufgeregt, ob das was wird. Geht ja um ihre Zukunft. Swanoski oder so heißen die, Swarkowski ...«

»Swarowski«, verbesserte Cela Paulsen leise dazwischen, die das Gespräch halbwegs mitgehört hatte. Das Unternehmen war ihr sofort ein Begriff.

»... würde denen auf jeden Fall gefallen, weil es gut passen würde.«

»Das heißt, der kommt heute nicht mehr?«

»Nicht in den nächsten drei, vier Stunden.«

»Okay, danke, Dick! ... Halt, warte!«

»Ja?«

»Versuch bitte sofort noch einmal, einen Durchsuchungsbeschluss für den Pongratz zu kriegen.«

»Da hab ich wenig Hoffnung ...«

»Versuch's, wir haben eine neue Faktenlage.«

Behütuns wartete keine Antwort mehr ab, klappte das Handy zu und steckte es wieder ein. Dann kramte er es sofort wieder hervor, suchte eine Nummer im Verzeichnis und drückte den Wahlknopf.

Wartete.

»SASEN Safety Service Nürnberg, Sie sprechen mit Frau ...«

»Behütuns hier, Kripo, schon wieder.«

»Herr Behütuns, hallo. Ich habe Sie schon gesehen ...«

»Hören Sie, Frau Ende, ich muss Sie darüber informieren, dass ich einen Durchsuchungsbefehl habe. Für das Anwesen Pongratz. Wegen Mordverdacht.«

»Und da kommen Sie alleine? Also nur mit Ihrer jungen Kollegin?«

»Nein, der Beschluss liegt im Büro, er ist noch ganz frisch, und ich habe es gerade erst erfahren. Anruf eines Kollegen.«

»Und?«

»Ich will jetzt nicht warten.«

»Ja und?«

»Ich will Sie nur informieren: Ich gehe jetzt dort hinein. Dass Sie nicht die Polizei holen, wenn Sie mich dabei sehen, wie ich vielleicht über den Zaun steig.«

»Sie sind ja die Polizei.«

»Was?«

»Warum sollte ich die Polizei holen, wenn die Polizei in das Haus ...«

»Verstehe.«

»Das macht doch keinen Sinn, oder?«

Frau Ende lachte am anderen Ende. Behütuns lachte mit. Puh. Das war jetzt frech gewesen. Aber es hatte geklappt.

»Ich danke Ihnen!«

»Nichts zu danken.«

Behütuns legte erneut auf, steckte sein Handy ein.

»Alles klar?«, fragte er Cela Paulsen.

Die schüttelte den Kopf.

»Aber du hast alles mitgekriegt?«

»Jedes Wort.«

»Also: Gehn wir!«

»Nein.«

Da klingelte sein Handy schon wieder. Frau Klaus.

»Was gibt's denn noch?«, bellte er etwas ungeduldig pampig ins Telefon.

»Chef?«

»Ja?«

»Mein Freund ist gerade da.«

»Der Ober? Wurde ja auch langsam Zeit.«

Frau Klaus überging auch die zweite Pampigkeit, ging überhaupt nicht darauf ein. Völlig ungewöhnlich eigentlich für sie. Normal wäre sie jetzt fürchterlich eingeschnappt. Es musste also etwas sehr Wichtiges sein. Aber Klaus sagte nichts.

»Klaus, was ist los?«

Da platzte er damit heraus: »Der Typ aus dem Café ist Pongratz. Janis Pongratz.«

»Der, der in der Nähe von Schwartz und Altenfurth gesessen hat?«

»Ja!«

Das war jetzt so richtig jubilierend-triumphierend gekommen.

»Und eindeutig identifiziert?«

»Chef, wenn ich dir das sage ...«

Uiui, Frau Klaus wird schon fast ein wenig hochnäsig, zuckte es Behütuns durch den Kopf. Aber hat sie sich auch verdient!

»Dann ist ja ...«, überlegte er laut und versuchte, ganz schnell die Fakten zu ordnen. Die Information entfaltete gerade erst ihre ganze Kraft und haute ihn wirklich um! Er war fast aus dem Konzept. »... dann ist ja ...«, wiederholte er, »... dann sind ja ... die Fingerabdrücke von dem Bratwurstgeschirr ... die sind identisch mit denen von der Zwille ... und die DNA ist die von dem Taschentuch ... und ...«

»Ja, Chef«, kam es nur ganz sachlich von Klaus.

Behütuns war ein wenig durcheinander. Das war zu viel auf einmal. Er bekam gerade noch ein »Danke« heraus, dann steckte er das Handy wieder ein.

Zwei Sekunden später hatte er sich wieder gefangen. Sah Cela Paulsen an, die nickte nur, sie hatte alles gehört.

»Dann haben wir ihn ja«, sagte sie nur kurz.

»Also gehen wir!«

»Wohin?«

»Pongratz besuchen.«

»Du meinst in das Haus?«

»Ja, gehen wir.«

Cela Paulsen sah ihn ernst an. Dann sagte sie sehr bestimmt:

»Nein.«

»Warum nein?«, fragte Behütuns zurück, gespielt ahnungslos, aber er wusste ganz genau, warum.

»Weil wir keinen Durchsuchungsbeschluss haben«, sagte sie. »Das ist ungesetzlich, und wir dürfen das nicht tun.«

Natürlich hatte sie recht. Der Durchsuchungsbeschluss aber war jetzt wirklich nur eine Frage der Zeit, und sie waren nun schon einmal hier. Außerdem musste er die Gelegenheit nutzen, sein Tatendrang musste irgendwohin, und Frau Ende von SASEN spielte auch mit. Warum also verdammtnochmal warten?

»Du hast absolut recht, Cela«, antwortete der Kommissar langsam, »ist absolut korrekt, aber ich gehe trotzdem. Bleib du dann am besten hier draußen und warte. Ich werde nicht lange brauchen.«

»Nein«, sagte Cela Paulsen, genauso ruhig und bestimmt wie vorher. »Ich werde nicht Schmiere stehen, während du dort hineingehst.«

»Was wirst du dann machen?«

»Ich werde von nichts wissen und zurück ins Präsidium fahren.«

Das war ihr letztes Wort, daran ließ sie keinen Zweifel. Alle Achtung, dachte sich der Kommissar, aber sein Entschluss stand fest. Er würde in das Haus eindringen.

Sie waren, während sie gesprochen hatten, den Waldweg wieder zurückgegangen und hatten die Grundstücksgrenze des Pongratzschen Anwesens erreicht. Behütuns sah an dem Zaun, der das Grundstück zum Wald hin abgrenzte, entlang.

»Ich werde hier einmal sehen, ob ich dort irgendwo hineinkomme«, sagte er.

Dann trennten sich ihre Wege.

**Und wo ziehen wir die Grenze,
wo beginnt die »Unwahrscheinlichkeit«?**
Karl Popper, *Logik der Forschung*

39. Kapitel

Kommissar Friedo Behütuns musste nicht lange suchen, er fand, was er gehofft hatte zu finden: ein rückwärtiges Tor im Zaun zum Wald, vielleicht von früheren Bewohnern geschaffen, um mit dem Hund hinauszukönnen. Er sah sich noch einmal um, ob jemand schaute, Cela war nicht mehr zu sehen – Cela. Sie hatte ihn Friedo genannt! –, dann erklomm er die Tür. An den Quer- und Versteifungsstreben fand er mit Händen und Füßen sehr guten Halt. Eigentlich eine Einladung zum Einbruch, dachte er, wenn nicht vom Haus her den Weg entlang eine Kamera auf ihn gerichtet gewesen wäre. Drüben angekommen klopfte er sich kurz die Hosen aus und winkte zur Kamera. Ob Frau Ende ihn gerade beobachtete? Es war ihm egal. Aber er hatte einen Gedanken: Wenn bei SASEN ständig jemand vor den Bildschirmen saß und die Straße beobachtete – vielleicht hatte diese Person etwas gesehen? Unwahrscheinlich aber, dass sie sich daran erinnern konnte. Es ist ja nicht ungewöhnlich, wenn ein Auto hält und jemand aussteigt oder jemand den Gehsteig entlangläuft, dachte er weiter. Es liegt auch alles schon viel zu weit zurück. Hatte Neuner vielleicht etwas bemerkt? Oder konnte Pongratz – und der musste es gewesen sein! – in die Überwachung eingreifen und sie außer Betrieb setzen, für die gesamte Straße? Dass die Kameras dann nur Standbilder übertrugen? Das würde in der Zentrale kaum auffallen, gerade nachts. Denn da ist sowieso nichts los. Die Überlegung brachte ihn nicht weiter, außerdem: Auf seinen Rechnern würden sie die entsprechenden Hinweise schon finden. Fest schien für ihn nur zu stehen: Pongratz hatte die

Bilder wahrscheinlich auf jeden Fall auch im Nachhinein manipuliert, und zwar sekundengenau, um die Übergänge so unsichtbar wie möglich zu halten. Wahrscheinlich auf jeden Fall ... wieder so eine unmögliche Sprach- und Denkfigur, tadelte ihn sein Hirn. Um das zu vertiefen aber war keine Zeit.

Er huschte den Weg entlang zum Haus hin, sah zu den Fenstern hinein und betrat die hintere Terrasse. Die Türen waren alle verschlossen. Drinnen der Glastisch mit den Laptops, Trainingsgeräte, Ledersofa. Ums Haus herum gelangte er zur Vorderseite des Gebäudes und schlüpfte in die Garage, ihr Tor stand sperrangelweit offen. Und es war, wie er es sich gedacht hatte: Der Durchgang von der Garage zum Haus war zwar versperrt, der Schlüssel aber war in Griffweite deponiert. Nicht unter einem Blumentopf, auch nicht unter dem Abstreifer, aber oben auf dem Sims des Türrahmens. Dort lag er flach hingelegt. Verstecke für Schlüssel sind selten kreativ, selbst in den besten Kreisen. Das beste Sicherheitsschloss nützt dir dann nichts.

Dann war er im Haus.

Keine zehn Minuten später hatte er gefunden, wonach er gesucht hatte: die rote Mappe. Dieser Pongratz musste sich unglaublich sicher fühlen. In der Eingangshalle nämlich standen zwei Stapel Umzugskartons, in denen hatte Behütuns gesucht. War erst in der Wohnhalle mit dem gläsernen Schreibtisch gewesen und hatte sich umgesehen, dann aber hatte er diesen Gedanken gehabt: Pongratz hatte von Gleisenhof aus geplant, nicht von zu Hause. Dafür hatte er wahrscheinlich auch das Häuschen dort gemietet. Damit, sollte etwas schief gehen, man bei ihm erst einmal nichts fände. So ticken solche Menschen. Das Häuschen aber hatte er jetzt räumen müssen, und die Wahrscheinlichkeit war hoch, dass die Umzugskartons von dort stammten. Behütuns hatte sich nicht getäuscht.

Was sollte er jetzt noch hier? »Unternehmensberatung Altenfurth – Schwartz« stand auf der Mappe. Und »Urgent Projects«. Wie plump und banal. Es war, das zeigte die erste

Seite, die er kurz überflog, eine Auflistung verschiedener Unternehmen, die von Einzelpersonen geführt oder in deren Besitz waren – von Einzelpersonen ohne direkte familiäre Nachfolger bzw. Vertreter. Ohne Ehefrau oder -mann, ohne Kinder. Und immer mit einem Aufriss einer von Altenfurth skizzierten Strategie, wie diese Situation gelöst werden könnte, um das Überleben der Unternehmen sicherzustellen, sollte diesen Personen etwas zustoßen. Nachfolgeregelung wurde das hier genannt, unter ganz besonderen Vorzeichen. Strategische Planung war ein wichtiges Stichwort, das immer wieder auftauchte. Auch die Möglichkeiten der Veräußerung wurde angesprochen, an Investoren im In- und Ausland. Er überflog das alles nur mit einem ersten Blick, wollte nur sicher gehen, dass dies die Mappe war. Sie würden sich das später und in aller Ruhe ansehen. Im Detail.

Darüber also hatten Professor Altenfurth und Doktor Schwartz geredet, und Pongratz hatte sie dabei belauscht. Seine Schlüsse gezogen, seine Chancen darin gesehen und entschlossen und schnell gehandelt. Erst einmal. Also Altenfurth und Schwartz ermordet, um an diese Dokumente zu kommen. Und dann fast drei Monate geplant, so stellte sich Behütuns das vor. Auf den Winter gewartet, damit Gras über die Sache wuchs, auf den ersten Schnee vielleicht – ja, so machte die Sache Sinn. Aber auf den Winter zu warten, damit Gras über die Sache wächst, war unsinnig gedacht, wollte sein Hirn schon wieder eine Diskussion anzetteln. Behütuns unterdrückte sie. Auf jeden Fall: Hier lag noch eine ganze Menge Arbeit vor ihnen, noch war der Fall nicht rund. Warum steckten Langguth und Pongratz unter einer Decke? Wie hatten sie sich abgesprochen und warum? Warum vermakelte der Langguth die vakanten Häuser und Pongratz die Unternehmen? Der eine machte das Leergut und der andere … ?

Es klingelte. Behütuns zuckte zusammen. Fast gleichzeitig schlug sein Handy an, Vibrieren in der Tasche, ein zweiter Schreck. Er schnaufte durch.

»Ja?«

»Chef, mach auf, wir sind's. Wir stehen vor der Tür. Mit dem Durchsuchungsbeschluss.«

Peter Dick, Jaczek, Paulsen und mindestens noch zwanzig Mann für die Hausdurchsuchung.

Behütuns ließ sie herein.

»Das Wichtigste hab ich schon!«, empfing er die Truppe an der Tür und zeigte die rote Mappe.

»Sie war also keine Chimäre«, sagte Dick, »es gab sie wirklich.«

Janis Pongratz wurde von den österreichischen Kollegen noch in Wattens verhaftet, beim Dinner mit den Glasperlenleuten nach den Verhandlungen. Man war gerade erst beim Aperitif. Amtshilfe auf dem kurzen Dienstweg. Das Haus hatte man gründlich durchsucht, Computer und Festplatten beschlagnahmt, etliche Spuren gesichert, darunter einen Fladen persisches Enthaarungswachs mit etlichen kurzen Härchen, aufbewahrt in einer Schachtel zusammen mit einer Pinzette.

> Man wechselt ein paar Worte,
> vielleicht über das Wetter,
> schüttelt sich die Hand
> und verabschiedet sich wieder:
> »Guten Weg.«
> Frédéric Gros, *Unterwegs*

40. Kapitel

»Schöne Ortsnamen habt ihr hier«, bemerkte Cela Paulsen, als sie wieder einmal einen Wegweiser las. »Birnbaum« stand darauf. Kurz vor dem Ort aber bog Behütuns ab und lenkte den Wagen nach rechts auf eine in leichten Kurven hangabwärts führende Straße. Vor ihnen senkte sich weit hügeliges Land in Grün und Braun, immer wieder fleckenartig durchsetzt von kleinen Waldstücken und Baumhainen, durchzogen von Reihen kopfweidenbestandener kleiner Bachläufe, die im Talgrund in eine Kette kleiner Fischweiher mündeten. Er hatte sie in das Land zwischen Höchstadt und Neustadt kutschiert – mit einem ganz besonderen Ziel. Jetzt verlangsamte er die Fahrt und hielt schließlich an.

»Seht ihr ihn?«, fragte er.

»Was?«

»Wen?«

»Wo weht die Frankenfahne?«, fragte der Kommissar zurück, als hätte er Kinder im Wagen. Jetzt sahen sie es. Klein und in vielleicht einem Kilometer Entfernung wehte sie am Westhang eines Hügels gegenüber zwischen Obstbäumen im schrägen Sonnenlicht. Dahinter und darunter rechts ein kleiner Ort, unter den Bäumen Bierbänke, vereinzelte Farbtupfer: Menschen.

»Dort fahren wir hin.« Eine ganz eigene Gespanntheit ging von Behütuns aus. Wie Vorfreude oder Nachhausekommen. Er setzte den Wagen wieder in Bewegung.

Zwei Wochen waren inzwischen vergangen, Mitte März war überschritten, das Wetter spielte mit, und Langguth war längst wieder auf freiem Fuß. Es war am späten Nachmittag, die Sonne schien schon frühlingswarm, da stand Kugler plötzlich wieder in der Tür, der dicke Landpolizist. Kam einfach so rein, stellte sich hin und fragte frech:

»Und?«

Behütuns war zuerst gar nicht im Film, er hatte so viel um die Ohren gehabt die letzten Tage. Verhöre, Befragungen, Recherchen. Jetzt war der Fall gelöst. Pongratz hatte auf Anraten seines Anwalts endlich alles gestanden. Die Tage waren noch ziemlich aufregend gewesen. Nun wollten sie hinaus in einen Biergarten, Behütuns, Paulsen, Dick. Behütuns wollte sein Gelübte einlösen, den Frust des langen Winters runterspülen und endlich wieder Bier! – und jetzt kam der!

»Was und?«

Der Dicke stand nur da und lachte.

»Habt ihr was?«

»Was ›was‹?«

»Ich sag nur«, und dann flötete er oder sang es fast, nahm dazu die Arme auseinander und den Kopf hoch. Es klang fast wie das »Lavendel« aus der alten Vernellwerbung: »Cor - vet - te.«

Da musste Behütuns lachen. Fast hätte er »Oleander, Jasmin« hinterhergesungen.

»Sieht ganz so aus«, blieb der Kommissar vage.

»Habe ich's doch gewusst!«, triumphierte Kugler. »Darauf sollten wir eigentlich eins trinken gehen, oder? War schließlich mein erster Fall.« Er legte seinen Kopf leicht schief und auf die Brust und sah aus seinen lustig blitzenden Augen seitlich durch die Augenwinkel wieder hoch. Der Kerl bedeutete mit seinem ganze Körper: Na? Und der Körper war wirklich gewichtig, entsprechend die Aufforderung auch. Da konnte Behütuns nicht nein sagen. Dick und Paulsen ging es nicht anders.

Also nahmen sie ihn mit.

Und es wurde ein langer Abend, irgendwie war das Team entspannt.

»Ja, schöne Ortsnamen haben wir hier«, griff er die Bemerkung von Cela Paulsen wieder auf. »Und fast in Sichtweite von hier noch viel schönere«, fügte er an. »Zum Beispiel Göttelhöf und Göttelbrunn, Biengarten, Gottesgab.« Er sprach wie von geweihter Erde, wie von göttlichem Land. Und er empfand das auch so. »Und auch die Bäume haben wir hier in den Ortsnamen: hier Birnbaum, drüben Weidendorf ... und ...«, dabei zeigte er auf das Ortsschild, an dem sie gerade vorüberrollten: »... Linden!« Längs der kleinen Senke, in die der Ort sich schmiegte, fuhr er am Löschweiher vorbei und dann ein einspuriges Sträßchen schräg hügelan. Dort parkte er den Wagen. Ganz normale Autos standen hier, keine einzige dieser aufgeblasenen Burgen der Geltungssüchtigen. Keine Kuhsiebens und Icksfünfs, keine aufgeblasenen Froschporsches, die unter Volllast mit einer Tankfüllung keine 100 Kilometer schafften, wie der ADAC es verlässlich getestet hatte, keine Mercedespanzerspähwagen oder sonst welche Krankenfahrzeuge für Selbstwertverkümmerte. Nichts mit handgeschnitzten Mahagoniarmaturen oder mundgegerbtem Froschfotzenleder. Das war doch ein gutes Zeichen! Fords standen hier, in die Jahre gekommene Mazdas, Opels und Hondas – abgenudelte Schüsseln, vielfach voller Dreck, die meisten sowieso als Kombis. Autos, die gebraucht waren und wurden. Mit denen man von A nach B fuhr, weil man es musste, und auch mit Material oder Zeug. Sand, Mörtel, Einkäufe, Holz. Nutzfahrzeuge, geheiligt durch ihren Zweck. Auch nicht in Schwarz, Weiß oder Silber, sondern in Grün, Blau, Rot, verrostet. Völlig unzulässige Farben. Und verschrammelt, verbeult, verkratzt. Anzugvolk mit gestärkten Hemdkrägen fand hier nicht her, Gottseidank. Denn hier gab es keine Tagungs- oder Seminarräume, keine Eventgastronomie, keine Küche mit Stern.

Hier gab es Bratwurst und Bier. Ganz reell. Aber vom Feinsten. Rohe Holzbänke, im Sommer Schatten und einen herrlichen Blick ins Tal. Seele, was brauchst du mehr?

Cela Paulsen blieb am Zaun oben stehen und sah sich das an. Sie war richtiggehend entzückt – nicht albern oder aufgesetzt, wie es die heutige Wortbedeutung oft suggeriert, sondern tatsächlich wie andächtig und geistig entrückt. Das nämlich bedeutete einmal Entzückung. Man konnte förmlich sehen, wie sich ihre Seele freudig in das Land legte. Schmiegte.

Kugler sagte nur: »Schee ...!«

Bierbänke standen hier unter Obstbäumen, Apfel und Zwetschge der Rinde nach. Und vor dem Ausschank stand ein alter Birnbaum. Laublos die Bäume noch, doch auch hier turnten schon überall Meisen. Oder zeigten sich doch schon erste Laubspitzen? Egal. Schräg schien die Abendsonne zwischen die knorrigen Äste und flutete unten das Land. Leuchtend grün auf den Äckern die Wintersaat.

An den Tischen nur wenige Menschen, fünfzehn vielleicht oder zwanzig. Die Bier tranken und redeten oder nicht. Die vier holten sich Bier, im Ausschank auf dem Tisch ein Holzfass, aus dem es gezapft wurde. Keine Zapfanlage, keine chromglänzende Armatur. Zwei Euro kostete das Bier.

»Wer fährt?«, fragte Friedo Behütuns. Er selbst würde heute trinken. Peter Dick erklärte sich bereit. Zwei Bratwürste nahmen sie jeder, dann suchten sie sich einen Platz. Der Senf hier noch aus einem Eimer, nicht portioniert in den Plastiktäschchen, in denen immer zu wenig war. Er kostete auch nicht extra. Die Bierbänke unter den Bäumen waren fest im Boden verankert, mit Lehnen und genügend Platz zum Sitzen. Tische und Bänke aus rohem Holz – und die Sitzflächen erfreulich hoch. Hier weiß man noch, wie man sitzt, dachte sich Friedo Behütuns.

Dann saßen sie und aßen. Cela Paulsen sah sich um.

»Das also ist so ein Keller?«, fragte sie.

»Biergarten«, korrigierte Behütuns. Soviel er wusste, war hier nie Bier gebraut worden. Und dieser Garten hatte auch keine Tradition, es gab ihn erst seit zehn, zwölf Jahren. Aber ein Beispiel dafür, wie man auch heute noch Schönes erschaffen konnte – Neues, das auf Bewährtes baute. Keine aufgesetzte Möchtegern- und Konzeptgastronomie, einfach ein schöner Ort und Bier. Mehr braucht man nicht, wenn man normal ist.

An Obstbaumästen hingen alte Autoreifen als Schaukeln für die Kinder, ein alter Traktor rostete platt vor sich hin, auch für die Kinder abgestellt zum Spielen, am Traktor hinten dran ein Hänger, auch die Reifen platt. Am Zaun entlang gestapeltes gesägtes Obstbaumholz, und unten im Talgrund glänzten die Weiher im Gegenlicht. Einspurige Straßen lagen böschungslos in der Landschaft wie ausgerollt und führten irgendwohin, eine Frau führte dort unten ihren Hund spazieren, und Baumreihen markierten Feldraine. Am Himmel eine erste Lerche! Im leichten Dunst drüben der Kirchturm und die Dächer von Birnbaum. Behütuns zeigte es Cela Paulsen, das Dorf mit dem schönen Namen. Dann holte er sein zweites Bier. Wie gut das tat, nach so vielen Wochen Abstinenz. Grenzenlose Leichtigkeit breitete sich in ihm aus.

»Erzählt doch mal«, fragte der Dicke irgendwann.

Behütuns sah ihn an.

»Der Reihe nach?«, fragte er im Spaß. Das Bier machte so friedlich.

»Das kriegen wir nicht mehr hin«, schüttelte Dick den Kopf. »Das ist zu kompliziert.«

»Dann macht es einfach – so, dass ich's versteh«, sagte Kugler. »Prost!« Nahm seinen Krug und einen tiefen Schluck.

»Denn«, fügte er an und lachte, »mein Body ist zwar groß, mein Kopf hingegen ...«

Cela Paulsen lachte, der Kerl war ihr sympathisch.

»... faul«, beendete der Dicke seinen Satz.

»Okay, ich fang mal an«, sagte Behütuns, dem das Spaß machte. »Wir haben einen Taubenhasser ...«

»... und Computer- und Netzwerkexperten ...«

»... mit einem großen Lebensstil ...«

»... der ständig Geld benötigt.«

Cela Paulsen hatte inzwischen die Teller zusammengestellt und auf die Seite geschoben. Von der Zaunecke her schimpfte ein Rotkehlchen. Fast schneidend die lautkurze Strophe.

»So können wir nicht weitermachen«, unterbrach Behütuns, »das kriegen wir nicht hin. Also ich fang noch mal an. Herr P. hasst Tauben. Sie sitzen immer bei ihm in den Bäumen und gurren blöd herum, so wie er sagte. Also baut er sich eine Schleuder, um auf sie zu schießen.«

»*Meine* Schleuder?«, fragte Kugler dazwischen.

»Ja. An einem Nachmittag sitzt er im *Starbucks* und hört ein Gespräch mit an.«

»Es geht um Unternehmen, die dringend etwas brauchen: Nachfolgeregelung. Weil sie von Einzelpersonen geführt werden, die keine Nachkommen haben. Tödlich für die Firmen, wenn den Personen etwas zustößt, wie der Berater dieser Unternehmen weiß. Er hat auf einer Chinareise von seinem Kundenkreis eine Zusammenstellung solcher Unternehmen angefertigt und sieht darin ein riesiges Geschäft.«

»Ja, das bespricht er mit seinem neuen Kompagnon im *Starbucks*. Und hat auch eine Liste dieser Unternehmen dabei.«

»Und die Geschäfte dieses P. gehen gerade nicht besonders gut, ja eigentlich ziemlich schlecht. Und er schaltet schnell: Kommt er an diese Liste, steht ihm die Welt wieder offen.«

»Und deshalb bringt der alle um?«, fragte der Dicke. »Das ist doch abenteuerlich!«

»Nicht in der Welt des Geldes«, sagte jetzt Behütuns nachdenklich, »denn Geld ist diabolisch, wenn man ihm verfallen ist.« Er machte eine kurze Pause und nahm einen Schluck.

»Ah, tut das gut! Wo waren wir? Ach ja, beim Geld. Geld macht immun gegen die Wirklichkeit, also auch gegen Menschen, Menschlichkeit.«

»Versteh ich nicht«, sagte der Dicke.

»Geld macht brutal und gnadenlos, macht asozial«, sagte Behütuns, »ich versteh's ja auch nicht recht. Der Psychologe hat uns das gesagt, unser Dr. Hartung, genau so, wie ich es jetzt hier erzähle. Er sieht darin die Triebkraft von Herrn P. Und irgendwie hat er schon recht, auch wenn ich's nicht richtig verstehe. Doch wenn's ums Geld geht, gibt's nur Streit – sogar in den Familien, das kennt jeder. Da braucht es bloß mal um eine Erbschaft gehen, dann schlagen sie sich die Köpfe ein. Dann keimt der Hass auf und der Neid. So geil ist Habsucht, Geiz. Die Menschen kriegen ja schon wegen zehn Euro eine auf die Birne. Die Größe zum Verzichten hat doch keiner mehr. Und wenn's ums große Geld geht, geht man über Leichen. Setzt Leute auf die Straße, beutet Länder aus und bringt die Nachbarn um.«

»Und das kommt noch dazu«, klinkte sich jetzt Peter Dick mit ein, »das hat er auch gesagt: Der Mensch will immer mehr, kann nicht zurück. Er definiert sich nur noch über Geld, materielle Werte, Wohlstand und Besitz, und jeder Schritt zurück ist dann eine persönliche Niederlage. Das, was ich habe, bin ich, so denkt heute der Mensch. Und wenn ich mehr habe, dann bin ich mehr und wertvoller. Und wenn man was verliert, verliert man auch ganz schnell die Achtung vor sich selbst.«

»Das ist doch arm«, sagte Kugler im Brustton voller Überzeugung, »und nur schwache Charaktere, oder?«

Behütuns lachte. »Das Ergebnis sehen Sie ja. Lassen Sie mich weitererzählen.«

Die Sonne näherte sich schon langsam dem Horizont, ihr Licht wechselte in tiefes Gelb. Eine halbe, vielleicht eine Stunde wird sie noch scheinen, dachte er, und irgendwann würde sie dann auch ins Rot wechseln. Drüben stapelte die Wirtin Kästen mit leeren Flaschen übereinander, klapperte laut.

Frau Paulsen ging noch einmal Bier holen. Das dritte.

»Ah, Leergut«, sagte der Mann am Ausschank. »Da wollen wir doch mal die Luft rauslassen«, und hielt die Krüge unters Fass, ließ sie volllaufen. Satt quoll der Schaum über den Rand.

Danach erzählte Behütuns weiter.

»Herr P. kennt einen dieser beiden aus dem *Starbucks*, von einem Vortrag irgendwo, hat er erzählt. Er ruft ihn an, bestellt ihn heim zu sich, erschlägt ihn mit dem Golfschläger. So steht's in seinem Geständnis.«

»So einfach?«, fragte der dicke Kugler ungläubig.

»Nicht ganz so einfach, aber das führt jetzt zu weit, das alles zu erzählen. Auf jeden Fall erschlägt er ihn im Eingang, wir haben letzte Woche noch Reste von Blutspuren gefunden. Dann nimmt er dessen Schlüssel, fährt in die Kanzlei und holt die Mappe mit den Unternehmensdaten. Jetzt kann er nicht mehr zurück. Er nimmt die Schleuder, fährt zu einem Häuschen in der Nähe, das er gemietet hat, fährt dann von dort zum Golfplatz, weil er weiß, dass der Professor dort am frühen Morgen spielt, erschießt ihn mit Golfbällen, die er dort aufsammelt, und entsorgt am Abend die Leiche des Kompagnons. Prost! Erzähl du weiter, Dick, mein Mund ist schon ganz trocken.«

Der Kommissar nahm einen tiefen Schluck. Die anderen tranken auch.

»Er fährt herum, sucht einen Ort für seine Leiche, kommt nach Kornburg, trifft dort einen alten Bauern, haut ihm über den Schädel und verbuddelt beide im Mais.«

»Und fachgerecht.«

»Und die Schleuder?«

»Der Kerl war clever«, mischte sich jetzt auch Cela Paulsen ein. »Und das mit der Schleuder ist schon ziemlich kompliziert. Also ... er hat bei sich zu Hause einmal einem Nachbarn, der das wissen wollte, gezeigt, wie es kommt, dass er so glatte Haut hat. Durch Enthaarungswachs. Und hat das auch am Nachbarn demonstriert. Hat also einen Fladen mit Haaren des Nachbars liegen gehabt. Er hat die Schleuder also noch mal aufgemacht, hat Haare des Nachbarn eingearbeitet und dann die Schleuder in der Nähe vom Golfplatz weggeworfen – und zwar so, dass sie irgendwann gefunden werden *muss*, nämlich in Sichtweite eines vielbegangenen Wanderwegs. Damit, wenn man sie fände und er vielleicht in Verdacht geriete, er entlastet ist.«

»Ach kommt«, winkte der Dicke ab, »ihr nehmt mich

doch auf den Arm. Eure Geschichte ist viel zu verrückt, ich glaub euch kein Wort.«

Er wedelte eine erste Wespe fort, die schwerfällig und träge auf dem Tisch gelandet war. »Ihr habt euch abgesprochen, oder? Gebt es zu!«

»Das Leben ist verrückter als die irresten Geschichten«, schüttelte Behütuns, keinen Zweifel lassend, den Kopf. »Es wird noch besser!«

»Er hat die Liste und macht einen Plan. Drei Unternehmer nimmt er ins Visier. Pank-Posner, Lubig, Endraß. Den Lubig holt er auch zu sich, erschlägt ihn, stürzt ihn in die Schlucht.«

»*Mein* Unfall«, schob Kugler ein, gespielt wichtig. »Ohne mich wäre da niemand drauf gekommen.«

»Richtig, und darauf trinken wir! Zum Wohl!«

Sie stießen mit den Krügen an.

»Dann trinkt er eine seiner Nachbarinnen mit Valium unter den Tisch, legt hier auch wieder eine falsche Spur, mit Härchen von dem Nachbarn, und lässt sie dann erfrieren. Und schließlich lauert er dem Endraß auf, gibt ihm von hinten eine übern Kopf und schmeißt ihn in die Regnitz.«

»Hört auf, ihr spinnt.« Dem dicken Landpolizist war es jetzt genug. »Erzählt ihr immer solche Räuberpistolen, wenn ihr betrunken seid? Das ist doch Kriminalerlatein, gebt's zu! Das ist doch einem halbwegs vernünftigen Menschen gar nicht zuzumuten.«

»Ha! Was denken Sie! Wir haben das alles schriftlich.«

»Dann ist der krank!«

»Ja, krank. Aber nicht kränker als viele. Doch jetzt entgleitet's ihm langsam.«

»Also doch – ihr flunkert mich nur an.«

»Nein, die Geschichte beginnt dem Täter zu entgleiten«, präsierte Kommissar Behütuns.

Das wollte der Dicke jetzt doch noch wissen. »Aber macht es kurz, sonst kann ich nicht ruhig schlafen.«

»Okay, ganz kurz. Mehrere Dinge sind passiert, die so ganz sicher nicht geplant waren: Herr P. hat nicht gewusst, dass zwei seiner Opfer, Lubig und Endraß, quasi Nachbarn von ihm waren. Die hatten in seiner Straße Häuser gekauft. Dann gab es einen alteingesessenen Nachbarn, der das Vertrauen der Angehörigen der Opfer hatte und denen half, die Häuser zu verkaufen. Langguth. Das war so nicht geplant und stiftete Verwirrung. Und schließlich spielte noch zu allem Überfluss eine Person aus seiner Nachbarschaft nicht so mit wie geplant: der Dr. Brädl – genau der, den P. von Anfang an mit seinen Spuren, den Härchen und so, als Täter aufgebaut hatte. Brädl erfuhr, weil er ja Rechtsberater war, auf Wegen, die wir nicht mehr nachvollziehen können, was für P. aber fatal war, von Unternehmenstransfers – und dass eine Person mit Namen P., sein Nachbar, dahintersteckte, unter anderem. Irgendwann sprach Brädl ihn darauf an – also musste er sterben. Und alle Spuren im Umfeld der Morde würden ihn als Täter identifizieren.«

»Hört auf«, winkte der Dicke jetzt endgültig ab, »das ist zu viel für meinen lieben, kleinen, faulen Kopf. Und mit drei Bier krieg ich das sowieso auf keinen Fall mehr auf die Reihe. Ich hol mir noch ein viertes, wer will noch?«

»Fährst du?«, fragte Dick Frau Paulsen.

»Okay, dann darf ich nicht mehr trinken. Ich kann auch gar nicht mehr – ich weiß gar nicht, wie ihr so viel in euch hineinbringt.«

»Och«, grinste da der Dicke, »das ist kein Problem. Drei Bier?«

Dick und Behütuns nickten.

Als er zurückkam, schloss Behütuns die Geschichte ab.

»Fünf Sätze noch, dann bin ich fertig. P. hatte sich ins Netz des Überwachungsunternehmens eingehackt und hatte, um Spuren zu verwischen, recht clever die Aufzeichnungen dort manipuliert. Hat sogar uns aufs Kreuz gelegt. Ein Mitarbeiter aber kam ihm drauf und stellte ihn zur Rede. Sie trafen sich, und »Bumm«, war der Mitarbeiter tot.«

»Friedo!«, wies Cela Paulsen ihren Chef zärtlich zurecht. »So darf man doch nicht reden.«

Behütuns wurde rot. Ob man das sah? Hoffentlich nicht. Jetzt half nur Weitermachen, also Flucht nach vorn.

»Ein Allerletztes noch, was zeigt, wie clever dieser P. tatsächlich war und dachte: Zum Mord an diesem Überwachungsmann hatte er sich ein Auto beschafft, das beinahe baugleich war mit seinem – und mit dem eines der Nachbarn. Und seinen Wagen stellte er zur gleichen Zeit in die Werkstatt! Kein Mensch kommt dann bei einer Überprüfung darauf, dass er mit einem Wagen dieser Bauart unterwegs gewesen sein könnte. Aber der Nachbar, der half, die Häuser zu verkaufen, geriet ins Visier. Weil er den gleichen Wagen ...«

Behütuns blies. Jetzt war die Luft aus der Geschichte.

Dann herrschte lange Stille am Tisch. Das Rotkehlchen hatte wieder eine Chance auf Gehör, auch die Meisen zwischen den Zweigen, und selbst die Lerche weit oben am Himmel drang wieder bis hier unten durch. Unter dem Dachfirst stritten sich Spatzen, zumindest klang es so. Behütuns sah zu ihnen hinauf. Nein, sie zeterten, weil ein Star da war. Der inspizierte ein Loch in der hölzernen Giebelwand, wohl ein Brutloch der Spatzen. Dann flog er hinüber auf einen Zwetschgenbaum, setzte sich auf den obersten Ast und äffte die anderen nach. Pfiff und schnatterte und knäckerte. Immer mehr Stare überwintern jetzt hier, dachte sich Kommissar Behütuns. Und er freute sich: Langsam begann wieder die schöne Zeit, in der man im Freien war. In der man draußen saß und die Vögel hörte.

Inzwischen berührte die Sonne den Horizont, ein riesiger roter Ball. Es war auch langsam viel frischer geworden. Zwei schwarze Amselmännchen saßen, jedes für sich, in den verteilten Obstbäumen und sangen sich wechselseitig an, beanspruchten wohl ihr Terrain. Ihre orangegelben Schnäbel leuchteten. Hoch am Himmel querte gemächlich ein Fischreiher, gefolgt von einem zweiten, kleineren.

Zwei dicke Männer holten sich noch ein Bier, die anderen Gäste brachen nach und nach auf.

»Bringt ihr das Leergut dann?«, rief später irgendwann der Wirt herüber. »Wir machen zu.« Da hatten Dick, der Dicke und Behütuns jeder schon fünf.

»Leergut!«, sagte der dicke Kugler mit der Zunge schnalzend, »Leergut ist gut! Der eine hat das Leergut verkauft, die leeren Häuser – und der andere ...«

Er überlegte einen kurzen Moment. Man merkte deutlich, dass er wusste, was er sagen wollte, sich aber das nicht recht zu sagen traute. Sich unsicher war, ob das jetzt passte oder angebracht war. Da sagte Behütuns trocken:

»Und P., der ist nur Leergut. Hohl im Kopf – nein, hohl im Herzen, in der Seele.«

Und fügte leise wie für sich an:

»Wie viele von denen, die der Macht des Geldes und den Lockungen des Reichtums nachlaufen und sich nur über Geld und Reichtum definieren.«

Der dicke Landpolizist nickte. Das war es, was er hätte sagen wollen. »Und nie genug kriegen können«, schickte er noch hinterher.

Nur ein letzter Streifen blauroten Lichts lag noch im Westen überm Horizont. Am klaren Himmel funkelte der Abendstern, die Venus.

Sie standen auf und gingen, es war frisch geworden.

»Ich lese ja gerne Krimis«, sagte der Dicke auf dem Weg zum Auto, »auch abstruse – aber *die* Geschichte ... *die* als Krimi – wenn ich mir das vorstell ... unvorstellbar scheiße.«

Behütuns lachte nur.

»Das Leben ist viel schräger, als wir immer glauben.«

Dann lenkte Cela Paulsen den Wagen sicher durch den späten Abend zurück in die Stadt.

Am nächsten Morgen hatte der Nürnberger Kommissar Friedo Behütuns seit langem wieder einmal einen dicken Kopf. Hatte schön traumlos und nur kurz geschlafen, war wieder kurz von diesem ersten Weckertick erwacht, diesem leisen, kaum hörbaren Knacken kurz vor Klingelbeginn, und war sofort wieder hellwach. So kannte er das Leben. Nur der schlechte Geschmack im Mund, der war ihm neu. Daran konnte er sich nicht erinnern. War das denn vorher auch immer so gewesen? Hmm. Außerdem hatte er ziemlich schlechte Laune.

Jetzt war fast wieder alles so wie früher. Nur geraucht hatte er an dem Abend nicht.

Und seine Blase war unglaublich voll.

Das muss gesagt werden:
Alle in diesem Buch vorkommenden Personen, Handlungen und Unternehmen sind, sofern sie nicht Teil des öffentlichen Lebens sind, frei erfunden. Darüberhinaus gehende etwaige Übereinstimmungen mit lebenden Personen sind zufällig und nicht beabsichtigt. Allerdings: Für zwei Charaktere standen mir persönlich bekannte Personen Pate – mit deren Einverständnis.

Das auch:
Mein Dank geht an meine beiden Lektorinnen, Ulrike Jochum und Dr. Hanna Stegbauer, die geduldig jeden Knoten im Manuskript aufspürten und mir zahlreiche wertvolle Hinweise gaben.

Auch das noch:
Für meine Mutter.

Sonst noch was?
Nichts mehr.